RAYMOND E. FEIST

LES CHRONIQUES DE KRONDOR

3. SILVERTHORN

TRADUIT DE L'AMÉRICAIN
PAR ANTOINE RIBES

© 1982, 1992, Raymond Elias Feist

Pour la traduction française :
© 1998-1999, Mister Fantasy/ Éditions de la Reine Noire

ARUTHA ET JIMMY

*Tout à coup ils apparurent,
Grondant comme un lointain tonnerre.*

MILTON, *Paradis Perdu* (livre II, 1. 476)

CRÉPUSCULE

Le soleil disparaissait lentement derrière les pics.
Les derniers rayons de chaleur glissèrent sur le sol et il n'y eut bientôt plus que les ultimes lueurs sanglantes du jour. Des ténèbres indigo s'amassaient rapidement à l'est. Le vent soufflait sur les collines, coupant comme un rasoir, balayant le printemps naissant tel un rêve. Les glaces hivernales régnaient encore sur les terres couvertes d'ombres, crissant sous les talons des bottes. Sortant du crépuscule, trois silhouettes apparurent dans la lumière du feu.

À leur approche, la vieille sorcière leva la tête et écarquilla légèrement ses yeux noirs. Elle connaissait celui de gauche, le grand guerrier muet dont le crâne était entièrement rasé à l'exception d'une longue mèche de cheveux. Il était déjà venu une fois chercher des runes magiques pour quelque étrange rituel. C'était un chef puissant, mais elle l'avait renvoyé, car elle l'avait trouvé trop mauvais. La sorcière n'avait que faire du bien et du mal, mais même pour elle, il y avait des limites. De plus, elle n'aimait pas tellement les Moredhels, encore moins ceux qui se coupaient la langue en signe de dévotion aux puissances des Ténèbres.

Les yeux bleus du guerrier, si rares chez ceux de sa race, la dévisagèrent. Le Moredhel était plus large d'épaules que la majeure partie des siens, plus large même que ceux des clans des montagnes, qui avaient pourtant des bras et des épaules plus forts que leurs cousins des forêts. Des boucles d'or ornaient ses longues oreilles dégagées, ce qui avait sans doute dû le faire beaucoup souffrir, car les Moredhels n'avaient pas de lobes. Trois cicatrices, dont la symbolique ne pouvait échapper à la sorcière, marquaient chacune de ses joues.

Le muet fit un signe à ses compagnons ; celui qui se tenait tout à droite sembla acquiescer, mais la sorcière n'en était pas sûre, car l'homme était vêtu d'une robe qui le dissimulait entièrement. Il avait pris soin de cacher ses mains dans les manches très amples de son vêtement et son visage était invisible sous une profonde capuche. Lorsqu'il prit la parole, sa voix donna l'impression de venir de très loin. « Nous sommes venus pour que tu nous lises les signes », dit-il sur un ton sifflant, avec une pointe d'accent étranger. La sorcière fit un pas de recul en voyant apparaître une main écailleuse et déformée, semblable à des serres couvertes de peau de serpent. Elle comprit alors quelle créature se tenait devant elle : l'un des prêtres panthathians, le peuple serpent. La sorcière tenait les Moredhels en haute estime, comparés aux Panthatians.

Elle cessa de s'intéresser à ces deux singuliers personnages pour se tourner vers celui qui se tenait au centre. Il dépassait le guerrier muet d'une bonne tête et sa carrure était plus impressionnante encore. Il retira lentement sa cape en fourrure d'ours, dont il utilisait le crâne en guise de heaume, et la laissa tomber. La vieille sorcière en eut le souffle coupé car c'était le Moredhel le plus surprenant qu'elle ait jamais vu de sa vie, pourtant bien longue. Il portait les épaisses chausses, la veste et les hautes bottes des clans des collines, mais il avait le torse nu. Son corps puissamment musclé luisait dans la lumière du feu. Il se pencha en avant et regarda la sorcière. La beauté parfaite de son visage avait quelque chose d'effrayant, mais ce qui l'avait choquée, plus que son apparence terrifiante, c'était le signe qu'il arborait sur sa poitrine.

« Tu me reconnais ? »

Elle acquiesça. « Je sais de qui vous avez pris l'apparence. »

Il se pencha encore un peu plus, jusqu'à ce que son visage, éclairé par le feu, révèle toute l'étrangeté de sa nature. « Je suis ce que j'ai l'air d'être », murmura-t-il avec un sourire. La sorcière sentit la peur monter en elle, car malgré sa beauté, c'était le visage du mal qu'elle voyait derrière ce sourire avenant, un mal si pur qu'il en devenait insupportable. « Nous venons pour que tu nous lises les signes », répéta-t-il, d'une voix de dément.

Elle ricana. « Je vois qu'on a beau être puissant, tout le monde a ses limites. » Le beau sourire du Moredhel s'évanouit lentement. « Nul ne saurait prédire son propre avenir. »

Se résignant à son propre destin, elle dit : « Il me faut de l'argent. »

Le Moredhel fit un signe de tête. Le muet sortit une pièce de sa bourse et la jeta sur le sol devant la sorcière. Sans y toucher, la vieille prépara quelques ingrédients dans une coupe de pierre. Quand ce fut prêt, elle en versa le contenu sur la pièce d'argent. Un sifflement s'éleva, provenant à la fois de la pièce et de l'homme-serpent. Une griffe couverte d'écailles vertes commença à tracer des signes dans l'air ; aussitôt la sorcière jeta : « Pas de ces bêtises avec moi, serpent. La magie de tes terres chaudes ne saurait que troubler mes augures. »

Le Moredhel qui se tenait au centre posa la main sur l'homme-serpent et fit un signe de tête vers la sorcière.

D'une voix croassante, la gorge desséchée par la peur, elle dit : « Parlez maintenant sans mentir : Que voulez-vous savoir ? » La pièce d'argent, à présent recouverte d'un bouillonnement d'écume verte, sifflait toujours.

« Le temps est-il venu ? Dois-je accomplir maintenant ce qui avait été prévu ? »

Une flamme verte, éblouissante, jaillit de la pièce et se mit à danser. La sorcière suivit son mouvement de près, déchiffrant dans ses contorsions des signes qu'elle seule pouvait interpréter. Elle finit par dire : « Les Sanguines forment la Croix de Feu. Vous êtes ce que vous êtes. Ce pour quoi vous êtes né… faites-le ! » Elle retint son souffle au dernier mot.

Le Moredhel ne devait pas s'attendre à voir une telle expression sur le visage de la sorcière, car il demanda : « Quoi d'autre, vieille folle ?

— Vous n'êtes pas sans ennemis, car l'un d'entre eux scellera votre destin. Vous n'êtes pas sans allié, car derrière vous… je ne comprends pas. » Sa voix était faible, épuisée.

« Quoi ? Le Moredhel ne souriait plus.

— Quelque chose… quelque chose de grand, de lointain, de maléfique. »

Le Moredhel réfléchit un moment. Se tournant vers l'homme-serpent, il lui dit doucement, mais sur un ton péremptoire : « Alors va, Cathos. Sers-toi de tes pouvoirs mystiques et découvre quelle est cette faiblesse. Donne un nom à notre ennemi. Trouve-le. »

L'homme-serpent s'inclina maladroitement et sortit de la caverne en se dandinant. Le Moredhel se retourna vers son compagnon muet et lui dit : « Veille à ce que nos étendards se lèvent, mon général, et que nos fidèles clans s'assemblent sur les plaines d'Isbandia, sous les tours de Sar-Sargoth. Lève la bannière que je me suis choisie au-dessus des autres et annonce-leur à tous que maintenant commence ce qui a été prévu. Tu seras mon chef de guerre, Murad, et désormais tu seras au-dessus de mes serviteurs. La gloire et la puissance nous attendent.

« Quand ce serpent insensé aura identifié notre gibier, tu mèneras les Lames Noires. Que ceux qui m'ont donné leur âme nous servent et débusquent notre ennemi. Trouve-le ! Détruis-le ! Va ! »

Le muet acquiesça et sortit de la caverne. Le Moredhel qui portait le signe sur sa poitrine se tourna vers la sorcière. « Alors, rebut d'humanité, sais-tu quels sombres pouvoirs sont en marche ?

— Oui, messager de la destruction, je le sais. Par la Dame Noire, je le sais. »

Il eut un rire froid et triste. « Je porte le signe », dit-il en montrant la tache de naissance violacée qui semblait briller à la lueur du feu, comme animée d'une rage propre. Il était clair qu'il ne s'agissait pas d'une simple marque, mais plutôt d'une sorte de talisman magique, car elle représentait dans ses moindres détails la silhouette d'un dragon en vol. Il leva le doigt vers le ciel. « J'ai le pouvoir. » Du bout du doigt, il dessina un cercle dans les airs. « Je suis celui qui fut prédit, je suis la destinée. »

La sorcière acquiesça, sachant que la mort s'approchait d'elle à grands pas. Elle prononça soudain une complexe incantation, en agitant furieusement les mains. La magie commença à affluer dans la caverne et un étrange sifflement perça la nuit. Mais le guerrier qui lui faisait face secoua simplement la tête. Elle lui avait pourtant jeté un sortilège qui aurait dû le dessécher sur place. Immobile, il lui sourit d'un air mauvais. « Voudrais-tu me tester, avec tes faibles pouvoirs, voyante ? »

Comprenant qu'elle ne pouvait rien contre lui, elle ferma lentement les yeux et se tint bien droite, parfaitement lucide quant au sort qui l'attendait. Le Moredhel pointa le doigt vers elle ; un rayon de lumière argentée en jaillit et la frappa. La sorcière hurla de douleur, puis explosa dans une grande flamme blanche ardente. Un instant, sa forme sombre se tordit au milieu du brasier, puis les flammes disparurent.

Le Moredhel jeta un coup d'œil rapide aux cendres répandues sur le sol, qui dessinaient les contours d'un corps. Il partit d'un grand rire, remit sa cape sur ses épaules et sortit de la caverne.

Ses compagnons l'attendaient au-dehors, tenant les rênes de son cheval. En contrebas se trouvait le campement où se tenait sa troupe, dont le nombre était encore réduit, mais ne tarderait pas à grandir. Il se mit en selle et dit « À Sar-Sargoth ! » puis fit faire demi-tour à son cheval d'un coup de rênes et descendit la colline, suivi du prêtre-serpent et du muet.

1

Le vaisseau faisait voile vers Rillanon.

Le vent changea de direction et la voix du capitaine s'éleva. Dans le gréement, son équipage commença à s'activer pour répondre à la brise fraîchissante et à leur capitaine pressé d'arriver à bon port. Il était passé maître dans l'art de la navigation, avec presque trente ans de marine royale derrière lui, dont dix-sept aux commandes de son propre vaisseau. L'*Aigle Royal* était le meilleur de toute la flotte du royaume, mais malgré tout, le capitaine aurait voulu encore un peu plus de vent, un peu plus de vitesse, car tant que ses passagers n'auraient pas retrouvé la terre ferme, sains et saufs, il ne pourrait trouver le repos.

Debout sur le gaillard d'avant se tenait la cause de tous les tracas du capitaine : trois hommes de haute taille. Deux d'entre eux, l'un blond et l'autre brun, se tenaient près du bastingage, riant d'une plaisanterie faite par l'un d'eux. Ils mesuraient tous les deux un bon mètre quatre-vingt-dix et avaient le pas tranquille et sûr d'un guerrier ou d'un chasseur. Lyam, souverain du royaume des Isles, et Martin, son frère aîné, duc de Crydee, parlaient de choses et d'autres, de chasse et de banquets, de voyages et de politique, de guerre et de discorde et parfois, de leur père, le duc Borric.

Le troisième homme, moins grand, moins large d'épaules, était appuyé au bastingage à quelque distance de là, perdu dans ses pensées. Arutha, prince de Krondor, le cadet des trois frères, pensait lui aussi au passé, mais pas à leur père, tué lors de la guerre contre les Tsuranis, que l'on appelait désormais la guerre de la Faille. En réalité, il regardait la proue du navire fendre les flots vert émeraude de la mer et dans ces eaux vertes, il voyait briller deux yeux verts.

Le capitaine jeta un regard dans la mâture, puis donna l'ordre de réorienter les voiles. De nouveau, ses yeux tombèrent sur les trois hommes rassemblés à la proue; de nouveau, il adressa une prière silencieuse à Kilian, la déesse des marins, pour que les hautes spires de Rillanon arrivent vite en vue. Car ces trois hommes étaient les trois personnages les plus puissants et les plus importants du royaume et le capitaine préférait ne pas imaginer le chaos qui secouerait celui-ci si jamais quelque mauvaise fortune arrivait à son navire.

Arutha entendait vaguement les cris du capitaine et les réponses de son second et de son équipage. Les événements de l'année passée l'avaient fatigué et il ne s'intéressait pas beaucoup à ce qui ce passait autour de lui. Il n'y avait qu'une seule chose qui pouvait retenir son attention : il rentrait à Rillanon, il allait revoir Anita.

Arutha se sourit à lui-même. Sa vie lui avait paru sans histoire pendant ses dix-huit premières années. Puis l'invasion tsurani avait commencé et le monde avait changé pour toujours. Il était devenu l'un des meilleurs généraux du royaume, il s'était découvert un frère en la personne de Martin et il avait vu mille horreurs et miracles. Mais Anita était incontestablement le plus beau de tous ces miracles.

Ils s'étaient séparés après le couronnement de Lyam, lorsque ce dernier était parti montrer la bannière royale aux seigneurs de l'Est et aux rois voisins. Et à présent, un an plus tard, ils étaient enfin de retour chez eux.

La voix de Lyam sortit Arutha de sa rêverie. « Que vois-tu dans le scintillement des vagues, petit frère ? »

Martin sourit lorsqu'Arutha releva la tête; l'ancien maître chasseur de Crydee, que l'on appelait avant Martin l'Archer, fit un signe de tête à son frère cadet. « Je parie un an de taxes que c'est une paire d'yeux verts et un sourire joyeux qu'il y voit.

— Tu n'es pas devin, Martin, répondit Lyam. Depuis notre départ de Rillanon, j'ai reçu d'Anita quelque trois messages concernant des affaires d'État. Tout conspire à la retenir à

Rillanon, alors que sa mère est repartie sur leurs terres un mois après mon couronnement. Arutha, lui, a dû recevoir au bas mot un peu plus de deux messages par semaine pendant ce même temps. On pourrait tirer quelques conclusions de tout cela.

— Moi aussi, j'aurais hâte de rentrer, si j'avais quelqu'un comme elle qui m'attendait », acquiesça Martin.

Arutha était un homme secret qui n'aimait pas révéler ses sentiments les plus profonds et se montrait encore plus ombrageux lorsque l'on abordait la question d'Anita. Il était tombé fou amoureux de cette frêle jeune fille, enivré par sa démarche, sa voix, ses regards. Et même si ces deux hommes étaient peut-être les deux seules personnes de tout Midkemia à être suffisamment proches de lui pour qu'il se sente assez à l'aise pour leur livrer ses sentiments, il n'avait jamais apprécié, même enfant, de se retrouver en butte à une plaisanterie.

Arutha s'assombrit et Lyam dit : « Épargne-nous tes regards noirs, petite tempête. Non seulement je suis ton roi, mais je suis aussi ton frère aîné et je serais parfaitement capable de te frotter les oreilles si le besoin s'en faisait sentir. »

L'emploi du surnom que lui avait donné leur mère et l'image improbable du roi frottant les oreilles du prince de Krondor amena un petit sourire sur les lèvres d'Arutha. Il resta silencieux un moment, puis dit : « J'ai peur de l'avoir mal comprise. Ses lettres sont chaleureuses, mais elles restent formelles et distantes. Et il y a beaucoup de jeunes courtisans dans ton palais.

— Le jour même de notre fuite de Krondor, ton destin était scellé, Arutha, dit Martin. Elle t'a débusqué comme un chasseur débusque un daim. Avant même d'être arrivés à Crydee, alors que nous nous cachions encore, elle avait déjà pour toi des regards qu'elle n'avait pour personne d'autre. Non, elle t'attend, sois-en sûr.

— De plus, ajouta Lyam, tu lui as dit ce que tu ressentais pour elle.

— Hé bien… pas avec autant de mots. Mais je lui ai fait savoir que j'avais beaucoup d'affection pour elle. »

Lyam et Martin échangèrent un regard. « Arutha, dit le roi, tu écris avec toute la passion d'un scribe rédigeant un rapport sur les taxes annuelles. »

Ils éclatèrent tous les trois d'un même rire. Ces mois de voyage leur avaient donné le temps de revoir leur relation. Martin avait été à la fois un tuteur et un ami pour les deux autres, il leur avait appris la chasse et la vie en forêt. Mais à cette époque-là, ils le considéraient comme un roturier, malgré le rang que lui accordait la place de maître chasseur du duc Borric. Quand avait éclaté la vérité sur sa filiation – il était le bâtard de leur père – ils s'étaient découvert un demi-frère aîné et avaient eu besoin d'un moment pour trouver de nouveaux repères. Entre-temps, ils avaient été en butte à la fausse camaraderie des gens qui cherchaient à tirer avantage de leur position ainsi qu'aux fausses promesses d'amitié et de loyauté de ceux qui voulaient leur soutirer de l'argent. Ils avaient alors trouvé en chacun d'eux des gens en qui ils pouvaient avoir confiance, à qui ils pouvaient se confier, qui comprenaient ce que signifiait leur soudain changement de statut et qui partageaient les pressions de leurs nouvelles responsabilités. En chacun d'eux, ils avaient trouvé des amis.

Arutha secoua la tête, riant de lui-même. «Je crois bien que je le savais depuis le début aussi, malgré mes doutes. Elle est si jeune.

— Tu veux dire qu'elle a à peu près l'âge de mère quand elle a épousé père?» dit Lyam.

Arutha regarda Lyam d'un air sceptique. «Aurais-tu donc vraiment réponse à tout?»

Martin donna une bonne tape sur le dos de Lyam. «Bien entendu», dit-il. Puis il ajouta doucement : «C'est pour ça que c'est lui le roi.» Lyam adressa une grimace moqueuse à Martin et le frère aîné poursuivit : «Donc quand nous rentrerons, mon cher frère, demande-la en mariage. Puis nous pourrons tirer le vieux père Tully de devant sa cheminée et nous pourrons tous partir pour Krondor célébrer vos joyeuses épousailles. Et je pourrai cesser ces satanés voyages et rentrer à Crydee.»

Une voix s'écria du haut de la dunette : «Terre!
— Par où? cria le capitaine.
— Droit devant.»

Regardant vers l'horizon, les yeux perçants de Martin furent les premiers à percevoir les côtes lointaines. Il posa doucement les mains sur les épaules de ses frères. Quelque temps plus tard, ils virent tous les trois les hautes tours se découper au loin sur l'azur.

Tout bas, Arutha dit : « Rillanon. »

Un bruit de pas légers et le bruissement d'une grande robe levée sur des pieds pressés accompagnaient la mince silhouette qui s'avançait d'un air résolu le long du couloir. Le visage parfait de la dame reconnue à juste titre comme la plus belle princesse de la cour arborait une expression peu amène. Les gardes postés dans le couloir se tenaient au garde-à-vous, ce qui ne les empêcha pas de suivre la princesse des yeux. Ils furent nombreux à deviner qui allait sûrement être la victime du célèbre mauvais caractère de la dame et sourirent intérieurement. Le chanteur allait se faire réveiller en fanfare.

De manière bien peu féminine, la princesse Carline, sœur du roi, passa en trombe à côté d'un serviteur surpris qui tenta à la fois de la saluer et de sauter de côté, ce qui lui valut de tomber sur son séant, tandis que Carline disparaissait dans l'aile des invités du palais.

Arrivée à destination, elle marqua une pause devant la porte pour remettre en ordre ses cheveux bruns épars. Puis elle leva la main pour frapper, mais suspendit son geste. Ses yeux bleus s'étrécirent, comme si l'idée même d'attendre que la porte s'ouvre l'irritait ; finalement Carline poussa simplement la porte sans s'annoncer.

Les rideaux, encore tirés, plongeaient la chambre dans la pénombre. Le grand lit était occupé par une masse informe, dissimulée sous des couvertures, qui grogna lorsque Carline claqua la porte derrière elle. Se frayant un chemin sur le sol jonché de vêtements, elle alla ouvrir les rideaux d'un coup sec pour laisser rentrer la lumière éclatante de la fin de matinée. Un nouveau grognement lui parvint du lit lorsqu'une tête affublée de deux yeux rougis sortit de dessous les couvertures. « Carline, croassa-t-il, essaierais-tu de me tuer ? »

La princesse se rapprocha du lit pour toiser le chanteur et répondit : « Si tu n'avais pas fait la fête toute la nuit et si tu étais venu au déjeuner comme tout le monde s'y attendait, tu aurais appris que l'on a aperçu le vaisseau de mes frères. Ils seront à quai dans deux heures au plus. »

Laurie de Tyr-Sog, troubadour, voyageur, ancien héros de la guerre de la Faille et dernièrement ménestrel de la cour et fidèle compagnon de la princesse s'assit et se frotta les yeux. « Je ne faisais pas la fête. Le comte de Dolth a insisté pour entendre tous les chants de mon répertoire. J'ai chanté presque jusqu'à l'aube. » Il fit un clin d'œil à Carline et sourit. Grattant sa barbe blonde impeccablement nattée, il ajouta : « Cet homme a une endurance inépuisable, mais il a aussi un sacré goût en matière de musique. »

Carline s'assit au bord du lit, se pencha et l'effleura de ses lèvres avant de s'écarter vivement des bras qui tentèrent de l'attraper. Elle posa la main sur la poitrine du chanteur pour le repousser et dit : « Écoute-moi, mon beau rossignol : Lyam, Martin et Arutha vont arriver très bientôt et à la minute où Lyam sera à la cour et en aura fini avec toutes les formalités d'usage, je lui parlerai de notre mariage. »

Laurie regarda autour de lui comme s'il cherchait un coin où se cacher. Au cours de l'année qui venait de s'écouler, leur relation s'était faite plus profonde et plus passionnée, mais Laurie évitait le sujet du mariage de manière presque instinctive. « Écoute, Carline… commença-t-il.

— Écoute, Carline, ah, vraiment ! l'interrompit-elle en frappant du doigt son torse nu. Sais-tu, bouffon, que des princes de l'Est ainsi que les fils de la moitié des ducs du royaume et qui sait combien d'autres encore ont demandé la simple permission de me courtiser ? Je les ai toujours ignorés. Et pourquoi ? Pour qu'un stupide musicien se joue de mes sentiments ? Tu vas me le payer. »

Laurie sourit, ramenant en arrière ses cheveux blonds ébouriffés.

Il se releva et, avant qu'elle ne puisse s'écarter, lui donna un long baiser. Quand elle s'écarta, il dit : « Carline, amour de ma vie, je t'en prie. Nous avons déjà parlé de tout cela. »

Ses yeux, qui s'étaient à demi fermés pendant leur baiser, s'ouvrirent instantanément. « Ah oui ! Nous avons déjà parlé de tout cela ? dit-elle furieuse. Nous allons nous marier. C'est mon dernier mot. » Elle se leva pour l'empêcher de la prendre dans ses bras. « C'est devenu un scandale public, la princesse et son amant ménestrel. Ce n'est même pas original, comme histoire. Je suis devenue la risée de tous. Maudit sois-tu, Laurie, j'ai presque vingt-six ans. La plupart des femmes sont mariées depuis déjà huit ou neuf ans, à mon âge. Tu voudrais donc que je meure vieille fille ?

— Jamais de la vie, mon amour », répondit-il, toujours amusé. En plus de sa beauté, et de la faible chance que quiconque puisse jamais l'appeler vieille fille, elle avait dix ans de moins que lui et il la trouvait encore bien jeune, surtout quand elle était en proie à ces sautes d'humeur si infantiles. Il se leva et écarta les bras en signe d'impuissance, tout en se retenant de rire. « Je suis ce que je suis, mon amour, ni plus ni moins. Je suis resté ici plus longtemps que partout ailleurs en tant qu'homme libre. Mais je l'admets, cette captivité est bien plus agréable que la précédente. » Il faisait référence aux années qu'il avait passées en esclavage sur Kelewan, le monde d'origine des Tsuranis. « Mais qui sait, j'aurai peut-être un jour envie de repartir à nouveau. » Il la vit s'énerver et se força à admettre qu'il était souvent responsable de ses fameuses sautes d'humeur. Il changea rapidement de tactique. « De plus, je ne sais pas si je ferais un bon... je ne sais pas comment on appelle l'époux de la sœur du roi.

— Hé bien il va falloir t'y faire. Maintenant lève-toi et habille-toi. »

Laurie prit le pantalon qu'elle lui lançait et le passa rapidement. Quand il eut fini de s'habiller, il se planta devant elle et l'enlaça. « Dès le premier jour où je t'ai vue, je suis devenu ton plus fidèle sujet, Carline. Je n'ai jamais aimé, je n'aimerai jamais qui que ce soit comme je t'aime toi, mais...

— Je sais. Cela fait des mois que tu me sers les mêmes excuses. » Elle lui frappa encore une fois la poitrine du doigt. « Tu as toujours été un voyageur, dit-elle d'un ton moqueur. Tu as toujours été libre. Tu ne sais pas ce que tu vas devenir si jamais tu te retrouves coincé quelque part. Mais j'ai cru remarquer que tu arrivais à supporter la vie de palais. »

Laurie leva les yeux au ciel. « C'est vrai, c'est vrai.

— Alors, mon amant, ces excuses sont bien bonnes pour dire au revoir à une pauvre fille de tavernier, mais elles ne te serviront pas à grand-chose ici. Nous allons voir ce que Lyam pense de tout cela. J'imagine qu'il doit exister une loi dans les archives qui régente les affaires de roturiers compromis avec des nobles.»

Laurie eut un petit rire. «Il y en a une. Mon père a droit à un souverain d'or, deux mules et une ferme en compensation du fait que tu as abusé de moi.»

Soudain, Carline gloussa, tenta de se calmer, puis éclata de rire. «Méchant.» Le serrant dans ses bras, elle posa la tête sur son épaule et soupira. «Je n'arrive jamais à rester furieuse contre toi.»

Il la berça doucement dans le creux de ses bras. «Je te donne parfois raison, dit-il doucement.

— Oui, c'est vrai.

— Bon, pas si souvent.

— Fais bien attention à toi, gigolo, dit-elle. On discute, on discute, mais mes frères approchent et tu renâcles encore. Tu peux te permettre des libertés avec ma personne, mais le roi risque de ne pas apprécier les choses lorsqu'il arrivera.

— C'est bien ce que je craignais», dit Laurie, d'un air inquiet.

Soudain, Carline s'adoucit. Son expression se fit rassurante. «Lyam fera ce que je lui demanderai de faire. Il n'a jamais su me dire non quand je lui demandais quelque chose et cela depuis que je suis toute petite. Nous ne sommes pas à Crydee. Il sait que les choses sont différentes ici et que je ne suis plus une enfant.

— J'ai remarqué.

— Pirate. Écoute, Laurie. Tu n'es pas un simple fermier. Tu parles plus de langues que tous les nobles bien "éduqués" que je connais. Tu sais lire et écrire. Tu as voyagé très loin, même jusque chez les Tsuranis. Tu es brillant et tu as du talent. Tu es bien plus capable de gouverner que bien des gens nés pour cela. De plus, si je peux avoir un frère aîné chasseur qui est devenu duc, pourquoi n'aurais-je pas un époux qui a été chanteur?

— Je ne peux pas aller contre la logique de ce discours. Je t'aime sans l'ombre d'un doute, mais le reste…

— Ton problème, c'est que tu as les capacités pour gouverner, mais que tu en refuses les responsabilités. Tu es un paresseux.»

Il rit. «C'est pour ça que mon père m'a jeté dehors quand j'avais treize ans. Il disait que je ne ferais jamais un bon fermier.»

Elle s'écarta doucement de lui, reprenant un ton plus sérieux. «Les choses changent, Laurie. J'ai beaucoup réfléchi à tout cela. J'ai cru à plusieurs reprises être tombée amoureuse, deux fois pour être exacte, mais tu es le seul qui ait réussi à me faire oublier qui je suis et à me faire agir aussi éhontément. Quand je suis avec toi, rien d'autre n'a d'importance, mais c'est tant mieux, parce qu'alors, je ne me demande même pas si ce que je ressens a un sens. Mais maintenant, il faut que je fasse attention. Il va falloir que tu choisisses, et vite. Je suis prête à parier tous mes bijoux que Arutha et Anita vont déclarer leurs fiançailles dans la journée suivant l'arrivée de mes frères au palais. Ce qui veut dire que nous allons tous partir à Krondor pour leur mariage.

«Après leur mariage, je rentrerai ici avec Lyam. Ce sera à toi de décider si tu rentres avec nous, Laurie.» Elle le regarda droit dans les yeux. «J'ai passé des moments merveilleux avec toi et j'ai ressenti des choses que je n'aurais jamais cru possibles à l'époque de mes rêves de jeune fille avec Pug et Roland. Mais tu dois être prêt à choisir. Tu es mon premier amant et tu seras toujours mon plus grand amour, mais quand je rentrerai ici, soit tu seras mon époux, soit tu ne seras plus qu'un souvenir.»

Avant qu'il ne puisse répondre, elle était à la porte. «Je t'aime de tout mon cœur, pirate. Mais nous n'avons plus le temps.» Elle se tut. «Maintenant, viens et aide-moi à accueillir le roi.»

Il s'approcha d'elle et lui ouvrit la porte. Ils se dirigèrent à grands pas vers l'endroit où les carrosses attendaient les membres de la cour chargés d'accueillir le roi et ses frères. Laurie de Tyr-Sog, troubadour, voyageur et héros de la guerre de la Faille était terriblement conscient de la présence de cette femme à ses côtés et il se demanda ce qu'il ressentirait s'il ne pouvait plus jamais la voir. Cette perspective le rendait décidément bien malheureux.

Rillanon, capitale du royaume des Isles, attendait de célébrer le retour de son roi. Tous les bâtiments étaient décorés aux couleurs de la fête et ornés de guirlandes et de fleurs de serre. De fiers pennons flottaient sur les toits et des bannières multicolores étaient tendues en travers des rues par lesquelles devait passer le roi. Joyau du royaume, Rillanon se dressait sur les pentes de plusieurs collines. C'était une ville merveilleuse, toute en flèches gracieuses, en arches aériennes et en ponts délicats. Feu le roi Rodric avait entrepris de restaurer la ville, ajoutant de superbes marbres et des façades de quartz à la plupart des édifices qui faisaient face au palais, changeant la ville en une féerie de lumières qui scintillaient sous le soleil d'après-midi.

L'*Aigle Royal* approchait des quais royaux, où l'attendait le comité d'accueil. Une foule de citoyens avait envahi les toits et les rues de la cité d'où l'on pouvait apercevoir les quais pour saluer le retour de leur jeune roi. Durant de nombreuses années, Rillanon avait été sous le joug de la folie du roi Rodric, et bien que Lyam fût encore un étranger pour la population de la ville, il était adoré, pour sa jeunesse, sa beauté, sa bravoure notoire lors de la guerre de la Faille et sa grande générosité – il avait ordonné la baisse des taxes.

Avec une parfaite maîtrise, le pilote du port mena le navire du roi à l'emplacement prévu. On l'amarra rapidement et l'on installa la passerelle.

Arutha regarda Lyam qui fut le premier à descendre. Comme le voulait la tradition, il tomba à genoux et embrassa le sol de sa terre natale. Les yeux d'Arutha scrutèrent la foule, à la recherche d'Anita, mais il ne vit nul signe de sa présence parmi les nobles qui se pressaient pour accueillir Lyam. Un instant, un terrible doute l'assaillit.

Martin donna un coup de coude à Arutha, qui, selon le protocole, devait être le second à débarquer. Arutha descendit rapidement la passerelle, suivi de peu par Martin. Le regard du prince se posa sur sa sœur qui s'écartait du chanteur, Laurie, pour s'élancer vers Lyam et l'embrasser farouchement. Bien que les autres membres du comité d'accueil prennent moins de liberté avec le protocole que Carline, une ovation spontanée monta de tous les courtisans et des gardes qui attendaient le bon plaisir du roi. Puis Arutha se retrouva dans les bras de Carline, qui lui donna un baiser. « Oh, tu n'imagines pas à quel point ton air triste m'a manqué », dit-elle joyeusement.

De fait, Arutha arborait l'expression austère de ces jours où il était plongé dans ses pensées. « Quel air triste ? » demanda-t-il.

Carline regarda son frère dans les yeux et lui dit d'un air innocent : « On dirait que tu as avalé quelque chose et que ça vient de bouger dans ton estomac. »

Martin éclata de rire et Carline se jeta à son cou. Il se raidit au début, car il était pour l'instant moins à l'aise avec sa sœur qu'avec ses deux frères, puis il se détendit et la prit dans ses bras. Carline ajouta : « Je me suis ennuyée, sans vous trois. »

Apercevant Laurie à quelques mètres de là, Martin secoua la tête. « Pas tant que ça, visiblement. »

Carline plaisanta : « Quelle est la loi qui stipule que seuls les hommes ont le droit de se faire plaisir ? De plus, c'est le meilleur homme que j'aie rencontré qui ne soit pas mon frère. » Martin ne put que sourire à cela, tandis qu'Arutha continuait à chercher Anita parmi les courtisans.

Monseigneur Caldric, duc de Rillanon, premier conseiller du roi et grand-oncle de Lyam, eut un large sourire quand la grande main du roi engloutit la sienne et la serra vigoureusement. Lyam dut presque crier pour couvrir les vivats de la foule. « Mon oncle, comment se porte notre royaume ?

— Fort bien, mon roi, maintenant que vous êtes de retour. »

Comme son frère semblait de plus en plus désespéré, Carline lui dit : « Arrête de faire cette tête-là, Arutha. Elle t'attend dans le jardin oriental. »

Arutha déposa un baiser sur la joue de Carline, s'écarta rapidement d'elle et de Martin – qui éclata à nouveau de rire – et passa en courant à côté de Lyam en lui lançant : « Avec la permission de Votre Majesté. »

Lyam, d'abord surpris, esquissa un sourire amusé tandis que Caldric et les autres courtisans s'étonnaient ouvertement du comportement du prince de Krondor. Lyam se pencha à l'oreille de Caldric pour expliquer : « Anita. »

Le visage du vieil homme s'éclaira ; il émit un petit rire compréhensif. « J'imagine donc que vous allez bientôt repartir, cette fois pour assister au mariage de votre frère à Krondor ?

— Nous préférerions le faire ici, mais nous devons respecter la tradition qui veut que le prince se marie dans sa propre ville. Mais cela ne se fera pas avant quelques semaines. Ces choses-là prennent du temps et nous avons un royaume à gouverner, quoiqu'il semble s'être bien conduit durant notre absence.

— Peut-être, Votre Majesté, mais maintenant qu'il y a de nouveau un roi à Rillanon, de nombreuses affaires mises de côté en votre absence vont vous être présentées. Toutes les requêtes et les documents qui vous sont parvenus lors de vos voyages ne représentaient qu'un dixième de ce que vous allez devoir affronter. »

Lyam poussa un grognement amusé. « Nous pensons que nous allons demander au capitaine de reprendre la mer immédiatement. »

Caldric sourit. « Venez, Majesté. Votre ville désire voir son roi. »

Le jardin était vide, à l'exception d'une silhouette solitaire qui se promenait tranquillement entre les parterres soigneusement entretenus mais dépourvus de fleurs. Quelques variétés parmi les plus robustes commençaient déjà à arborer un beau vert printanier. La plupart des haies gardaient leur feuillage pendant la saison froide. Cependant, le jardin conservait encore les stigmates de l'hiver en dépit de ces prémices du printemps, qui n'arriverait que dans quelques semaines.

Anita profitait de la vue plongeante sur Rillanon. Le palais était construit au sommet d'une colline, sur le site d'un ancien donjon, désormais intégré au cœur des bâtiments. Sept hauts ponts enjambaient la rivière qui entourait le palais de ses boucles sinueuses. Le vent de l'après-midi était un peu froid et Anita resserra son châle de soie fine autour d'elle.

Ses yeux se perdirent dans les brumes du souvenir. Elle sourit en pensant à son père décédé, le prince Erland, et aux événements de l'année précédente : comment Guy du Bas-Tyra était venu à Krondor, comment il avait tenté de la forcer à un mariage politique, comment Arutha était entré incognito à

Krondor. Ils étaient restés cachés ensemble sous la protection des Moqueurs – les voleurs de Krondor – pendant plus d'un mois avant de s'échapper pour Crydee. À la fin de la guerre de la Faille, elle était allée à Rillanon pour voir le couronnement de Lyam. Pendant tous ces mois passés à ses côtés, elle était tombée profondément amoureuse du frère cadet du roi. Et maintenant, Arutha rentrait à Rillanon.

Anita se retourna en entendant un bruit de bottes sur les dalles. Elle s'attendait à voir un serviteur ou un garde, venu la prévenir de l'arrivée du roi au port. À la place, elle aperçut un homme fatigué, en vêtements de voyage de bonne facture mais assez usés, s'approcher d'elle dans le jardin. Ses cheveux sombres voletaient au vent et ses yeux bruns étaient soulignés de noir. Il fronçait les sourcils, cette même expression qu'il portait toujours lorsqu'il réfléchissait à des choses sérieuses et qu'elle trouvait si charmante. Elle s'émerveilla en silence devant sa démarche, souple, presque féline dans sa rapidité et son économie de mouvement. En arrivant près d'elle, il sourit, hésitant, presque timide. Avant qu'elle n'arrive à retrouver le parfait maintien qu'elle avait mis des années à acquérir, Anita sentit des larmes lui monter aux yeux. Soudain, elle se retrouva dans ses bras, et s'agrippa à lui. « Arutha », dit-elle simplement.

Pendant un moment, ils ne dirent rien, se serrant dans les bras l'un de l'autre. Puis il lui renversa lentement la tête en arrière et l'embrassa. Sans un mot, il lui dit toute la dévotion qu'il lui portait et combien elle lui avait manqué, et sans un mot elle lui répondit. Il plongea son regard dans ses yeux vert d'eau, suivit la courbe de son nez délicieusement semé de tâches de rousseur, l'unique imperfection de son visage parfaitement clair. Avec un sourire fatigué, il ajouta : « Je suis de retour. »

Puis il éclata de rire devant l'évidence de cette remarque et elle rit avec lui. Il était si heureux de tenir dans ses bras cette mince jeune femme, de sentir l'odeur délicate de ses cheveux roux, coiffés à la dernière mode de la cour. Il était si heureux d'être de nouveau avec elle.

Elle s'écarta tout en lui tenant fermement la main. « Cela fait si longtemps, dit-elle doucement. Votre voyage ne devait durer qu'un mois… puis un autre et encore un autre. Tu es resté plus de six mois loin d'ici. Je n'ai pas voulu aller t'accueillir sur le quai parce que je savais que je pleurerais en te voyant. » Ses joues étaient humides de larmes. Elle sourit et s'essuya le visage.

Arutha lui pressa la main. « Lyam n'en finissait pas de trouver encore d'autres nobles à visiter. Les affaires du royaume », dit-il d'un ton faussement méprisant.

Du jour où il avait rencontré Anita, il s'était senti incapable d'exprimer ses sentiments pour la jeune fille. Fortement attiré par elle dès le début, il avait constamment lutté contre ses émotions après leur fuite de Krondor. En effet, il s'était réellement attaché à elle mais la considérait encore comme une enfant immature. Cependant elle avait le don de l'apaiser, de lire ses sentiments comme personne, de savoir comment calmer ses inquiétudes, ses colères et comment le tirer de ses pensées les plus noires. Il avait fini par tomber amoureux de sa douceur.

Il s'était tu jusqu'à la veille de son départ avec Lyam. Le soir, ils s'étaient promenés dans ce même jardin, parlant jusque tard dans la nuit ; ils n'avaient rien dit de réellement important mais Arutha était parti en se disant qu'ils étaient parvenus à un accord. Le ton léger, parfois quelque peu formel de ses lettres l'avait inquiétée, lui faisant craindre de l'avoir mal comprise cette nuit-là, mais à présent, il lui suffisait de la regarder pour savoir que ce n'était pas le cas. Sans préambule, il dit : « Je n'ai cessé de penser à toi. »

Il vit des larmes lui monter aux yeux et elle répondit : « Et moi à toi.

— Je t'aime, Anita. Je voudrais que tu sois toujours à mon côté. Consentirais-tu à m'épouser ? »

Elle lui serra la main et répondit : « Oui. » Puis elle l'enlaça de nouveau. Arutha, transporté de joie, fut pris d'un vertige. En la pressant contre son cœur, il lui murmura : « Tu es ma joie. Tu es mon cœur. »

Ils restèrent là un long moment, le prince grand et élancé et la fine princesse qui lui arrivait à peine au menton. Ils se murmuraient des choses tout bas et rien d'autre ne semblait avoir d'importance que leur présence mutuelle. Un toussotement gêné les tira de leur rêverie. Ils se retournèrent et virent un garde du palais à l'entrée du jardin. « Sa Majesté approche, Votre Altesse. Il sera dans le grand hall dans quelques minutes.

— Nous nous y rendons de ce pas. » Arutha prit Anita par la main et sortit en passant à côté du garde, qui les suivit à distance. Si Arutha et Anita avaient regardé derrière eux, ils auraient vu le garde, pourtant aguerri, se retenir difficilement de sourire.

Arutha serra une dernière fois la main d'Anita, puis se plaça à côté de la porte alors que Lyam entrait dans l'immense salle du trône du palais. Le roi s'avança vers le dais où se tenait le trône, les courtisans s'inclinèrent sur son passage et le maître de cérémonie frappa le sol de son bâton ferré. Un héraut clama : « Oyez ! Oyez ! Qu'on se le dise : Lyam, premier du nom et par la grâce des dieux seigneur légitime, est revenu parmi nous et occupe de nouveau son trône. Longue vie au roi !

— Longue vie au roi ! » répondirent les gens assemblés dans le hall.

Quand il se fut assis, le front ceint du simple cerclet d'or de son office, les épaules couvertes du manteau de pourpre, Lyam dit : « Nous sommes heureux d'être de retour. »

Le maître de cérémonie frappa de nouveau le sol et le héraut clama le nom d'Arutha. Arutha entra dans le hall, Carline et Anita derrière lui, suivies de Martin, selon l'ordre établi par le protocole. Ils furent annoncés chacun leur tour. Quand tous eurent pris place aux côtés de Lyam, le roi fit signe à Arutha de venir.

Ce dernier s'approcha et se pencha vers son frère. « Tu lui as demandé ? » dit le roi.

Avec un sourire en coin, Arutha répondit : « Demandé quoi ? »

Lyam sourit aussi. « Pour le mariage, gros malin. Oui, évidemment et, vu ton grand sourire, elle a accepté, murmura-t-il. Retourne à ta place, je vais annoncer la nouvelle dans un moment. » Arutha retourna aux côtés d'Anita et Lyam fit signe au duc Caldric de venir. « Nous sommes fatigués, seigneur chancelier. Nous serions heureux que les affaires du jour soient brèves.

— Deux affaires seulement requièrent aujourd'hui l'attention de Votre Majesté. Le reste peut attendre. »

Lyam fit signe à Caldric de poursuivre. « Tout d'abord, les barons de la frontière et le duc Vandros de Yabon nous préviennent d'une recrudescence inhabituelle d'activité gobeline dans le royaume de l'Ouest. »

À ces mots, l'attention d'Arutha se détourna brusquement d'Anita. Le royaume de l'Ouest était sous sa responsabilité directe. Lyam regarda Arutha, puis Martin, et leur fit signe qu'ils pouvaient participer.

Martin dit : « Qu'en est-il de Crydee, monseigneur ? »

Caldric répondit : « Nous n'avons pas reçu de nouvelles de la Côte sauvage, Votre Grâce. Pour lors, nous n'en avons reçu que de la zone comprise entre Hautetour à l'est et le lac du Ciel à l'ouest – ils ont vu passer plusieurs bandes de gobelins qui remontaient vers le nord et il y a eu quelques raids occasionnels contre les villages placés sur leur route.

— Vers le nord ? » Martin jeta un coup d'œil à Arutha.

« Avec votre permission, Majesté ? » demanda Arutha. Lyam acquiesça. « Martin, à ton avis, les gobelins sont-ils en train de rejoindre la Confrérie de la Voie des Ténèbres ? »

Le duc de Crydee réfléchit. « Je n'écarterais pas une telle possibilité. Les gobelins servent les Moredhels depuis longtemps. Mais j'aurais trouvé plus normal que les Frères des Ténèbres descendent vers le sud, pour rentrer chez eux, dans les Tours Grises. » Les cousins maléfiques des elfes avaient été repoussés au nord des Tours Grises par l'invasion tsurani lors de la guerre de la Faille. Martin demanda à Caldric : « Monseigneur, y a-t-il des nouvelles de la Confrérie des Ténèbres ? »

Caldric secoua la tête. « Comme d'habitude, on en a vu aux pieds des Crocs du Monde, duc Martin, mais rien d'extraordinaire. Les seigneurs des portes du Nord, des portes de Fer et de Hautetour ont envoyé leurs rapports habituels sur la Confrérie, mais rien de plus.

— Arutha, dit Lyam, nous vous laissons la charge à toi et à Martin de lire ces rapports et de déterminer ce dont l'Ouest peut avoir besoin. » Il regarda Caldric. « Quoi d'autre, monseigneur ?

— Un message de l'impératrice de Kesh la Grande, Votre Majesté.

— Et qu'est-ce que Kesh a donc à dire aux Isles ?

— L'impératrice a donné l'ordre à son ambassadeur, un certain Abdur Rachman Memo Hazara-Khan, de venir dans le royaume des Isles afin de discuter des contentieux qui pourraient encore exister entre Kesh et les Isles.

— De bienheureuses nouvelles, monseigneur. Cette affaire du val des Rêves n'a que trop longtemps empêché notre royaume et Kesh la Grande de nouer des relations plus cordiales. Il serait doublement bénéfique pour nos deux nations de régler cela pour de bon. » Lyam se leva. « Mais faites savoir à Son Excellence que nous le rencontrerons à Krondor, car nous avons un mariage à y célébrer.

« Seigneurs et dames de la cour, c'est avec le plus grand plaisir que nous vous annonçons le mariage à venir de notre frère Arutha et de la princesse Anita. » Le roi se tourna vers le couple et les prit tous deux par la main pour les présenter devant la cour assemblée, qui applaudit.

Carline jeta un regard noir à Laurie et alla embrasser Anita sur la joue. Alors que la liesse régnait encore dans la salle, Lyam annonça : « Les affaires de la journée sont terminées. »

2

La ville sommeillait.

Un lourd manteau de brouillard venu de la Triste Mer avait englouti Krondor sous une épaisse purée blanche. La capitale de l'ouest du royaume n'était jamais au repos, mais les bruits habituels de la nuit étaient étouffés par la brume presque impénétrable qui masquait les allées et venues des noctambules dans les rues de la cité. Tout semblait plus calme, moins strident qu'à l'habitude, comme si Krondor était en paix avec elle-même.

L'un des habitants de la ville trouvait les conditions de cette nuit presque idéales. Le brouillard avait changé chaque rue en passage étroit et sombre, chaque bâtiment en îlot éloigné de tout. Quelques lampadaires ponctuaient vaguement cette pénombre générale de maigres refuges de chaleur et de clarté où se blottissaient les passants avant de replonger dans la nuit humide et sombre. Mais entre ces faibles havres de lumière, un homme qui savait travailler dans le noir trouvait une bien meilleure protection, car le moindre de ses bruits était étouffé et ses mouvements étaient dissimulés aux yeux d'hypothétiques espions. Jimmy les Mains Vives vaquait à son travail.

À quinze ans, Jimmy était déjà considéré comme l'un des membres les plus doués des Moqueurs, la Guilde des Voleurs de Krondor. Il avait passé la majeure partie de sa courte existence à voler, en commençant par le vol de fruits à l'étalage lorsqu'il n'était encore qu'un gamin des rues, avant de se voir admis au sein de la Guilde des Moqueurs. Jimmy ne savait pas qui était son père et sa mère, une prostituée du Quartier

Pauvre, avait été assassinée par un marin ivre. Depuis, l'enfant était devenu un Moqueur et avait rapidement grimpé les échelons de l'organisation. Le plus étonnant dans ce parcours, ce n'était pas tant l'âge de Jimmy, car les Moqueurs avaient tendance à penser que, dès qu'un gamin était prêt à s'essayer au vol, il devait être laissé libre de le faire. L'échec avait ses avantages. Un mauvais voleur devenait rapidement un voleur mort. Tant que les autres Moqueurs n'étaient pas mis en péril, la disparition d'un voleur sans talent n'était pas une bien grande perte. Non, la chose la plus étonnante dans l'ascension de Jimmy, c'était qu'il était presque aussi bon qu'il croyait l'être.

Il se déplaçait dans la pièce avec une discrétion presque surnaturelle. Seuls les ronflements puissants de ses hôtes troublaient le silence nocturne. L'unique source de lumière provenait d'un lampadaire un peu plus loin dans la rue. Jimmy scruta chaque recoin de la chambre, tous les sens en alerte. Il s'immobilisa lorsque le plancher rendit un son différent sous son pas léger. Il avait trouvé ce qu'il cherchait et eut un petit rire muet : la cachette du marchand manquait d'originalité. Avec une parfaite économie de mouvement, le jeune voleur souleva l'une des lattes du plancher et plongea la main dans la cache de Trig le Fouleur.

Trig gronda et se retourna, recevant en réponse un ronflement sonore de sa corpulente épouse. Jimmy s'immobilisa sur place, osant à peine respirer, et attendit plusieurs minutes, histoire de s'assurer que les deux silhouettes endormies ne bougeaient plus. Il retira de la cache une lourde bourse et plaça tout doucement son butin dans sa tunique, serrée à la taille par une large ceinture. Puis il remit la planche en place et repartit vers la fenêtre. Avec un peu de chance, le vol ne serait pas découvert avant plusieurs jours.

Jimmy enjamba la fenêtre, se retourna et leva les mains pour attraper la corniche. D'une rapide traction, il se retrouva assis sur le toit. Il se pencha dans le vide, poussa doucement les volets pour les refermer puis, d'une torsion, libéra le crochet dont il s'était servi, de manière à ce que le loquet intérieur retombe en place. Il récupéra rapidement son matériel, jubilant à l'idée de la perplexité que la disparition de son or provoquerait chez le fouleur. Jimmy s'allongea sans faire de bruit et resta là un moment, à l'écoute du moindre bruit, pour être sûr que personne ne se réveillait. Comme rien ne bougeait dans la maison, il se détendit.

Il se leva et prit la rue du Monte-en-l'air, comme on appelait les toits de la ville. Il sauta d'un toit à l'autre et s'assit sur les tuiles pour compter son butin. La bourse montrait clairement que le fouleur était économe, car elle devait contenir une bonne part de ses bénéfices réguliers. Jimmy allait être à l'abri du besoin pour des mois s'il ne perdait pas tout au jeu.

Il y eut un léger bruit et Jimmy se colla au toit, s'accrochant aux tuiles sans faire de bruit. Il entendit un nouveau bruit, comme si quelque chose bougeait derrière le pignon qui s'élevait au beau milieu du toit sur lequel il se trouvait. Le gamin maudit sa malchance et passa la main dans ses boucles brunes trempées par la brume. Si une autre personne se trouvait près de lui sur les toits, cela ne pourrait lui causer que des problèmes, car Jimmy travaillait là sans autorisation du maître de nuit des Moqueurs. C'était une petite habitude qui lui avait déjà valu des réprimandes et des bastonnades les rares fois où il avait été pris sur le fait. Mais cette fois, c'était différent car s'il avait volé le travail d'un autre Moqueur, il risquait de recevoir autre chose qu'une simple remontrance ou qu'une gifle. Les autres membres de la Guilde traitaient Jimmy comme un adulte, position qu'il avait eu bien du mal à obtenir, par ses talents et son astuce. En retour, on attendait de lui qu'il soit responsable, quel que soit son âge. À risquer la vie d'un autre Moqueur, il pouvait fort bien y perdre la sienne.

L'autre alternative pouvait se révéler tout aussi mauvaise. Si un voleur travaillait en solitaire dans la ville sans la permission des Moqueurs, Jimmy se devait de l'identifier et de le dénoncer. Au moins cela lui permettrait d'atténuer sa propre transgression de la règle des Moqueurs, tout particulièrement s'il donnait à la Guilde la part qu'il lui devait : les deux tiers de l'or du fouleur.

Jimmy se glissa par-dessus le faîte du toit et rampa jusqu'à se retrouver en vis-à-vis de la source du bruit. Il avait juste besoin d'apercevoir le voleur indépendant pour pouvoir le décrire. Le maître de nuit ferait circuler la description de l'homme et, un jour ou l'autre, ce dernier se ferait serrer par quelques gros bras de la Guilde qui lui apprendraient comment se comporter décemment envers les Moqueurs quand on était un étranger. Jimmy remonta un peu et jeta un œil par-dessus le faîte du toit. Il ne vit rien. Il tourna la tête et perçut un léger mouvement du coin de l'œil. Il se retourna. Toujours rien. Jimmy les Mains Vives s'installa pour attendre. Cette affaire commençait à titiller sa curiosité exacerbée.

C'était l'une des rares faiblesses de Jimmy dans son travail – cela et une certaine irritation quand il en venait au moment de partager son butin avec la Guilde qui, quant à elle, n'avait cure de ses hésitations. Les Moqueurs, en l'éduquant, lui avaient donné une conception particulière de la vie – un certain scepticisme à la limite du cynisme –, que l'on n'avait normalement pas à son âge. Il n'était pas savant, mais il était malin. Et il était sûr d'un fait : un son ne vient jamais de nulle part – sauf si la magie est à l'œuvre.

Jimmy se rallongea un moment pour réfléchir à ce qu'il ne voyait pas. Soit un esprit invisible se tortillait inconfortablement sur les tuiles du toit, ce qui était possible mais hautement improbable, soit quelque chose de plus corporel s'était caché dans l'ombre du pignon, que Jimmy contourna en rampant.

Il se releva légèrement pour regarder par-dessus la crête du toit, scrutant les ténèbres. Lorsqu'il entendit à nouveau un léger frottement, il fut récompensé de ses efforts en apercevant un mouvement. Quelqu'un s'était bel et bien caché là, enroulé dans une cape noire. Jimmy ne pouvait le voir que quand il bougeait. Le voleur se glissa sous la crête tout doucement, centimètre par centimètre, pour obtenir un meilleur angle de vue, jusqu'à ce qu'il se retrouve directement derrière la silhouette. Il se releva de nouveau tandis que l'homme rajustait sa cape sur ses épaules. Jimmy sentit sa nuque se hérisser. La silhouette en dessous de lui était entièrement vêtue de noir et tenait une grande arbalète. Ce n'était pas un voleur, mais un Faucon de la Nuit!

Jimmy se figea. Tomber sur un membre de la Guilde de la Mort en pleine action ne favorisait pas le prolongement de son espérance de vie. Mais les Moqueurs avaient ordre de prévenir impérativement la Guilde de tout ce qu'on pouvait apprendre sur la confrérie des assassins et cet ordre était venu du Juste, la plus haute autorité des Moqueurs. Jimmy décida d'attendre, se disant que, même si on le découvrait, il pourrait toujours s'en sortir. Il n'avait peut-être pas les pouvoirs légendaires des Faucons de la Nuit, mais il avait toute l'assurance d'un gamin de quinze ans devenu le plus jeune maître voleur de toute l'histoire des Moqueurs. S'il était découvert, ce ne serait pas sa première fuite sur la rue du Monte-en-l'air.

Le temps passa et Jimmy attendit, avec une patience très peu courante pour son jeune âge. Un voleur incapable de rester immobile pendant des heures ne restait pas longtemps un voleur vivant. De temps en temps, il voyait et entendait l'assassin se déplacer. La terreur que Jimmy avait éprouvée vis-à-vis des légendaires Faucons de la Nuit déclina fortement. L'homme n'était visiblement pas très doué pour rester immobile. Jimmy avait depuis longtemps maîtrisé toutes les astuces qui permettaient de contracter et décontracter ses muscles sans faire de bruit, pour éviter de laisser s'engourdir ses membres raidis. Il finit par se dire que la plupart des légendes avaient tendance à exagérer et que, vu le travail des Faucons de la Nuit, il valait mieux pour eux que les gens les craignent.

Tout à coup, l'assassin bougea, se débarrassa de sa cape et leva son arbalète. Jimmy entendit des sabots qui approchaient. Des cavaliers passèrent et l'assassin baissa lentement son arme. Visiblement, ces passants-là n'étaient pas ses proies pour cette nuit.

Jimmy se souleva sur ses coudes un tout petit peu plus pour mieux apercevoir l'homme, maintenant qu'il n'était plus dissimulé par sa cape. L'assassin se tourna légèrement pour la récupérer, offrant à Jimmy une bonne vue sur son visage. Le voleur ramena ses jambes sous lui, prêt à sauter pour s'enfuir si nécessaire, et il observa son homme. Jimmy ne put guère distinguer que des cheveux noirs et une peau pâle. Puis l'assassin sembla regarder droit dans les yeux du garçon.

Le cœur de Jimmy se mit à battre violemment dans ses oreilles. Il se demanda comment l'assassin pouvait ne pas entendre un tel vacarme. Mais l'homme se retourna et reprit sa veille. Jimmy redescendit sans faire de bruit derrière la crête du toit et inspira lentement, luttant contre un brusque fou rire, qui finit par passer au bout d'un petit moment. Jimmy se détendit un peu et se risqua à jeter un nouveau coup d'œil.

L'assassin avait repris son attente. Le voleur s'installa à nouveau le plus confortablement possible. L'arme du Faucon de la Nuit l'étonnait. L'arbalète lourde n'était pas un très bon choix pour un tireur embusqué, elle était moins précise qu'un bon arc. Cependant elle convenait bien à une personne mal entraînée, car elle tirait des carreaux avec une puissance terrible – une blessure légère faite par un arc devenait mortelle quand elle était faite par une arbalète, à cause de l'impact. Jimmy en avait vu un exemple sur une cuirasse d'acier exposée dans une taverne. Le plastron de métal arborait un trou de la taille du poing de Jimmy, percé par un carreau d'arbalète lourde. On avait suspendu l'armure non pas pour la taille du trou, courante en cas d'utilisation de ce type d'arme, mais parce que le porteur avait réussi on ne savait trop comment à survivre. Mais cette arme avait ses désavantages. Outre le fait qu'elle devenait imprécise à plus d'une douzaine de mètres, sa portée était trop courte.

Jimmy se tordit le cou pour regarder le Faucon de la Nuit et sentit un pincement au bras droit. Il reporta le poids de son corps un peu plus sur la gauche. Soudain, une tuile céda sous sa main et se brisa avec un craquement sonore. Elle tomba en cliquetant sur le toit et alla s'écraser bruyamment en bas sur les pavés. Pour Jimmy, ce fut un coup de tonnerre qui annonçait sa fin.

Faisant volte-face avec une rapidité surhumaine, l'assassin se retourna et tira. Jimmy avait glissé et cela lui sauva la vie, car il n'aurait jamais pu esquiver le carreau assez vite. Heureusement, les lois de la gravité lui fournirent la rapidité dont il avait besoin. Il s'effondra sur le toit et entendit le carreau siffler juste au-dessus de sa tête. Un bref instant, il imagina son crâne explosant comme une citrouille trop mûre et rendit grâce en silence à Banath, dieu patron des voleurs.

Les réflexes de Jimmy le sauvèrent également la deuxième fois, car au lieu de se relever, il roula sur sa droite. Une épée s'écrasa là où il était encore allongé l'instant précédent.

Sachant qu'il ne pourrait pas semer l'assassin, Jimmy s'accroupit, sortant sa dague de sa botte droite dans le même mouvement. Il n'aimait pas tellement se battre, mais il avait compris très tôt dans sa carrière que sa vie pouvait parfois dépendre de sa capacité à utiliser une lame. Il s'était entraîné à chaque fois qu'il en avait eu l'occasion. Jimmy aurait juste préféré que son escapade sur les toits ne l'ait pas empêché de prendre sa rapière avec lui. L'assassin fit face au garçon et Jimmy le vit chanceler un bref instant. Le Faucon de la Nuit avait peut-être d'excellents réflexes, mais il n'avait pas l'habitude de l'équilibre précaire des déplacements sur les toits. Jimmy sourit, autant pour cacher sa peur que devant la gêne évidente de l'assassin.

Dans un sifflement, ce dernier murmura : « Prie le dieu qui t'a amené ici, gamin. »

Jimmy trouva la remarque étrange. Elle ne pouvait distraire que son auteur. L'assassin frappa, la lame fendit le vide là où Jimmy s'était tenu juste avant et le jeune voleur fila.

Il courut sur le toit et sauta sur la maison de Trig le Fouleur. Quelques instants plus tard, il entendit l'assassin atterrir derrière lui. Jimmy courut et se retrouva face à un gouffre béant. Dans sa précipitation, il avait oublié qu'une grande allée de ce côté-ci de la rue mettait le bâtiment suivant beaucoup trop loin. Il fit volte-face.

L'assassin s'approchait lentement, l'épée pointée sur Jimmy. Jimmy eut un éclair de génie et il commença à tambouriner violemment du pied sur le toit. Quelques instants plus tard, une voix furieuse éclata à l'intérieur. « Au voleur ! On me vole ! » Jimmy s'imaginait Trig le Fouleur penché à sa fenêtre, éveillant de ses cris la garde de la ville et il espéra que l'assassin s'imaginerait la même chose. Avec tout ce tintamarre, la maison serait sans doute très bientôt cernée. Il pria pour que l'assassin s'enfuie et ne cherche pas à s'en prendre au responsable de son échec.

Mais l'assassin, sans prêter attention aux cris du fouleur, s'avança sur Jimmy et frappa de nouveau. Jimmy esquiva, en s'approchant à portée de l'assassin. Il se fendit et sentit la pointe de sa dague s'enfoncer dans le bras armé du Faucon de la Nuit. La lame de l'assassin tomba dans la rue avec fracas et son hurlement de douleur fit taire le fouleur. Jimmy entendit les volets se fermer et se demanda ce qu'avait bien pu penser ce pauvre Trig, lorsqu'il avait entendu ce cri juste au-dessus de sa tête.

L'assassin esquiva un autre coup porté par Jimmy et tira une dague de sa ceinture. Il s'avança de nouveau, sans un mot, tenant son arme de la main gauche. Le voleur entendit des cris en bas dans la rue et dut s'empêcher d'appeler à l'aide. Il ne se sentait pas de taille à vaincre le Faucon de la Nuit, même si l'assassin combattait avec sa mauvaise main, mais il n'avait pas non plus envie d'avoir à expliquer sa présence sur le toit du fouleur. De plus, même s'il criait à l'aide, le temps que la garde arrive, réussisse à entrer dans la maison et à passer sur le toit, son sort serait déjà réglé.

Jimmy recula vers le bord du toit, jusqu'à ce que ses talons ne rencontrent plus que le vide. L'assassin se rapprocha et dit : « Tu ne peux plus t'échapper, gamin. »

Jimmy attendit, s'apprêtant à une manœuvre désespérée. L'assassin s'apprêta à frapper, comme le voleur l'avait prévu. Alors Jimmy s'accroupit et recula tout d'un coup, en se laissant tomber. L'assassin avait commencé à se fendre ; comme sa lame ne rencontrait aucune résistance, il perdit l'équilibre et tomba en avant. Jimmy attrapa le bord du toit, se déboîtant presque les épaules sous le choc. Il sentit plus qu'il ne vit l'assassin tomber, plongeant sans un mot dans les ténèbres, pour aller s'écraser sur les pavés quelques mètres plus bas.

Jimmy resta suspendu un moment, les mains, les bras et les épaules en feu. Il aurait été si facile de lâcher et de se laisser tomber dans ces ténèbres si accueillantes. Luttant contre la fatigue et la douleur, il força ses muscles endoloris à le remonter sur le toit. Il resta allongé là, tentant de reprendre son souffle, puis roula sur le côté et regarda dans la rue.

L'assassin était immobile sur les pavés. Vu l'angle bizarre que formait son cou, il était clair qu'il était mort. Jimmy inspira profondément, laissant finalement la peur s'emparer de lui, le secouant d'un long frisson. Il se calma brusquement et s'aplatit sur le toit quand il vit deux hommes arriver en courant dans l'allée en contrebas. Ils s'emparèrent du cadavre et le retournèrent, puis le soulevèrent et repartirent au pas de course. Jimmy réfléchit. Le fait que l'assassin ait eu des comparses indiquait à coup sûr que la Guilde de la Mort trempait dans toute cette affaire. Mais qui donc devait passer dans cette rue à cette heure de la nuit ? Jimmy hésita un moment, se demandant s'il ne pourrait pas rester un peu plus longtemps pour satisfaire sa curiosité, malgré l'arrivée imminente de la garde de la ville. La curiosité l'emporta.

Il entendit des bruits de sabots dans le brouillard et vit bientôt deux cavaliers passer dans la lumière de la lanterne placée devant la maison de Trig. Ce dernier choisit précisément cet instant pour rouvrir ses volets et reprendre ses cris et ses hurlements. Les yeux de Jimmy s'arrondirent quand les cavaliers levèrent la tête vers la fenêtre du foulder. Cela faisait plus d'un an que Jimmy n'avait pas vu le premier des deux cavaliers, mais il le connaissait bien. Il secoua la tête face aux implications de ce qu'il venait de voir, puis se dit qu'il était grand temps qu'il s'en aille. Malgré tout, après avoir vu cet homme, Jimmy ne pouvait plus considérer que son travail était fini pour la nuit. Celle-ci risquait d'être longue, bien au contraire. Il se releva et reprit la rue du Monte-en-l'air, en direction de la Planque.

Arutha tira sur ses rênes et leva les yeux vers l'homme qui hurlait, penché à sa fenêtre. « Laurie, qu'est-ce qui se passe ?

— À en croire ces couinements de goret qu'on égorge, je dirais que ce bourgeois est la malheureuse victime de quelque crime. »

Arutha éclata de rire. « Ça, je l'avais deviné. » Il ne connaissait pas très bien Laurie, mais il appréciait l'esprit et le sens de l'humour du chanteur. Il savait qu'en ce moment il existait un différend entre Laurie et Carline, raison pour laquelle le chanteur avait demandé à Arutha s'il pouvait l'accompagner à Krondor. Carline devait arriver une semaine plus tard avec Anita et Lyam. Mais cela faisait longtemps qu'Arutha s'était fait une raison : ce dont Carline ne lui parlait pas n'était pas ses affaires. De plus, si Laurie était tombé en disgrâce auprès de la princesse, Arutha ne pouvait faire autrement que de le plaindre. Après Anita, Carline était la dernière personne qu'Arutha souhaitait mettre en colère.

Le prince regarda autour d'eux, constatant que plusieurs voisins tirés de leur sommeil commençaient à hurler en demandant ce qu'il se passait. « Je sens qu'il ne va pas tarder à y avoir une enquête par ici. Mieux vaut partir. »

Sa prophétie se réalisa. Arutha et Laurie sursautèrent en entendant une voix jaillir du brouillard. « Hé, là ! » Trois hommes vêtus des chapeaux de feutre gris et des tabards jaunes de la garde de la ville émergèrent de l'obscurité. Celui de gauche, un homme rougeaud aux sourcils épais, portait une lanterne à la main et une grande matraque dans l'autre. L'homme au centre était assez âgé, visiblement près de la retraite tandis que le troisième n'était encore qu'un gamin, mais ils avaient tous les deux l'air d'avoir l'expérience de la rue, vu la manière dont ils avaient la main calmement posée sur le grand couteau passé à leur ceinture. « Qu'est-ce qu'il se passe, cette nuit ? demanda le plus âgé, d'un ton à la fois autoritaire et bon enfant.

— Des troubles dans cette maison, garde. » Arutha montra le fouleur. « Nous sommes de passage seulement.

— Vraiment, messire ? J'imagine donc que vous ne verrez pas d'inconvénient à rester encore quelques instants, le temps que nous sachions exactement la cause de tout ce raffut. » Il fit signe au jeune garde d'aller fouiner dans les alentours.

Arutha acquiesça, sans rien dire. À ce moment-là, un homme rebondi et écarlate sortit de la maison, en agitant les bras et en hurlant : « Des voleurs ! Ils sont entrés chez moi, dans ma chambre et ils m'ont pris mon trésor ! Où va-t-on, quand les honnêtes gens ne sont même plus en sécurité dans leur propre lit, je vous le demande ! » Apercevant Arutha et Laurie, il dit : « Ce sont donc mes voleurs, ces sales voleurs ? » Rassemblant ce qui lui restait de dignité dans sa volumineuse chemise de nuit, il s'exclama : « Qu'avez-vous fait de mon or, mon précieux or ? »

Le garde rougeaud tira l'homme par le bras, lui faisant presque faire un tour complet sur lui-même. « Cesse de beugler, le grincheux.

— Grincheux ! s'étrangla Trig. Mais enfin, qu'est-ce qui vous permet de traiter un citoyen, un honnête citoyen de… » Il se tut et on put lire sur son visage l'expression de la plus parfaite incrédulité quand une compagnie de cavaliers émergea du brouillard. À leur tête chevauchait un homme noir gigantesque qui portait le tabard de capitaine de la garde de la maison royale. Au vu de l'attroupement dans la rue, il fit signe à ses hommes de s'arrêter.

Arutha secoua la tête et dit à Laurie : « Tant pis pour notre retour discret à Krondor.

— Qu'y a-t-il, garde ? » demanda le capitaine.

Le garde salua. « C'est ce que je m'efforce de savoir en ce moment, capitaine. Nous avons appréhendé ces deux... » Il montra Arutha et Laurie.

Le capitaine s'approcha et éclata de rire. Le garde lui jeta un regard méfiant, ne sachant que dire. Guidant son cheval vers Arutha, Gardan, l'ancien sergent de la garnison de Crydee, salua. « Bienvenue dans votre ville, Altesse. » À ces mots, les autres gardes rectifièrent leur position en selle et saluèrent leur prince.

Arutha leur rendit leur salut, puis il serra la main de Gardan devant les gardes et le fouleur ébahis. « Chanteur, dit Gardan, ça fait plaisir de vous revoir aussi. » Laurie lui fit un sourire et un signe de la main. Il n'avait connu Gardan que très peu de temps avant qu'Arutha ne l'envoie à Krondor prendre le commandement des gardes du palais et de la ville, mais il aimait bien ce soldat aux cheveux gris.

Arutha se tourna de nouveau vers les gardes et le fouleur. Les gardes avaient retiré leur chapeau et le plus vieux dit : « 'Scusez, Votre Altesse, le vieux Bert y savait pas. On voulait pas vous offenser, Sire. »

Arutha secoua la tête, amusé malgré l'heure tardive et le froid glacial. « Vous ne m'avez pas offensé, Bert le garde. Vous ne faisiez que votre devoir et vous le faisiez bien. » Il se tourna vers Gardan. « Comment diable as-tu réussi à me retrouver ?

— Le duc Caldric nous a envoyé un itinéraire et nous a dit que vous rentriez de Rillanon. Vous deviez arriver demain, mais j'ai dit au comte Volney que vous tenteriez probablement de vous glisser en ville cette nuit. Comme vous veniez de Salador, vous ne pouviez arriver que par une seule porte... il pointa le doigt vers l'autre bout de la rue, en direction de la porte est, masquée par la brume et les ténèbres... et vous voilà. Votre Altesse est arrivée plus tôt que je ne m'y étais attendu. Où se trouve le reste de votre troupe?

— La moitié des gardes escortent la princesse Anita sur les terres de sa mère. L'autre moitié campe à environ six heures de cheval de la ville. Je n'aurais pas supporté une nuit de plus sur la route. De plus, nous avons beaucoup à faire. » Gardan jeta un regard interrogateur au prince, mais Arutha se contenta d'ajouter : « Je t'en dirai plus quand j'aurai discuté avec Volney. Maintenant – il regarda le fouleur – voyons qui est ce fauteur de troubles?

— C'est Trig le Fouleur, Votre Altesse, répondit le plus vieux des gardes. Il dit que quelqu'un est rentré dans sa chambre et qu'on l'a volé. Il aurait été réveillé par des bruits de bagarre sur son toit. »

Trig l'interrompit : « Ils se battaient au-dessus de ma tête, juste… juste au-dessus de ma… ma tête… » Sa voix faiblit quand il se rendit compte à qui il parlait. « … Votre Altesse », finit-il, soudain embarrassé.

Le garde aux sourcils épais lui jeta un regard dur. « Il dit qu'il a entendu comme un cri et il a rentré sa tête chez lui comme une tortue. »

Trig opina vigoureusement. « C'était comme si on commettait un meurtre, un meurtre horrible, Votre Altesse. C'était affreux. » Le garde rougeaud colla un coup de coude dans les côtes de Trig pour le faire taire.

Le jeune garde sortit de l'allée perpendiculaire. « J'ai trouvé ça sur une pile d'ordures dans la rue de l'autre côté de la maison, Bert. » Il brandissait l'épée de l'assassin. « Il y a un peu de sang sur la poignée, mais pas sur la lame. Il y a aussi une petite mare de sang dans l'allée, mais je n'ai pas trouvé de corps. »

Arutha fit signe à Gardan de prendre l'épée. Le jeune garde vit les soldats et comprit rapidement qu'il devait avoir pris le commandement. Il tendit l'épée et retira son chapeau.

Arutha reçut l'épée des mains du capitaine, n'y trouva rien de significatif et la rendit au garde. « Fais passer tes hommes, Gardan. Il est tard et nous n'allons pas beaucoup dormir cette nuit.

— Mais, et mon vol? s'écria le fouleur, sortant de son mutisme. C'étaient mes économies, toute une vie d'économies! Je suis ruiné! Qu'est-ce que je vais bien pouvoir faire?»

Le prince fit tourner son cheval et s'approcha des gardes. À Trig, il dit : «Vous avez toute ma sympathie, mon bon fouleur, mais soyez certain que la garde fera tout son possible pour récupérer vos biens.

— Bon, dit Bert à Trig, vous feriez mieux de rentrer et de finir votre nuit, messire. Demain matin, vous pourrez faire une déclaration auprès du sergent de garde. Il lui faudra une description complète de ce qui vous a été volé.

— Ce qui m'a été volé? De l'or, mon bon monsieur, c'est ça qu'on m'a pris! Mon trésor, tout mon trésor!

— Ah, de l'or? dit Bert, visiblement expert en la matière. Alors je vous conseille de rentrer et de vous remettre dès demain à refaire votre fortune, parce que aussi sûr qu'il y a du brouillard à Krondor, vous n'en retrouverez pas la moindre piécette. Mais ne soyez pas trop triste, mon bon monsieur. Vous êtes un homme de ressource et l'or afflue bien vite chez les gens de votre qualité, avec vos moyens et votre esprit d'entreprise.»

Arutha étouffa un rire, car malgré le drame que vivait cet homme, il semblait terriblement comique dans sa chemise de nuit en lin, avec son bonnet de nuit qui lui chatouillait presque le bout du nez. «Mon bon fouleur, je vais faire réparation.» Il tira sa dague de sa ceinture et la tendit à Bert le garde. «Cette arme porte les armoiries de ma famille. Il n'en existe que trois de ce modèle, la mienne et celles de mes frères, le roi et le duc de Crydee. Rendez-la au palais demain et on vous donnera à la place un sac d'or. Je ne voudrais pas qu'il y ait un fouleur malheureux le jour même de mon arrivée en ville. Maintenant, je vous souhaite à tous une bonne nuit.» Arutha talonna son cheval et guida ses compagnons vers le palais.

Quand le prince et ses gardes eurent disparu dans les ténèbres, Bert se tourna vers Trig. «Vous avez de la chance, messire, les choses se finissent bien pour vous, dit-il en passant la dague du prince au fouleur. Et vous pouvez être heureux d'être l'une des rares personnes qui n'appartiennent pas à la noblesse et qui aient parlé avec le prince de Krondor, malgré les circonstances difficiles.» Il se tourna vers ses hommes et leur dit : « Allez, on reprend la ronde. Une nuit comme celle-là, sûr qu'on va tomber sur d'autres joyeusetés du même genre. » Il fit signe à ses hommes de le suivre et tous furent engloutis par la brume.

Trig resta là, seul. Au bout d'un moment, son visage s'éclaira et il cria à sa femme et aux gens qui étaient encore à leur fenêtre : « J'ai parlé au prince ! Moi, Trig le Fouleur ! » Exalté, le fouleur rentra dans la tiédeur de sa maison, serrant contre lui la dague d'Arutha.

Jimmy se fraya un chemin dans d'étroits tunnels qui faisaient partie de tout un labyrinthe d'égouts et de constructions souterraines communes à cette partie de la ville. Chaque centimètre de ces passages était sous le contrôle des Moqueurs. Jimmy passa à côté d'un boueux – un homme qui gagnait sa vie en récupérant ce qu'il pouvait dans les égouts. Il se servait d'un bâton pour arrêter des paquets de débris qui dérivaient dans les eaux usées. On appelait ces masses flottantes des bouées, par déformation de l'aspect de la chose et du nom boueux. Elles étaient ensuite examinées dans l'espoir d'y trouver une pièce ou un quelconque objet de valeur. En fait, l'homme était une sentinelle. Jimmy lui fit signe, passa sous une poutre basse dans ce qui semblait être une cave abandonnée et entra dans une grande salle creusée à la jonction de plusieurs tunnels. C'était la Planque, le cœur de la Guilde des Voleurs.

Jimmy récupéra sa rapière dans le râtelier où se trouvaient les armes puis il se chercha un coin tranquille où s'asseoir, car il allait maintenant au-devant de problèmes inquiétants. Selon les règles, il lui faudrait partager l'or qu'il avait volé sans autorisation dans la maison du fouleur et accepter la punition que ne manquerait pas de lui infliger le maître de nuit. De toute manière, la Guilde ne tarderait pas à apprendre que le fouleur avait été dévalisé. Après s'être assurés qu'aucun voleur indépendant n'était impliqué dans cette histoire, les Moqueurs porteraient automatiquement leurs soupçons sur Jimmy et ceux de ses compagnons qui n'hésitaient pas à prendre parfois des libertés avec la règle de la Guilde. La punition serait d'autant plus grande s'il ne se dénonçait pas tout de suite. Malgré tout, Jimmy n'arrivait pas à ne penser qu'à lui dans cette affaire, car il savait que l'assassin s'apprêtait à tuer rien moins que le prince de Krondor lui-même. Et le jeune voleur avait passé assez de temps avec Arutha quand les Moqueurs avaient protégé le prince et la princesse Anita des hommes de Guy du Bas-Tyra pour avoir appris à l'apprécier. Arutha lui avait même donné la rapière qu'il portait sur lui. Non, Jimmy ne pouvait ignorer la présence de l'assassin, mais il restait dans l'expectative quand à ce qu'il devait faire.

Au bout d'un long moment de réflexion silencieuse, Jimmy finit par se décider. D'abord il tenterait de faire parvenir un avertissement au prince, puis il passerait l'information à Alvarny le Rapide, le maître de jour. Alvarny était un de ses amis et laissait à Jimmy un peu plus de latitude que Gaspar daVey, le maître de nuit. Il ne dirait pas au Juste que Jimmy avait attendu avant de rapporter son histoire si le garçon ne mettait pas trop longtemps à revenir. Ce qui voulait dire que Jimmy devrait rapidement trouver Arutha, puis revenir tout de suite expliquer toute l'affaire au maître de jour – au plus tard avant le prochain coucher de soleil. Plus tard, Jimmy serait trop compromis pour qu'Alvarny puisse fermer les yeux. Il était peut-être généreux, maintenant qu'il commençait à vieillir, mais il restait un Moqueur. Il ne pouvait autoriser la déloyauté envers la Guilde.

« Jimmy ! »

Le voleur leva les yeux et vit Dase le Blondinet arriver vers lui. C'était un gamin jeune et impétueux, mais qui savait déjà très bien délester les vieilles dames de leur or. Il se servait plus de son air innocent et de son charme que de sa discrétion. Dase, tout fier, lui montra ses jolis vêtements. « Qu'est-ce que tu en dis ? »

Jimmy opina, approbateur. « Tu t'es mis à voler les tailleurs ? »

Le Blondinet, pour rire, donna une gifle amicale à Jimmy, qui l'esquiva sans problème, puis s'assit près de lui. « Mais non, bâtard perdu de chat de gouttière, bien sûr que non. Ma « bienfaitrice » actuelle est la veuve du fameux maître brasseur Fallon. » Jimmy avait déjà entendu parler de cet homme : ses bières étaient si prisées qu'elles avaient même trôné à la table de feu le prince Erland. « Et étant donné les importantes occupations de son ancien époux, qui sont maintenant les siennes, elle a été invitée à la réception.

— La réception ? » Jimmy comprit que Blondinet avait des ragots à rapporter.

« Ah, dit Blondinet, aurais-je oublié de parler du mariage ? » Jimmy leva les yeux au ciel, mais entra dans son jeu. « Quel mariage, Blondinet ?

— Mais, le mariage royal, bien sûr. Nous ne serons pas à la table royale, mais ce ne sera pas non la plus éloignée. »

Jimmy se releva brusquement. « Le roi ? À Krondor !

— Bien sûr. »

Jimmy attrapa Blondinet par le bras. « Commence par le commencement. »

Le joli valet de cœur, souriant mais peu perspicace, dit : « La veuve Fallon a été informée par rien moins que l'intendant du palais, un homme qu'elle connaît depuis dix-sept ans, qu'il faudrait des réserves supplémentaires pour – je cite – « le mariage royal » qui doit se passer dans un mois. On peut être sûr que le roi sera présent à son propre mariage. »

Jimmy secoua la tête. « Mais non, idiot, pas le mariage du roi, celui d'Anita et d'Arutha. »

Le Blondinet semblait prêt à prendre ombrage de cette remarque, mais soudain une lueur d'intérêt brilla dans ses yeux. « Qu'est-ce qui te fait dire ça ?

— Le roi se marie à Rillanon. Le prince se marie à Krondor. » Blondinet acquiesça, pour faire signe que ça lui semblait logique. « J'étais caché avec Anita et Arutha. Ce n'était qu'une question de temps avant qu'ils se marient. C'est pour ça qu'il est de retour. » Voyant Blondinet sursauter, Jimmy ajouta rapidement : « ... ou sera bientôt de retour. »

L'esprit de Jimmy était en ébullition. Non seulement Lyam viendrait à Krondor pour le mariage, mais il serait accompagné de tous les nobles importants de l'Ouest et un bon nombre de l'Est. Et si Dase savait pour le mariage, alors la moitié de Krondor devait le savoir aussi, quant à l'autre moitié, elle le saurait avant le lendemain soir.

Les rêveries de Jimmy furent interrompues par l'arrivée de Jack Rictus, le gardien de nuit, le plus ancien des lieutenants du maître de nuit. L'homme aux lèvres minces se plaça devant Jimmy et Dase, les mains sur les hanches, et dit : « On a l'impression que t'as quelque chose en tête, gamin ? »

Jimmy n'avait aucune affection pour Jack. C'était un homme sévère, crispé, qui avait tendance à être violent et cruel sans nécessité. La seule raison pour laquelle on lui avait donné ce poste dans la Guilde, c'était sa capacité à maintenir le calme chez les gros bras et les têtes brûlées qui en faisaient partie. Jack n'aimait pas Jimmy non plus, car c'était lui qui lui avait donné le surnom de « Rictus ». Cela faisait des années que Jack était dans la Guilde et personne ne se souvenait lui avoir vu faire un vrai sourire. « Non, rien », dit Jimmy.

Jack plissa les yeux en regardant Jimmy, puis Dase, un long moment. « J'ai cru entendre qu'il y avait eu des problèmes du côté de la porte est. Vous n'auriez pas traîné de ce côté-là, n'est-ce pas ? »

Jimmy se composa une expression soigneusement neutre et regarda Dase, comme si Jack leur avait réellement posé la question à tous les deux. Blondinet secoua la tête pour faire signe que non. Jimmy se demanda si Jack savait déjà pour le Faucon de la Nuit. Si c'était le cas et si quelqu'un avait aperçu Jimmy non loin de là, alors il n'aurait aucune pitié à attendre des gros bras de Jack. Mais si ce dernier avait eu des preuves, il l'aurait accusé sans prendre la peine de poser la question. Jack n'était pas connu pour sa subtilité. Jimmy dit, avec une feinte indifférence : « Une bagarre d'ivrognes ? Non, j'ai dormi presque toute la nuit.

— Bon, alors t'es frais », dit Jack. D'un geste sec de la tête, il fit signe à Dase de s'écarter. Blondinet se leva et partit sans un mot. Jack posa une botte sur le banc, juste à côté de Jimmy. « On a du boulot, cette nuit.

— Cette nuit ? » dit Jimmy. La nuit devait déjà être à moitié passée. Il ne devait pas rester plus de cinq heures avant le lever du soleil.

« C'est spécial. L'ordre vient d'en haut », ajouta-t-il en faisant référence au Juste. « Y a une réception royale au palais et l'ambassadeur de Kesh arrive. Tout un chargement de cadeaux est arrivé tard ce soir, des cadeaux pour un mariage. Ils seront au palais à midi au plus tard, alors c'est le moment ou jamais de les chiper. C'est une chance unique. » Au ton de

sa voix, Jimmy n'avait aucun doute sur le fait que sa présence était non pas requise, mais exigée. Le jeune voleur aurait pourtant espéré pouvoir dormir un peu cette nuit avant d'aller au palais, mais c'était fini. D'un ton résigné, il demanda :
« Où et quand ?

— Dans une heure au grand entrepôt, à une rue de l'auberge du Crabe, près des docks. »

Jimmy connaissait les lieux. Il opina et quitta Jack Rictus sans un mot. L'affaire des assassins et des complots devrait attendre quelques heures.

Le brouillard recouvrait toujours les rues de Krondor. Le quartier des entrepôts, situé près des docks, était habituellement calme au petit matin, mais cette nuit la scène avait un aspect surnaturel, comme hors du monde. Jimmy se fraya un chemin entre de grands ballots de marchandises de moindre valeur entreposées à l'extérieur des bâtiments et ne présentant aucun intérêt pour les voleurs. Des balles de coton, des piles de bois et du fourrage en attente d'être embarqués formaient un labyrinthe d'une complexité délirante, au travers duquel Jimmy se mouvait en silence. Il avait repéré plusieurs hommes qui surveillaient les docks, mais l'humidité de la nuit et un généreux pot-de-vin les gardaient près de leur baraque, où un bon feu brûlait dans leur brasero, repoussant les ténèbres. Il n'aurait pas fallu moins qu'une émeute pour leur faire quitter la chaleur de leur refuge. Les Moqueurs seraient partis depuis longtemps quand ces gardes indifférents sortiraient de leur apathie.

En arrivant au lieu de rendez-vous, Jimmy regarda autour de lui. Il n'y avait personne en vue, alors le jeune voleur s'installa et attendit. Il était en avance, comme à son habitude, car il aimait se mettre en condition avant que l'action ne commence. De plus, quelque chose dans les ordres de Jack Rictus l'avait mis en alerte. Un travail de cette importance était rarement organisé au dernier moment et le Juste prenait encore plus rarement le risque d'irriter le prince – et, à n'en pas douter, voler des cadeaux destinés au mariage royal allait provoquer la colère d'Arutha. Mais Jimmy n'était pas assez haut placé dans la Guilde pour savoir si les choses étaient réellement dans l'ordre. Il allait devoir rester vigilant.

Jimmy sentit quelqu'un approcher et se raidit. La personne se déplaçait prudemment, comme de bien entendu, mais un bruit étrange accompagnait le son étouffé de ses pas. Jimmy reconnut soudain le léger cliquètement du métal sur le bois et sauta immédiatement de côté. Il y eut un choc sourd, des éclats de bois jaillirent et un carreau d'arbalète transperça de part en part la caisse sur laquelle Jimmy s'était tenu l'instant précédent.

Quelques secondes plus tard, deux silhouettes, noires dans la grisaille nocturne, sortirent des ténèbres et coururent vers lui.

L'épée en main, Jack Rictus fonça sur Jimmy sans un mot, tandis que son compagnon rechargeait son arbalète pour lui tirer à nouveau dessus. Jimmy sortit ses armes et para une attaque de Jack, déviant la lame avec sa dague, puis riposta d'un coup d'estoc de sa rapière. Jack fit un pas de côté et les deux silhouettes se placèrent en position de combat.

« On va bien voir si tu sais te servir de cette broche à crapaud, sale petit fouineur, grogna Jack. Te voir saigner pourrait bien me donner de quoi sourire franchement. »

Jimmy ne répondit pas, refusant de se laisser distraire en engageant la conversation. Il porta une attaque de bas en haut, faisant reculer Jack. Il ne se faisait aucune illusion sur ses talents de bretteur : il voulait juste rester en vie assez longtemps pour trouver une occasion de s'enfuir.

Ils avançaient et reculaient, échangeant une série de coups et de parades, chacun cherchant une ouverture pour en finir avec ce duel. Jimmy tenta une contre-attaque, méjugea sa position et sentit un trait de feu exploser dans son flanc. Jack avait réussi à le toucher, lui infligeant une blessure douloureuse qui allait sans doute l'affaiblir, mais qui n'était pas fatale, pas encore en tout cas. Jimmy chercha un endroit où il aurait une meilleure liberté de mouvement, le cœur soulevé par la douleur, et Jack profita de son avantage. Jimmy recula sous un coup furieux porté de haut en bas, son adversaire utilisant le poids de sa lame pour abattre la garde du jeune voleur.

Une voix cria à Jack de s'écarter, et Jimmy sut que l'autre homme avait fini de recharger son arbalète. Jimmy tourna autour de Jack en s'écartant de lui, cherchant à rester le plus mobile possible et à maintenir Jack entre lui et son complice. Jack frappa Jimmy de taille, le ramenant rapidement à sa précédente position, puis il abattit de nouveau sa lame de haut en bas. La force du coup fit tomber Jimmy à genoux.

Brusquement, Jack fit un bond en arrière, comme si une main gigantesque venait de le saisir au collet et de l'attirer violemment. Il s'écrasa contre une grande caisse ; un instant, ses yeux reflétèrent sa profonde incompréhension, avant de rouler dans leurs orbites. Sa main relâcha son épée. Hébété, Jimmy regarda la poitrine de Jack, transformée par le passage d'un carreau d'arbalète en une pulpe de chairs sanguinolentes. Si Jack ne l'avait pas frappé aussi violemment, Jimmy aurait reçu le carreau dans le dos. Sans un bruit, le corps de Jack devint tout flasque, tout en restant debout, et Jimmy réalisa qu'il était cloué à la caisse. Le jeune voleur se releva et se retourna pour faire face à l'homme sans nom qui venait de jeter son arbalète en poussant un juron. Il tira son épée et se précipita sur Jimmy. L'homme lui porta un coup à la tête que Jimmy esquiva en trébuchant. Il tomba lourdement sur ses fesses et l'homme se retrouva un moment déséquilibré par son inertie. Le voleur en profita pour lui lancer sa dague. L'homme, touché au flanc, jeta un coup d'œil à sa blessure qui, superficielle, le gênerait à peine. Mais ce bref instant de distraction avait suffi à Jimmy, qui lut sur le visage de l'inconnu un air de surprise et d'incompréhension quand le voleur se releva sur un genou et le transperça d'un coup d'estoc impeccable.

Jimmy retira sa rapière et l'homme tomba. Il retira sa dague du flanc du cadavre, puis essuya ses lames et les rangea. Il s'examina lentement, constata que sa blessure saignait abondamment, mais se dit qu'il y survivrait.

Luttant contre la nausée, il se dirigea vers Jack, toujours cloué à sa caisse. Jimmy regarda le garde de nuit et réfléchit. Lui et Jack ne s'étaient jamais beaucoup appréciés, mais pourquoi ce piège si compliqué ? Jimmy se demanda si cela pouvait avoir un rapport avec les affaires de l'assassin et du prince. Il aurait tout le temps d'y réfléchir quand il en aurait parlé au prince, car s'il y avait un rapport direct, c'était de mauvais augure pour les Moqueurs. Le fait que quelqu'un d'aussi haut placé que Jack puisse les trahir risquait de secouer la Guilde sur ses bases.

Ne perdant pas de vue les choses importantes, Jimmy délesta Jack et son compagnon de leur bourse, les trouvant toutes deux agréablement remplies. En finissant de fouiller le compagnon de Jack, il remarqua un bijou accroché au cou de l'homme.

Jimmy se pencha et tira sur une chaînette d'or à laquelle était suspendu un pendentif d'ébène représentant un faucon. Il observa le talisman un petit moment, puis le glissa dans sa tunique. Il ne lui restait plus qu'à trouver un endroit idéal où déposer les corps. Il décrocha Jack de son carreau, le tira avec l'autre homme jusqu'à un recoin dissimulé entre plusieurs caisses et fit tomber quelques sacs bien lourds sur les corps. Puis il retourna les caisses endommagées pour que l'on n'en voie que les côtés intacts. Il faudrait peut-être plusieurs jours avant que l'on ne découvre les cadavres.

Sans prêter attention à son flanc douloureux et à sa fatigue, Jimmy regarda autour de lui pour s'assurer que personne ne l'avait vu, puis il disparut dans les ténèbres brumeuses.

3

Arutha se lança dans une série d'attaques furieuses.
Laurie exhorta Gardan à se concentrer alors que le prince forçait son compagnon de duel à reculer. Le chanteur avait volontiers laissé l'honneur du premier assaut à Gardan, car il servait de partenaire à Arutha chaque matin depuis leur départ de Salador. Il avait retrouvé toute sa maîtrise de l'escrime, un peu rouillée par son séjour au palais royal, mais il commençait à trouver fatigant de perdre systématiquement contre le prince, rapide comme l'éclair. Ce matin, pour une fois, il pourrait partager la défaite avec quelqu'un. Malgré tout, le vieux guerrier ne manquait pas de ressources et, soudain, Gardan réussit à obliger Arutha à battre en retraite. Laurie poussa un cri de joie en réalisant que le capitaine avait endormi la méfiance du prince en lui faisant croire qu'il contrôlait la situation. Mais au bout de quelques passes acharnées, le prince reprit l'offensive et Gardan cria : « Assez ! »

Il recula en riant. « De ma vie, il n'y a eu que trois personnes pour me battre à l'épée, Votre Altesse : le maître d'armes Fannon, votre père, et maintenant vous-même. »

Laurie dit : « Un sacré trio. » Arutha s'apprêtait à proposer un assaut à Laurie lorsqu'il aperçut un mouvement du coin de l'œil.

Les trois hommes se tenaient sur le terrain d'exercices du palais. À l'angle du terrain se trouvait un grand arbre dont les branches passaient par-dessus le mur d'enceinte et s'étendaient dans la rue adjacente. Quelque chose ou quelqu'un se déplaçait le long de ses branches. Arutha pointa le doigt dans cette direction. L'un des gardes du palais s'approchait déjà de l'arbre, le regard du prince ayant attiré son attention.

Soudain, un jeune garçon se laissa tomber de l'arbre et atterrit sur ses pieds avec légèreté. Arutha, Laurie et Gardan avaient déjà l'épée tirée. Le garde s'empara du bras de l'intrus, que l'on voyait maintenant plus clairement, et l'amena vers le prince.

En s'approchant, Arutha le reconnut. « Jimmy ? »

Le voleur s'inclina dans les formes et grimaça sous l'effet de la douleur qui se réveilla dans son flanc. Il avait lui-même pansé sa blessure le matin, tant bien que mal. Gardan demanda : « Votre Altesse, vous connaissez ce petit ? »

Arutha acquiesça. « Oui. Il est un peu plus vieux et un peu plus grand que dans mon souvenir, mais je connais ce jeune voyou. C'est Jimmy les Mains Vives, déjà une légende parmi les brigands et les coupeurs de bourse de la ville. C'est le petit voleur qui nous a aidés Anita et moi à fuir la ville. »

Laurie regarda le garçon et éclata de rire. « Je ne l'avais jamais vu clairement, l'entrepôt était assez sombre quand Kasumi et moi sommes sortis de Krondor avec l'aide des Moqueurs, mais je jurerais que c'est le même gamin. "Il y a une fête chez ma mère". »

Jimmy sourit. « "Et tout le monde va bien s'amuser". »

Arutha dit : « Alors vous vous connaissez aussi ?

— Je vous ai raconté que la fois où nous portions le message de paix de l'empereur tsurani au roi Rodric, un garçon nous avait amenés de l'entrepôt à la porte de la ville et qu'il avait attiré les gardes au loin pour que nous puissions nous échapper. C'était ce garçon-là, mais je n'ai jamais réussi à me souvenir de son nom. »

Arutha rengaina son épée, et les autres firent de même. « Très bien, Jimmy. Je suis bien content de te revoir, mais il va falloir que tu nous expliques la raison pour laquelle tu t'amuses à escalader les murs de mon palais. »

Jimmy haussa les épaules. « Je me suis dit que vous accepteriez de revoir une vieille connaissance, Votre Altesse, mais je doutais d'arriver à convaincre le capitaine des gardes de vous faire parvenir un message. »

Gardan sourit devant cette bravade et fit signe au garde de lâcher le bras du garçon. « Tu as sans doute raison, mon bonhomme. »

Jimmy se rendit compte soudain qu'il devait offrir un bien triste spectacle à ces gens habitués aux courtisans et au personnel du palais toujours propres et bien habillés. De la racine de ses cheveux mal coupés à ses pieds nus et noirs de crasse, il était l'image même du mendiant. Puis Jimmy vit une étincelle d'amusement danser au fond des yeux de Gardan.

« Ne te laisse pas tromper par son apparence, Gardan. Il est bien plus brillant que son âge ne pourrait le laisser croire. » Arutha s'adressa à Jimmy : « Tu jettes le discrédit sur les hommes de Gardan, en entrant ainsi. J'imagine que tu as une bonne raison pour venir me voir ?

— Oui, Votre Altesse. Une raison sérieuse et urgente. »

Arutha acquiesça. « Bien. Quelle est donc cette affaire si sérieuse et si urgente ?

— Quelqu'un a mis votre tête à prix. »

Le visage de Gardan s'empourpra. Laurie dit : « Que... comment ?

— Qu'est-ce qui te fait croire ça ? demanda Arutha.

— C'est que quelqu'un a déjà tenté de vous la prendre. »

En plus d'Arutha, de Laurie et de Gardan, deux autres personnes écoutèrent l'histoire de Jimmy dans la salle de conseil du prince. Le comte Volney de Landreth avait été l'assistant de monseigneur Dulanic, autrefois chancelier de la principauté et duc de Krondor et qui avait disparu lorsque Guy du Bas-Tyra était devenu vice-roi. À côté de Volney se trouvait le père Nathan, prêtre de Sung la Blanche, déesse de la Voie Unique. Le prêtre avait été l'un des principaux conseillers d'Erland et c'était Gardan qui l'avait fait mander. Arutha ne connaissait pas ces deux hommes, mais se fiait à l'avis de Gardan, qui avait fini par leur accorder sa confiance en l'absence du prince. Pendant ces longs mois où Arutha avait accompagné son frère le roi, Gardan avait rempli le rôle de maréchal de Krondor, tout comme Volney avait rempli celui de chancelier.

Les deux hommes étaient solidement bâtis, mais alors que Volney semblait juste corpulent, comme un homme qui n'aurait jamais travaillé de ses dix doigts, Nathan ressemblait à un lutteur qui aurait grossi. Sous son apparente douceur se cachait une poigne encore solide. Nul ne parla avant que Jimmy ait fini de raconter ses deux combats de la nuit précédente.

Volney toisa un instant le jeune voleur, le regard méprisant sous ses sourcils fournis et soigneusement peignés. « Complètement extravagant. Je me refuse purement et simplement à croire qu'un tel complot puisse exister. »

Arutha avait les mains crispées devant sa bouche, les coudes posés sur la table. Il fléchit nerveusement les doigts. « Je ne serais pas le premier prince à être la cible d'un assassin, comte Volney. » Il dit à Gardan : « Double la garde immédiatement, mais discrètement, sans donner d'explication. Je ne veux pas de rumeurs dans le palais. Dans deux semaines, nous aurons dans ces murs tous les nobles du royaume qui ont quelque importance, à commencer par mon frère. »

Volney dit : « Peut-être devriez-vous prévenir Sa Majesté ?

— Non, répondit simplement Arutha. Lyam va se déplacer avec une compagnie entière de sa garde royale. Nous leur enverrons un détachement de lanciers de Krondor pour les retrouver à la croix de Malac, mais inutile de le faire passer pour autre chose qu'une simple garde d'honneur. Si une centaine de cavaliers ne sont pas capables de le protéger en chemin, alors personne ne le peut.

« Non, notre problème réside à Krondor. Pour résoudre la question, nous n'avons pas le choix.

— Je ne suis pas tout à fait sûr de vous suivre, Votre Altesse », dit le père Nathan.

Laurie leva les yeux au ciel et Jimmy sourit. Arutha dit, d'un air sombre : « Je crois que nos deux compagnons du ruisseau ont déjà leur petite idée sur la question. » Se tournant vers Jimmy et Laurie, Arutha dit : « Il nous faut capturer un Faucon de la Nuit. »

Le prince restait assis, silencieux, et Volney faisait les cent pas dans la grande salle à manger. Laurie, qui avait connu assez d'années de famine pour manger dès que l'occasion s'en présentait, se servait largement tandis que le corpulent comte de Landreth parcourait le hall d'un bout à l'autre encore et encore. Volney repassa une fois encore devant la table et Arutha, d'une voix fatiguée, lui demanda : « Monseigneur comte, faut-il vraiment que vous tourniez constamment ainsi ? »

Le comte, perdu dans ses pensées, s'arrêta brusquement et s'inclina légèrement devant Arutha, sans rien perdre de son irritation. « Votre Altesse, je suis désolé de vous avoir dérangé… » Au ton de sa voix, il ne semblait pas désolé le moins du monde et Laurie sourit derrière un rôti de bœuf. « … Mais il est parfaitement stupide d'ajouter foi aux propos de ce voleur. »

Arutha, étonné, écarquilla les yeux et regarda Laurie, qui lui rendit son air perplexe. Laurie dit : « Cher comte, vous devriez cesser d'être aussi circonspect. Allez, dites au prince ce qui vous tarabuste. Soyez donc plus direct ! »

Volney rougit en réalisant sa gaffe. « Je vous demande pardon, je… » Il avait l'air sincèrement embarrassé.

Arutha fit un demi-sourire ironique, comme cela lui arrivait parfois. « Je vous accorde votre pardon, Volney, mais uniquement pour votre impolitesse. » Il regarda Volney un moment, puis ajouta : « Je trouve la candeur plutôt rafraîchissante. Continuez.

— Votre Altesse, dit Volney d'un ton plus ferme. Pour ce que nous en savons, ce garçon pourrait fort bien tremper dans un plan destiné à vous mettre en confiance pour ensuite vous capturer ou vous détruire, alors qu'il en accuse d'autres.

— Et que voudriez-vous que je fasse ? »

Volney se tut et secoua lentement la tête. « Je l'ignore, Votre Altesse, mais envoyer cet enfant se renseigner seul, c'est… je ne sais pas.

— Laurie, dites à mon conseiller et ami le comte de Landreth que tout va bien. »

Laurie engloutit une rasade de vin fin et dit : « Tout va bien, comte. » Arutha jeta un regard noir au ménestrel et Laurie ajouta : « En fait, messire, nous agissons au mieux de nos possibilités. Je connais les usages de cette ville mieux que quiconque, à l'exception des hommes du Juste. Jimmy est un

Moqueur. Lui seul est capable de découvrir une piste nous menant aux Faucons de la Nuit là où dix espions n'arriveraient à rien.

— Souvenez-vous, dit Arutha, que j'ai rencontré le capitaine de la police secrète de Guy, Jocko Radburn. C'était un homme subtil, sans scrupules, qui n'aurait reculé devant rien pour récupérer Anita. Les Moqueurs ont pourtant réussi à le tromper. »

Volney parut pris d'un malaise et fit un signe au prince pour lui demander la permission de s'asseoir. Arutha désigna une chaise. Volney s'assit et dit à Laurie : « Vous avez peut-être raison, troubadour. C'est juste que je n'ai pas les moyens de faire face à cette menace-ci. L'idée que des assassins courent dans les rues de la ville me met assez mal à l'aise. »

Arutha se pencha par-dessus la table. « Moins que moi ? Souvenez-vous, Volney, qu'il semble que ce soit moi la cible. »

Laurie acquiesça. « Ça ne risquait pas d'être moi, en tout cas.

— C'était peut-être un mélomane ? »

Volney soupira. « Je suis désolé de vous épauler si mal dans cette affaire. Cela fait longtemps que le travail d'administration de la principauté me pèse.

— C'est ridicule, Volney, dit Arutha. Vous avez fait de l'excellent travail, ici. Quand Lyam a insisté pour que je fasse ce tour du royaume de l'Est avec lui, je lui ai objecté que le royaume de l'Ouest risquait de souffrir de mon absence – mais c'était à cause des exactions de Bas-Tyra, cela n'avait rien à voir avec vos capacités. Mais je suis heureux de constater que cela n'a pas été le cas. Je doute que quiconque aurait pu faire mieux que vous pour gérer les affaires quotidiennes du royaume, comte.

— Je remercie Son Altesse, dit Volney, rasséréné par le compliment.

— En fait, j'allais vous demander de rester. Comme Dulanic a mystérieusement disparu, nous n'avons plus de duc de Krondor pour s'occuper des affaires de la ville. Pendant encore deux ans, Lyam ne peut déclarer le poste vacant sans déshonorer la mémoire de Dulanic en lui retirant son titre, mais nous pouvons tous considérer qu'il est mort aux mains de Guy ou de Radburn. Alors pour les temps à venir, je pense que nous allons fonctionner en vous considérant comme chancelier. »

Volney n'apprécia visiblement pas la nouvelle, mais la prit de bonne grâce. Il dit simplement : « Je remercie Son Altesse pour la confiance qu'elle m'accorde. »

Leur conversation fut interrompue par l'arrivée de Gardan, du père Nathan et de Jimmy. Le cou de taureau de Nathan se gonfla quand il souleva Jimmy pour le porter vers les chaises. Le garçon avait un teint blafard et son visage était couvert de sueur. Sans formalité, Arutha désigna de nouveau une chaise et le prêtre y déposa Jimmy.

« Qu'y a-t-il ? » demanda le prince.

Gardan fit un sourire légèrement désapprobateur. « Ce jeune bravache court partout depuis cette nuit avec une mauvaise blessure au flanc. Il l'a bandée lui-même et il a bâclé le travail.

— Elle avait commencé à s'infecter, ajouta Nathan, alors j'ai dû la nettoyer et refaire le bandage. J'ai insisté pour le soigner avant qu'il ne vienne vous voir, le petit était fiévreux. Nul besoin de magie pour empêcher une blessure de s'infecter, mais les gamins des rues se prennent tous pour des chirurgiens. Alors les blessures s'enveniment. » Il regarda Jimmy d'un air sévère. « Il est un petit peu pâle à cause de l'incision, mais il ira mieux dans quelques heures… tant qu'il ne rouvre pas sa plaie », ajouta-t-il d'un ton acerbe à l'adresse de Jimmy.

Le voleur prit un air désolé. « Désolé de vous avoir causé tant de problèmes, père, mais en d'autres circonstances, je me serais fait soigner avant. »

Arutha regarda le jeune voleur. « Qu'as-tu découvert ?

— Cette idée d'attraper des assassins risque de s'avérer plus difficile qu'on ne s'y attendait, Votre Altesse. Il y a bien un moyen de les contacter, mais il faut emprunter beaucoup de détours. » Arutha lui fit signe de continuer. « J'ai dû aller glaner pas mal de renseignements dans la rue, mais voici ce que j'ai réussi à obtenir. Si on veut se payer les services de la Guilde de la Mort, il faut aller au temple de Lims-Kragma. » Nathan fit un signe de protection à la mention de la déesse de la Mort. « On fait ses dévotions et on place une offrande dans l'urne prévue à cet effet, mais en laissant l'or dans un parchemin, avec son nom. Ils vous contactent à un moment qu'ils ont choisi dans la journée. Vous leur donnez le nom de la victime, ils fixent un prix. Vous payez ou non. Si vous payez, ils vous disent où mettre l'argent. Si vous ne payez pas, ils disparaissent et vous ne pourrez plus jamais les recontacter.

— Simple, dit Laurie. Ils décident de l'endroit et de l'heure de la rencontre, ça ne va pas être facile de leur tendre un piège.

— Autant dire que c'est impossible, oui, ajouta Gardan.

— Rien n'est impossible », répliqua Arutha, qui réfléchissait à ce que venait de dire Jimmy.

Au bout d'un long moment, Laurie s'exclama : « Je sais ! »

Arutha et les autres regardèrent le chanteur. « Jimmy, tu as dit qu'ils contactaient dans la journée la personne qui déposait l'or. » Le voleur acquiesça. « Alors, il nous suffit de faire en sorte que celui-là reste au même endroit toute la journée. Dans un lieu que nous contrôlons.

— C'est une idée assez simple, il suffisait d'y penser, Laurie. Mais où ? » demanda Arutha.

Jimmy répondit : « Il y a bien quelques endroits faciles à contrôler pendant quelque temps, Votre Altesse, mais les propriétaires ne sont pas très sûrs.

— Je connais un endroit, dit Laurie. Si notre ami Jimmy les Mains Vives veut bien aller faire ses dévotions, les Faucons de la Nuit auront moins de chances de penser que c'est un piège.

— Je ne sais pas, dit Jimmy. Il se passe des choses bizarres à Krondor. S'ils me soupçonnent, nous pourrions bien ne pas avoir d'autre opportunité. » Il leur rappela l'attaque de Jack et de son compagnon inconnu avec l'arbalète. « C'était peut-être un vieux compte à régler : j'en connais d'autres qui ont fini par devenir dingues pour des choses bien plus triviales qu'un surnom, mais si ce n'est pas le cas… Si Jack avait un rapport quelconque avec cet assassin…

— Alors, dit Laurie, les Faucons de la Nuit auraient rallié un officier des Moqueurs à leur cause. »

Jimmy, furieux, perdit soudain son masque de bravade. « Cela me dérange autant que le fait que quelqu'un puisse transpercer Son Altesse avec un carreau d'arbalète. Je néglige mon serment envers les Moqueurs. J'aurais dû tout dire la nuit dernière et, de toute manière, il faut que j'aille le faire maintenant. » Il s'apprêta à se lever.

Volney plaça une main ferme sur l'épaule de Jimmy. « Jeune présomptueux ! Oserais-tu dire qu'une bande de coupe-jarrets mérite ne serait-ce qu'un instant d'attention alors que ton prince et peut-être même ton roi sont en danger ? »

Arutha coupa la réplique que Jimmy s'apprêtait à faire : « Je crois que c'est exactement ce que ce garçon a dit, Volney. Il a prêté serment. »

Laurie vint se placer rapidement à côté du garçon. Écartant Volney, il s'accroupit pour se mettre à hauteur du visage de Jimmy. « Nous savons que tu as tes propres problèmes, petit, mais visiblement, les événements s'emballent. Si les Moqueurs sont infiltrés, parler trop tôt pourrait pousser ceux qui s'y sont infiltrés à couvrir leurs traces. Si nous arrivons à prendre l'un de ces Faucons de la Nuit... » Il le laissa terminer son raisonnement.

Jimmy opina. « Si le Juste raisonne selon la même logique, je survivrai peut-être, chanteur. Le moment est bientôt venu où je ne pourrai plus me couvrir avec un bobard quelconque. Il va falloir que je rende des comptes très vite. Bien, je vais faire passer un message au temple de la Femme au Filet. Et je ne jouerai pas la comédie quand je lui demanderai de me garder une place si jamais mon temps est venu.

— Et moi, dit Laurie, il faut que j'aille voir un vieil ami pour qu'il me prête une auberge.

— Bien, dit Arutha. Nous tendrons notre piège demain. »

Volney, Nathan et Gardan regardèrent Laurie et Jimmy partir, discutant de leurs plans. Arutha suivit lui aussi leur départ, ses yeux noirs ne dévoilant rien de la rage qui le consumait. Après tant de combats, après la guerre de la Faille, il était rentré à Krondor dans l'espoir de vivre une vie longue et paisible en compagnie d'Anita. Voilà maintenant que quelqu'un osait menacer cette paix. Ce quelqu'un allait le payer cher.

* * *

À l'auberge du Perroquet Bigarré, tout était calme. Les volets étaient fermés à cause d'un grain venu de la Triste Mer et la salle commune était envahie par une épaisse brume bleutée provenant de la cheminée et des pipes d'une douzaine de clients. Pour n'importe quel observateur, l'atmosphère qui régnait dans l'auberge rappelait celle d'autres nuits de tempête. Le propriétaire, Lucas, se tenait derrière le bar avec ses deux fils. L'un d'eux passait de temps en temps à la cuisine prendre des plats pour les servir aux clients. Dans le coin près de la cheminée, de l'autre côté des marches menant à l'étage, un ménestrel aux cheveux blonds chantait à mi-voix un chant de marin de sa lointaine patrie.

À y regarder de plus près, les hommes assis aux tables touchaient à peine à leur bière. Ils avaient l'air rude, mais ne ressemblaient ni à des dockers, ni à des marins fraîchement arrivés. Ils présentaient tous un visage assez dur et devaient leurs cicatrices plus à des combats qu'à des bagarres d'auberge. Tous étaient membres de la garde royale de Gardan et faisaient partie des plus anciens vétérans des armées de l'Ouest. Ils avaient participé à la guerre de la Faille. Cinq nouveaux cuisiniers et apprentis étaient au travail dans les cuisines. À l'étage, dans la chambre la plus proche des escaliers, Arutha, Gardan et cinq autres soldats attendaient patiemment. Au total, le prince avait placé vingt-quatre hommes dans l'auberge. Ses hommes étaient les seuls clients présents, car les derniers habitués étaient partis au début de la tempête.

Dans le coin le plus éloigné de la porte, Jimmy les Mains Vives attendait. Toute la journée, il s'était senti troublé par quelque chose d'indéfinissable. Il n'était sûr que d'une chose : si, en d'autres circonstances, il était entré dans cette auberge cette nuit-là, d'expérience, il aurait eu la prudence d'en ressortir. Il espéra que l'agent des Faucons de la Nuit ne serait pas aussi sensible que lui. Quelque chose dans l'air allait de travers.

Jimmy se renversa sur sa chaise et grignota son fromage d'un air absent, sans pouvoir mettre le doigt sur ce qui le gênait. Le soleil était couché depuis une heure et toujours aucun signe d'un potentiel Faucon de la Nuit. Jimmy était venu directement du temple à l'auberge, en s'assurant de se faire voir de plusieurs mendiants qui le connaissaient bien. Si quelqu'un voulait le retrouver à Krondor, cela ne serait pas difficile et ne lui coûterait pas bien cher.

La porte de devant s'ouvrit et deux hommes trempés de pluie entrèrent en secouant leur cape. Tous deux avaient l'air de combattants, peut-être des mercenaires qui venaient de recevoir une bonne paie en monnaie sonnante et trébuchante contre la protection d'une caravane marchande. Ils portaient le même attirail : une armure de cuir, des bottes montant à mi-mollet, une épée large au côté et un bouclier passé dans le dos sous leurs capes de pluie.

Le plus grand, dont les cheveux noirs étaient ornés d'une mèche grise, commanda deux bières. L'autre, mince et blond, jeta un coup d'œil dans la pièce. La manière dont il plissait les yeux alerta Jimmy : lui aussi sentait qu'il y avait quelque chose de différent dans l'auberge. Il murmura quelques mots à son compagnon. L'homme à la mèche grise acquiesça, puis il prit les bières que lui présentait le barman et paya en cuivre. Les deux hommes se dirigèrent vers la seule table disponible, celle qui se trouvait à côté de Jimmy.

L'homme à la mèche grise se tourna vers le voleur et dit : « Eh, gamin, cette auberge est toujours aussi triste ? » Jimmy comprit alors soudain ce qui l'avait dérangé toute la journée. Avec l'attente, les gardes avaient repris leurs habitudes de soldats de parler tout bas. Le brouhaha habituel des salles d'auberge était complètement étouffé, ici.

Jimmy mit un doigt devant ses lèvres et dit : « C'est le chanteur. » L'homme tourna la tête et écouta Laurie un moment. Laurie était un chanteur de talent et il en donnait encore la preuve, malgré le fait qu'il ait chanté toute la journée. Quand il eut fini, Jimmy frappa de son bock de bière sur la table et cria : « Une autre, ménestrel ! Une autre ! » et il lança une pièce d'argent vers l'estrade où se tenait Laurie. Les autres, se rendant compte qu'ils devaient faire plus de bruit, l'imitèrent quelques instants après, et se mirent à crier et applaudir. Plusieurs autres pièces volèrent. Quand Laurie commença une autre chanson, paillarde et enlevée, la salle commune redevint aussi bruyante que d'ordinaire.

Les deux étrangers s'installèrent confortablement pour écouter, échangeant quelques mots de temps à autre. Ils se détendirent visiblement en sentant l'atmosphère de la pièce devenir plus normale. Jimmy resta là un moment à les regarder. Il y avait quelque chose d'étrange en eux, quelque chose qui le dérangeait tout autant que l'atmosphère de la salle quelque temps auparavant.

La porte s'ouvrit à nouveau et un autre homme entra. Il regarda la pièce et secoua sa grande cape à capuchon trempée, mais sans la retirer et sans baisser son capuchon. Il aperçut Jimmy et se dirigea vers sa table. Sans attendre qu'on l'y convie, il tira une chaise et s'assit. Tout bas, il demanda : « Vous avez un nom ? »

Jimmy acquiesça et se pencha en avant comme pour dire quelque chose. Ce faisant, quatre faits le frappèrent soudain. Les hommes à l'autre table, malgré leur posture anodine, avaient gardé leurs épées et leurs boucliers à portée de main ; il leur suffirait d'un instant pour se retrouver prêts au combat. Ils ne buvaient pas comme des mercenaires tout juste arrivés en ville après un long voyage. En fait, ils n'avaient pratiquement pas touché à leur verre. D'autre part, l'homme qui venait de s'asseoir en face de Jimmy avait une main cachée sous sa cape et ce, depuis son arrivée. Mais le plus significatif, c'était que les trois hommes portaient chacun une grosse bague noire à la main gauche, avec une gravure représentant un faucon, similaire au talisman qu'il avait pris au cou du compagnon de Jack Rictus. Jimmy réfléchit à toute vitesse, car il avait déjà vu ce genre d'anneaux auparavant et savait à quoi ils pouvaient servir.

Il tira un parchemin de sa botte. Improvisant, il le plaça sur la table, bien à la droite de l'homme, l'obligeant à croiser gauchement les bras pour le prendre en gardant sa main droite cachée. Au moment où la main toucha le parchemin, Jimmy sortit son couteau et frappa, clouant la main de l'homme à la table. Ce dernier resta interdit devant cette attaque soudaine, puis son autre main jaillit de sa cape, tenant une dague. Il donna un coup à Jimmy et le jeune voleur se laissa tomber en arrière. Puis l'homme sentit la douleur et il poussa un hurlement affreux. Jimmy, roulant par-dessus sa chaise, cria : « Faucons ! » en touchant le sol.

Le tumulte envahit la pièce. Les fils de Lucas, tous deux des vétérans des armées de l'Ouest, sautèrent par-dessus le bar et atterrirent sur les deux hommes à côté de la table de Jimmy au moment même où ils tentaient de se lever. Jimmy se retrouva suspendu la tête en bas au sommet de sa chaise retournée et tenta péniblement de se redresser. De là où il était, il voyait les serveurs empoigner l'homme à la mèche grise. L'autre faux mercenaire avait déjà porté la main gauche à son visage, son anneau à ses lèvres. Jimmy cria : « Du poison ! Les anneaux sont empoisonnés ! »

Les autres gardes attrapèrent l'homme en cape et tentèrent frénétiquement de lui retirer l'anneau passé à sa main clouée. Quelques instants plus tard, trois hommes le tenaient fermement, l'immobilisant totalement. L'homme à la mèche grise frappa les serveurs du pied, roula, sauta en l'air et fila vers la porte en renversant deux hommes surpris par la soudaineté de son mouvement. Un instant, il trouva le chemin dégagé vers la porte. Les soldats jurèrent, tentant de contourner les tables et les chaises renversées. Le Faucon de la Nuit se précipitait vers la porte et la liberté, quand un homme grand et mince se plaça sur son passage. L'assassin fit un bond vers la porte. Avec une rapidité presque surhumaine, Arutha avança d'un pas et frappa l'homme à la mèche grise à la tête, de la coque de sa rapière. L'homme, étourdi, vacilla un instant puis s'effondra par terre, inconscient.

Arutha se releva et regarda la pièce. L'assassin blond avait les yeux totalement révulsés, tournés vers le plafond. Visiblement, il était mort. On avait rejeté en arrière la capuche de l'autre homme. Son visage était livide, tandis qu'on lui retirait la dague qui lui clouait la main. Trois soldats l'obligèrent à s'allonger, même s'il semblait déjà trop faible pour se tenir debout tout seul. Quand un soldat arracha violemment la bague noire de sa main meurtrie, le Faucon de la Nuit cria et s'évanouit.

Jimmy contourna précautionneusement le cadavre et se dirigea vers Arutha. Il regarda Gardan retirer l'autre anneau noir de la main de l'homme assommé puis adressa un sourire au prince et leva deux doigts.

Le prince, encore tout rouge de l'effort fourni, sourit et lui fit un signe de tête. Aucun de ses hommes ne semblait blessé et il avait capturé deux assassins. Il dit à Gardan : « Garde-les de près et ne laisse personne que nous ne connaissions pas personnellement les approcher en les amenant au palais. Je ne veux pas de rumeurs. Lucas et les autres risquent d'avoir déjà assez de problèmes quand ces trois-là seront portés manquants s'il y a d'autres membres de la Guilde de la Mort dans les environs. Laisse assez de monde ici pour faire croire que tout se passe bien, jusqu'à l'heure de fermeture. Paie à Lucas le double pour les dégâts, avec tous nos remerciements. » Pendant qu'il parlait, les hommes de Gardan avaient entrepris de remettre de l'ordre dans l'auberge, enlevant les tables cassées et déplaçant les autres de manière à ce qu'on ne remarque pas trop qu'il en manquait. « Amenez ces deux-là aux appartements que j'ai choisis. Faites vite, nous commencerons à les questionner dès cette nuit. »

Les gardes surveillaient étroitement la porte qui menait à une aile éloignée du palais, où se trouvaient des appartements rarement utilisés et réservés aux invités de moindre importance. Cette aile était de construction récente et n'était accessible du reste du palais que par une antichambre ainsi que par une seule porte extérieure. La porte en question avait été fermée de l'intérieur et on avait posté là deux gardes, avec ordre de ne laisser entrer ni sortir absolument personne, quelle que soit la personne qui le leur demandait.

On avait clos toutes les pièces donnant sur l'extérieur. Au centre de la plus grande, Arutha inspectait ses deux prisonniers. Tous deux étaient attachés par de lourdes cordes à de solides lits de bois car le prince préférait ne leur laisser aucune occasion de faire une tentative de suicide. Le père Nathan supervisait ses acolytes, en train de soigner les blessures des deux assassins.

Soudain, l'un des acolytes s'écarta précipitamment du chevet de l'homme à la mèche grise. Il regarda Nathan, visiblement bouleversé. « Père, venez voir. »

Jimmy et Laurie suivirent le prêtre et Arutha. Nathan s'approcha derrière son acolyte et tous l'entendirent retenir son souffle, puis murmurer : « Sung, montre-nous la voie ! » On avait coupé l'armure de cuir de l'homme à la mèche grise pour la lui retirer, révélant une tunique noire ornée d'une broderie de fils d'argent représentant un filet de pêche. Nathan écarta la cape de l'autre prisonnier, sous laquelle se trouvait une tunique identique, toute noire, avec le même filet brodé sur le cœur. On avait bandé la main du prisonnier, qui reprenait conscience. Il regarda d'un air de défi le prêtre de Sung, les yeux pleins de haine.

Nathan fit signe au prince de s'écarter avec lui. « Ces hommes portent la marque de Lims-Kragma, sous son aspect de celle qui ramène les Filets, celle qui ramène tout le monde à elle à la fin. »

Arutha acquiesça. « C'est assez logique. Nous savons que c'est par le temple qu'on peut contacter les Faucons de la Nuit. Même si les supérieurs du temple ignorent tout de ces affaires, l'un de leurs acolytes doit faire partie des Faucons de la Nuit. Venez, Nathan, questionnons celui-ci. » Ils retournèrent au lit sur lequel se trouvait l'homme ranimé. Baissant les yeux sur lui, Arutha demanda : « Qui vous a payé pour me tuer ? »

On demanda à Nathan de s'occuper de l'homme qui était encore inconscient. « Qui êtes-vous, demanda impérieusement le prince. Répondez maintenant, ou la douleur que vous avez subie jusque-là ne sera rien en regard de celle qui vous attend. » Arutha n'appréciait pas l'idée de torturer quelqu'un, mais il emploierait tous les moyens nécessaires pour découvrir le responsable de l'attaque qu'on avait montée contre lui. Sa question et ses menaces furent accueillies par le silence.

Au bout d'un moment, Nathan se retourna vers Arutha. « L'autre est mort, dit-il doucement. Il nous faut traiter celui-ci avec grandes précautions. Cet homme n'aurait pas dû mourir du coup que vous lui aviez porté à la tête. Il se pourrait qu'ils aient les moyens de commander à leur corps de ne pas lutter contre la mort, mais de l'accueillir. On dit que même un homme bien portant peut s'obliger à mourir, si on lui en laisse le temps. »

Arutha vit de la sueur perler au front de l'homme blessé tandis que Nathan l'examinait. L'air inquiet, le prêtre dit : « Il a de la fièvre et elle monte vite. Il va falloir que je m'occupe de lui avant que vous ne lui posiez des questions. » Le prêtre alla rapidement chercher ses potions et il força l'homme à en avaler, aidé par les gardes qui lui maintenaient la bouche ouverte. Puis le prêtre se mit à entonner ses prières mystiques. L'homme sur le lit commença à se contorsionner frénétiquement, le visage tendu par la concentration. Les tendons saillaient sur ses bras et son cou n'était plus qu'une masse de cordes noueuses, alors qu'il luttait contre ses liens. Soudain, il laissa échapper un rire creux et retomba en arrière, les yeux clos.

Nathan examina l'homme. « Il est inconscient, Votre Altesse. » Le prêtre ajouta : « J'ai ralenti la poussée de la fièvre, mais je ne pense pas être en mesure de l'arrêter. Il y a de la magie à l'œuvre. Il se meurt sous nos yeux. Il va me falloir du temps pour contrer ce qui se passe en lui… si jamais il m'en reste assez, du temps. » Nathan semblait dubitatif. « Et si mon art peut suffire à la tâche. »

Arutha se tourna vers Gardan. « Capitaine, prenez dix de vos hommes les plus sûrs et allez droit au temple de Lims-Kragma. Informez la grande prêtresse que j'exige qu'elle vienne sur l'heure. Ramenez-la de force si nécessaire, mais ramenez-la. »

Gardan salua, mais un éclair passa dans ses yeux. Laurie et Jimmy se dirent qu'il ne devait pas apprécier l'idée d'aller braver la prêtresse dans son propre temple. Malgré tout, le capitaine, parfaitement dévoué, obéit sans un mot à son prince.

Arutha retourna vers l'homme inconscient, qui se tordait sous l'effet de la fièvre. Nathan dit : « Altesse, la fièvre monte, lentement, mais elle monte.

— Combien de temps lui reste-t-il encore à vivre ?

— Si nous n'arrivons pas à faire quelque chose, il ne passera pas la nuit. »

Arutha frappa sa main droite de son poing gauche, frustré. Il restait à peine six heures avant l'aube. À peine six heures pour découvrir la raison de cette attaque contre sa personne. Et si jamais cet homme mourait, ils seraient revenus à leur point de départ, car son ennemi inconnu ne tomberait probablement pas deux fois dans le même piège.

« Pouvez-vous faire quelque chose de plus ? » demanda Laurie. Nathan réfléchit. « Peut-être… » Il s'écarta du malade et fit signe à ses acolytes de quitter son chevet. D'un geste, il demanda à l'un d'eux de lui amener un gros livre de prières.

Puis il leur donna des instructions, et ils s'exécutèrent rapidement, connaissant le rituel et la place qu'ils auraient à y tenir. À la craie, ils tracèrent un pentagramme sur le sol et inscrivirent plusieurs runes sur le bord intérieur, laissant le lit au centre. Quand ils eurent fini, toutes les personnes présentes dans la pièce étaient entourées de lignes tracées au sol. On plaça une bougie allumée à chaque sommet du dessin et on en donna une sixième à Nathan, qui lisait le livre, debout. Nathan commença à décrire avec sa chandelle des figures complexes dans l'air, en lisant à haute voix des paroles dans une langue inconnue des non-initiés qui se trouvaient dans la salle. Ses acolytes se tenaient en silence sur un côté et répondirent à l'unisson en plusieurs points de l'incantation. Les autres sentirent l'air se calmer étrangement et lorsque les dernières paroles furent prononcées, le mourant poussa un long gémissement grave et pitoyable.

Nathan referma le livre d'un coup sec. « Rien ne saurait passer les limites de ce pentagramme sans ma permission, sinon un agent des dieux eux-mêmes. Nul esprit, démon ou être envoyé par un agent des ténèbres ne saurait désormais nous troubler. »

Puis Nathan fit signe à tout le monde de s'écarter du pentagramme, ouvrit à nouveau le livre et entonna un autre chant. Les mots s'écoulaient rapidement des lèvres du gros prêtre qui termina son sortilège et désigna l'homme qui gisait sur le lit. Arutha regarda le malade, mais ne vit aucun changement. Puis, alors qu'il se tournait vers Laurie, il remarqua quelque chose de nouveau. Du coin de l'œil, il discernait un léger nimbe de lumière autour de l'homme, qui emplissait le pentacle, invisible lorsqu'on le regardait de face. Il avait comme une couleur de quartz laiteux. Arutha demanda : « Qu'est-ce que c'est ? »

Nathan se tourna vers le prince. « J'ai ralenti son passage dans le temps, Votre Altesse. Pour lui, une heure ne dure qu'un moment. Le sortilège fonctionnera jusqu'à l'aube, mais pour lui, à peine un quart d'heure aura passé. Nous gagnerons ainsi du temps. Avec de la chance, il pourrait maintenant tenir jusqu'à midi.

— Pouvons-nous lui parler ?

— Non, car nos voix lui parviendraient comme un bourdonnement d'abeilles. Mais si nécessaire, je suis en mesure de lever le sortilège. »

Arutha regarda l'homme enfiévré qui se tortillait au ralenti. Sa main semblait flotter à un doigt du lit, comme suspendue en l'air.

« Alors, dit impatiemment le prince, nous n'avons plus qu'à attendre le bon plaisir de la grande prêtresse de Lims-Kragma. »

L'attente ne fut pas longue, mais la grande prêtresse ne semblait pas particulièrement heureuse. Il y eut du bruit à l'extérieur et Arutha se pressa vers la porte. En l'ouvrant, il trouva Gardan qui attendait avec une femme en robes noires. Un épais voile de gaze noire dissimulait son visage, mais elle tournait la tête en direction du prince.

Un doigt se leva d'un seul coup vers Arutha et une profonde voix féminine dit : « Pourquoi ai-je été convoquée ici, prince du royaume ? »

Arutha ignora la question et regarda la scène qui se déroulait sous ses yeux. Gardan était accompagné de quatre soldats qui, la lance ramenée contre la poitrine, barraient le passage à un groupe de gardes à l'air déterminé portant les tabards noir et argent de Lims-Kragma. « Que se passe-t-il, capitaine ?

— La dame désire emmener ses gardes à l'intérieur et je le lui ai refusé. »

Empreinte d'une rage froide, la prêtresse dit : « Je suis venue à votre demande, bien que le clergé n'ait pas à reconnaître les autorités temporelles. Mais je ne viendrai pas en prisonnière, pas même pour vous, prince de Krondor. »

Arutha dit : « Deux gardes peuvent entrer, mais qu'ils restent à l'écart du prisonnier. Madame, veuillez coopérer et entrer, maintenant. » Le ton de sa voix ne laissait aucun doute sur son état d'esprit. La grande prêtresse était peut-être à la tête d'une puissante secte, mais devant elle se tenait le seigneur absolu du royaume, qui n'avait au-dessus de lui que le roi, un homme qui ne supporterait pas que l'on interfère dans les affaires d'État. Elle fit signe aux deux gardes les plus proches, qui entrèrent. On ferma la porte derrière eux et Gardan les conduisit sur le côté. Dehors, les gardes du palais continuèrent à surveiller les autres serviteurs de la déesse avec leurs épées courbes et inquiétantes qui pendaient à leur ceinturon.

Le père Nathan accueillit la grande prêtresse d'un salut froid et formel. Ils n'avaient que peu d'affection l'un pour l'autre et la grande prêtresse ignora la présence du prêtre.

Dès qu'elle vit le pentagramme tracé sur le sol, elle dit : «Vous craignez une intervention extérieure?» Son ton était tout à coup devenu froid et analytique.

Nathan répondit : «Madame, nous ne sommes pas sûrs de grand-chose, mais nous cherchons effectivement à éviter toute complication venant de quelque source que ce soit, physique ou spirituelle.»

Elle fit mine de ne pas avoir entendu et s'approcha autant qu'elle le pouvait des deux hommes, le mort et le blessé. En voyant les tuniques noires, elle sursauta, puis se retourna face à Arutha. Au travers de son voile, on sentait presque son regard mauvais. «Ces hommes font partie de mon ordre. Comment sont-ils arrivés ici?»

Arutha contrôla difficilement sa colère. «Madame, c'est pour répondre à cette question que nous vous avons fait chercher. Connaissez-vous ces deux hommes?»

Elle observa leur visage. «Je ne connais pas celui-ci, dit-elle en montrant le cadavre à la mèche grise. Mais l'autre appartient à mon temple et se nomme Morgan. Il est arrivé récemment de notre temple de Yabon.» Elle se tut un moment, comme si elle réfléchissait à quelque chose. «Il porte la marque d'un frère de l'ordre du Filet d'Argent.» Elle tourna la tête, s'adressant de nouveau à Arutha. «C'est le bras armé de notre foi, dirigé par leur grand maître à Rillanon. Et ce dernier ne répond des actes de son ordre qu'à la grande matriarche.» Elle se tut de nouveau. «Et encore, seulement certaines fois.» Avant que quiconque ne puisse s'exprimer, elle poursuivit : «Ce que je ne comprends pas, c'est comment l'un des prêtres de mon temple en est venu à porter leur marque. Est-ce un membre de l'ordre se faisant passer pour un prêtre ? Est-ce un prêtre faisant semblant d'être un guerrier ? Ou n'est-il ni prêtre ni frère de l'ordre, mais un parfait imposteur ? Chacune de ces trois hypothèses est une transgression grave, propre à attirer la colère de Lims-Kragma. Pourquoi est-il ici ? »

Arutha dit : « Madame, si ce que vous dites est vrai... » Elle se tendit à l'idée que l'on ose impliquer qu'elle ait pu mentir. « ... alors ce qui arrive en ce moment concerne votre temple autant que moi-même. Jimmy, dis-nous ce que tu sais sur les Faucons de la Nuit. »

Jimmy, visiblement mal à l'aise sous le regard perçant de la grande prêtresse, s'expliqua rapidement, sans ses fioritures habituelles. Quand il eut fini, la grande prêtresse, prise d'une rage froide, dit : « Votre Altesse, ce dont vous me parlez là est plus qu'incommodant pour notre déesse. En des temps reculés, certains de nos fidèles ont cherché à faire des sacrifices, mais ces pratiques ont été abandonnées depuis longtemps. La mort est une déesse patiente : tout vient à elle un jour ou l'autre. Nous n'avons nul besoin de sombres meurtres. Je voudrais parler à cet homme. » Elle montra le prisonnier.

Arutha hésita et vit le père Nathan secouer légèrement la tête. « Il est près de mourir, il lui reste au mieux quelques heures si nous ne le brusquons pas. Si nous le questionnons trop violemment, il se pourrait qu'il meure sans que nous puissions explorer les ténébreux méandres de son esprit. »

La grande prêtresse dit : « Quelle importance, prêtre ? Même mort, il reste mon sujet. Je suis la main éphémère de Lims-Kragma. Dans son manoir, je saurais trouver des réponses que nul homme vivant ne pourrait connaître. »

Le père Nathan s'inclina. « Dans le royaume des morts, vous régnez en maîtresse. » Il dit à Arutha. « Pouvons-nous mes frères et moi nous retirer, Votre Altesse ? Mon ordre trouve ces pratiques offensantes. »

Le prince acquiesça et la grande prêtresse dit : « Avant de partir, retirez la prière de ralentissement que vous lui avez infligée. Cela posera moins de problèmes si ce n'est pas moi qui le fais. »

Nathan s'exécuta rapidement et l'homme sur le lit commença à pousser des gémissements enfiévrés. Le prêtre et les acolytes de Sung sortirent rapidement de la pièce. Quand ils furent partis, la grande prêtresse dit : « Ce pentagramme permettra d'empêcher les forces extérieures d'interférer avec tout ceci. Je vais vous demander de vous en écarter, car toute personne qui se trouve à l'intérieur trouble les fluides mystiques. Ce rite est l'un des plus sacrés qui soit, car quel qu'en soit le résultat, notre dame réclamera très certainement cet homme. »

Arutha et les autres attendirent à l'extérieur du pentagramme et la prêtresse ajouta : « Ne parlez que lorsque je vous en aurai donné la permission et assurez-vous que les chandelles ne se consument pas totalement, sinon cela pourrait libérer des forces... difficiles à maîtriser. » La grande prêtresse retira son voile noir et Arutha fut presque choqué par son apparence. C'était une jeune fille à peine femme, fort belle, aux yeux bleus et à la peau couleur de l'aurore. Ses sourcils montraient qu'elle devait être d'un blond très pâle. Elle leva les mains au-dessus de sa tête et commença à prier. Sa voix était douce, musicale, mais elle prononçait des paroles étranges et terribles à entendre.

L'homme se tortilla sur le lit et elle poursuivit son incantation. Soudain, les yeux de l'homme s'ouvrirent et il regarda le plafond avant d'entrer en convulsions, luttant contre les liens qui le maintenaient en place. Puis il se détendit et tourna la tête vers la grande prêtresse. Un instant, il sembla comme très distant ; ses yeux paraissaient la fixer et la perdre tour à tour. Au bout d'un moment, un sourire étrange et sinistre se forma sur ses lèvres, l'expression d'une cruauté moqueuse. Sa bouche s'ouvrit et une voix sortit de sa gorge, profonde et creuse. « Que me voulez-vous, maîtresse ? »

La grande prêtresse fronça légèrement les sourcils comme si ses manières avaient quelque chose d'anormal, mais resta impassible et dit d'une voix autoritaire : « Tu portes les symboles de l'ordre du Filet d'Argent et pourtant tu pratiques dans le temple. Explique-toi, que signifie cette mascarade ? »

L'homme éclata d'un rire suraigu, semblable à un caquètement traînant. « Je suis celui qui sert. »

Elle le fit taire, la réponse ne lui convenait pas. « Alors dis-moi qui tu sers. »

Il éclata à nouveau de rire et son corps se tendit encore, tirant contre ses liens. Des perles de sueur apparurent sur son front et les muscles de ses bras saillirent lorsqu'il chercha à s'arracher à l'emprise des cordes. Puis il se détendit et rit encore. « Je suis celui qui est pris.

— Qui sers-tu ?

— Je suis celui qui est un poisson. Je suis dans un filet. » Il y eut encore ce rire de fou et cette lutte convulsive contre ses liens. Sous l'effort, des ruisselets de sueur commençaient à lui couler sur le visage. En hurlant, il tirait encore et encore contre les liens. Alors que ses os semblaient sur le point de se rompre, l'homme hurla : « Murmandamus ! Aide ton serviteur ! »

Brusquement, un vent venu de nulle part souffla dans la pièce, éteignant une chandelle. L'homme se cabra dans un spasme terrible, ne touchant plus le lit que de la tête et des pieds, tirant sur ses cordes avec une force telle que sa peau se déchira et qu'il commença à saigner. Soudain, il s'effondra sur le lit. La grande prêtresse recula d'un pas, puis s'approcha de l'homme pour l'examiner. Doucement, elle dit : « Il est mort. Rallumez la bougie. »

Arutha fit un signe et un garde alluma un petit brandon à une autre flamme pour rallumer la mèche qui venait de s'éteindre. La prêtresse commença une autre incantation. La première les avait simplement fait frissonner, mais celle-ci les glaça d'angoisse, comme un vent froid venu des tréfonds de terres maudites et glacées. Elle résonnait de l'écho des cris désespérés des âmes en peine. Mais on sentait en elle autre chose encore, quelque chose de puissant, d'attirant, presque séduisant, comme l'occasion idéale pour enfin s'allonger, se reposer et tout oublier. L'angoisse devint de plus en plus forte à mesure que se déroulait l'incantation et les spectateurs durent lutter contre une envie croissante de fuir le plus loin possible du sortilège de la grande prêtresse.

Soudain, l'incantation prit fin et un silence sépulcral se fit dans la pièce. La grande prêtresse parla dans la langue du royaume. « Toi qui es parmi nous en corps mais qui obéis maintenant aux volontés de notre maîtresse Lims-Kragma, écoute-moi attentivement. Notre dame de la Mort règne sur tous à la fin, c'est pourquoi je te commande en son nom. Reviens!»

La forme sur le lit tressaillit mais resta silencieuse. La grande prêtresse cria : «Reviens!» et la silhouette bougea à nouveau. Soudain, la tête du mort se releva et ses yeux s'ouvrirent. Il sembla regarder la pièce, mais bien que ses yeux fussent ouverts, ils restaient totalement révulsés. Mais le cadavre leur donnait comme l'impression qu'il pouvait voir malgré tout, car la tête arrêta de tourner quand elle fit face à la grande prêtresse. Sa bouche s'ouvrit et un rire creux et lointain en sortit.

La grande prêtresse s'avança. «Silence!»

Le mort se calma, mais alors son visage se fendit d'un sourire qui s'élargit lentement, lui donnant une expression mauvaise et inquiétante. Ses traits commencèrent à trembler, comme si son visage souffrait d'une étrange forme de paralysie. Même sa chair frissonnait. Puis elle se mit à fondre comme de la cire chaude. La couleur de sa peau changea subtilement, devenant plus blanche, presque blafarde. Son front se fit plus haut et son menton plus délicat, son nez plus arqué et ses oreilles plus pointues. Ses cheveux virèrent au noir. En quelques instants, l'homme qu'ils venaient de questionner avait disparu ; à sa place se tenait une forme qui n'avait plus rien d'humain.

Laurie dit doucement : «Par les dieux! Un Frère des Ténèbres!»

Jimmy se dandina nerveusement. «Votre frère Morgan vient de bien plus loin au nord que la ville de Yabon, madame», souffla-t-il. Il disait cela sans humour, complètement terrifié.

Le vent glacé souffla de nouveau, de nulle part et la grande prêtresse se tourna vers Arutha. Elle avait les yeux exorbités par la peur et semblait prête à parler, mais nul n'entendit ce qu'elle avait à dire.

La créature sur le lit, qui se trouvait être l'un des détestables cousins à peau noire des elfes, poussa un hurlement de joie démente. Dans une soudaine démonstration de force terrifiante, le Moredhel arracha les liens qui retenaient l'un de ses bras, puis ceux de l'autre. Avant que les gardes ne puissent réagir, il libéra ses jambes. En un éclair, la chose morte se retrouva debout et fit mine de se jeter sur la grande prêtresse.

La femme, sûre d'elle, irradiant de puissance, ne bougea pas d'un pouce. Elle pointa le doigt vers la créature. «Halte!» Le Moredhel obéit. «Par le pouvoir de ma maîtresse, j'exige que tu m'obéisses, toi que j'ai appelé. Dans son domaine tu résides maintenant et tu dois obéir à ses lois et à ses ministres. Par son pouvoir, je t'ordonne de reculer!»

Le Moredhel hésita un moment, puis avec une rapidité fulgurante, tendit la main et prit la grande prêtresse à la gorge. De sa voix creuse et distante, il cria : «Ne dérange pas mon serviteur, madame. Si tu aimes tant ta maîtresse, alors va la voir!»

La grande prêtresse attrapa le poignet qui enserrait sa gorge et un feu bleu jaillit, remontant vivement le long du bras de la créature. Celle-ci poussa un ululement de douleur, souleva la grande prêtresse comme un fétu de paille et la lança contre le mur où elle s'écrasa avant de glisser au sol.

Personne ne réagit. La transformation de cette créature et son attaque inattendue contre la grande prêtresse leur avaient fait perdre toute volonté. Les gardes du temple, cloués au sol, regardaient leur grande prêtresse vaincue par un sombre pouvoir venu d'un autre monde. Gardan et ses hommes étaient tout aussi paralysés.

Avec un éclat de rire tonitruant, la créature se tourna vers Arutha. «Maintenant, seigneur de l'Ouest, nous voici face à face. Ton heure est venue!»

Le Moredhel vacilla un moment sur ses pieds, puis fit un pas en direction du prince. Les gardes du temple retrouvèrent leurs esprits un instant avant les hommes de Gardan. Les deux soldats en noir et argent sautèrent en avant, l'un d'eux s'interposant entre le Moredhel en marche et la prêtresse étourdie, l'autre s'attaquant à la créature. Les soldats d'Arutha réagirent à leur tour, se disposant de manière à empêcher la créature d'atteindre le prince. Laurie bondit vers la porte pour appeler les gardes postés à l'extérieur.

Le garde du temple frappa le Moredhel d'un coup de cimeterre et l'empala. Les yeux sans pupilles de la créature s'écarquillèrent, laissant voir un bord cerclé de rouge. Puis elle sourit, avec une expression de joie cruelle. L'instant d'après, ses mains se fermaient autour de la gorge du garde. D'une torsion elle lui brisa le cou, puis le jeta de côté. Le premier des gardes d'Arutha qui atteignit la créature la toucha au flanc, lui ouvrant une large plaie sanglante dans le dos. D'un revers de main, elle le jeta à terre. Elle se pencha, retira le cimeterre de sa propre poitrine et le lança au loin en grognant. Au moment où elle se détournait, Gardan lui assena un coup par-derrière, frappant vers le bas. Le capitaine enferma la créature entre ses bras puissants et profita de sa taille pour la soulever du sol. Les griffes de la créature s'enfoncèrent dans les bras de Gardan, mais celui-ci tint bon, l'empêchant de progresser vers Arutha. Puis la créature donna un coup de pied en arrière, frappant du talon la jambe de Gardan, les faisant tomber tous les deux. La créature se releva. Gardan, en essayant de la rattraper, trébucha sur le cadavre du garde du temple.

Laurie réussit à déloger la barre qui bloquait la porte. Elle s'ouvrit à la volée et des gardes du palais s'engouffrèrent à l'intérieur, accompagnés par les autres gardes du temple. La créature était à portée d'épée d'Arutha quand le premier des gardes se jeta sur elle, immédiatement suivi par deux de ses compagnons. Les gardes du temple quant à eux formèrent une barrière autour de la grande prêtresse inconsciente. Les soldats d'Arutha se lancèrent eux aussi à l'assaut contre le Moredhel. Gardan se remit debout et courut vers le prince. « Partez, Altesse. Nous pouvons le retenir par le simple poids du nombre. »

Arutha, l'épée levée, lança : « Combien de temps, Gardan ? Comment arrêter une créature qui est déjà morte ? »

Jimmy les Mains Vives recula vers la porte. Il n'arrivait pas à détacher les yeux du nœud de corps mouvants. Les gardes frappaient la créature de leurs poings et de leur pommeau, cherchant à le faire tomber. Leurs mains et leurs visages étaient recouverts d'une épaisse couche rouge et poisseuse à cause des griffes de la créature qui les frappait encore et encore.

Laurie tournait autour de la mêlée, cherchant une ouverture, l'épée pointée comme une dague. Avisant le voleur qui filait vers la porte, Laurie cria : « Arutha, Jimmy fait preuve d'un peu de bon sens. Partez !» Puis il frappa et un gémissement sourd et glaçant monta de sous l'amas de corps.

Le prince restait indécis. La masse des corps semblait avancer petit à petit vers lui, comme si le poids des gardes ne servait qu'à ralentir la progression de la créature. Sa voix retentit. « Tu peux fuir, seigneur de l'Ouest, mais rien ne te sauvera de mes serviteurs. » Comme s'il venait de recevoir un nouvel afflux de pouvoir, le Moredhel se souleva irrésistiblement et les gardes furent projetés à terre. Ils s'écrasèrent sur ceux qui s'étaient placés devant la grande prêtresse et, en un instant, la créature se retrouva debout. Elle était maintenant couverte de sang, son visage un masque de plaies sanglantes. De la chair déchirée pendouillait d'une joue, lui donnant en permanence un rictus sinistre. Un garde réussit à se relever et à fracasser le bras droit de la créature d'un coup d'épée. Elle tournoya sur elle-même et déchira la gorge de l'homme d'un simple revers de main. Puis, son bras droit pendant inutilement à son côté, le Moredhel bougea ses lèvres distendues et caoutchouteuses, disant d'une voix mouillée et gargouillante : « Je me nourris de la mort ! Viens ! Je me nourrirai de la tienne ! »

Deux soldats sautèrent par-derrière sur le Moredhel, le faisant tomber à nouveau par terre, devant Arutha. Sans se préoccuper des gardes, la créature tenta de griffer le prince, son bras valide tendu vers lui, les doigts recourbés comme une serre. D'autres gardes lui sautèrent dessus et Arutha se fendit, plongeant son épée dans l'épaule de la créature, la lui enfonçant profondément dans le dos. La créature monstrueuse frissonna un bref instant, puis reprit sa progression.

Comme une sorte de crabe obscène et gigantesque, la masse de corps s'avançait lentement vers le prince. Les gardes devinrent frénétiques, comme s'ils voulaient protéger Arutha en réduisant littéralement la créature en pièces. Le prince fit un pas en arrière, sa répugnance à fuir peu à peu vaincue par le refus du Moredhel à mourir. Un soldat, lancé en arrière, poussa un cri. Il s'écrasa au sol et sa tête heurta les dalles avec un craquement sinistre. Un autre hurla : « Altesse, il devient de plus en plus fort ! » Un troisième beugla de douleur, l'œil arraché par les doigts griffus de la créature furieuse.

Telle un titan, elle se releva, se débarrassant des soldats qui pesaient sur son dos. Soudain, il n'y eut plus personne entre elle et Arutha.

Laurie tira sur la manche gauche du prince et le guida lentement vers la porte. Ils marchaient de côté, ne quittant pas des yeux l'abomination qui vacillait sur ses jambes. Ses yeux sans pupilles suivaient les deux hommes, les fixant dans ce crâne recouvert d'un masque de pulpe sanguinolente aux traits totalement effacés. L'un des gardes de la grande prêtresse chargea la créature. Sans le regarder, le Moredhel frappa en arrière de sa main gauche, faisant éclater la tête de l'homme d'un seul coup.

Laurie hurla : « Elle a retrouvé l'usage de son bras ! Elle se régénère ! » D'un bond, la créature fut sur eux et soudain Arutha se sentit tomber, poussé par quelqu'un. Le regard trouble, le prince vit Laurie esquiver le coup qui lui aurait décollé la tête si on ne l'avait pas écarté. Il roula plus loin et se releva à côté de Jimmy les Mains Vives. C'était le garçon qui l'avait fait tomber pour le protéger. Derrière Jimmy, Arutha vit apparaître le père Nathan.

Le prêtre au cou de taureau s'approcha du monstre, la main tendue, paume en avant. La créature dut sentir le prêtre approcher, car elle se détourna d'Arutha pour faire face à Nathan.

La paume du prêtre commença à luire, puis à briller d'une lumière blanche aveuglante qui éclaira de plein fouet le Moredhel, brusquement paralysé. De ses lèvres déchiquetées monta un gémissement sourd, puis Nathan commença à entonner un chant.

Un cri suraigu jaillit du Moredhel, qui recula, couvrant ses yeux vides pour les protéger de la lumière mystique de Nathan. Sa voix balbutiait tout bas : « Ça brûle… ça brûle ! » Le prêtre avança d'un pas, forçant la créature à reculer maladroitement. Elle n'avait plus rien d'humain, couverte d'un sang épais à moitié coagulé, lacérée de centaines de coups, de grands morceaux de chair et de vêtements pendouillant de son corps meurtri. Elle s'accroupit en criant : « Ça brûle ! »

Puis un vent froid souffla dans la pièce et la créature poussa un cri si fort qu'il fit sursauter même les soldats les plus aguerris. Les gardes regardèrent autour d'eux, cherchant d'où provenait cette horreur innommable qu'ils ressentaient de tous côtés.

La créature se leva soudain alors que le pouvoir affluait de nouveau en elle. Sa main droite surgit, attrapant la main gauche de Nathan, source de la lumière qui la consumait. Les doigts et les griffes s'entrelacèrent et, avec un grésillement de chair en flammes, la créature commença à fumer. Le Moredhel ramena sa main gauche en arrière pour frapper le prêtre, mais alors qu'il s'apprêtait à abattre son coup, Nathan prononça un mot dans une langue inconnue de tous, et la créature grogna et tituba. La voix de Nathan gronda et roula dans la salle, l'emplissant de ses prières mystiques et de sa magie sacrée. La créature se figea un instant, puis commença à trembler. Elle semblait plier lentement sous l'emprise du prêtre, qui répéta ses incantations de plus en plus fort. Le Moredhel vacilla, comme frappé par un coup violent et son corps s'enveloppa de fumée. Nathan en appela au pouvoir de Sung la Blanche, déesse de la pureté, d'une voix rauque mais fatiguée. Un puissant gémissement, semblant provenir de très loin, sortit de la bouche de la créature qui trembla de nouveau. Pris dans son combat mystique, Nathan avait les épaules tendues comme si un terrible poids reposait sur lui. Le Moredhel tomba à genoux. La main droite du monstre lâcha le prêtre qui poursuivit. Des gouttes de sueur coulaient sur son front et l'on voyait saillir les tendons de son cou. La chair déchirée de la créature commença à se consumer, dévoilant les muscles ; elle commença à ululer. Une odeur de viande rôtie emplit la pièce, accompagnée d'un grésillement, puis une épaisse fumée grasse sortit de son corps et un garde se détourna pour vomir. Nathan devait faire un tel effort de volonté pour lutter contre cette créature que ses yeux sortaient presque de leurs orbites. Les deux silhouettes oscillèrent lentement, la chair de la créature se craquelant et noircissant sous l'effet de la magie de Nathan. Le Moredhel se tordit en arrière sous l'emprise du prêtre et soudain des éclairs bleus parcoururent son corps consumé. Alors Nathan relâcha son étreinte et la créature s'effondra, des flammes jaillissant de ses yeux, de sa bouche et de ses oreilles. Elles engloutirent rapidement son corps et le réduisirent en cendres, emplissant la pièce d'une odeur lourde et écœurante.

Nathan se tourna lentement vers Arutha, montrant au prince son visage vieilli. Le prêtre avait les yeux exorbités et la sueur lui coulait abondamment sur le visage. « C'est fini, Altesse. » Avançant lentement, un pas après l'autre, en direction du prince, Nathan lui fit un faible sourire. Puis il tomba en avant et Arutha le rattrapa avant qu'il ne touche le sol.

4

L'aube se leva, célébrée par le chant des oiseaux.

Arutha, Laurie, Jimmy, Volney et Gardan attendaient dans la salle d'audience privée du prince des nouvelles de Nathan et de la grande prêtresse. Cette dernière reposait dans l'une des chambres réservées aux invités et c'étaient des prêtres de son temple qui s'occupaient d'elle, tandis que ses propres soldats montaient la garde devant sa porte. Ils ne l'avaient pas quittée de la nuit. Les membres de l'ordre de Nathan quant à eux s'occupaient de leur propre frère, qui s'était retiré dans ses quartiers.

Le silence régnait dans la pièce, car tous étaient encore abasourdis par les horreurs de la nuit et hésitaient à en parler. Laurie fut le premier à sortir de son apathie, quittant sa chaise pour aller à une fenêtre.

Arutha suivit son mouvement des yeux, mais en lui-même, il se débattait avec une bonne dizaine de questions sans réponse. Qui, ou quoi, voulait sa mort? Et pourquoi? Mais plus important encore pour lui que sa propre sécurité, il y avait la menace que cette affaire faisait peser sur Lyam, Carline et tous les gens qui devaient arriver bientôt. Et pis encore : quels risques encourait Anita? Ces dernières heures, Arutha avait envisagé dix fois de reporter le mariage.

Laurie s'assit sur un canapé à côté de Jimmy qui somnolait et lui demanda à voix basse : «Jimmy, comment as-tu su qu'il fallait aller chercher le père Nathan alors que la grande prêtresse elle-même n'avait pas su lutter?»

Jimmy s'étira et bâilla. «C'est quelque chose qui m'est revenu de ma jeunesse.» À cette remarque, Gardan éclata de rire et la tension se relâcha dans la pièce. Même Arutha esquissa un demi-sourire. Jimmy poursuivit. « On m'avait mis sous la tutelle d'un certain père Timothé, un prêtre d'Astalon pendant quelque temps. Certains enfants sont parfois autorisés à le faire, vous savez. Chez les Moqueurs, c'est signe que l'enfant promet beaucoup, ajouta-t-il fièrement. Je ne suis resté avec lui que le temps d'apprendre à lire et à compter, mais j'en ai profité pour glaner deux ou trois petites choses en plus.

« Je me suis souvenu d'un discours sur la nature des dieux que m'avait fait le père Timothé, une fois – même si ça m'avait à moitié endormi. Il m'avait parlé d'une sorte d'opposition entre les puissances, les puissances positives et négatives qui sont aussi parfois nommées le bien et le mal. Le bien ne peut annuler le bien et le mal ne peut annuler le mal. Pour repousser un agent du mal, il faut un agent du bien. La grande prêtresse est considérée comme une servante des pouvoirs ténébreux par la majeure partie des gens et donc elle ne pouvait pas repousser la créature. J'espérais que le père pourrait s'opposer à la créature, car Sung et ses serviteurs sont considérés comme étant du côté du "bien". Je ne savais pas si c'était vraiment possible, mais je ne me voyais pas rester là les bras ballants à regarder cette chose mâchouiller les gardes du palais un par un. »

Arutha dit : « C'était fort bien vu. » Son ton montrait combien il approuvait la vivacité d'esprit de Jimmy.

Un garde entra dans la pièce et annonça : « Altesse, le prêtre s'est remis et m'envoie vous le dire. Il vous demande de venir dans ses quartiers. » Arutha bondit presque de sa chaise et sortit à grands pas de la pièce, suivi de près par les autres.

Depuis plus d'un siècle, la coutume voulait que le palais du prince de Krondor comportât un temple où l'on trouvait un autel dédié à chacun des dieux, de manière à ce que tout invité, quelle que fût sa religion, puisse trouver non loin de ses appartements un lieu de culte où se recueillir. L'ordre qui s'occupait du temple changeait de temps en temps, en fonction des conseillers du prince. Lors du mandat d'Arutha, Nathan et ses acolytes étaient en charge de ce temple, comme ils le faisaient déjà sous Erland. Les quartiers du prêtre se trouvaient derrière le temple. Arutha pénétra dans la grande salle voûtée. À l'autre bout de la nef, derrière le portique qui contenait l'autel dédié aux quatre principaux dieux, on distinguait une porte. Le prince s'avança vers elle, faisant claquer ses bottes sur le sol dallé en passant devant les autels des dieux mineurs disposés de chaque côté du temple. La porte qui menait aux appartements de Nathan était ouverte ; en s'approchant, le prince aperçut du mouvement à l'intérieur.

Il entra dans la chambre et les acolytes de Nathan s'écartèrent. Arutha fut frappé par l'austérité de la pièce, qui ressemblait à une cellule, sans rien de personnel, sans décoration. Le seul objet visible sans utilité directe était une petite statuette de Sung, représentée sous la forme d'une belle jeune femme vêtue d'une longue robe blanche, sur une petite table à côté du lit de Nathan.

Le prêtre, adossé à des coussins, avait l'air faible et hagard, mais il était parfaitement conscient. L'assistant qui s'occupait de Nathan restait tout près, afin de pourvoir au plus vite à ses éventuels besoins. Le chirurgien royal attendait à côté du lit. Il s'inclina et dit : « Il n'a aucune blessure physique, Votre Altesse, il est simplement épuisé. Soyez bref, je vous prie. » Arutha acquiesça et le chirurgien, suivi de tous les acolytes, se retira. En sortant, il fit signe à Gardan et aux autres de rester à l'extérieur.

Arutha se porta au chevet de Nathan. « Comment vous sentez-vous ?

— Je survivrai, Altesse », répondit-il faiblement.

Arutha jeta un rapide coup d'œil vers la porte et surprit l'air alarmé de Gardan. Cela le conforta dans son idée que Nathan était ressorti bien changé de l'épreuve. Doucement, il dit : « Vous ferez mieux que survivre, Nathan. Vous redeviendrez bientôt vous-même.

— J'ai lutté contre une horreur qu'aucun homme ne devrait jamais avoir à rencontrer, Altesse. Alors écoutez-moi attentivement, parce qu'il faut que je vous révèle une chose primordiale. » Il désigna la porte du menton.

L'assistant referma la porte et retourna voir le père. Nathan dit : « Je dois vous dire maintenant quelque chose que peu de gens connaissent en dehors du temple, Altesse. Je prends une grande responsabilité en faisant cela, mais je pense que c'est impératif. »

Arutha se pencha en avant afin de mieux entendre les faibles mots de l'homme épuisé. Nathan dit : « Il existe un ordre en toutes choses, Arutha, un équilibre imposé par Ishap, celui qui est au-dessus de tout. Les dieux supérieurs règnent par les dieux inférieurs, qui sont servis par les ordres religieux. Chaque ordre a sa mission. Certains ordres peuvent sembler s'opposer les uns aux autres, mais la vérité est qu'en fait chaque ordre a sa place dans le cours des choses. Même parmi les différentes confréries, on laisse les prêtres mineurs dans l'ignorance de cet ordre supérieur. C'est pour cela qu'il arrive que certains temples soient en conflit. Ma gêne devant les rituels de la grande prêtresse la nuit dernière était tout autant destinée à mes acolytes que le reflet de mes propres convictions. Les temples prennent soin de ne révéler ce secret qu'à ceux qui sauraient le comprendre. Bien des hommes ont besoin des concepts de bien et de mal, de lumière et de ténèbres, pour la tranquillité de leur esprit. Ce n'est pas votre cas.

« J'ai été éduqué dans la Voie Unique, l'ordre qui convenait le mieux à ma nature. Mais comme tous ceux qui ont atteint mon rang, je suis instruit dans la nature et dans les manifestations des autres dieux et déesses. Ce qui est apparu dans la pièce la nuit dernière ne ressemble à rien que je connaisse. »

Arutha semblait perdu. « Que voulez-vous dire ?

— En luttant contre la force qui animait ce Moredhel, j'ai pu ressentir confusément sa nature. C'est quelque chose de parfaitement étranger, de noir et de terrible, quelque chose qui ne connaît nulle pitié. C'est furieux et cela cherche à dominer ou à détruire. Même les dieux que l'on qualifie de sombres, comme Lims-Kragma et Guiswa ne sont pas réellement maléfiques quand on connaît la vérité. Mais cette chose éclipse toute lumière et tout espoir. C'est le désespoir incarné. »

L'assistant fit signe à Arutha qu'il était temps de sortir. Alors qu'il se dirigeait vers la porte, Nathan l'appela. « Attendez, il faut que vous sachiez autre chose. Cette chose est partie, non pas parce que je l'avais vaincue, mais parce que je lui avais volé le serviteur qu'elle habitait. Elle n'avait pas le moyen physique de poursuivre son attaque. Je n'ai fait que vaincre son agent. C'est à ce moment-là qu'elle… que ça a révélé une partie de sa nature. Ce n'est pas encore assez fort pour lutter contre la dame de la Voie Unique, mais elle la méprise ainsi que tous les autres dieux. » Son visage reflétait sa profonde inquiétude. « Arutha, cette chose n'a que mépris envers les dieux ! » Nathan s'assit sur son séant, les mains tendues, et Arutha revint les lui serrer. « Altesse, c'est une force qui se veut absolue. Elle hait, elle enrage et elle entend détruire tout ce qui s'oppose à elle. Si… »

Arutha dit : « Doucement, Nathan. »

Le prêtre acquiesça et se renfonça dans ses coussins. « Il vous faut trouver plus sage que moi, Arutha. Car j'ai senti autre chose encore. Cet ennemi, ces ténèbres envahissantes, cela gagne en puissance. »

Arutha dit : « Dormez, Nathan. Dites-vous pour l'instant que ce n'était qu'un mauvais rêve. » Il fit un signe à l'assistant et sortit de la chambre. Il croisa le chirurgien royal et lui dit, plus comme une supplique que comme un ordre : « Aidez-le ».

Les heures passaient et Arutha attendait des nouvelles de la grande prêtresse de Lims-Kragma. Il était seul, car Jimmy dormait sur un canapé. Gardan était sorti vérifier le déploiement de ses gardes. Volney était tout aussi occupé par les affaires de la principauté qu'Arutha l'était par les mystères de la nuit précédente. Il avait décidé de ne pas informer Lyam de ce qui se passait tant que le roi ne serait pas arrivé à Krondor. Comme il l'avait dit déjà, l'escorte de Lyam comportait plus d'une centaine de soldats, et il aurait fallu toute une petite armée pour le mettre réellement en danger.

Le prince s'arrêta un instant dans ses réflexions et regarda Jimmy, qui avait encore l'air d'un enfant. Il s'était ri de la gravité de sa blessure, mais quand les choses s'étaient calmées, le sommeil l'avait aussitôt emporté. Gardan avait dû l'allonger tout doucement sur le canapé. Arutha secoua lentement la tête. Ce jeune garçon était un criminel, un parasite de la société qui n'avait jamais dû faire de travail honnête une seule fois dans toute sa courte vie. Il devait avoir quatorze ou quinze ans, il était vantard, menteur, voleur, mais malgré tout cela, c'était un ami pour Arutha. Le prince soupira et se demanda ce qu'il allait faire de ce garçon.

Un page arriva avec un message de la grande prêtresse, demandant à Arutha de venir la voir immédiatement. Le prince se leva tout doucement pour ne pas réveiller Jimmy et suivit le page jusqu'à la chambre où la grande prêtresse se faisait soigner par ses gens. Les gardes du prince attendirent à l'extérieur tandis que ceux du temple restèrent à l'intérieur, une concession qui leur avait été accordée par Arutha quand le prêtre du temple le lui avait demandé. Le prêtre accueillit le prince avec froideur, comme s'il le tenait pour responsable des blessures qu'avait subies sa maîtresse. Il guida Arutha jusqu'à la chambre, où une prêtresse s'occupait de sa supérieure.

Arutha fut choqué par l'apparence de la grande prêtresse. Elle était adossée à une pile d'oreillers, ses cheveux blond pâle encadrant un visage privé de toute couleur, comme si le bleu glacé de l'hiver s'était insinué dans ses traits. On aurait dit qu'elle venait de prendre vingt ans en un jour. Mais quand elle fixa les yeux sur Arutha, il sentit son aura de puissance toujours aussi présente.

« Vous êtes-vous remise, madame ? demanda Arutha d'un ton inquiet en inclinant la tête devant elle.

— Ma maîtresse a encore du travail pour moi, Altesse. Je ne la rejoindrai pas tout de suite.

— Je suis fort aise de l'apprendre. Je suis venu sitôt que vous m'avez fait mander. »

La femme se releva sur ses coussins. Machinalement, elle recoiffa ses cheveux presque blancs d'un geste de la main et Arutha vit que malgré son air sombre, c'était une femme d'une beauté peu commune, même s'il n'y avait pas une once de douceur en elle. D'une voix encore fatiguée, la prêtresse dit : « Arutha conDoin, un grand péril menace notre royaume – et plus encore. Dans le royaume de la maîtresse de la Mort, il n'y en a qu'une qui soit au-dessus de moi : c'est notre mère matriarche à Rillanon. Nulle autre qu'elle ne pourrait me surpasser en puissance lorsqu'il est question de la mort. Mais quelque chose s'est dressé qui défie la déesse elle-même, quelque chose qui, bien qu'encore faible, encore novice dans l'art d'user de ses pouvoirs, peut avoir raison de mon contrôle sur un être passé dans le royaume de ma maîtresse.

« Avez-vous la moindre idée de ce que signifient ces paroles? C'est comme si un bébé à peine sevré était venu dans votre palais, non, dans le palais de votre frère le roi et qu'il avait tourné sa suite, ses gardes, le peuple lui-même contre lui, le rendant impuissant sur son propre trône. C'est à cela que nous sommes confrontés. Et sa puissance grandit. Alors même que nous parlons, sa force et sa rage ne cessent d'augmenter. Et c'est ancien… » Ses yeux s'écarquillèrent et Arutha vit un éclair de folie briller tout au fond. « C'est à la fois jeune et vieux… Je ne comprends pas. »

Arutha fit un signe de tête à la guérisseuse et se tourna vers le prêtre. Celui-ci lui montra la porte et le prince s'apprêta à sortir. Quand il passa la porte, la voix de la grande prêtresse se brisa en sanglots.

Quand ils furent sortis, le prêtre dit : « Altesse, je me nomme Julian, je suis le supérieur des prêtres du cercle intérieur. J'ai fait prévenir la matriarche de notre temple à Rillanon de ce qui est arrivé ici. Je… » Il semblait troublé par ce qu'il s'apprêtait à dire. « Je crois qu'il est très probable que je devienne le grand prêtre de Lims-Kragma dans les quelques mois à venir. Nous ferons appel à elle, dit-il en se tournant vers la porte fermée, mais elle ne sera plus jamais capable de nous guider au service de notre maîtresse. » Il se tourna de nouveau vers Arutha. « Les gardes du temple m'ont dit ce qui était arrivé cette nuit et j'ai entendu ce qu'elle vous a dit. Si le temple est en mesure de vous aider, nous le ferons. »

Arutha réfléchit à ce que l'homme venait de lui dire. Il était courant qu'un prêtre de l'un des ordres fasse partie des conseillers de la noblesse. Il y avait trop de considérations mystiques à prendre en compte pour que les nobles puissent se refuser un conseiller spirituel. C'était pour cela que le père d'Arutha avait été le premier à inclure un magicien parmi ses conseillers. Mais une coopération active entre le temple et les autorités temporelles, entre les dirigeants eux-mêmes était rare. Arutha dit, finalement : « Je vous remercie, Julian. Quand nous aurons une meilleure idée de ce contre quoi nous luttons, nous ferons appel à votre sagesse. Je viens juste de comprendre combien étroite était ma vision du monde. Je ne doute pas que vous puissiez m'assister grandement. »

Le prêtre s'inclina. Alors qu'Arutha s'apprêtait à partir, il dit : « Altesse ? »

Le prince se retourna et vit l'air inquiet du prêtre. « Oui ?

— Découvrez ce qu'est cette chose, Altesse. Débusquez-la et détruisez-la, totalement. »

Arutha ne put qu'acquiescer puis retourna dans sa chambre. En entrant, il s'assit sans faire de bruit pour ne pas déranger Jimmy qui dormait encore sur le canapé. Quelqu'un avait déposé sur la table un plateau de fruits et de fromage, ainsi qu'une carafe de vin. Réalisant qu'il n'avait rien pris de toute la journée, le prince se servit un verre de vin et se coupa une tranche de fromage, puis se rassit. Il mit ses pieds bottés sur la table et se renversa sur sa chaise, laissant vagabonder son esprit. La fatigue de ces deux nuits sans sommeil l'envahissait, mais son esprit bouillonnait trop des événements des deux derniers jours pour s'endormir, même un court moment. Une créature surnaturelle dont la magie était telle qu'elle terrifiait les prêtres de deux des plus puissants temples du royaume rôdait librement dans la nature. Lyam devait arriver dans moins d'une semaine. Presque tous les nobles du royaume seraient à Krondor pour le mariage. Dans sa ville ! Et il n'arrivait pas à trouver le moyen d'assurer leur sécurité.

Arutha resta assis une heure entière, l'esprit vagabondant au loin tandis qu'il buvait et mangeait machinalement. Quand il était seul, il lui arrivait souvent de ruminer de sombres pensées, mais quand il avait un problème à résoudre, il ne cessait d'y travailler, de l'envisager par tous les côtés, de le titiller, le tournant et le retournant comme un chien reniflant un rat. Il envisagea des dizaines d'approches potentielles et se remémora sans cesse chaque parcelle d'information dont il disposait. Finalement, après avoir élaboré une dizaine de plans et les avoir tous rejetés, il décida de ce qu'il devait faire. Il ôta ses pieds de la table et attrapa une pomme bien mûre dans le plateau.

« Jimmy ! » cria-t-il. Le jeune voleur s'éveilla instantanément, les risques incessants de sa vie aventureuse lui ayant donné l'habitude de toujours dormir d'un sommeil léger. Arutha jeta la pomme au garçon, qui à une vitesse impressionnante s'assit et attrapa le fruit à quelques centimètres seulement de son visage. Arutha comprit pourquoi on lui avait donné le surnom de « Mains Vives ».

« Quoi ? demanda le garçon en mordant dans le fruit.

— Il faut que tu portes un message à ton maître. » Jimmy se figea en pleine bouchée. « Il faut que tu m'arranges un rendez-vous avec le Juste. » Le jeune garçon le regarda sans comprendre, médusé.

De nouveau, une épaisse brume venue de la Triste Mer couvrait de son manteau blanc la ville de Krondor. Deux silhouettes passèrent rapidement devant les rares tavernes encore ouvertes. Jimmy guida Arutha au travers de la ville, passant du Quartier Marchand à des zones bien plus mal famées, jusqu'à finir par déboucher au cœur du Quartier Pauvre. Puis au détour d'une rue, ils se retrouvèrent face à un cul-de-sac. Émergeant des ombres, trois hommes surgirent comme par magie. Immédiatement, Arutha sortit sa rapière du fourreau mais Jimmy dit simplement : « Nous sommes des pèlerins égarés.

— Pèlerins, je suis le guide, répondit le premier homme. Maintenant, dis à ton copain de rengainer sa broche à crapauds ou je le ramène dans un sac. »

Si les hommes savaient qui était Arutha, ils n'en laissèrent rien paraître. Il rengaina lentement son épée. Les deux autres hommes s'approchèrent avec des bandeaux. Arutha demanda : « Qu'est-ce que c'est que cette histoire ?

— C'est comme ça que tu vas y aller, répondit leur porte-parole. Si vous refusez, vous ne ferez pas un pas de plus. »

Arutha lutta contre une certaine irritation et inclina rapidement la tête. Les hommes se placèrent devant eux et le prince vit Jimmy se faire bander les yeux à peine quelques instants avant de se faire lui aussi priver de lumière. Luttant contre l'envie d'enlever son bandeau, Arutha entendit l'homme dire : « Vous allez tous les deux être emmenés ailleurs, où d'autres viendront vous chercher. Il se peut que vous passiez par beaucoup de mains avant d'atteindre votre destination, alors ne vous inquiétez pas si vous entendez des voix auxquelles vous ne vous attendiez pas dans le noir. Je ne sais pas quelle est votre destination finale, parce que je n'ai pas besoin de le savoir. Je ne sais pas non plus qui vous êtes, mais on m'a donné des ordres de très haut pour faire en sorte de vous emmener rapidement où il faut et en un seul morceau. Mais attention : si vous retirez votre bandeau, ce sera à vos risques et périls. Vous ne devez plus savoir où vous vous trouvez à partir de maintenant. » Arutha sentit que l'on nouait une corde autour de sa taille et il entendit l'homme ajouter : « Tenez-vous bien à la corde et faites attention à vos pieds : nous allons marcher vite. »

Sans un mot de plus, on fit faire demi-tour à Arutha et on le guida à travers la nuit.

Le prince pensait que cela faisait plus d'une heure déjà qu'on le baladait dans les rues de Krondor. Par deux fois, il avait trébuché et il avait assez de bleus pour prouver que ses guides ne le ménageaient pas beaucoup. Il en avait changé au moins trois fois et n'avait pas la moindre idée de qui il allait voir apparaître quand on lui retirerait le bandeau. Finalement, il monta une volée de marches et entendit plusieurs portes s'ouvrir et se fermer avant que des mains puissantes ne le forcent à s'asseoir. Enfin, on lui retira son bandeau et Arutha cilla à cause de la lumière.

Une série de lanternes était rangée le long de la table, avec un réflecteur derrière chacune d'elles, toutes tournées vers lui. Elles étaient si brillantes qu'elles empêchaient le prince de voir la personne qui se tenait derrière la table.

Arutha regarda à sa droite et vit Jimmy assis sur un autre tabouret. Au bout d'un long moment, une voix profonde monta de derrière les lumières. « Bienvenue, prince de Krondor. »

Arutha plissa les yeux, mais il ne put apercevoir la personne qui lui parlait derrière la lumière aveuglante. « Est-ce que je parle au Juste ? »

La réponse ne vint qu'au bout d'un long moment. « Dites-vous que je suis en mesure de régler tous les accords qui pourraient vous intéresser, il faudra vous en contenter. Je parle avec sa voix. »

Arutha réfléchit un moment. « Très bien. Je voudrais fonder une alliance. »

De derrière la lumière monta un rire profond. « Qu'est-ce que le prince de Krondor pourrait bien faire de l'aide du Juste ?

— Je cherche à percer les secrets de la Guilde de la Mort. »

Un long silence suivit. Arutha ne put déterminer si la personne consultait quelqu'un d'autre ou si elle réfléchissait simplement. Puis la voix derrière la lanterne dit : « Faites sortir le gamin et gardez-le dehors. »

Deux hommes jaillirent des ténèbres et attrapèrent rudement Jimmy pour le faire sortir de la pièce. Quand il ne fut plus là, la voix dit : « Les Faucons de la Nuit sont une source d'inquiétude pour le Juste, prince de Krondor. Ils se permettent d'emprunter la rue du Monte-en-l'air et leurs sombres meurtres inquiètent la populace, attirant une attention fort indésirable sur les nombreuses activités des Moqueurs. En bref, ils sont mauvais pour les affaires. Nous aurions intérêt à les voir éliminés, mais quelles sont vos raisons, outre celles qui occupent habituellement un dirigeant qui voit ses sujets inutilement assassinés dans leur sommeil ?

— Ils représentent un danger pour mon frère et moi. »

Il y eut à nouveau un long silence. « Alors ils visent haut. Malgré tout, la royauté a souvent autant besoin que les autres de tuer et il faut bien gagner son pain, même quand on est assassin.

— Il devrait pourtant être évident à vos yeux, dit sèchement Arutha, qu'assassiner les princes est particulièrement mauvais pour les affaires. Les Moqueurs finiraient par trouver assez gênant de travailler dans une ville sous loi martiale.

— C'est juste. Proposez votre marché.

— Je ne passe pas de marché, je demande une coopération. J'ai besoin d'informations. Je veux savoir où se trouve le cœur des Faucons de la Nuit.

— L'altruisme ne profite pas beaucoup à la viande froide. La Guilde de la Mort a le bras long.

— Pas autant que le mien, dit Arutha d'une voix sans humour. Je sais que les activités des Moqueurs souffrent grandement. Vous savez aussi bien que moi ce qui arriverait aux Moqueurs si le prince de Krondor déclarait la guerre à votre Guilde.

— Il n'y a que peu de profit à ce qu'un tel contentieux survienne entre la Guilde et Votre Majesté. »

Arutha se pencha en avant, ses yeux noirs brillant à la lumière des lanternes. Lentement, crachant chacun de ses mots, il dit : « Je n'ai nul besoin de profit. »

Il y eut un moment de silence, puis un long soupir. « Oui, c'est cela », dit la voix d'un ton pensif. Puis elle ricana. « C'est l'un des avantages que l'on a quand on hérite de sa position. Il pourrait s'avérer gênant de diriger une Guilde de voleurs affamés. Très bien, Arutha de Krondor, mais pour ces risques, la Guilde a besoin d'indemnités. Vous m'avez montré le bâton, qu'en est-il de la carotte ?

— Fixez votre prix. » Arutha se rassit.

« Comprenez-moi. Le Juste compatit aux problèmes que Votre Altesse rencontre avec la Guilde de la Mort. Il est hors de question d'avoir à supporter les Faucons de la Nuit. Ils doivent être complètement éradiqués. Mais cela pose de nombreux risques et demande de grandes dépenses. L'affaire sera coûteuse.

— Votre prix ? répéta simplement Arutha.

— Pour les risques si jamais nous échouons tous, dix mille souverains d'or.

— Cela fera un gros trou dans le trésor royal.

— C'est juste, mais réfléchissez à l'alternative.

— Marché conclu.

— Je vous ferai parvenir plus tard les instructions du Juste en ce qui concerne le paiement, dit la voix avec une pointe d'humour. Bien, il y a autre chose.

— Quoi donc ? demanda Arutha.

— Le jeune Jimmy les Mains Vives a rompu son serment envers les Moqueurs, sa vie est en jeu. Il doit mourir dans l'heure. »

Sans réfléchir, Arutha esquissa le geste de se lever. Des mains puissantes l'empoignèrent par-derrière et le forcèrent à se rasseoir, tandis qu'un voleur de taille imposante sortait de l'ombre. Il secoua simplement la tête.

« Nous ne voudrions pas vous ramener au palais en moins bon état que vous n'êtes arrivé ici, dit la voix derrière la lumière. Mais tirez votre arme dans cette pièce et vous serez remis aux portes du palais dans une boîte même si nous devons en supporter les conséquences.

— Mais Jimmy…

— … a trahi son serment! l'interrompit la voix. Il aurait dû rapporter l'histoire du Faucon de la Nuit quand il l'a vu. Tout comme il aurait dû rapporter la trahison de Jack Rictus. Oui, Altesse, nous savons tout cela. Jimmy a trahi la Guilde en allant vous prévenir d'abord. Il y a certaines choses que nous pouvons lui pardonner pour son âge, mais pas cela.

— Je ne permettrai pas qu'on laisse assassiner Jimmy.

— Alors écoutez, prince de Krondor, car j'ai une histoire à vous raconter. Un jour, le Juste a couché avec une femme des rues, comme il l'avait fait avec des centaines d'autres. Mais cette prostituée lui a donné un fils. C'est une certitude: Jimmy les Mains Vives est le fils du Juste, bien que ce gamin ne le sache pas. Cette situation met le Juste en difficulté. S'il doit obéir aux lois qu'il a lui-même édictées, il va devoir ordonner la mort de son propre fils. Mais s'il ne le fait pas, il va perdre toute sa crédibilité auprès de ceux qui le servent. C'est un choix désagréable. Déjà, la Guilde des Voleurs est en ébullition car ils savent que Jack était un agent des Faucons de la Nuit. La confiance est une chose difficile à maintenir la plupart du temps. Elle a déjà presque entièrement disparu. Auriez-vous une suggestion pour sortir de cette impasse? »

Arutha sourit, car il avait effectivement une suggestion. « En des temps pas si lointains, il n'était pas interdit d'acheter son pardon. Quel est votre prix?

— Pour la trahison? Pas moins de dix mille souverains d'or supplémentaires. »

Arutha secoua la tête. Son trésor allait être dans un état déplorable. Mais Jimmy avait sans doute su ce qu'il encourait en trahissant les Moqueurs pour aller le prévenir et cela valait beaucoup. « Bien, dit amèrement Arutha.

— Vous devrez garder l'enfant avec vous, prince de Krondor, car il ne pourra plus jamais faire partie des Moqueurs, mais nous ne tenterons pas de lui faire de mal… à moins qu'il ne transgresse encore nos lois. Dans ce cas, nous le traiterions comme n'importe quel indépendant. Durement.»

Arutha se leva : «Nos affaires sont-elles finies?

— À l'exception d'une chose.

— Oui?

— En des temps pas si lointains non plus, il n'était pas interdit d'acheter une patente de noblesse contre de l'or. Quel prix demanderiez-vous à un père pour que son fils soit nommé écuyer à la cour du prince?»

Arutha éclata de rire, comprenant soudain où le menaient ces négociations. «Vingt mille souverains d'or.

— Affaire conclue! Le Juste aime Jimmy. Bien qu'il ait d'autres bâtards, Jimmy est spécial. Le Juste désire que Jimmy continue à ignorer sa paternité, mais il lui plairait de penser que son fils ait un avenir plus clément après les négociations de cette nuit.

— Il sera mis à mon service et ne saura pas qui est son père. Nous reverrons-nous?

— Je ne pense pas, prince de Krondor. Le Juste garde jalousement le secret de son identité et même le fait de rencontrer quelqu'un qui parle avec sa voix le met en danger. Mais nous vous ferons parvenir directement un message dès que nous saurons où se cachent les Faucons de la Nuit. Et nous serons heureux de savoir qu'ils ont été annihilés.»

Jimmy s'impatientait. Cela faisait trois heures qu'Arutha était enfermé avec Gardan, Volney, Laurie et d'autres membres de son conseil privé. On avait invité le garçon à rester dans une chambre placée juste à côté, prévue à son usage. La présence de deux gardes à la porte et de deux autres sous le balcon de sa fenêtre lui donnait cependant l'impression qu'il était, pour une raison ou une autre, prisonnier. S'il avait été en bonne condition physique, Jimmy n'aurait eu aucun doute de pouvoir sortir à la nuit tombée sans se faire remarquer, mais après les événements des derniers jours, il se sentait complètement brisé. De plus, il avait du mal à comprendre pourquoi on l'avait renvoyé au palais avec le prince. Le jeune voleur se sentait mal à l'aise. Quelque chose venait de changer dans sa vie et il ne savait pas bien quoi, ni pourquoi.

La porte de sa chambre s'ouvrit et un garde passa la tête à l'intérieur, faisant signe à Jimmy de venir. « Son Altesse veut te voir, gamin. » Jimmy suivit rapidement le soldat dans le couloir, jusqu'au long passage qui menait aux salles de conseil.

Arutha leva les yeux d'un document. Autour de la table se trouvaient Gardan, Laurie et quelques autres hommes que Jimmy ne connaissait pas. Le comte Volney était à la porte. « Jimmy, j'ai quelque chose pour toi, ici. » Le jeune garçon regarda simplement la pièce, ne sachant que dire. Arutha dit : « C'est une patente royale, qui te donne le titre d'écuyer de la cour princière. »

Jimmy en resta sans voix, bouche bée. Laurie eut un petit rire devant sa réaction et Gardan sourit. Finalement, Jimmy retrouva sa voix. « C'est une blague, hein ? » Quand Arutha secoua la tête, le garçon dit : « Mais... moi, un écuyer ? »

Arutha répondit : « Tu m'as sauvé la vie et tu mérites une récompense. »

Jimmy dit : « Mais, Altesse, je... je vous remercie, mais... il y a le serment que j'ai prêté auprès des Moqueurs. »

Arutha se pencha en avant. « Cette question-là a été réglée, écuyer. Tu n'es plus membre de la Guilde des Voleurs. Le Juste a accepté. C'est fini. »

Jimmy se sentit piégé. Il n'avait jamais apprécié outre mesure d'être un voleur, mais il avait pris grand plaisir à être un très bon voleur. Ce qui le séduisait, c'était d'avoir l'opportunité de se montrer à la hauteur, de montrer à tout le monde que Jimmy les Mains Vives était le meilleur voleur de la Guilde... ou au moins qu'il le serait un jour. Mais maintenant il était lié au service de la maison du prince et ce poste impliquait sans doute des obligations. Et si le Juste avait accepté, Jimmy n'aurait plus jamais accès à la société des rues.

Constatant le manque d'enthousiasme du garçon, Laurie lui dit : « Puis-je, Altesse ? »

Arutha laissa faire et le chanteur s'approcha de l'enfant et lui mit une main sur l'épaule. « Jimmy, Son Altesse est simplement en train de te remettre la tête hors de l'eau. Il a dû marchander pour ta vie. S'il ne l'avait pas fait, tu serais en train de flotter dans les eaux du port à cette heure. Le Juste savait que tu avais trahi ton serment envers la Guilde. »

Jimmy s'affaissa un peu et Laurie lui serra l'épaule pour le rassurer. Le garçon s'était toujours plus ou moins cru au-dessus des règles, des obligations que les autres devaient respecter. Jimmy n'avait jamais su pourquoi on lui avait si souvent accordé un traitement particulier, alors que d'autres étaient forcés de payer pour tout, mais il savait que cette fois-ci il avait tiré trop fort et trop longtemps sur la corde. Le garçon ne doutait pas un instant du fait que le chanteur venait de lui dire la vérité et, soudain, il fut submergé par un flot d'émotions conflictuelles, se rendant compte à quel point il avait été près de se faire assassiner.

Laurie dit : « La vie de palais n'est pas si désagréable. Les bâtiments sont chauds, tu auras des vêtements propres et il y a toujours de quoi manger. De plus, il va y avoir plein de choses intéressantes. » Il regarda Arutha et ajouta sèchement : « Tout particulièrement en ce moment. »

Jimmy opina et Laurie lui fit faire le tour de la table. On lui demanda de s'agenouiller. Le comte lut rapidement la patente. « À tous les gens de notre domaine : Attendu que le jeune Jimmy, orphelin de la ville de Krondor, a rendu de grands services en empêchant un attentat sur la royale personne du prince de Krondor. Attendu que nous serons pour toujours l'obligé du jeune Jimmy, je désire que tous apprennent dans le royaume qu'il est notre bien-aimé serviteur et que de plus il recevra une place à la cour de Krondor, avec le rang d'écuyer, avec tous les droits et privilèges afférents. De plus, que tous sachent qu'il est désormais détenteur du titre de seigneur du gué de Haver sur la rivière Welandel, lui et toute sa descendance pour toute la durée de leur vie, avec les serviteurs et les terres qui en dépendent. Le titre de cet État appartiendra à la couronne jusqu'au jour de sa majorité. Écrit et scellé en ce jour de ma main, Arutha conDoin, Prince de Krondor, Maréchal du royaume de l'Ouest et des armées royales de l'Ouest ; Héritier nommé au trône de Rillanon. » Volney regarda Jimmy : « Acceptez-vous cette charge ? »

Jimmy dit : « Oui. » Volney roula le parchemin et le tendit au garçon. Visiblement, cela suffisait à changer un voleur en écuyer.

Il ignorait où se trouvait le gué de Haver sur la rivière Welandel, mais avoir une terre, c'était avoir des revenus et Jimmy retrouva bien vite sa gaieté naturelle. En s'écartant, il regarda Arutha, qui semblait visiblement préoccupé. Par deux fois le hasard les avait fait se rencontrer et par deux fois Arutha avait été la seule personne à ne rien lui demander. Même ses rares amis parmi les Moqueurs avaient tenté au moins une fois de tirer quelque avantage de lui, avant qu'il ne leur montre à quel point la chose était difficile. Jimmy trouvait ses relations avec Arutha rafraîchissantes. Le prince avait repris sa lecture silencieuse et Jimmy se dit que, puisque le destin s'en mêlait à nouveau, il pouvait aussi bien rester avec le prince et ses joyeux compagnons plutôt qu'aller ailleurs. Et puis tant qu'Arutha vivrait, il aurait assez d'argent pour pourvoir à son confort... quoique, se dit-il sombrement, la survie même du prince risquerait de se montrer problématique.

Jimmy regarda sa patente et Arutha observa le jeune garçon. C'était un gamin des rues : dur, plein de ressources, parfois impitoyable. Arutha sourit intérieurement. Il serait paré pour la cour.

Jimmy roula son papier et Arutha dit : « Ton ancien maître travaille avec célérité. » Il s'adressa au groupe : « J'ai ici un mot de lui qui m'annonce qu'il a déjà presque découvert le nid des Faucons de la Nuit. Il précise que désormais, il peut nous faire parvenir un message à tout moment et qu'il regrette de ne pouvoir nous fournir d'aide pour les débusquer. Qu'en penses-tu, Jimmy ? »

L'intéressé sourit. « Le Juste connaît les règles du jeu. Si vous éliminez les Faucons de la Nuit, les affaires reviendront à la normale. Si vous échouez, nul ne pourra soupçonner qu'il a trempé là-dedans. Il ne peut pas perdre. » Plus sérieux, il ajouta : « Il a peur aussi que les Moqueurs soient encore infiltrés. Si c'était le cas, toute participation de la Guilde mettrait l'opération en danger. »

Arutha comprit ce que voulait dire le garçon. « C'est si sérieux que ça ?

— C'est très probable, Votre Altesse. Pas plus de trois ou quatre hommes doivent avoir accès au Juste en personne. Ce sont les seuls en qui il puisse avoir réellement confiance. Je crois qu'il doit disposer de quelques agents personnels en dehors de la Guilde, que nul ne connaît à l'exception peut-être – et encore ! – de ses gens de confiance. C'est de ceux-là qu'il doit se servir pour retrouver les Faucons de la Nuit. Il y a plus de deux cents Moqueurs et deux fois autant de mendiants et de gamins, chacun d'eux pouvant servir d'yeux et d'oreilles à la Guilde de la Mort. »

Arutha fit un sourire torve. Volney dit : « Vous êtes brillant, sire James. Je pense que vous ferez beaucoup de bien à la cour de Son Altesse. »

Jimmy fit la grimace comme s'il venait de mordre dans un fruit amer et il maugréa : « Sire James ? »

Arutha fit mine de ne pas remarquer le ton acide de Jimmy. « Nous avons tous besoin de repos. D'ici à ce que nous ayons des nouvelles du Juste, le mieux que nous ayons à faire est de nous remettre des rigueurs de ces derniers jours. » Il se leva. « Je vous souhaite bonne nuit à tous. »

Arutha quitta rapidement la salle et Volney rassembla les papiers qui traînaient sur la table de conférence, puis il sortit de son côté. Laurie dit à Jimmy : « Bien, mieux vaut que je te prenne en charge, jeune homme. Il faut bien que quelqu'un t'apprenne certaines petites choses sur les gens de qualité. »

Gardan s'approcha d'eux. « Alors si je comprends bien, ce gamin est destiné à rester dans les pattes du prince. »

Laurie soupira. « Voilà, dit-il en rejoignant Jimmy, tu auras beau donner du galon à quelqu'un, un troufion reste un troufion.

— Un troufion ! répliqua Gardan, feignant l'indignation. Chanteur, je vais t'apprendre que je descends d'une longue lignée de héros... »

Jimmy, résigné, soupira et suivit les deux hommes qui sortirent de la salle en se disputant. Somme toute, la vie était plus simple une semaine auparavant. Il s'efforça de faire meilleure mine, mais, au mieux, il n'arrivait qu'à ressembler à un chat tombé dans un tonneau de crème, qui ne savait pas s'il devait laper tant qu'il pouvait ou patauger dedans en essayant de sauver sa vie.

5

Arutha regardait le vieux voleur.
Le messager du Juste avait attendu que le prince lise la missive. À présent celui-ci lui demandait : « Connaissez-vous la teneur de ce message ?
— Pas dans les détails. Celui qui me l'a donné m'a fourni des instructions explicites. » Le vieux voleur, trop âgé pour être encore en activité, grattait sa calvitie d'un air absent devant Arutha. « Il a dit de vous dire que le garçon pouvait vous montrer aisément l'endroit indiqué, Vot' Altesse. Il a aussi dit de vous dire qu'il avait fait prévenir pour le garçon et que les Moqueurs considéraient l'affaire comme close. » L'homme regarda un bref instant Jimmy et lui fit un clin d'œil. Le garçon, qui se tenait un peu plus loin, poussa un soupir de soulagement silencieux en entendant cela. Le clin d'œil lui disait aussi que s'il ne pourrait plus jamais faire partie des Moqueurs, on ne lui interdirait quand même pas les rues de la ville et que le vieil Alvarny le Rapide restait son ami. Arutha dit : « Dites à votre maître que je suis content que cette affaire ait été si vite réglée. Dites-lui que tout devrait être terminé cette nuit. Il comprendra. »
Arutha fit signe à un garde de raccompagner Alvarny puis se tourna vers Gardan. « Prends une compagnie de tes hommes les plus sûrs et tous les pisteurs encore en garnison. Ne prends aucun nouveau. Dis personnellement à chacun d'aller à la porte de la poterne, à partir du coucher du soleil. Je veux qu'ils passent en ville seuls ou par groupe de deux, en prenant des routes différentes et en faisant très attention à ne pas être suivis. Laisse-les baguenauder et prendre leur

dîner, comme s'ils avaient fini leur service, mais ils ne doivent pas s'enivrer, juste faire semblant. À minuit, ils doivent tous se retrouver au Perroquet Bigarré. » Gardan salua et sortit.

Quand Arutha et le garçon furent seuls, le prince dit : « Tu dois te dire que je ne t'ai pas ménagé. »

Jimmy sembla surpris. « Non, Altesse. J'ai juste trouvé ça un peu étrange. Je vous dois la vie.

— Je m'inquiétais que tu ne te sentes vexé de t'être fait enlever à la seule famille que tu aies jamais connue. » Jimmy haussa les épaules. « Et quant à ta vie… » Il se renversa sur sa chaise, un doigt sur la joue et sourit. « Nous sommes quittes, sire James, car si tu n'avais pas agi si vite l'autre nuit, je ferais une tête de moins. »

Le garçon sourit et dit : « Si nous sommes quittes, pourquoi ce titre ? »

Arutha se souvint de la parole qu'il avait donnée au Juste. « Dis-toi que c'est une manière de garder l'œil sur toi. Tu es libre de tes actes, tant que tu remplis ta charge d'écuyer, mais si jamais je découvre que des coupes en or manquent dans les placards, je te jetterai personnellement au cachot. » Jimmy rit, mais Arutha reprit plus sérieusement : « Et il y a aussi cette histoire d'assassin que quelqu'un a éliminé sur le toit d'un certain fouleur cette semaine. Et tu n'as jamais dit pourquoi tu avais décidé de venir me parler de ce Faucon de la Nuit au lieu d'en parler à ceux auxquels tu aurais dû. »

Jimmy regarda Arutha, et la sagesse qui brillait dans ses yeux contrastait avec son visage enfantin. Il dit finalement : « La nuit où vous vous êtes échappé de Krondor avec la princesse, je me suis retrouvé coincé sur les docks par une compagnie tout entière de cavaliers de Guy le Noir. Vous m'avez lancé votre épée avant que vous soyez sûr d'être sorti d'affaire. Et quand nous étions enfermés dans la Planque, vous m'avez appris à me battre. Vous avez toujours été gentil avec moi. » Il se tut un moment. « Vous m'avez traité comme un ami. J'ai… J'ai eu très peu d'amis, Altesse. »

Arutha montra qu'il comprenait. « Je n'ai aussi que peu d'amis – ma famille, les magiciens Pug et Kulgan, le père Tully et Gardan. » Il fit une grimace. « Laurie m'a montré qu'il était plus qu'un simple courtisan et il se pourrait qu'il devienne un ami pour moi. J'irais même jusqu'à dire que ce pirate d'Amos Trask est un véritable ami. Mais si Amos peut être l'ami du prince de Krondor, pourquoi pas Jimmy les Mains Vives ? »

Jimmy sourit et ses yeux se mouillèrent de larmes. « Pourquoi pas, en effet ? » Il ravala sa salive et reprit son masque d'impassibilité. « Qu'est-il arrivé à Amos ? »

Arutha se rassit. « La dernière fois que je l'ai vu, il était en train de voler le vaisseau du roi. » Jimmy étouffa un rire. « Nous n'avons pas eu de nouvelles de lui depuis lors. Je donnerais cher pour avoir cet égorgeur à mes côtés cette nuit. »

Jimmy perdit son sourire. « Je n'aime pas parler de cela, mais si jamais nous sommes à nouveau confrontés à une de ces satanées créatures qui refusent de mourir ?

— Nathan pense que c'est peu probable. Il dit que ce n'est arrivé que parce que la prêtresse a ramené la chose. De plus, je ne peux pas attendre le bon plaisir du temple pour agir. Il n'y a que ce prêtre de la mort, Julian, qui m'ait proposé son aide.

— Et nous avons vu l'aide que pouvaient nous offrir les serviteurs de Lims-Kragma, ajouta sèchement Jimmy. Espérons que le père Nathan savait ce qu'il disait. »

Arutha se leva. « Viens, allons nous reposer tant que possible, la nuit risque d'être sanglante. »

Dans la nuit, des petits groupes de soldats, vêtus en simples mercenaires, s'étaient frayé un chemin dans les rues de Krondor, se croisant sans faire mine de se reconnaître, jusqu'à ce que, trois heures après minuit, plus d'une centaine d'entre eux aient fini par se retrouver au Perroquet Bigarré. Plusieurs sortirent des tabards officiels de grands sacs et les passèrent aux autres pour que tous les soldats portent les couleurs du prince pendant l'attaque. Jimmy entra en compagnie de deux hommes vêtus comme de simples forestiers, des membres de la compagnie des éclaireurs d'élite d'Arutha, les Pisteurs Royaux. Le plus âgé salua. « Ce jeune homme a des yeux de chat, Votre Altesse. Par trois fois, il a repéré des hommes qui suivaient certains des nôtres. »

Arutha leur jeta un regard interrogateur et Jimmy dit : « Il y avait deux mendiants que je connaissais, qui n'ont pas été difficiles à intercepter et à chasser, mais le troisième... Il se peut qu'il nous ait suivis juste pour vérifier s'il n'y avait rien de louche. De toute manière, quand nous lui avons bloqué la rue – subtilement, rassurez-vous –, il est parti tout simplement dans une autre direction. Ce n'était peut-être rien.

— C'était peut-être bien quelque chose, aussi, dit Arutha. Mais nous n'y pouvons rien. Même si les Faucons de la Nuit savent que nous préparons quelque chose, ils ne peuvent pas savoir quoi. Regarde ceci, dit-il à Jimmy en lui montrant une carte étalée sur la table face à lui. L'architecte royal m'a fourni ceci. C'est une vieille carte, mais je pense qu'elle doit donner une idée relativement correcte des égouts. »

Jimmy l'étudia un moment. « C'était peut-être le cas il y a une dizaine d'années. » Il désigna un point sur la carte, puis un autre. « Là, un mur s'est effondré et même si l'écoulement se fait encore, le passage est trop étroit pour un homme. Et là, il y a un nouveau tunnel, creusé par un tanneur pour se débarrasser plus facilement de ses déchets. » Jimmy regarda encore la carte, puis il dit : « Vous avez une plume et de l'encre, ou du charbon ? » On lui fournit un bout de charbon et Jimmy inscrivit quelques indications sur la carte. « L'ami Lucas a un passage vers les égouts depuis sa cave. »

Derrière le bar, le vieil homme en resta bouché bée. « Quoi ? Comment tu sais ça ? »

Jimmy sourit. « Les toits ne sont pas la seule route qu'empruntent les voleurs. D'ici – dit-il en montrant un point sur la carte –, plusieurs hommes peuvent aller jusque-là. Les sorties souterraines de la planque des Faucons de la Nuit sont bien fichues. Aucune ne passe par le même tunnel, aucun tunnel n'est connecté directement aux autres. Les portes ne doivent être qu'à quelques mètres les unes des autres, mais les cloisons doivent être en brique et en pierre bien solides, avec des kilomètres d'égouts à traverser pour passer d'un tunnel à un autre. Il faudrait une bonne heure pour retrouver notre chemin d'une sortie à une autre. C'est la troisième qui pose problème. Elle débouche dans un grand palier avec une dizaine d'autres tunnels, trop nombreux à bloquer. »

Gardan, qui regardait par-dessus l'épaule du garçon, dit : « Ça veut dire qu'il va falloir faire un assaut coordonné. Jimmy, est-ce que tu pourrais entendre quelqu'un défoncer une porte en étant à l'autre?

— Je pense que oui. Si quelqu'un se glisse en haut des escaliers, ça devrait aller. Surtout à cette heure de la nuit. Vous seriez étonné de savoir combien de petits bruits emplissent les rues le jour, mais la nuit… »

Arutha s'adressa aux deux Pisteurs : « Est-ce que vous pouvez retrouver ces endroits à partir de ce plan ? » Ils opinèrent. « Bien. Chacun de vous va mener un tiers des hommes à chacune de ces deux entrées. L'autre tiers viendra avec Gardan et moi-même. Jimmy nous servira de guide. Postez vos hommes là-bas, mais n'entrez pas dans la cave de ce bâtiment tant que vous n'avez pas été découverts ou que vous n'avez pas entendu notre troupe donner l'assaut. À ce moment-là, filez nous rejoindre. Gardan, nos autres hommes doivent déjà être en position dans la rue. Ils ont bien reçu leurs ordres ? »

Gardan répondit : « Ils ont tous reçu leurs instructions individuellement. Au premier signe de trouble, personne ne pourra sortir du bâtiment à moins de porter votre tabard et d'être reconnu. J'ai trente archers en place qui encerclent le bâtiment par les toits pour décourager toute tentative de sortie. Un héraut sonnera l'alarme et deux compagnies de cavaliers quitteront le palais à son signal. Ils nous rejoindront en cinq minutes. Toute personne dans la rue qui ne fait pas partie de notre compagnie sera piétinée, ce sont les ordres. »

Arutha passa rapidement un tabard et en lança un à Laurie et un autre à Jimmy. Quand ils furent tous en rouge et noir, aux couleurs du prince, Arutha dit : « Il est temps. » Les Pisteurs menèrent les deux premiers groupes dans la cave sous l'auberge. Puis ce fut au tour de Jimmy de passer devant le groupe du prince. Il leur fit traverser un déversoir derrière un faux baril dans le mur et leur fit descendre un étroit escalier qui menait aux égouts. Il y eut quelques cris et quelques jurons étouffés à cause de la puanteur, mais un mot de Gardan remit de l'ordre dans les rangs. On alluma plusieurs lanternes à capuchon. Jimmy fit signe aux hommes du prince de se mettre sur une seule file et entreprit de les guider vers le quartier marchand de la ville.

Au bout de presque une demi-heure de marche le long de canaux où des eaux usées charriaient lentement leurs ordures vers le port, ils se retrouvèrent tout près du grand palier. Arutha donna l'ordre de masquer les lanternes. Jimmy partit en éclaireur. Arutha tenta de suivre ses mouvements mais, médusé, le vit se faire avaler par les ombres. Puis il tenta de le suivre au bruit, mais Jimmy n'en faisait aucun. Pour les soldats immobiles, la chose la plus étrange dans ces égouts, c'était encore le silence, que seuls venaient briser les clapotis de l'eau. Tous les soldats avaient pris bien soin d'étouffer leurs armes et leur armure, pour ne pas alerter les éventuelles sentinelles des Faucons de la Nuit.

Jimmy revint au bout d'un moment et fit signe qu'il y avait un garde en haut des escaliers menant au bâtiment. La bouche collée à l'oreille d'Arutha, il murmura : « Jamais un de vos hommes ne pourra arriver assez près avant qu'il ne donne l'alarme. Je suis le seul à avoir une chance de réussir. Quand vous entendrez du bruit, accourez. »

Jimmy retira sa dague de sa botte et se glissa dans les ombres. Un peu plus tard, ils entendirent un grognement de douleur et Arutha et ses hommes se mirent à courir, oubliant toute discrétion. Le prince fut le premier à atteindre le garçon, qui luttait contre un garde monstrueux. Le jeune homme avait réussi à le contourner et à lui sauter à la gorge, mais il l'avait juste blessé avec sa dague, qui gisait maintenant sur le sol. L'homme suffoquait. Il était déjà presque bleu, mais il tentait encore d'écraser Jimmy contre le mur. Arutha mit fin au combat d'un simple coup d'épée et l'homme glissa à terre sans un bruit. Jimmy le lâcha et fit un faible sourire. Malgré les coups violents qu'il avait reçus. Arutha lui chuchota : « Reste ici », puis il fit signe à ses hommes de le suivre.

Oubliant la promesse faite à Volney d'attendre que Gardan mène l'assaut, Arutha monta les marches en silence quatre à quatre. Il s'arrêta devant une porte de bois fermée d'un verrou, y colla l'oreille et écouta. Il entendit des voix étouffées de l'autre côté et leva la main pour prévenir ses hommes. Gardan et les autres ralentirent.

Arutha retira le verrou sans faire de bruit et entrebâilla doucement la porte. Il aperçut une grande cave bien éclairée. Il y avait là une douzaine d'hommes armés, répartis sur trois tablées. Plusieurs étaient en train de réparer des armes et des armures. La scène rappelait plus une caserne qu'une cave. Ce qu'Arutha trouvait le plus incroyable, c'était que cette cave se situait sous le bordel le plus riche et le plus populaire de la ville, la maison des Saules, fréquenté par les plus riches marchands et par un bon nombre de petits nobles de Krondor. Arutha comprenait mieux comment les Faucons de la Nuit avaient pu obtenir tant d'informations sur le palais et sur ses propres allées et venues. Plus d'un courtisan devait se vanter de connaître certains «secrets» pour impressionner sa belle de nuit. Il avait suffi d'une remarque innocente d'un membre du palais comme quoi Gardan avait prévu d'aller retrouver le prince à la porte pour que l'assassin sache quel chemin allait prendre Arutha en début de semaine.

Soudain, quelqu'un entra dans le champ de vision d'Arutha et le prince retint son souffle. Un guerrier Moredhel s'approcha d'un homme en train de huiler une large épée et lui murmura quelque chose à l'oreille. L'homme opina et le Frère des Ténèbres continua. Brutalement, il fit volte-face. Il montra la porte et ouvrit la bouche pour crier. Arutha n'hésita pas un instant. Il lança : «Maintenant!» et chargea dans la pièce.

Le chaos se répandit dans la cave. Les hommes tranquillement attablés quelques instants auparavant se saisirent de leurs armes pour contrer l'assaut. D'autres filèrent par des portes menant au bordel ou vers d'autres parties des égouts. D'en haut, on entendit les cris et les hurlements des clients, affolés par les assassins en fuite. Ceux qui tentèrent de s'échapper par les égouts furent rapidement refoulés par les autres troupes dans les escaliers remontant à la cave.

Arutha esquiva une attaque du guerrier Moredhel et bondit sur sa gauche. Les soldats qui envahissaient la place séparèrent le prince du Frère des Ténèbres. Les quelques assassins qui étaient restés chargèrent les hommes d'Arutha sans même chercher à défendre leur vie, forçant les soldats à les tuer. Seul le Moredhel fit exception à la règle, tentant activement de rejoindre Arutha. Le prince cria : «Prenez-le vivant!»

Le Moredhel fut bientôt le seul Faucon de la Nuit encore debout dans la pièce. Il finit plaqué contre un mur. Arutha s'approcha de lui. L'elfe noir fixa le prince d'un regard haineux, droit dans les yeux. Il se laissa désarmer quand Arutha rengaina son épée. Le prince n'avait jamais vu un Moredhel vivant de si près. Leur parenté avec les elfes ne faisait aucun doute, même si ceux-ci avaient les cheveux et les yeux plus clairs. Comme Martin l'avait fait remarquer plus d'une fois, les Moredhels étaient beaux, malgré la noirceur de leur âme. Soudain, alors qu'un soldat se penchait pour vérifier que le Moredhel ne dissimulait pas d'arme dans sa botte, la créature lui donna un coup de genou au visage, repoussa l'autre et sauta sur Arutha. Le prince eut juste le temps d'écarter sa tête de ses mains tendues. Il plongea sur sa gauche et vit le Moredhel se raidir, l'épée de Laurie passée au travers de sa poitrine. Le Moredhel s'effondra au sol, mais dans un dernier spasme il tenta malgré tout de griffer la jambe d'Arutha. Laurie lui donna un coup de pied dans la main, déviant le faible mouvement. « Regardez bien ses ongles. Je les ai vus luire au moment où il s'est laissé désarmer », dit le chanteur.

Arutha se saisit d'un poignet et inspecta soigneusement la main du Moredhel. « Faites attention en la maniant », le prévint Laurie. Arutha vit de fines aiguilles enfoncées dans les ongles du Frère des Ténèbres, toutes teintées d'une petite tâche noirâtre au bout. Laurie dit : « C'est un vieux truc de prostituée, bien que cela demande pas mal d'argent et un bon chirurgien. Si un homme tente de partir sans payer ou qu'il a l'habitude de battre ses putains, il suffit d'une égratignure pour qu'il ne pose plus jamais aucun problème. »

Arutha regarda le chanteur. « Tu as toute ma reconnaissance.

— Banath nous préserve ! »

Arutha et Gardan se tournèrent vers Jimmy, penché sur un homme à terre, blond et bien habillé. « Blondinet », dit-il doucement.

— Tu connaissais cet homme ? demanda Arutha.

— C'était un Moqueur, répondit Jimmy. Je ne l'aurais jamais soupçonné.

— Il n'y en a donc plus un seul de vivant ? » demanda le prince, furieux. Il avait donné l'ordre de capturer autant d'assassins que possible.

Gardan, qui venait d'écouter les rapports de ses hommes, répondit : « Altesse, il y avait au moins trente-cinq assassins dans cette cave et dans les pièces au-dessus. Soit ils se sont battus de telle manière que nos hommes n'ont eu d'autre choix que de les tuer, soit ils se sont entre-tués en se jetant mutuellement sur leurs armes. » Gardan tendit un objet au prince. « Ils portaient tous ceci, Altesse. » Dans sa main se trouvait un faucon d'ébène qui pendait à une chaînette d'or.

Puis le silence se fit brusquement, non pas comme si les hommes avaient arrêté de bouger, mais plutôt comme si tout le monde venait d'entendre quelque chose et de faire une pause pour écouter. Mais il n'y avait aucun bruit. Tous les sons étaient étrangement étouffés, comme si une présence lourde et oppressante était entrée dans la pièce, donnant simultanément à Arutha et à ses hommes le même sentiment d'étrangeté. Puis un frisson s'insinua dans la pièce. Arutha sentit sa nuque se hérisser, comme pris par une peur primitive. Une chose totalement étrangère à ce monde venait d'entrer, un mal invisible mais palpable. Arutha se tournait vers Gardan et ses hommes pour leur dire quelque chose, quand un soldat cria : « Altesse, je crois que celui-ci est vivant. Il a bougé ! » Il semblait content de pouvoir annoncer au prince une bonne nouvelle. Puis un second soldat dit : « Celui-ci aussi ! » Arutha vit les deux soldats se pencher sur les assassins à terre.

Tous dans la cave eurent un sursaut d'horreur lorsqu'un des cadavres bougea et attrapa à la gorge le soldat agenouillé. Le cadavre s'assit, poussant le soldat vers le haut. On entendit un affreux gargouillis provenir de la gorge écrasée du soldat. L'autre cadavre sauta en l'air, plongeant ses dents dans le cou du deuxième garde et lui déchirant la gorge. Arutha et ses hommes restaient muets, paralysés de terreur. Le premier assassin mort jeta le soldat au loin et se retourna. Fixant le prince de ses yeux blancs, le mort sourit. Venant de très loin, une voix sortit du crâne grimaçant. « Nous nous retrouvons, seigneur de l'Ouest. Cette fois, mes serviteurs te tiennent, tu n'as pas amené tes sales petits prêtres avec toi. Levez-vous ! Levez-vous, Ô mes enfants ! Levez-vous et tuez ! »

Dans toute la pièce, les cadavres, agités de soubresauts, commencèrent à bouger. Les soldats retinrent leur souffle et prièrent Tith, le dieu des soldats. L'un d'eux, plus rapide que les autres, fit voler la tête du second cadavre qui se relevait. Le corps décapité trembla et retomba, mais il commença à se relever tandis que la tête articulait des injures muettes. Comme des poupées grotesques manipulées par un marionnettiste dément, les corps se relevèrent, secoués de spasmes, animés de mouvements saccadés. Jimmy, d'une voix presque chevrotante, dit : « Je crois que nous aurions mieux fait d'attendre l'aide du temple. »

Gardan hurla : « Protégez le prince ! » Des hommes sautèrent sur les cadavres animés. Comme des bouchers pris de folie dans un enclos à bétail, les soldats commencèrent à frapper de toutes parts. Du sang et des bouts de chair volèrent en tous sens, éclaboussant les murs et tous les gens qui se tenaient dans la pièce, mais les cadavres se relevaient toujours.

Les soldats glissaient sur les flaques de sang et des mains froides et visqueuses qui s'agrippaient à leurs bras et à leurs jambes les écrasaient à terre. Certains arrivèrent à pousser des cris étranglés quand des doigts morts se refermèrent sur leur gorge ou que des dents plongèrent dans leur chair.

Les soldats du prince de Krondor frappaient et taillaient, faisant voler des membres sectionnés dans l'air, mais les mains et les bras continuaient à ramper sur le sol follement, comme des poissons ensanglantés hors de l'eau. Arutha sentit quelque chose tirer sur sa jambe et, baissant les yeux, vit une main coupée accrochée à sa cheville. Il lui donna un coup de pied affolé, l'envoyant à travers la pièce s'écraser contre le mur opposé.

Arutha cria. « Sortez et bloquez les portes ! » Les soldats poussèrent force jurons en se frayant un chemin à coups d'épée et à coups de pied dans le sang et la viande. Plusieurs soldats, dont certains vétérans, commençaient à paniquer. Rien ne les avait préparés jusque-là à affronter l'horreur qui se déroulait dans cette cave. Chaque fois qu'un corps était abattu, il tentait simplement de se relever, encore et encore. Et chaque fois qu'un camarade tombait, il restait à terre.

Arutha guida ses hommes vers la porte qui menait vers le bordel, la sortie la plus proche de lui. Jimmy et Laurie le suivaient. Arutha s'arrêta un moment pour couper en deux un autre cadavre en train de se relever et Jimmy dépassa le prince en courant. Il arriva le premier à la porte et jura lorsqu'il leva les yeux. Le cadavre d'une très belle femme roulait mollement vers eux dans l'escalier, vêtue d'une robe diaphane à moitié déchirée, une large tâche de sang au niveau du ventre. Ses yeux vides se fixèrent sur Arutha en bas des escaliers et elle hurla de joie. Jimmy esquiva un coup maladroit de sa part et donna un coup d'épaule dans son ventre ensanglanté en criant : « Attention aux escaliers ! » Ils tombèrent à la renverse tous les deux, mais il se releva plus vite qu'elle et fila.

Arutha regarda la cave et vit ses hommes se faire tirer vers le sol. Gardan et plusieurs autres soldats avaient réussi à se mettre en sécurité aux portes et tentaient de les refermer, mais les retardataires qui tentaient frénétiquement de les rejoindre se faisaient attraper. Quelques hommes plus courageux que les autres aidaient à refermer les portes de l'intérieur, malgré la perspective d'une mort certaine. Le sol était devenu une mer de sang, humide et visqueuse, dans laquelle de nombreux soldats glissaient et tombaient pour ne jamais se relever. Des morceaux épars semblaient comme se rassembler pour reformer de nouveaux cadavres. Se souvenant de la créature dans le palais qui avait gagné en force avec le temps, Arutha cria : « Barrez les portes ! »

Laurie bondit sur les marches et frappa la prostituée grimaçante qui venait de se relever. Sa tête blonde roula dans la pièce aux pieds d'Arutha, qui monta l'escalier à la suite de Jimmy et du chanteur.

En atteignant le rez-de-chaussée de la maison des Saules, Arutha et ses compagnons découvrirent des soldats qui luttaient contre d'autres cadavres animés. Les compagnies de cavalerie étaient arrivées, avaient dégagé les rues et pénétré dans le bâtiment. Mais, comme ceux d'en dessous, elles n'avaient pas prévu d'être confrontées à des adversaires morts. Dehors, devant la porte principale, des corps criblés de flèches tentaient de se relever. Chaque fois que l'un d'eux y arrivait, une volée de flèches le frappait pour le renvoyer à terre.

Jimmy jeta un coup d'œil dans la pièce et sauta sur une table. D'un bond acrobatique, il sauta au-dessus d'un garde en train de se faire étrangler par un Faucon de la Nuit mort et se suspendit à une tapisserie. Elle supporta son poids un moment, puis il y eut un grand bruit de craquement quand ses accroches cédèrent. Des mètres et des mètres de tissu de qualité recouvrirent Jimmy, qui se dégagea rapidement. Il attrapa tout le tissu qu'il put et le tira jusqu'à la grande cheminée de la pièce principale du bordel. Il plongea la tapisserie dans le feu et commença à renverser consciencieusement dessus tout ce qui pourrait brûler. En quelques minutes, des flammes commencèrent à se propager dans la pièce.

Arutha repoussa un cadavre et tira une autre tapisserie, qu'il lança à Laurie. Le chanteur esquiva le coup d'un assassin mort et l'emmaillota de tissu avant de le faire tourner sur lui-même à toute vitesse pour l'empaqueter complètement. D'un coup de pied, il l'envoya à Jimmy, qui s'écarta d'un bond en lui faisant un croche-pied au passage, pour le faire tomber, toujours prisonnier du tissu, dans les flammes qui se répandaient partout. Le mort s'enflamma et se mit à hurler de rage.

La chaleur commençait à devenir intolérable dans la pièce et la fumée se faisait suffocante. Laurie courut à la porte et s'arrêta juste devant. « Le prince ! cria-t-il aux archers sur les bâtiments tout autour. Le prince va sortir ! »

« Dépêchez-vous ! » répondit-on. Une flèche abattit de nouveau un cadavre en train de se relever juste à côté de Laurie.

Arutha et Jimmy sortirent par la porte, l'incendie juste dans leur dos, suivis par quelques soldats en train de tousser tout ce qu'ils pouvaient. Arutha cria : « À moi ! »

Immédiatement, une douzaine de gardes accoururent, passant à coté des serviteurs qui tenaient les montures. L'odeur du sang et des corps en train de se consumer ainsi que la chaleur du feu faisaient renâcler les chevaux, qui tiraient sur leurs rênes, luttant contre les serviteurs qui tentaient de les calmer.

Quand les gardes rejoignirent Arutha, plusieurs s'emparèrent des corps criblés de flèches et les jetèrent dans le feu, par les fenêtres. Les cris des corps en train de griller s'élevèrent dans la nuit.

Un Faucon de la Nuit sortit en titubant par la porte, le côté gauche en flammes, les bras tendus comme pour accueillir Arutha. Deux soldats l'attrapèrent et le renvoyèrent dans le feu, sans s'inquiéter de leurs brûlures. Arutha s'écarta de la porte et des soldats se mirent en place pour empêcher les cadavres d'échapper au brasier. Il traversa la rue, laissant derrière lui le bordel le plus chic de la ville partir en fumée et dit à un soldat : « Faites prévenir nos hommes dans les égouts : qu'ils s'assurent que rien ne sorte de la cave. » Le soldat salua et partit en courant.

En peu de temps, la maison se changea en une tour de feu qui éclairait les alentours comme en plein jour. Les habitants des bâtiments voisins sortaient de chez eux, craignant qu'à cause de la chaleur, le feu ne finisse par se propager à leur maison. Arutha demanda aux soldats de former une chaîne de seaux pour arroser les bâtiments autour de la maison des Saules.

Moins d'une demi-heure après le début de l'incendie, il y eut un craquement sonore et une colonne de fumée monta dans le ciel en formant un gros tourbillon alors que le rez-de-chaussée s'effondrait, entraînant tout le bâtiment avec lui. Laurie dit : « Et voilà pour les créatures restées dans la cave. »

Arutha répliqua d'un air sombre : « Beaucoup de soldats valeureux sont restés là. »

Jimmy demeurait comme paralysé par le spectacle, le visage couvert de suie et de sang. Arutha lui posa la main sur l'épaule. « Encore une fois, tu as bien agi. »

Jimmy ne put qu'acquiescer. Laurie dit : « J'ai besoin de quelque chose de fort. Par les dieux, jamais je n'arriverai à oublier cette odeur.

— Rentrons au palais. Nous avons fini notre travail pour la nuit », conclut Arutha.

6

Jimmy tira sur son col.

Le maître de cérémonie Brian deLacy frappa le sol de la salle d'audience de son bâton et le garçon fixa ses yeux droit devant lui. Échelonnés entre quatorze et dix-huit ans, les écuyers de la cour de Krondor se faisaient expliquer leurs tâches pour les prochaines fêtes du mariage d'Anita et d'Arutha. Le vieux maître, un homme à l'élocution lente, impeccablement vêtu, dit : « Messire James, si vous n'arrivez pas à vous tenir tranquille, nous allons devoir vous trouver quelque chose de plus actif, comme par exemple messager du palais auprès des dépendances ? » On entendit un grognement inarticulé. Les invités envoyaient constamment des messages sans intérêt un peu partout et les dépendances où on les logeait pour la plupart pouvaient se trouver jusqu'à un bon kilomètre du palais proprement dit. Les messagers avaient essentiellement pour tâche de courir d'un bout à l'autre des terres du palais dix heures par jour. Maître deLacy se tourna vers l'auteur du grognement et dit : « Messire Paul, peut-être voudriez-vous vous joindre à messire James ? »

Il n'y eut pas de réponse. Maître deLacy poursuivit : « Très bien. Ceux d'entre vous qui attendez des parents à servir doivent savoir que les services personnels seront pris par tour. » À cette déclaration, tous les garçons maugréèrent, jurèrent et se dandinèrent. Le bâton frappa violemment le sol à nouveau. « Vous n'êtes pas encore des ducs, des comtes ou des barons ! Un ou deux jours de travail ne vous tueront pas. Il va y avoir bien trop de monde au palais pour que les serviteurs, les porteurs et les pages puissent répondre aux exigences de chacun. »

Un autre nouveau, l'écuyer Locklear, le cadet du baron de Finisterre dit : « Seigneur, lesquels d'entre nous assisteront au mariage ?

— Chaque chose en son temps, mon garçon, chaque chose en son temps. Chacun de vous escortera des invités à leur place dans la grande salle et dans la salle de banquet. Durant la cérémonie, vous vous tiendrez tous respectueusement au fond de la grande salle, de manière à ce que vous puissiez tous assister au mariage. »

Un page arriva en courant dans la pièce et tendit un message au maître, puis fila sans attendre de réponse. Le maître deLacy lut le message, puis il dit : « Je dois me préparer à recevoir le roi. Vous devez tous savoir où vous vous trouverez aujourd'hui. Revenez ici dès le début du conseil royal cet après-midi. Et tout retardataire devra s'occuper des messages pour les dépendances un jour supplémentaire. C'est tout pour l'instant. » Il partit, en grommelant à mi-voix : « Tant à faire et si peu de temps. »

Les écuyers commencèrent à se disperser, mais alors que Jimmy s'apprêtait à partir, une voix cria derrière lui : « Hé, le nouveau ! »

Jimmy et deux autres écuyers se retournèrent, mais celui qui venait de parler le fixait, lui. Jimmy attendit, sachant parfaitement ce qui allait arriver. Le temps était venu d'établir sa place parmi les écuyers.

Comme Jimmy ne bougeait pas, Locklear, qui s'était arrêté lui aussi, se désigna du doigt et fit un pas hésitant vers celui qui venait de prendre la parole. Celui-ci, un grand gamin de seize ou dix-sept ans aux os saillants dit sèchement : « Pas toi, le mioche. C'est à l'autre que je cause. » Il montrait Jimmy.

Il portait le même uniforme vert et brun que tous les écuyers du palais, mais la coupe en était meilleure. Visiblement, il avait de quoi se payer un tailleur personnel. À sa ceinture pendait une dague à la garde incrustée de joyaux et ses bottes étaient si bien cirées qu'elles brillaient comme du métal poli. Il avait les cheveux couleur paille, soigneusement coupés. Sachant que ce devait être le chef de la bande, Jimmy leva les yeux au ciel et soupira. Son uniforme ne lui allait pas, ses bottes lui faisaient mal aux pieds et son flanc le grattait constamment à cause de sa cicatrice. Il ne se sentait vraiment pas de bonne humeur et se dit qu'il valait mieux en finir au plus vite.

Jimmy s'avança lentement vers l'autre, qui s'appelait Jérôme. Il savait que son père était le chevalier de Ludland, une ville sur la côte au nord de Krondor, un titre mineur mais qui assurait une coquette fortune à son détenteur. Quand Jimmy se retrouva face à lui, il demanda : « Oui ? »

Avec une moue méprisante, Jérôme lui cracha : « Je ne t'aime pas beaucoup, mon gars. »

Un sourire apparut lentement sur les lèvres de Jimmy. Puis sans prévenir, il enfonça son poing dans l'estomac de Jérôme qui se plia en deux et tomba par terre. Il se tortilla un moment, avant de se relever en grognant. « Pourquoi… » commença-t-il. Mais il se tut en voyant Jimmy devant lui, une dague à la main. Jérôme porta la main à sa ceinture pour prendre sa dague et ne trouva rien. Il baissa les yeux, puis regarda par terre, affolé.

« Je crois que c'est ça qui te manque », dit joyeusement Jimmy, montrant la garde de sa dague incrustée de joyaux. Jérôme le regarda, les yeux ronds. Jimmy lança la dague d'un revers de poignet et la lame alla se planter en vibrant dans le sol, juste entre les pieds de Jérôme. « Et mon nom, ce n'est pas "mon gars", c'est messire James, écuyer du prince Arutha. »

Jimmy sortit rapidement de la pièce. Quelques mètres plus loin, Locklear le rattrapa et resta à côté de lui. « C'était impressionnant, messire James, dit Locklear. Jérôme traite tous les nouveaux assez rudement. »

Jimmy s'arrêta, ne se sentant pas d'humeur à discuter. « C'est parce que tu le laisses faire, gamin. » Locklear s'écarta et commença à bégayer une excuse. Jimmy leva la main. « Attends un instant. Je ne voulais pas te blesser. J'ai d'autres choses en tête. Écoute, tu t'appelles Locklear, c'est ça ?

— Mes amis m'appellent Locky. »

Jimmy dévisagea le garçon. Tout petit, il ressemblait plus à un bébé qu'à un homme. Il avait le visage sombre, de grands yeux bleus et des cheveux bruns semés de fils d'or. Jimmy se dit qu'à peine quelques semaines auparavant il devait encore jouer dans le sable avec d'autres enfants du commun, à la plage près du château de son père. « Locky, dit Jimmy. Si jamais cet imbécile recommence à t'ennuyer, colle-lui un bon coup de pied là où il faut. Ça le calmera rapidement. Écoute, je ne peux pas te parler maintenant. Je dois aller voir le roi. » Jimmy repartit rapidement, laissant un gamin éberlué dans le couloir.

Jimmy se tortilla, furieux contre le col trop serré de sa nouvelle tunique. Si Jérôme lui avait servi à quelque chose, c'était bien à lui montrer qu'il n'était pas obligé de supporter un vêtement mal taillé. Dès qu'il le pourrait, il sortirait du palais en douce pour quelques heures et irait voir les trois caches qu'il s'était faites en ville. Il avait assez d'or là-dedans pour se faire faire une dizaine de nouvelles tenues. Cette histoire d'anoblissement avait des inconvénients auxquels il n'aurait jamais pensé.

« Qu'y a-t-il, petit ? »

Jimmy leva les yeux et se retrouva devant les sourcils froncés d'un homme de bonne taille, âgé, aux cheveux gris sombre. Il reconnut le maître d'armes Fannon, l'un des anciens compagnons d'Arutha à Crydee. Il était arrivé par navire la veille au soir. « C'est ce satané col, maître d'armes. Et ces bottes neuves me font aussi très mal aux pieds. »

Fannon acquiesça. « Ah. Il va falloir faire bonne figure malgré tout. Le prince arrive. »

Arutha sortit par la grande porte du palais et se plaça devant la foule assemblée, au centre, pour accueillir le roi. Un grand escalier descendait sur le terrain de parade. Au-delà, de l'autre côté du grand portail en fer forgé, on avait retiré tous les étals provisoires de la grand'place de la ville. Les soldats de Krondor étaient disposés en cordon tout le long de la route depuis les portes de la ville jusqu'au palais, retenant les citoyens impatients d'apercevoir leur roi. Cela faisait tout juste une heure que l'on avait annoncé l'approche de la colonne de Lyam, mais les citoyens avaient commencé à s'installer dès avant l'aube.

De nombreux vivats annoncèrent l'approche du roi et Lyam fut le premier à apparaître en vue, monté sur un gros cheval de guerre à la robe noisette, Gardan à ses côtés en qualité de commandant de la ville. Derrière eux s'avançaient Martin et les nobles du royaume de l'Est, une compagnie de gardes de la maison royale de Lyam, ainsi que deux carrosses richement ornementés. Les lanciers d'Arutha suivaient, avec tout un train de bagages.

Lyam tira sur ses rênes pour arrêter sa monture juste devant les marches et des cors sonnèrent la fanfare. Des palefreniers accoururent pour s'occuper du cheval du roi et Arutha descendit rapidement les marches pour souhaiter la bienvenue à son frère. La tradition voulait que le prince de Krondor n'ait pour seul supérieur que le roi, mais quand les deux frères s'embrassèrent pour leurs retrouvailles, ils en oublièrent tout le protocole. Le premier à descendre de selle après Lyam fut Martin ; quelques instants plus tard, ils étaient tous les trois réunis.

Jimmy regarda Lyam présenter ses compagnons de voyage et les deux carrosses s'approchèrent des marches. Les portes du premier s'ouvrirent et Jimmy se démonta le cou pour regarder. Une jeune femme merveilleusement belle en descendit ; le jeune garçon fit un geste d'approbation silencieux. À la manière dont elle saluait Arutha, Jimmy devina que ce devait être la princesse Carline. Il jeta un œil sur Laurie et vit le chanteur la regarder avec un air d'adoration absolue. Jimmy se dit qu'effectivement, ce ne pouvait être que Carline. Derrière elle venait un vieux noble, certainement le duc Caldric de Rillanon.

La porte du second carrosse s'ouvrit et une femme plus mûre en descendit. Juste derrière elle apparut une silhouette familière. Jimmy sourit. Il se sentit rougir légèrement en revoyant la princesse Anita, car il était tombé complètement amoureux d'elle l'année d'avant. La femme plus âgée devait être la princesse Alicia, sa mère. Arutha leur souhaita la bienvenue et Jimmy se souvint de l'époque où Anita, Arutha et lui s'étaient cachés ensemble. Le garçon sourit sans honte.

« Que vous arrive-t-il, écuyer ? »

Jimmy leva à nouveau les yeux sur le maître d'armes Fannon. Dissimulant son agitation, il dit : « Mes bottes, messire. »

Fannon dit : « Hé bien, mon garçon, vous devriez apprendre à supporter quelques inconforts. Sans vouloir froisser vos précepteurs, votre éducation d'écuyer fait preuve de singulières lacunes. »

Jimmy acquiesça, fixant de nouveau Anita. « C'est tout neuf pour moi, messire. Le mois dernier, j'étais un voleur. »

Fannon en resta bouche bée. Quelques instants plus tard, Jimmy trouva fort amusant de lui donner un coup de coude dans les côtes pour le rappeler à l'ordre : « Le roi arrive. »

Le regard de Fannon se fixa droit devant lui, ses années d'entraînement militaire le ramenant instantanément à l'instant présent. Lyam fut le premier à s'approcher, Arutha à ses côtés. Ils étaient suivis de Martin et de Carline, ainsi que d'autres nobles de haut rang. Brian deLacy présenta au roi les membres de la cour d'Arutha et Lyam ignora plusieurs fois le protocole pour secouer vigoureusement quelques mains, ou même embrasser certaines personnes qui attendaient de se faire présenter. Nombre de seigneurs de l'Ouest avaient servi avec Lyam sous le commandement de son père lors de la guerre de la Faille et il ne les avait pas vus depuis son couronnement. Le comte Volney rougit quand Lyam lui mit la main sur l'épaule et lui dit : « Beau travail, Volney. Vous avez fort bien assuré la sécurité du royaume de l'Ouest cette année. » Ces familiarités troublèrent plusieurs nobles, mais elles plaisaient à la foule, qui applaudissait à tout rompre à chaque fois que Lyam agissait comme un homme retrouvant de vieux amis plutôt que comme un roi.

Quand il arriva devant Fannon, il prit le vieux guerrier par les épaules au moment où celui-ci s'apprêtait à s'incliner. « Non, dit Lyam assez bas pour que seuls Fannon, Jimmy et Arutha l'entendent. Pas toi, mon vieux professeur. » Lyam engloutit le maître d'armes de Crydee dans son étreinte puissante, puis partant d'un grand rire, il dit : « Alors, maître Fannon, comment va ma maison ? Comment se porte Crydee ?

— Eh bien, Majesté, Crydee se porte bien. » Jimmy vit que les yeux du vieil homme étaient humides.

Puis Arutha intervint : « Cette jeune canaille est le plus récent des membres de ma cour, Majesté. Puis-je vous présenter mon écuyer messire James de Krondor ? » Maître deLacy leva les yeux au ciel en entendant Arutha usurper son office.

Jimmy s'inclina comme on le lui avait appris. Lyam fit un grand sourire au jeune garçon. « J'ai déjà entendu parler de toi, Jimmy les Mains Vives », dit-il en prenant un pas de recul. Puis Lyam s'arrêta soudain. « Je ferais mieux de vérifier si j'ai encore tout sur moi. » Il fit semblant de se fouiller et Jimmy devint écarlate. Juste avant que l'embarras ne devienne pour lui insupportable, il vit Lyam lui faire un grand clin d'œil. Il éclata de rire avec tout le monde.

Puis Jimmy se retourna et se retrouva les yeux plongés dans les yeux les plus bleus qu'il ait jamais vus tandis qu'une voix douce et féminine lui disait : « Ne laissez pas Lyam se moquer de vous, Jimmy. Il a toujours été taquin. » Jimmy bégaya, pris par surprise après la plaisanterie du roi, puis fit une vague révérence.

Martin dit : « Heureux de te revoir, Jimmy. » Il lui serra la main. « Nous avons souvent parlé de toi et nous nous demandions comment tu allais. »

Il présenta le garçon à sa sœur. La princesse Carline fit un signe de tête à l'adresse de Jimmy et dit : « Mes frères et la princesse Anita m'ont dit beaucoup de bien de vous. Je suis contente de vous rencontrer enfin. » Ils finirent par s'éloigner.

Jimmy les regarda partir, confondu par tant d'attentions. « Cela fait un an qu'elle me fait cet effet-là », dit une voix derrière lui. Jimmy se retourna et vit Laurie s'empresser à la suite de la famille royale qui s'approchait de l'entrée du palais. Le chanteur se toucha le front pour saluer le garçon et se fraya un chemin dans la foule, croyant que l'effet des remarques de Carline et de Martin sur lui était dû en fait à la formidable beauté de la princesse.

Jimmy reporta son attention sur les nobles qui passaient et son visage s'éclaira d'un large sourire. « Bonjour, Jimmy », dit Anita qui venait d'arriver juste devant lui.

Le garçon s'inclina : « Bonjour, princesse. »

Anita rendit son sourire à Jimmy et dit : « Mère, monseigneur Caldric, puis-je vous présenter un vieil ami, Jimmy. » Elle remarqua sa tunique. « Écuyer, maintenant, à ce que je vois. »

Il s'inclina de nouveau devant la princesse Alicia et le duc de Rillanon. La mère d'Anita lui présenta sa main et Jimmy l'attrapa gauchement. « Je voulais vous remercier, jeune Jimmy, car j'ai entendu dire que vous aviez aidé ma fille », dit Alicia.

Il rougit. Il ne retrouvait plus en lui la moindre parcelle de l'effronterie qui lui avait généralement permis de se tirer de situations embarrassantes durant sa courte vie. Il se dandina et Anita lui dit : « Nous viendrons vous voir plus tard. » Anita, sa mère et Caldric passèrent. Jimmy, émerveillé, ne bougea pas.

Les présentations étaient finies et les nobles du royaume défilèrent vers la grande salle. Après une courte cérémonie, Lyam se rendit à ses appartements.

Soudain, la cour résonna de tambours et de cris et le peuple fit de grands gestes vers l'une des rues principales qui menaient au palais. La famille royale s'arrêta et attendit. Lyam et Arutha revinrent vers le haut des marches, la foule des nobles s'écartant rapidement pour leur laisser passage, créant le chaos dans la procession. Au moment même où le roi et le prince arrivaient au niveau de Jimmy et de Fannon, une douzaine de guerriers à cheval apparurent, chacun portant une peau de léopard sur les épaules et sur la tête. Ils frappaient en cadence sur les tambours disposés de chaque côté de leur selle, tout en guidant précautionneusement leur monture avec les genoux, et leur peau noire luisait de sueur sous l'effort. Derrière eux, une douzaine de cavaliers également vêtus de peaux de léopard, soufflaient dans de grandes trompes de cuivre qui s'enroulaient autour d'une de leurs épaules. Les tambours et les trompes se placèrent sur deux lignes, laissant place à une procession de fantassins. Chaque soldat portait un heaume de métal à pointe, avec une protection de mailles au niveau du cou et une cuirasse de métal. Ils avaient des pantalons bouffants et de hautes bottes noires qui s'arrêtaient au niveau du genou. Ils portaient tous un bouclier rond avec une bosse de métal, ainsi qu'un long cimeterre à la ceinture. Quelqu'un derrière Jimmy dit : « Des chiens de guerre. »

Jimmy demanda à Fannon : « Pourquoi ce nom, maître d'armes ?

— Parce que dans les temps anciens, Kesh les traitait comme des chiens, les parquant à l'écart de la population jusqu'à ce qu'il soit temps de les lâcher sur quelqu'un. Maintenant on dit que c'est parce qu'ils vous tombent dessus comme une meute de chiens si vous les laissez faire. Ce sont des durs, gamin, mais on sait déjà ce qu'ils valent. »

Les chiens de guerre prirent place, laissant le passage à d'autres hommes encore. Cimeterre au clair, ils saluèrent la personne qui s'approchait maintenant. C'était un véritable géant, plus grand et plus large d'épaules que le roi, qui venait à pied. Sa peau d'ébène étincelait sous le soleil brillant. Il ne portait au-dessus de la taille qu'une veste rivetée de métal. Il avait les mêmes bottes et le même pantalon que les soldats, mais à sa ceinture pendait un gigantesque cimeterre courbe faisant une fois et demie la taille d'un cimeterre normal. Il avait la tête nue et portait, au lieu d'un bouclier, un sceptre ornemental représentant son office. Quatre hommes chevauchaient derrière lui, montés sur les petits chevaux rapides du désert de Jal-Pur. Ils étaient vêtus comme des hommes du désert, que l'on ne voyait que très rarement à Krondor – des robes flottantes en soie indigo descendant aux genoux, ouvertes devant, laissant voir leur tunique et leurs pantalons blancs, des bottes de cavalier montant au mollet et sur la tête des tissus bleus enroulés de manière à ce que l'on ne voie que leurs yeux. Chacun d'eux portait à la ceinture une dague de cérémonie d'une taille impressionnante, dont le manche et le fourreau étaient d'ivoire superbement gravé. Lorsque l'homme noir grimpa les marches, Jimmy entendit sa voix grave et profonde : «... devant lui les montagnes tremblent. Les étoiles elles-mêmes s'arrêtent dans leur course et le soleil lui demande s'il peut se lever. Il est la puissance de l'empire et de ses narines soufflent les quatre vents. Il est le dragon de la vallée du Soleil, l'aigle des pics de la Tranquillité, le lion du Jal-Pur... » L'homme s'approcha du roi, derrière lequel se tenait Jimmy et se plaça sur le côté. Les quatre hommes descendirent de selle et le suivirent en haut des marches. L'un d'eux s'avança devant les autres. Visiblement, c'était lui l'objet du discours du géant.

Jimmy jeta un regard interrogateur à Fannon et le maître d'armes lui dit : «Étiquette de la cour keshiane.»

Lyam fut pris d'une soudaine quinte de toux et tourna la tête vers Jimmy, se cachant le visage de la main. Le garçon vit le roi, hilare à cause de la remarque de Fannon. Retrouvant sa contenance, Lyam fixa les yeux droit devant lui en attendant que le maître de cérémonie keshian eût terminé son introduction. «... Il est une oasis pour son peuple. » Il se tourna vers le roi et s'inclina. «Votre Royale Majesté, j'ai l'insigne honneur de vous présenter Son Excellence Abdur Rachman Memo Hazara-Khan, Bey des Benni-Sherin, seigneur du

Jal-Pur et prince de l'empire, ambassadeur de Kesh la Grande auprès du royaume des Isles. »

Les quatre dignitaires s'inclinèrent à la manière keshiane et ceux qui se tenaient derrière l'ambassadeur tombèrent à genoux et touchèrent le sol de pierre de leur front. L'ambassadeur plaça sa main droite sur son cœur et s'inclina à partir de la taille, tendant en avant sa main gauche puis la ramenant. Quand tous se furent relevés, ils se touchèrent le cœur, les lèvres et le front de l'index en un seul geste fluide, pour montrer qu'ils avaient le cœur généreux, une langue sincère et un esprit libre de toute traîtrise.

Lyam dit : « Nous souhaitons la bienvenue à notre cour au seigneur du Jal-Pur. »

L'ambassadeur dévoila son visage maigre et âgé, barbu, avec un demi-sourire sur les lèvres. « Votre Royale Majesté, Sa Très Impériale Majesté, que son nom soit mille fois béni, offre ses salutations à son frère des Isles. » Baissant légèrement la voix, il ajouta : « J'aurais préféré une entrée en matière moins formelle, mais… » Il haussa les épaules, et fit un léger signe de tête en direction du maître de cérémonie keshian, montrant qu'il ne pouvait décider de ce genre de choses. « Cet homme est un tyran. »

Lyam sourit. « Nous saluons chaleureusement Kesh la Grande. Puisse-t-elle être toujours prospère et puisse sa richesse croître à jamais. »

L'ambassadeur inclina la tête en remerciement. « Si Sa Majesté le permet, puis-je lui présenter mes compagnons ? » Lyam fit un petit signe de tête et le Keshian montra l'homme le plus à gauche. « Cet homme est mon précieux conseiller et aide en chef, le seigneur Kamal Mishwa Daoud-Khan, Shereef des Benni-Tular. Quant aux autres, ce sont mes fils, Shandon et Jehansuz, Shereefs des Benni-Sherin ainsi que mes gardes personnels.

— Nous sommes heureux que vous ayez pu nous rejoindre, messires », dit Lyam.

Alors que maître deLacy tentait de remettre un peu d'ordre dans l'assemblée des nobles, un brouhaha monta d'une autre rue qui débouchait sur la place du marché. Le roi et le prince s'écartèrent du maître de cérémonie et deLacy leva les mains au ciel. « Mais qu'y a-t-il, encore ? » dit le vieil homme tout haut, puis il reprit rapidement son calme.

Des tambours plus furieux encore que ceux des Keshians retentirent et des silhouettes colorées apparurent. Des chevaux arrivèrent en caracolant, devant une parade de soldats vêtus de vert. Chacun d'eux portait au bras un bouclier de couleur vive, orné d'étranges blasons. Des flûtistes jouaient une musique polyphonique sonore, étrange, mais rapide et entraînante. Les citoyens de Krondor en saisirent bien vite le rythme et commencèrent à taper dans leurs mains et même à danser sur les bords de la place.

Le premier cavalier se présenta devant le palais, sa bannière flottant au vent. Arutha éclata de rire et donna une bonne tape dans l'épaule de Lyam. « C'est Vandros de Yabon et la garnison tsurani de Kasumi qui arrivent de LaMut. » Puis apparurent des fantassins, chantant à tue-tête.

Quand la garnison tsurani de LaMut se retrouva devant les Keshians, ils s'arrêtèrent. Martin fit remarquer : « Ils se regardent en chiens de faïence. Je parierais qu'ils sauteraient sur la première occasion de pouvoir se tester l'un l'autre.

— Pas dans ma ville », dit Arutha, ne trouvant rien de drôle à cette idée.

Lyam rit. « Ça donnerait un sacré spectacle. Ho ! Vandros ! »

Le duc de Yabon s'approcha à cheval puis descendit de selle. Il monta les marches quatre à quatre et s'inclina. « Je vous demande pardon pour ce retard, Majesté. Nous avons rencontré des gêneurs sur la route. Nous sommes tombés par hasard sur un raid de gobelins au sud de Zun.

— Une bande de combien ? demanda Lyam.

— Pas plus de deux cents. »

Arutha dit « Il appelle ça "des gêneurs". Vandros, tu as été trop longtemps au contact des Tsuranis. »

Lyam rit. « Où est le comte Kasumi ?

— Il arrive, Majesté. » À ces mots, plusieurs carrosses arrivèrent sur la place.

Arutha prit à part le duc de Yabon. « Dis à tes hommes de loger avec la garnison de la ville, Vandros. Je préfère les avoir sous la main. Quand tu leur auras trouvé des lits, rends-toi à mes appartements avec Brucal et Kasumi. »

Vandros comprit qu'il devait s'agir d'une affaire sérieuse et répondit : « Dès que les hommes seront logés, Altesse. »

Les carrosses de Yabon s'arrêtèrent devant les marches et monseigneur Brucal, la duchesse Felinah, la comtesse Megan et leurs dames de compagnie en sortirent. Le comte Kasumi, qui avait commandé des armées de Tsuranis lors de la guerre de la Faille, descendit de cheval et monta rapidement les marches. Il s'inclina devant Lyam et Arutha. Vandros présenta rapidement sa troupe et Lyam dit : « À moins que ce pirate de roi de Queg n'arrive avec une galère de guerre tirée par mille chevaux de mer, nous allons nous retirer. » Avec un grand rire, il passa à côté du maître de cérémonie complètement débordé, qui tentait vainement de remettre de l'ordre dans la procession royale.

Jimmy resta en arrière, car bien qu'il ait déjà vu quelques marchands keshians, il n'avait encore jamais vu de chien de guerre ni de Tsurani. Malgré son aisance apparente en ce qui concernait la ville et sa propre vie, il n'était qu'un adolescent de quinze ans.

Le sous-commandant de Kasumi donnait des ordres pour que l'on trouve un casernement à ses hommes et le capitaine keshian faisait de même. Jimmy s'assit tranquillement sur les marches, tortillant ses doigts de pied pour détendre ses bottes. Il regarda les Keshians pleins de couleurs pendant quelques minutes, puis regarda les Tsuranis qui se rassemblaient pour quitter la place. Ils étaient tous aussi exotiques les uns que les autres et paraissaient tout aussi redoutables.

Jimmy s'apprêtait à partir quand une chose étrange derrière les Keshians attira son regard. Il réfléchit à ce qui avait pu le déranger, mais en vain. Un étrange pressentiment le poussa à descendre les escaliers en direction des Keshians, restés immobiles après la parade. Ce fut alors qu'il vit ce qui avait éveillé son attention. Se coulant dans la foule derrière les Keshians, Jimmy venait de voir quelqu'un qu'il avait cru mort. Il en fut secoué jusqu'au plus profond de son âme, paralysé. Il venait de voir Jack Rictus se fondre dans la foule.

* * *

Arutha faisait les cent pas. Autour de la table du conseil se trouvaient Laurie, Brucal, Vandros et Kasumi. Arutha venait de raconter l'assaut contre les Faucons de la Nuit. Il tendit un message. « Ceci vient du baron de Hautetour, en réponse à ma demande. Il dit qu'au nord de sa région, il y a des mouvements de troupes inhabituels. » Arutha reposa le papier. « Il continue en précisant le nombre de groupes aperçus, et à quel endroit, et d'autres détails du même genre.

— Altesse, dit Vandros, il y a eu des mouvements dans notre région, mais rien de très remarquable. À Yabon, les Frères des Ténèbres, s'ils sont subtils, peuvent, accompagnés de gobelins, éviter les garnisons en les contournant par l'ouest à partir des frontières nord de la forêt des elfes. En se faufilant par l'ouest du lac du Ciel, ils évitent nos patrouilles. Nous envoyons peu de gens dans ce secteur. Les elfes et les nains des monts de Pierre assurent la paix des lieux.

— Ou c'est ce que nous voudrions bien croire », renifla Brucal. Le vieil homme, ancien duc de Yabon, avait abdiqué en faveur de Vandros quand celui-ci avait épousé la fille de Brucal. Mais il restait un excellent stratège et il avait lutté toute sa vie contre les Moredhels. « Non, s'ils se déplacent en petites bandes, la Confrérie peut aller et venir presque à sa guise par les passes mineures. Nous avons déjà trop peu d'hommes pour assurer la sécurité des routes de commerce et il y a beaucoup plus de terrain à couvrir que ça. Tout ce qu'ils ont à faire, c'est se déplacer la nuit et rester loin des villages des clans hadatis et des routes principales. Ne rêvons pas. »

Arutha sourit. « C'est bien pour ça que je voulais vous voir ici. »

Kasumi dit : « Altesse, peut-être les choses sont-elles comme monseigneur Brucal le suggère. Nous avons eu peu de contacts avec eux ces derniers temps. Ils se sont peut-être fatigués de tâter de notre acier et maintenant ils se déplacent plus discrètement comme il le dit. »

Laurie haussa les épaules. Né et élevé à Yabon, le chanteur de Tyr-Sog en savait autant sur les Moredhels que tous les gens présents. « C'est plutôt étrange qu'il y ait tous ces rapports venant du Nord au moment où l'on découvre que des Moredhels ont trempé dans les tentatives d'assassinat visant Arutha.

— Cela m'inquiéterait moins, dit Arutha, si je savais que les avoir écrasés à Krondor suffisait. Tant que nous n'aurons pas découvert qui est secrètement derrière tout ceci, je pense que nous ne serons pas réellement débarrassés des Faucons de la Nuit. Il se peut qu'il leur faille des mois pour se reformer et redevenir une menace, mais je pense qu'ils vont revenir. Et aussi sûr que je suis dans cette pièce, il doit y avoir un lien entre les Faucons de la Nuit et ce qui se passe dans le Nord. »

On frappa à la porte et Gardan entra. « J'ai cherché partout, Altesse. Pas de trace de sire James. »

Laurie dit : « La dernière fois que je l'ai vu, il était aux côtés du maître d'armes Fannon alors que les Tsuranis faisaient leur entrée. »

Gardan ajouta : « Il était assis sur les marches quand j'ai dit aux troupes de se disperser. »

Du haut d'une fenêtre, une voix lança : « Il est juste au-dessus de vous. »

Tous les yeux se tournèrent vers le garçon, assis sur une haute fenêtre en arche donnant sur les appartements d'Arutha. Avant que quiconque n'ait pu dire un mot, il avait adroitement sauté à terre.

Arutha semblait à la fois incrédule et amusé. « Quand tu m'as demandé si tu pouvais explorer les plafonds, j'ai cru que tu aurais besoin d'aide et... d'échelle... »

Jimmy répondit, l'air sérieux : « Je ne voyais pas l'intérêt d'attendre, Votre Altesse, et de plus, quel voleur aurait besoin d'aide ou d'échelle pour grimper aux murs ? » Il s'approcha d'Arutha. « Cet endroit est un labyrinthe de recoins et de niches où l'on peut se cacher.

— Mais il faut d'abord y entrer », intervint Gardan. Jimmy regarda le capitaine, comme si la chose ne présentait en fait aucune difficulté. Gardan, troublé, se tut.

Laurie reprit la conversation là où ils l'avaient laissée. « Bien, même si nous ne savons pas ce qui se cache derrière les Faucons de la Nuit, au moins nous les avons détruits ici à Krondor.

— C'est ce que je croyais aussi, dit Jimmy en faisant des yeux le tour de la pièce. Mais cet après-midi, au moment où la foule commençait à se disperser, j'ai vu un vieil ami sur la place. Jack Rictus. »

Arutha regarda Jimmy d'un œil noir. « J'avais cru comprendre que tu avais laissé ce traître pour mort.

— Aussi mort que peut l'être un homme avec un trou de quinze centimètres en pleine poitrine fait par un carreau d'arbalète. Il est difficile de se balader avec la moitié des poumons en moins, mais après ce que nous avons vu dans le bordel, je ne serais pas surpris de voir ma propre mère chérie venir me tirer les pieds dans mon lit. » Jimmy parlait d'un ton distrait en tournant dans la pièce. D'un geste un peu théâtral, il dit : « Aha ! » et appuya sur un bouclier décoratif accroché au mur. Avec un grondement sourd, tout un pan de mur de soixante centimètres de large sur un mètre de haut pivota. Arutha s'approcha de l'ouverture et regarda dedans.

« Qu'est-ce que c'est que ça ? demanda-t-il à Jimmy.

— L'un des nombreux passages secrets qui courent dans le palais. Rappelez-vous, Altesse, l'époque où nous nous sommes cachés ensemble : la princesse Anita avait dit comment elle avait fui le palais avec l'aide d'une servante. Elle avait parlé à un moment d'un "passage", mais je n'y avais plus repensé jusqu'à aujourd'hui. »

Brucal regarda la pièce avec plus d'attention. « Cet endroit devait faire partie du château originel, ou peut-être de l'un de ses tout premiers ajouts. Chez nous, il y a un trou qui permet de fuir le donjon pour aller dans les bois. Je crois bien qu'il ne doit pas y avoir de château sans ce type de dispositif. » Pensivement, il ajouta : « Il pourrait y en avoir d'autres. »

Jimmy sourit. « Une dizaine au moins. Il suffit de passer par le toit pour trouver des murs vraiment très larges et des passages étrangement tordus. »

Arutha dit : « Gardan, je veux que l'on cartographie chaque pouce de ces passages. Prends une douzaine d'hommes, qu'ils sachent où celui-ci mène et où il pourrait déboucher. Et demande à l'architecte royal s'il a la moindre trace de tels passages sur ses vieux plans. »

Gardan salua et partit. Vandros semblait profondément troublé. « Arutha, avec tout cela, je n'ai pas eu beaucoup de temps pour m'habituer à l'idée que des Frères des Ténèbres pouvaient travailler avec eux.

— C'est pour cela que je voulais avoir cette discussion avant que les festivités ne commencent. » Arutha s'assit. « Le palais est envahi d'étrangers. Chaque noble a des dizaines de personnes dans sa suite. Kasumi, je veux que vos Tsuranis occupent toutes les positions stratégiques. Ils ne peuvent pas être infiltrés et sont au-dessus de tout soupçon. Mettez-vous en coordination avec Gardan et si nécessaire nous ne laisserons ici que des Tsuranis, des hommes de Crydee que je connais personnellement ainsi que mes gardes personnels. » Il se tourna vers Jimmy et lui dit : « Je devrais te faire fouetter pour cette petite escapade. » Le garçon se raidit, mais il vit un sourire se dessiner sur les lèvres d'Arutha. « Mais je suis à peu près sûr que celui qui essayerait de le faire finirait avec une dague entre les côtes pour prix de ses efforts. J'ai entendu parler de ta petite confrontation avec sire Jérôme.

— Ce morveux se prend pour le coq de la basse-cour.

— Sache tout de même que son père est très mécontent et que, bien qu'il ne soit pas très important parmi mes vassaux, il crie très fort. Écoute, laisse Jérôme faire le coq si ça lui chante. À partir de maintenant, tu resteras près de moi. Je dirai à maître deLacy que tu es relevé de toute obligation jusqu'à nouvel ordre de ma part. Mais retiens-toi d'aller fouiner tant que tu n'auras pas prévenu Gardan ou moi-même que tu vas faire une escapade sur le toit. Certains de mes gardes sont un peu nerveux et pourraient te planter une flèche dans les fesses avant de t'avoir reconnu. L'atmosphère est assez tendue ces derniers temps, au cas où tu ne l'aurais pas remarqué. »

Jimmy ignora le sarcasme. « Il faudrait qu'ils me voient, pour ça, Altesse. »

Brucal frappa sur la table. « Il n'a pas sa langue dans sa poche, celui-là », dit-il avec un rire appréciateur.

Arutha sourit aussi. Il savait combien il était difficile d'avoir le dernier mot avec ce jeune voleur. « Suffit. Nous avons des réceptions et des banquets à préparer pour toute la semaine prochaine. Peut-être nous inquiétons-nous pour rien et peut-être les Faucons de la Nuit ont-ils tous été éliminés.

— Espérons-le », soupira Laurie.

Arrêtant là leur discussion, Arutha et ses invités repartirent chacun à leurs appartements.

« Jimmy ! »

Le garçon se retourna et vit la princesse Anita s'approcher de lui dans le couloir, escortée par deux gardes appartenant au régiment de Gardan et par deux dames de compagnie. Quand elle arriva à sa hauteur, il s'inclina. Elle lui présenta la main et il y déposa un léger baiser, comme Laurie le lui avait appris.

« Quel jeune courtisan vous êtes devenu, fit-elle remarquer alors qu'ils reprenaient leur marche.

— Il semble que le destin ait décidé de s'intéresser à moi, princesse. Je n'ai jamais eu d'autre ambition que de devenir puissant parmi les Moqueurs, peut-être même le prochain Juste, mais voilà que je me découvre de bien plus grands horizons. »

Elle sourit et ses dames de compagnie chuchotèrent en se couvrant la bouche de leur main. Jimmy n'avait plus vu la princesse depuis son arrivée la veille et à nouveau il sentit son cœur battre comme l'année précédente. Il avait laissé derrière lui son amourette d'enfant, mais il aimait toujours beaucoup la princesse.

« Ainsi, vous auriez donc des ambitions, Jimmy les Mains Vives ? »

Feignant l'indignation, il dit : « Sire James de Krondor, Votre Altesse » et ils éclatèrent ensemble d'un rire joyeux. « Écoutez, princesse. Les temps changent dans le royaume. La longue guerre contre les Tsuranis nous a fait perdre bon nombre d'hommes qui disposaient de titres. Le comte Volney joue le rôle de conseiller et il n'y a toujours pas de duc à Salador ni à Bas-Tyra. Trois duchés sans seigneur ! Il semble envisageable pour un homme de talent, à l'esprit vif, de s'élever très haut avec de telles conditions.

— Auriez-vous un plan ? demanda Anita, une étincelle d'amusement dansant dans ses yeux verts devant l'impudence du garçon.

— Pas encore, pas tout à fait, mais je vois bien la possibilité d'obtenir un titre un peu plus prestigieux que châtelain. Peut-être même... duc de Krondor.

— Premier conseiller du prince de Krondor ? » dit Anita, exagérant son étonnement.

Jimmy lui fit un clin d'œil. « J'ai des appuis. Je suis un bon ami de sa promise. » Ils rirent tous deux.

Anita lui toucha le bras. « Ce sera bon de t'avoir ici avec nous. Je suis contente qu'Arutha t'ait retrouvé si rapidement. Il ne pensait pas pouvoir te localiser facilement. »

Jimmy manqua de tomber, car il n'avait pas pensé qu'Arutha tairait à Anita l'histoire de l'assassin. Bien entendu, se dit Jimmy, Arutha n'aurait pas jeté inutilement une ombre sur leur mariage. Il reprit rapidement contenance. « C'était un accident, en fait. Son Altesse ne m'a jamais dit qu'il me recherchait.

— Tu ne sauras jamais à quel point Arutha et moi nous nous sommes inquiétés pour toi après que nous eûmes quitté Krondor. La dernière fois où nous t'avions vu, tu fuyais sur les docks, poursuivi par les hommes de Guy. Nous n'avions aucune nouvelle de toi. Lyam a amnistié Trevor Hull et ses hommes et leur a même laissé une commission pour nous avoir aidés, mais personne ne savait ce que tu étais devenu. Je ne pensais pas qu'il te ferait écuyer tout de suite, mais je savais qu'il avait des plans pour toi. »

Jimmy se sentit soudain très ému. Cette révélation donnait une tout autre valeur aux propos d'Arutha quand il lui avait dit qu'il espérait être déjà son ami.

Anita s'arrêta et montra une porte. « Je dois aller me préparer. Ma robe de mariée est arrivée de Rillanon ce matin. » Elle se pencha et déposa un léger baiser sur sa joue. « Il faut que j'y aille. »

Jimmy refréna une émotion étrange, terriblement forte, qui montait en lui. « Altesse... moi aussi je suis content d'être ici. Nous allons bien nous amuser. »

Elle rit et passa la porte, accompagnée de ses dames tandis que les gardes prenaient position à l'extérieur. Jimmy attendit que la porte se refermât, puis il s'en alla en sifflotant un air joyeux. Il réfléchit à la vie qu'il menait depuis quelque temps et se trouva heureux, malgré les assassins et malgré ses bottes trop petites.

Tournant dans un couloir plus calme, Jimmy s'immobilisa. Une paire d'yeux brillants lui faisait face dans les ombres. Sa dague jaillit instantanément dans sa main. Puis, poussant une sorte de grognement, le possesseur de ces yeux rouges presque phosphorescents s'approcha de lui en se dandinant. Couverte d'écailles vertes, la créature était presque aussi grande qu'un petit molosse. Sa tête ressemblait à celle d'un alligator, avec un museau tout rond et de grandes ailes repliées sur le dos. D'un brusque mouvement sinueux, il avança sa tête au-dessus de sa queue au moins aussi longue que son cou, pour regarder derrière lui, quand une voix d'enfant cria : « Fantus ! »

Un petit garçon, qui devait avoir à peine six ans, courut vers la créature et se jeta à son cou. L'air grave, il fixa Jimmy de ses yeux noirs et dit : « Il ne vous fera pas de mal, messire. »

Jimmy se sentit soudain très bête avec sa dague et la rengaina rapidement. Il était clair que cette créature devait être un animal familier, malgré son apparence pour le moins originale. « Comment il s'appelle... ?

— Lui ? Fantus. C'est mon ami et il est très intelligent. Il sait beaucoup de choses.

— J'imagine, dit Jimmy, encore mal à l'aise sous le regard de la bête. Et qu'est-ce que c'est ? »

Le garçon regarda Jimmy comme s'il était l'ignorance incarnée, mais accepta de lui répondre : « Un dragonnet. Nous venons juste d'arriver et il nous a suivis depuis la maison. Il vole, tu sais. » Jimmy acquiesça. « Il faut qu'on rentre. Maman ne va pas être contente si on n'est pas dans notre chambre. » Tirant la créature pour lui faire faire demi-tour, le garçon repartit sans un mot de plus.

Jimmy resta immobile une bonne minute, puis il regarda autour de lui, comme s'il cherchait qui aurait pu lui confirmer ce qu'il venait de voir. Le jeune voleur tenta de reprendre ses esprits, puis il repartit. Quelques mètres plus loin, il entendit les accords d'un luth.

Jimmy sortit du couloir et entra dans un grand jardin, où Laurie accordait son instrument. Le garçon s'assit au bord d'un parterre de fleurs, croisa ses jambes sous lui et dit : « Vous avez l'air bien triste pour un ménestrel.

— Je suis un triste ménestrel. » Laurie ne semblait en effet pas aussi joyeux que d'habitude. Il tripota ses cordes un moment, puis entama un air solennel.

Jimmy finit par dire : « C'est trop funèbre, ça, ménestrel. C'est la fête, ici. Pourquoi vous êtes si triste ? »

Laurie soupira, la tête penchée de côté. « Tu es un peu jeune pour comprendre…

— Ha! Essayez pour voir », le coupa Jimmy.

Laurie mit son luth de côté. « C'est la princesse Carline.

— Elle veut toujours vous épouser, c'est ça ? »

Laurie en resta bouche bée. « Comment ? »

Jimmy éclata de rire. « Vous êtes avec des nobles depuis trop longtemps, ménestrel. Ce n'est pas mon cas, à moi. Je sais encore discuter avec les serviteurs. Mieux encore, je sais écouter les conversations du palais. Ces demoiselles de Rillanon avaient hâte de tout raconter à celles de Krondor sur votre liaison avec la princesse Carline. Vous faites sacrément jaser. »

Laurie n'appréciait visiblement pas l'amusement de Jimmy. « J'imagine que tu sais toute l'histoire ? »

Jimmy prit un air innocent. « La princesse est un sacré morceau, mais j'ai été élevé dans un bordel, alors mes vues sur les femmes sont moins… idéalisées. » Il pensa à Anita et sa voix baissa d'un ton. « Mais je dois admettre que les princesses semblent différentes des autres.

— Merci pour la remarque, dit sèchement Laurie.

— Eh bien je vais vous dire ceci : votre princesse est la femme la plus belle qui soit et j'en ai vu pas mal, y compris les courtisanes les mieux payées de la ville et, parmi elles, il y en a des sacrément spéciales. La plupart des hommes que je connais vendraient leur mère pour un regard d'elle. Alors c'est quoi, votre problème ? »

Laurie regarda le garçon un moment. « Mon problème, c'est qu'il va falloir que je devienne un noble. »

Jimmy éclata d'un rire franc et sincère. « C'est ça, votre problème ? Il suffit de donner quelques ordres ici et là et de rejeter le blâme sur les autres quand ça ne va pas. »

Laurie rit. « Je doute qu'Arutha et Lyam soient d'accord là-dessus.

— Bah, les rois et les princes sont différents, mais la plupart des nobles ici n'ont pas l'air de faire exception. Le vieux Volney a de l'esprit, mais ça n'a pas l'air de lui faire immensément plaisir d'être ici. Pour les autres, ils veulent juste avoir l'air important. Bon sang, musicien, épousez-la. Vous apporteriez du sang neuf dans tout ça. »

Laurie éclata de rire et fit mine de donner une bourrade à Jimmy, qui esquiva aisément, riant aussi de son audace. Il y eut un troisième rire derrière eux et Laurie se retourna.

Un petit homme mince, aux cheveux noirs, vêtu de beaux vêtements tout simples, les regardait tous les deux. « Pug ! » s'exclama Laurie qui sauta pour serrer l'homme dans ses bras. « Quand est-ce que tu es arrivé ?

— Cela fait deux heures environ. J'ai eu un bref entretien avec Arutha et le roi. Ils sont partis avec le comte Volney discuter des préparatifs du banquet de ce soir. Mais Arutha m'a fait comprendre qu'il se passait des choses étranges en ce moment et il m'a suggéré d'aller te voir. »

Laurie fit signe à Pug de prendre un siège et celui-ci s'assit à côté de Jimmy. Laurie fit les présentations, puis il dit : « Il y a beaucoup à dire, mais avant tout : comment vont Katala et le petit ?

— Bien. Katala est dans nos appartements pour l'instant, elle discute avec Carline. » Laurie fit la grimace à la mention de la princesse. « William est en train de courir quelque part derrière Fantus.

— Cette chose est à vous ? s'exclama Jimmy.

— Fantus ? rit Pug. Alors vous l'avez vu. Non, Fantus n'est à personne. Il va et vient comme ça lui chante, raison pour laquelle il est ici sans que quiconque lui en ait donné l'autorisation.

— Je doute qu'il soit sur la liste des invités de deLacy, s'amusa Laurie. Écoute, je ferais mieux de te parler d'affaires importantes. » Pug jeta un regard vers Jimmy et Laurie ajouta : « Ce trublion est au centre de tout depuis le début. Il n'apprendra rien qu'il ne sache déjà. »

Laurie expliqua les événements, Jimmy ajoutant de temps à autre quelques informations oubliées par le chanteur. Quand ils eurent terminé, Pug dit : « Cette histoire de nécromancie sent le mal à plein nez. Même si le reste de votre histoire ne rappelait pas une manipulation des puissances des ténèbres, cela suffirait. C'est plus l'affaire des prêtres que des magiciens, mais Kulgan et moi nous vous aiderons de notre mieux.

— Alors Kulgan a fait lui aussi le voyage depuis le port des Étoiles ?

— Pas moyen de l'en empêcher. Arutha a été son élève, tu sais ? De plus, même s'il ne l'admettra jamais, je crois que ses disputes avec le père Tully lui manquent. Et il ne faisait aucun doute que Tully viendrait officier au mariage d'Arutha. Je pense que pour l'instant, Kulgan doit justement être en train de se disputer avec Tully.

— Je n'ai pas vu Tully, dit Laurie, mais il était censé arriver ce matin avec les gens de Rillanon qui devaient aller plus lentement que la troupe royale. À son âge, il préfère le calme.

— Il doit bien avoir plus de quatre-vingts ans, maintenant.

— Quatre-vingt-dix ans, plutôt, mais il n'a rien perdu. Tu devrais l'entendre au palais, à Rillanon. Qu'un écuyer ou un page manque à ses leçons et il est capable de l'écorcher vif rien qu'avec des mots. »

Pug rit. Puis, comme pris par une arrière-pensée, il demanda : « Laurie, comment ça se passe entre toi et Carline ? »

Laurie gémit et Jimmy étouffa un rire. « C'était justement ce dont nous parlions quand vous êtes arrivé. Bien, mal, je l'ignore. »

Pug prit un air compréhensif. « Je connais cela, mon ami. Quand nous étions enfants, à Crydee... Souviens-toi, c'est toi qui m'as demandé de tenir la promesse que je t'avais faite sur Kelewan de vous présenter si jamais nous rentrions en Midkemia. » Il secoua la tête et ajouta avec un rire : « C'est bon de savoir que certaines choses ne changent jamais. »

Jimmy sauta de son banc. « Bien, je dois y aller. Content d'avoir fait votre connaissance, magicien. Réjouissez-vous, ménestrel. Soit vous épouserez la princesse, soit vous ne l'épouserez pas. » Il fila, laissant Laurie se débattre avec cette logique parfaite tandis que Pug riait aux éclats.

7

Jimmy arpentait le grand hall.

On préparait la salle du trône princier. Les autres écuyers devaient superviser les activités des pages et des porteurs et l'on en était aux préparatifs de dernière minute. Tout le monde n'avait plus que la cérémonie en tête car elle était maintenant prévue dans moins d'une heure. Jimmy découvrit que le prix à payer pour s'être fait exempter de ses devoirs était de ne rien avoir à faire. Comme Arutha ne voudrait certainement pas l'avoir dans les pattes pour l'instant, il en était réduit à devoir se distraire tout seul.

Jimmy n'arrivait pas à se défaire de l'idée que, dans l'excitation et la précipitation, peu de gens se souvenaient des dangers qui pouvaient menacer le prince. Les horreurs découvertes à la maison des Saules étaient cachées sous des montagnes de couronnes nuptiales et de pavois festifs.

Jimmy sentit le regard noir de l'écuyer Jérôme peser sur lui. Irrité, il fit un pas menaçant dans sa direction. Jérôme se découvrit immédiatement un travail à faire ailleurs et s'empressa de filer.

Un éclat de rire retentit derrière lui. Jimmy se retourna et vit l'écuyer Locklear, hilare, présentant une énorme couronne de mariage à un garde tsurani pour vérification. De tous les écuyers, seul Locky semblait montrer un tout petit peu de sympathie pour lui. Les autres lui étaient soit indifférents soit purement et simplement hostiles. Jimmy aimait bien le garçon, même s'il parlait essentiellement de choses insignifiantes. C'est le plus jeune, se dit Jimmy, le petit chéri à sa maman. Il n'aurait pas tenu plus de cinq minutes dans les rues. Malgré tout, il valait autrement plus que les autres, que Jimmy considérait comme particulièrement ennuyeux. La seule chose que Jimmy trouvait amusante chez eux, c'était leur manie ridicule de se croire déjà adultes et de sembler tout savoir. Non, Arutha et ses amis étaient autrement plus intéressants que ces écuyers avec leurs blagues cochonnes, leurs histoires salaces sur les servantes et leurs petites intrigues. Jimmy salua Locky de loin et se dirigea vers une autre porte où il dut attendre pour laisser passer un porteur. Un petit bouquet de fleurs tomba de la gerbe qu'il venait de déposer. Jimmy se baissa pour le ramasser. Alors qu'il le tendait au porteur, il réalisa soudain que les fleurs, des chrysanthèmes blancs, avaient une légère teinte ambrée.

Jimmy leva les yeux vers le plafond. Quatre étages au-dessus, la salle était couverte d'une verrière entièrement faite de grandes vitres teintées, aux couleurs difficiles à distinguer sauf quand le soleil donnait directement dessus. Jimmy regarda les fenêtres, sentant de nouveau confusément que quelque chose n'allait pas. Puis il comprit. Chacune des verrières était encastrée dans une coupole d'au moins un mètre cinquante ou deux mètres de diamètre, ce qui laissait largement assez de place à un assassin discret pour se dissimuler. Mais quelqu'un pouvait-il monter là-haut, et comment ? La salle était faite de telle manière qu'il aurait fallu un échafaudage pour nettoyer les fenêtres et cela faisait des jours que la pièce était occupée presque en permanence.

Jimmy sortit rapidement du hall, emprunta un couloir et traversa un jardin en terrasse qui longeait le grand hall princier sur toute sa longueur.

Deux gardes s'approchèrent, faisant leur ronde entre les murailles et les bâtiments principaux du palais. Jimmy les arrêta. « Passez le mot. Je vais aller fouiner un peu sur le toit du grand hall. »

Ils échangèrent un regard, mais le capitaine Gardan avait donné l'ordre de laisser le nouvel écuyer, celui qui se conduisait de façon étrange, explorer les toits. L'un des deux salua. « Très bien, messire. Nous passerons le mot de manière à ce que les archers des murailles ne vous prennent pas pour cible, histoire de s'entraîner. »

Jimmy arpenta le mur extérieur du grand hall. Le jardin était à la gauche du hall quand on faisait face à l'entrée, à condition de voir au travers des murs, se dit Jimmy. Maintenant, si j'étais un assassin, par où est-ce que je pourrais grimper ? Il regarda autour de lui et découvrit rapidement un treillage qui grimpait le long du mur extérieur du corridor, celui qui menait au grand hall. De là, on passait sans problème sur le toit du corridor et puis…

Jimmy cessa de réfléchir et passa à l'action. Il examina soigneusement les murs, puis retira ses affreuses bottes et commença son ascension en s'aidant du treillage. Puis il courut sur le toit du corridor. De là, il sauta souplement sur une corniche qui s'étendait en contrebas sur toute la longueur du grand hall. Avec une agilité impressionnante, il se mit à ramper, le visage écrasé contre la pierre. Quand il arriva à la moitié du parcours, il leva les yeux. Un étage plus haut, le bas des fenêtres, tout proche de lui, le narguait. Mais Jimmy savait que pour tenter l'escalade, il lui faudrait trouver un endroit plus propice et il continua jusqu'à ce qu'il arrive aux deux tiers du mur. Là, à l'extérieur, du côté du hall où devait se trouver le dais princier, le bâtiment s'évasait, laissant à Jimmy soixante centimètres de mur à angle droit en plus. L'angle lui permettrait de se hisser. Jimmy tâtonna jusqu'à ce que ses doigts découvrent une anfractuosité. Mettant son expérience à rude épreuve, il reporta tout son poids sur ses nouveaux points d'appui pour trouver une autre prise. Petit à petit, comme défiant la gravité, il monta en se servant de l'angle du mur. C'était une tâche épuisante, qui exigeait de lui une concentration absolue, mais après ce qui lui parut une éternité il parvint finalement au sommet. Ses doigts touchèrent le rebord inférieur des fenêtres, qui ne faisait guère plus d'une trentaine de centimètres et restait donc extrêmement dangereux. Au moindre faux mouvement, Jimmy risquait de glisser pour aller s'écraser quatre étages plus bas. Il s'accrocha fermement au rebord et lâcha son autre prise. Un instant, il resta suspendu dans le vide, n'étant plus retenu que par une seule main, puis il alla chercher une aspérité avec son autre main et dans un mouvement souple et fluide, leva une jambe et la posa sur le rebord.

Jimmy se releva, se mit à la fenêtre et jeta un coup d'œil dans le hall. Il essuya un peu la poussière et le soleil l'éblouit un instant, au travers d'une fenêtre dans le mur qu'il venait de quitter. Il attendit que ses yeux s'ajustent à la pénombre qui régnait à l'intérieur, tout en se protégeant du soleil et se rendit compte que sa tâche risquait de ne pas être facile, tant que l'angle d'éclairage n'aurait pas changé. Ce fut alors que Jimmy sentit le verre bouger sous ses doigts et que brusquement, des mains puissantes lui agrippèrent la bouche et la gorge.

Surpris par cette attaque soudaine, Jimmy resta un moment sans réagir. Quand il commença à se débattre, on le tenait déjà trop fermement. Il reçut un violent coup à la tête, qui l'étourdit et fit tournoyer le monde autour de lui.

Quand sa vue commença à s'éclaircir enfin, Jimmy vit le visage grimaçant de Jack Rictus penché au-dessus de lui. Non seulement le faux Moqueur était encore en vie, mais il était dans le palais et, vu son expression et l'arbalète qui traînait à côté de lui, il était prêt à tuer. « Alors, sale bâtard, marmonna-t-il en enfonçant un bâillon dans la bouche de Jimmy, tu viens encore fourrer ton nez où il ne fallait pas. Mais c'est une fois de trop. Je te dépècerais bien ici et maintenant, mais je ne peux pas prendre le risque que quelqu'un voie ton sang couler. » La coupole qui donnait sur le hall ne leur offrait qu'un espace restreint entre la verrière d'un côté et le vide de l'autre. Jack se tourna avec précaution. « Mais dès que j'aurai fini mon boulot, ce sera ton tour, le mioche. » Il montra du doigt le sol de la pièce puis finit de nouer les poignets et les chevilles de Jimmy avec des cordelettes, sans ménagements. Jimmy tenta de faire du bruit pour alerter les invités qui se trouvaient plusieurs étages plus bas, mais ses grognements étouffés se perdirent dans le brouhaha des conversations. Jack assena à Jimmy un nouveau coup à la tête, qui lui fit voir trente-six chandelles. Le garçon regarda Jack se retourner pour observer le hall juste avant que les ténèbres ne l'emportent.

Jimmy reprit conscience en entendant les chants des prêtres qui entraient dans la salle. Impossible de savoir combien de temps il était resté évanoui. Bientôt, le roi et Arutha, accompagnés des autres membres de la cour, allaient faire leur entrée, dès que le père Tully et les autres prêtres auraient pris place.

Jimmy sentit la panique l'envahir. Comme il avait été excusé de toute obligation, personne ne remarquerait son absence dans l'excitation du moment. Il tenta de se libérer, mais Jack était un Moqueur et savait faire des nœuds dont on avait du mal à se libérer. En y laissant de la peau et un peu de sang, Jimmy pourrait finir par se libérer de ses cordes, mais le temps lui était précieux. En se tortillant, il réussit juste à changer de position pour examiner la fenêtre. Il constata qu'on l'avait modifiée de manière à pouvoir ne faire pivoter qu'un seul pan de verre. Cela faisait sans doute des jours et des jours qu'on avait préparé cette fenêtre.

Le cantique changea et Jimmy sut qu'Arutha et les autres venaient de prendre place et qu'Anita commençait à descendre l'allée centrale. Le garçon regarda frénétiquement autour de lui, cherchant un moyen de couper ses liens ou de faire assez de bruit pour alerter les gens en dessous. Les chants emplissaient le hall, assez sonores pour couvrir le bruit d'une bagarre. Jimmy réfléchit et se dit que frapper à la fenêtre ne donnerait rien, et lui vaudrait sans doute un nouveau coup de la part de Jack. Il surprit un mouvement à côté de lui, lors d'un silence dans le cantique, et comprit que Jack devait être en train de charger son arbalète.

Le chant s'arrêta et Jimmy entendit la voix de Tully énoncer les devoirs mutuels des époux. Jack mit le dais en joue. Jimmy était recroquevillé dans l'étroite corniche de la rotonde, écrasé contre la vitre par Jack, qui s'était agenouillé pour viser. L'ancien Moqueur jeta un coup d'œil rapide vers le garçon au moment où celui-ci commença à s'agiter. Jimmy n'aurait même pas pu lui donner un coup de pied. Jack s'arrêta un instant, hésitant visiblement entre tirer sur la cible qu'on lui avait désignée – Arutha – ou faire taire Jimmy d'abord. Cependant, malgré son caractère pompeux, la cérémonie en elle-même était assez courte et Jack décida de laisser à Jimmy quelques instants encore.

Le jeune garçon était en bonne condition physique et ses années de vie sur les toits de Krondor avaient fait de lui un excellent acrobate. Il agit sans réfléchir et tordit simplement son corps de manière à s'arc-bouter vers le haut, les pieds et la tête appuyés contre les bords de la coupole. Il roula en se retournant et se retrouva d'un coup le dos à la fenêtre. Jack fit volte-face pour le regarder à nouveau et jura tout bas. Il ne pouvait pas se permettre de rater son seul tir. Il regarda rapidement en bas pour vérifier que le garçon n'avait alerté personne. Jack releva son arbalète et visa de nouveau.

La vision de Jimmy sembla se focaliser sur le doigt de Jack qui caressait la gâchette de son arbalète. Il vit le doigt commencer à se crisper et frappa de toutes ses forces. Ses pieds nus déséquilibrèrent l'assassin, faisant partir le coup. Jack se retourna, abasourdi, et Jimmy lui envoya un second coup, les pieds joints. L'espace de quelques secondes, Jack sembla assis calmement au bord de la coupole. Puis il commença à basculer, les mains se tendant frénétiquement vers le rebord.

Il parvint à s'y raccrocher, stoppant sa chute. Un instant, il resta suspendu en l'air, sans bouger, puis ses paumes commencèrent à glisser sur la pierre. Jimmy réalisa que les chants, qui avaient accompagné pratiquement toute la cérémonie, venaient de cesser. Au moment où Jack commençait à glisser en arrière dans le vide, Jimmy entendit des cris et des hurlements monter de la salle au-dessous de lui.

Puis il y eut un choc et Jimmy sentit sa tête heurter la pierre. Il eut l'impression de se faire arracher les jambes et comprit que Jack venait de se rattraper à la seule chose qu'il avait pu trouver : ses chevilles. Jimmy commença à glisser vers le vide, entraîné vers la mort par le poids de Jack. Il se débattit, pressant de toutes ses forces son dos contre la pierre, mais rien n'y fit. Il sentit ses os et ses muscles lutter désespérément, sans pour autant arriver le moins du monde à se débarrasser de Jack. Il se faisait tirer lentement dans le vide, les jambes, les hanches, le dos raclant la pierre, n'évitant de se faire écorcher vif que grâce au tissu de son pantalon et de sa tunique. Puis il se retrouva soudain debout, le poids de Jack faisant brusquement pencher la balance, vacillant au bord de la coupole.

Et ils tombèrent. Jack lâcha le garçon à ce moment-là, mais Jimmy n'en sut rien. Les pierres se précipitèrent à leur rencontre, pour les écraser d'une claque gigantesque. Puis Jimmy, au dernier moment, se dit qu'il devait perdre l'esprit, car les pierres semblèrent ralentir leur approche, comme si quelque puissance avait fait en sorte de prolonger son agonie. Il réalisa alors qu'une force avait dû prendre contrôle de sa chute, pour la ralentir, avant de heurter douloureusement le sol du grand hall, légèrement étourdi, mais bien vivant. Des gardes et des prêtres l'entourèrent aussitôt. Des mains le relevaient déjà alors qu'il se demandait encore quel miracle venait de se produire. Il vit Pug le magicien agiter les mains en prononçant une incantation et sentit se dissiper cet étrange sentiment de lenteur. Les gardes coupèrent ses liens et Jimmy se plia en deux car une violente douleur l'envahit lorsque le sang commença à affluer de nouveau dans ses pieds et ses mains, comme des ruisselets de feu. Il faillit tourner de l'œil. Deux soldats le saisirent par les bras pour l'empêcher de tomber. Sa vue s'éclaircit et il vit une bonne demi-douzaine de gardes tenir Jack par terre tandis que d'autres le fouillaient pour lui retirer tout moyen de se suicider, anneau noir ou autre.

Jimmy, commençant à retrouver ses esprits, regarda autour de lui. La salle semblait comme figée sur un horrible tableau. Le père Tully se tenait à côté d'Arutha et des gardes tsuranis entouraient le roi, scrutant des yeux chaque recoin de la salle. Tous les autres convives regardaient Anita, recroquevillée dans les bras d'Arutha, à genoux sur les dalles de pierre. Ses voiles et sa robe étaient étalés tout autour d'elle ; on eût dit qu'elle dormait dans l'étreinte du prince. Dans la lumière du soir, elle ressemblait à une apparition toute de blanc immaculé, à l'exception de la tâche écarlate qui s'étendait rapidement dans son dos.

Arutha restait assis, choqué. Penché en avant, les coudes sur les genoux, il avait les yeux vides, dans le vague, incapable de fixer les gens qui étaient avec lui dans l'antichambre. Il se repassait sans cesse dans sa tête, encore et toujours, les dernières minutes de la cérémonie.

Anita venait à peine de prononcer ses vœux et Arutha écoutait la dernière bénédiction de Tully. Soudain, elle avait affiché une expression étrange et avait semblé trébucher, comme poussée par-derrière. Il l'avait rattrapée, trouvant étrange qu'elle tombe, elle qui était si gracieuse de nature. Il avait essayé de plaisanter pour détendre l'atmosphère, car il s'était dit qu'elle se sentirait embarrassée de ce faux pas. Elle semblait si sérieuse alors, les yeux écarquillés et la bouche entrouverte comme pour poser une question importante. Quand il avait entendu le premier cri, il avait levé les yeux et vu l'homme suspendu la tête en bas à la coupole au-dessus du dais. Et puis tout lui avait paru se précipiter d'un coup. Des gens qui hurlaient et gesticulaient et Pug qui courait en incantant un sortilège. Et Anita qui semblait incapable de se tenir debout, malgré son aide. C'est à ce moment-là qu'il avait vu le sang.

Arutha enfouit son visage entre ses mains et pleura. De toute sa vie, jamais il ne s'était retrouvé dans l'incapacité de contrôler ses émotions. Carline le prit dans ses bras et le serra contre elle, mêlant leurs larmes. Elle était restée avec lui depuis que Lyam et trois gardes l'avaient arraché à Anita, afin que les prêtres et les chirurgiens puissent travailler tranquillement. La princesse Alicia était dans ses quartiers, prostrée, en pleurs. Gardan était parti avec Martin pendant que Kasumi et Vandros supervisaient les recherches au cas où il y aurait d'autres intrus. Sur ordre de Lyam, le palais avait été fermé dans les minutes qui avaient suivi la tentative d'assassinat. Maintenant, le roi faisait les cent pas en silence dans la pièce et Volney discutait à voix basse avec Laurie, Brucal et Fannon. Tous attendaient les nouvelles.

La porte vers le hall extérieur s'ouvrit et un garde tsurani fit entrer Jimmy. Le garçon marchait avec précaution, car ses jambes, couvertes de nombreuses écorchures, étaient restées trop longtemps serrées et avaient du mal à le porter. Lyam et les autres regardèrent le jeune voleur s'approcher d'Arutha.

Jimmy essaya de lui dire quelque chose, mais les mots refusaient de sortir. Comme le prince, il avait revécu dans sa tête chaque instant de l'attaque, encore et encore, tandis qu'un des acolytes de Nathan s'appliquait à lui bander les jambes. Ses souvenirs n'avaient cessé de le torturer. Quelques jours auparavant, Arutha lui avait dit qu'il le considérait comme un ami. Tour à tour, Jimmy revoyait le prince, perdu, à genoux, Anita dans les bras, puis la jeune fille, dans le couloir, juste avant d'aller faire ajuster sa robe. Et ces images disparaissaient, remplacées par celle d'Arutha allongeant doucement le corps de sa promise sur le sol, tandis que des prêtres accouraient vers elle.

Jimmy essaya encore de dire quelque chose lorsque Arutha leva les yeux vers lui. Pour la première fois depuis le drame, Arutha sembla reconnaître Jimmy et dit : « Que... Jimmy... Je... je ne t'avais pas vu. »

Le jeune garçon lut la tristesse et la douleur qui torturaient ces yeux bruns et il sentit quelque chose se briser en lui. Les larmes se mirent à couler librement sur son visage et il dit tout bas : « Je... J'ai essayé... » Il ravala sa salive, comme s'il allait s'étouffer. Ses lèvres bougeaient, mais aucun son ne sortait de sa gorge. Finalement, il murmura : « Je suis désolé. » Soudain, il tomba à genoux devant Arutha. « Je suis désolé. »

Le prince le regarda un moment sans comprendre, puis il secoua la tête. Il mit la main sur l'épaule de Jimmy et dit : « Ne t'inquiète pas. Ce n'était pas de ta faute. »

Jimmy s'effondra, la tête nichée au creux de ses bras appuyés sur les genoux d'Arutha, secoué de sanglots douloureux, tandis que le prince tentait maladroitement de le réconforter. Laurie s'agenouilla à côté de lui et dit : « Tu n'aurais pu faire mieux. »

Jimmy leva la tête et regarda Arutha. « Mais j'aurais dû. »

Carline se pencha sur lui et lui passa gentiment la main sur le visage, essuyant ses larmes. « Vous êtes allé vérifier, personne d'autre n'y a pensé. Qui sait ce qui serait arrivé si personne ne l'avait fait. » Elle émit l'idée que si Jimmy n'avait pas frappé Jack Rictus au moment de son tir, Arutha serait sans doute mort maintenant.

Jimmy restait inconsolable. Il insista : « J'aurais dû en faire plus. »

Lyam s'approcha de Laurie, de Carline et d'Arutha, rassemblés autour de Jimmy. Laurie se poussa pour lui laisser de la place et il s'agenouilla lui aussi à côté du garçon. « Fiston, j'ai vu bien des gens qui ont lutté contre les gobelins pâlir à la seule idée de grimper là où tu es allé. Le cœur de chaque homme est pétri de peur, dit-il doucement. Mais quand un événement terrible arrive, nous nous disons toujours que nous aurions dû en faire plus. » Il posa sa main sur celle d'Arutha, qui reposait encore sur l'épaule de Jimmy. « J'ai dû ordonner aux gardes tsuranis responsables de la fouille du hall de ne pas se suicider. Toi au moins, tu n'as pas un sens de l'honneur aussi perverti. »

D'un air grave, Jimmy répondit : « Si je pouvais échanger ma place avec la princesse, je le ferais. »

Lyam lui dit lentement : « Je sais que tu le ferais, fiston. Je le sais. »

Arutha, comme s'il revenait lentement d'un endroit très lointain, dit : « Jimmy… il faut que tu saches… tu as bien fait. Merci. » Il tenta de sourire.

Jimmy, des larmes coulant encore sur ses joues, serra très fort les genoux d'Arutha, puis il se rassit, s'essuya le visage et lui fit un sourire. « Je n'ai pas pleuré comme ça depuis la nuit où j'ai vu ma mère se faire assassiner. » Carline porta sa main à sa bouche et pâlit.

La porte de l'antichambre s'ouvrit et Nathan apparut. Il avait retiré ses robes de cérémonie pour superviser les soins apportés à la princesse et ne portait que sa tunique blanche, qui lui descendait aux genoux. Il s'essuya la main sur un tissu, l'air hagard. Arutha se leva lentement, soutenu par Lyam. Nathan annonça sombrement : « Elle vit. La blessure est grave, mais le carreau a frappé de biais, ce qui a sauvé sa colonne vertébrale. Si le carreau avait frappé de plein fouet, la mort aurait été instantanée. Elle est jeune et en bonne santé, mais…

— Mais quoi ? demanda Lyam.

— Le carreau était empoisonné, Votre Majesté. Et c'est un poison créé par les arts les plus noirs, une concoction usant de sortilèges maléfiques. Nous n'avons rien pu faire pour le contrer. L'alchimie, la magie : rien ne marche. »

Arutha cilla. Il semblait ne pas comprendre.

Nathan regarda Arutha, les yeux tristes. « Je suis désolé, Altesse. Elle est en train de mourir. »

Les cachots, humides et sombres, se trouvaient sous le niveau de la mer. L'air y sentait le moisi, l'aigre, les champignons et le varech. Un garde de faction fit un pas de côté et un autre ouvrit la porte grinçante, pour laisser entrer Lyam et Arutha. Martin se tenait dans un coin de la salle de torture, parlant à voix basse avec Vandros et Kasumi. On avait cessé d'utiliser cette pièce bien avant l'avènement d'Erland, à l'exception de la courte période où elle avait été remise en service par la police secrète de Jocko Radburn sous le règne de Bas-Tyra.

On l'avait débarrassée de ses instruments de torture habituels, mais on y avait ramené le brasero où rougissaient pour l'instant des fers. L'un des soldats de Gardan triturait les charbons. Jack Rictus était enchaîné à un pilier de pierre, les mains au-dessus de la tête. Six Tsuranis se tenaient en cercle autour de lui, si près que le prisonnier gémissant aurait pu les toucher en bougeant un peu. Ils lui tournaient le dos, plus vigilants que les plus fidèles gardes royaux d'Arutha.

Le père Tully, en grande discussion dans un autre coin de la salle avec plusieurs autres prêtres tous présents au mariage, laissa ses coreligionnaires et s'approcha des nouveaux arrivants. Il dit à Lyam : « Nous avons établi nos sortilèges de protection les plus puissants. » Il montra Jack. « Mais quelque chose cherche à le joindre. Comment se porte Anita ? »

Lyam secoua lentement la tête. « Le carreau était empoisonné par la magie. Nathan dit qu'il ne lui reste plus beaucoup de temps.

— Alors il va nous falloir questionner rapidement le prisonnier, dit le vieux prêtre. Nous n'avons aucune idée de ce contre quoi nous luttons. »

Jack gémit plus fort. Arutha sentait la rage monter en lui, suffocante. Lyam devança son frère, fit signe à un garde de s'écarter et regarda le voleur droit dans les yeux. Jack Rictus lui rendit son regard, les yeux pleins de terreur. Son corps luisait et de la sueur coulait le long de son nez crochu. Il gémissait à chaque mouvement. Visiblement, les Tsuranis l'avaient fouillé sans ménagements. Jack tenta de parler, se passa la langue sur ses lèvres pour les humecter, puis dit : « Je vous en prie… » Sa voix était rauque. « Ne le laissez pas m'emporter. »

Lyam fit un pas en avant et lui saisit le visage, refermant sa main comme un étau. Il lui secoua la tête et demanda : « De quel poison t'es-tu servi ? »

Jack était au bord des larmes quand il répondit. « Je ne sais pas. Je le jure !

— Tu vas cracher toute la vérité. Tu as intérêt à répondre, sinon nous te ferons torturer. » Lyam montra les fers rouges.

Jack tenta de rire, mais il n'arriva à produire qu'un vague gargouillis. « La torture ? Vous croyez que j'ai peur d'un fer rouge ? Écoute, souverain de ce maudit royaume, je te laisserai volontiers me griller le foie si tu me promets de ne pas le laisser m'emporter. » L'hystérie commençait à le gagner.

Lyam regarda autour de lui. « Laisser qui l'emporter ?

— Cela fait presque une heure qu'il nous supplie en hurlant de ne pas "le" laisser l'emporter », répondit Tully. Le prêtre semblait avoir son idée sur la question.

« Il a passé un contrat avec les pouvoirs des ténèbres. Maintenant, il a peur de payer ! » dit le prêtre, sûr de son explication.

Jack opina vigoureusement, les yeux exorbités. Avec un rire à la limite du sanglot, il dit : « Ouais, prêtre, tout comme vous auriez peur si vous aussi vous aviez été touché par ces ténèbres. »

Lyam se saisit des cheveux filasses de Jack et lui tira la tête en arrière. « De quoi parles-tu ? »

Les yeux de Jack s'arrondirent. « Murmandamus », murmura-t-il.

Soudain, un froid envahit la pièce. Les charbons du brasero et les torches sur le mur semblèrent trembloter et la lumière baissa. « Il est là ! » hurla Jack, perdant tout contrôle. L'un des prêtres commença à chanter et, au bout d'un moment, la lumière revint.

Tully regarda Lyam. « C'était… effrayant. » Il avait le visage tiré et les yeux agrandis par la peur. « C'est un pouvoir terrible. Il faut faire vite, Majesté, mais ne prononcez plus ce nom. Cela ne sert qu'à l'attirer vers son serviteur.

— Quel était ce poison ? » demanda Lyam.

Jack sanglota. « Je ne sais pas, je vous jure. C'est quelque chose que le baiseur de gobelins m'a donné, le Frère des Ténèbres. Je le jure. »

La porte s'ouvrit et Pug entra, suivi de la silhouette corpulente d'un autre magicien à la barbe grise broussailleuse. Pug, d'un ton plus sombre encore que ses yeux, déclara : « Kulgan et moi avons établi des défenses autour de cette partie du palais, mais déjà une puissance inconnue est en train de les abattre. »

Kulgan, le visage tiré par l'épuisement, ajouta : « Quelle que soit cette chose qui cherche à entrer, elle est déterminée. Avec le temps, je crois que nous pourrions découvrir des choses intéressantes sur sa nature, mais… »

Tully termina la phrase à sa place : « … il aura réussi à rentrer avant que nous ne puissions obtenir quoi que ce soit. Le temps nous manque. » Il dit à Lyam : « Pressez-vous. »

Lyam dit : « Cette chose que tu sers, ou cette personne, dis-nous ce que tu en sais. Pourquoi veut-il la mort de mon frère ?

— Faisons un marché ! cria Jack. Je vous dis ce que je sais, tout ce que je sais et vous l'empêchez de m'emporter. »

Lyam acquiesça. « Nous l'en empêcherons.

— Vous ne savez pas », cria Jack. Puis sa voix se brisa. « J'étais mort. Vous comprenez ? Ce bâtard m'a tiré dessus au lieu de tirer sur Jimmy, et je suis mort. » Il regarda les gens assemblés dans la pièce. « Aucun de vous ne peut savoir. Je sentais ma vie s'échapper de mon corps et il est arrivé. J'étais presque mort et il m'a emmené dans cet endroit froid et noir et il… il m'a fait mal. Il m'a montré… des choses. Il a dit que je pouvais vivre et le servir et qu'alors il me rendrait la vie et que sinon il… il me laisserait mourir et que je resterais ici. Il ne pouvait pas me sauver tant que je n'étais pas à lui. Mais maintenant je le suis. Il est… le mal. »

Julian, le prêtre de Lims-Kragma, se glissa derrière le roi. « Il vous a menti. Cet endroit froid qu'il vous a montré était un artifice. L'amour de notre maîtresse apporte le réconfort à tous ceux qui connaissent finalement son étreinte. Ce que vous avez vu n'était qu'un mensonge.

— C'est le père de tous les mensonges ! Mais maintenant je suis sa créature, sanglota Jack. Il m'a dit d'aller au palais et de tuer le prince. Il a dit que j'étais le seul qui lui restait et que les autres arriveraient trop tard, qu'ils ne seraient là que dans quelques jours. Il fallait que ce soit moi. Je lui ai dit que j'allais le faire, mais… j'ai échoué et maintenant il veut mon âme!» Il poussa comme une plainte, un appel à la pitié que le roi n'avait pas le pouvoir d'accorder.

Lyam se tourna vers Julian. «Pouvons-nous faire quelque chose?»

Julian dit : «Il y a bien un rite, mais…» Il regarda Jack et dit : «Vous mourrez, vous le savez. Vous êtes déjà mort et vous n'êtes ici que par le pouvoir d'un contrat maléfique. Ce qui doit être sera. Vous mourrez dans l'heure. Comprenez-vous?»

Jack, entre deux sanglots, renifla et dit : «Oui.

— Alors vous allez répondre à nos questions et nous dire ce que vous savez et vous accepterez de mourir pour libérer votre âme?» Jack ferma les yeux et il pleura comme un enfant, mais il opina.

«Alors dis-nous ce que tu sais sur les Faucons de la Nuit et sur cette conspiration contre mon frère», dit Lyam.

Jack renifla et inspira un grand coup. «Il y a six ou sept mois, Blondinet est venu me voir pour me dire qu'il était tombé sur quelque chose qui pouvait nous rendre riches.» À mesure qu'il parlait, Jack commençait à retrouver son calme. «Je lui ai demandé s'il en avait parlé au maître de nuit, mais il m'a répondu que ça n'avait rien à voir avec les Moqueurs. Je ne suis pas sûr qu'il soit très bon de jouer à cache-cache avec la Guilde, mais je ne crache pas sur un petit souverain de plus de temps en temps, alors j'ai dit "Pourquoi pas?" et je suis allé avec lui. Nous avons rencontré ce gars, Havram, qui avait déjà travaillé avec nous avant et qui pose plein de questions sans jamais nous donner de réponses. Alors je commence à me dire que je vais tout laisser tomber avant de savoir à quoi ça rime, mais voilà pas qu'il nous colle sur la table un sac plein d'or et qu'il me dit qu'il y en a encore plein à gagner.» Jack ferma les yeux et étouffa un sanglot. «Je suis allé avec Blondinet et Havram aux Saules, par les égouts. J'ai failli faire sous moi quand j'ai vu les baiseurs de gobelins, deux, dans la cave. Mais ils avaient de l'or et je veux bien faire plein de trucs pour de l'or. Alors ils me disent que je dois faire tel et tel truc et puis écouter tout ce qui vient du Juste, du maître de nuit et du maître de jour et le leur dire. Je leur dis que je peux me faire tuer à ce petit jeu et alors ils sortent leurs épées et me disent qu'ils peuvent me tuer si je ne fais pas ce qu'ils me disent. Je me suis dit que j'allais laisser couler et puis leur envoyer quelques gros bras, mais ils m'ont amené dans une autre pièce aux Saules et il y avait ce gars en robe. Je n'ai pas vu son visage, mais il parlait bizarrement et il puait. J'ai déjà senti ça quand j'étais gamin, une fois et je l'oublierai jamais.

— Quoi ? dit Lyam.

— Dans une cave, une fois, j'ai senti cette odeur. Le serpent. »

Lyam se tourna vers Tully, qui venait de pousser un petit cri. « Un prêtre-serpent pantathian ! » Les autres prêtres, consternés, engagèrent un conciliabule. Tully dit : « Continuez, il ne reste plus beaucoup de temps.

— Alors ils se mettent à faire des trucs que j'avais jamais vus de ma vie. Je suis pas une vierge effarouchée qui connaît rien aux choses et qui croit que le monde est pur et beau, mais ces types, c'étaient des comme j'en avais jamais vu. Ils ont amené une gamine ! Une petite fille, qu'avait pas plus de huit ou neuf ans. Moi qui croyais avoir tout vu. Celui avec les robes il a tiré une dague et… » Jack déglutit, ayant visiblement du mal à ne pas vomir. « Ils ont tracé ces diagrammes avec son sang et ont fait une sorte de serment. Je suis pas bien pieux, mais bon, j'ai toujours filé la pièce à Ruthia et à Banath pour les jours saints. Mais maintenant, je prie Banath autant que s'il fallait que j'aille voler le trésor de la ville en pleine lumière. Je sais pas si ça avait quelque chose à voir, mais ils m'ont pas fait prêter serment… » Sa voix se brisa. « Ils ont bu son sang ! » Il prit une profonde inspiration. « J'ai accepté de travailler avec eux. Tout s'est bien passé, jusqu'à ce qu'ils m'ordonnent de tendre une embuscade à Jimmy.

— Qui sont ces gens et que veulent-ils ? demanda Lyam.

— Le baiseur de gobelins m'a dit une nuit qu'il y avait une sorte de prophétie au sujet du seigneur de l'Ouest. Le seigneur de l'Ouest doit mourir et après, quelque chose arrivera. »

Lyam jeta un regard à Arutha. « Tu as dit qu'ils t'avaient appelé seigneur de l'Ouest. »

Arutha, qui s'était un peu remis, dit : « Oui, en effet, par deux fois. »

Lyam reprit son interrogatoire. « Quoi d'autre ?

— Je ne sais pas, dit Jack, presque épuisé. Ils parlaient entre eux. Je n'étais pas vraiment l'un d'eux. » À nouveau, la pièce trembla, les charbons et les torches vacillèrent. « Il est là ! » hurla Jack.

Arutha se plaça à côté de Lyam. « Que sais-tu sur le poison ? demanda-t-il.

— Rien, je ne sais rien, sanglota Jack. Ce sont les baiseurs de gobelins qui me l'ont donné. Ça… il fit un signe de tête… l'un d'eux l'a appelé "silverthorn". »

Arutha regarda rapidement les gens présents dans la pièce, mais personne ne semblait connaître ce nom. Soudain, l'un des prêtres dit : « Il est revenu. »

Plusieurs prêtres se mirent à psalmodier des incantations, puis ils s'arrêtèrent et l'un d'eux dit : « Il a réussi à passer nos défenses. »

Lyam demanda à Tully : « Sommes-nous en danger ? »

Tully répondit : « Les pouvoirs des ténèbres ne peuvent exercer un contrôle direct que sur ceux qui se sont donnés volontairement à eux. Nous ne risquons pas ses attaques ici. »

L'atmosphère de la pièce commença à se glacer, les torches vacillèrent et les ombres s'obscurcirent. « Ne le laissez pas m'emporter ! hurla Jack, hystérique. Vous avez promis ! »

Tully regarda Lyam, qui inclina la tête et fit signe au père Julian d'accomplir son office.

Le roi ordonna aux gardes tsuranis de faire place au prêtre de Lims-Kragma. Le prêtre se dressa devant Jack et lui demanda : « Dans ton cœur, as-tu le désir le plus franc et le plus sincère de recevoir la bénédiction de notre maîtresse ? »

Jack n'arrivait plus à parler tant il était terrifié. Ses yeux pleins de larmes cillèrent, puis il acquiesça. Julian entonna un chant profond et calme et les autres prêtres esquissèrent des gestes de protection. Tully s'approcha d'Arutha et dit : « Restez calme. La mort est maintenant parmi nous. »

Ce fut rapidement fini. L'instant d'avant, Jack sanglotait irrésistiblement, et brusquement il s'effondra, retenu uniquement par ses chaînes. Julian se tourna vers les autres. « Il est en sûreté auprès de notre maîtresse la Mort. Nul mal ne peut maintenant lui arriver. »

Soudain, les murs de la salle eux-mêmes semblèrent secoués d'un frisson. Une présence ténébreuse emplit la pièce et il y eut un sifflement suraigu, comme si une chose inhumaine hurlait de rage à l'idée de s'être fait prendre l'un de ses serviteurs. Tous les prêtres, aidés de Pug et Kulgan, commencèrent à créer une défense magique contre l'esprit, puis soudain tout redevint calme comme la mort.

Tully, visiblement secoué, dit : « La chose a fui. »

Arutha s'agenouilla à côté du lit, le visage de marbre. Anita était allongée, les cheveux étalés comme une couronne rouge sombre sur le coussin blanc. « Elle semble si fragile », dit-il doucement. Il regarda les autres personnes dans la pièce. Carline était pendue au bras de Laurie et Martin attendait avec Pug et Kulgan à côté de la fenêtre. En silence, les yeux d'Arutha les implorèrent de tenter quelque chose. Ils avaient tous le regard baissé sur la princesse, à l'exception de Kulgan, qui semblait perdu dans ses pensées. Ils avaient commencé la veillée funèbre, car Nathan avait dit qu'il restait à la jeune princesse moins d'une heure à vivre. Lyam, dans une autre pièce, essayait de réconforter la mère d'Anita.

Soudain, Kulgan contourna le lit et demanda à Tully, d'une voix qui semblait trop forte au milieu de tous ces gens qui murmuraient : « Si tu avais une question à poser et une seule, où irais-tu demander ? »

Tully cilla. « Une énigme ? » Kulgan, avec ses sourcils broussailleux qui se rejoignaient au-dessus de l'arête de son nez proéminent, semblait bien loin de s'essayer à une plaisanterie de mauvais goût. « Désolé, dit Tully. Laisse-moi réfléchir… » Le visage ridé de Tully se plissa sous l'effort de concentration. Puis brusquement, il sembla comme foudroyé par une évidence. « Sarth ! »

Kulgan, de l'index, donna un petit coup dans la poitrine du vieux clerc. « Parfaitement. Sarth. »

Arutha, qui avait suivi leur conversation, demanda : « Pourquoi Sarth ? C'est l'un des ports les moins importants de la principauté.

— Parce que, répondit Tully, il y a là-bas une abbaye d'Ishap dont on dit qu'elle contient plus de connaissances que n'importe quel autre endroit du royaume.

— Et, ajouta Kulgan, s'il existe un lieu dans le royaume où nous pouvons apprendre quelque chose sur la nature du silverthorn et ce qui pourrait contrer ses effets, c'est bien là-bas. »

Arutha regarda Anita d'un air désespéré. « Mais Sarth… nul coursier ne saurait aller là-bas et en revenir en moins d'une semaine et… »

Pug s'avança. « Je puis peut-être vous aider. » D'un ton soudain plus autoritaire, il dit : « Sortez de cette pièce. Vous tous, à l'exception des pères Nathan, Tully et Julian. » Il dit à Laurie : « Cours à mes appartements. Katala te donnera un grand livre à couverture de cuir rouge. Ramène-le moi immédiatement. »

Sans poser de question, Laurie fila, tandis que les autres quittaient la pièce. Pug discuta à voix basse avec les prêtres. « Pouvez-vous ralentir son temps sans lui faire de mal ? »

Nathan dit : « J'en suis capable par un sortilège. Je l'ai déjà fait avec le Frère des Ténèbres blessé, avant qu'il ne meure. Mais nous n'y gagnerons au mieux que quelques heures. » Il baissa les yeux sur Anita dont le visage commençait déjà à bleuir, comme pris par la glace. Nathan toucha son front. « Elle commence à devenir moite. Elle faiblit rapidement. Nous devons faire vite. »

Les trois prêtres tracèrent rapidement un pentagramme et allumèrent les bougies. En quelques minutes, ils avaient fini de préparer la pièce et accomplirent rapidement leur rituel. La princesse gisait sur son lit, comme si elle dormait, environnée d'un halo rosé que l'on n'apercevait que du coin de l'œil. Pug fit sortir les prêtres de la pièce et demanda à ce qu'on lui amène de la cire à sceller. Martin fit passer l'ordre et un page partit en courant. Pug prit le livre que Laurie venait de lui rapporter. Il entra de nouveau dans la pièce et l'arpenta, tout en lisant. Quand il eut fini, il sortit et commença une longue série d'incantations.

Il termina en plaçant un sceau de cire sur le mur près de la porte. Puis il referma le livre. « C'est fait. »

Tully s'approcha de la porte et Pug le retint de la main. « Ne passez pas le seuil. » Le vieux prêtre jeta un regard interrogateur à Pug.

Kulgan secoua la tête, l'air impressionné. « Tu ne vois donc pas ce qu'a fait le petit, Tully ? » Pug ne put s'empêcher de sourire, car même quand il porterait de longs favoris tout blancs, il resterait un enfant pour Kulgan. « Regarde les bougies ! »

Les autres regardèrent à l'intérieur et comprirent tout à coup ce que voulait dire le gros magicien. Les bougies placées à chaque sommet du pentagramme étaient bien allumées, quoiqu'elles fussent difficiles à distinguer avec la lumière du jour. Mais en y regardant de plus près, il était clair que les flammes ne bougeaient pas. Pug dit aux autres : « Le temps passe si lentement dans cette pièce que son déroulement est pratiquement indécelable. Les murs de ce palais tomberont en poussière avant que les chandelles n'aient brûlé du dixième de leur taille. Si quelqu'un passe le pas de la porte, il sera pris dedans comme une mouche dans de l'ambre. C'est un piège mortel, mais le sortilège du père Nathan ralentit les ravages du temps sur les gens à l'intérieur du pentagramme et empêche que la princesse ne subisse les effets néfastes de mon sortilège.

— Combien de temps cela durera-t-il ? demanda Kulgan, visiblement impressionné par son ancien élève.

— Jusqu'à ce que l'on brise le sceau. »

Le visage d'Arutha commença à s'éclairer d'un nouvel espoir. « Elle vivra ?

— Elle vit, pour l'instant, dit Pug. Arutha, elle existe, piégée entre deux instants et elle restera ainsi, éternellement jeune, jusqu'à ce que le sortilège soit levé. Mais quand le temps reprendra à nouveau son cours, il faudra la soigner, s'il existe un remède. »

Kulgan poussa un gros soupir. « Alors nous avons gagné ce dont nous avions le plus besoin. Du temps.

— Oui, mais combien ? » demanda Tully.

Arutha répondit d'une voix ferme. « Bien assez. Je trouverai un remède. »

Martin dit : « Que veux-tu faire ? »

Arutha regarda son frère et pour la première fois de la journée, il n'avait plus dans les yeux cette lueur de tristesse et de désespoir. Froidement, d'un ton calme, il dit : « Je vais partir pour Sarth. »

8

Lyam était assis, immobile.

Il regarda Arutha un long moment puis secoua la tête. « Non, je ne le permettrai pas. »

Arutha, sans s'énerver, demanda : « Pourquoi ? »

Lyam soupira. « Parce que c'est trop dangereux et que tu as d'autres responsabilités ici. » Lyam se leva de la table dressée dans les appartements privés d'Arutha et alla vers son frère. Il lui posa doucement une main sur le bras et lui dit : « Je sais comment tu es, Arutha. Tu détestes ne rien faire quand les choses se font sans toi. Je sais que tu ne peux supporter l'idée que le destin d'Anita repose entre d'autres mains que les tiennes, mais en toute conscience, je ne peux te permettre de partir pour Sarth. »

Arutha était sombre et n'avait cessé de l'être depuis la tentative d'assassinat de la veille. Mais la mort de Jack Rictus lui avait volé sa rage, le laissant juste froid et détaché. Kulgan et Tully l'avaient guéri de son égarement en lui révélant qu'il existait à Sarth une source potentielle de renseignements. Maintenant, il avait quelque chose à faire, quelque chose qui exigeait de lui un jugement parfaitement clair, une réflexion rationnelle, froide et impartiale. Il fixa son frère d'un regard pénétrant et dit : « Je suis resté loin d'ici pendant des mois, voyageant en ta compagnie. Les affaires du royaume pourront encore supporter mon absence quelques semaines supplémentaires. Quant à ma sécurité, ajouta-t-il, haussant le ton, nous avons pu constater à quel point elle était assurée jusque dans mon propre palais ! » Il retomba un moment dans le silence, puis dit : « J'irai à Sarth. »

Martin était resté assis dans son coin depuis le début, observant le débat, écoutant attentivement chacun de ses demi-frères. Il se pencha en avant sur sa chaise. « Arutha, je t'ai connu tout bébé et je sais ce que tu ressens, exactement comme s'il s'agissait de mes propres sentiments. Tu te dis que tu ne peux laisser personne d'autre que toi s'occuper de questions aussi vitales. Tu es de nature quelque peu arrogante, petit frère. C'est un trait, une faiblesse de caractère, si tu préfères, que nous partageons tous. »

Lyam cilla, comme s'il était surpris de se faire inclure dans cette déclaration. « Tous… ? »

Arutha retroussa un coin de sa bouche dans un demi-sourire et laissa échapper un profond soupir. « Tous, Lyam, insista Martin. Nous sommes tous les trois les fils de Borric et, malgré toutes ses qualités, il arrivait à père d'être arrogant. Arutha, nous avons le même caractère, toi et moi. Je le cache mieux que toi, c'est tout. Je crois qu'il y a peu de choses qui me font plus piaffer d'impatience que de ne pouvoir agir alors que d'autres sont en train de faire des choses que je me sens mieux à même d'accomplir, mais en définitive, tu n'as aucune raison d'aller là-bas. Il y a d'autres personnes qui feront cela mieux que toi. Tully, Kulgan et Pug peuvent écrire une lettre avec toutes les questions que tu voudrais poser à l'abbé de Sarth. Et il existe d'autres personnes mieux à même que toi de porter rapidement et discrètement un tel message à travers bois jusqu'à Sarth. »

Lyam fronça les sourcils. « Comme par exemple un certain duc de l'Ouest, j'imagine. »

Martin esquissa le sourire bizarre qui lui était coutumier, si semblable à celui d'Arutha. « Pas même les pisteurs d'Arutha ne peuvent passer à travers bois mieux qu'un homme qui a appris auprès des elfes. Si ce Murmandamus a des agents sur les pistes forestières, nul autre que moi au sud d'Elvandar n'a de meilleures chances de les éviter. »

Lyam leva les yeux au ciel, visiblement écœuré. « Tu ne vaux pas mieux que lui. » Il se dirigea vers la porte et l'ouvrit. Arutha et Martin le suivirent. Gardan attendait à l'extérieur et sa compagnie de soldats se mit au garde-à-vous lorsque leur monarque sortit du bureau. Lyam s'adressa à Gardan : « Capitaine, si jamais l'un de nos stupides frères tentait de quitter le palais, vous auriez ordre de l'arrêter et de le mettre au secret. Ceci est notre royale décision. Compris ? »

Gardan salua. « C'est compris, Votre Majesté. »

Sans un mot de plus, Lyam longea le couloir jusqu'à ses appartements, l'air inquiet et préoccupé. Les soldats de Gardan échangèrent des regards ahuris dans son dos, puis ils suivirent des yeux Arutha et Martin, qui partaient dans une autre direction. Arutha, écarlate, cachait à peine sa colère, tandis que Martin restait de marbre. Quand les deux frères furent hors de vue, des questions muettes passèrent entre les soldats, car ils avaient tout entendu de la conversation entre le roi et ses frères. Gardan finit par dire, doucement mais d'un ton autoritaire : « Tenez-vous un peu mieux. Vous êtes de faction. »

« Arutha ! »

Le prince, qui discutait à voix basse avec Martin tout en marchant, s'arrêta et laissa l'ambassadeur de Kesh les rattraper au pas de course, avec sa suite. Il les rejoignit, s'inclina légèrement et dit : « Votre Altesse, Votre Grâce.

— Bonjour, Votre Excellence », répondit Arutha assez sèchement. La présence de monseigneur Hazara-Khan lui rappelait toutes les obligations qui lui restaient à remplir. Tôt ou tard, Arutha le savait, il devrait s'occuper des problèmes ordinaires du gouvernement. Cette simple idée lui donnait mal au cœur.

L'ambassadeur dit : « On m'a informé, Votre Altesse, du fait que moi et mes gens devions demander une permission pour quitter le palais. Cela est-il vrai ? »

Arutha sentit son énervement monter d'un cran, mais il se tournait maintenant contre lui-même. Il avait fait fermer le palais en raison des événements, mais il l'avait fait sans réfléchir à la question souvent délicate de l'immunité diplomatique, huile nécessaire aux rouages couramment grippés des relations internationales. Il s'excusa donc platement. « Monseigneur Hazara-Khan, je suis désolé. Dans le feu de l'action…

— Je comprends tout à fait, Altesse. » Il jeta un rapide coup d'œil autour d'eux et ajouta : « Puis-je aussi vous demander quelques instants d'attention? Nous pouvons discuter en marchant.» Arutha fit signe que oui et Martin resta quelques pas en arrière, en compagnie des fils d'Hazara-Khan et de son garde du corps. L'ambassadeur dit : «Le moment est mal choisi pour discuter d'ennuyeux traités avec Sa Majesté le roi. Je pense qu'il serait bon que j'aille rendre visite à mes gens dans le Jal-Pur. Je resterai là-bas quelque temps. Je reviendrai dans votre ville, ou à Rillanon, comme cela vous siéra, afin que nous puissions entamer les pourparlers après… que les choses se soient calmées.»

Arutha regarda l'ambassadeur plus attentivement. Volney avait appris à son sujet que l'impératrice avait envoyé l'un de ses plus subtils serviteurs négocier avec le royaume. «Monseigneur Hazara-Khan, je vous remercie de faire preuve de tant de délicatesse à l'égard de nos affaires familiales en ces temps difficiles.»

L'ambassadeur fit un geste désinvolte de la main. «Qui pourrait tirer gloire à vaincre des hommes affligés par la tristesse et le chagrin? Quand cette mauvaise affaire sera terminée, j'aimerais que vous et votre frère veniez à la table des négociations avec l'esprit clair, pour discuter du val des Rêves. Je ne veux obtenir des concessions que du meilleur de vous-même, Altesse. Il me serait trop simple maintenant de prendre l'avantage. Il vous faut l'accord de Kesh pour le futur mariage de votre roi avec la princesse Magda de Roldem car elle est la fille unique du roi Carole, et si quelque chose arrivait à son frère le prince de la couronne Dravos, son enfant prendrait place à la fois sur le trône des Isles et sur le trône de Roldem. Et comme Roldem est depuis fort longtemps considéré comme faisant partie de la sphère d'influence traditionnelle de Kesh… Enfin, vous voyez ce qui nous préoccupe.

— Mes compliments aux services de renseignements de l'empire, Excellence», dit Arutha d'un air appréciateur. Seuls Martin et lui savaient pour le mariage.

— Officiellement, un tel service n'existe pas, bien que nous disposions de certaines sources – des gens désireux de maintenir le *statu quo*.

— J'apprécie votre franchise, Excellence. Nous pourrons discuter aussi de la question d'une nouvelle flotte de guerre keshiane qui se construit à Durbin en violation du traité de Shamata. »

Monseigneur Hazara-Khan secoua la tête et dit affectueusement :

« Oh, Arutha, j'ai hâte de négocier avec vous.

— Et moi avec vous. Je donnerai l'ordre aux gardes de vous laisser, vous et vos gens, partir quand vous le voudrez. Je vous demanderai juste de vous assurer de ne laisser personne qui ne soit pas de votre suite sortir sous un déguisement.

— Je me tiendrai à la porte et nommerai chacun des soldats et des serviteurs qui sortiront, Altesse. »

Arutha ne doutait pas qu'il en fût capable. « Quoi que le destin nous réserve, Abdur Rachman Memo Hazara-Khan, même si un jour nous nous retrouvons face à face sur un champ de bataille, je vous considérerai comme un homme honorable et généreux et comme un ami. » Il tendit la main.

Abdur la serra. « Vous me faites honneur, Altesse. Tant que je parlerai avec la voix de Kesh, elle négociera en toute bonne foi, à des fins honorables. »

L'ambassadeur fit signe à ses compagnons de le rejoindre et repartit après avoir demandé son congé à Arutha. Martin rejoignit son frère et dit : « Nous voilà déjà avec un problème de moins pour l'instant. »

Arutha acquiesça. « Pour l'instant. Ce vieux renard serait assez rusé pour m'arracher ce palais afin d'y loger son ambassade et il ne me resterait plus qu'à trouver un dortoir sur les docks pour y tenir ma cour.

— Nous demanderons à Jimmy de nous en recommander un bon. » Soudain, Martin s'exclama : « Où est-il au fait ? Je ne l'ai plus vu depuis l'interrogatoire de Jack Rictus.

— Dehors. J'avais quelques petites choses à lui faire faire. » Martin fit signe qu'il avait compris et les deux frères reprirent leur marche dans le couloir.

Laurie fit volte-face en entendant quelqu'un entrer dans sa chambre. Carline ferma la porte derrière elle, puis se figea en voyant les bagages du chanteur sur le lit à côté de son luth. Il venait de les terminer et avait mis ses vieux vêtements de voyage. Elle fronça les sourcils et hocha la tête. « Tu vas quelque part ? demanda-t-elle d'un ton glacé. Tu t'es dit que tu pourrais aller poser quelques questions à Sarth, c'est bien ça ? »

Laurie leva la main d'un air suppliant. « Ça ne durera qu'un moment, ma chérie. Je serai de retour bientôt. »

Elle s'assit sur le lit. « Oh ! Tu es aussi insupportable qu'Arutha et Martin. C'est à croire que personne dans ce palais n'est capable de se moucher sans que vous lui disiez comment. Ainsi donc, tu pars te faire couper la tête par un quelconque bandit ou… autre chose encore. Laurie, tu me mets parfois tellement en colère. » Il s'assit à côté d'elle et passa ses bras autour de ses épaules. Elle pressa sa tête contre lui. « Nous avons eu si peu de temps à nous consacrer depuis que nous sommes arrivés ici et ce qui se passe est si… terrible. » Sa voix se brisa sur un sanglot. « Pauvre Anita », dit-elle au bout d'un moment. Essuyant ses larmes d'un air de défi, elle ajouta : « Je déteste pleurer.

« Et je suis toujours en colère contre toi. Tu allais partir et me quitter sans même me dire au revoir. Je le savais. Eh bien si tu pars, ne reviens pas. Tu enverras un message pour annoncer ce que tu as découvert – si tu vis assez longtemps pour ça – mais ne remets pas un pied dans ce palais. Je ne veux plus te voir. » Elle se leva et partit vers la porte.

Laurie bondit vers elle. Il la prit par le bras et la tourna vers lui. « Mon amour, je t'en prie, ne… »

Les larmes aux yeux, elle dit : « Si tu m'aimais, tu demanderais ma main à Lyam. Je n'en peux plus de tes "je t'aime", Laurie. Je n'en peux plus de me sentir réprouvée. Je n'en peux plus de toi. »

Laurie se sentit gagné par la panique. Sous la pression des événements et aussi parce qu'il avait préféré maintenir le statu quo, il avait sciemment ignoré les menaces de Carline sur le fait qu'à leur retour à Rillanon, il devait soit la quitter, soit l'épouser. « Je ne voulais rien te dire tant que cette histoire avec Anita n'était pas résolue, mais… j'ai pris ma décision. Je ne peux pas te laisser me rayer de ta vie. Je veux t'épouser. »

Elle écarquilla les yeux. « Quoi ?

— J'ai dit que je voulais t'épouser... »

Elle porta la main à sa bouche. Puis elle l'embrassa. Pendant un long moment de silence, ils n'eurent pas besoin de mots. Elle s'écarta soudain, un petit sourire dangereux flottant sur les lèvres. Elle secoua la tête en disant tout bas : « Non. Ne dis rien. Il est hors de question que je te laisse m'embobiner avec tes mots doux. » Elle se dirigea lentement vers la porte et l'ouvrit. « Gardes ! » appela-t-elle. L'instant d'après, deux gardes apparurent. Désignant un Laurie ahuri, elle dit :

« Ne le laissez pas s'enfuir d'ici ! S'il tente de partir, asseyez-vous sur lui ! »

Carline disparut dans le couloir et les gardes regardèrent Laurie d'un air amusé. Il soupira et s'assit tranquillement sur son lit.

Quelques minutes plus tard, la princesse revint, accompagnée d'un père Tully irrité. Le vieux prélat tenait sa chemise de nuit à la main et s'apprêtait de toute évidence à aller se coucher lorsque Carline l'avait forcé à la suivre. Lyam, visiblement ennuyé lui aussi, fermait la marche derrière sa sœur. Laurie se renversa sur son lit en gémissant quand la jeune femme entra dans la chambre d'un pas décidé et le montra du doigt. « Il m'a dit qu'il voulait m'épouser ! »

Laurie s'assit sur son séant. Lyam regarda sa sœur, pris de cours. « Est-ce que je dois le féliciter ou le faire pendre ? La manière dont tu en parles ne m'éclaire pas beaucoup là-dessus. »

Laurie, piqué, se leva et s'approcha du roi. « Votre Majesté...
— Ne le laissez pas parler », l'interrompit Carline en pointant vers lui un doigt accusateur. Elle murmura d'un air menaçant : « C'est le roi des menteurs, il séduit les innocentes. Il va essayer de s'en sortir en disant n'importe quoi. »

Lyam secoua la tête en maugréant : « Innocentes ? » Soudain, son visage s'assombrit. « Séducteur ? » Il fixa ses yeux sur Laurie.

« Votre Majesté, je vous en prie », commença Laurie.

Carline croisa les bras et tapota impatiemment du pied sur le sol. « Ça y est, marmonna-t-elle. Il va réussir à retourner la situation. »

Tully s'interposa entre Carline et Laurie. « Majesté, puis-je ? » Visiblement confus, Lyam dit : « Volontiers. »

Tully regarda tout d'abord Laurie, puis Carline. « Dois-je comprendre, Altesse, que vous désirez épouser cet homme ?

— Oui !

— Et vous, messire ? »

Carline s'apprêta à dire quelque chose, mais Lyam lui coupa la parole. « Laisse-le parler ! »

Le silence se fit d'un seul coup et Laurie cilla. Il haussa les épaules comme pour dire qu'il ne comprenait pas pourquoi on en faisait toute une affaire. « Bien sûr que je le veux, mon père. »

Lyam semblait être à bout de patience. « Alors où est le problème ? » Il s'adressa à Tully : « Postez les bans… la semaine prochaine, disons. Mieux vaut attendre un peu, après ce qui s'est passé ces derniers jours. Nous ferons ce mariage quand… les choses se seront un peu calmées. Si tu n'y vois pas d'objections, Carline ? » Elle secoua la tête, les yeux brillants ; Lyam poursuivit : « Un jour, quand tu seras mariée, que tu seras une vieille dame et que tu auras quelques dizaines de petits enfants, tu m'expliqueras la raison de tout ceci. » À Laurie, il dit : « Vous avez beaucoup de courage. » Puis il jeta un coup d'œil à sa sœur et ajouta : « Et beaucoup de chance. » Il fit une bise à Carline. « Maintenant, si vous n'avez plus besoin de moi, je vais me retirer. »

Carline se jeta à son cou et le serra dans ses bras. « Merci. »

En secouant la tête, Lyam sortit de la pièce. Tully dit : « Il doit y avoir une bonne raison à ce soudain désir de mariage à cette heure tardive. » Il tourna ses paumes vers le ciel et ajouta : « Mais je préfère attendre plus tard pour savoir ce qu'il en est. Maintenant, si vous me permettez… » Il ne laissa pas le temps à Carline de dire quoi que ce soit et sortit presque en courant. Quand ils furent seuls, Carline fit un grand sourire à Laurie. « Bien, c'est fait. Finalement ! »

Laurie lui sourit aussi et la prit par la taille. « Oui et sans trop de difficultés.

— Sans trop de difficultés ! » dit-elle, en lui donnant un violent coup dans le ventre qui ne manqua pas de lui faire de l'effet. Laurie se plia en deux, le souffle coupé. Il tomba en arrière sur le lit. Carline s'approcha du lit et s'agenouilla à côté de lui. Il tenta de s'asseoir et elle le repoussa sur le lit en lui posant une main sur la poitrine. « Qu'est-ce que je suis, moi, une vieille mégère que tu vas devoir supporter pour assouvir tes ambitions politiques ? » Elle joua avec les lacets de cuir de sa tunique. « J'aurais dû te faire jeter au cachot. "Sans trop de difficultés", monstre ! »

Empoignant sa robe, il l'attira à lui, approchant sa bouche assez près pour l'embrasser. Avec un sourire, il dit : « Bonjour, mon amour. » Et ils se retrouvèrent dans les bras l'un de l'autre.

Plus tard, Carline s'éveilla d'un demi-sommeil et dit : « Heureux ? »

Laurie éclata de rire, faisant tressaillir la tête de Carline qui reposait sur sa poitrine. « Bien sûr. » Il lui caressa les cheveux et dit : « Qu'est-ce que c'était que cette histoire avec ton frère et le père Tully ? »

Elle ricana. « Cela fait presque un an que j'essaie de te convaincre de m'épouser, je n'étais pas prête à te laisser oublier que tu venais de me faire la demande. Tu étais peut-être en train d'essayer de te débarrasser de moi pour pouvoir filer tranquillement à Sarth.

— Oh bon sang ! dit Laurie en sautant à bas du lit. Arutha ! »

Carline se retourna et se rallongea sur l'oreiller qu'il venait de quitter. « Ainsi, mon frère et toi allez sortir du palais tous les deux.

— Oui... enfin non, je veux dire... oh, zut. » Laurie enfila son pantalon et regarda autour de lui. « Où est mon autre botte ? J'ai presque une heure de retard. » Quand il fut vêtu, il alla s'asseoir à côté d'elle sur le lit. « Il faut que j'y aille. Arutha ne laissera personne l'arrêter. Tu le savais. »

Elle s'agrippa à son bras. « Je savais que vous deviez partir tous les deux. Comment est-ce que vous envisagez de sortir du palais ?

— Jimmy. »

Elle opina. « Il a dû oublier de mentionner l'une des sorties à l'architecte royal, j'imagine.

— Quelque chose dans le genre. Il faut que j'y aille. »

Elle s'accrocha un moment à son bras. « Tu n'as pas prononcé tes vœux à la légère, hein ?

— Jamais de la vie. » Il se pencha pour l'embrasser. « Sans toi, je ne suis rien. »

Elle pleura en silence, se sentant à la fois vide et comblée, sachant qu'elle avait trouvé son âme sœur et terrifiée à l'idée de le perdre. Comme s'il lisait dans ses pensées, il dit : « Je reviendrai, Carline. Rien ne pourra me séparer de toi.

— Si tu ne reviens pas, j'irai te chercher. »

Un dernier baiser rapide et il partit, refermant doucement la porte derrière lui. Carline s'enfonça dans le lit, retenant aussi longtemps que possible les dernières traces de sa chaleur.

Laurie se glissa par la porte des appartements d'Arutha au moment où les gardes qui faisaient la ronde arrivaient à l'autre bout du couloir. Dans le noir, il entendit murmurer son nom. « Oui », répondit-il.

Arutha dévoila une lanterne, éclairant chichement la pièce. Cette unique source de lumière donnait à l'antichambre du prince l'aspect d'une caverne. « Tu es en retard. » dit-il. Aux yeux de Laurie, Jimmy et Arutha ressemblaient à d'étranges créatures éclairées par en dessous par la lueur jaunâtre de la lanterne. Arutha était vêtu très simplement, comme un mercenaire : des bottes de cavalier qui lui montaient aux genoux, un épais pantalon de laine, une lourde veste de cuir passée sur une tunique bleue et une rapière à la ceinture. Par-dessus l'ensemble, il portait une lourde cape grise, au capuchon rejeté sur les épaules. Mais ce qui poussa Laurie à les regarder un moment sans rien dire, c'était la flamme qui semblait brûler au plus profond des yeux d'Arutha. Prêt à se lancer enfin dans son voyage pour Sarth, il se consumait d'impatience. « Passe le premier. »

Jimmy leur indiqua le mur où se trouvait une porte dérobée et ils s'y engouffrèrent. Le garçon fila dans les méandres des anciens tunnels du palais, descendant plus bas encore que les cachots humides. Arutha et Laurie ne disaient pas un mot, sauf un juron silencieux de temps en temps de la part du chanteur quand il marchait sur quelque chose qui s'enfuyait ou qui s'écrasait mollement sous son pied. Il était bien content de manquer de lumière.

Soudain, ils se retrouvèrent devant un escalier de pierres mal taillées. Arrivé au sommet, Jimmy poussa sur une zone du plafond qui n'avait apparemment rien de remarquable. Elle grinça et bougea légèrement. Jimmy prévint ses compagnons : « C'est étroit. » Il se contorsionna pour passer de l'autre côté et récupéra leur équipement. La base d'un mur de pierre extérieur servait astucieusement de contrepoids, mais l'âge et la désuétude avaient grippé le mécanisme. Arutha et Laurie réussirent à se glisser par l'interstice. Arutha demanda : « Où sommes-nous ?

— Derrière une haie dans le parc royal. La poterne du palais est à environ cent cinquante mètres, de ce côté-ci, répondit Jimmy en montrant une direction. Suivez-moi. » Il les fit passer au travers d'épais taillis, puis par un petit bois où trois chevaux les attendaient.

Arutha dit : « Je ne t'avais pas demandé d'acheter trois montures. »

Jimmy, un sourire insolent aux lèvres, si large qu'on ne voyait que cela malgré la faible lumière de la lune, répliqua : « Mais vous ne m'aviez pas dit de ne pas le faire non plus, Altesse. »

Laurie décida qu'il valait mieux ne pas s'en mêler et entreprit donc d'attacher son paquetage à la monture la plus proche. Arutha dit : « Nous sommes très pressés et je suis à bout d'impatience. Tu ne peux pas venir, Jimmy. »

Celui-ci se dirigea vers l'une des montures et sauta souplement en selle. « Je n'obéis pas à des aventuriers inconnus ni à des mercenaires sans emploi. Je suis l'écuyer du prince de Krondor. » Il tapota son sac derrière sa selle et retira sa rapière – celle-là même qu'Arutha lui avait donnée. « Je suis prêt. J'ai volé bien assez de chevaux pour être un cavalier passable. De plus, où que vous alliez, il se passe toujours quelque chose. Je risque de m'ennuyer affreusement quand vous ne serez plus là. »

Arutha regarda Laurie, qui haussa les épaules. « Mieux vaut l'emmener avec nous, au moins nous pourrons le surveiller. De toute manière, il nous suivra. » Arutha s'apprêta à émettre une protestation quand Laurie ajouta : « Nous ne pouvons tout de même pas appeler les gardes du palais pour le faire arrêter. »

Le prince se mit en selle, visiblement mécontent. Sans un mot de plus, ils firent faire demi-tour à leurs montures et traversèrent le parc, passant par les allées plongées dans l'ombre et les ruelles étroites, adoptant un pas tranquille de manière à ne pas attirer l'attention. Jimmy intervint : « De ce côté-ci, c'est la porte est. Je pensais que nous prendrions par le nord. »

Arutha répliqua : « Nous irons bien assez vite de ce côté-ci. Si quelqu'un me voit quitter la ville, je préfère que l'on dise que je suis passé par l'est.

— Qui nous verrait ? » dit Jimmy d'un ton ironique, sachant parfaitement que toute personne passant les portes à cheval à cette heure-ci de la nuit serait fatalement remarquée.

À la porte est, deux soldats montaient la garde dans une casemate, mais comme il n'y avait ni couvre-feu ni alerte, ils levèrent à peine la tête pour regarder passer les trois cavaliers.

Au-delà des murs, ils se retrouvèrent dans la ville extérieure, les quartiers construits lorsque les anciennes murailles n'avaient plus été assez grandes pour contenir toute la population. Ils quittèrent la route principale et partirent en direction du nord, se frayant un chemin entre les bâtiments.

Au bout d'un moment, Arutha arrêta son cheval et il ordonna à Jimmy et à Laurie de faire de même. Quatre cavaliers vêtus d'épaisses capes noires apparurent au détour d'une ruelle. L'épée de Jimmy jaillit instantanément de son fourreau car la probabilité de deux groupes de voyageurs se rencontrant par hasard en pleine nuit dans une ruelle était extrêmement faible. Laurie s'apprêtait lui aussi à tirer la sienne, mais Arutha dit simplement : « Rengainez vos armes. »

Quand les cavaliers arrivèrent à leur hauteur, Jimmy et Laurie échangèrent un regard étonné. « Bien, dit Gardan en tournant son cheval de manière à se placer à côté d'Arutha. Tout est prêt.

— Parfait », répondit Arutha.

Il regarda les cavaliers qui avaient accompagné Gardan et s'étonna : « Trois ? »

Gardan eut un rire joyeux dans la pénombre. « Cela faisait un certain temps que je n'avais vu messire Jimmy, alors je me suis dit qu'il devait avoir décidé de venir, avec ou sans votre permission, c'est pourquoi j'ai pris mes précautions. Me serais-je trompé ?

— Nullement, capitaine, dit Arutha sans essayer de cacher son mécontentement.

— Quoi qu'il en soit, David ici présent est le plus petit garde que nous ayons et si jamais on tentait de vous poursuivre, il pourra passer pour le garçon. » Il fit signe aux trois cavaliers, qui reprirent leur route vers l'est. Jimmy émit un petit rire en les voyant passer, car l'un des gardes était un homme mince aux cheveux noirs et l'autre un blond barbu avec un luth dans le dos.

— Les gardes de la porte n'ont pas semblé faire très attention, dit Arutha.

— N'ayez crainte, Altesse. Ce sont les deux plus grandes pies de toute la garde. Si jamais on apprend à l'extérieur que vous êtes partis du palais, toute la ville saura dans les heures qui suivront que vous êtes partis vers l'est. Ces trois cavaliers vont continuer jusqu'à la lande Noire, s'ils ne se font pas intercepter avant cela. Si je puis me permettre, mieux vaut que nous partions immédiatement.

— Nous? dit Arutha.

— J'ai reçu des ordres, Sire. La princesse Carline m'a dit que si jamais il arrivait malheur à l'un d'entre vous – il désigna Laurie et Arutha – il valait mieux pour moi ne jamais reparaître à Krondor. »

D'un ton faussement blessé, Jimmy dit : « Elle n'a rien dit pour moi. »

Les autres ignorèrent la remarque. Arutha regarda Laurie, qui poussa un long soupir. « Elle avait tout prévu des heures avant que nous ne partions. » Gardan opina, montrant que c'était effectivement le cas. « En plus, elle sait être circonspecte si nécessaire. Quelquefois. »

Gardan ajouta : « La princesse ne trahirait pas son frère ni son fiancé.

— Fiancé? dit Arutha. La nuit a été bien remplie, dis donc. Bon, de toute manière tu devais finir soit par l'épouser soit par être expulsé du palais. Mais je ne comprendrai jamais ce qu'elle aime chez les hommes. Très bien, il semble donc que nous ne puissions nous débarrasser d'aucun d'entre vous. Partons. »

Les trois hommes et le garçon éperonnèrent leurs montures et reprirent leur route. Quelques minutes plus tard, ils quittaient la ville pour partir en direction de Sarth.

Vers midi, les voyageurs suivaient la route de la côte qui virait vers l'ouest. Ils aperçurent de loin un cavalier solitaire assis au bord de la grand'route royale. Celui-ci portait des vêtements de cuir vert et patientait en sculptant un morceau de bois à la pointe de son couteau de chasse, tandis que son cheval pommelé broutait de l'herbe à l'écart. Voyant la bande approcher, il rengaina son couteau, jeta le morceau de bois et ramassa ses affaires. Il avait déjà mis sa cape et son arc en bandoulière quand Arutha tira sur ses rênes.

« Martin », salua le prince.

Le duc de Crydee monta en selle. « Ça vous a pris sacrément plus de temps pour arriver ici que je ne l'aurais cru. »

Jimmy soupira. « Y a-t-il quelqu'un à Krondor qui ne sache pas que le prince est parti ?

— Visiblement, personne », répondit Martin avec un sourire. Ils reprirent leur route. Martin se tourna vers Arutha : « Lyam m'a dit de te dire qu'il laisserait autant de fausses pistes qu'il le pourrait.

— Le roi sait ? s'étonna Laurie.

— Bien entendu. » Arutha désigna Martin. « Nous avions prévu tout cela depuis le début. Gardan a placé le plus de gardes possible près de la porte de mon bureau au moment où le roi m'a interdit de partir. »

Martin ajouta : « Lyam a demandé à certains de ses gardes personnels de prendre notre place. Il y en a un qui fait la tête et un blond avec une barbe, qui correspondent à Arutha et Laurie. » Il eut l'un de ses rares sourires et dit : « Lyam a même réussi à emprunter à l'ambassadeur de Kesh son énorme maître de cérémonie, celui avec la voix terrible. Il est censé revenir en douce au palais aujourd'hui, après le départ des Keshians. Avec une fausse barbe, il ressemblera parfaitement au capitaine ici présent. En tout cas, il aura la bonne couleur et fera en sorte de se montrer ici et là dans le palais. » Gardan rit.

« Alors en fait, vous n'avez jamais essayé de partir discrètement, dit Laurie d'un ton admiratif.

— Non, dit Arutha. J'essaie de partir en laissant derrière moi la plus grande confusion possible. Nous savons que celui qui se cache derrière tout ceci va nous envoyer d'autres assassins. En tout cas, c'est ce que croyait Jack Rictus. Alors s'il y a des espions à Krondor, ceux-là mettront des jours à comprendre ce qui se passe. Quand on aura découvert que nous sommes sortis du palais, ils ne sauront jamais dans quelle direction nous sommes partis. Seules les rares personnes qui étaient avec nous quand Pug a jeté son sort dans les appartements d'Anita savent que nous allons à Sarth. »

Jimmy éclata de rire. « C'est un coup de maître. Si quelqu'un apprend que vous êtes partis dans une direction, puis dans une autre, il ne saura plus où donner de la tête. »

Martin ajouta : « Lyam a bien fait les choses. Il a envoyé un autre groupe de gens habillés comme vous vers le sud en direction du port des Étoiles, avec Kulgan et la famille de Pug. Ils feront juste en sorte d'être assez maladroits quand il s'agira de ne pas se faire remarquer. » À l'adresse d'Arutha, il ajouta : « Pug a dit qu'il allait chercher dans la bibliothèque de Macros s'il n'y a pas un moyen de soigner Anita. »

Arutha arrêta son cheval et les autres firent de même. « Nous sommes à une demi-journée de cheval de la ville. Si nous ne nous laissons pas surprendre d'ici le coucher du soleil, nous pourrons considérer que nous n'avons pas de poursuivants. Dans ce cas, nous n'aurons plus qu'à nous inquiéter de ce que nous trouverons devant nous. » Il se tut, comme s'il avait du mal à s'exprimer. « En dépit de toutes vos bravades, vous avez tous choisi le danger. » Il les regarda droit dans les yeux. « Je trouve que j'ai beaucoup de chance d'avoir de tels amis. »

Jimmy sembla extrêmement embarrassé par ce que venait de dire le prince, mais il se retint de répondre par un sarcasme. « Dans les Moqueurs, nous avons – avions – un serment. Il se dit sous la forme d'un vieux proverbe : "On n'est jamais sûr que le chat est mort tant qu'on n'a pas sa peau." Quand on a une tâche difficile à accomplir et que quelqu'un veut dire aux autres qu'il est prêt à aller jusqu'au bout, il dit : "Tant qu'on n'a pas sa peau." » Il regarda les autres et dit : « Tant qu'on n'a pas sa peau. »

Laurie dit : « Tant qu'on n'a pas sa peau. » Gardan et Martin s'en firent l'écho.

Finalement, Arutha dit : « Merci à vous tous. » Il donna du talon et repartit. Les autres le suivirent.

Martin se plaça derrière Laurie. « Qu'est-ce qui vous a pris tant de temps ?

— J'ai été retenu, dit Laurie. C'est assez compliqué. Nous allons nous marier.

— Je sais. Gardan et moi attendions Lyam quand il est revenu de ta chambre. Elle aurait pu trouver mieux. » Laurie semblait gêné. Puis Martin eut un petit sourire et il ajouta : « Mais peut-être pas, finalement. » Il se pencha et tendit la main. « Puissiez-vous être toujours heureux. » Quand ils se furent serré la main, il dit : « Ça n'explique toujours pas le retard.

— C'est un petit peu délicat », dit Laurie dans l'espoir que son futur beau-frère laisserait tomber le sujet.

Martin regarda Laurie un long moment, puis il acquiesça d'un air compréhensif. « Des adieux en règle peuvent prendre un certain temps. »

9

Une bande de cavaliers apparut à l'horizon.

Leurs silhouettes noires se découpaient sur le ciel rouge du soir. Martin fut le premier à les voir et Arutha ordonna une halte. Depuis qu'ils avaient quitté Krondor, c'était la première bande de voyageurs qu'ils rencontraient qui ne ressemblaient pas à des marchands. Martin plissa les yeux. « Je les vois mal, ils sont trop loin, mais je pense qu'ils sont armés. Des mercenaires, peut-être ?

— Ou des brigands, dit Gardan.

— Ou autre chose, ajouta Arutha. Laurie, c'est toi qui as le plus voyagé parmi nous. Est-ce qu'il existe un autre chemin ? »

Laurie regarda autour de lui, cherchant des points de repère. Il montra la forêt de l'autre côté d'une étroite bande de terre cultivable et dit : « Vers l'est, à environ une heure de cheval d'ici, il y a une vieille piste qui mène vers les monts Calastius. Des mineurs l'utilisaient avant, mais elle n'est plus très pratiquée désormais. Elle nous mènera à la route qui passe par l'intérieur des terres. »

Jimmy dit : « Alors allons-y dès maintenant. Il semblerait que ces gens-là en aient eu assez de nous attendre. »

Arutha vit les cavaliers qui se découpaient sur l'horizon commencer à se diriger vers eux. « Montre-nous le chemin, Laurie. »

Ils quittèrent la route, vers une série de murets de pierre qui marquaient les limites du champ cultivé. « Regardez ! » cria Laurie.

Les compagnons d'Arutha virent que l'autre groupe venait de réagir, en lançant leurs montures au galop. Dans les lueurs orange de la fin d'après-midi, elles ressemblaient à des formes noires plaquées sur le flanc gris-vert de la colline.

Arutha et les autres sautèrent aisément le premier muret, mais Jimmy se fit presque éjecter de sa selle. Il réussit à se redresser sans trop perdre de terrain. Il ne dit rien, mais souhaita avec ferveur qu'il n'y ait pas d'autres murets du même genre d'ici à la forêt. Il réussit miraculeusement à rester en selle, tout en se maintenant pas trop loin derrière la troupe d'Arutha qui entrait dans les bois.

Les autres l'attendirent et il tira sur ses rênes en les rejoignant. Laurie tendit la main. « Ils ne peuvent pas nous rattraper, alors ils galopent parallèlement à nous, dans l'espoir de nous intercepter au nord d'ici. » Il rit. « Ce chemin va droit vers le nord-est. Nos admirateurs inconnus vont devoir se taper un bon kilomètre et demi de bois et de broussailles pour nous couper la route. Nous les aurons largement dépassés d'ici là. Si jamais ils arrivent à trouver le chemin que nous allons emprunter. »

Arutha dit : « Mieux vaut faire vite quand même. Nous n'avons plus beaucoup de lumière et, qui plus est, les bois ne sont pas sûrs. À quelle distance sommes-nous de cette route ?

— Nous devrions arriver là-bas deux heures après le coucher du soleil, peut-être un peu avant. »

Arutha lui fit signe de prendre la tête. Laurie fit faire demi-tour à son cheval et ils s'enfoncèrent tous ensemble dans la forêt qui s'assombrissait rapidement.

De sombres terriers se dressaient de chaque côté de la piste. Dans la pénombre, faiblement éclairés par la lune médiane et la grande lune au travers des hautes branches, les bois semblaient terriblement compacts. Perdus dans la nuit, les voyageurs avançaient sur ce que Laurie insistait pour appeler un chemin, une chose insubstantielle qui surgissait à quelques mètres devant le cheval de Laurie et disparaissait tout aussi brusquement à quelques mètres derrière le cheval de Jimmy. Pour ce dernier, rien ne ressemblait plus à un bout de terre qu'un autre bout de terre, sauf que les méandres que Laurie choisissait semblaient être légèrement moins encombrés. Le garçon regardait constamment derrière lui, pour vérifier qu'on ne les poursuivait pas.

Arutha donna ordre de faire halte. « Visiblement, personne ne nous suit. Nous les avons peut-être semés. »

Martin descendit de selle. « C'est peu probable. S'ils ont un bon pisteur, ils retrouveront nos traces. Ils iront aussi lentement que nous, mais ils peuvent garder le rythme. »

Arutha descendit de cheval et dit : « Nous allons nous reposer ici un petit moment. Jimmy, prends de l'avoine dans les fontes de Laurie. »

Le garçon grommela légèrement en commençant à s'occuper des chevaux. Il avait appris dès sa première nuit sur la route que, en tant qu'écuyer, il devait s'occuper du cheval de son seigneur – et de celui de tous les autres par la même occasion.

Martin passa son arc en bandoulière et dit : « Je crois que je vais remonter un peu nos traces pour voir s'il n'y a pas quelqu'un dans les parages. Je serai de retour dans une heure. Si jamais il m'arrive quelque chose, ne m'attendez pas. Je vous retrouverai à l'abbaye d'Ishap demain soir. » Il se fondit dans les ombres.

Arutha s'assit sur sa selle, laissant Jimmy s'occuper des montures, avec l'aide de Laurie. Gardan faisait le guet, scrutant les ténèbres de la forêt.

Le temps passait et Arutha se perdit dans ses pensées. Jimmy l'observait du coin de l'œil. Laurie s'en rendit compte et rejoignit le garçon pour l'aider à étriller le cheval de Gardan. Le chanteur murmura : « Tu t'inquiètes pour lui. »

Jimmy opina simplement, son geste se perdant dans le noir. Puis il dit : « Je n'ai pas de famille, chanteur, ni beaucoup d'amis. Il est… important pour moi. Oui, je m'inquiète. »

Quand il eut fini, Jimmy alla retrouver Arutha qui restait là, les yeux perdus dans le noir. « Les chevaux sont nourris et ils sont propres. »

Arutha sembla émerger de ses sombres pensées. « Bien. Allons nous reposer. Nous repartirons aux premières lueurs. » Il regarda autour de lui. « Où est Martin ? »

Jimmy jeta un coup d'œil vers la piste. « Il est encore là-bas. »

Le prince suivit son regard.

Jimmy s'installa, la tête sur sa selle, serrant sa couverture contre lui. Il regarda les ombres un long moment avant que le sommeil ne l'emporte.

Un bruit le réveilla. Deux silhouettes s'approchaient et Jimmy s'apprêtait à bondir, quand il reconnut Martin et Gardan. Le garçon se souvint alors que Gardan était resté à monter la garde. Ils atteignirent le petit campement, sans plus faire le moindre bruit.

Jimmy réveilla les autres. Arutha ne perdit pas un instant en voyant que son frère était de retour. « Alors, quelqu'un nous poursuit ? »

Martin acquiesça. « À quelques kilomètres derrière. Une bande de... d'hommes, ou de Moredhels, je ne saurais dire. Ils étouffaient leur feu. Il y a au moins un Moredhel et, à l'exception de celui-ci, ils sont tous en armure noire, avec de longues capes noires. Et ils portent tous un heaume bizarre qui protège toute la tête. Je n'ai pas eu besoin d'en voir plus pour me dire que leurs intentions envers nous ne devaient pas être des meilleures. J'ai laissé de fausses traces pour cacher les nôtres. Ça devrait les dérouter un moment, mais il vaut mieux que nous partions tout de suite.

— Et ce Moredhel ? Tu disais qu'il n'était pas habillé comme les autres ?

— Non, et c'est aussi le plus grand de toutes ces saloperies de Moredhels que j'aie vus de ma vie. Il avait le torse nu, avec juste une veste de cuir, la tête entièrement rasée à l'exception d'une longue mèche qui pendait en queue de cheval. Je l'ai bien vu, dans la lumière du feu. Je n'en avais jamais vu dans son genre, mais j'en ai déjà entendu parler. »

Laurie dit : « Le clan des montagnes de Yabon. »

Arutha regarda le chanteur. Laurie expliqua : « Quand j'étais petit, près de Tyr-Sog, on entendait parfois parler de raids menés par les clans des montagnes nord. Ils sont différents de ceux des forêts. Sa coupe de cheveux indique aussi que c'est un chef, et pas des moindres. »

Gardan dit : « Il vient de loin.

— Oui, ce qui veut dire qu'ils ont rétabli un minimum d'ordre depuis la guerre de la Faille. Nous savions que nombre de ceux qui avaient été repoussés au nord par les Tsuranis cherchaient à rejoindre les leurs dans les terres du nord, mais il semble en fait qu'ils ramènent avec eux une partie de leurs cousins.

— Ou, dit Arutha, cela veut dire qu'ils leur obéissent. »

Martin dit : « Pour qu'une telle chose puisse arriver…

— Cela veut dire qu'ils ont créé une alliance, une alliance moredhel. Une chose que nous craignions depuis toujours, dit Arutha. Venez, la lumière ne va pas tarder à monter et nous n'apprendrons rien de plus en restant là. »

Ils apprêtèrent leurs montures et retrouvèrent rapidement la route forestière, la plus grande des routes passant à l'intérieur des terres entre Krondor et le Nord. Les caravanes ne l'utilisaient pas beaucoup : elle permettait de gagner du temps, mais la plupart des voyageurs préféraient passer par Krondor et suivre la côte, cette route-là étant plus sûre. Laurie estima qu'ils se trouvaient maintenant au niveau de la baie des Vaisseaux, à environ une journée de cheval de Sarth. L'abbaye d'Ishap se situait dans les collines au nord-est de la ville, ce qui leur permettrait de rejoindre directement la route qui montait de la ville à l'abbaye. En poussant un peu, ils pourraient atteindre leur destination juste après le coucher du soleil.

La forêt semblait tranquille, mais Martin pensait que la bande dirigée par le Moredhel devait être sur leurs traces. Il entendait les bruits matinaux de la forêt changer légèrement derrière eux : quelque chose non loin d'eux avançait en dérangeant l'ordre naturel de la vie sur son passage.

Martin vint se mettre à la hauteur d'Arutha, derrière Laurie. « Je crois que je ferais mieux de passer à l'arrière-garde vérifier si nos amis nous suivent encore. »

Jimmy jeta un regard par-dessus son épaule et aperçut, à travers les arbres, des silhouettes noires. « Trop tard ! Ils nous ont vus ! » cria-t-il.

La troupe d'Arutha se lança au galop, dans un tonnerre de sabots. La joue pressée contre l'encolure de sa monture, Jimmy continuait à regarder en arrière. Ils étaient en train de distancer les cavaliers noirs, à son grand soulagement.

Au bout de quelques minutes de folle chevauchée, ils se retrouvèrent devant un gouffre profond, trop large pour que les chevaux puissent le franchir d'un bond. Un solide pont de bois l'enjambait. Ils le traversèrent au galop, puis Arutha tira sur ses rênes. « Halte ! » Comme leurs poursuivants se trouvaient juste derrière eux, ils firent tourner leurs chevaux.

Arutha s'apprêtait à donner l'ordre de préparer une charge quand Jimmy sauta de selle. Il tira un paquet de ses fontes, courut au bout du pont et s'agenouilla. Arutha cria : « Qu'est-ce que tu fais ? »

Jimmy répondit seulement : « Restez en arrière ! »

Le bruit des sabots montait au loin. Martin sauta de selle et saisit son arc long. Il l'avait déjà tendu et encoché une flèche lorsque le premier des cavaliers noirs arriva en vue. Sans hésitation, il décocha sa longue flèche, qui alla infailliblement s'enficher en plein dans la poitrine de la silhouette en armure noire, avec la puissance foudroyante que seul un arc long pouvait déployer à une telle distance. Le cavalier fut propulsé hors de sa selle. Le second cavalier évita l'homme abattu, mais le troisième fut propulsé à terre quand sa monture trébucha sur le corps.

Arutha s'avança pour intercepter le second cavalier, qui s'apprêtait à traverser le pont. « Non ! cria Jimmy. Restez en arrière ! » Soudain, le garçon s'écarta du pont en courant juste au moment où le cavalier noir passait dessus. Le cavalier arrivait presque à l'endroit où Jimmy s'était agenouillé quand il y eut un bruit assourdissant, accompagné d'un grand nuage de fumée. Son cheval renâcla et fit volte-face sur le pont étroit. L'animal se cabra avant de reculer d'un pas, son arrière-train heurtant le garde-fou. Tandis que le cheval agitait follement ses pattes vers le ciel, le cavalier noir fut jeté en arrière par-dessus le parapet et alla se fracasser sous le pont, sur les rochers. Le cheval tourna bride et fila par où il était venu.

Les chevaux de la troupe d'Arutha étaient assez loin de l'explosion de fumée pour ne pas paniquer, mais Laurie dut s'avancer rapidement pour saisir les rênes de la monture de Jimmy, tandis que Gardan faisait de même avec celle de Martin. L'archer était occupé à tirer sur les cavaliers les plus proches, dont les bêtes regimbaient et renâclaient sous la poigne de leurs maîtres qui tentaient de les calmer.

Jimmy fila à toute vitesse vers le pont, une petite bouteille à la main. Il en retira le bouchon et la lança vers la fumée. Soudain, leur côté du pont s'embrasa. Les chevaux des cavaliers noirs se cabrèrent à la vue du feu. Les bêtes, hésitantes, décrivirent des cercles tandis que leurs cavaliers tentaient de les forcer à traverser le pont.

Jimmy s'écarta du brasier en titubant. Gardan jura. « Regardez, les morts se relèvent ! »

À travers la fumée et les flammes, ils virent le cavalier avec la flèche plantée dans la poitrine s'avancer maladroitement vers le pont, tandis qu'un autre également abattu par Martin se relevait lentement.

Jimmy arriva à son cheval et monta en selle. Arutha dit : « Qu'est-ce que c'était que ça ?

— Un fumigène, j'en ai toujours un sur moi. Beaucoup de Moqueurs s'en servent pour couvrir leur fuite et créer la confusion. Peu de flammes mais beaucoup de fumée.

— Qu'est-ce qu'il y avait, dans la fiole ? demanda Laurie.

— Du distillat de naphte. Je connais un alchimiste à Krondor qui vend ça aux fermiers pour amorcer les feux quand il faut faire des brûlis.

— C'est sacrément dangereux, dit Gardan. Tu en as toujours sur toi, aussi ?

— Non, dit Jimmy en se remettant bien sur sa selle. Mais je voyage rarement dans des lieux où je risque de rencontrer des créatures qu'on ne peut arrêter qu'en les faisant cramer. Après ce qui s'est passé au bordel, je me suis dit que ça pourrait s'avérer utile. J'en ai encore une dans mon paquetage.

— Alors lance-la ! cria Laurie. Le pont n'a pas encore complètement pris. »

Jimmy tira l'autre fiole et fit avancer son cheval. Il visa soigneusement et lança la fiole dans le feu.

Les flammes s'élevèrent à trois ou quatre mètres, engloutissant le pont de bois. Des deux côtés du défilé, les chevaux hennirent et tentèrent de s'enfuir en voyant le feu jaillir vers le ciel.

Arutha regarda les cavaliers adverses de l'autre côté du pont, qui maintenant attendaient patiemment que les flammes s'éteignent. Derrière eux, une autre silhouette apparut, le Moredhel à la queue de cheval. Il resta là à regarder Arutha et les autres, le visage indéchiffrable. Arutha sentit ses yeux bleus le vriller jusqu'au tréfonds de son âme. Et il sentit la haine, là, à ce moment précis, alors que pour la première fois il voyait son ennemi, que pour la première fois il voyait l'un de ceux qui avaient tenté de tuer Anita. Martin commença à tirer sur les cavaliers noirs et, sans un mot, le Moredhel fit signe à ses compagnons de revenir vers les arbres.

Martin remonta en selle et s'approcha de son frère. Arutha regardait le Moredhel disparaître sous les arbres. Il dit : « Il me connaît. Nos plans les plus subtils sont réduits à néant : ils savaient où j'étais depuis le début.

— Mais comment ? demanda Jimmy. Il y a eu tellement de diversions.

— La magie noire, dit Martin. De terribles pouvoirs sont à l'œuvre ici, Jimmy.

— Venez, dit Arutha. Ils vont revenir. Cela ne les arrêtera pas. Nous avons juste gagné un peu de temps. »

Laurie les guida vers la route qui menait à Sarth. Sans un regard en arrière, ils laissèrent derrière eux le feu crépitant.

Ils chevauchèrent presque toute la journée sans s'arrêter. Leurs poursuivants ne se manifestèrent plus, mais Arutha savait qu'ils ne devaient pas être loin derrière eux. Le soleil était bas sur l'horizon quand, à l'approche de la côte, ils rencontrèrent une brume légère, là où la route s'incurvait pour suivre le tracé de la baie des Vaisseaux. Selon Laurie, ils atteindraient l'abbaye après la tombée de la nuit.

Martin vint se placer à côté de Gardan et d'Arutha, qui scrutait les ombres en guidant sa monture d'un air absent. « Perdu dans tes souvenirs ? »

Arutha regarda pensivement son frère. « Des temps plus simples, Martin. Je me rappelle juste de temps plus simples. Je suis furieux, tant je voudrais en avoir fini avec ce mystérieux silverthorn et ramener Anita à mes côtés. Ça me brûle ! ». Il parlait soudain avec passion. Il poussa un soupir, sa voix s'adoucit et il ajouta : « Je me demandais ce qu'aurait fait notre père à ma place. »

Martin regarda Gardan. Le capitaine répondit : « Exactement ce que vous êtes en train de faire, Arutha. J'étais tout petit quand j'ai connu monseigneur Borric et j'ai grandi à sa cour. Eh bien, je dirais que de caractère, personne ne lui ressemble autant que vous. Vous êtes tous comme lui : Martin a la même manière de tout regarder de près. Lyam me rappelle ses moments de bonheur, avant qu'il ne perde sa dame Catherine. »

Arutha demanda : « Et moi ? »

Ce fut Martin qui répondit. « Eh bien, tu réfléchis comme lui, petit frère, bien plus que Lyam ou que moi. C'est moi, l'aîné. Je ne t'obéis pas uniquement parce que tu portes le titre de prince et moi celui de duc. Je te suis parce que tu as le raisonnement qui se rapproche le plus de celui de père. »

Arutha, les yeux dans le vague, dit : « Merci. C'est un beau compliment. »

Il y eut un bruit derrière eux sur la route, juste assez fort pour qu'ils l'entendent sans réussir à l'identifier. Laurie essayait de les faire aller aussi vite qu'il le pouvait, mais la brume et la pénombre brouillaient son sens de l'orientation. Le soleil allait bientôt se coucher et la forêt devenait très sombre. Il ne voyait qu'une toute petite partie de la piste devant eux. Par deux fois, il dut ralentir pour déterminer ce qui était la véritable route de ce qui n'étaient que des chemins de traverse. Arutha le rattrapa et lui dit : « Garde le rythme. Mieux vaut avancer lentement que nous arrêter. »

Gardan se rapprocha de Jimmy. Le garçon scrutait les bois, à l'affût de tout ce qui pourrait se cacher derrière les troncs, mais on ne distinguait rien de plus que quelques écharpes de brume grise ici et là, éclairées par les dernières lueurs du soleil couchant.

Puis un cheval jaillit soudain des buissons comme par magie, manquant de renverser Jimmy. Le cheval du garçon fit un tour complet sur lui-même comme le guerrier en armure noire forçait le passage. Gardan voulut frapper le cavalier, mais il réagit trop tard.

Arutha cria : « Par là ! » et tenta de passer en repoussant un autre cavalier, qui n'était autre que le Moredhel sans armure, et qui venait d'apparaître au beau milieu du chemin. Le prince s'apprêta à l'affronter. Pour la première fois, il remarqua les trois cicatrices qui ornaient les joues du Frère des Ténèbres. Le temps se figea un instant avant leur confrontation. Arutha avait l'étrange sensation de le reconnaître, ayant enfin en face de lui son ennemi en chair et en os. Finies les mains invisibles des assassins cachés dans le noir, finies les puissances mystiques désincarnées. Il avait enfin un adversaire contre lequel défouler sa rage. Sans un bruit, le Moredhel porta un coup à la tête d'Arutha et le prince n'évita de se faire décapiter qu'en se collant contre l'encolure de son cheval. Arutha donna un coup d'estoc et il sentit sa rapière s'enfoncer dans un corps mou. Il se releva et vit qu'il avait touché le Moredhel au visage, passant au travers de sa joue scarifiée. La créature poussa juste un gémissement, un étrange son torturé, une sorte de gargouillis rauque. C'est alors qu'Arutha comprit que le Moredhel n'avait pas de langue. Il regarda le prince un bref instant tandis que son cheval s'écartait.

« Essayez de vous dégager ! » cria Arutha, poussant son cheval en avant. Soudain, la route fut libre devant lui ; ses compagnons s'élancèrent derrière lui.

Un instant, ils crurent que la troupe guidée par le Moredhel, prise par surprise, ne réagirait pas à la percée, mais la poursuite s'engagea. De toutes les folles chevauchées qu'Arutha avait faites dans sa vie, celle-ci était la pire. À travers bois, masqués par la brume et le manteau noir de la nuit, ils filèrent entre les arbres, le long d'une route à peine plus large qu'un chemin. Laurie dépassa Arutha et reprit la tête du groupe.

Ils galopèrent de longues minutes dans la forêt, arrivant par miracle à éviter de perdre la route. Cela leur eût été fatal. Mais soudain, Laurie s'écria : « La route de l'abbaye ! »

Plus lents à réagir, Arutha et les autres faillirent rater le tournant qui débouchait sur la route principale. Lorsqu'ils firent virer leurs montures pour prendre la nouvelle direction, ils aperçurent la lumière blafarde de la grande lune en train de se lever.

Puis ils émergèrent des bois, galopant ventre à terre sur une large route qui passait à travers champs. Leurs chevaux écumaient et soufflaient difficilement, mais ils les poussèrent encore et encore à aller toujours plus vite, car si les cavaliers noirs ne les rattrapaient pas, ils ne perdaient pas de terrain non plus.

Ils filaient dans le noir, montant toujours le long de la route qui s'élevait à flanc de colline en tournant autour d'un plateau qui dominait la vallée couverte de champs près de la côte. La route se fit plus étroite et ils durent se mettre sur une seule file, Martin laissant les autres passer devant lui.

La route devenant plus dangereuse, ils durent ralentir l'allure, mais leurs ennemis furent obligés de faire de même. Arutha donna du talon dans les flancs de son cheval, mais l'animal avait déjà donné toute son énergie pour grimper la pente.

L'air du soir était empli de brume, froid malgré la saison. Les collines largement espacées s'étiraient en crêtes paresseuses qui montaient et descendaient en pentes douces. Une heure à peine aurait suffi pour grimper au sommet de la plus haute. Elles étaient toutes couvertes d'herbe et de buissons, mais ces terres ayant servi aux cultures longtemps auparavant, aucun arbre n'y poussait.

L'abbaye de Sarth se dressait sur une éminence rocheuse assez élevée, qui ressemblait plus à un petit mont qu'à une colline, une sorte d'avancée de pierre et de granit, comme une terrasse naturelle.

Gardan jeta un regard vers le bas alors qu'ils filaient vers le plateau. « Ils ne risquent pas d'essayer de nous attaquer au sommet de cette route, Altesse. Il suffirait de six grands-mères armées de balais pour la tenir indéfiniment. »

Jimmy regarda derrière lui, mais il ne put voir leurs poursuivants dans la pénombre. « Alors dites aux grands-mères de venir pour ralentir nos cavaliers noirs », cria-t-il.

Arutha se retourna, s'attendant à se faire rattraper par leurs poursuivants à tout moment. Ils contournèrent une butte et virent que la route les menait maintenant droit vers le sommet. Quelques instants plus tard, ils se retrouvèrent devant le portail d'entrée de l'abbaye.

Derrière les murs, on distinguait à la lumière de la lune une sorte de tour. Arutha frappa aux portes et cria : « Ohé ! À l'aide ! » C'est alors qu'ils entendirent ce qu'ils avaient tant craint : le fracas des sabots sur la route de pierre. Ils tirèrent leurs armes et se tournèrent pour faire face à leurs poursuivants.

Les cavaliers contournèrent la butte devant les portes de l'abbaye et la bataille s'engagea de nouveau. Arutha esquivait et parait en tentant de se protéger. Les attaquants semblaient comme frénétiques, possédés, déments, comme s'il leur fallait éliminer Arutha et sa troupe immédiatement. Le Moredhel scarifié piétinait presque la monture de Jimmy pour atteindre Arutha, le garçon ne devant la vie sauve qu'au manque flagrant d'intérêt du Moredhel pour lui. Le Frère des Ténèbres se dirigea droit sur Arutha. Gardan, Laurie et Martin s'efforçaient de repousser les cavaliers noirs, mais ils commençaient à se faire submerger.

Soudain, le jour se leva sur la route. Comme si la lumière de dix soleils jaillissait des ténèbres, une lueur éblouissante enveloppa les combattants. Des larmes montèrent aux yeux d'Arutha et de ses hommes, qui portèrent leurs mains à leur visage pour se protéger. Ils entendirent des gémissements étouffés monter des silhouettes vêtues de noir tout autour d'eux, puis le bruit de corps qui heurtaient le sol. Arutha entrouvrit juste les paupières, risquant un rapide regard entre ses doigts, et vit les cavaliers tomber tout raides de leur selle. Bientôt il ne resta plus que le Moredhel sans armure, qui avait dû se protéger les yeux, ainsi que trois des cavaliers en armures. D'un geste, le cavalier muet fit signe à ses trois compagnons de repartir et ils firent volte-face, fuyant vers le bas de la route. Dès que les cavaliers noirs furent hors de vue, la lumière commença à diminuer.

Arutha essuya ses larmes et entama la poursuite, mais Martin hurla : « Arrête ! Si jamais tu les rattrapais, tu risquerais de mourir ! Ici, nous avons des alliés ! » Le prince tira sur ses rênes, furieux de laisser échapper son adversaire. Il se retourna vers les autres qui se frottaient les yeux. Martin descendit de selle et s'accroupit devant l'un des cavaliers noirs qui étaient tombés. Il lui retira son heaume et recula son visage immédiatement. « C'est un Moredhel et il a l'odeur d'un cadavre déjà bien avancé. » Il désigna sa poitrine. « C'est l'un de ceux que j'ai tués au pont. Il a encore ma flèche brisée dans le cœur. »

Arutha regarda le bâtiment. « La lumière vient de s'éteindre. Qui que soit notre bienfaiteur invisible, il a dû se dire que nous n'en avions plus besoin. » Les portes s'ouvrirent dans le mur devant eux. Martin tendit le heaume à Arutha, qui l'inspecta. C'était un étrange objet, fait d'un bas-relief de dragon gravé, dont les ailes protégeaient les joues. Des fentes étroites permettaient au porteur de voir et quatre petits trous lui permettaient de respirer. Arutha lança le heaume à Martin. « L'aspect de cette pièce d'armure est pour le moins inquiétant. Emporte-le. Allons visiter cette abbaye.

— Abbaye ! dit Gardan en entrant. Ça ressemble plus à une forteresse ! » De grandes portes de bois renforcées de métal bloquaient la route. À droite, se tenait un mur de pierre d'environ quatre mètres qui semblait courir jusqu'à l'autre bout du plateau. À gauche, le mur s'abaissait, donnant sur une falaise de plus de trente mètres qui surplombait la route. Derrière le mur, ils aperçurent une tour unique, haute de plusieurs étages. « Si cette tour ne faisait pas autrefois partie d'un château, c'est que je ne m'y connais pas, dit le capitaine. Je ne voudrais pour rien au monde donner l'assaut à cette abbaye, Altesse. C'est la position la mieux défendue que j'aie jamais vue. Regardez, il n'y a jamais plus de deux mètres d'écart entre le mur et la falaise. » Il se rassit sur sa selle, admirant visiblement l'aspect militaire de la construction. Arutha éperonna son cheval pour le forcer à avancer. Les portes étaient ouvertes et, comme il n'avait aucune raison de ne pas le faire, Arutha guida ses compagnons dans la cour de l'abbaye d'Ishap de Sarth.

10

L'abbaye semblait déserte.

En rentrant dans la cour, les voyageurs eurent de nouveau l'impression que cet endroit avait dû être une forteresse. On avait construit un grand bâtiment de plain-pied autour de l'ancien donjon ainsi que deux dépendances que l'on apercevait un peu plus loin derrière l'édifice. L'une d'elles devait être une étable. Il n'y avait aucun mouvement.

« Bienvenue à Sarth dans l'abbaye d'Ishap » dit une voix semblant surgir de nulle part.

Arutha avait déjà à moitié sorti son épée avant que la voix n'ajoute : « Vous n'avez rien à craindre. »

L'homme qui venait de parler repoussa le battant de la porte derrière lequel il s'était caché. Tous mirent pied à terre tandis qu'Arutha rengainait son arme et regardait le petit homme de plus près. Trapu, d'âge moyen, il avait les cheveux bruns coupés court, en dents de scie, et les joues soigneusement rasées. Un sourire juvénile errait sur ses lèvres. Il était vêtu d'une simple robe brune retenue par une lanière de cuir à la taille, et une bourse et une sorte de symbole religieux complétaient son habit. Il ne portait pas d'armes, mais Arutha trouva qu'il avait la démarche d'un combattant entraîné. Le prince finit par se présenter : « Je suis Arutha, prince de Krondor. »

L'homme parut amusé, même s'il ne souriait plus. « Alors bienvenue à Sarth dans l'abbaye d'Ishap, Altesse.

— Vous moquez-vous de moi ?

— Non, Altesse. Nous autres de l'ordre d'Ishap n'avons que peu de contacts avec le monde extérieur. Peu de gens viennent nous visiter et moins encore des membres de la famille royale. Pardonnez-moi cette insulte, je vous prie, si votre honneur vous le permet, car je n'entendais pas les choses ainsi. »

Arutha descendit de selle et il dit d'un ton fatigué : « C'est moi qui vous demande de m'excuser...

— Non, c'est moi.

— Frère Dominic, mais je vous en prie, ne vous excusez pas. Il est clair au vu des circonstances que vous avez subi de rudes épreuves. »

Martin demanda : « Est-ce à vous que nous devons cette lumière mystique ? »

Le moine acquiesça. Arutha dit : « Il semble que nous ayons beaucoup à nous dire, frère Dominic.

— Tout le monde a toujours de nombreuses questions à poser. Mais vous allez devoir attendre l'accord du père abbé pour obtenir vos réponses, Altesse. Venez, je vais vous montrer l'écurie. »

Mais Arutha était trop impatient pour attendre. « Je suis venu pour une affaire de la plus haute importance. Il faut que je parle avec votre abbé. Maintenant. »

Le moine écarta les bras, comme pour montrer que cela ne relevait pas de son autorité. « Le père abbé est indisponible pour deux heures encore. Il médite et prie à la chapelle avec les autres membres de notre ordre, raison pour laquelle je suis seul ici pour vous accueillir. Je vous en prie, suivez-moi. »

Arutha ouvrit la bouche pour protester, mais la main que Martin lui posa sur l'épaule l'apaisa. « Encore une fois, frère Dominic, toutes mes excuses. Nous sommes vos invités, bien entendu. »

Dominic n'avait pas l'air de s'offusquer de l'attitude du prince. Il les guida vers le second bâtiment derrière l'ancien donjon. C'était effectivement une écurie où ne se trouvaient pour l'instant qu'un cheval et un petit âne trapu, qui regarda les nouveaux arrivants d'un œil indifférent. Alors qu'ils s'occupaient de leurs animaux, Arutha lui expliqua quelles étaient les épreuves qu'ils avaient traversées ces dernières semaines. À la fin de son récit, il demanda : « Comment avez-vous pu abattre les cavaliers noirs ?

— Je suis le gardien des Portes, Altesse. Je peux laisser entrer n'importe qui à l'abbaye, mais nulle personne aux intentions impures ne passera ces portes sans mon autorisation. Quand ils sont arrivés sur les terres de cette abbaye, ceux qui en voulaient à votre vie se sont soumis à mon pouvoir. Ils ont pris un risque en vous attaquant si près de l'abbaye et ce risque s'est avéré mortel pour eux. Mais je ne puis vous en dire plus à ce sujet sans attendre le père abbé.

— Si tous les autres sont à la chapelle, vous allez avoir besoin d'aide pour disposer de ces corps. Ils ont la déplaisante habitude de revenir à la vie, proposa Martin.

— Je vous remercie, mais je peux m'en débrouiller seul. Et ils resteront morts. La magie qui m'a permis de les abattre les a lavés du mal qui les contrôlait. Maintenant, il vous faut vous reposer. »

Ils quittèrent l'écurie et le moine les amena à ce qui ressemblait à des baraquements. Gardan fit remarquer : « Cet endroit semble assez martial, frère. »

Pénétrant dans une longue pièce où était disposée toute une rangée de lits, le moine dit : « Il y a longtemps, cette forteresse appartenait à un baron brigand. Kesh et le royaume étaient assez loin pour que ce baron puisse imposer sa propre loi, pillant, violant et volant sans crainte des représailles. Il a fini par être renversé par les gens des villes avoisinantes, poussés à bout par sa tyrannie. Les terres qui s'étendaient sous cet escarpement étaient cultivées, mais le baron était tellement haï que le château a été laissé à l'abandon. Quand l'un de nos frères mendiants – nous faisons partie d'un ordre de pèlerins – a découvert ces lieux, il a prévenu notre temple keshian. Nous avons décidé de fonder une abbaye à cet endroit et les descendants de ceux qui avaient renversé le baron n'y ont vu aucune objection. Aujourd'hui, seuls ceux qui servent ici se souviennent de l'histoire des lieux. Pour les habitants des villes et des villages de la baie des Vaisseaux, cet endroit a toujours été une abbaye.

— J'imagine que ceci servait de caserne, dit Arutha

— Oui, Altesse. Nous nous en servons actuellement d'infirmerie, ainsi que de logement pour nos invités occasionnels. Mettez-vous à l'aise, je dois retourner à mes obligations. Le père abbé va bientôt venir vous voir. »

Dominic partit et Jimmy se laissa tomber sur l'un des lits avec un grand soupir. Martin inspecta un petit réchaud qui se trouvait à l'une des extrémités de la pièce. Le réchaud était allumé et les frères avaient laissé des feuilles de thé à la disposition des occupants éventuels. Martin mit immédiatement de l'eau à bouillir. Sous un torchon, il trouva du pain, du fromage et des fruits, qu'il distribua aux autres. Laurie s'assit, examina son luth pour s'assurer qu'il n'avait pas souffert du voyage et commença à l'accorder. Gardan s'assit en face du prince.

Arutha poussa un long soupir. « Je suis sur les dents. Je crains que ces moines ne sachent strictement rien sur ce silverthorn. » Un instant, ses yeux trahirent son angoisse, puis il retrouva son expression impavide.

Martin pencha la tête de côté en réfléchissant tout haut. « Tully semble penser qu'ils savent énormément de choses. »

Laurie posa son luth. « Chaque fois que je me suis frotté à la magie, que ce soit celle d'un prêtre ou non, j'ai toujours eu de gros problèmes. »

Jimmy dit à Laurie : « Ce Pug semblait plutôt sympathique pour un magicien. J'aurais bien aimé pouvoir lui parler un peu plus, mais… » Il ne parla pas des événements qui l'en avaient empêché. « Il n'a rien de très remarquable, mais les Tsuranis semblaient le craindre et on murmure d'étranges choses sur lui à la cour.

— On pourrait en faire toute une saga », répondit Laurie. Il raconta à Jimmy la captivité de Pug et son ascension chez les Tsuranis. « Ceux qui pratiquent les arts de la magie sur Kelewan sont au-dessus des lois et leurs ordres doivent être suivis sans hésiter. Il n'existe aucun équivalent sur ce monde-ci. C'est pour cela que les Tsuranis de LaMut le respectent tant. On ne se débarrasse pas si facilement de ses vieilles habitudes. »

Jimmy dit : « Alors il a sacrifié beaucoup pour pouvoir revenir. »

Laurie rit. « Il n'avait pas vraiment le choix. » Jimmy demanda : « À quoi ressemblait Kelewan ? »

Laurie lui fit un récit coloré de ses aventures sur ce monde, avec toute la verve et la richesse de détails qui caractérisaient son art, mettant à profit sa voix et ses talents de conteur. Les autres s'installèrent, se détendant et buvant leur thé tout en écoutant. Ils connaissaient tous l'histoire de Laurie et de Pug et la part qu'ils avaient jouée dans la guerre de la Faille, mais chaque fois que Laurie la racontait à nouveau, l'aventure les envoûtait, comme toutes les grandes légendes.

Quand le ménestrel eut terminé, Jimmy dit : « Ce serait une sacrée aventure que d'aller sur Kelewan.

— C'est impossible, fit remarquer Gardan. Et j'en suis bien content.

— Si ça a été fait une fois, pourquoi est-ce qu'on ne pourrait pas le refaire ? » demanda Jimmy

Martin répondit : « Arutha, tu étais avec Pug quand Kulgan a lu la lettre de Macros lui expliquant pourquoi il avait refermé la Faille.

— Les failles sont des choses dangereuses, qui passent par d'incroyables replis de l'espace entre les mondes, et peut-être par-delà le temps aussi. Mais quelque chose en elles fait qu'il est impossible de savoir où elles vont atterrir. Quand l'une d'elles est créée, les autres semblent comme la suivre, débouchant à peu près dans la même zone. Mais la première, nul ne peut la contrôler. C'est à peu près ce que j'ai compris. Il faudrait demander à Kulgan ou à Pug pour plus de détails.

— Il faut demander à Pug. Demander à Kulgan ne vous vaut qu'un sermon, dit Gardan.

— Ainsi, Pug et Macros ont refermé la première porte pour mettre fin à la guerre ? demanda Jimmy.

— Et plus », ajouta Arutha.

Jimmy regarda autour de lui, sentant qu'ils savaient tous une chose que lui ignorait encore. Laurie intervint : « D'après Pug, dans les temps anciens, il existait une force maléfique terriblement puissante que les Tsuranis ne connaissaient que sous le nom d'Ennemi. Macros a dit qu'elle pourrait retrouver son chemin vers nos deux mondes si on laissait la Faille ouverte, comme le fer est attiré par un aimant. C'était un être d'une puissance terrible, qui a déjà détruit des armées et anéanti de puissants magiciens. En tout cas, c'est ce que Pug nous a expliqué. »

Jimmy pencha la tête de côté. « Alors ce Pug est un si grand magicien que ça ? »

Laurie eut un petit rire. « Au dire de Kulgan, Pug est le pratiquant des arts magiques le plus puissant qui soit depuis la mort de Macros. Et c'est le cousin du duc, du prince et du roi. »

Jimmy écarquilla les yeux. « C'est vrai, dit Martin. Notre père a adopté Pug au sein de notre famille. »

Martin ajouta : « Jimmy, tu parles des magiciens comme si tu n'en avais jamais vu.

— Mais c'est vrai. Il existe bien quelques lanceurs de sorts à Krondor, mais ils ont tendance à être douteux. À une époque, il y avait chez les Moqueurs un voleur qui s'appelait le Chat Gris, parce que personne n'était plus discret que lui. Il avait tendance à commettre des vols très audacieux et une fois il a chipé une babiole à un magicien qui a considéré la chose avec un certain mécontentement.

— Qu'est-ce qu'il est advenu de lui ? demanda Laurie.

— Maintenant, c'est le chat gris. »

Ses quatre compagnons ne dirent rien pendant un moment, puis ils comprirent subitement et Gardan, Laurie et Martin éclatèrent de rire. Même Arutha sourit de cette plaisanterie et secoua la tête.

La conversation se poursuivit, détendue, car la troupe de voyageurs se sentait en sécurité pour la première fois depuis leur départ de Krondor.

Les cloches sonnèrent et un moine entra. En silence, il leur fit signe de venir. Arutha demanda : « Nous devons vous suivre ? » Le moine acquiesça. « Nous allons voir l'abbé ? » Le moine acquiesça de nouveau.

Le prince se leva de son lit, oubliant toute fatigue. Il fut le premier à atteindre la porte derrière le moine.

La chambre de l'abbé, extrêmement austère, était celle d'un homme dont la vie était entièrement consacrée à la contemplation spirituelle. Mais le plus surprenant, c'étaient les étagères, couvertes de livres. L'abbé, le père John, semblait avenant, assez âgé, d'un aspect maigre et ascétique. Ses cheveux et sa barbe grise contrastaient étrangement avec sa peau sombre striée de rides, comme un masque d'acajou gravé.

Derrière lui se tenaient deux hommes, le frère Dominic et un certain frère Anthony, un petit homme aux épaules tombantes, d'âge indéterminé, qui louchait en permanence sur le prince.

L'abbé sourit, plissant les yeux, et Arutha se rappela soudain les images du vieux Père Hiver, ce personnage mythique qui donnait des bonbons aux enfants au festival du Solstice d'Hiver. D'une voix profonde et juvénile, l'abbé dit : « Bienvenue à l'abbaye d'Ishap, Altesse. En quoi pouvons-nous vous être utiles ? »

Arutha retraça rapidement les événements de ces dernières semaines.

Le sourire de l'abbé s'évanouit au fur et à mesure que le prince racontait son histoire. Quand il eut terminé, l'abbé dit : « Altesse, nous sommes gravement troublés d'apprendre cette affaire de nécromancie au palais. Mais quant à la tragédie qui a frappé votre princesse, quelle aide pourrions-nous vous apporter ? »

Arutha hésitait à parler, comme s'il était bloqué par sa peur de ne pouvoir trouver d'aide en ces lieux. Sentant les réticences de son frère, Martin intervint : « L'homme qui a perpétré la tentative d'assassinat a dit que c'était un Moredhel qui lui avait donné le poison et que celui-ci avait été créé par magie. Il a dit que cela s'appelait le silverthorn. »

L'abbé se rassit, l'air compatissant. « Frère Anthony ? »

Le petit homme s'anima : « Silverthorn ? Je vais tout de suite commencer à regarder les archives, père. » En traînant les pieds, il sortit rapidement des appartements de l'abbé.

Arutha et les autres regardèrent la silhouette aux épaules tombantes quitter la pièce puis le prince demanda : « Combien de temps cela prendra-t-il ? »

L'abbé dit : « Tout dépend. Frère Anthony a une remarquable facilité à mettre en corrélation des faits apparemment sans rapport, se souvenant de choses lues en passant il y a une dizaine d'années. C'est pour cela qu'il a fini par devenir l'archiviste en chef, notre Gardien du Savoir. Mais ses recherches peuvent prendre des jours. »

Arutha sembla ne pas vraiment comprendre ce dont parlait l'abbé et le vieux prêtre se tourna vers le frère Dominic.

« Frère Dominic, pourquoi ne montrez-vous pas un peu au prince et à ses compagnons ce que nous faisons ici à Sarth ? » L'abbé se leva et s'inclina légèrement devant le prince alors que Dominic se dirigeait vers la porte. « Puis amenez-le à la base de la tour. » Il ajouta à l'adresse d'Arutha : « Je viendrai vous revoir bientôt, Altesse. »

Ils suivirent le moine dans le hall principal de l'abbaye. Dominic dit : « Par ici. » et les fit passer par une porte, puis descendre une volée de marches jusqu'à un palier où se croisaient quatre couloirs. Ils passèrent encore une autre série de portes. Tout en marchant, Dominic leur dit : « Cette colline est différente des autres tout autour, comme vous l'avez sans doute remarqué. Elle est presque entièrement composée de roc. Quand les premiers moines sont arrivés à Sarth, ils ont découvert les tunnels et les salles sous le donjon.

— À quoi servent-elles ? » demanda Jimmy.

Ils étaient arrivés devant une autre porte. Dominic sortit un grand anneau d'où pendait une ribambelle de clefs, et en choisit une pour ouvrir la grosse serrure. La porte s'ouvrit lourdement et le frère la referma derrière eux après qu'ils furent entrés. « L'ancien baron brigand se servait de ces excavations comme entrepôts, en cas de siège et aussi pour garder son butin. Il a dû beaucoup relâcher sa garde pour que les villageois parviennent à l'assiéger. Il y a assez de place ici pour des années de réserves. Nous en avons ajouté jusqu'à ce que la colline tout entière soit truffée de souterrains et de passages.

— Mais dans quel but ? » demanda Arutha.

Dominic leur fit signe de le suivre par une autre porte, celle-ci dépourvue de serrure. Ils pénétrèrent dans une grande salle voûtée, où se trouvaient des étagères partout le long des murs et d'autres encore au milieu de la pièce. Chaque étagère était pleine à craquer tant il y avait de livres. Dominic s'approcha de l'une d'elles et en sortit un ouvrage, qu'il tendit à Arutha.

Le prince examina le vieux volume dont la couverture était recouverte de vieilles lettres pyrogravées. Il l'ouvrit avec précaution, sentant une faible résistance comme s'il n'avait pas été manipulé depuis des années. La première page était remplie de caractères étranges appartenant à un langage inconnu, minutieusement calligraphiés d'une main précise. Le prince porta le volume à son visage et le renifla. Les pages avaient une odeur légèrement âcre.

Quand Arutha lui rendit le livre, Dominic dit : « Un conservateur. Nous avons traité chaque livre de cette bibliothèque de manière qu'ils ne se détériorent pas. » Il donna le livre à Laurie.

Le chanteur, grand voyageur, intervint : « Je ne parle pas cette langue, mais je pense que c'est du keshian, bien que cela ne ressemble à aucune des écritures de l'empire que je connaisse. »

Dominic sourit. « Ce livre vient des régions sud de Kesh la Grande, non loin des frontières de la Confédération keshiane. C'est le journal d'un noble insignifiant mais un peu fou d'une dynastie de moindre importance, écrit dans une langue nommée le bas delkian. Le haut delkian, d'après ce que nous en savons, était une langue secrète réservée aux prêtres d'un ordre assez obscur.

— À quoi sert cet endroit ? demanda Jimmy.

— Nous qui servons Ishap à Sarth, nous rassemblons des livres, des tomes, des manuels, des parchemins et des feuillets, même des fragments de texte. Dans notre ordre, il est un dicton : "Ceux de Sarth servent le dieu Savoir", ce qui n'est pas si loin de la vérité. Chaque fois qu'un membre de notre ordre découvre un écrit quelconque, cet écrit, ou une copie de celui-ci sera envoyée ici. Dans cette salle, et dans toutes les autres salles sous l'abbaye, se trouvent des étagères comme celles-ci. Toutes sont pleines, presque à en craquer, depuis le sol jusqu'au plafond et nous creusons continuellement de nouveaux souterrains. Du haut de la colline jusqu'aux salles les plus basses, nous disposons de plus de mille salles semblables à celle-ci. Chacune d'elle accueille plusieurs centaines de volumes et même plus. Certaines des salles les plus grandes contiennent plusieurs milliers de volumes. Au dernier recensement, nous approchions du demi-million d'ouvrages. »

Arutha en avait le vertige. Sa propre bibliothèque, celle qu'il avait héritée du trône de Krondor, en avait moins de cent. « Cela fait combien de temps que vous en rassemblez ?

— Plus de trois siècles. Nombre des nôtres ne font que voyager pour acheter ou faire copier tout ce qu'ils peuvent trouver. Certains ouvrages sont anciens, d'autres sont écrits dans des langues inconnues et trois d'entre eux viennent d'un autre monde, car nous les avons obtenus des Tsuranis de LaMut. Il y a des livres occultes, des prophéties et des manuels de pouvoir, cachés aux yeux de tous sinon de quelques-uns des membres les plus hauts placés de notre ordre. » Il regarda autour de lui dans la pièce. « Et malgré tout ceci, il reste encore tant de choses que nous ne comprenons pas.

— Comment faites-vous pour garder le compte de tout ceci ? demanda Gardan.

— Certains de nos frères ont pour seule tâche de cataloguer ces ouvrages. Ils travaillent tous sous les ordres du frère Anthony. Ils font des guides et les remettent à jour constamment. Dans le bâtiment au-dessus de nous et dans une autre salle loin en dessous se trouvent des étagères entièrement couvertes de guides. Ils donnent la liste des ouvrages par numéro de salle – nous nous trouvons actuellement dans la salle dix-sept –, par numéro de bibliothèque et par numéro d'étagère. Nous tentons actuellement de faire un index croisé des auteurs quand nous les connaissons –, des titres et des sujets. Ce travail avance très lentement et nous prendra certainement tout un siècle. »

Arutha se sentit à nouveau submergé par l'ampleur d'un tel travail. « Mais dans quel but conservez-vous tous ces ouvrages ?

— Tout d'abord, pour le savoir en lui-même. Mais nous avons aussi une autre raison, que je laisserai le père abbé vous expliquer. Venez, allons le rejoindre. »

Jimmy fut le dernier à passer la porte et jeta un dernier coup d'œil aux livres qu'il laissait derrière lui. Il sortit en se disant qu'ici, il venait d'entr'apercevoir des mondes et des idées auxquels il n'avait jamais pensé auparavant et il regrettait de ne jamais pouvoir réellement comprendre tout ce qui se trouvait sous l'abbaye. Il se sentit quelque peu diminué en réalisant cela. Pour la première fois, Jimmy se disait que son monde était bien petit et qu'il avait encore beaucoup à découvrir.

Arutha et ses compagnons attendirent l'abbé dans une grande salle. Les torches jetaient sur les murs des taches de lumière vacillante. Une porte s'ouvrit et l'abbé entra, suivi de deux hommes. Frère Dominic fut le premier à passer, mais Arutha ne connaissait pas le second. Il était vieux, grand, se tenait encore bien droit et, malgré ses robes, ressemblait plus à un soldat qu'à un moine, impression accentuée par le marteau de guerre qui pendait à sa ceinture. Ses cheveux noirs semés de gris lui tombaient sur les épaules, mais ils étaient soigneusement taillés, tout comme sa barbe. L'abbé dit : « Il est temps de parler franchement. »

Arutha dit, d'un ton légèrement acide : « J'apprécierais, en effet. »

Le moine qui n'avait pas été présenté fit un large sourire. « Vous avez le don de mordre, Arutha, comme votre père. »

Le prince dévisagea l'homme à nouveau, surpris par son ton. Puis tout à coup, il le reconnut. Cela faisait plus de dix ans qu'il ne l'avait pas vu. « Dulanic !

— Plus maintenant, Arutha. Maintenant, je ne suis plus que frère Micah, défenseur de la foi – ce qui veut dire que maintenant je casse les têtes pour le compte d'Ishap au lieu de le faire comme avant pour votre cousin Erland. » Il tapota le marteau à son côté.

« Nous vous croyions mort. » Le duc Dulanic, l'ancien maréchal de Krondor, avait disparu lorsque Guy du Bas-Tyra avait usurpé la charge de vice-roi de Krondor lors de la dernière année de la guerre de la Faille.

L'homme qui se faisait appeler Micah sembla surpris. « Je croyais que tout le monde savait. Avec Guy sur le trône de Krondor et Erland à moitié mort à cause de ses toux, je craignais qu'une guerre civile n'éclate. J'ai démissionné de mon office plutôt que d'avoir à lutter contre votre père sur le champ de bataille ou d'avoir à trahir mon roi, les deux choix m'étant aussi douloureux l'un que l'autre. Mais je n'ai nullement cherché à cacher mon départ.

— Avec la mort de monseigneur Barry, nous nous étions dit que vous étiez tous les deux tombés aux mains de Guy. Nul ne savait ce qu'il était advenu de vous, expliqua Arutha.

— Étrange. Barry est mort d'une attaque cardiaque et j'ai informé Du Bas-Tyra de mon intention de prononcer mes vœux. Radburn, son homme de confiance, était à son côté quand j'ai donné ma démission.

— Ça explique tout, alors, dit Martin. Comme Jocko Radburn a coulé au large des côtes de Kesh et que Guy a été banni du royaume, qui aurait pu dire la vérité ?

— Frère Micah est venu à nous avec le cœur troublé, appelé par Ishap et prêt à nous servir, dit l'abbé. Nous l'avons éprouvé et l'avons trouvé digne, ainsi sa vie en tant que noble du royaume fait désormais partie du passé. Mais je lui ai demandé de venir ici car c'est un bon conseiller et aussi un homme dont le savoir dans le domaine militaire nous aidera peut-être à comprendre quelles forces sont actuellement à l'œuvre dans le monde.

— Fort bien. Maintenant, qu'aurions-nous d'autre à faire que chercher un remède pour la blessure d'Anita ?

— Il faut comprendre ce qui l'a blessée, ce qui cherche à mettre fin à vos jours, en premier lieu », répondit Micah.

Arutha sembla quelque peu décontenancé. « Bien entendu… excusez mon trouble. Avec le chaos dans lequel ma vie a été plongée depuis un mois, une explication logique serait la bienvenue.

— Frère Dominic vous a fait entrevoir notre travail en ces murs, dit l'abbé. Il a peut-être mentionné le fait que nous disposions dans notre collection de nombreuses prophéties ainsi que des ouvrages écrits par des prophètes. Certains semblent avoir été écrits comme au gré des humeurs d'un enfant, autant dire que l'on ne peut s'y fier. Mais quelques autres, très rares, sont des œuvres écrites par des gens à qui Ishap avait réellement donné le pouvoir de voir l'avenir. Plusieurs de ces volumes, parmi les plus sûrs que nous possédions, se réfèrent à un signe dans le ciel.

« Nous craignons qu'une puissance ne vienne d'apparaître sur notre monde. Quant à sa nature et à la manière dont nous pourrions la combattre, ce sont des choses que nous ignorons pour l'instant. Mais nous avons une certitude : c'est une puissance ultime et à la fin, soit elle nous détruira, soit nous l'aurons détruite. C'est une chose à laquelle nous ne pouvons échapper. » Désignant le plafond, l'abbé dit : « La tour qui se trouve au-dessus de nos têtes a été reconvertie pour l'étude des étoiles, des planètes et des lunes, grâce à l'aide de machines complexes que certains des artisans les plus doués de Kesh et du royaume ont construites pour nous. Grâce à celles-ci, nous pouvons retracer les mouvements de tous les corps célestes. Nous parlions d'un signe. Vous pouvez maintenant le voir. Venez. »

Il leur fit monter une grande volée de marches qui les mena tout en haut de la tour. Ils sortirent sur le toit, où se trouvaient d'étranges appareils de formes alambiquées. Arutha regarda autour de lui et dit :

« Il est bon que vous soyez versé dans ces arts, père, car ce n'est pas mon cas.

— Comme les hommes, dit l'abbé, les étoiles et les planètes ont des propriétés physiques et spirituelles à la fois. Nous savons que d'autres mondes tournent en orbite autour d'autres étoiles. C'est maintenant un fait prouvé pour nous, car – il montra Laurie – parmi nous se tient une personne qui a vécu sur un autre monde pendant un temps. »

Laurie resta interdit et l'abbé ajouta : « Nous ne sommes pas si loin du reste du monde pour ne pas avoir entendu ici parler de vos aventures sur Kelewan, Laurie de Tyr-Sog. » Revenant à son propos, il poursuivit : « Mais ceci n'est que l'aspect physique des étoiles. Elles révèlent aussi des secrets à ceux qui les regardent par groupe, par les formes qu'elles dessinent, par leurs mouvements. Quelle que soit la raison de ce phénomène, nous savons une chose : parfois, un message compréhensible nous vient du ciel étoilé et nous pour qui le savoir est une fin en soi ne refusons pas d'entendre ces messages. Nous restons ouverts à toute source de connaissance, y compris celles qui sont souvent mal considérées.

« Les mystères de ces machines, tout comme les mystères des étoiles, ne nécessitent qu'un temps d'apprentissage. Tout homme assez intelligent peut apprendre leur fonctionnement. Ces machines, dit-il d'un grand geste de la main, sont toutes d'un maniement et d'un usage assez simple à partir du moment où on nous l'a expliqué. Je vous en prie, regardez dans cette machine, par ici. » Arutha regarda à travers une étrange sphère, à la structure complexe, composée de multiples métaux entremêlés. « Elle sert à rapporter les mouvements relatifs des étoiles et des planètes visibles.

— Vous voulez dire qu'il y en a qui sont invisibles ? demanda Jimmy sans réfléchir.

— C'est exact, dit l'abbé, sans s'offusquer de l'interruption. Ou en tout cas, il y en a que nous ne pouvons voir, mais qui deviendraient visibles si nous en étions assez près.

« L'art de la divination est, en partie, la science qui permet de savoir quand les prophéties s'accomplissent, ce qui est au mieux aléatoire. Il existe une prophétie très connue du moine fou Ferdinand de la Rodez. On peut compter qu'elle s'est déjà accomplie par trois fois. Nul n'arrive à se mettre d'accord sur les événements qu'il avait prédits. »

Arutha regardait le ciel à travers l'appareil, n'écoutant qu'à moitié l'abbé. Par le petit trou, il voyait un ciel flamboyant d'étoiles, couvert d'un fin réseau de lignes et d'annotations, qui devaient être inscrites d'une manière ou d'une autre à l'intérieur de la sphère. Au centre se trouvait une configuration de cinq étoiles de couleur rougeâtre, dont une en plein centre, au croisement des lignes qui rejoignaient les quatre autres en formant un grand X rouge. « Qu'est-ce que je vois ? » demanda-t-il. Il céda la place à Martin qui se pencha pour regarder dans l'objet.

L'abbé dit : « Ces cinq étoiles se nomment les Pierres de Sang. »

Martin dit : « Je les connais, mais je ne les ai jamais vues ainsi auparavant.

— Et cela n'arrivera plus avant douze mille ans – bien que ceci ne soit qu'une déduction et qu'il nous faille attendre l'événement pour en être sûrs. » Le temps annoncé ne semblait nullement le perturber. De fait, il semblait tout à fait prêt à attendre. « Ce que vous voyez là est une constellation que l'on nomme la Croix Flamboyante ou la Croix de Feu. Il existe une très ancienne prophétie à son sujet.

— Quelle est cette prophétie et qu'est-ce qu'elle a à voir avec moi ? demanda Arutha.

— Cette prophétie remonte à une lointaine antiquité, elle nous vient peut-être même de l'époque des Guerres du Chaos. Voici ce qu'elle dit en substance : "Quand la Croix de Feu illumine la nuit et que le seigneur de l'Ouest gît dans la mort, alors reviendra le pouvoir." La version originale est un texte poétique d'une grande beauté, qui perd beaucoup à la traduction. Ce que nous en déduisons, c'est que des gens cherchent à vous tuer pour faire en sorte que cette prophétie s'accomplisse, ou tout au moins qu'ils cherchent à convaincre d'autres personnes que la prophétie va bientôt s'accomplir. L'autre raison pour laquelle nous nous y intéressons, c'est que cette prophétie est l'une des rares choses dont nous disposions qui nous vienne du peuple serpent pantathian. Nous ne savons que peu de chose sur ces créatures, mais ce qui est sûr, c'est que les rares fois où elles apparaissent, c'est signe de troubles à venir, car ces créatures sont clairement des agents du mal qui travaillent à des fins propres à elles seules. Nous savons aussi que la prophétie dit que le seigneur de l'Ouest porte un autre nom : le fléau des ténèbres.

— Ainsi, quelqu'un veut la mort d'Arutha parce que son destin est de les vaincre s'il vit? demanda Martin.

— En tout cas, c'est ce qu'ils croient, répondit l'abbé.

— Mais qui, ou quoi? dit Arutha. Le fait que quelqu'un veuille ma mort, ce n'est pas une révélation. Que pouvez-vous me dire de plus?

— Bien peu de chose, je le crains.

— Au moins, ce serait une explication plausible pour l'attaque des Faucons de la Nuit, intervint Laurie.

— Des fanatiques religieux », dit Jimmy en secouant la tête. Puis il regarda l'abbé : « Désolé, père abbé. »

L'abbé, sans relever la remarque, insista : « Ce que vous devez comprendre, c'est qu'ils vont continuer à essayer, encore et encore. Vous n'en aurez jamais fini tant que vous n'aurez pas découvert quel est celui qui a vraiment commandité votre assassinat.

— Bien, dit Martin, nous savons aussi que la Fraternité de la Voie des Ténèbres est mêlée à tout cela.

— Le Nord », dit frère Micah. Arutha, et les autres se tournèrent vers lui, et tous avaient l'air interrogateur. « Vous trouverez vos réponses au nord, Arutha. Écoutez-moi bien, dit-il d'une voix encore pleine d'autorité. C'est là-bas que se trouvent les grandes chaînes de montagnes qui nous protègent contre les créatures des terres du nord. À l'ouest, surplombant Elvandar, culminent les grandes montagnes du nord, à l'est les portes du nord, les hautes forteresses et les monts des

Rêves. Et au centre se trouve la plus grande de toutes les chaînes, les Crocs du Monde, vingt mille kilomètres de crevasses pratiquement infranchissables. Qui sait ce qu'il y a derrière ? Qui d'autre que des renégats et des contrebandiers d'armes ont pu s'aventurer là-bas et revenir nous parler des terres du nord ?

« Nos ancêtres ont créé les baronnies Frontalières il y a des siècles de cela, pour bloquer les passes de Hautetour, des portes du Nord et des portes de Fer. Les garnisons du duc de Yabon bloquent la seule autre passe principale à l'ouest qui donne sur les steppes des Tempêtes. Et nul gobelin, nul Frère des Ténèbres ne saurait traverser vivant les steppes des Tempêtes, car les nomades les gardent pour nous. En bref, nous ne savons rien des terres du nord. Mais c'est là-bas que vivent les Moredhels et c'est là-bas que vous trouverez vos réponses.

— Ou que nous ne trouverons rien, dit Arutha. Les prophéties et les présages vous inquiètent peut-être, mais je cherche juste une solution au problème du silverthorn. Tant qu'Anita ne sera pas sauvée, je ne m'intéresserai à rien d'autre. » L'abbé sembla très gêné par cette déclaration. Arutha ajouta : « Je ne doute pas qu'il existe une prophétie et je ne doute pas non plus qu'un fou disposant de puissants pouvoirs magiques veuille me tuer. Mais que ses sortilèges puissent mettre le royaume en danger, cela ne pourra se faire qu'à long terme. Un terme trop long pour moi. Je vais avoir besoin de plus de preuves. »

L'abbé s'apprêtait à répondre quand Jimmy demanda : « C'est quoi, ça ? »

Tous les yeux se tournèrent dans la direction qu'il indiquait. Bas sur l'horizon, brillait une lueur bleue, qui se faisait de plus en plus forte comme si une étoile était en train de grandir sous leurs yeux. « Ça ressemble à une étoile filante », dit Martin.

Puis ils purent voir que ce n'était pas une étoile. Un faible bruit au loin accompagnait l'objet qui s'approchait d'eux. L'objet devenait de plus en plus brillant et le bruit se faisait de plus en plus fort, de plus en plus furieux. C'était une flamme bleue qui traversait le ciel et filait vers eux. Soudain, elle fonça droit sur la tour en produisant un grésillement semblable à un fer rouge plongé dans l'eau.

C'est alors que frère Dominic hurla : « Quittez la tour, vite ! »

11

Ils hésitèrent un instant.

Le cri d'alarme de Dominic fut suivi d'un hurlement de Micah et tout le monde se précipita dans l'escalier. À mi-chemin du rez-de-chaussée, Dominic tituba, vacillant légèrement sur ses jambes. « Quelque chose approche. »

En arrivant au bas de l'escalier, Arutha et les autres coururent à la porte pour regarder dehors. Au-dessus, dans le ciel, d'autres objets brillants similaires filaient au-dessus d'eux à une vitesse incroyable. Venant d'un coin du ciel, puis d'un autre, ils volaient à toute vitesse dans les airs, emplissant la nuit de leur étrange et désagréable bourdonnement. Ils parcouraient le ciel de plus en plus vite, déchirant la nuit de longues traînées de bleu, de vert, de jaune et de rouge étincelants.

« Qu'est-ce que c'est ? cria Jimmy.

— Des sortes de sentinelles magiques, répondit l'abbé. Je les sens qui fouillent les endroits au-dessus desquels elles passent. »

Lentement, la manière dont elles se déplaçaient se modifia. Au lieu de passer directement au-dessus d'eux, elles commencèrent à prendre des tangentes par rapport à leur route précédente. D'en dessous, ils les virent ralentir leur vol. L'itinéraire des objets brillants se fit de plus en plus court, jusqu'à ce qu'ils finissent par décrire de grands arcs au-dessus de leurs têtes. Puis ils ralentirent plus encore, devenant de plus en plus distincts. C'étaient de grandes sphères qui pulsaient d'une lumière intérieure. On apercevait dedans d'étranges formes noires, d'un aspect assez dérangeant. Elles ralentirent encore, pour finalement descendre en spirale, tournoyant en cercle au-dessus de la cour de l'abbaye. Quand le cercle fut achevé, ils purent distinguer douze sphères luminescentes qui flottaient, immobiles, sans un bruit, au-dessus de la cour. Puis avec un claquement sec, suivi d'un bourdonnement douloureux pour les oreilles, des lignes d'énergie rejoignirent chacune des paires, six lignes rejoignant les sphères. Puis une ligne se dessina à la périphérie, de manière à ce que les sphères forment un dodécaèdre.

« Qu'est-ce que c'est que ces choses ? s'étonna Gardan.

— Les douze yeux, dit l'abbé terrifié. Un sortilège maléfique de légende. Nul homme vivant n'est censé être assez puissant pour créer une telle chose. C'est à la fois une arme et un sortilège d'espionnage. »

Puis les sphères recommencèrent à se déplacer lentement. Elles prirent de la vitesse, décrivant un ballet compliqué. Les lignes se tordirent en tous sens, devenant impossibles à suivre à l'œil nu. Elles tournoyèrent de plus en plus vite, formant finalement un disque de lumière solide. Un rayon d'énergie jaillit de son centre et vint frapper une barrière invisible au-dessus des toits de l'abbaye.

Dominic hurla de douleur et Martin dut le rattraper. Le moine pressa ses mains contre ses tempes et dit : « Quelle puissance. C'est à peine croyable… » Il ouvrit les yeux, des larmes coulant sur ses joues. Il annonça : « Les barrières tiennent. »

Le père John expliqua : « L'esprit de frère Dominic est la clef de voûte des défenses mystiques de l'abbaye. Il semble mis à très rude épreuve. »

De nouveau, un rayon d'énergie terrible frappa, mais il fut dispersé par la barrière invisible, comme une pluie de phosphènes multicolores au-dessus de leur tête. Les éclats scintillants d'un arc-en-ciel brisé roulèrent au bas de la barrière, dévoilant le dôme qui protégeait l'abbaye. Mais la barrière put tenir de nouveau. Puis il y eut un autre éclair, puis encore un autre et bientôt, Arutha et les autres virent que la barrière était chaque fois repoussée un peu plus bas. À chaque assaut, Dominic hurlait de douleur. Puis, avec une puissance terrifiante, un rayon de lumière blanche éclatante frappa la barrière et la transperça, asséchant la terre avec un sifflement rageur, en dégageant une odeur âcre.

Au même instant, frère Dominic se raidit entre les bras de Martin et gémit. « Il entre », murmura-t-il avant de sombrer dans l'inconscience.

Martin posa le moine à terre et le père John dit : « Je dois me rendre à la sacristie. Frère Micah, vous devez le retenir. »

Micah se tourna vers les autres. « Quelle que soit cette chose, elle a réussi à passer au travers d'une défense magique qui n'a d'égale que celle de notre plus grand temple. Il me faut maintenant lui faire face. Ishap arme mon bras et me protège », prononça rituellement le moine en dégageant le marteau de guerre qui pendait à sa ceinture.

Un rugissement d'une puissance monstrueuse, semblable à mille lions furieux, fit trembler l'abbaye. Cela commença comme un cri qui faisait grincer les dents, puis il se fit de plus en plus grave, jusqu'à menacer de broyer les pierres mêmes du bâtiment. Des éclairs d'énergie frappèrent en tous sens, apparemment au hasard, et détruisirent tout sur leur passage. Les pierres se firent pulvériser sous l'assaut, tout ce qui était inflammable prit feu et l'eau atteinte par les éclairs se changea en nuages de vapeur.

Ils regardèrent Micah sortir du bâtiment et s'avancer pour se placer directement sous le disque tournoyant. Comme s'il avait prévu l'attaque, il leva son marteau au moment même où il y eut une autre décharge, qui aveugla complètement les spectateurs cachés derrière la porte. Quand la lumière aveuglante eut disparu, ils virent Micah, debout, le marteau dressé au-dessus de sa tête, entouré d'une cascade d'énergies crépitantes qui se répandaient autour de lui en se fragmentant en de multiples flammèches de couleur qui dansaient comme les flammes de l'enfer. Le sol à ses pieds fumait et brûlait, mais Micah était intact. Puis le flot d'énergie cessa et immédiatement, Micah ramena son marteau en arrière et le lança, une première fois.

Le marteau quitta sa main, presque trop rapide pour le suivre du regard et se couvrit d'un tourbillon d'énergie bleutée aussi brillant et aveuglant que sa cible. La boule d'éclairs fila en l'air, trop haut pour la seule force de Micah, et frappa en plein centre le disque étincelant. Elle sembla rebondir sur le disque et revint dans la main de Micah. La chose frappa de nouveau le moine, mais une fois de plus, il fut protégé par la puissance de son marteau. Dès que la pluie de lumière cessa, il le lança une deuxième fois, frappant encore en plein centre. Au moment où le marteau revenait, les gens à l'intérieur de l'abbaye virent la chose vaciller légèrement en tournoyant. Une troisième fois, Micah lança son marteau et toucha sa cible. Soudain, il y eut un craquement terrible, un bruit de déchirement si fort qu'Arutha et ses compagnons durent porter les mains à leurs oreilles pour se protéger. Les sphères tourbillonnantes éclatèrent, en expulsant de petites formes étranges. Elles s'écrasèrent au sol avec un petit bruit de succion, se tortillèrent de manière grotesque, puis commencèrent à fumer. Un cri suraigu s'éleva dans la nuit lorsqu'elles explosèrent dans une gerbe de flammes éblouissantes. Personne ne réussit à distinguer vraiment à quoi ressemblaient ces créatures qui se trouvaient dans les sphères, mais Arutha avait le sentiment que cela valait mieux, car juste avant qu'elles ne prennent feu, il avait trouvé que leurs silhouettes ressemblaient beaucoup à celle de bébés affreusement déformés. Puis le silence régna à nouveau sur la nuit et une pluie d'étincelles multicolores, comme des flocons d'étoiles, commença à tomber sur l'abbaye. Un par un, les flocons s'embrasèrent un court instant avant de s'éteindre, jusqu'à ce que le vieux moine restât seul dans la cour, tenant son marteau de guerre devant lui.

Les gens restés à l'abri de l'abbaye se regardèrent, ahuris, et ne dirent rien pendant un long moment, avant de commencer à se détendre. « C'était… incroyable, dit Laurie. Je ne sais pas si j'arriverais à trouver les mots pour décrire une telle chose. »

Arutha s'apprêta à parler, mais quelque chose dans la manière dont Jimmy et Martin penchaient la tête le fit taire. Le garçon dit : « J'entends quelque chose. » Ils se turent un long moment et finirent par entendre un son au loin, comme un monstrueux battement d'ailes gigantesques dans la nuit.

Jimmy fila au-dehors avant que quiconque n'ait pu l'arrêter et tournoya presque sur lui-même pour scruter la nuit de tous côtés. Regardant par-dessus le toit de l'abbaye, vers le nord, il ouvrit des yeux immenses en voyant la chose qui approchait. «Banath!» s'exclama-t-il. Il courut vers le vieux moine, toujours droit, immobile et silencieux. Micah était plongé dans une sorte de transe, les yeux fermés. Jimmy s'agrippa à son bras et le secoua. «Regardez!» dit-il au vieux moine qui ouvrit finalement les yeux.

Micah regarda dans la direction que lui montrait le garçon. Éclipsant la grande lune dans le ciel, une créature approchait de l'abbaye en volant, propulsée par des ailes puissantes et gigantesques. Immédiatement, le moine repoussa le garçon : «Cours!»

Jimmy, écarté de l'abbaye par la poussée de Micah, dut traverser la cour à toute vitesse jusqu'à un grand chariot plein de fourrage à bestiaux sous lequel il plongea. Il fit un roulé-boulé et s'immobilisa, regardant la scène avec de grands yeux ébahis.

Un être de pure terreur, une création issue des horreurs es plus absolues, s'abattait du haut du ciel sur l'abbaye. Elle plongea sur le vieux moine, battant à peine de ses ailes de plus de cinq mètres d'envergure. Haute de six mètres, elle semblait avoir été faite de tout ce qui pouvait inspirer le dégoût à n'importe quel être sain d'esprit. Ses ergots noirs luisaient au bout d'une parodie de serres de rapace attachées à des sortes de cuisses de chèvre. Mais au lieu de hanches, on ne trouvait que des replis de graisse, de gros anneaux gras tremblotants, qui pendouillaient au bout d'un torse vaguement humain. Le corps tout entier suintait, ruisselait d'une substance épaisse semblable à une sorte d'humeur. Au beau milieu du torse de la chose, un visage bleu mais parfaitement humain aux yeux agrandis par l'horreur se tortillait et hurlait des insanités, comme s'il répondait aux puissants rugissements de la chose. Elle avait deux bras énormes couverts de muscles, démesurément longs comme les singes et luisait faiblement, changeant sans cesse de couleur, passant d'abord du rouge à l'orange, puis au jaune et ainsi de suite par toutes les couleurs du spectre, pour revenir au rouge. Et elle dégageait un mélange d'odeurs infâmes, comme si l'on avait infusé dans son corps le distillat de toutes les puanteurs de toutes les décompositions du monde.

Le plus horrible était encore la tête, car – suprême cruauté – celui qui avait façonné ce monstre déformé l'avait orné d'une tête de femme, assez grande pour convenir à ce corps, mais parfaitement normale. Et, ultime clin d'œil cynique, ce visage ressemblait trait pour trait à celui d'Anita. Sa longue chevelure se tordait en tous sens, l'encadrant d'un nuage de cheveux roux. Mais son expression était celle d'une putain de bas étage, lascive et impudique, qui se léchait les lèvres d'un air salace et lançait des œillades provocantes à l'adresse d'Arutha. Ses lèvres rouge sang s'ouvrirent sur un large sourire, dévoilant de longs crocs inhumains.

La haine et le dégoût submergèrent Arutha, lui faisant oublier toute prudence et ne lui laissant qu'un ardent désir de détruire cette obscénité. «Non!» hurla-t-il en commençant à tirer l'épée.

Gardan se jeta immédiatement sur lui et le plaqua contre les dalles du bâtiment, l'écrasant de tout son poids en hurlant : «C'est ça, qu'ils veulent!»

Martin joignit ses forces à celles de Gardan et ils écartèrent le prince de l'entrée. La créature se tourna vers ceux restés visibles, contractant ses griffes d'un air absent. Avec une moue de fillette, elle jeta soudain un regard paillard à Arutha, puis tira la langue et la tortilla de manière suggestive. Puis, avec un rire tonitruant, elle se releva de toute sa taille et rugit en direction des étoiles, les bras levés vers le ciel. D'un pas, elle rejoignit la porte où se trouvait Arutha. Puis soudain elle trébucha en avant en poussant un hurlement de douleur et se retourna.

Arutha et ses compagnons aperçurent un éclair bleuté revenir dans la main de frère Micah. Il avait profité de la distraction de la bête pour frapper un premier coup. Il lança à nouveau son marteau, qui fila comme un éclair et frappa la chose en plein dans le ventre, lui arrachant un nouveau hurlement de douleur et de rage et faisant couler un petit ruisselet de sang noir et fumant.

«Oh ho!» fit une voix derrière Arutha.

Laurie vit le frère Anthony qui, remontant d'une salle souterraine, regardait la créature avec grand intérêt. Laurie demanda : «Quelle est cette chose?»

La regardant avec une certaine curiosité, l'archiviste répondit : « Je crois que c'est une créature conjurée, une création magique, un être de cuve. Je pourrais vous montrer quelques références à ce sujet dans une dizaine d'ouvrages traitant de la manière de les créer. Bien entendu, il se pourrait aussi que ce fût une bête naturelle très rare, mais cela me semble hautement improbable. »

Martin se leva, laissant Gardan s'occuper d'Arutha, prit son arc qui ne le quittait jamais, le tendit rapidement et encocha une flèche. Alors qu'il décochait son trait, la créature s'avança sur le frère Micah. L'archer écarquilla les yeux en voyant sa flèche passer au travers du cou de la créature, sans effet.

Frère Anthony opina. « Oui, c'est une conjuration. Vous remarquerez qu'elle est invulnérable aux armes normales. »

La créature tenta de frapper le frère Micah de ses poings puissants, mais le vieux guerrier leva simplement son marteau, comme pour parer. Le coup de la créature fut stoppé à une bonne tête au-dessus du marteau levé du moine, et elle recula comme si elle venait de frapper un mur de pierre. La bête émit un beuglement de rage frustrée.

Martin se tourna vers le frère Anthony. « Comment la tuer ?
— Je l'ignore. Les coups de Micah épuisent petit à petit l'énergie qui l'a créée. Mais sa création a dû nécessiter une puissance terrible et il se pourrait qu'elle tienne toute une journée, même plus. Si jamais Micah faiblissait… »

Mais le vieux moine était solide, parant chaque coup et touchant visiblement la créature sans problème. Elle semblait souffrir de ces coups que Micah lui assenait avec son marteau, mais elle ne donnait aucun signe de fatigue.

« Comment crée-t-on une telle chose ? » demanda Martin à frère Anthony. Arutha avait cessé de lutter, mais Gardan était encore à genoux à côté de lui, la main sur son épaule.

Anthony réfléchit un moment à la question de Martin, puis il répondit : « Comment on peut en créer une ? Hé bien c'est assez complexe… »

La créature semblait s'enrager de plus en plus des coups de Micah alors qu'elle-même semblait frapper en vain le vieux moine. Se fatigant de cette tactique, elle tomba à genoux et porta un coup à Micah de haut en bas comme pour enfoncer un pieu, mais au dernier moment elle dévia et frappa le sol de son poing massif, juste à côté du moine.

Micah vacilla un instant sous le choc. L'ouverture suffit à la créature. Donnant immédiatement après un coup de côté, elle envoya Micah valdinguer dans la cour. Le moine heurta lourdement le sol, roula maladroitement et resta étendu par terre, étourdi, tandis que son marteau partait ricocher plus loin.

La chose se retourna vers Arutha et s'approcha de la porte. Gardan bondit, tira son épée et s'avança pour protéger son prince. Le capitaine se dressa devant la chose. Le sourire grimaçant qu'elle lui fit le dégoûta d'autant plus que son visage ressemblait parfaitement à celui d'Anita. Comme un chat jouant avec une souris, la créature donna une petite tape à Gardan.

Le père John sortit d'une porte intérieure, avec un grand bâton de métal surmonté d'une étrange boule à sept faces. Il se plaça devant Arutha qui s'approchait pour aider Gardan et cria : « Non ! Vous ne pouvez rien contre elle. »

Quelque chose dans sa voix fit comprendre à Arutha que tout ce qu'il pourrait tenter serait futile ; il recula d'un pas. L'abbé se tourna vers la créature conjurée, pour se confronter à elle.

Jimmy rampa de sous le chariot et se releva. Il savait qu'il ne lui aurait servi à rien de tirer sa dague. Voyant le frère Micah étendu à terre, il courut voir dans quel état il se trouvait. Le vieux moine était encore assommé et Jimmy le tira vers la protection toute relative du chariot. Gardan de son côté taillait inutilement dans la créature, qui continuait à jouer avec lui.

Jimmy regarda autour de lui et vit le marteau mystique du frère Micah qui traînait un peu plus loin. Il plongea dessus pour s'en saisir et retomba à plat ventre, les yeux fixés sur le monstre. La chose n'avait pas remarqué que le garçon avait récupéré l'arme. Jimmy eut la surprise, quand il souleva le marteau, de le trouver deux fois plus lourd qu'il ne s'y attendait. Il se releva et courut se mettre derrière le monstre, le nez au niveau de ses ignobles cuisses couvertes de fourrure, au moment même où la bête se pencha pour attraper Gardan.

La main monstrueuse s'empara du capitaine et le souleva jusqu'à sa bouche déformée. Le père John leva son bâton et soudain des vagues d'énergie pourpre et verte en jaillirent, submergeant la créature. Elle hurla de douleur et écrasa Gardan qui poussa un cri.

Martin cria : « Arrêtez! Elle écrase Gardan! »

L'abbé baissa son bâton et la chose gronda. Elle jeta Gardan de toutes ses forces vers la porte, contre ses tortionnaires. Le capitaine percuta Martin, frère Anthony et l'abbé de plein fouet et les renversa. Arutha et Laurie s'écartèrent pour éviter les corps. Le prince se tourna face à la parodie lascive du visage d'Anita qui se baissait vers la porte. La créature, encombrée par ses ailes, ne pouvait pas entrer dans les bâtiments, mais ses longs bras s'insinuèrent par la porte, cherchant à s'emparer du prince.

Martin se releva et aida l'abbé étourdi et le frère Anthony à se remettre debout aussi. L'archiviste s'exclama : « Mais bien sûr! Le visage sur son torse! C'est là qu'on peut la tuer! »

Martin encocha immédiatement une flèche, mais la chose, accroupie, dissimulait sa cible dans ses replis de peau. Elle avait passé un bras par la porte et tâtonnait en direction d'Arutha, quand soudain elle poussa un ululement de douleur et retomba sur son séant.

Un bref instant, le visage dans le torse fut dégagé. Martin visa, dit : « Kilian guide ma flèche » et décocha. La flèche alla frapper infailliblement en plein dans le visage dément qui ornait le torse. Les yeux roulèrent dans leurs orbites, les paupières se fermèrent et un sang rouge et bien humain jaillit de la blessure. La créature resta dressée, immobile comme un roc.

Tous la regardèrent commencer à trembler, effarés. Elle devint de plus en plus brillante et ses couleurs se firent plus vives. Puis ils la virent perdre de sa substance, devenir translucide et se dissiper lentement dans la brise nocturne en tourbillons multicolores de fumées scintillantes. La luminescence faiblit peu à peu, puis la cour redevint vide et silencieuse.

Arutha et Laurie s'approchèrent de Gardan, encore conscient. « Que s'est-il passé? », demanda faiblement le capitaine.

Tous les yeux se tournèrent vers Martin. Il désigna le frère Anthony, qui répondit : « C'était une question que m'avait posée le duc : il voulait savoir comment on fait ces choses. Les arts maléfiques, pour créer de telles choses, ont besoin d'une base, comme un animal ou un humain. Ce visage ne pouvait être que le dernier vestige de la pauvre âme démente qui avait servi de base à ce monstre. C'était la seule partie mortelle, la seule qui pouvait être blessée par des moyens normaux et quand elle est morte, la magie s'est… défaite. »

Martin dit : « Je n'aurais jamais réussi ce coup-là si la bête ne s'était pas redressée comme ça.

— Quelle chance, dit l'abbé.

— La chance n'a pas grand-chose à voir avec tout ça », dit Jimmy en souriant. Il s'approchait en brandissant le marteau de frère Micah. « Je lui ai rentré ça dans le cul. » Il désigna le frère Micah, encore étourdi : « Il s'en remettra », dit-il en rendant le marteau à l'abbé.

Arutha était encore sous le choc de la vision du visage d'Anita, qui avait orné cette monstruosité. Laurie, avec un faible sourire, dit : « Père, si cela ne vous dérange pas, auriez-vous un peu de vin ? L'odeur de cette créature était réellement ignoble.

— Ha ! dit Jimmy d'un ton indigné. Vous auriez dû essayer de mon côté ! »

À l'aube, Arutha regarda l'œil écarlate et furieux du soleil levant empourprer les sommets des monts Calastius. Dans les heures qui avaient suivi l'attaque, l'abbaye avait retrouvé un semblant d'ordre et de calme, mais Arutha se sentait bouillir. Quoi qu'il y eût derrière ces attaques contre sa personne, son ennemi était bien plus puissant que dans ses plus terribles craintes, malgré les avertissements du père Nathan et de la grande prêtresse de Lims-Kragma. Sa hâte à trouver un remède pour Anita l'avait rendu imprudent, ce qui n'était pas dans sa nature. Il savait être audacieux en cas de besoin et cette audace lui avait permis de gagner de nombreuses victoires, mais cette fois-ci, il n'avait pas été audacieux, il avait juste été entêté et impulsif. Arutha ressentait quelque chose qui lui était totalement étranger, un sentiment qu'il n'avait plus eu depuis son enfance. Il doutait. Il avait eu une telle confiance dans ses plans, mais Murmandamus avait pu soit anticiper chacun de ses gestes, soit réagir à une vitesse incroyable à chaque fois que le prince faisait quelque chose.

Arutha sortit de ses sombres pensées et découvrit Jimmy près de lui. Le garçon secoua la tête. « Ça ne fait que démontrer ce que je dis toujours. »

Malgré ses soucis, Arutha sourit au ton du garçon. « C'est-à-dire ?

— On a beau se croire le plus rusé du monde, il y a toujours quelque chose pour vous remettre en place, bam, comme ça. Alors on se dit : "Ça, c'est une chose qui m'avait échappé." Le vieil Alvarny le Rapide appelait ça le génie de l'après-coup. »

Arutha se demanda un instant si le garçon ne lisait pas dans ses pensées. Jimmy poursuivit. « Les Ishapiens sont en haut, ils marmonnent des prières et ils sont convaincus d'avoir une vraie forteresse magique. "Rien ne peut passer nos défenses mystiques", singea-t-il. Et puis il y a ces boules de lumière qui débarquent et cette chose qui vole et pouf ! "On n'avait pas pensé à ci ou à ça !" Ça fait une heure qu'ils se chamaillent sur ce qu'ils auraient dû faire. Bah, j'imagine qu'ils auront bientôt monté quelque chose de plus solide. » Jimmy s'appuya dos au mur, face à la falaise. De l'autre côté des murs de l'abbaye, la vallée émergeait de l'ombre à mesure que le soleil s'élevait dans le ciel. « Le vieil Anthony m'a expliqué que les sortilèges qu'il avait fallu faire pour le petit spectacle d'hier soir avaient dû coûter pas mal et il pense qu'il y a peu de chances que la magie soit encore de la partie d'ici un petit bout de temps. Ils vont se retrancher dans leur forteresse… jusqu'à ce que quelque chose arrive comme la dernière fois et abatte encore une fois leurs portes.

— Tu es une sorte de philosophe, en fait ? » Arutha eut un léger sourire lorsque Jimmy haussa les épaules.

« Je pisse de trouille, oui et vous feriez bien de penser comme moi. Ces trucs morts vivants à Krondor, c'était déjà pas joli joli, mais la nuit dernière, je ne sais pas ce que vous en pensez, mais si j'étais vous, je réfléchirais sérieusement à partir pour Kesh et à changer de nom. »

Arutha eut un sourire malicieux, car Jimmy venait de lui faire comprendre une chose qu'il avait refusé de voir jusque-là. « Pour être honnête, je suis tout aussi terrifié que toi, Jimmy. »

Le jeune garçon leva les yeux, surpris de cet aveu. « C'est vrai ?

— Oui. Écoute, il faudrait être fou pour ne pas avoir peur de ce que nous avons vu et de ce qui pourrait arriver. Mais ce qui importe, ce n'est pas que tu aies peur, c'est la manière dont tu te comportes. Mon père m'a dit une fois qu'un héros n'est qu'une personne qui a eu trop peur pour faire preuve de bon sens et s'enfuir et qui a réussi d'une manière ou d'une autre à y survivre. »

Jimmy rit, sa joie enfantine lui rendant son visage de petit garçon en effaçant ses fines rides d'adulte naissant. « Ça aussi, c'est une vérité. Moi, je préfère faire ce qu'on doit faire le plus vite possible pour pouvoir m'amuser après. Toutes ces histoires où on souffre pour de grandes causes, c'est pour les sagas et les légendes. »

Arutha dit : « Tu vois qu'il y a un peu du philosophe en toi, après tout. » Il changea de sujet. « Tu as agi vite, la nuit dernière. Et avec bravoure. Si tu n'avais pas distrait le monstre, Martin n'aurait pas pu le tuer...

— Et nous serions en train de ramener vos restes à Krondor, à condition qu'il ne les ait pas mangés, acheva Jimmy avec un sourire ironique.

— Ne me laisse pas trop croire que cette idée te réjouit. »

Le sourire de Jimmy s'élargit. « Le fait est que ça ne me plairait pas trop. Vous êtes l'une des rares personnes que je connaisse qu'il me semble utile d'avoir près de soi. Essentiellement, nous formons plutôt une troupe de joyeux compagnons, même si les heures que nous traversons pour l'instant sont plutôt sombres. En fait, je dirais plutôt que je m'amuse bien.

— Tu as d'étranges divertissements. »

Jimmy secoua la tête. « Pas vraiment. Quand on côtoie le grand frisson, autant y prendre plaisir. Le vol, c'est exactement ça, vous savez. Entrer en douce chez quelqu'un en pleine nuit, sans savoir s'il est là debout à vous attendre avec une épée ou un gourdin, prêt à vous faire gicler la cervelle sur son plancher dès que vous allez passer la tête à la fenêtre. Se faire courser dans les rues par la garde. Ce n'est pas drôle, mais c'est tout comme, vous savez? En fait, c'est excitant. Et en plus, combien de personnes peuvent se vanter d'avoir sauvé le prince de Krondor en ayant fourbi un démon par le cul?»

Arutha éclata de rire. «Pardon, mais c'est la première fois que je ris tout haut depuis… depuis le mariage.» Il posa la main sur l'épaule de Jimmy. «Tu as mérité une récompense, ce jour-là, sire James. Mais laquelle?»

Jimmy fit une grimace comme s'il réfléchissait très fort. «Pourquoi ne pas me nommer duc de Krondor?»

Arutha en resta abasourdi. Il ouvrit la bouche, mais ne put parler.

Martin, qui venait de l'infirmerie, vit son air bizarre et demanda : «Qu'est-ce qui t'arrive, tu t'es fait mal?»

Arutha montra Jimmy du doigt. «Il veut être duc de Krondor.»

Martin éclata d'un rire tonitruant. Quand il fut calmé, Jimmy s'insurgea : «Pourquoi pas? Dulanic est ici, alors vous savez qu'il ne reviendra pas. Volney ne veut pas de ce poste, alors à qui d'autre pourriez-vous le donner? Je ne suis pas bête et je vous ai déjà fait une ou deux fleurs.»

Martin continua à rire et Arutha répondit : «Pour lesquelles tu as été payé en retour.» Le prince hésitait entre l'indignation et l'amusement. «Écoute, petit brigand, je réfléchirai peut-être à demander à Lyam de te donner une petite baronnie – une toute petite – en charge, pour ta majorité, ce qui ne viendra pas avant trois bonnes années. D'ici là, il va falloir que tu te contentes du titre d'écuyer en chef de la cour.»

Martin secoua la tête. «Il va en faire une bande de malfrats.
— Bien. Au moins, je vais avoir le plaisir de voir la tête de cet âne bâté de Jérôme quand vous transmettrez cet ordre à deLacy.»

Martin cessa de rire et changea de sujet : «Je me suis dit que ça vous plairait de savoir que Gardan et frère Micah vont bien. Dominic est déjà debout en train de vaquer à ses occupations.

— L'abbé et frère Anthony ?

— L'abbé est parti je ne sais où faire des choses que font les abbés quand leur abbaye a été désacralisée. Et frère Anthony est retourné à ses recherches sur le silverthorn. Il m'a dit de vous dire qu'il serait dans la salle soixante-sept si vous désirez lui parler.

— Je vais aller le trouver. Je veux savoir ce qu'il a découvert. » Il s'apprêta à partir. « Jimmy, explique donc à mon frère la raison pour laquelle je devrais t'élever au rang de second duc du royaume. »

Arutha partit à la recherche de l'archiviste en chef. Martin se tourna vers Jimmy, qui lui fit un grand sourire.

Le prince pénétra dans la vaste salle, où régnait une forte odeur de renfermé et de conservateurs. Le frère Anthony lisait un vieux volume à la lumière vacillante des lanternes. Sans se retourner pour voir qui venait d'entrer, il dit : « Exactement ce que je me disais, ça devait être là. » Il se redressa sur sa chaise. « Cette créature est similaire à celle tuée quand le temple de Tith-Onanka d'Elarial a été envahi il y a trois siècles. D'après ces sources, on avait prouvé que des prêtres-serpents pantathians étaient derrière tout cela. »

Arutha demanda : « Qui sont ces Pantathians, frère ? Je n'ai entendu sur eux que des histoires pour faire peur aux enfants. »

Le vieux moine haussa les épaules. « Nous n'en savons pas grand-chose, en fait. Nous arrivons à comprendre plus ou moins la plupart des races intelligentes de Midkemia. Même les Moredhels, la Fraternité de la Voie des Ténèbres, ont certains points communs avec l'humanité. Vous savez, ils ont un code de l'honneur assez rigide, bien qu'il puisse sembler étrange pour notre culture. Mais ces créatures... » Il referma le livre. « Où se trouvent les Pantathians, nul ne le sait. Les copies des cartes laissées par Macros que Kulgan nous a envoyées du port des Étoiles n'en montrent aucun signe. Ces prêtres disposent de magies qui ne ressemblent à rien. Ce sont les ennemis jurés de l'humanité, bien qu'il leur soit arrivé par le passé de traiter avec des humains. Une chose est claire, ce sont des êtres purement maléfiques. Le fait qu'ils servent Murmandamus fait de lui un ennemi de tous les hommes de bien, s'il n'y avait que cela. Et le fait qu'ils le servent fait de lui un ennemi à craindre d'autant plus.

— Alors nous n'en savons pas beaucoup plus que ce que nous a dit Jack Rictus.

— C'est exact, dit le moine, mais ne négligez pas le fait que vous sachiez maintenant qu'il vous a dit la vérité. Savoir ce qui n'est pas est souvent aussi important que savoir ce qui est.

— Dans toute cette confusion, avez-vous découvert quelque chose sur le silverthorn ?

— Eh bien, oui. J'attendais d'avoir fini la lecture de ce passage pour vous faire prévenir. Je crains de ne pouvoir vous être d'un grand secours. » Entendant cela, Arutha sentit son cœur se briser dans sa poitrine, mais il fit signe au moine de poursuivre. « La raison pour laquelle j'ai mis tant de temps à trouver le silverthorn, c'est que ce nom n'est qu'une traduction d'un autre nom qui m'est plus familier. » Il ouvrit un autre livre qui se trouvait tout à côté. « Voici le journal de Geoffrey, fils de Caradoc, un moine de l'abbaye de Silban à l'ouest de Yabon – celle-là même où votre frère Martin a été élevé… mais ces événements se sont passés il y a des siècles de cela. Geoffrey était une sorte de botaniste et il passait ses loisirs à répertorier tout ce qu'il trouvait de la flore locale. C'est là que j'ai découvert un indice. Je vais vous le lire : "La plante, que les elfes nomment Elleberry, est aussi connue sous le nom de Griffe Scintillante chez le peuple des collines. Elle est censée avoir des propriétés magiques quand elle est utilisée comme il faut, bien que le procédé de distillation végétale approprié reste très mystérieux, et qu'il nécessite des opérations mystiques bien au-delà des capacités du commun des mortels. Elle est rare à l'extrême et je n'ai trouvé que peu de gens encore en vie aujourd'hui qui l'aient vue. Je n'ai jamais trouvé cette plante, mais les gens qui m'en ont parlé sont des gens sûrs et sont certains de son existence." » Il referma le livre.

« C'est tout ? demanda Arutha. J'avais espéré trouver un remède, ou au moins un indice qui me permette de savoir comment en trouver un.

— Mais il y a un indice, dit le vieux moine avec un clin d'œil. Geoffrey, qui relevait plus de la concierge que du botaniste, a attribué à cette plante le nom d'Elleberry, un nom elfe selon lui. C'est une déformation évidente d'*aelebera*, un mot elfe dont la traduction est "épine d'argent", ou silverthorn ! Ce qui veut dire que si quelqu'un en connaît les propriétés magiques et la manière de les contrer, ce sont bien les tisseurs de sorts d'Elvandar. »

Arutha resta silencieux un moment, puis il dit : « Je vous remercie, frère Anthony. J'avais prié pour que ma quête s'arrête ici, mais au moins ne m'avez-vous pas fait perdre tout espoir. »

Le moine répondit : « Il y a toujours de l'espoir, Arutha conDoin. J'imagine qu'avec ces troubles l'abbé n'a pas pensé à vous révéler la raison principale pour laquelle nous rassemblons tout ceci. » Il indiqua d'un geste de la main les masses de livres qui encombraient la pièce. « La raison pour laquelle nous conservons tous ces ouvrages dans cette colline, c'est l'espoir. Il existe de nombreuses prophéties et augures, mais il en est une qui parle de la fin du monde tel que nous le connaissons. Elle dit que quand tout aura succombé devant les forces des ténèbres, il ne restera plus que "Ce qui était Sarth." Si jamais cette prophétie se révélait véridique, nous espérons sauvegarder les graines de la connaissance afin qu'elles puissent à nouveau servir l'homme. Nous travaillons en vue de ce jour tout en priant pour qu'il ne vienne jamais.

— Vous avez été très aimable, frère Anthony.

— L'homme aide son prochain quand il en a le pouvoir.

— Merci. » Arutha sortit de la salle et grimpa les marches, l'esprit bouillonnant de ce qu'il venait d'apprendre. Il réfléchit à ce qu'il lui restait à faire, puis déboucha dans la cour. Laurie avait rejoint Jimmy et Martin, tout comme Dominic, qui semblait avoir récupéré de son épreuve, même s'il avait l'air encore un peu pâle.

Laurie salua le prince et dit : « Gardan sera rétabli demain.

— Parfait. Nous quitterons Sarth à la première heure.

— Qu'est-ce que tu envisages de faire ? demanda Martin.

— Je vais mettre Gardan dans le premier navire en partance de Sarth pour Krondor et quant à nous, nous allons poursuivre notre route.

« — Vers où ? demanda Laurie.
— Elvandar. »
Martin sourit : « Ça me fera plaisir de retourner là-bas. »
Jimmy soupira. « Qu'y a-t-il ? demanda Arutha.
— Je pensais juste aux cuisiniers du palais et à la rudesse d'un dos de cheval.
— N'y pense pas trop : tu retournes à Krondor avec Gardan.
— Et rater tout ce qui va être amusant ? »
Laurie dit à Martin : « Ce gamin a vraiment une idée tordue de ce qui peut l'amuser. »
Jimmy ouvrit la bouche, mais Dominic lui coupa la parole : « Altesse, si je puis voyager avec votre capitaine, j'aimerais pouvoir faire le voyage jusqu'à Krondor avec lui.
— Bien entendu, mais et vos obligations ?
— On me remplacera. Il va falloir du temps avant que je puisse à nouveau être apte et nous ne pouvons nous permettre d'attendre. Ce n'est ni honteux ni déshonorant pour moi, c'est simplement nécessaire.
— Alors je suis sûr que Jimmy et Gardan apprécieront votre compagnie.
— Mais attendez... » commença Jimmy.

Sans prêter attention aux récriminations du garçon, Arutha demanda au moine : « Pourquoi voulez-vous partir pour Krondor ?
— C'est tout simplement sur ma route pour le port des Étoiles. Le père John pense qu'il est vital que nous informions Pug et les autres magiciens de ce que nous savons sur les événements actuels. Ils pratiquent des arts auxquels nous n'avons pas accès.
— C'est bien vu. Nous aurons besoin de tous les alliés possibles. J'aurais dû y penser aussi. Je vais vous fournir quelques informations supplémentaires qui leur seront spécialement destinées, si cela ne vous dérange pas. Et je demanderai à Gardan de vous escorter jusqu'au port des Étoiles.
— Ce serait fort aimable à vous. »

Jimmy tentait de se faire entendre, protestant contre le fait de se faire renvoyer à Krondor. Arutha l'ignora et s'adressa à

Laurie : « Prends notre futur jeune duc ici présent et va nous trouver un navire en ville. Nous viendrons demain. Tâchez aussi de nous trouver d'autres montures et ne vous créez pas d'ennuis. »

Arutha retourna vers les baraquements avec Dominic et Martin, laissant Laurie et Jimmy dans la cour. Le garçon continuait à essayer de se faire entendre : « … mais… »

Laurie lui donna une petite tape sur l'épaule et dit : « Venez donc, Votre Grâce. Descendons. En terminant assez tôt, nous devrions pouvoir trouver à jouer à l'auberge. »

Une lueur mauvaise sembla s'allumer dans les yeux de Jimmy à ces mots. « Jouer ? dit-il.

— Tu sais, quelque chose comme le pashawa, ou les osselets ou encore les pierres. Jouer.

— Oh, dit le garçon. Il va falloir m'expliquer comment on fait. »

Comme il se tournait pour aller aux écuries, Laurie lui envoya un bon coup de pied au derrière, le propulsant en avant. « T'expliquer comment on fait, ah vraiment ? Je ne suis pas un pigeon de paysan. J'ai entendu ça la première fois que j'ai perdu. »

Jimmy s'enfuit en courant, riant aux éclats. « Ça valait le coup d'essayer ! »

Arutha entra dans la salle faiblement éclairée et se pencha vers la silhouette étendue sur le lit : « Vous m'avez fait demander ? »

Micah se releva et s'adossa au mur. « Oui. On m'a dit que vous partiez aujourd'hui. Merci d'être venu. » Il fit signe à Arutha de s'asseoir sur le lit. « J'ai besoin d'un peu de sommeil, mais je serai rétabli d'ici une semaine. Arutha, votre père et moi étions amis dans notre jeunesse. Caldric, à cette époque, était en train de mettre en place l'éducation des écuyers telle qu'elle est aujourd'hui, directement à la cour. Nous formions une sacrée équipe. Brucal de Yabon était notre chef et il nous menait la vie dure. À cette époque-là, nous étions tout feu tout flamme, votre père, moi-même et Guy du Bas-Tyra. » À la mention de Guy, Arutha se raidit mais ne dit rien. « J'aime à penser que nous étions les meilleurs soutiens du royaume à cette époque. Maintenant, c'est vous. Borric vous a bien élevés toi et Lyam, et Martin ne porte nul ombrage à votre nom. Maintenant je sers Ishap, mais j'aime toujours ce royaume, fils. Je voulais juste que vous sachiez que mes prières vous accompagneront.

— Merci, monseigneur Dulanic. »

Le vieil homme se redressa sur ses coussins. « Plus maintenant. Je ne suis plus à présent qu'un simple moine. Au fait, qui dirige à votre place ?

— Lyam est à Krondor et il y restera jusqu'à mon retour. Volney fait office de chancelier. »

À cela, Micah rit, ce qui le fit ciller de douleur. « Volney ! Par les dents d'Ishap ! Il doit détester cette situation.

— En effet, dit Arutha avec un sourire.

— Vous allez demander à Lyam de le nommer duc ?

— Je ne sais pas. Il a beau protester, c'est quand même le meilleur administrateur que nous ayons. Nous avons perdu beaucoup d'hommes de valeur lors de la guerre de la Faille. » Arutha fit un de ses sourires ironiques. « Jimmy m'a suggéré de le nommer, lui, duc de Krondor.

— Ne le mésestimez pas, Arutha. Entraînez-le. Surchargez-le de responsabilités jusqu'à ce qu'il n'en puisse plus et donnez-lui en plus encore. Éduquez-le bien et alors seulement voyez ce qu'il saura faire. C'est un enfant exceptionnel.

— Pourquoi cela, Micah ? Pourquoi vous inquiéter de tant d'affaires que vous avez laissées derrière vous ?

— Parce que je suis un vieil homme vaniteux et pécheur, malgré mon repentir. J'avoue que je suis encore fier de la grandeur de ma ville. Et parce que vous êtes le fils de votre père. »

Arutha resta silencieux un moment, puis il dit : « Vous et père étiez très proches l'un de l'autre, n'est-ce pas ?

— Très. Seul Guy était plus proche de Borric que moi.

— Guy ! » Arutha ne pouvait croire que le pire ennemi de son père avait pu être son ami auparavant. « Comment est-ce possible ? »

Micah regarda Arutha. « Je pensais que votre père vous l'aurait dit avant de mourir. » Il resta silencieux un moment. « Mais c'est vrai que Borric n'aurait jamais voulu. » Il soupira. « Nous qui avions été les amis de votre père et de Guy, nous avons tous fait un serment. Nous avons juré de ne jamais parler de la honte qui a séparé les meilleurs amis du monde et qui a poussé Guy à porter le noir pour tout le reste de sa vie, lui valant le surnom de Guy le Noir. »

Arutha dit : « Père avait fait allusion une fois à cet acte étrange de courage personnel, mais il n'a jamais rien eu d'autre à dire de bien sur Guy.

— Il ne l'aurait jamais fait. Ni moi non plus, car il faudrait pour cela que Guy me délie de mon serment, ou que je sois sûr de sa mort. Mais je peux dire qu'avant cette séparation, ils étaient amis. Pour courir le jupon, se battre ou faire la guerre, ils n'étaient jamais bien loin l'un de l'autre.

« Mais écoutez-moi bien, Arutha. Vous vous êtes levé tôt et vous devez prendre un peu de repos. Vous n'avez pas le temps de vous occuper de ces vieilles affaires enterrées depuis longtemps. Vous devez partir trouver un remède pour Anita... » Les yeux du vieil homme s'embrumèrent et Arutha réalisa qu'avec ses propres préoccupations, il avait oublié le fait que Micah avait pendant très longtemps fait partie de la cour d'Erland. Il connaissait Anita depuis qu'elle était toute petite. Elle devait être comme une petite-fille pour lui.

Micah déglutit avec difficulté. « Ces satanées côtes! On inspire un peu trop fort et on a les yeux pleins de larmes comme si on avait coupé un oignon. » Il poussa un long soupir. « Je l'ai tenue dans mes bras le jour où les prêtres de Sung la Blanche l'ont bénie, moins d'une heure après sa naissance. » Ses yeux s'égarèrent dans le lointain. Il détourna son visage et dit : « Sauvez-la, Arutha.

— Je trouverai un remède. »

En murmurant pour contrôler ses émotions, Micah ajouta : « Alors partez, Arutha. Ishap vous ait en sa sainte garde. »

Arutha serra un moment la main du vieux moine, se leva, puis quitta ses quartiers. En traversant la grande salle de l'abbaye, il fut arrêté par un moine silencieux qui lui fit signe de le suivre. Il fut mené aux quartiers de l'abbé, où il retrouva l'abbé et frère Anthony qui l'attendaient.

« Il est bon que vous ayez pris le temps de voir Micah, Altesse », dit l'abbé.

Arutha s'inquiéta : « Il s'en remettra, n'est-ce pas ?

— Si Ishap le veut. Il est bien vieux pour supporter une telle épreuve. »

Frère Anthony semblait tellement furieux à cette idée qu'il en gronda presque. L'abbé ignora l'interruption et poursuivit. « Nous avons quelque peu réfléchi à un problème qu'il va nous falloir régler. » Il poussa un petit coffret sur la table vers Arutha, qui tendit la main et le souleva.

Le coffret était visiblement ancien, en bois délicatement gravé patiné par le temps. Il contenait un petit talisman qui reposait sur un coussin de velours. C'était un marteau de bronze, une réplique miniature de celui que Micah portait avec lui, avec une lanière de cuir passée par un petit trou pratiqué dans le manche. « Qu'est-ce ?

— Vous avez dû vous demander comment il se faisait que votre ennemi puisse vous localiser ainsi à volonté, dit le frère Anthony. Il est probable qu'une sorte de pouvoir, probablement des prêtres-serpents, permet de vous localiser grâce à une sorte de sortilège d'espionnage. Le talisman est un héritage de notre lointain passé. Il a été créé dans le lieu le plus ancien de notre foi, l'abbaye d'Ishap à Leng. C'est l'artefact le plus puissant que nous possédions. Il dissimulera vos déplacements aux détections. Pour ceux qui vous ont suivi par magie, vous disparaîtrez purement et simplement. Nous ne pouvons vous protéger des espions, mais si vous restez prudents et que vous dissimulez votre identité, vous devriez pouvoir atteindre Elvandar sans être interceptés. Mais ne le retirez jamais, sinon on pourra de nouveau vous retrouver par sorcellerie. Cela vous rendra aussi invulnérable à toutes les attaques que nous avons endurées la nuit dernière. Une telle créature serait incapable de vous blesser – bien que votre ennemi puisse encore frapper vos compagnons, car ils ne bénéficieront pas de la même protection. »

Arutha passa le talisman à son cou et dit : « Merci. »

L'abbé se releva. « Ishap vous ait en sa sainte garde, Altesse, et sachez que vous pourrez toujours trouver refuge ici à Sarth. »

Arutha le remercia de nouveau et quitta l'abbé. Il retourna dans ses quartiers et finit de rouler son paquetage en retournant dans sa tête tout ce qu'il venait d'apprendre. Écartant ses doutes, il se jura à nouveau de sauver Anita.

12

Un cavalier solitaire galopait sur la route.

Arutha regarda derrière lui quand Martin les prévint de son approche. Laurie fit faire demi-tour à son cheval et tira son épée, mais Martin éclata de rire. Arutha dit : « Si c'est celui à qui je pense, je vais lui couper les oreilles. »

Martin dit : « Alors aiguise ton couteau, mon frère. Regarde bien comment ses coudes battent quand il est au galop. »

Quelques instants plus tard, la prédiction de Martin se révéla juste, car Jimmy tira sur ses rênes en souriant. Arutha ne chercha pas à cacher son mécontentement et s'adressa à Laurie : « Je croyais que tu m'avais dit qu'il était monté sur le bateau pour Krondor avec Gardan et Dominic. »

Laurie lui adressa un regard désespéré. « Mais c'est vrai, je le jure. »

Jimmy les observa tous les trois. « Alors, personne ne veut me dire bonjour ? »

Martin essayait de garder son sérieux, mais le sens de l'humour qu'il tenait de son éducation elfique était mis à rude épreuve. Jimmy avait toute l'ingénuité d'un chiot empressé, une attitude toute aussi fausse que d'habitude, et Arutha avait du mal à garder un air sévère. Laurie cacha un rire en se raclant la gorge.

Arutha secoua la tête, baissant les yeux vers le sol. Il dit finalement : « D'accord. Raconte. »

Jimmy dit : « D'abord, j'ai fait un serment : ça ne vaut peut-être pas grand-chose à vos yeux, mais un serment est un serment et il nous lie "tant qu'on n'aura pas la peau du chat". Et il y a un autre petit détail. »

Arutha dit : « Quoi donc ?

— On vous a vus quitter Sarth. »

Arutha se rassit sur sa selle, aussi étonné par la révélation que par le ton désinvolte du garçon. « Comment peux-tu en être sûr ?

— D'abord, je connais celui qui vous a vus. C'est un marchand de Questor les Terrasses qui s'appelle Havram. En fait, c'est un contrebandier qui travaille avec les Moqueurs. Il avait disparu depuis que le Juste savait que les Faucons de la Nuit nous avaient infiltrés. Il était dans l'auberge où Gardan, Dominic et moi attendions le navire. Je suis monté à bord avec le moine et notre bon capitaine et je suis passé par-dessus bord juste avant qu'ils ne lèvent l'ancre. Ensuite, l'homme n'était pas avec sa suite habituelle. Quand il joue au marchand, il est volubile, affable, très expansif, mais à Sarth il se cachait sous une grande capuche et il restait terré dans les coins sombres. Il ne serait jamais venu dans un tel endroit sans sa couverture habituelle, à moins d'y être forcé par des circonstances exceptionnelles. Troisièmement, il vous a suivis depuis l'auberge, pour être bien certain de la route que vous alliez prendre. Mais plus encore, il était parfois fourré avec Jack Rictus et Blondinet. »

Martin dit : « Havram ! Jack Rictus nous avait dit que c'était un certain Havram qui les avait recrutés au sein des Faucons de la Nuit, Blondinet et lui.

— Maintenant que leur magie ne fonctionne plus, ajouta Laurie, ils vont nous faire rechercher par leurs espions et leurs agents. Il semble logique qu'ils aient placé quelqu'un à Sarth pour vous espionner au sortir de l'abbaye.

— Est-ce qu'il t'a vu partir ? » demanda le prince.

Jimmy rit. « Non, mais moi je l'ai vu partir. » Ils le regardèrent tous sans comprendre. Le garçon poursuivit : « Je me suis occupé de lui.

— Tu en as fait quoi ? »

Jimmy dit, l'air tout content de lui. « Même une petite ville comme Sarth a des bas quartiers, quand on sait où chercher. En me servant de ma réputation de Moqueur de Krondor, je me suis fait connaître et j'ai pu les assurer de ma bonne foi. J'ai fait comprendre à certaines personnes qui veulent rester dans l'anonymat que je savais qui elles étaient – et que j'accepterais sans problème de ne pas parler d'eux à la garnison locale en échange d'un petit service. Comme ils croyaient que j'étais toujours en bonne place chez les Moqueurs, ils ont préféré ne pas me noyer dans la baie, d'autant plus que j'ai fait passer la chose avec une petite bourse d'or que j'avais sur moi. Ensuite, je leur ai assuré qu'un certain marchand qui prenait ses aises à l'auberge ne manquerait absolument à personne dans tout le royaume de l'Ouest. Ils m'ont compris. Au moment où je vous parle, le faux marchand est probablement déjà en route pour Kesh, par la route des esclaves de Durbin, en train d'apprendre toutes les subtilités des basses œuvres. »

Laurie secoua lentement la tête. « Ce gamin a décidément un petit côté impitoyable. »

Arutha haussa les épaules et soupira. « Il semble qu'à nouveau, je te doive quelque chose, Jimmy. »

Celui-ci ajouta : « Il y a une petite caravane qui suit la route de la côte, à environ une heure derrière nous. Si nous n'allons pas trop vite, ils devraient nous avoir rejoints d'ici la tombée de la nuit. Nous devrions probablement pouvoir nous faire engager comme gardes supplémentaires, ce qui nous permettrait de voyager avec leurs chariots et un certain nombre d'autres mercenaires quand Murmandamus essaiera de retrouver trois cavaliers partis de Sarth. »

Arutha éclata de rire. « Mais qu'est-ce que je vais bien pouvoir faire de toi ? » Avant que Jimmy ne puisse répondre, il ajouta : « Et ne parle même pas de cette histoire de duché de Krondor. » Il fit tourner sa monture et conclut : « Et surtout ne me dis pas où tu as trouvé ce cheval. »

Que ce fût le destin ou le talisman d'Ishap, Arutha et ses trois compagnons ne rencontrèrent aucun problème sur la route d'Ylith. Jimmy avait vu juste avec la caravane. Celle-ci n'était pas très grande : juste cinq chariots et deux gros bras servant de gardes. Dès que le marchand fut rassuré sur le fait que les membres de la troupe d'Arutha n'étaient pas des brigands, il les accepta volontiers comme compagnons de voyage – il y gagnait quatre gardes du corps supplémentaires au prix de quelques repas.

Ils poursuivirent leur route deux semaines durant, bien peu de chose venant briser la monotonie de leur voyage. Des trafiquants, des marchands et des caravanes de toutes tailles – dont certaines comportaient jusqu'à une douzaine de gardes – passaient dans les deux sens le long de la côte entre Questor les Terrasses et Sarth. Arutha se sentait rassuré : il aurait fallu une sacrée chance à un espion ou à un agent ennemi pour les retrouver dans la foule des mercenaires qui passaient sur cette route.

Finalement, un soir, ils aperçurent au loin les lumières d'Ylith. Arutha chevauchait en tête de la caravane, en compagnie des deux gardes de Yanov, le marchand. Il fit ralentir son cheval, attendant que le chariot de tête passe à son niveau et annonça : «Ylith est en vue, Yanov.»

Le chariot de tête passa et le gros marchand, un commerçant de Krondor tout enrubanné et vêtu de soie, fit des signes joyeux. Arutha avait été soulagé de trouver en Yanov un homme toujours affairé, car il ne prêtait pas trop attention aux histoires de ses compagnons de route. L'histoire un peu vague que lui avait servie Arutha avait donc suffi. Le prince était pratiquement certain que c'était la première fois que le marchand voyait réellement son visage.

Martin fut le premier à rattraper Arutha, lorsque le dernier chariot fut passé. «Ylith», lui dit Arutha en talonnant sa monture pour la faire repartir.

Jimmy et Laurie, qui avançaient sur les flancs, traversèrent la route au moment où Martin disait : «Nous serons bientôt débarrassés de ce convoi et nous pourrons chercher d'autres montures. Celles-ci ont besoin de repos.

— Je serai content de quitter Yanov. Il caquette comme une pie, sans jamais s'arrêter», soupira Laurie.

Jimmy secoua la tête d'un air moqueur. «C'est bien vrai, il nous laisse à peine le temps de raconter une bonne histoire autour du feu.»

Laurie lui jeta un œil noir. Arutha dit : «Suffit. Nous devons toujours n'être qu'une simple troupe de voyageurs. Si le baron Talanque découvre que je suis ici, ça deviendra une affaire d'État. Nous allons avoir des festins, des tournois, des chasses, des réceptions et tout le monde saura que je suis à

Ylith, depuis la grande chaîne du nord jusqu'à Kesh la Grande. Talanque est quelqu'un de bien, mais il adore les grandes fêtes. »

Jimmy éclata de rire. « Il n'est pas le seul. » Il poussa un ululement et lança son cheval au galop. Arutha, Laurie et Martin restèrent interdits un moment, puis le soulagement d'être arrivés à Ylith l'emporta sur tout le reste et ils s'élancèrent derrière le garçon.

En passant devant le chariot de tête, Arutha cria : « Bon commerce, maître Yanov ! » Le marchand les regarda partir comme s'ils venaient de perdre la raison. L'étiquette aurait voulu qu'il leur paie un petit quelque chose pour leur rôle de gardes.

En arrivant aux portes de la ville, ils ralentirent, car une caravane de bonne taille venait juste d'entrer dans Ylith et d'autres voyageurs attendaient qu'elle ait dégagé les portes pour entrer. Jimmy tira sur ses rênes en se plaçant derrière un chariot de foin et fit volte-face pour regarder ses compagnons qui arrivaient en riant de leur course folle. Sans échanger un mot, ils se fondirent dans la file, attendant que les soldats fassent passer le chariot. En ces temps paisibles, ces derniers semblaient enclins à n'inspecter que très sommairement les gens qui entraient en ville.

Jimmy jeta des regards curieux autour de lui, car Ylith était la première grande ville qu'il rencontrait depuis leur départ de Krondor. Le rythme effréné de la vie citadine lui donnait déjà l'impression d'être de retour chez lui. Soudain, près des portes, il aperçut une silhouette solitaire, les épaules basses, qui regardait les gens entrer. À son tartan et à son pantalon de cuir, on reconnaissait facilement un Hadati des collines. Ses cheveux lui tombaient sous les épaules, serrés par un catogan de guerrier haut placé sur le crâne, ainsi que par une écharpe enroulée au-dessus des yeux. Deux fourreaux en bois reposaient en travers de ses genoux, pour protéger les lames acérées de la fine épée longue et de l'épée courte que portaient habituellement les gens de son peuple. Le plus impressionnant, chez cet homme, c'était son visage, car le pourtour de ses yeux, du front jusqu'aux pommettes, était peint en blanc, comme des os, de même que son menton. Il regarda attentivement le prince au moment où celui-ci passa la porte, puis se leva quand Jimmy et Martin entrèrent à la suite d'Arutha et de Laurie.

Jimmy éclata soudain de rire, comme si Martin venait de lui raconter une bonne blague et il s'étira, risquant un rapide coup d'œil derrière lui. L'homme des collines les suivait lentement, passant ses deux épées dans sa ceinture.

Martin demanda : « Le Hadati ? » Jimmy opina et le duc ajouta : « Tu as l'œil. Il nous suit ?

— Oui. Nous le semons ? »

Martin secoua la tête. « Nous allons nous occuper de lui dès que nous aurons trouvé à nous loger. Attention, on ne s'en prend à lui que si cela s'avère nécessaire. »

En passant dans les ruelles étroites de la ville, ils purent constater le retour de la prospérité. Les magasins étaient tout illuminés et les commerçants montraient leurs marchandises aux promeneurs sortis faire leurs emplettes dans la fraîcheur du soir.

Même si la soirée était encore bien jeune, les fêtards étaient déjà de sortie en grand nombre : gardes de caravanes, marins de retour à terre après des mois de mer, tous à la recherche de bonnes occasions de dépenser leur or. Une bande de guerriers tapageurs, visiblement des mercenaires, se frayaient à coups d'épaule un chemin dans la rue, lancés visiblement dans une formidable beuverie, hurlant et riant à qui mieux mieux. L'un d'eux percuta le cheval de Laurie et cria, jouant la colère : « Eh, toi ! Gare ton bestiau ou je vais devoir t'apprendre les bonnes manières ! » Il feignit de tirer l'épée, pour le plus grand plaisir de ses compagnons. Laurie éclata de rire et Martin se joignit à eux. Arutha et Jimmy restèrent vigilants.

— Désolé, l'ami », dit le chanteur. L'homme, toujours souriant, fit une sorte de grimace en portant la main à son épée.

Un autre mercenaire le poussa rudement et dit : « Tiens, bois », à son compagnon. Il sourit à Laurie et dit : « Tu montes toujours aussi mal que tu chantes, Laurie ? »

Laurie sauta de selle et serra l'homme dans ses bras. « Roald, sacré bâtard de putain ! »

Ils échangèrent des bourrades et des tapes dans le dos, puis Laurie présenta l'homme à ses compagnons. « Ce cœur de pierre se nomme Roald, c'est un ami d'enfance et aussi un compagnon de route occasionnel. Nos deux pères possédaient des fermes voisines. »

L'homme rit. « Et ils nous ont jetés dehors presque le même jour. »

Laurie lui présenta Martin et Jimmy, puis Arutha sous le nom d'Arthur, comme ils en étaient convenus. « Content de connaître tes amis, Laurie », dit le mercenaire.

Arutha jeta un coup d'œil autour de lui. « Nous bloquons la route. Allons trouver de quoi nous loger. »

Roald leur fit signe de le suivre. « Je suis installé à une rue d'ici. C'est presque civilisé. »

Jimmy donna du talon dans les flancs de son cheval tout en gardant un œil sur l'ami d'enfance du chanteur, évaluant l'homme d'un regard sûr. Il avait les anneaux d'un mercenaire aguerri, qui avait dû gagner sa vie assez longtemps à la pointe de son épée pour être considéré comme un expert ne serait-ce que parce qu'il était encore en vie. Jimmy vit Martin jeter un coup d'œil en arrière et se demanda si le Hadati les suivait encore.

L'auberge le Nordique était d'apparence plutôt respectable pour un établissement situé si près des docks. Un palefrenier leva la tête de son maigre repas pour se charger de leurs chevaux. Roald dit : « Prends-en bien soin, gamin. » Le garçon le connaissait visiblement. Martin lui jeta une pièce d'argent.

Jimmy vit le garçon attraper la pièce au vol ; quand il lui passa les rênes de son cheval, il mit son pouce droit entre son index et son majeur, tout en tenant la main de manière à ce que le garçon l'aperçoive. Un éclair passa dans les yeux du garçon, qui fit un petit signe de tête à Jimmy.

Quand ils se retrouvèrent à l'intérieur, Roald fit signe à la servante de leur amener de la bière en montrant une table dans un coin, près de la porte des écuries, suffisamment loin du passage des clients. Le mercenaire prit une chaise et enleva ses lourds gantelets en s'asseyant. Il parlait juste assez fort pour que seuls les gens à sa table l'entendent. « Laurie, la dernière fois que je t'ai vu, c'était quand ? Il y a six ans ? Tu étais parti avec une patrouille de LaMut pour voir des Tsuranis et écrire des chansons sur eux. Et maintenant te voilà avec ce petit voleur », finit-il en désignant Jimmy.

Jimmy grimaça. « Le signe ?

— Le signe », acquiesça Roald. Comme les autres semblaient ne pas comprendre, Roald dit : « Ce jeune Jimmy a fait au garçon d'écurie un signe pour que les voleurs du coin ne s'intéressent pas à ses affaires. C'est pour leur faire comprendre qu'il y a un voleur d'une autre ville ici et qu'il respectera les conventions si on lui rend la pareille. C'est bien ça ? »

Jimmy opina d'un air appréciateur. « C'est bien ça. Ça veut dire que je ne… travaillerai pas sans leur permission. Comme ça, tout reste bien calme. Le gamin passera le mot. »

Arutha demanda tranquillement : « Comment savez-vous cela ?

— Je ne suis pas un hors-la-loi, mais je ne suis pas un saint non plus. J'ai eu de nombreux compagnons, au fil de mes années d'engagement. Je suis essentiellement un combattant. Jusqu'à l'année dernière, je faisais partie des Libres Conscrits de Yabon. Je me suis battu dans les armées royales pour une pièce d'argent la journée. » Il avait les yeux dans le vague. « Sept ans de front et d'arrière lignes. Des gamins qui se sont engagés avec notre capitaine la première année, il en est resté un sur cinq. On passait l'hiver à LaMut et notre capitaine partait faire du recrutement. À chaque printemps, on retournait au front avec un peu moins d'hommes. » Ses yeux plongèrent dans la bière devant lui. « Je me suis battu contre des bandits et des hors-la-loi, des renégats de tous poils. J'ai servi dans la marine sur des vaisseaux de guerre contre les pirates. J'ai tenu au Gouffre de Sang, à trente hommes contre deux cents gobelins, le temps que monseigneur Brian, le seigneur de Hautetour, vienne nous sortir de là. Mais j'aurais jamais cru voir le jour où ces satanés Tsuranis partiraient. Non, dit-il, c'est heureux que j'en sois à garder des petites caravanes que même les bandits les plus affamés du royaume ne voient pas l'intérêt d'attaquer. Mon plus gros problème, ces derniers temps, c'est de ne pas m'endormir. » Le mercenaire sourit. « De tous mes amis, Laurie, t'es le meilleur. Je te confierais ma vie, sinon mes femmes ou mon blé. Allez, on boit la tournée en l'honneur du bon vieux temps et puis on pourra commencer à galéjer. »

Arutha appréciait la franchise du guerrier. La servante apporta une autre tournée et Roald paya, malgré les protestations de Laurie. « En ce moment, j'accompagne une grande caravane qui vient des cités libres, les essieux tout grinçants tellement qu'elle est chargée. Ça fait un mois que j'avale la poussière des routes et je dépenserai bien mon or un jour ou l'autre. Autant que ce soit maintenant. »

Martin rit. « Seulement la première tournée, l'ami. Le reste sera pour nous.

— Vous avez vu des Hadatis dans le coin ? » demanda Jimmy. Roald agita la main dans le vague. « Il y en a. Un en particulier ?

— Son tartan est vert et noir, il a des peintures blanches sur le visage, répondit Martin.

— Le vert et le noir, c'est pour un clan très au nord-ouest, je sais plus lequel. Mais les peintures blanches... » Il échangea un regard avec Laurie.

« Quoi ? » insista Martin.

Laurie répondit : « Il est sur une quête de sang.

— Une mission personnelle. Certainement une affaire d'honneur de clan. Et laissez-moi vous dire que l'honneur, c'est pas rien pour les Hadatis. Ils sont aussi intraitables que ces satanés Tsuranis de LaMut. P'têt' qu'y doit venger une injustice, ou payer une dette pour sa tribu, mais de toute manière, il faudrait être fou pour se mettre en travers du chemin d'un Hadati en quête de sang. Ils ont tendance à tout régler au fil de l'épée. »

Roald termina son verre et Arutha dit : « Si vous le voulez bien, partagez donc notre repas. »

Le guerrier sourit. « Sûr que j'ai faim. »

Ils appelèrent et furent vite servis. La conversation tourna à l'échange d'histoires entre Roald et Laurie. Le mercenaire écouta avec passion le ménestrel lui parler de ses aventures pendant la guerre de la Faille, tout en laissant de côté ce qui concernait ses rapports avec la famille royale et le fait qu'il allait épouser la sœur du roi. Le mercenaire en restait bouche bée. « Je ne connais pas de chanteur qui n'ait pas tendance à exagérer et tu es le pire de tous, Laurie, mais cette histoire est si délirante que je veux bien croire à ce que tu racontes. C'est incroyable. »

Laurie prit un air outré. « Moi ? Exagérer ? »

Ils étaient en plein repas quand l'aubergiste arriva et dit à Laurie : « Je vois que vous êtes ménestrel. » Le chanteur avait effectivement amené son luth, comme poussé par une seconde nature. « Voudriez-vous honorer cette maison de vos chants ? »

Arutha allait protester, mais Laurie répondit : « Bien entendu. » Il se tourna vers le prince : « Nous pourrons partir plus tard, Arthur. À Yabon, même quand un chanteur paie pour ses repas, on s'attend à ce qu'il chante quand on le lui demande. Je me fais un compte dans la maison. Ainsi, je pourrai manger ici contre mes chants même si je n'ai pas d'argent » Il monta sur une petite estrade près de la porte d'entrée de l'auberge et s'assit sur un tabouret. Il accorda une par une les cordes de son luth, puis entonna une première chanson. C'était une ballade commune, que l'on chantait partout dans le royaume et que les habitués des auberges et des tavernes connaissaient bien, car il s'agissait de l'une de leurs chansons favorites. La mélodie était plaisante, mais les paroles particulièrement fadasses.

Arutha secoua la tête. « C'est ignoble. »

Les autres éclatèrent de rire. « C'est vrai, dit Roald, mais ils aiment ça. » Il montrait le public.

Jimmy dit : « Laurie joue des chants populaires, pas toujours de bonnes choses. C'est comme ça qu'il mange. »

Le ménestrel termina sous les applaudissements et commença un autre chant, vif et égrillard que tous les marins de la Triste Mer connaissaient, et qui parlait d'un marin ivre et d'une sirène. Un groupe de marins fraîchement débarqués commença à taper des mains pour l'accompagner et l'un d'eux prit une flûte de bois pour faire un contrepoint assez réussi. Un certain chahut s'installait dans la salle et Laurie passa à une autre ballade osée sur les femmes de capitaine quand leur mari est en mer. Les marins applaudirent et sifflèrent et celui à la flûte dansa devant le bar tout en jouant.

La pièce commençait à s'échauffer joyeusement, quand la porte d'entrée s'ouvrit pour laisser passer trois hommes.

Jimmy les regarda se frayer lentement un chemin dans la salle et il dit : « Oh ho, des ennuis. »

Martin suivit le regard de Jimmy. « Tu les connais ?

— Non, mais je connais le genre. C'est le gros devant qui va tout déclencher. »

L'homme en question, d'évidence, était le chef de la bande. C'était un guerrier de grande taille, à la barbe rousse, un mercenaire au torse puissant qui avait laissé ses muscles s'empâter. Il portait deux couteaux et pas d'autre arme. Sa veste de cuir craquait presque tant elle était remplie par son estomac. Les deux autres derrière lui avaient l'air de combattants. L'un d'eux était armé de toute une série de couteaux, allant du stylet à la dague longue. Le troisième portait un long couteau de chasse à la ceinture.

Le rouquin barbu s'approcha de la table d'Arutha avec ses compagnons, s'adressant rudement à tous ceux qu'il écartait de son chemin. Ses manières n'étaient pas tout à fait inamicales, et il échangeait des plaisanteries vulgaires avec plusieurs clients de la taverne qui le connaissaient visiblement. Ils se retrouvèrent bientôt tous les trois devant la table du prince. Baissant les yeux sur les quatre hommes assis là, le rouquin laissa un sourire étirer lentement ses lèvres. « Vous êtes assis à ma table. » Il avait l'accent du sud des cités libres.

Il se pencha en avant, posant les poings entre les assiettes et dit :

« Vous êtes des étrangers. Je vous pardonne. » La bouche de Jimmy béa et le garçon s'écarta instinctivement, car l'homme avait l'haleine de quelqu'un qui avait bu toute la journée et dont une dent avait fini de pourrir depuis bien longtemps. « Si vous étiez d'Ylith, vous auriez su que quand Longly est en ville, tous les soirs il vient à cette table au Nordique. Maintenant partez et je ne vous tuerai pas. » À cela, il rejeta la tête en arrière et rit.

Jimmy fut le premier à se lever. « Nous ne savions pas, messire. » Il fit un faible sourire et les autres échangèrent un regard. Le prince fit signe qu'il préférait quitter la table pour éviter les problèmes. Jimmy fit semblant d'être absolument terrifié par le gros guerrier. « Nous trouverons une autre table. »

Longly attrapa Jimmy au coude. « Il est mignon, ce gamin, non ? » Il rit et regarda ses compagnons. « C'est p'têt' une fille habillée en garçon, il est si mignon. » Il rit encore et regarda Roald. « Ce gamin, c'est ton ami ou c'est ton toutou ? »

Jimmy leva les yeux au ciel et dit : « J'aurais préféré que vous ne disiez pas cela. »

Arutha se pencha par-dessus la table et posa la main sur le bras de l'homme. « Laissez cet enfant. »

Longly repoussa Arutha d'un revers de main.

Roald et Martin échangèrent des regards résignés quand Jimmy leva rapidement sa jambe droite pour attraper le couteau qu'il cachait dans sa botte. Avant que quiconque n'ait pu faire le moindre geste, Jimmy avait appuyé fermement la pointe de son couteau contre les côtes de Longly. « Je crois que tu ferais mieux de te trouver une autre table, l'ami. »

Le gros homme baissa les yeux sur le voleur qui lui arrivait à peine au menton, puis sur la dague. Avec un rire tonitruant, il dit : « Petit, tu es très drôle. » De sa main libre, il attrapa le poignet de Jimmy comme un éclair. Sans effort, il écarta le couteau.

Jimmy commença à suer, luttant pour échapper à l'étau du rouquin. Dans son coin, Laurie continuait à chanter, sans prêter attention à ce qui se passait à la table de ses amis. D'autres clients, qui se trouvaient plus près, habitués aux usages des tavernes du port, commençaient à s'écarter pour ne pas gêner la bagarre à venir. Arutha, assis par terre, encore étourdi par le coup, baissa les mains et dégagea sa rapière.

Roald fit un signe de tête à Martin et ils se levèrent tous les deux, montrant bien qu'ils ne tiraient pas les armes. Roald dit : « Écoute, l'ami, on ne te veut aucun mal. Si on avait su que c'était ta table, on n'y serait pas venus. On va en trouver une autre. Maintenant, laisse ce gamin. »

L'homme rejeta la tête en arrière et rit : « Ha ! Je crois que je vais me le garder. Je connais des gros marchands de Queg qui seraient prêts à me donner cent pièces d'or pour un gamin aussi mignon. » Il fronça soudain les sourcils et regarda Roald droit dans les yeux. « Vous, vous partez. Le gamin va dire qu'il est désolé d'avoir pointé son arme sur Longly et p'têt'que je le laisserai partir. Ou p'têt'qu'il ira voir les marchands de Queg. »

Arutha se releva lentement. Il était difficile de savoir si Longly cherchait vraiment les ennuis, mais après s'être fait frapper, le prince n'allait pas lui laisser le bénéfice du doute. Les gens du cru connaissaient visiblement Longly et s'il cherchait simplement une bonne bagarre et qu'Arutha tirait les armes en premier, il allait s'attirer leur colère. Les deux compagnons du gros homme observaient prudemment les choses.

Roald échangea un autre regard avec Martin et leva son bock comme pour finir sa bière. D'un geste brusque, il en jeta le contenu dans le visage de Longly, puis d'un revers frappa le porteur de couteaux en pleine tête. Le troisième homme, distrait par le mouvement de Roald, ne vit pas venir le coup de Martin qui s'abattit sur lui comme un éclair et l'envoya voler par-dessus une table. Au premier échange de coups, les clients les plus prudents commencèrent à quitter rapidement l'auberge. Laurie arrêta de jouer et se leva sur son estrade pour voir ce qui se passait.

L'un des serveurs, qui s'inquiétait peu de qui pouvait être responsable de ce raffut, sauta par-dessus le bar et tomba sur le fauteur de troubles le plus proche, Martin en l'occurrence. Longly, tout en continuant à serrer le poignet de Jimmy, essuya la bière qui lui coulait sur le visage. Laurie posa précautionneusement son luth, courut sur l'estrade, sauta sur une table, puis sur le dos de Longly. Il passa ses bras autour du cou du gros homme et commença à l'étrangler.

Longly fit un pas en avant sous le choc, puis il retrouva son équilibre malgré Laurie qui s'accrochait à lui. Ignorant le chanteur, il regarda Roald, prêt à se battre. « T'aurais pas dû jeter de la bière sur Longly. Maintenant je suis furieux. »

Jimmy commençait à devenir livide de douleur, sous la poigne de l'homme. Laurie s'écria : « Aidez-moi ! Ce géant a un cou de taureau ! »

Arutha sauta sur sa droite juste au moment où Roald frappait Longly au visage. Le gros homme cilla, puis, d'un geste désinvolte, jeta Jimmy sur Roald, propulsant le mercenaire contre Arutha. Ils tombèrent tous les trois les uns sur les autres. Avec son autre main, il alla chercher derrière lui et attrapa Laurie par sa tunique. Il fit passer le chanteur par-dessus sa tête et le jeta sur la table. Le pied de table le plus proche de Jimmy céda et Laurie roula sur Roald et Arutha qui essayaient de se relever.

Martin avait empoigné le serveur et avait réussi à se débarrasser de lui en le rejetant par-dessus le bar. Il attrapa l'épaule de Longly et l'obligea à se retourner. Les yeux du rouquin semblèrent s'illuminer en découvrant un adversaire à sa mesure. Martin, avec son mètre quatre-vingt-dix, était plus grand que lui, mais il était moins lourd. Longly poussa un cri de joie en attrapant le duc. Ils entamèrent par une prise de lutte, chacun plaçant une main derrière le cou de l'autre et se tenant mutuellement le poignet. Ils avancèrent et reculèrent un long moment, puis se déplacèrent légèrement en cherchant une meilleure position pour une projection.

Laurie s'assit sur son séant et secoua la tête. « Ce n'est pas humain. » Il réalisa soudain qu'il était assis sur Roald et Arutha et commença à se dégager.

Jimmy se releva sur ses jambes encore flageolantes. Laurie leva les yeux sur le garçon tandis qu'Arutha se remettait debout. « Qu'est-ce que tu espérais en tirant cette dague ? demanda Laurie au garçon. Nous faire tuer ? »

Jimmy jeta un regard furieux vers les deux hommes en train de lutter. « Personne ne me parle comme ça. Je ne servirai jamais de mignon à un quelconque bellâtre. »

Laurie dit : « Ne prends donc pas les choses si à cœur. » Il commença à se relever. « Il voulait juste jouer. » Les genoux de Laurie cédèrent et il dut se rattraper à Jimmy. « Je crois. »

Longly poussait d'étranges grognements en luttant contre Martin, qui restait quant à lui parfaitement silencieux. Martin était penché en avant, compensant par sa taille le handicap de son poids. La bagarre, qui avait failli tourner au carnage, s'était finalement calmée pour se changer en combat de lutte plutôt amical, quoiqu'assez rude. Longly partit soudain vers l'arrière attirant Martin avec lui, mais ce dernier suivit simplement le mouvement, relâchant sa prise sur le cou de Longly, tout en gardant celle sur son poignet. D'un seul coup, il se retrouva derrière le gros homme, bloquant le bras de Longly dans une prise douloureuse, retourné derrière la tête. Le gros lutteur grimaça quand Martin commença à tirer sur sa prise, l'obligeant lentement à se mettre à genoux.

Laurie aida Roald à se relever et le mercenaire secoua la tête, cherchant à rassembler ses esprits. Quand sa vue s'éclaircit, il regarda le combat. Il dit à Laurie : « Ça ne doit pas être agréable. »

Jimmy dit : « J'imagine que c'est pour ça qu'il est en train de devenir tout rouge. »

Roald allait dire quelque chose à Jimmy, quand un détail lui fit tourner la tête vers Arutha. Jimmy et Laurie suivirent son regard et leurs yeux s'arrondirent.

Le prince, les voyant tous les trois les yeux fixés vers lui, fit volte-face. Pendant le combat, une silhouette en cape noire avait réussi à s'approcher de la table sans faire de bruit. Il se tenait très raide derrière Arutha, une dague dans la main droite prête à frapper. Les yeux de l'homme étaient fixés droit devant lui et sa bouche bougeait sans émettre le moindre son.

La main d'Arutha jaillit, écartant la dague, mais c'était la silhouette derrière l'homme en noir que le prince regardait. Le guerrier hadati que Jimmy et Martin avaient vu à la porte semblait sur le point de bondir, l'épée prête à s'abattre de nouveau. Sans un bruit, il avait frappé l'assassin par-derrière, l'empêchant d'attaquer le prince. Lorsque le mourant s'effondra, le Hadati rengaina rapidement sa fine épée et dit : « Venez, il y en a d'autres. »

Jimmy examina rapidement le mort et tira de son cou un faucon d'ébène pendu à une chaîne. Arutha se tourna vers Martin et dit :

« Martin ! Des Faucons de la Nuit ! Finis-le ! »

Martin fit un signe de tête à son frère, puis d'un mouvement de torsion, il faillit luxer l'épaule de Longly et le jeta à genoux. Longly leva les yeux vers Martin, puis pour montrer qu'il abandonnait, il les ferma. Le duc leva sa main droite. Retenant son coup, Martin dit :

« À quoi bon ? » et il poussa Longly en avant.

Le gros homme tomba en avant sur le sol puis il se rassit, frottant son épaule douloureuse. « Ha ! » Il éclata de rire. « Reviens quand tu veux, grand chasseur. T'as donné une sacrée leçon à Longly, par les dieux ! »

Ils filèrent de l'auberge par les écuries. Le palefrenier faillit s'évanouir en voyant tous ces gens armés se jeter sur lui. Arutha lança : «Où sont nos chevaux?» Le garçon montra l'arrière de l'écurie.

«Ils ne tiendront pas la course cette nuit», intervint Martin. Voyant d'autres montures, fraîches et nourries, Arutha demanda : «À qui sont-elles?

— À mon maître, messire. Mais elles doivent être vendues aux enchères la semaine prochaine», répondit le garçon.

Arutha fit signe aux autres de seller les montures fraîches. Les yeux du garçon s'emplirent de larmes et il dit : «Je vous en prie, messire, ne me tuez pas.

— Nous ne te tuerons pas, petit», le rassura Arutha.

Le garçon s'écarta tandis que les autres sellaient les animaux. Le Hadati prit une selle qui venait visiblement des réserves de l'auberge et il prépara une sixième monture. Arutha monta et lança une bourse au garçon. «Tiens, dis à ton maître de vendre nos montures et de compenser la différence avec ce qu'il y a là-dedans. Garde quelque chose pour toi.»

Quand ils furent tous prêts, ils sortirent de l'étable à cheval, en passant par la cour de l'auberge, puis en descendant une étroite ruelle. Si jamais l'alerte était sonnée, on risquait de fermer les portes de la ville. Un mort dans une bagarre de bar, cela arrivait de temps en temps. Selon l'officier qui serait de garde cette nuit, on pouvait les poursuivre ou non, peu importait la raison. Arutha décida de ne pas prendre de risque et les conduisit tous vers la porte ouest.

Les gardes de la ville remarquèrent à peine les six cavaliers qui sortirent au galop et disparurent sur la route en direction des cités libres. L'alarme n'avait pas été sonnée.

Ils filèrent sur la route, jusqu'à ce que les lumières d'Ylith ne soient plus qu'une lueur dans la nuit, loin derrière eux. Arutha fit signe alors de tirer les rênes.

Il se tourna vers le Hadati. «À présent, parlons.»

Ils descendirent de selle et Martin les mena à une petite clairière à quelque distance de la route. Alors que Jimmy s'occupait des chevaux, Arutha demanda : «Qui êtes-vous?

— Je me nomme Baru, on m'appelle le Tueur de Serpents, répondit le Hadati.

— C'est un nom puissant », apprécia Laurie. Il expliqua à Arutha :

« Pour obtenir ce nom, Baru a dû tuer une vouivre. »

Arutha regarda Martin, qui inclina la tête d'un air respectueux. « Chasser les dragons requiert beaucoup de courage, de force et de chance. » Les vouivres étaient de proches parentes des dragons. Elles en différaient principalement par la taille. Lutter contre une telle créature, c'était lutter contre une bête de quatre mètres au garrot toute de rage, de griffes, de vitesse et de crocs.

Le Hadati sourit pour la première fois. « Vous êtes un chasseur, on le voit à votre arc, duc Martin. » À cela, les yeux de Roald s'écarquillèrent. « Il faut surtout de la chance. »

Roald regarda Martin. « Duc Martin... » Il se tourna vers Arutha. « Mais alors vous seriez...

— C'est le prince Arutha, fils de monseigneur Borric et frère de notre roi. Vous l'ignoriez ? » s'étonna le Hadati

Roald se rassit en silence, faisant signe que non. Il regarda Laurie :

« C'est bien la première fois que tu ne me dis qu'une partie de ton histoire.

— C'est une longue histoire et elle est encore plus délirante que l'autre. » Il s'adressa à Baru : « Vous êtes du Nord, mais je ne reconnais pas votre clan. »

Le Hadati toucha son plaid. « Ceci vous indique que je suis de la famille des Ordwinson du clan des monts de Fer. Mon peuple vit près de l'endroit que vous autres gens des villes appelez le lac du Ciel.

— Vous avez une quête de sang ? »

Il indiqua l'écharpe enroulée autour de sa tête. « Je suis en quête. Je suis un Guide.

— C'est une sorte de saint... euh, Altesse, précisa Roald

— Un guerrier sacré, confirma Laurie. Cette écharpe contient les noms de tous ses ancêtres. Ils ne peuvent avoir de répit tant que la quête ne sera pas accomplie. Il a prêté serment de finir sa quête ou mourir.

— Comment me connaissez-vous ? demanda Arutha.

— Je vous ai vu quand vous alliez à la conférence de paix avec les Tsuranis à la fin de la guerre. Ceux de mon clan ne risquent pas d'oublier ces jours-là. » Il regarda la nuit. « Quand notre roi nous a appelés, nous sommes venus lutter contre les Tsuranis, pendant plus de neuf ans. C'étaient de puissants adversaires, prêts à mourir pour l'honneur, des hommes qui savaient quelle est leur place sur la roue. C'était un bon combat.

« Et puis, au printemps de la dernière année de la guerre, les Tsuranis sont venus en grand nombre. Trois jours et trois nuits, nous nous sommes battus, reculant pied à pied en infligeant aux Tsuranis de terribles pertes. Au troisième jour, nous qui étions descendus des monts de Fer, nous nous sommes retrouvés encerclés. Tous les guerriers des clans des monts de Fer étaient là. Nous serions morts jusqu'au dernier, mais monseigneur Borric vit le danger qui nous menaçait. Si votre père n'avait pas fait une sortie pour nous sauver, nos noms ne seraient plus que des murmures dans le vent d'hier. »

Arutha se souvint que la lettre de Lyam sur la mort de son père parlait des Hadatis. « Qu'est-ce que la mort de mon père a à voir avec moi ? »

Baru haussa les épaules. « Je l'ignore. J'étais en quête de savoir à la porte où vous m'avez aperçu. Nombreux sont les gens qui passent par là et je posais des questions pour ma quête. C'est alors que je vous ai vu passer. Je me suis dit qu'il pouvait être intéressant de découvrir pourquoi le prince de Krondor voulait entrer dans une de ses propres villes en se faisant passer pour un simple guerrier. Cela pouvait m'aider à passer le temps pendant ma quête. Et puis l'assassin est arrivé. Je ne l'aurais pas laissé vous assassiner en restant là sans rien faire. Votre père a sauvé les hommes de mon peuple, je vous ai sauvé la vie. Cela paie peut-être une partie de notre dette. Qui peut prévoir comment tourne la roue ?

— À l'auberge, vous avez dit qu'il y en avait d'autres ? demanda Arutha.

— L'homme qui a essayé de vous tuer vous a suivi jusque dans l'auberge, il vous a regardé un moment, puis il est reparti dehors. Là, il a parlé à un gamin dans la rue, lui a donné de l'argent et le gamin a filé. Il a vu les trois qui se sont battus contre vous et il les a interceptés avant qu'ils ne passent. Je n'ai pas entendu ce qu'il leur a dit, mais il a montré l'auberge et les trois hommes sont entrés.

— Alors ce combat avait été organisé », comprit Arutha.

Jimmy, qui en avait fini avec les chevaux, intervint : « Il est plus probable qu'il connaissait le sale caractère de Longly et qu'il s'est assuré que ce gros porc sache que des étrangers étaient à sa table habituelle, au cas où Longly n'ait pas prévu de rentrer, pour qu'il ne nous rate pas.

— Il voulait sans doute nous occuper le temps que les autres arrivent et puis il a dû voir une opportunité à ne pas manquer », compléta Laurie.

Arutha se tourna vers le Hadati. « Si vous n'aviez pas été ici, Baru, ça aurait été le cas. »

Le Hadati prit cela comme un remerciement et dit : « Vous n'avez pas de dette envers moi. Comme je l'ai dit, c'est sans doute moi qui paie une dette.

— Hé bien, j'imagine que vous en avez fini. Il va falloir que je retourne à Ylith. » Roald commença à partir.

Arutha échangea un regard avec Laurie. Le ménestrel s'adressa à son ami : « Roald, vieux frère, je crois qu'il va falloir que tu changes tes plans.

— Quoi ?

— Hé bien, si tu as été vu en compagnie du prince, ce qui est probablement le cas, parce qu'il devait bien y avoir trente ou quarante personnes à l'auberge quand la bagarre a commencé, ceux qui le recherchent pourraient vouloir te demander où nous allons.

— Qu'ils y viennent, répliqua Roald d'un air bravache.

— Nous ne préférerions pas. Ils sont assez déterminés. J'ai déjà eu affaire à des Moredhels et ils ne sont pas tendres », insista Martin.

Roald écarquilla les yeux. « La Fraternité de la Voie des Ténèbres ? »

Martin acquiesça et Laurie ajouta : « De plus, pour l'instant, tu es libre.

— Et j'entends bien le rester. »

Arutha essaya une approche plus dure : « Vous diriez non à votre prince ?

— Je n'entends pas vous manquer de respect, Altesse. Mais je suis un homme libre, je ne suis pas à votre service et je n'ai transgressé aucune loi. Vous n'avez aucune autorité sur moi.

— Écoute, dit Laurie, il est probable que ces assassins recherchent activement tous les gens qui ont été vus avec nous. Et même si tu es de la même trempe qu'avant, j'ai vu ce qu'ils étaient capables de faire et je ne prendrais pas le risque de me faire attraper. » Roald semblait inébranlable.

« Nous pourrions sans doute trouver une récompense adéquate », proposa Martin.

Le visage de Roald s'éclaira. « Combien ? »

Arutha répondit : « Restez avec nous le temps que nous finissions notre quête et je vous paierai… cent souverains d'or.

— D'accord ! » s'exclama Roald sans hésiter. Cela représentait facilement quatre mois de salaire pour un garde de caravane.

Arutha regarda Baru : « Vous nous aviez dit que vous cherchiez des informations. Pouvons-nous vous aider dans votre quête ?

— Peut-être. Je cherche l'un des membres de ceux que vous appelez la Fraternité de la Voie des Ténèbres. »

Martin leva un sourcil et regarda Arutha. « Qu'avez-vous à faire avec les Moredhels ?

— Je cherche un grand Moredhel des collines de Yabon qui porte un catogan, comme ceci – il mima une queue de cheval – et trois cicatrices à chaque joue. On m'a dit qu'il était parti accomplir ses méfaits au sud. J'avais espéré que des voyageurs puissent me parler de lui, il doit se démarquer beaucoup des Moredhels du Sud.

— S'il n'a pas de langue, alors c'est lui qui nous a attaqués sur la route de Sarth, répondit Arutha.

— C'est lui, gronda Baru. Celui qui n'a pas de langue s'appelle Murad. C'est un chef du clan Moredhel des corbeaux, des ennemis jurés de mon peuple depuis l'aube des temps. Les cicatrices qu'il porte montrent qu'il a conclu des pactes avec les ténèbres, mais nous n'en savons pas beaucoup plus. Cela fait des années qu'on ne l'a pas vu, il avait disparu avant même la guerre de la Faille, quand les guerriers Moredhels attaquaient les collines frontalières de Yabon.

« C'est à cause de lui que je suis parti pour la quête de sang. On l'a revu il y a deux mois. Il menait une bande de guerriers en armures noires. Il est passé près de l'un de nos villages et sans raison, il s'est arrêté juste le temps de le détruire, de brûler toutes les maisons et de tuer tout le monde, à l'exception du berger qui me l'a décrit. C'était mon village. » Il poussa un soupir presque résigné et dit : « S'il était du côté de Sarth, alors il va falloir que j'aille là-bas. Cela fait trop longtemps que ce Moredhel vit. »

Arutha fit un signe de tête à Laurie, qui dit : « En fait, Baru, si vous restez avec nous, il viendra très certainement à vous de lui-même. » Baru regarda le prince d'un air interrogateur et Arutha lui parla de Murmandamus, de ses serviteurs et de sa quête pour soigner Anita.

Quand il eut fini, le Hadati eut un sourire sans joie. « Alors je vais entrer à votre service, Altesse, si vous voulez bien m'accepter, car c'est le destin qui nous a réunis. C'est mon ennemi qui vous chasse et je vais prendre sa tête avant qu'il ne vous prenne la vôtre.

— Bien, accepta Arutha. Vous serez le bienvenu, car notre route risque d'être bien dangereuse. »

Martin se raidit et pratiquement au même instant, Baru se releva et se dirigea vers les arbres derrière le duc. Martin fit signe à tout le monde de se taire et, avant que les autres ne puissent bouger, il disparut sous les arbres, dans les pas de l'homme des collines. Les autres s'apprêtaient à y aller aussi, mais Arutha leur fit signe de rester là. Immobiles dans le noir, ils entendirent ce qui avait alerté Martin et le Hadati. Dans la nuit, leur parvenait le bruit de cavaliers au galop sur la route d'Ylith.

De longues minutes passèrent, puis le bruit des sabots s'éloigna en direction du sud-ouest. Quelques minutes plus tard, Martin et Baru reparurent. Martin murmura : « Des cavaliers, une douzaine au moins, qui sont passés sur la route comme s'ils avaient des démons à leurs trousses.

— Armures noires ? » demanda Arutha.

Martin dit : « Non, ceux-ci étaient humains et même si c'était difficile à voir dans le noir, je crois que c'étaient de rudes gaillards.

— Les Faucons de la Nuit peuvent avoir engagé quelques gros bras de plus si nécessaire. On en trouve facilement à Ylith », intervint Laurie.

Jimmy acquiesça. « Il est possible qu'il n'y ait eu qu'un ou deux Faucons de la Nuit, mais les mercenaires savent très bien tuer, eux aussi. »

Baru dit : « Ils vont vers les cités libres.

— Ils vont revenir », dit Roald. Arutha se tourna vers le mercenaire, dont il distinguait à peine le visage dans la pénombre lunaire. « Votre baron Talanque a installé une nouvelle douane à sept ou huit kilomètres d'ici, sur la route. Ma caravane y est passée cet après-midi. Il semble qu'il y ait de la contrebande venant du Natal ces derniers temps. Les gardes leur diront que personne n'est passé cette nuit et ils vont revenir.

— Alors, dit Arutha, il nous faut partir maintenant. La question est de savoir comment atteindre Elvandar. J'avais prévu de prendre la route nord pour Yabon, puis de bifurquer vers l'ouest. »

Roald tiqua. « Au nord d'Ylith, vous trouverez des gens qui vous connaissent à cause de la guerre, Altesse. Particulièrement du côté de LaMut. À leur place, j'y aurais pensé.

— Alors par où passer ? » demanda le prince.

Martin proposa : « Nous pourrions partir droit vers l'ouest, prendre la passe sud et longer les Tours Grises par la face ouest pour passer le Vercors. C'est dangereux, mais… »

Arutha termina à sa place : « Mais nous savons nous battre contre des gobelins et des trolls. C'est une bonne solution. Partons, maintenant. »

Ils remontèrent en selle et repartirent, Martin en tête. Lentement, ils se frayèrent un chemin dans les bois sombres et silencieux, vers l'ouest. Arutha essayait de ravaler la colère qui bouillonnait en lui. Le voyage sans histoire de Sarth à Ylith avait endormi sa prudence naturelle, lui faisant oublier un moment les dangers qu'ils encouraient. Mais le piège de l'auberge et les poursuivants sur la route avaient éveillé de nouveau sa méfiance. Murmandamus et ses agents n'avaient peut-être plus les moyens magiques de le suivre, mais ils avaient si bien tendu leur filet qu'Arutha et ses compagnons avaient failli se faire prendre.

Jimmy, dernier de la colonne, regarda un moment derrière lui, espérant ne pas voir de signe de leurs poursuivants. Dans le noir, il perdit rapidement la route de vue et reporta son attention sur les dos de Roald et de Laurie, qu'il distinguait à peine devant lui.

13

Le vent fouettait les vagues couvertes d'écume.

Gardan regarda la côte du port des Étoiles qui se découpait dans le lointain. Il aurait préféré pouvoir aller à l'académie à dos de cheval, au lieu de risquer le diable sur une barge ballottée par la houle. Mais le port des Étoiles était sur une île. Il avait déjà enduré des voyages par mer mais, bien qu'il eût passé toute sa vie dans une ville portuaire, il détestait la navigation, même s'il ne l'avait jamais réellement admis.

Ils avaient quitté Krondor par bateau, cabotant le long de la côte jusqu'au détroit séparant la Triste mer de la mer des Songes, qui était plus un gigantesque lac salé qu'un véritable océan. À Shamata, ils avaient pris des chevaux pour suivre la rivière Dalin jusqu'à sa source, le grand lac aux Étoiles. Ils attendaient maintenant la barge dans laquelle ils devaient embarquer. Deux hommes vêtus d'une tunique toute simple et d'un pantalon – apparemment des paysans – la dirigeaient vers eux à l'aide d'une longue perche. Dans peu de temps, Gardan, le frère Dominic, Kasumi et leurs six gardes tsuranis monteraient à bord pour être conduits à l'île du port des Étoiles, à environ deux kilomètres de là.

Gardan frissonna. C'était le printemps, mais l'air du soir n'était pas aussi doux qu'on s'y serait attendu pour cette époque-ci de l'année. « C'est moi, le réfugié d'un pays chaud, capitaine », dit Kasumi avec un petit rire.

Gardan répondit sans amusement : « Non, il fait frais, mais il y a autre chose. J'ai de très mauvais pressentiments depuis que j'ai quitté le prince. » Le frère Dominic ne dit rien, mais il semblait partager ses impressions.

Kasumi acquiesça. Il était resté à Krondor pour assurer la garde du roi ; quand les messages d'Arutha étaient arrivés, Lyam lui avait confié la charge d'accompagner Gardan et le moine d'Ishap au port des Étoiles et il avait accepté. En plus de son désir de revoir Pug, quelque chose dans les ordres de Lyam lui avait fait penser que le roi considérait comme vital le fait que le moine arrivât sain et sauf au port des Étoiles.

La barge accosta et l'un des deux hommes mit pied à terre. « Il va nous falloir faire deux voyages, avec les chevaux, messire », dit-il.

Kasumi, responsable de l'expédition, répondit : « Ce sera parfait. » Il désigna cinq de ses hommes et ordonna : « Ceux-là iront les premiers. Nous suivrons. »

Gardan ne vit aucun inconvénient à partir en second. Il n'avait aucune envie de précipiter son épreuve. Les cinq Tsuranis menèrent leurs bêtes à bord et prirent position sans un mot. Quels que fussent leurs sentiments sur cette traversée à bord d'une barge instable, ils restèrent parfaitement stoïques.

La barge repartit, sous l'œil calme de Gardan. À l'exception de quelques rares signes d'activité sur l'île, la côte sud du grand lac aux Étoiles était déserte. Pourquoi, se demanda Gardan, avoir choisi de vivre dans un lieu si isolé ? Les légendes racontaient qu'une étoile tombée du ciel avait créé ce lac. Mais quelles que fussent ses origines, nulle communauté ne s'était jamais installée sur ses rives.

Le seul garde tsurani resté sur la terre ferme attira l'attention de Kasumi en s'exprimant dans leur propre langue, pointant la main vers le nord-est. Kasumi regarda dans cette direction.

Gardan et Dominic regardèrent aussi. Au loin, sur l'horizon, apparaissant sur le ciel lentement envahi par la nuit, ils aperçurent plusieurs silhouettes ailées filant dans leur direction. « Qu'est-ce que c'est ? demanda Kasumi. Ce sont les plus gros oiseaux que j'aie jamais vus sur votre monde. Ils ont presque taille humaine. »

Gardan plissa les yeux. Soudain, Dominic cria : « Par Ishap ! Tout le monde à terre. »

Les barreurs, qui avançaient lentement, avec régularité, tournèrent la tête. Voyant Gardan et les autres tirer les armes, ils commencèrent à revenir vers la terre. Les silhouettes en approche devenaient plus distinctes, filant vers le groupe qui se trouvait encore sur la rive. L'un des bateliers hurla de terreur et pria Dala de leur offrir sa protection.

Les créatures, nues, étaient grotesques mais humanoïdes. C'étaient clairement des mâles, au torse puissant et à la peau bleue. Leurs épaules et les muscles de leur poitrail se tendaient au rythme du battement de leurs énormes ailes de chauves-souris. Ils avaient des têtes de singes sans poils et de longues queues préhensiles qui fouettaient l'air. Gardan estima qu'elles devaient être une douzaine. Poussant des cris suraigus, elles plongèrent sur les hommes à terre.

Gardan s'écarta pour esquiver de justesse les griffes tendues de l'une des créatures et son cheval s'enfuit. Il entendit un cri derrière lui et aperçut l'un des bateliers qui se faisait emporter dans les airs par une créature. Elle resta immobile un moment en battant de ses ailes puissantes, tenant l'homme par le cou. Puis, avec un cri méprisant, elle égorgea le batelier et le lâcha. Dans un jaillissement de sang, l'homme tomba dans l'eau.

Gardan frappa l'une des créatures qui tentait de l'attraper de la même manière. La lame s'écrasa sur son visage avec violence, mais la créature n'eut qu'un mouvement de recul, et se stabilisa d'un battement d'ailes. Le coup d'épée ne semblait avoir laissé aucune marque. La créature grimaça, secoua la tête, puis lança une nouvelle attaque. Gardan recula, se concentrant exclusivement sur les serres tendues de la créature. Les doigts très humains se finissant sur de longues griffes raclèrent l'acier de sa lame quand il para. Le capitaine aurait préféré que son cheval reste assez de temps pour qu'il puisse récupérer son bouclier.

« Quel genre de créature est-ce donc ? » s'écria Kasumi lorsque la barge arriva assez près pour que les cinq Tsuranis sautent à terre.

La voix de Dominic répondit derrière lui. « Ce sont des créatures élémentaires, créées par magie noire. Nos armes n'ont aucun effet sur elles. »

Malgré cela, les Tsuranis restèrent imperturbables et attaquèrent les créatures comme tout autre ennemi, sans hésitation. Même si leurs coups ne faisaient pas de dégâts, les bêtes semblaient ressentir la douleur, car l'assaut les fit reculer vers les airs l'espace de quelques instants.

Gardan regarda autour de lui et vit Kasumi et Dominic non loin de là. Chacun avait un bouclier et se tenait prêt à réceptionner une nouvelle attaque. Alors les créatures se jetèrent de nouveau sur eux. Un soldat cria et Gardan aperçut du coin de l'œil un Tsurani tomber à côté de lui.

Gardan vit Kasumi esquiver agilement la charge de deux créatures, maniant expertement son épée et son bouclier. Mais le capitaine savait qu'ils n'avaient aucune chance de s'en tirer, car ils finiraient par se fatiguer et par ralentir. Les créatures quant à elles ne semblaient pas éprouver de fatigue et attaquaient avec autant de rage qu'au début.

Dominic frappa d'un violent coup de masse et une créature émit un hurlement de douleur suraigu. Les armes ne semblaient pouvoir couper leur cuir créé par magie, mais au moins pouvait-on leur briser les os. La créature voleta en cercle, tentant désespérément de rester en l'air, et finit par descendre lentement vers le sol. Au battement de son aile touchée, il était clair que Dominic lui avait brisé une épaule.

Gardan esquiva une autre attaque et fit un pas de côté. Derrière les deux créatures qui l'attaquaient, il vit celle qui était blessée toucher le sol. Dès que ses pieds entrèrent en contact avec la terre, la créature émit un hurlement de douleur, qui faillit leur faire éclater les tympans, et explosa dans une gerbe d'éclairs. Il y eut un flash aveuglant dans la pénombre du soir et la créature disparut, ne laissant qu'une tâche fumante sur le sol. Dominic hurla : « Ce sont des élémentaires de l'air ! Ils ne peuvent pas supporter d'entrer en contact avec la terre ! »

Gardan frappa violemment de bas en haut la créature à sa droite. La force du coup la poussa vers le sol. Elle ne toucha le sol qu'un instant très bref, mais cela suffit. Comme l'autre, elle explosa dans un flot d'éclairs. Dans sa panique, elle avait tenté d'agripper la queue de sa compagne toute proche qui traînait à portée de ses griffes, comme pour se hisser et fuir sa destruction. Les éclairs remontèrent le long de la queue de l'autre créature, qui fut consumée elle aussi.

Kasumi fit volte-face et vit que trois de ses six hommes gisaient déjà, morts. Les créatures étaient maintenant au nombre de neuf et elles reprirent leur attaque sur les combattants, mais visiblement avec plus de circonspection. L'une d'elle piqua sur Dominic, qui se tendit pour recevoir l'assaut. Au lieu de chercher à attraper le moine, l'élémentaire battit des ailes en arrière, comme pour renverser le clerc par le souffle de son vol. Gardan courut vers la créature qui lui tournait le dos, esquivant des griffes qui tentaient de l'attraper. Il plongea en avant, tenant à peine son épée et jeta ses bras autour des jambes pendantes de la créature qui luttait contre Dominic. Il serra de toutes ses forces, le visage collé contre la hanche nue de la chose. Il sentit son estomac se révulser à l'odeur du corps de l'élémentaire, une odeur de cadavre enterré depuis longtemps. Ce surcroît inattendu de poids attira la créature vers le bas. Elle poussa un cri et battit furieusement des ailes, mais elle était trop déséquilibrée et Gardan réussit à lui faire toucher le sol. Comme les autres, elle explosa en une gerbe d'éclairs.

Gardan s'écarta en faisant un roulé-boulé, foudroyé par une terrible douleur qui lui rongeait les bras et la poitrine, là où il avait été en contact avec la créature au moment de son explosion, une brûlure reçue lors de sa destruction. Il lutta contre la douleur, sentant l'espoir renaître en lui. Les hommes sur la berge étaient maintenant sept – Gardan, Kasumi, Dominic, trois soldats et un batelier avec sa perche – et les créatures n'étaient plus que huit.

Un moment, les élémentaires préférèrent voler en cercle au-dessus de leurs têtes, hors de portée de coup des survivants. Alors qu'ils s'apprêtaient à lancer une attaque en piqué, une sorte de scintillement apparut à quelque distance des attaquants, sur la plage. Gardan adressa une prière à Tith, le dieu des soldats, pour que ce ne fût pas l'annonce de l'arrivée de nouveaux adversaires. Il en aurait suffi d'un seul pour faire pencher la balance, en les submergeant purement et simplement.

Dans un éclair, un homme apparut sur la plage, vêtu d'une tunique et d'un pantalon noirs. Gardan et Kasumi reconnurent Pug immédiatement et lui crièrent de prendre garde. Le magicien observa la situation d'un air calme. L'une des créatures, se découvrant un adversaire sans armes, poussa un ululement de joie démente et fila sur lui.

Pug resta immobile, sans rien faire pour se défendre. La créature arriva en piqué jusqu'à environ trois mètres de lui, et s'écrasa sur une barrière invisible. Comme si elle venait de se fracasser contre une paroi de roc, la créature glissa au sol. Elle disparut dans un éclair aveuglant.

Il y eut des hurlements de panique dans les airs, au moment où les créatures comprenaient qu'elles étaient maintenant confrontées à un adversaire contre lequel elles ne pourraient rien. Les sept créatures restantes s'enfuirent immédiatement, repartant vers le nord.

Pug exécuta une série de mouvements de mains et soudain une boule de feu bleue dansa entre ses doigts levés vers le ciel. Il la lança vers les créatures en fuite. La boule de feu bleue fila à toute vitesse en direction des élémentaires et les rattrapa au-dessus de l'eau, fuyant à tire-d'aile. La boule les engloutit, comme un nuage de lumière palpitante. Poussant des cris de douleur étranglés, les élémentaires se tordirent en plein vol, puis tombèrent dans le lac en se tortillant en tous sens. En touchant la surface de l'eau, ils explosèrent dans une gerbe de flammes vertes et se consumèrent en disparaissant sous la surface houleuse du lac.

Gardan regarda Pug s'approcher des soldats épuisés. Le magicien avait l'air étrangement sombre et, dans son regard, brûlait une puissance que Gardan n'avait encore jamais vue. Brusquement, Pug se détendit et son visage se modifia d'un seul coup. Il semblait maintenant jeune, presque enfantin malgré ses vingt-six ans. Un sourire se dessina soudain sur ses lèvres : « Bienvenue au port des Étoiles, messires. »

Le feu coloriat la pièce d'une lumière chaleureuse. Gardan et Dominic se reposaient dans de grandes chaises placées devant l'âtre, tandis que Kasumi s'était agenouillé sur des coussins, à la manière tsurani.

Kulgan soignait les brûlures du capitaine, s'affairant autour de lui comme une mère autour de son enfant. Ils venaient tous les deux de Crydee et se connaissaient depuis des années, assez pour que Kulgan se permette de gronder le capitaine. « Comment est-ce que vous avez pu être assez fou pour attraper une telle bestiole – tout le monde sait que rentrer en contact avec une créature élémentaire au moment où elle retourne à son état originel implique un dégagement d'énergie, essentiellement composé de chaleur et de lumière. »

Gardan, fatigué de ces jérémiades, répliqua : « Hé bien moi, je ne le savais pas. Et toi, Kasumi ? Et vous, Dominic ? »

Kasumi éclata de rire et Dominic dit : « En fait, moi je le savais.

— Vous ne m'aidez pas, prêtre, maugréa le capitaine. Kulgan, si vous en avez fini, est-ce que nous pouvons manger quelque chose ? Ça fait bien une heure que je sens le repas qui cuit et c'est en train de me rendre dingue. »

Pug rit, appuyé contre le mur de la cheminée. « Capitaine, cela fait à peine dix minutes. »

Ils se trouvaient dans une pièce au premier étage d'un grand bâtiment en construction. Kasumi dit : « Je suis heureux que le roi m'ait donné la permission de visiter ton académie, Pug.

— Moi de même, intervint le frère Dominic. Nous apprécions beaucoup, à Sarth, les copies des documents que vous nous avez envoyées, mais nous ne comprenons toujours pas très bien quels sont vos projets. Nous aimerions en savoir plus.

— Je désire simplement accueillir ici toute personne qui désire sincèrement apprendre, frère Dominic. Nous vous demanderons peut-être un jour de nous rendre l'hospitalité que nous vous offrons aujourd'hui afin de visiter votre légendaire bibliothèque. »

À ces mots, Kulgan tourna la tête. « Je serais très heureux d'avoir une telle autorisation, mon ami Dominic.

— Vous serez toujours les bienvenus, répondit le moine.

— Voyez-vous ça, dit Gardan en faisant un signe de tête en direction de Kulgan. Lâchez-le tout seul dans une de vos caves voûtées et vous ne le retrouverez plus jamais. Il aime les livres autant qu'un ours aime le miel. »

Une femme impressionnante aux cheveux noirs et aux grands yeux sombres entra dans la salle, suivie de deux serviteurs. Tous portaient de grands plateaux couverts de nourriture. La femme posa le sien sur la longue table située à l'autre bout de la pièce. « S'il vous plaît, c'est l'heure du dîner. »

Pug fit les présentations. « Frère Dominic, voici ma femme Katala. »

Le moine inclina la tête d'un geste déférent et dit : « Madame. »

Elle lui fit un sourire. « Je vous en prie, Katala. Nous avons tendance à être plutôt informels ici. »

Le moine inclina la tête une fois encore et se dirigea vers la chaise qu'on lui indiquait. Il se retourna en entendant la porte s'ouvrir et, pour la première fois depuis que le capitaine l'avait rencontré, le moine perdit contenance. William arriva en courant dans la pièce, suivi par la forme couverte d'écailles vertes de Fantus.

« Par Ishap ! N'est-ce point là un dragonnet ? »

William courut vers son père et se serra contre lui en regardant timidement les nouveaux arrivants. Kulgan répondit : « Voici Fantus, le seigneur de ces lieux. Nous ne vivons ici que parce qu'il consent à nous tolérer, quoique la compagnie de William soit celle qu'il tolère le mieux. » Le regard du dragonnet se fixa un moment sur Kulgan, comme s'il était tout à fait d'accord avec ce que le mage venait de dire. Puis ses grands yeux rouges se fixèrent à nouveau sur la table et sur ce qui se trouvait dessus.

« William, dis bonjour à Kasumi », dit Pug.

William inclina légèrement la tête en souriant. Il prononça quelques mots en tsurani et Kasumi répondit en riant.

La scène ayant visiblement éveillé l'intérêt de Dominic, Pug expliqua : « Mon fils parle couramment la langue du royaume, ainsi que le tsurani. Ma femme et moi parlons les deux langues, car nombre de mes ouvrages sont en tsurani. C'est l'un des problèmes que je rencontre pour adapter la haute magie à Midkemia. La plupart des choses que je fais correspondent à la manière dont je pense et je pense la magie en tsurani. William me sera d'une aide précieuse un jour, pour m'aider à découvrir des moyens de faire de la magie dans la langue du royaume, afin que je puisse prodiguer un enseignement à tous ceux qui vivent ici.

— Messieurs, le repas est en train de refroidir, annonça Katala.

— Et ma femme ne permet pas que l'on parle de magie à cette table », dit Pug.

Kulgan soupira et Katala ajouta : « Si je le permettais, ces deux-là ne mangeraient jamais rien. »

Gardan, malgré la gêne que lui occasionnaient ses blessures, s'avança rapidement, et s'exclama : « Je ne me le ferai pas dire deux fois. » Il s'assit et immédiatement, l'un des serviteurs commença à lui remplir son assiette.

Le dîner fut très convivial, à discuter de petits riens. Les terreurs de la journée avaient disparu avec la nuit et l'on évita toute mention des tristes événements qui avaient amené Gardan, Dominic et Kasumi au port des Étoiles. On ne dit rien de la quête d'Arutha, de la menace de Murmandamus ou de la prophétie de l'abbaye. Un court moment, il n'y eut plus de problèmes. Une heure durant, le monde était redevenu un endroit agréable, peuplé de vieux amis et de nouveaux convives partageant bonne chair et compagnie.

Puis William leur souhaita bonne nuit. Dominic était frappé par sa ressemblance avec sa mère, bien qu'il cherchât clairement à imiter son père dans sa manière de parler et de se comporter. Fantus, nourri sur l'assiette de William, sortit pesamment de la pièce avec lui.

« J'ai encore du mal à en croire mes yeux, pour ce dragonnet, dit Dominic après leur départ.

— Kulgan l'a toujours eu comme animal familier, d'aussi loin que je me souvienne », dit Gardan.

Kulgan, qui était en train d'allumer sa pipe, s'exclama : « Ah, mais plus maintenant ! Ce gamin et Fantus sont restés inséparables depuis le premier jour où ils se sont vus.

— Il y a quelque chose de peu ordinaire entre ces deux-là, acquiesça Katala. Parfois, j'ai l'impression qu'ils se comprennent.

— Dame Katala, il est peu de chose en ces lieux qui ne sorte pas de l'ordinaire, se permit Dominic. Tous ces magiciens ensemble, ce bâtiment, tout cela est extraordinaire. »

Pug se leva et mena ses convives vers les chaises disposées autour du feu. « Il faut que vous compreniez que sur Kelewan, au moment où je faisais mes études à l'Assemblée, cela faisait des siècles que ce que vous voyez naître ici était déjà bien établi. La confrérie des magiciens était un fait accepté de tous, tout comme le fait que l'on puisse partager son savoir. »

Kulgan tira sur sa pipe d'un air heureux. « C'est ainsi que les choses devraient être.

— Nous pourrons disserter de la création de l'académie du port des Étoiles demain, quand je pourrai vous montrer notre communauté, coupa Pug. Je lirai les messages d'Arutha et de l'abbé cette nuit. Je sais que c'est cela qui a poussé Arutha à partir de Krondor, Gardan. Que s'est-il passé sur la route de Sarth ? »

Le capitaine, qui commençait à s'endormir tout doucement, se força à se réveiller et retraça en quelques mots leurs péripéties entre Sarth et Krondor. Comme le capitaine n'omit rien de très significatif, le frère Dominic n'intervint pas. Puis ce fut au tour du moine d'expliquer ce qu'il savait de l'attaque de l'abbaye. Quand il eut fini, Pug et Kulgan lui posèrent plusieurs questions, mais reportèrent leurs commentaires à plus tard.

« Ce que vous nous apprenez là est extrêmement préoccupant. Mais il est tard et je pense que nous devrions consulter d'autres personnes sur cette île. Je propose que nous montrions le chemin de leur chambre à nos hôtes et que nous reprenions nos discussions tôt demain, quand ils seront moins fatigués. »

Gardan retint un bâillement et acquiesça. Kasumi, le frère Dominic et le capitaine se firent escorter hors de la pièce par Kulgan, qui souhaita bonne nuit aux autres.

Pug s'écarta du feu pour aller à une fenêtre, d'où il regarda la petite lune cachée derrière les nuages se refléter sur les eaux. Katala s'approcha dans le dos de son mari et lui enserra la taille dans ses bras.

« Ces nouvelles te troublent, mon époux. » Clairement, elle ne posait pas une question.

« Comme toujours, tu lis en moi comme dans un livre. » Il se retourna entre ses bras et l'attira à lui, plongeant le visage dans la douceur de ses cheveux pour l'embrasser sur la joue. « J'avais espéré que nous n'aurions plus pour seul souci dans notre vie que la construction de cette académie et l'éducation de nos enfants. »

Elle leva son visage vers lui, un sourire aux lèvres, ses yeux noirs reflétant l'amour infini qu'elle ressentait pour son époux. « Chez les Thurils, il y a un dicton qui dit : "La vie est une série de problèmes. Vivre, c'est résoudre ces problèmes." » Il sourit. Elle insista : « Mais c'est vrai. Que penses-tu de ce que viennent de nous annoncer Kasumi et les autres ?

— Je ne sais qu'en penser. » Il caressa ses cheveux bruns. « Depuis quelque temps, je sens que quelque chose me mine. Je me suis dit que c'était simplement de l'inquiétude pour l'avancée des travaux pour l'académie, mais il y a autre chose. Mes nuits sont hantées de rêves.

— Je sais, Pug. Je t'ai vu lutter dans ton sommeil. Tu ne m'en as jamais parlé. »

Il la regarda : « Je ne voulais pas t'inquiéter, mon amour. Je pensais que c'étaient des fantômes du passé, des souvenirs de temps plus sombres. Mais maintenant... je n'en suis plus si sûr. Il en est un qui revient fréquemment, de plus en plus ces derniers temps. Une voix dans le noir qui m'appelle. Elle m'appelle à l'aide, me supplie. »

Connaissant son mari, Katala ne dit rien et attendit qu'il soit prêt à lui expliquer ce qu'il ressentait. Finalement, Pug avoua : « Je connais cette voix, Katala. Je l'ai déjà entendue, lors des troubles, aux moments les plus terribles, alors qu'on ignorait encore comment se terminerait la guerre de la Faille et que nul ne savait que le destin de deux mondes reposait sur mes épaules. C'était celle de Macros. C'est sa voix, que j'entends. »

Katala frissonna et se serra contre son mari. Le nom de Macros le Noir, dont la bibliothèque était la première pierre de cette académie de magie, était un personnage qu'elle ne connaissait que trop bien. Macros était le sorcier mystérieux qui ne pratiquait ni la haute magie de Pug, ni la magie mineure de Kulgan, mais autre chose encore. Il avait vécu assez longtemps pour paraître éternel et il lisait dans l'avenir. De près ou de loin, il avait mené plus ou moins les événements de la guerre de la Faille, jouant avec des vies humaines à une sorte de jeu cosmique que lui seul comprenait. Il avait débarrassé Midkemia de la Faille, ce pont magique qui avait relié ce monde au monde natal de Katala. La jeune femme se nicha tout contre Pug, la tête appuyée contre sa poitrine. Elle savait fort bien pourquoi Pug était troublé. Macros était mort.

* * *

Gardan, Kasumi et Dominic, les pieds sur terre, regardaient se dérouler le travail au-dessus d'eux. Les ouvriers venus de Shamata plaçaient une à une des rangées de pierres, érigeant les hautes murailles de l'académie. Pug et Kulgan se tenaient non loin de là, inspectant les derniers plans que leur montrait le maître architecte en charge de la construction. Kulgan fit signe aux nouveaux venus de les rejoindre. « Tout ceci est vital pour nous, alors j'espère que vous voudrez bien nous excuser, dit le gros magicien. Cela ne fait que quelques mois que nous y travaillons et nous ne voudrions pas voir le travail s'interrompre.

— Ce bâtiment va être immense, s'étonna Gardan.

— Vingt-cinq étages, avec plusieurs tours encore plus hautes pour observer les cieux.

— C'est incroyable, s'extasia Dominic. On pourrait mettre des milliers de gens, dans une telle bâtisse. »

Une lueur d'amusement brilla dans les yeux de Kulgan. « D'après ce que m'a dit Pug, ce n'est qu'une partie de ce qu'il avait vu de la cité des mages sur l'autre monde. Là-bas, c'est une ville entière qui est devenue finalement un seul et unique édifice gigantesque. Quand nous aurons fini notre travail, dans plusieurs années, nous ne devrions arriver qu'à un vingtième de ce dont ils disposaient, moins même. Mais il reste de la place, si nécessaire. Un jour, peut-être, l'académie couvrira-t-elle l'intégralité de l'île du port des Étoiles.

Le maître architecte repartit et Pug se tourna vers eux : « Désolé de cette interruption, mais nous avions quelques décisions importantes à prendre. Venez, poursuivons l'inspection. »

Ils longèrent le mur, tournèrent et découvrirent un groupe de bâtiments qui formait une sorte de petit village. Des hommes et des femmes vêtus de multiples manières, à la mode du royaume ou à la mode keshiane, vaquaient dans les rues. Des enfants jouaient sur une place au centre du village. Parmi eux se trouvait William. Dominic finit par apercevoir Fantus allongé au soleil en travers d'une porte, à quelque distance de là. Les enfants essayaient frénétiquement de taper du pied dans une balle de cuir remplie de chiffons, pour l'envoyer dans un tonneau. Le jeu semblait ne pas avoir de règles précises.

Dominic rit. « Les sixdi, je jouais au même jeu quand j'étais petit. »

Pug sourit. « Moi aussi. La plupart des choses que nous prévoyons de faire ne sont encore qu'à l'état d'ébauche, alors pour l'instant les enfants n'ont du travail que rarement. Ça ne semble pas les déranger.

— Quel est cet endroit ? demanda Dominic.

— Pour l'instant, c'est là que nous abritons notre communauté toute récente. L'aile où Kulgan et ma famille avons nos appartements n'est qu'une partie de l'académie en état de fonctionner. C'est la première section terminée, bien que l'on construise encore au-dessus. Ceux qui viennent au port des Étoiles pour apprendre et travailler à l'académie vivent ici, en attendant que de nouveaux quartiers soient prêts dans le bâtiment principal. » Il leur fit signe de le suivre dans une grande bâtisse qui dominait le village. William abandonna le jeu et traîna derrière son père. Pug posa sa main sur l'épaule du garçon. « Comment vont tes études aujourd'hui ? »

Le garçon fit la grimace. « Pas très bien. J'ai abandonné pour aujourd'hui. Rien ne va comme il faut. »

Le visage de Pug se fit plus sévère, mais Kulgan donna une petite tape à William pour le renvoyer à ses jeux. « File, petit. Ne t'inquiète pas, ton père n'était pas aussi tête de bois quand il était mon élève. Ça viendra en son temps. »

Pug sourit. « Tête de bois ? »

Kulgan répliqua : « Lent eût peut-être été mieux adapté. »

En passant la porte, Pug dit : « Kulgan se moquera de moi jusqu'à mon dernier soupir. »

Ce bâtiment n'était essentiellement qu'une coquille vide. Il semblait avoir pour seule utilité d'accueillir une grande table qui occupait la pièce d'un bout à l'autre. Il n'y avait sinon qu'une cheminée. Le plafond, assez haut, reposait sur de solides poutres, auxquelles étaient suspendues des lanternes qui diffusaient dans la pièce une lumière chaleureuse.

Pug tira une chaise à un bout de la table, faisant signe aux autres de s'asseoir aussi.

Dominic fut heureux de trouver un feu. On avait beau être en fin de printemps, l'air restait encore très frais. Il dit : « Qui sont ces femmes et ces enfants ? »

Kulgan tira sa pipe de sa ceinture et commença à la bourrer de tabac. « Ces enfants sont les fils et les filles des gens qui sont venus ici. Nous prévoyons de leur créer une école. Pug a d'étranges idées : il pense qu'un jour il faudrait éduquer tout le monde dans le royaume, mais j'ai du mal à croire que l'idée d'une éducation universelle soit jamais en vogue. Les femmes sont soit des femmes de magiciens, soit des magiciennes, des femmes que l'on considère habituellement comme des sorcières. »

Dominic sembla troublé. « Des sorcières ? »

Kulgan fit apparaître une flammèche au bout de son doigt, y alluma sa pipe, puis exhala un nuage de fumée. « Qu'est-ce qu'un nom ? Elles pratiquent la magie. Pour des raisons que je ne comprends pas, en de nombreux endroits, les hommes pratiquant la magie ont été à peu près tolérés, alors que les femmes ont été rejetées de pratiquement toutes les communautés qui découvraient leurs pouvoirs.

— Mais on dit que les sorcières gagnent leurs pouvoirs grâce à des pactes avec des puissances ténébreuses », insista Dominic.

Kulgan balaya l'objection d'un geste. « Ridicule. Permettez-moi d'être un peu dur, mais tout cela n'est que superstition. La source de leur pouvoir n'est pas plus noire que la vôtre et elles ont souvent un comportement bien plus humain que certaines des religieuses les plus enthousiastes, lorsqu'elles sont mal guidées.

— C'est vrai, mais vous parlez là de membres ordonnés d'un temple légitime. »

Kulgan regarda Dominic droit dans les yeux. « Excusez ma franchise, mais malgré la réputation qu'ont les prêtres d'Ishap d'être plus ouverts que ceux des autres ordres, vos remarques sont extrêmement provinciales. Et si ces pauvres filles ne travaillent pas dans un temple, où est le problème ?

« Si une femme sert dans un temple, cela fait d'elle une sainte et si elle découvre ses pouvoirs dans une hutte au fond des bois, cela fait d'elle une sorcière ? Même mon vieil ami le père Tully n'avalerait pas une telle couleuvre dogmatique. Vous ne parlez pas là du bien ou du mal inhérent à une personne. Vous ne faites que nous resservir des querelles de Guilde. »

Dominic sourit. « Et donc, vous cherchez à construire une guilde meilleure ? »

Kulgan souffla un nuage de fumée. « Dans un certain sens, oui. Bien que ce ne soit que secondaire et que le but essentiel de notre académie soit de tenter de codifier le plus de pratiques magiques possible.

— Pardonnez ma rudesse, mais j'avais entre autres pour charge de déterminer quelles étaient vos motivations. Le roi est votre allié et il est puissant. Notre temple s'inquiétait qu'il pût y avoir quelque motif secret derrière vos activités. On s'est dit que comme je devais venir ici… »

Pug termina sa phrase à sa place : « Vous pourriez mettre nos activités en question pour savoir ce que nous pourrions dire ?

— J'ai toujours vu Pug agir avec honneur », intervint Kasumi.

Dominic poursuivit : « Si j'en avais eu le moindre doute, je n'aurais rien dit. Je ne doute nullement de la noblesse de vos buts. Mais… »

Pug et Kulgan demandèrent d'une même voix : « Mais ?

— Il est clair que vous cherchez à établir une communauté de savants, pour l'essentiel. C'est une tentative louable en soi. Mais vous ne serez pas toujours à la tête de cette académie. Un jour, elle pourrait devenir une arme puissante, entre de mauvaises mains.

— Nous prenons toutes les précautions nécessaires pour éviter ce piège, faites-moi confiance », affirma Pug.

Dominic répondit : « Je vous fais confiance. »

Pug s'arrêta un moment, comme s'il venait d'entendre quelque chose. « Ils viennent. »

Kulgan le regarda avec attention. « Gamina ? » murmura-t-il.

Pug opina et Kulgan émit un petit « Ah » satisfait. « Le contact était encore meilleur qu'avant. Son pouvoir augmente chaque semaine. »

Pug expliqua aux autres : « J'ai lu les rapports que vous m'avez envoyés la nuit dernière et j'ai appelé ici quelqu'un qui devrait être en mesure de nous aider, à mon avis. Il y a une autre personne avec lui. »

Kulgan poursuivit : « La personne qui l'accompagne est capable de… projeter et de recevoir des pensées avec une remarquable clarté. Pour l'instant, c'est la seule que nous ayons trouvée qui soit capable d'une telle chose. Pug m'a parlé de gens avec des pouvoirs similaires sur Kelewan, lors de son entraînement, mais le sujet devait subir une préparation particulière.

— C'est comme le contact mental que peuvent opérer certains prêtres, mais le contact physique n'est pas nécessaire. Visiblement, la proximité est inutile. Le risque de se faire piéger dans l'esprit du sujet n'existe pas non plus. Gamina a un talent exceptionnel. » Dominic semblait impressionné. Pug continua : « Elle touche votre esprit et vous avez l'impression qu'elle vous parle. Nous espérons comprendre un jour ce talent isolé, afin de découvrir comment entraîner d'autres personnes à l'utiliser.

— Je les entends arriver », dit Kulgan. Il se leva. « S'il vous plaît, messieurs, Gamina est assez timide et elle a subi des épreuves difficiles. Souvenez-vous-en et soyez gentils avec elle. »

Kulgan ouvrit la porte et deux personnes entrèrent. L'un d'entre eux était un vieil homme aux cheveux longs semblables à quelque vapeur blanche, qui lui tombaient en cascade sur les épaules. Il avait la main posée sur l'épaule de l'autre personne et marchait courbé, comme si sa robe rouge cachait une sorte de difformité. Les globes laiteux enchâssés dans ses orbites restaient fixes, montrant clairement que le vieil homme était aveugle.

Mais ce fut la fille qui éveilla le plus leur intérêt. Elle devait avoir sept ans et portait une robe toute simple. C'était une petite chose qui s'agrippait à la main appuyée sur son épaule. Ses yeux bleus étaient énormes, illuminant son visage pâle aux traits délicats. Elle avait les cheveux presque aussi blancs que ceux du vieil homme, avec quelques reflets d'or. Ce qui frappa Dominic, Gardan et Kasumi, ce fut l'impression envahissante que cette fillette était la plus belle qu'ils aient jamais vue. Ils lisaient déjà dans ses traits enfantins la beauté d'une femme sans pareille.

Kulgan guida le vieil homme jusqu'à une chaise à côté de la sienne. La fillette ne s'assit pas, préférant rester debout à côté de l'homme, les deux mains sur ses épaules, fléchissant nerveusement les doigts, comme si elle avait peur de perdre le contact avec lui. Elle regarda les trois étrangers, avec l'air d'un animal sauvage pris au piège. Elle ne cherchait pas à dissimuler sa méfiance.

« Je vous présente Rogen », dit Pug

L'aveugle se pencha en avant. « À qui ai-je l'honneur ? » Son visage, malgré son grand âge, était vif et souriant, légèrement relevé comme pour mieux entendre. On sentait clairement que, contrairement à la petite fille, il était fort heureux de rencontrer de nouveaux arrivants.

Pug présenta les trois hommes assis en face de Kulgan et de Rogen. Le sourire de l'aveugle s'élargit. « Je suis très heureux de vous rencontrer, valeureux sires. »

Puis Pug présenta la jeune fille : « Voici Gamina. »

Dominic et les autres sursautèrent lorsqu'ils entendirent sa voix dans leur tête. *Bonjour.*

Sa bouche n'avait pas bougé. La fillette resta immobile, ses grands yeux bleus fixés sur eux.

« Elle a parlé ? demanda Gardan.

— Avec son esprit, répondit Kulgan. Elle ne peut pas s'exprimer autrement. »

Rogen tapota les mains de la fillette. « Gamina est née avec ce don, et elle a failli rendre sa mère complètement folle avec ses pleurs silencieux. » Le vieil homme se fit plus solennel. « La mère et le père de Gamina ont été lapidés à mort par les gens de leur village, pour avoir donné le jour à un démon. C'étaient de pauvres gens superstitieux. Ils ont eu peur de tuer le bébé, craignant qu'elle ne reprenne sa forme "normale" et ne les tue tous, alors ils l'ont laissée au fin fond de la forêt pour qu'elle y meure de froid. Elle n'avait même pas trois ans. »

Gamina regarda le vieil homme de ses yeux pénétrants. Il se tourna face à elle, comme s'il pouvait la voir et dit : « Oui, c'est là que je t'ai trouvée. »

Il se tourna vers les autres : « Je vivais dans la forêt, dans une cabane de chasseur abandonnée que j'avais découverte. Moi aussi, j'avais été chassé de mon village, bien des années auparavant. J'avais prédit la mort du meunier et on m'avait accusé de l'avoir provoquée. On m'avait traité de sorcier.

— Rogen a le don de seconde vue, peut-être en échange de sa cécité, expliqua Pug. Il est aveugle depuis sa naissance. »

Rogen fit un grand sourire et tapota les mains de la fillette. « Nous sommes un peu semblables, tous les deux, nous avons des points en commun. J'avais fini par craindre ce qui pourrait lui arriver à ma mort. » Il s'interrompit pour discuter avec elle, car à ces mots elle avait commencé à s'agiter. Elle tremblait et ses yeux s'emplissaient de larmes. « Chhh, la grondat-il gentiment. Bien sûr, que je vais mourir aussi – tout le monde meurt. J'espère juste que ce ne sera pas trop tôt », ajouta-t-il avec un petit rire. Il reprit son récit : « Nous venons d'un village près de Salador. Quand nous avons appris l'existence de cet endroit merveilleux, nous avons décidé de partir. Il nous aura fallu six mois pour faire le voyage à pied jusqu'ici, mais c'est surtout parce que je suis bien vieux. Maintenant, nous avons trouvé des gens comme nous, qui nous considèrent comme une source de connaissance et non comme une source d'ennuis. Nous sommes ici chez nous. »

Dominic secoua la tête, étonné qu'un homme de cet âge et une enfant aient fait un voyage de plusieurs centaines de kilomètres. Il était visiblement très ému. « Je commence à comprendre une autre facette de ce que vous faites ici. Y en a-t-il d'autres ici comme ces deux-là ?

— Pas autant que nous le voudrions, répondit Pug. Certains des mages les mieux installés ne veulent pas nous rejoindre. D'autres nous craignent. Ils refusent de nous révéler leurs pouvoirs. D'autres encore ignorent simplement notre existence. Mais il y en a comme Rogen qui cherchent à nous rejoindre. Nous avons presque cinquante personnes pratiquant la magie, ici.

— C'est beaucoup, fit remarquer Gardan.

— Dans l'Assemblée, il y avait deux mille Très Puissants », précisa Kasumi

Pug acquiesça. « Et il y en avait presque autant qui pratiquaient la magie mineure. Pour les plus puissants, les robes noires, seul un sur cinq survivait à l'entraînement, dans des conditions bien plus rigoureuses que celles que nous pourrions nous permettre ou même accepter ici. »

Dominic regarda Pug. « Et les autres, ceux qui échouaient ?
— Ils se faisaient tuer », répondit Pug sans expression.

Dominic comprit que Pug préférait éviter le sujet. Un éclair d'inquiétude passa sur le visage de la fillette et Rogen la rassura : « Chh, chhh. Personne ne te fera de mal ici. Il parlait d'un endroit très loin. Un jour, tu deviendras un grand professeur. »

La fillette se détendit et son visage sembla s'illuminer un instant de fierté. Il était clair qu'elle adorait le vieil homme.

« Rogen, quelque chose est en train de se passer, que vos pouvoirs pourraient nous permettre de comprendre, dit Pug. Acceptez-vous de nous aider ?
— Est-ce important ?
— Je ne vous le demanderais pas si ce n'était pas une question de vie ou de mort. La princesse Anita est en péril et le prince Arutha est menacé par un ennemi inconnu. »

Gardan et Dominic virent la fillette s'agiter et ils se dirent qu'elle devait être inquiète. Rogen pencha la tête comme pour écouter et dit : « Je sais que c'est dangereux, mais nous devons beaucoup à Pug. Lui et Kulgan représentent le seul espoir de gens comme nous. » Les deux hommes semblèrent embarrassés par cette déclaration, mais ils ne dirent rien. « De plus, Arutha est le frère du roi et c'est leur père qui nous a donné à tous cette merveilleuse île. Que diraient les gens s'ils savaient que nous aurions pu les aider, mais que nous ne l'avons pas fait ? »

Pug souffla tout bas à Dominic : « Le don de Rogen... est différent de tout ce dont j'avais entendu parler jusque-là. Votre ordre est réputé pour être quelque peu versé dans les prophéties. » Dominic acquiesça. « Il voit... des probabilités, c'est la meilleure manière dont on puisse décrire ce phénomène. Il voit ce qui pourrait arriver. Cela semble lui demander beaucoup d'énergie et, bien qu'il soit plus solide qu'il n'y paraisse, c'est un vieil homme. C'est plus facile pour lui quand il n'y a qu'une seule personne qui lui parle et comme c'est vous qui en savez le plus sur les phénomènes magiques qui sont arrivés, je pense qu'il vaudrait mieux que ce soit vous qui lui expliquiez ce que vous savez. » Dominic donna son accord. Pug éleva la voix. « S'il vous plaît, je vous prie maintenant de garder le silence. »

Rogen se pencha par-dessus la table et prit la main du prêtre. Dominic fut surpris de la force que renfermaient encore ces vieux doigts flétris. Quoique personnellement dépourvu de tout don prophétique, Dominic connaissait bien les procédés qu'employaient les gens de son ordre dans ce domaine. Il fit le vide dans son esprit, puis commença à raconter son histoire, à partir du moment où Jimmy était tombé sur le Faucon de la Nuit sur le toit du foule jusqu'au moment où Arutha avait quitté Sarth. Rogen ne dit rien. Gamina restait immobile. Quand Dominic parla de la prophétie qui désignait Arutha comme le Fléau des Ténèbres, le vieil homme trembla et ses lèvres formèrent des mots muets.

L'atmosphère de la pièce s'assombrit à mesure qu'avançait le récit du moine. Même le feu semblait baisser. Gardan se surprit à serrer ses bras contre lui.

Quand le moine eut fini, Rogen continua à lui agripper la main, l'empêchant de s'écarter. Il avait la tête relevée, le cou légèrement en arrière, comme s'il écoutait un bruit au loin. Ses lèvres bougèrent silencieusement un moment, puis des mots se formèrent lentement, indistincts tant ils étaient bas. Soudain, sa voix s'éleva, claire et ferme. « Il y a... une présence... un être. Je vois une ville, un bastion puissant fait de tours et de murailles. Sur les murailles se tiennent des hommes fiers, prêts à les défendre jusqu'à la mort. Maintenant... c'est une cité assiégée. Je la vois submergée, ses tours en flammes... C'est une ville massacrée. Une grande armée de sauvages court dans les rues lors de sa chute. Ceux qui combattent sont serrés de près et ils se réfugient dans un donjon. Ceux qui violent et qui pillent... tous ne sont pas humains. Je vois ceux de la Voie des Ténèbres avec leurs serviteurs gobelins. Je vois d'étranges échelles qui se lèvent pour envahir le donjon et d'étranges ponts de ténèbres. Maintenant il brûle, tout brûle, tout est en flammes... c'est fini. »

Il y eut un moment de silence, puis Rogen continua. « Je vois une armée, rassemblée sur une plaine, avec d'étranges bannières. Des silhouettes en armure noire se tiennent à cheval, silencieuses, avec des blasons tordus sur leurs boucliers et leurs tabards. Au-dessus se tient un Moredhel... » Les yeux du vieil homme s'emplirent de larmes. « Il est... suprêmement beau. Il... est... maléfique. Il porte la marque du dragon. Il se tient sur une colline et en dessous de lui des armées s'avancent, chantant des chants de guerre. De grandes machines de guerre sont tirées par de misérables esclaves humains. »

Il y eut encore un silence. « Je vois une autre ville. L'image change et tremble, car cet avenir est moins sûr. Ses murailles sont tombées et ses rues sont couvertes de sang écarlate. Le soleil se cache derrière des nuages gris... et la ville hurle de terreur. Des hommes et des femmes sont enchaînés sans fin. Ils se font... fouetter par des créatures qui les raillent et les tourmentent. Ils se font mener à une grande place, où ils font face à leur conquérant. Un trône est érigé sur un tas... un tas de cadavres. Sur ce trône, il y a... le beau, le maléfique. À ses côtés se trouve un autre, dont la robe noire cache les traits. Derrière eux se trouve encore autre chose... je ne le vois pas, mais il est réel, il existe, il est... noir... il est sans substance, sans existence, pas vraiment là, mais... il est là quand même. Il touche celui qui est assis sur le trône. » Rogen serrait les mains de Dominic. « Attendez... » dit-il, puis il hésita. Ses mains commencèrent à trembler, puis d'un ton pitoyable, dans un demi-sanglot, il s'écria : « Oh, par les dieux ! Il me voit ! Il me voit ! » Les lèvres du vieil homme tremblaient. Gamina s'agrippa à son épaule, les yeux grands ouverts, le serrant contre elle, la terreur peinte sur son petit visage. Soudain, les lèvres de Rogen s'écartèrent pour émettre un terrible grognement, un cri de douleur et de désespoir absolu, et son corps se raidit.

Tout à coup, une lance de feu, une souffrance terrible envahit l'esprit de tous les gens qui se trouvaient dans la pièce. Gamina hurlait en silence.

Gardan se prit la tête entre ses mains, manquant de s'évanouir, l'esprit consumé par la douleur. Le teint de Dominic devint cendreux et il se renversa en arrière, frappé par le cri comme par un coup de poing. Kasumi ferma les yeux et tenta de se lever. La pipe de Kulgan glissa de ses lèvres lorsqu'il porta les mains à ses tempes. Pug se releva en titubant, usant de toute la puissance de sa magie pour élever une sorte de barrière mentale contre le cri qui lui déchirait l'esprit. Il repoussa les ténèbres qui cherchaient à l'emporter, tendant la main pour toucher la petite fille. « Gamina », croassa-t-il.

Le hurlement mental de la fillette se poursuivait sans faiblir et elle tirait frénétiquement sur la tunique du vieil homme, désespérément, comme si elle tentait d'une manière ou d'une autre de le ramener loin des horreurs qui se dressaient devant lui. Elle avait les yeux exorbités et ses hurlements muets rendaient tout le monde fou autour d'elle. Pug se pencha pour lui attraper l'épaule. Gamina n'y prêta pas attention et continua à appeler Rogen. Rassemblant ses pouvoirs, Pug écarta un bref instant la terreur et la douleur des pensées de la fillette.

Gardan tomba face contre la table, tout comme Kasumi. Kulgan se leva en tremblant, puis retomba sur sa chaise, étourdi. Hormis Pug et Gamina, seul Dominic avait réussi à garder conscience. Quelque chose en lui avait lutté pour atteindre la fillette, malgré son désir de fuir la douleur qu'elle lui infligeait.

La terreur primitive de l'enfant faillit abattre Pug, mais il réussit à rester concentré. Il lança un sortilège et la fillette tomba en avant. Immédiatement, la douleur cessa. Pug la rattrapa, mais l'effort le fit tituber et il retomba en arrière sur sa chaise. Il resta là, à bercer la fillette inconsciente, stupéfait de cette violence.

Dominic, malgré l'impression que sa tête allait éclater, réussit à rester conscient. Le corps du vieil homme était encore rigide, tordu par la douleur et ses lèvres balbutiaient faiblement des mots sans suite. Dominic incanta un sortilège de soins pour l'apaiser. Finalement, Rogen s'effondra et se recroquevilla sur sa chaise. Mais sur son visage on lisait encore toute sa terreur et sa douleur et il sanglota en murmurant d'un ton rauque quelques mots que le moine ne parvint pas à saisir, avant de retomber dans l'inconscience.

Pug et le moine échangèrent des regards confus. Dominic sentit les ténèbres l'envahir et, avant de s'évanouir, il se demanda pourquoi le magicien semblait soudain si effrayé.

Gardan faisait les cent pas dans la pièce où ils avaient dîné la veille au soir. Depuis son fauteuil devant l'âtre, Kulgan lança : « Vous allez finir par tracer un sillon dans le sol si vous ne vous asseyez pas. »

Kasumi se reposait tranquillement sur un coussin aux côtés du magicien. Gardan s'assit à côté du Tsurani et dit : « C'est cette attente infernale. » Dominic et Pug, avec l'aide de soigneurs de la communauté, s'occupaient de Rogen. Le vieil homme était entre la vie et la mort depuis qu'on l'avait sorti de la salle du conseil. Le hurlement mental de Gamina avait touché tout le monde à plus d'un kilomètre de distance, quoique la distance ait beaucoup atténué sa puissance. Malgré tout, plusieurs personnes près du bâtiment étaient restées un moment dans le coma. Quand ses cris avaient cessé, ceux qui avaient réussi à rester conscients s'étaient précipités pour voir ce qui s'était passé. En arrivant, ils avaient trouvé tout le monde évanoui dans la salle.

Katala était arrivée rapidement et leur avait demandé de porter tout le monde dans ses appartements, là où l'on pourrait au mieux s'occuper d'eux. Les autres étaient revenus à eux quelques heures plus tard, mais pas Rogen. La vision avait commencé en milieu de matinée et on avait passé l'heure du souper.

Gardan se frappa du poing dans la main et s'exclama : « Enfer ! Je ne suis pas fait pour ce genre de choses. Je suis un soldat. Ces monstres magiques, ces pouvoirs sans nom… Oh, qu'on me donne un adversaire de chair et de sang !

— Je ne sais que trop ce que vous pouvez faire à un adversaire de chair et de sang », dit Kasumi. Kulgan le regarda d'un air intéressé et Kasumi ajouta : « Au début de la guerre, les premières années, le capitaine et moi-même étions face à face au siège de Crydee. Ce n'est que quand nous nous sommes chacun raconté nos vies que j'ai découvert qu'il avait servi d'aide de camp au prince Arutha lors du siège, et qu'il a découvert que c'était moi qui avais mené l'assaut. »

La porte s'ouvrit et un homme de haute stature entra en retirant sa grande cape. Il portait la barbe et son visage était marqué par une vie passée au grand air, comme celui d'un chasseur ou d'un bûcheron. Il sourit et dit : « Je m'en vais à peine quelques jours et voyez qui en profite pour venir se glisser là. »

Le visage noir de Gardan s'éclaira d'un large sourire. Il se leva et tendit la main : « Meecham ! »

Ils se serrèrent la main et Meecham dit : « Bienvenue, capitaine. » Il fit de même avec Kasumi, car Meecham le connaissait depuis longtemps. C'était un homme libre, qui avait quelques terres à lui et qui s'était mis au service de Kulgan, bien qu'il fût pour lui plus un ami qu'un serviteur.

« Alors, tu as trouvé quelque chose ? » demanda Kulgan. Le forestier se gratta machinalement la cicatrice qui courait tout le long du côté gauche de son visage. « Non, juste des charlatans. »

Kulgan expliqua aux autres : « Nous avions entendu parler d'une caravane de gitans et de diseurs de bonne aventure, qui campaient à quelques jours d'ici de ce côté-ci de Landreth. J'ai envoyé Meecham voir si l'un d'eux n'avait pas un vrai talent.

— Il y en avait un, dit Meecham. Il avait peut-être quelque chose, mais il s'est tu dès que je lui ai dit d'où je venais. Peut-être qu'il viendra de lui-même. » Il regarda autour de lui. « Alors, vous ne voulez pas me dire ce qui se passe, ici ? »

Kulgan en était à la fin de son récit quand la porte s'ouvrit, interrompant leur conversation. William entra, tenant Gamina par la main. La petite protégée du vieil homme semblait encore plus pâle que quand Gardan l'avait vue pour la première fois la veille. Elle regarda Kulgan, Kasumi et Gardan et sa voix retentit dans leur tête. *Je suis désolée de vous avoir fait si mal. J'avais très peur.*

Kulgan tendit ses bras vers elle et la fille se laissa attirer doucement sur ses confortables genoux. En lui faisant une gentille bise, il lui dit : « Tout va bien, petite. Nous comprenons. »

Les autres firent des sourires rassurants à la fillette, qui sembla se détendre un peu. Fantus entra dans la pièce en se dandinant. William le regarda. « Fantus a faim. »

Meecham répondit : « Cette bestiole est née comme ça. »

Non, pensa-t-elle dans leur tête. *Il a dit qu'il avait faim. On a oublié de le nourrir aujourd'hui. Je l'ai entendu.*

Kulgan écarta doucement la fillette pour mieux la regarder. « Que veux-tu dire ? »

Il a dit à William qu'il avait faim. Il vient de le faire. Je l'ai entendu.

Kulgan regarda William. « William, tu peux entendre Fantus ? »

William regarda Kulgan d'un air étonné. « Bien sûr. Pas vous ? »

Ils se parlent tout le temps.

Kulgan semblait tout excité. « C'est fabuleux ! Je l'ignorais totalement. Pas étonnant que vous soyez si proches l'un de l'autre. William, cela fait combien de temps que tu parles à Fantus, comme ça ? »

Le garçon haussa les épaules. « C'est depuis toujours, je crois. Fantus m'a toujours parlé.

— Et tu pouvais les entendre parler entre eux ? » Gamina opina. « Tu peux parler à Fantus ? »

Non. Mais je peux l'entendre parler à William. Il pense bizarrement. C'est dur.

Gardan était pris de court par la conversation. Il entendait les réponses de Gamina dans sa tête, tout comme s'il écoutait. Au vu des remarques que la fillette avait faites en privé à Rogen la veille, il réalisait qu'elle était capable de parler de manière sélective à qui elle voulait.

William se tourna vers le dragonnet. « D'accord ! » dit-il, exaspéré. Il se tourna vers Kulgan : « Je vais à la cuisine. Je vais lui donner à manger. Gamina peut rester ici ? »

Kulgan serra doucement la petite fille dans ses bras et elle se réfugia sur ses genoux. « Bien entendu. »

William sortit de la pièce en courant, Fantus sur ses talons, la perspective d'un repas le poussant à adopter une allure tout à fait inhabituelle. Quand ils furent partis, Kulgan demanda : « Gamina, est-ce que William peut parler à d'autres créatures que Fantus ? »

Je ne sais pas. Je vais lui demander.

Fascinés, ils regardèrent la fillette pencher la tête de côté comme si elle écoutait quelque chose. Quelques instants plus tard, elle opina. *Il a dit : « Rarement. » Les animaux ne sont pas très intéressants. Ils pensent beaucoup à la nourriture et aux autres animaux, pas à autre chose.*

Kulgan ressemblait à un enfant à qui on aurait offert un énorme cadeau. « C'est merveilleux ! Quel talent. Nous n'avions jamais entendu parler d'un humain capable de communiquer directement avec des animaux. Certains magiciens avaient déjà parlé plus ou moins de capacités similaires dans le passé, mais jamais ainsi. Nous allons devoir vérifier cela plus avant. »

Gamina ouvrit tout grands ses yeux, dans l'expectative. Elle se releva et sa tête se tourna vers la porte. Quelques instants plus tard, Pug et Dominic entrèrent. Ils semblaient tous les deux épuisés, mais il n'y avait pas trace en eux de la tristesse que Kulgan et les autres avaient crainte.

Avant qu'on ne lui pose la question, Pug dit : « Il vit encore, mais il est très touché. » Il avisa Gamina blottie sur les genoux de Kulgan, comme si elle avait un besoin vital de contact physique. « Tu te sens mieux ? » Elle fit un petit sourire et un « oui » de la tête.

Il y eut une courte conversation entre eux et Pug dit : « Je pense qu'il va s'en remettre. Katala va rester à ses côtés. Frère Dominic nous a été d'un grand secours, car il est versé dans les arts de la médecine. Mais Rogen est très vieux, Gamina, et s'il ne s'en remettait pas, il faudrait que tu comprennes et que tu sois forte. »

Les yeux de Gamina se mouillèrent de larmes, mais elle fit un petit signe de tête. Pug s'approcha et prit une chaise, imité par le moine. Le magicien sembla brusquement se rendre compte de la présence de Meecham et ils se saluèrent. On fit rapidement les présentations à Dominic et Pug reprit la parole : « Gamina, tu peux nous être d'une aide précieuse. Veux-tu bien nous aider ? »

Comment ?

« À ma connaissance, il ne s'est jamais rien passé de semblable. Je dois savoir ce qui t'a fait tellement peur pour

Rogen. » Quelque chose dans l'attitude de Pug révélait une profonde inquiétude. Il la cachait bien, pour ne pas déranger l'enfant, mais il n'y arrivait pas tout à fait.

Gamina sembla effrayée. Elle secoua la tête et quelque chose passa entre la fillette et Pug, qui dit : « Quelle que soit cette chose, cela pourrait nous permettre d'être plus sûrs de sauver Rogen. Une chose étrange est impliquée dans cette histoire, une chose que je ne connais pas. Il faut que nous sachions. »

Gamina se mordit doucement les lèvres. Gardan fut frappé de voir une si jeune fille faire montre d'une telle bravoure. Du peu qu'il avait entendu de son histoire, elle avait subi des choses terribles. Grandir dans un monde où les gens étaient constamment soupçonneux et hostiles, dont elle entendait toutes les pensées, cela avait dû l'amener au bord de la folie. Qu'elle accepte de faire confiance à des gens après cela avait un côté héroïque. La gentillesse et l'amour de Rogen avaient dû être sans faille pour compenser toutes les peines qu'elle avait connues avant. Gardan se dit que Rogen, comme un héros ou un martyre, mériterait le titre rarement accordé de « saint ».

Pug et Gamina se lancèrent dans une conversation muette. Finalement, Pug dit : « Parle de manière que tous nous entendent. Tous ces gens sont tes amis, ma fille, et ils doivent connaître cette histoire pour éviter que d'autres gens comme Rogen aient les mêmes problèmes. »

Gamina fit « oui » de la tête. *J'étais avec Rogen.*

« Que veux-tu dire ? » demanda Pug.

Quand il s'est servi de son autre vue, je suis allée avec lui.

« Comment fais-tu cela ? » demanda Kulgan.

Parfois, quand quelqu'un pense à des choses, ou qu'il voit des choses, je peux voir ou entendre ce qu'il fait. C'est difficile quand ils ne pensent pas à moi. C'est plus facile avec Rogen. J'ai vu ce qu'il a vu, dans ma tête.

Kulgan écarta un peu l'enfant pour mieux la regarder. « Tu veux dire que tu peux voir les visions de Rogen ? » La fillette acquiesça. « Et ses rêves ? »

Parfois.

Kulgan la serra contre lui. « Oh, quelle merveilleuse enfant tu fais ! Deux miracles en un jour ! Merci, petite fée ! »

Gamina sourit. C'était la première fois qu'elle semblait contente depuis qu'ils l'avaient vue. Pug les regarda curieusement et Kulgan dit : « Ton fils sait parler aux animaux. » Pug en resta bouche bée. Le gros magicien poursuivit : « Mais ça n'a pas d'importance pour l'instant. Gamina, qu'est-ce que Rogen a vu qui lui a fait si mal ? »

Gamina commença à trembler et Kulgan la serra contre lui. *C'était mauvais. Il a vu une ville avec plein de flammes et des gens qui se faisaient battre par des méchantes bêtes.*

Pug demanda : « Tu connais cette ville ? Est-ce que c'est un endroit que vous aviez déjà vu Rogen et toi ? »

Gamina secoua la tête, ses grands yeux ouverts comme des soucoupes. *Non. C'était juste une ville.*

« Qu'y avait-il d'autre ? » demanda Pug tout doucement.

La fillette frissonna. *Il a vu quelque chose… un homme ?* Elle semblait très confuse, comme si elle était confrontée à des concepts qu'elle ne comprenait pas tout à fait. *L'homme ? a vu Rogen.*

Dominic parla tout bas : « Comment est-il possible de voir un devin au travers de sa vision ? Une vision, c'est un regard prophétique sur ce qui pourrait arriver. Quelle chose pourrait ressentir la présence d'un témoin magique à travers les incertitudes des futurs ? »

Pug opina. « Gamina, qu'est-ce que cet homme a « fait » à Rogen ? »

Cet… cette chose ? Elle s'est avancée et elle l'a blessé. Il a dit des mots ?

Katala entra dans la pièce et l'enfant leva vers elle des yeux pleins d'espoir. « Il dort profondément, maintenant. Je pense qu'il va s'en remettre. » Katala vint se placer derrière la chaise de Kulgan et s'appuya sur le dossier. Elle prit le menton de Gamina dans sa main. « Tu devrais être au lit, fillette. »

Pug la retint. « Encore un petit moment. » Katala comprit qu'il s'agissait d'une question de vie ou de mort et elle acquiesça. Il s'adressa à Gamina : « Juste avant de s'évanouir, Rogen a prononcé un mot. Je crois qu'il a entendu la chose, l'homme méchant, employer ce mot dans sa vision. Il faut que je sache ce que Rogen a entendu l'homme méchant lui dire. Est-ce que tu saurais te souvenir des mots, Gamina ? »

Non. Mais je peux vous montrer.

« Comment ? » demanda Pug.

Je peux vous montrer ce que Rogen a vu, répondit-elle. *Je le peux, c'est comme ça.*

« À nous tous ? » demanda Kulgan. Elle fit un signe de tête. La petite fille se releva des genoux de Kulgan et prit une profonde inspiration, comme pour se donner du courage. Puis elle ferma les yeux et les emmena tous dans un endroit très sombre.

Des nuages noirs filaient au-dessus d'eux, agités de tourbillons furieux, poussés par un vent mordant. La tempête menaçait. Les massives portes de bois cerclées de métal de la ville gisaient au sol, abattues par des engins de siège destructeurs. Partout dans la ville mourante, l'incendie faisait rage. Des créatures et des hommes étripaient tous les gens qu'ils trouvaient cachés dans les caves et les greniers et du sang coulait à flots dans les caniveaux de la ville. Sur la grande place du marché, on avait empilé les corps jusqu'à presque six mètres de haut. Au sommet de ce monticule de cadavres se trouvait une estrade de bois noir, sur laquelle était posé un trône. Un Moredhel impressionnant était assis dessus, observant le chaos que ses serviteurs avaient répandu dans la ville. À ses côtés se tenait une silhouette en robe noire, si bien dissimulée par son capuchon et ses manches qu'on aurait été bien en peine de déterminer de quel type de créature il pouvait s'agir.

Mais derrière ces deux créatures, quelque chose attira les regards de Pug et des autres, une présence ténébreuse, une chose étrange et invisible qu'ils ne pouvaient que ressentir. Tapie là, se trouvait la source véritable du pouvoir des deux êtres de l'estrade. La créature en robe noire désigna quelque chose, dévoilant une main couverte d'écailles vertes. Puis soudain, la présence parvint à établir un contact avec les observateurs et à se révéler à eux. Elle avait senti qu'on l'observait et réagissait, pleine de colère et de dédain. Elle les effleura de ses pouvoirs étranges et leur parla, leur délivrant un message de désespoir.

La vision de la fillette cessa. Dominic, Kulgan, Gardan et Meecham semblaient troublés, glacés par la menace que la fillette venait de leur montrer et qui pourtant n'avait dû être qu'un pâle reflet de ce qu'avait réellement vu Rogen.

Mais Kasumi, Katala et Pug étaient abasourdis. Quand l'enfant eut terminé, des larmes coulaient sur le visage de Katala et Kasumi avait perdu son impassibilité coutumière. Son visage était gris cendre, tendu. Pug semblait le plus touché de tous et il s'assit lourdement à même le sol. Il baissa la tête, se réfugiant un moment en lui-même.

Kulgan regarda autour de lui d'un air inquiet. Gamina semblait plus inquiète de leurs réactions que du souvenir de l'image. Katala sentit la détresse de l'enfant. Elle prit Gamina dans ses bras et la souleva des genoux de Kulgan. « Qu'y a-t-il ? » demanda Dominic.

Pug leva les yeux et parut soudain très fatigué, comme si le poids de deux mondes venait à nouveau s'abattre sur ses épaules. Finalement, il dit lentement : « Quand Rogen a fini par ne plus sentir la douleur, les derniers mots qu'il a prononcés ont été "La Ténèbre, la Ténèbre". C'est ce que nous avons vu derrière ces deux silhouettes. La Ténèbre que Rogen a vue a dit les mots suivants : "Intrus, qui que tu sois, où que tu sois, apprends l'avènement de mon pouvoir sur le monde. Mon serviteur prépare ma venue. Tremble, car je viens. Comme dans le passé, il en sera dans l'avenir, maintenant et à jamais. Sens mon pouvoir." Et c'est à ce moment-là qu'il a dû toucher Rogen, ce qui a déclenché cette terreur et cette douleur. »

Kulgan explosa : « Comment est-ce possible ? »

Doucement, d'une voix rauque, Pug répondit : « Je ne sais pas, mon vieil ami. Mais maintenant, le mystère de l'être qui veut détruire Arutha et qui le poursuit de ces noires magies prend une dimension complètement différente. »

Pug enfouit son visage entre ses mains un moment, puis il regarda la pièce autour de lui. Tous les yeux étaient fixés sur lui. Gamina était agrippée à Katala.

Dominic insista : « Mais il y a autre chose. » Il regarda Kasumi et Katala. « Quelle est cette langue ? Moi aussi, j'ai entendu quelque chose, tout comme j'ai entendu les mots étranges qu'a dits Rogen, mais je ne les connais pas. »

Ce fut Kasumi qui répondit : « Les mots étaient dans une… langue ancienne, une langue qui ne sert plus que dans les temples. Je n'ai pas compris grand-chose. Mais ces mots viennent de Tsuranuanni. »

14

Le silence régnait dans la forêt.

De grandes branches plus anciennes que la mémoire des hommes s'élevaient loin au-dessus de leurs têtes, masquant presque complètement la lumière du soleil. Les bois étaient baignés d'une douce lumière verte, où l'ombre était bannie, et dans laquelle s'enfonçaient des multitudes de sentiers que l'on apercevait à peine.

Cela faisait deux heures qu'ils chevauchaient par les sentes de la forêt elfique. Ils y étaient entrés vers midi mais n'avaient pas encore aperçu le moindre elfe. Martin s'était attendu à ce qu'ils les arrêtent peu de temps après avoir traversé la rivière Crydee.

Baru donna un petit coup de talon à son cheval pour rattraper Martin et Arutha. « Je crois qu'on nous observe », dit le Hadati.

Martin répondit : « Cela fait quelques minutes déjà. J'ai aperçu quelque chose il y a un petit moment.

— Si les elfes nous observent, pourquoi ne viennent-ils pas ? demanda Jimmy.

— Ce ne sont peut-être pas les elfes qui nous observent. Nous ne serons pas totalement tranquilles tant que nous n'aurons pas passé les frontières d'Elvandar. Restez sur vos gardes. »

Ils chevauchèrent encore pendant de longues minutes, puis même les oiseaux cessèrent de chanter. C'était comme si la forêt elle-même retenait son souffle. Martin et Arutha forçaient leurs chevaux à emprunter des pistes toujours plus étroites, où un homme à pied aurait pu tenir tout juste de front. Soudain, un ululement grave, ponctué de cris, brisa le silence. Un caillou siffla juste au-dessus de la tête de Baru, puis brusquement un déluge de pierres et de branchages s'abattit sur eux. Des dizaines de petites silhouettes couvertes de poils sautèrent de derrière les arbres et les buissons, hurlant d'un air furieux tout en jetant aux cavaliers une foule de projectiles.

Arutha chargea, gardant à grand-peine, comme les autres, le contrôle de sa monture. Il s'élança au travers des arbres, en se penchant pour éviter les branches. Alors qu'il s'approchait d'un groupe de quatre ou cinq créatures à peine plus grandes que des enfants, celles-ci glapirent de terreur et sautèrent de tous côtés pour l'éviter. Arutha en choisit une au hasard et la poursuivit. La créature finit par se retrouver acculée à une masse de troncs abattus emmêlés dans des broussailles et empilés contre un grand rocher. Elle se tourna face au prince.

Arutha, qui avait sorti son épée, tira sur ses rênes, prêt à frapper. Mais en la voyant de plus près, il perdit toute colère. La créature n'essayait même pas de l'attaquer. Elle reculait tant qu'elle pouvait dans les broussailles, un masque de terreur déformant son visage.

C'était un visage très humain, avec de grands yeux bruns et doux. Au-dessus de sa large bouche se dressait un nez assez court, plutôt humain lui aussi. Elle avait les lèvres retroussées comme pour mordre, dévoilant une rangée de dents impressionnante, mais ses yeux étaient tout agrandis par la peur et des larmes coulaient à flots sur ses joues poilues. Pour le reste, elle ressemblait à un petit gorille, ou encore à un grand singe.

D'autres de ces créatures humanoïdes vinrent encercler Arutha et son prisonnier, en faisant un bruit terrible. Elles hurlaient sauvagement et frappaient le sol avec rage, mais Arutha comprit qu'elles tentaient simplement de l'intimider : leurs actes ne représentaient aucune menace. Plusieurs d'entre elles feignirent de l'attaquer, mais elles s'enfuirent en hurlant de terreur dès qu'Arutha se tourna vers elles.

Ses compagnons arrivèrent à cheval derrière lui et la petite créature qu'Arutha avait prise au piège gémit pitoyablement. Baru vint se placer au niveau du prince et lui dit : « Dès que vous avez lancé votre charge, ceux-là se sont jetés à votre poursuite. »

Les cavaliers constatèrent que les créatures avaient fini par se calmer et que maintenant elles paraissaient inquiètes. Elles semblèrent comme converser entre elles.

Arutha rengaina son épée. « Nous ne vous ferons aucun mal. » Comme si elles avaient compris, les créatures s'apaisèrent. Celle qu'ils avaient prise au piège les regarda d'un air méfiant.

« Qu'est-ce que c'est ? demanda Jimmy
— Je ne sais pas, répondit Martin. Je chasse dans ces bois depuis que je suis tout petit et je n'en ai jamais vu.
— Ce sont des gwalis, Martin l'Archer. »

Les cavaliers se retournèrent sur leur selle, pour découvrir un groupe de cinq elfes derrière eux. L'une des créatures courut au-devant des elfes. Elle désigna les cavaliers du doigt. D'une voix chantante, elle dit : « Calin, hommes viennent. Taper Ralala. Faire arrêter. »

Martin descendit de selle. « Calin, content de te revoir ! » Ils s'étreignirent et les autres elfes le saluèrent à leur tour. Puis Martin les fit venir vers ses compagnons et commença les présentations : « Calin, tu te souviens de mon frère.
— Salutations, prince de Krondor.
— Salutations, prince des elfes. » Il jeta un regard en coin aux gwalis. « Vous nous sauvez d'une terrible défaite. »

Calin sourit. « J'en doute. Votre troupe me semble apte à se défendre toute seule. » Il s'avança vers Arutha. « Cela fait longtemps que nous n'avions pas discuté. Qu'est-ce qui vous amène dans nos bois, Arutha, surtout avec une telle suite ? Où sont vos gardes et vos bannières ?
— C'est une longue histoire, Calin, et j'aimerais la raconter aussi à votre mère et à Tomas. »

Calin accepta. Pour un elfe, la patience était une seconde nature.

La tension étant retombée, la gwali acculée par Arutha se dégagea et courut rejoindre les siens, qui continuaient à les regarder. Plusieurs d'entre eux l'examinèrent, lui lissèrent le poil et lui donnèrent de petites tapes comme pour la rassurer après son épreuve. Maintenant certains qu'elle ressortait intacte de la confrontation, ils se calmèrent et regardèrent de nouveau les elfes et les humains. Martin demanda : « Calin, que sont ces créatures ? »

Calin éclata de rire et de fines rides se plissèrent au coin de ses yeux. Il avait la taille d'Arutha, mais il était encore plus fin que le prince déjà bien maigre. « Ainsi que je te l'ai dit, ce sont des gwalis. Ce chenapan se nomme Apalla. » Il tapota la tête de celui qui lui avait adressé la parole. « C'est une sorte de chef pour eux, bien que ce concept leur soit assez étranger, je crois. C'est peut-être le plus bavard de tous, tout simplement. » Il regarda le reste du groupe d'Arutha et demanda : « Qui sont ces gens ? »

Arutha fit les présentations et Calin dit : « Vous êtes les bienvenus à Elvandar.

— Qu'est-ce que c'est, un gwali ? demanda Roald.

— Ils sont, c'est la meilleure réponse que je puisse vous donner. Ils vivaient parmi nous avant, mais c'est leur première visite depuis une génération. C'est un peuple simple, sans malice. Ils sont timides et ont tendance à éviter les étrangers. Quand ils ont peur, ils s'enfuient à moins que quelque chose ne les en empêche. Dans ce cas, ils font semblant d'attaquer. Mais ne vous laissez pas abuser par leurs grandes dents : elles leur servent à briser des noix et des carapaces d'insectes. » Il se tourna vers Apalla. « Pourquoi vouliez-vous faire peur à ces gens ? »

La gwali sautilla sur place tout excitée. « Powula faire petit gwali. » Il sourit. « Elle pas bouger. Nous peur hommes taper Powula et petit gwali.

— Ils protègent beaucoup leurs enfants, dit Calin d'un ton compréhensif. Si vous aviez effectivement tenté d'attaquer Powula et son bébé, ils auraient pu se jeter sur vous. S'il n'y avait pas eu cette naissance, vous ne les auriez jamais vus. » Il s'adressa à Apalla : « Tout va bien. Ces hommes sont des amis. Ils ne feront rien contre Powula ni contre son bébé. »

À ces mots, tous les autres gwalis sortirent du couvert des arbres et commencèrent à examiner les étrangers avec grande curiosité. Ils tiraient sur leurs vêtements, très différents des tuniques vertes et des pantalons bruns des elfes. Arutha supporta cet examen une petite minute, avant de demander :

« Nous devrions aller rapidement à la cour de votre mère, Calin. Vos amis en ont-ils fini ?

— Pitié, dit Jimmy qui fronçait le nez en repoussant un gwali qui s'était pendu à une branche juste à côté de lui. Ils ne se lavent donc jamais ?

— Malheureusement non », répondit Calin. Il lança aux gwalis : « Suffit, nous devons repartir. » Les gwalis acceptèrent cet ordre de bonne grâce et disparurent rapidement dans les arbres, à l'exception d'Apalla, qui semblait avoir plus d'autorité que les autres. « Ils pourraient continuer ainsi toute la journée si vous les laissiez faire, mais ils ne s'offusquent pas de se faire renvoyer. Venez. » Il se tourna vers Apalla : « Nous allons à Elvandar. Occupez-vous de Powula. Venez quand vous voulez. »

La gwali sourit et opina vigoureusement, puis il partit à croupetons rejoindre les siens. Quelques instants plus tard, il n'y eut plus signe de gwalis.

Calin attendit que Martin et Arutha soient remontés en selle. « Nous ne sommes qu'à une demi-journée d'Elvandar. » Il partit en courant dans la forêt, suivi des autres elfes. À l'exception de Martin, le rythme auquel les elfes couraient fit grande impression sur tout le monde. Les montures ne risquaient pas de se fatiguer, mais un humain aurait été pratiquement incapable de tenir une demi-journée ainsi.

Au bout d'un certain temps, Arutha remonta à la hauteur de Calin, qui filait à longues enjambées. « D'où viennent ces créatures ? »

Calin cria : « Personne ne le sait, Arutha. C'est un peuple amusant. Ils viennent de loin au nord, peut-être de derrière la chaîne de montagnes. De temps en temps ils arrivent, restent là une saison ou deux, puis disparaissent. Nous les appelons parfois les petits fantômes des bois. Même nos pisteurs sont incapables de suivre leurs traces après leur départ. Leur dernière visite remonte à presque cinquante ans et celle qui l'avait précédée avait eu lieu deux siècles plus tôt. » Calin ne semblait pas le moins du monde essoufflé par sa course rapide et souple.

« Comment va Tomas ? » demanda Martin

— Le prince consort se porte bien.

— Et l'enfant ?

— Il va bien. Il est robuste et il est beau, bien qu'il se révèle assez différent des autres. Son héritage est… unique.

— Et la reine ?

— La maternité lui va bien », répondit le fils aîné avec un sourire.

Ils retombèrent dans le silence, car Arutha avait du mal à poursuivre la conversation tout en évitant les arbres, même si Calin ne semblait en éprouver quant à lui aucun désagrément. Ils filaient comme le vent dans la forêt, chaque minute qui passait les rapprochant d'Elvandar et de l'espoir… ou de l'échec.

Leur voyage fut vite terminé. Alors même que, la seconde précédente, ils traversaient une épaisse forêt, l'instant d'après, ils se retrouvèrent dans une grande clairière. C'était la première fois qu'ils voyaient Elvandar, à l'exception de Martin.

Des arbres gigantesques aux multiples couleurs s'élevaient très au-dessus de la forêt environnante. Dans la lumière du soir, les frondaisons s'enflammaient des ors du couchant. Même à cette distance, on voyait des silhouettes traverser les hautes passerelles qui reliaient les troncs entre eux. Beaucoup de ces arbres géants étaient d'une variété unique au monde, avec des feuilles éclatantes d'argent, d'or ou de blanc. Les ombres commençaient à s'épaissir avec le soir et elles semblaient scintiller de lumière. Il ne faisait jamais vraiment tout à fait noir à Elvandar.

En traversant la clairière, Arutha entendit les murmures admiratifs de ses compagnons.

« Si j'avais su… souffla Roald. Il aurait fallu me ligoter pour m'empêcher de venir ici. »

Laurie abonda dans son sens. « Je ne regrette pas d'avoir passé des semaines dans cette forêt.

— Les contes de nos bardes ne lui rendent pas justice », ajouta Baru.

Arutha attendait un commentaire de Jimmy, mais comme le jeune homme volubile ne se manifestait pas, le prince se retourna. Jimmy chevauchait en silence, une lueur d'émerveillement dans les yeux devant la majesté de ces lieux, si différents de tout ce qu'il avait connu jusque-là. Le garçon, habituellement blasé de tout, venait finalement de trouver quelque chose de tellement étranger à sa vie qu'il en restait frappé de mutisme.

Ils arrivèrent aux limites extérieures de la ville sylvestre. De tous côtés leur parvenaient les bruits d'une communauté en pleine activité. Un groupe de chasseurs approchait en portant un grand cerf à faire dépecer. Un espace avait été ménagé non loin des arbres pour apprêter les bêtes.

Ils atteignirent les arbres et arrêtèrent leurs montures. Calin donna l'ordre à ses compagnons de s'occuper des chevaux et fit monter la troupe d'Arutha le long d'un escalier en spirale autour du tronc du plus gros des chênes qu'Arutha et ses amis aient jamais vu. Ils arrivèrent sur une plate-forme au sommet de l'escalier, où ils croisèrent un groupe d'archers en plein entraînement. L'un d'eux salua Martin, qui lui rendit son salut et lui demanda s'il pouvait abuser un peu de sa générosité. Avec un sourire, l'archer tendit à Martin un faisceau de flèches parfaitement droites, que le duc glissa dans son carquois presque vide. Il le remercia rapidement en elfe et rejoignit ses compagnons.

Calin leur fit monter un nouvel escalier très raide, jusqu'à une autre plate-forme. « À partir de là, certains d'entre vous risquent d'avoir quelques problèmes. Restez bien au milieu des passerelles et des plates-formes et ne regardez surtout pas en bas si vous vous sentez mal à l'aise. Certains humains ont du mal à supporter les hauteurs. » Il prononça cette dernière phrase comme s'il avait du mal à comprendre ce qu'il disait.

Ils traversèrent la plate-forme et montèrent encore, croisant des elfes affairés. Nombre d'entre eux étaient vêtus comme Calin, en habits de forestier, mais les autres portaient de longues robes colorées, faites de tissus précieux, ou encore des tuniques et des pantalons tout aussi colorés. Toutes les femmes étaient très belles, quoique d'une beauté étrange et inhumaine. La plupart des hommes semblaient jeunes, à peu près du même âge que Calin. Mais Martin savait à quoi s'en tenir. Certains de ces elfes étaient effectivement jeunes, peut-être vingt ou trente ans, mais d'autres, tout aussi jeunes en apparence, étaient âgés de plusieurs siècles. Calin, bien qu'il parût plus jeune que Martin, avait plus de cent ans et c'était lui qui lui avait appris la chasse alors que le duc n'était encore qu'un enfant.

Ils empruntèrent une passerelle de près de six mètres de large qui courait le long de branches énormes, les menant à un anneau entouré de troncs. Au milieu des arbres, on avait érigé une grande plate-forme, d'une vingtaine de mètres de diamètre. Laurie se demanda si une seule goutte de pluie arriverait à se frayer un chemin à travers l'épaisse voûte de branchages au-dessus d'eux pour tomber sur un crâne royal. Ils venaient d'arriver à la cour de la reine.

Ils prirent pied sur la plate-forme et s'approchèrent d'un dais sous lequel se trouvaient deux trônes. Le plus haut des deux servait de siège à une elfe, dont la sérénité rehaussait la beauté parfaite. Ses yeux bleu pâle ressortaient tout particulièrement dans son visage aux sourcils hauts et au nez finement ciselé. Elle avait les cheveux roux semés de mèches d'or – comme ceux de Calin –, ce qui donnait l'étrange impression de toujours la voir baignée par un rayon de soleil. Elle ne portait pas de couronne, juste un simple cerclet d'or qui maintenait sa chevelure en arrière, mais nul n'aurait pu confondre avec une autre Aglaranna, la reine des elfes.

Sur le trône à sa gauche se tenait un homme. Il avait une carrure impressionnante et faisait au moins cinq centimètres de plus que Martin. Il avait les cheveux blonds comme les blés et son visage était jeune, bien qu'il donnât l'impression d'avoir atteint un âge indéfinissable. Il sourit en voyant s'approcher les nouveaux venus, ce qui le rajeunit encore. Son visage était semblable à celui d'un elfe, à quelques exceptions près. Ses yeux étaient incolores, presque gris et il avait les sourcils moins hauts. Ses traits étaient moins anguleux et il avait le menton plus fort et plus carré. Ses oreilles, dévoilées par le cerclet d'or qui retenait ses cheveux, étaient légèrement en pointes, mais moins longues que celles des elfes. Et il avait le torse et les épaules bien plus massifs que n'importe quel autre elfe.

Calin s'inclina devant eux. « Mère et reine, prince et chef de guerre, des invités nous font l'honneur d'une visite. »

Les deux seigneurs d'Elvandar se levèrent et s'avancèrent pour accueillir leurs hôtes. La reine et Tomas saluèrent amicalement Martin et se montrèrent courtois et chaleureux envers ses compagnons. Tomas dit à Arutha : « Altesse, vous êtes le bienvenu. »

Arutha répondit : « Je remercie Sa Majesté et Son Altesse. »

Il y avait d'autres elfes assis sur le pourtour de la cour. Arutha reconnut le vieux conseiller Tathar, qui était venu leur rendre visite plusieurs années auparavant. On fit rapidement les présentations. La reine invita tout le monde à se lever et elle mena la compagnie sur une plate-forme à côté de la cour, destinée aux réceptions, où tous purent s'asseoir avec moins de formalités. On apporta des rafraîchissements, de la nourriture et du vin et Aglaranna prit la parole : « Nous sommes heureux de revoir de vieux amis », dit-elle en se tournant vers Arutha et Martin, « et d'en accueillir de nouveaux », ajouta-t-elle en regardant les autres. « Mais les hommes viennent rarement nous voir sans une bonne raison. Pourquoi êtes-vous venu, prince de Krondor ? »

Arutha leur raconta son histoire tout en prenant son dîner. Les elfes l'écoutèrent sans rien dire jusqu'à la fin de son récit. Quand Arutha eut terminé, la reine dit : « Tathar ? »

Le vieux conseiller acquiesça. « La Quête sans Espoir. »

Arutha demanda : « Est-ce à dire que vous ne savez rien du silverthorn ?

— Non, répondit la reine. La Quête sans Espoir est une légende de notre peuple. Nous connaissons l'*aelebera*. Nous en connaissons aussi les propriétés. Elles nous sont rapportées dans la légende de la Quête sans Espoir. Tathar, expliquez-leur, je vous prie. »

Le vieil elfe, le premier qui pour Jimmy et les autres montrât quelques signes de vieillissement – quelques rides infimes au coin des yeux et des cheveux si pâles qu'ils en paraissaient presque blancs – dit : « Selon les légendes de notre peuple, un prince d'Elvandar venait de se fiancer lorsque sa belle fut courtisée par un guerrier moredhel, qu'elle repoussa avec mépris. De colère, le Moredhel l'empoisonna avec un breuvage fait à partir de l'*aelebera* et elle tomba dans un sommeil mortel. C'est ainsi que le prince d'Elvandar commença la Quête sans Espoir, à la recherche d'un remède, l'*aelebera*, le silverthorn. Cette plante a le pouvoir de guérir tout autant que de tuer. Mais l'*aelebera* ne pousse que dans un seul lieu, Moraelin, que l'on pourrait traduire dans votre langue par "le lac noir". C'est un lieu de grand pouvoir, sacré pour les Moredhels, un lieu où nul elfe ne peut se rendre. La légende dit que le prince d'Elvandar a tant tourné autour du Moraelin qu'il a fini par creuser un canyon tout autour. Car il ne peut entrer dans le Moraelin et il n'en partira pas tant qu'il n'aura pas trouvé de quoi sauver sa belle. On dit qu'il est encore là-bas. »

Arutha dit : « Mais je ne suis pas un elfe. Je vais aller au Moraelin, si vous acceptez de m'en indiquer la route. »

Tomas regarda l'assemblée. « Nous guiderons vos pas vers le Moraelin, Arutha, mais pas tant que vous n'aurez pas pris un peu de repos et pas tant que nous ne nous serons pas consultés. Nous allons vous fournir un lieu où vous rafraîchir et vous reposer avant le souper. »

L'assemblée des elfes se retira, laissant Calin, Tomas et la reine seuls avec Arutha et ses compagnons. Martin demanda : « Et votre fils ? »

Tomas sourit et leur fit signe de le suivre. Il les fit passer par un couloir de verdure jusqu'à une chambre dont le toit était fait d'un orme gigantesque, où un bébé dormait paisiblement dans un berceau. Il devait avoir moins de six mois et dormait profondément et rêvait, refermant par à-coups ses petits poings. Martin regarda l'enfant de plus près et comprit ce que Calin avait voulu dire lorsqu'il avait évoqué son héritage unique. L'enfant semblait plus humain que elfe, avec ses oreilles très légèrement pointues, ornées de lobes – un trait dont les elfes étaient dépourvus. Son visage tout rond ressemblait à celui de n'importe quel bébé un peu potelé, mais on y sentait une grande intensité, quelque chose qui donnait à Martin l'impression qu'il était plus le fils de son père que celui de sa mère. Aglaranna se pencha et le caressa doucement dans son sommeil.

Martin lui demanda : « Comment l'avez-vous appelé ? »

Tout bas, la reine murmura : « Calis. » Martin opina. En elfe, cela voulait dire « enfant de la verdure », en référence à la vie et à la croissance. C'était un nom de bon augure.

Laissant le bébé dormir, Martin et les autres se firent montrer des chambres dans la cité arboricole d'Elvandar, où ils trouvèrent des baignoires et des lits. Ils se lavèrent et s'endormirent rapidement, à l'exception d'Arutha, dont l'esprit allait de l'image d'Anita endormie à celle d'une plante d'argent qui poussait sur les rives d'un lac noir.

Martin, seul, profitait de la première soirée qu'il pouvait passer à Elvandar depuis un an. Cet endroit, plus encore que tout autre, plus même que Crydee, était son véritable foyer. Enfant, il y avait joué avec les petits elfes.

Il se retourna en entendant un pas léger derrière lui. « Galain », dit-il, heureux de revoir le jeune cousin de Calin. Galain était le plus vieil ami de Martin. Ils s'étreignirent et le duc lui dit : « J'espérais te voir plus tôt.

— Je viens juste de rentrer d'une patrouille le long de la lisière nord de la forêt. Il y a des choses bizarres qui se passent là-bas. J'ai cru comprendre que tu avais quelques éclaircissements à nous apporter à ce sujet.

— Une faible lueur dans la nuit, pas plus. Il y a quelque chose de très maléfique là-bas, nous en sommes certains. »

Il raconta son histoire à Galain et le jeune elfe dit : « C'est terrible, Martin. » Il semblait sincèrement désolé pour Anita. « Ton frère ? » La question, en elfe, portait en elle par ses intonations toute une gamme de nuances montrant qu'il s'inquiétait des différents aspects de l'épreuve que subissait Arutha en ce moment.

« Il supporte. Parfois, il s'efforce de tout oublier. D'autres fois, ça le submerge. Je ne sais pas comment il fait pour ne pas devenir fou. Il l'aime tellement. » Martin secoua la tête.

« Tu ne t'es jamais marié, Martin. Pourquoi ? » Le duc haussa les épaules. « Je ne l'ai jamais connue.

— Tu es triste.

— Arutha est parfois difficile, mais c'est mon frère. Je me souviens de lui quand il était petit. Même alors, ce n'était pas facile d'être proche de lui. Peut-être que c'était la mort de sa mère, il était très jeune. Il garde tout à distance. Mais malgré sa rudesse, malgré sa force de caractère, il est très sensible.

— Vous êtes très semblables.

— Ce n'est pas faux », lui accorda Martin. Galain resta un moment silencieux à côté de Martin. « Nous vous aiderons du mieux que nous le pourrons.

— Nous devrons nous rendre à Moraelin. »

Le jeune elfe frissonna, ce qui était peu courant chez quelqu'un d'aussi jeune. « C'est mauvais, là-bas, Martin. On l'appelle le lac noir, mais ça n'a rien à voir avec la couleur de ses eaux. C'est un puits de folie. Les Moredhels vont là-bas pour avoir des rêves de puissance. C'est lié à la Voie des Ténèbres.

— Il y avait des Valherus ? » Galain fit « oui » de la tête.

« Tomas ? » Cette question avait aussi plusieurs sens. Galain était très proche de Tomas, car il l'avait suivi durant toute la guerre de la Faille.

« Il n'ira pas avec vous. Son fils est trop jeune. Calis sera petit pendant très peu de temps, quelques années à peine. Un père doit passer ce temps-là avec son bébé. Et puis il y a toujours un risque. » Il n'avait pas besoin d'en dire plus, Martin comprenait. Il avait vu Tomas la nuit où il avait failli succomber à l'esprit dément du Valheru qui était en lui. Martin avait failli en mourir. Il faudrait encore du temps à Tomas pour qu'il se sente assez fort pour se confronter à son propre héritage, pour éveiller à nouveau l'être terrible qui était en lui. Et il ne s'aventurerait près d'un lieu de puissance valheru que quand il jugerait les circonstances assez graves pour en justifier le risque.

Martin sourit d'un air ironique. « Ainsi donc, nous autres pauvres humains aux maigres talents allons devoir aller là-bas seuls. »

Galain lui rendit son sourire. « Au vu de ce que tu sais faire, je doute de la maigreur de tes talents. » Il prit un air plus grave. « Malgré tout, vous feriez bien d'aller voir les Tisserands avant de partir. Il y a une puissance des ténèbres à Moraelin et la magie peut venir à bout des hommes les plus forts et les plus courageux.

— Promis. Nous irons les voir bientôt. » Il avait les yeux fixés sur un elfe qui approchait, suivi d'Arutha et des autres. « Maintenant, sans doute. Tu viens ?

— Je n'ai pas ma place dans le cercle des anciens. De plus, je n'ai pas mangé de la journée. Je vais aller me reposer. N'hésite pas à venir me voir, si tu veux discuter.

— Je viendrai. »

Martin courut rejoindre Arutha. Ils suivirent l'elfe, qui les ramena au conseil. Quand ils furent tous assis devant Aglaranna et Tomas, la reine dit : « Tathar, prenez la parole pour nos tisseurs de sorts : vous avez des conseils à adresser au prince Arutha. »

Tathar s'avança au centre de la cour et dit : « D'étranges choses se passent depuis quelques cycles de la lune médiane. Nous nous attendions à ce que les Moredhels et les gobelins reviennent chez eux au Sud après avoir été chassés d'ici par la guerre de la Faille, mais ils n'en ont rien fait. Nos éclaireurs au Nord ont repéré les traces de nombreuses bandes de gobelins qui passaient les grandes montagnes du Nord pour aller dans les terres du Nord. Des éclaireurs moredhels ont traîné exceptionnellement près de nos frontières.

« Les gwalis sont revenus parce qu'ils disent qu'ils n'aiment plus l'endroit où ils vivent. C'est parfois difficile de les comprendre, mais nous savons qu'ils sont venus du Nord.

« Ce que vous nous avez dit, prince Arutha, nous inquiète énormément. Tout d'abord parce que nous sommes de tout cœur avec vous. Ensuite, parce que les manifestations dont vous nous avez parlé montrent qu'une puissance maléfique de grande ampleur est à l'œuvre et qu'elle dispose de nombreux envoyés. Mais nous nous inquiétons surtout à cause de notre histoire.

« Bien avant que nous ne chassions les Moredhels de nos forêts, pour avoir choisi la voie des Pouvoirs Ténébreux, le peuple elfe ne faisait qu'un. Ceux d'entre nous qui vivaient dans les forêts étaient plus éloignés de nos maîtres, les Valherus. Grâce à cela, nous étions moins attirés par leurs rêves de puissance. Ceux d'entre nous qui avaient vécu près de nos maîtres ont été séduits par ces rêves. Ils sont devenus les Moredhels. » Il regarda la reine et Tomas et tous deux lui firent un signe de tête. « Ce que peu de gens savent, c'est la raison pour laquelle nous nous sommes séparés d'avec les Moredhels, qui étaient de notre sang. Jamais auparavant cette histoire n'a été livrée à des hommes.

« Lors des âges noirs des guerres du chaos, les terres ont subi beaucoup de transformations. Du peuple elfe, quatre groupes ont fini par émerger. » Martin se pencha en avant, car malgré tout ce qu'il savait sur les elfes – bien plus que n'importe quel humain –, ceci était entièrement nouveau pour lui.

Il avait toujours pensé que les elfes et les Moredhels avaient été les seuls elfes au monde. « Les plus sages et les plus puissants, ceux parmi lesquels se trouvaient les plus grands tisserands et les plus grands savants se nommaient les Eldars. C'étaient eux qui s'occupaient de tout ce que leurs maîtres avaient pillé dans le cosmos, les ouvrages de magie, les connaissances mystiques, les artefacts et les richesses. Ce furent eux qui les premiers commencèrent à façonner Elvandar, en lui donnant sa magie. Ils disparurent lors des guerres du chaos, car ils étaient les premiers serviteurs de nos maîtres et l'on suppose que, comme ils leur étaient très proches, ils ont péri avec eux. Pour les elfes et les Frères des Ténèbres, les Eledhels et les Moredhels dans notre langue, vous en connaissez le principal. Mais il y en avait encore d'autres, les Glamredhels, dont le nom signifie « les chaotiques » ou encore « les fous ». Ils avaient été modifiés par les guerres du chaos et ils étaient finalement devenus un peuple de guerriers sauvages et déments. Pendant un temps, les elfes et les Moredhels ne firent qu'un et nos deux peuples durent se défendre de ces déments. Même après que les Moredhels eurent été chassés d'Elvandar, ils restèrent les ennemis jurés des Glamredhels. Nous ne parlons pas beaucoup de ces temps troublés, car il faut que vous compreniez que même si nous parlons des Eledhels, Moredhels et des Glamredhels, les elfes ne forment qu'une seule race, même encore maintenant. C'est juste que certains des nôtres ont choisi une manière de vivre plus sombre. »

Martin était impressionné. Malgré tout ce qu'il savait sur la culture elfique, il avait toujours cru, comme tous les hommes, que les Moredhels étaient une race à part, apparentée aux elfes, mais différente. Il réalisait maintenant pourquoi les elfes avaient toujours montré une certaine réticence à parler de leurs relations avec les Moredhels. Ils les considéraient comme faisant partie d'eux-mêmes. Tout à coup, Martin comprit. Les elfes pleuraient la perte de leurs frères égarés sur la Voie des Ténèbres.

Tathar poursuivit : « Nos légendes parlent du temps de la dernière grande bataille au nord, quand les Moredhels et leurs serviteurs gobelins écrasèrent finalement les Glamredhels. Les Moredhels se déchaînèrent et annihilèrent nos cousins déments, dans un terrible génocide. On pense que les Glamredhels furent massacrés jusqu'au dernier bébé, afin que jamais ils ne puissent se relever et défier la suprématie des Moredhels. C'est l'épisode le plus noir de l'histoire de notre race, entaché de la honte qu'une partie de notre peuple en ait entièrement détruit une autre.

« Mais voici ce qui vous intéresse : au cœur de l'armée des Moredhels se tenait un groupe nommé les Noirs Tueurs, des guerriers moredhels qui avaient renoncé à leur mortalité pour devenir des monstres n'ayant qu'un seul et unique but : tuer pour leur maître. Une fois morts, les Noirs Tueurs se relèvent pour accomplir les volontés de leur maître. Lorsqu'ils se sont relevés, ils ne peuvent être stoppés que par la magie, par la destruction totale de leur corps, ou en leur arrachant le cœur. Ceux qui se sont dressés contre vous sur la route pour Sarth étaient des Noirs Tueurs, prince Arutha.

« Avant le temps du génocide, les Moredhels s'étaient déjà avancés très loin sur la Voie des Ténèbres, mais il y eut quelque chose pour les faire descendre plus loin encore dans l'horreur : les Noirs Tueurs et le génocide. Ils étaient devenus les instruments d'un monstre de folie, un chef qui cherchait à imiter les Valherus disparus et à mettre le monde tout entier sous sa domination. Ce fut lui qui rassembla les Moredhels sous sa bannière et qui permit à cette abomination qu'étaient les Noirs Tueurs d'exister. Mais lors de cette dernière bataille, il fut blessé à mort et avec sa disparition, la nation moredhel se disloqua. Ses capitaines se rassemblèrent et tentèrent de nommer un successeur. Ils se brouillèrent rapidement et se morcelèrent un peu comme les gobelins – en tribus, en clans, en familles –, sans jamais arriver à retrouver un chef unique pour tous. Avec sa mort, l'ère de la puissance des Moredhels s'acheva. C'était un être sans pareil, charismatique, dont les pouvoirs étranges lui permirent de rassembler les Moredhels en une nation cohérente.

« Le nom de ce chef était Murmandamus. »

Arutha sursauta : « Serait-il possible qu'il soit revenu ?

— Tout est possible, prince Arutha. En tout cas, c'est ce que quelqu'un qui a vécu aussi longtemps que moi ne peut que penser, répondit Tathar. Il se pourrait que quelqu'un cherche à unir les Moredhels sous ce nom ancien, à les rassembler de nouveau sous une seule bannière.

« Il y a aussi cette histoire de prêtre-serpent. Les Pantathians sont si universellement détestés que même les Moredhels les massacrent quand ils en trouvent. Mais le fait que l'un d'eux serve ce Murmandamus nous montre qu'il y a eu des alliances contre nature. Nous risquons de nous retrouver confrontés à des forces bien au-delà de tout ce à quoi nous nous attendons. Si les nations du Nord se lèvent, nous allons tous à nouveau subir une terrible épreuve, à l'image de celle que les étrangers ont fait subir à nos deux peuples. »

Baru se leva, à la manière hadati, pour montrer qu'il voulait prendre la parole. Tathar inclina la tête dans sa direction. « Mon peuple ne sait que peu de chose des Moredhels, sauf que les Frères des Ténèbres sont nos ennemis de sang. Je puis ajouter une chose : Murad est considéré comme un chef puissant, peut-être le plus puissant actuellement, un chef capable de commander des centaines de guerriers. Le fait qu'il serve les Noirs Tueurs montre à quel point Murmandamus est puissant. Murad ne servirait qu'un maître qu'il craint. Et un être capable de faire peur à Murad doit être réellement très effrayant.

— Comme je l'ai dit aux Ishapiens, ce ne sont que des spéculations. Je dois surtout aller chercher le silverthorn », dit Arutha. Mais en prononçant ces paroles, le prince de Krondor savait qu'il mentait. La menace pour le Nord était bien trop réelle. Ils n'avaient pas parlé de simples raids de gobelins sur quelques fermes isolées. Cette invasion pouvait être bien plus dangereuse que celle des Tsuranis. Face à cela, son refus de prendre en considération tout ce qui ne concernait pas directement sa recherche d'un remède pour Anita relevait de la pure obsession.

— Nos objectifs peuvent coïncider, Altesse, dit Aglaranna. Ce que nous avons découvert là semble être le désir d'un fou de rassembler les Moredhels, leurs serviteurs et leurs alliés sous une seule bannière. Il doit pour cela réaliser une prophétie. Il doit détruire le fléau des ténèbres. Et qu'a-t-il accompli ? Il vous a forcé à vous rendre au seul endroit où il est sûr de vous trouver. »

Jimmy se redressa, les yeux écarquillés. « Il vous attend ! » balbutia-t-il, oubliant le protocole. « Il est au lac noir ! »

Laurie et Roald lui mirent une main sur les épaules pour le rassurer. Jimmy se rassit, visiblement embarrassé.

Tathar reprit la parole : « De la bouche des enfants… Les autres et moi-même avons réfléchi et voici ce qui arrivera à notre avis, prince Arutha. Depuis que les Ishapiens vous ont offert ce talisman, Murmandamus ne peut vous retrouver qu'en se servant de moyens classiques. Or s'il ne vous retrouve pas, ses alliances risquent de se déliter. Les Moredhels sont comme tout le monde : ils doivent cultiver leurs champs et élever leurs bêtes. Si Murmandamus met trop de temps à réaliser la prophétie, ils risquent de se disperser, à l'exception de ceux qui auront juré de le servir pour les ténèbres, comme les Noirs Tueurs. Ses agents ont dû lui faire savoir que vous avez quitté Sarth et maintenant, ses espions à Krondor ont dû lui dire que vous êtes en quête pour trouver quelque chose qui puisse sauver votre princesse. Oui, il saura que vous recherchez le silverthorn et lui ou l'un de ses capitaines, comme Murad, vous attendra à Moraelin. »

Arutha et Martin se regardèrent. Le duc haussa les épaules. « Nous ne nous étions jamais dit que ce serait facile. »

Arutha regarda la reine, Tomas et Tathar. « Nous vous remercions pour tous vos conseils. Mais nous irons à Moraelin. »

Arutha leva les yeux sur Martin qui s'approchait de lui. « Tu broies du noir ? lui demanda son aîné.

— Je… réfléchissais juste, Martin. »

Martin s'assit à côté d'Arutha, sur le bord de la plate-forme où se trouvaient les chambres qu'on leur avait laissées. La nuit, Elvandar luisait faiblement, d'une phosphorescence qui maintenait la cité des elfes dans une atmosphère douce et merveilleuse. « À quoi réfléchissais-tu ?

— Je me disais que mes inquiétudes au sujet d'Anita allaient à l'encontre de mon devoir.

— Tu doutes ? Tu te révèles donc enfin. Écoute, Arutha, j'ai eu des doutes sur ce voyage depuis le début, mais si tu laisses le doute t'empêcher d'agir, tu ne feras jamais rien. Il faut juste que tu prennes ce qui te semble être la meilleure décision et que tu agisses en conséquence.

— Et si je me trompe ?

— Alors tu te trompes. »

Arutha baissa la tête et l'appuya contre la rambarde de bois. « Le problème, c'est l'enjeu. Quand j'étais petit, si je me trompais, je perdais une partie. Maintenant, je peux perdre une nation.

— Peut-être, mais ça ne change pas le fait que tu doives prendre une décision pour agir.

— Les choses commencent à m'échapper. Je me demande si on ne ferait pas mieux de rentrer à Yabon et de dire aux armées de Vandros de prendre les montagnes d'assaut.

— Peut-être. Mais certains lieux sont plus faciles à visiter à six qu'avec toute une armée. »

Arutha fit un sourire ironique. « Il n'y en a pas beaucoup. »

Martin lui retourna son sourire, presque comme un miroir. « C'est vrai, mais il y en a. D'après ce que Galain m'a dit de Moraelin, il vaut mieux y aller discrètement et subtilement qu'y aller en force. Imagine qu'on envoie l'armée de Vandros, pour découvrir que Moraelin se trouve juste de l'autre côté d'une jolie route comme celle qui mène à l'abbaye de Sarth ? Tu te souviens, celle dont Gardan a dit qu'une demi-douzaine de vieilles dames armées de balais suffirait à la défendre ? Je parierais que Murmandamus a mis là-bas plus qu'une demi-douzaine de grands-mères. Et même si tu arrivais à sortir vainqueur d'un combat contre les hordes de Murmandamus, arriverais-tu à sacrifier la vie d'un seul de tes soldats pour sauver celle d'Anita ? Non. Toi et ce Murmandamus vous jouez des enjeux sacrément élevés, mais c'est toujours un jeu. Tant que Murmandamus pense qu'il peut t'attirer à Moraelin, nous avons une chance d'y arriver sans nous faire voir et d'y prendre le silverthorn. »

Arutha regarda son frère. « Vraiment ? demanda-t-il, connaissant déjà la réponse.

— Bien sûr. Tant que nous ne déclenchons pas le piège, il reste ouvert. C'est le problème de tous les pièges. S'ils ne savent pas que nous sommes déjà à l'intérieur, nous arriverons peut-être même à ressortir. » Il resta silencieux un moment, les yeux fixés vers le nord. « C'est si près. C'est juste là-haut, dans ces montagnes, à une semaine à peine. C'est si près. » Il se tourna vers Arutha et rit. « Ce serait malheureux d'arriver si près du but pour repartir maintenant.

— Tu es fou.

— Peut-être. Mais penses-y, c'est si près. »

Arutha éclata de rire. « Très bien. Nous partons demain. »

Les six cavaliers partirent le lendemain matin, avec les vœux de la reine des elfes et de Tomas. Calin, Galain et deux autres elfes couraient à côté d'eux. Lorsqu'ils furent hors de vue de la cour, un gwali jaillit des arbres en criant : « Calin ! »

Le prince elfe fit signe de stopper et le Gwali se laissa tomber des branches. Il leur sourit. « Où hommes aller avec Calin ?

— Apalla, nous les menons à la route du nord. Puis ils iront à Moraelin. »

Le gwali sautilla et secoua sa tête couverte de fourrure. « Pas aller, hommes. Mauvais endroit. Petits Olnolis mangés là-bas par mauvaise chose.

— Quelle mauvaise chose ? » demanda Calin. Mais le gwali fila sans répondre en hurlant, terrifié.

Jimmy dit : « Rien ne vaut un bon adieu. »

Calin s'adressa à Galain : « Va trouver Apalla et essaye de comprendre le fin mot de cette histoire.

— Je découvrirai ce qu'il a voulu dire et je vous rejoins. » Galain salua les autres et partit à la poursuite du gwali. Arutha fit signe de reprendre la route.

Les elfes les guidèrent trois jours durant jusqu'aux frontières de leurs bois et jusqu'aux contreforts des grandes montagnes du nord. Au milieu du quatrième jour, ils atteignirent un petit cours d'eau. De l'autre côté, la piste s'enfonçait dans les bois, vers un canyon. Calin dit : « Voici la limite de nos terres.

— Qu'est-ce qui est arrivé à Galain, à ton avis ? demanda Martin.

— Il n'a peut-être rien trouvé d'intéressant, ou alors il lui a fallu un ou deux jours pour trouver Apalla. Les gwalis sont difficiles à localiser quand ils veulent se faire discrets. Si Galain nous retrouve, nous vous l'enverrons. Il pourra vous rattraper tant que vous n'aurez pas pénétré le cœur de Moraelin.

— Où est-ce ? demanda Arutha.

— Suivez la piste encore deux jours. Vous arriverez à une petite vallée. Traversez-la et sur la face nord, vous verrez une cascade. Il y a un chemin qui monte, jusqu'à un plateau, près du sommet de la chute d'eau. Remontez la rivière jusqu'à sa source. C'est un lac, où vous trouverez une autre piste qui monte, toujours vers le nord. C'est le seul chemin qui mène à Moraelin. Vous trouverez un canyon, qui entoure le lac en formant un cercle complet. Les légendes disent que ce sont les traces laissées par le prince elfe en deuil, qui a usé le sol autour du lac. On l'appelle la Trace du Désespoir. Il n'y a qu'un moyen d'aller au Moraelin, par un pont bâti par les Moredhels. Quand vous aurez traversé ce pont au-dessus de la Trace du Désespoir, vous serez dans le Moraelin. Là, vous trouverez le silverthorn. C'est une plante avec une feuille trilobée vert argentée, avec des fruits qui ressemblent à du gui rouge. C'est facile à reconnaître, le nom qu'elle porte est très descriptif : ses épines sont en argent. S'il n'y a qu'une chose que vous pouvez prendre, prenez une poignée de baies. Vous en trouverez sur les berges du lac. Maintenant allez-y et que les dieux vous protègent. »

Les adieux furent courts et les six cavaliers repartirent, Martin et Baru en tête, Arutha et Laurie au centre, et Jimmy et Roald fermant la marche. Ils suivaient une courbe de la route. Jimmy regarda derrière, jusqu'à ce que les elfes disparaissent à sa vue. Il se retourna et regarda devant lui, sachant que maintenant ils se retrouvaient livrés à eux-mêmes, sans alliés ni refuge. Il adressa une prière silencieuse à Banath et prit une profonde inspiration.

15

Pug regardait fixement le feu.
Le petit brasero projetait des lueurs dansantes sur les murs et le plafond de son bureau. Il se passa les mains sur le visage, sentant la fatigue le tirailler au plus profond de lui-même. Il avait travaillé sans cesse depuis la vision de Rogen, ne dormant et ne mangeant que lorsque Katala venait le tirer de force de ses recherches. Il referma délicatement l'un des nombreux livres de Macros. Cela faisait une semaine qu'il les compulsait tous un par un. Depuis qu'il s'était retrouvé confronté au paradoxe de la vision de Rogen, il avait recherché toutes les informations auxquelles il pouvait avoir accès. Un seul autre mage sur ce monde connaissait un tant soit peu le monde de Kelewan, et c'était Macros le Noir. Quelle qu'ait été la présence ténébreuse dans la vision, elle avait parlé une langue que moins de cinq mille personnes sur Midkemia auraient pu reconnaître – Pug, Katala, Laurie, Kasumi et sa garnison de LaMut, ainsi que quelques centaines d'anciens prisonniers disséminés sur la Côte sauvage. Et de tous, seul Pug pouvait réellement comprendre les mots que Gamina leur avait rapportés, car cette langue n'était qu'un ancêtre très lointain du tsurani actuel, une langue morte. Pug recherchait maintenant en vain dans la bibliothèque de Macros un indice sur ce que pouvait être cette puissance ténébreuse.

Des centaines de volumes que Macros avait transmis à Pug et à Kulgan, seul un tiers avait été répertorié. Macros, grâce à son étrange serviteur goblinoïde, Gathis, leur avait fourni une liste des titres. Dans certains cas, elle leur avait été utile, car l'ouvrage était connu de nom. Dans d'autres cas, la liste se révélait inutile tant que l'on n'avait pas lu le livre. Soixante-douze ouvrages portaient le seul titre de *La Magie* et il existait une bonne douzaine d'exemples similaires à celui-là. Pug, cherchant des indices potentiels sur la nature de ce à quoi ils étaient confrontés, s'était enfermé avec les ouvrages restants et il avait commencé à les feuilleter dans l'espoir d'y trouver des informations. Il était assis là, sur une chaise, son livre sur les genoux, de plus en plus convaincu de ce qu'il devait faire.

Pug posa doucement le livre sur sa table de travail et sortit de son bureau. Il descendit les marches vers le hall central qui conduisait aux autres salles actuellement en service dans le bâtiment de l'académie. Les travaux de construction de l'étage supérieur de la tour qui abritait ses salles de travail avaient été stoppés par la pluie qui s'abattait actuellement sur le port des Étoiles. Un courant d'air glacé soufflait par une fente dans le mur et Pug serra sa robe noire contre lui en entrant dans la salle à manger, qui servait de salle commune depuis quelque temps.

Katala leva les yeux de sa broderie, installée près du feu dans l'un des confortables fauteuils qui occupait la partie de la pièce servant de salle commune. Le frère Dominic et Kulgan étaient en grande discussion, le mage corpulent tirant sur sa sempiternelle pipe. Kasumi regardait William et Gamina jouer aux échecs dans un coin, une profonde concentration se lisant sur leurs petits visages, pris par la lutte où ils déchaînaient leur stratégie toute neuve. William n'avait porté que peu d'intérêt à ce jeu jusqu'à ce que la fillette commence à s'y intéresser. Elle l'avait battu et cela avait éveillé son sens de la compétition, qu'il avait réservé jusque-là au terrain de jeux. Pug se dit que, quand il en aurait le temps, il lui faudrait s'occuper de plus près de leurs dons. Si on lui en laissait le temps…

Meecham entra, une carafe de vin à la main et il proposa un verre à Pug. Le magicien le remercia et s'assit à côté de son épouse. Katala dit : « Le souper ne commence pas avant une bonne heure. Je m'attendais à devoir venir te chercher.

— J'ai fini le livre que j'avais commencé et j'ai décidé de venir me détendre un peu avant le repas.

— C'est bien. Tu travailles trop dur, Pug. Tu enseignes aux autres, tu supervises la construction de ce monstrueux bâtiment et maintenant voilà que tu t'enfermes dans ton bureau. Ça ne nous laisse pas beaucoup de temps à passer ensemble. »

Pug lui fit un sourire : « Un reproche ? »

— C'est une prérogative d'épouse », dit-elle en lui retournant son sourire. Katala n'était pas du genre désagréable. Si quelque chose la gênait, elle le disait ouvertement et la question était rapidement résolue, soit par un compromis, soit en acceptant que les conditions de l'un ou de l'autre ne soient pas négociables.

Pug regarda autour de lui. « Où est Gardan ? »

Kulgan répondit : « Bah ! Va savoir. Si tu ne t'étais pas enfermé dans ta tour, tu te serais souvenu qu'il devait partir aujourd'hui pour Shamata, afin d'envoyer un message à Lyam par la voie militaire. Il sera de retour dans une semaine.

— Il est parti seul ? »

Kulgan se renversa sur sa chaise. « J'ai fait un augure. Il va pleuvoir encore trois jours. La plupart des ouvriers sont rentrés chez eux au lieu de rester coincés dans leurs baraquements pendant ce temps. Gardan est parti avec eux. Qu'est-ce que tu vas fouiner dans ta tour, depuis quelques jours ? Cela fait une bonne semaine que tu ne dis pratiquement plus rien à personne. »

Pug regarda les occupants de la pièce. Katala semblait absorbée par son ouvrage, mais il savait qu'elle écoutait attentivement, attendant sa réponse. Les enfants étaient plongés dans leur jeu. Kulgan et Dominic le regardaient avec un intérêt non dissimulé. « Je lisais les livres de Macros, dans l'espoir de découvrir quelque chose qui pourrait nous donner une idée de ce que nous pourrions faire. Et vous ?

— Dominic et moi-même avons tenu conseil avec les habitants du village. Nous en sommes arrivés à quelques conclusions.

— Lesquelles ?

— Maintenant que Rogen va mieux et qu'il a été en mesure de nous décrire en détail sa vision, certains de nos jeunes gens les plus talentueux ont travaillé à corps perdu sur le problème. » Pug sentit un mélange d'amusement et de fierté chez le vieux magicien. « Quelle que soit la chose là-bas qui cherche à détruire le royaume, ou Midkemia, elle ne dispose que de pouvoirs limités. Imaginons un instant que c'est, comme tu le crains, une créature des ténèbres qui se serait, d'une manière ou d'une autre, glissée par la Faille depuis Kelewan pendant la guerre. Elle a encore certaines faiblesses et craint de se révéler au grand jour.

— Explique. » Pug, brusquement intrigué, sentit sa fatigue s'envoler.

« Supposons que cette chose vienne du monde de Kasumi et n'allons pas chercher plus loin une explication alambiquée pour le fait qu'elle use d'un ancien dialecte tsurani. Mais contrairement aux anciens alliés de Kasumi, elle ne vient pas pour conquérir directement, elle vient plutôt dans le but d'utiliser d'autres personnes à ses propres fins. Supposons qu'elle ait réussi à passer par la Faille. Celle-ci est fermée depuis un an, ce qui veut dire qu'elle est ici depuis au moins tout ce temps et peut-être même depuis onze ans, et qu'elle a utilisé tout ce temps-là pour se trouver des serviteurs, comme les prêtres pantathians. Maintenant elle cherche à s'établir, en se servant d'un Moredhel : « le beau », ainsi que l'a décrit Rogen, qui n'est qu'un agent. La chose qu'il nous faut craindre réellement, c'est l'ombre derrière le beau Moredhel et les autres. C'est elle la véritable cause de toute cette sale affaire.

« Imaginons que tout cela soit vrai, elle tente de manipuler les gens par la ruse, plutôt que par la force. Pourquoi ? Soit parce qu'elle est trop faible pour agir et qu'elle doit se servir d'autres personnes, soit parce qu'elle a encore besoin de temps avant de pouvoir révéler sa véritable nature et de se mettre en avant.

— Ce qui veut dire que nous avons encore à déterminer la nature et l'identité exactes de cette chose ou de cette puissance.

— C'est juste. Mais nous avons aussi fait quelques suppositions sur la base de son origine tsurani. »

Pug l'interrompit : « Ne perdons pas de temps avec cela, Kulgan. Il nous faut considérer que cette créature vient effectivement de Kelewan. C'est la seule approche que nous ayons pour l'instant. Si Murmandamus n'est qu'un simple roi-sorcier moredhel qui vient de découvrir ses pouvoirs, et qui par quelque étrange coup du destin parle un ancien langage tsurani, nous pourrons le contrer. Mais une puissance ténébreuse venue de Kelewan… c'est cela qu'il nous faut considérer. »

Kulgan poussa un gros soupir et ralluma sa pipe froide. « J'aimerais avoir plus de temps, plus d'idées sur la manière de procéder. J'aurais voulu pouvoir examiner certains aspects de ce phénomène sans prendre de risques. Il y a tant de choses que j'aimerais, mais par-dessus tout, j'aimerais trouver un livre parlant de cette chose, un livre écrit par un témoin digne de foi.

— Il existe un lieu où nous pourrions trouver un tel ouvrage. »

Dominic s'exclama : « Où cela ? Je vous accompagnerais volontiers, vous ou n'importe qui d'autre dans un tel lieu, quels qu'en soient les risques. »

Kulgan eut un rire sombre. « J'en doute, cher frère. Mon ancien élève parle d'un lieu sur un autre monde. » Kulgan regarda Pug. « La bibliothèque de l'Assemblée. »

Kasumi répéta : « L'Assemblée ? »

Pug vit Katala se raidir. « Là, nous pourrions trouver des réponses utiles pour la lutte à venir. »

Katala, qui n'avait pas levé les yeux de son ouvrage, intervint d'une voix calme. « Il est bon que la Faille soit refermée et qu'elle ne puisse être rouverte par hasard. Tu dois être sous le coup d'une sentence de mort, là-bas. Souviens-toi que ton statut de Très Puissant a été mis en doute avant l'attaque contre l'empereur. Tu es sans doute un hors-la-loi, maintenant. Non, il est bon que tu ne puisses retourner là-bas. »

Pug dit : « Il y a un moyen. »

Katala se tourna immédiatement vers lui, une flamme dans les yeux. « Non ! Tu ne peux pas y retourner !

— Comment cela serait-il possible ? demanda Kulgan.

— C'était lors de ma dernière épreuve pour devenir robe noire, expliqua Pug. Sur la Tour de l'Épreuve, j'ai eu une vision du temps de l'Étranger, une étoile errante qui menaçait Kelewan. Ce fut par l'intervention de Macros que Kelewan fut sauvé. Macros est revenu sur Kelewan le jour où j'ai pratiquement détruit les arènes impériales. La réponse était là depuis le début et ça me crevait les yeux. Ce n'est que cette semaine que j'ai compris.

— Macros pouvait passer d'un monde à l'autre à volonté! s'exclama Kulgan, les yeux brillants. Macros avait trouvé le moyen de faire des failles contrôlables!

— Et je l'ai découvert. L'un de ses livres fournit des instructions très claires. »

Katala souffla : « Tu ne peux pas partir. »

Il tendit le bras vers elle et prit sa main toute pâle. « Il le faut. » Il se tourna vers Kulgan et Dominic. « J'ai les moyens de retourner à l'Assemblée et il faut que je m'en serve. Sinon, que Murmandamus soit le serviteur d'une puissance des ténèbres de Kelewan ou qu'il ne soit qu'une simple diversion pour laisser le temps à une telle puissance d'atteindre notre monde, nous sommes perdus. Si nous voulons trouver un moyen de lutter contre cette créature, nous devons d'abord savoir ce qu'elle est, découvrir sa véritable nature. Et pour cela, il faut que j'aille sur Kelewan. » Il regarda sa femme, puis Kulgan. « Je retourne sur Tsuranuanni. »

Ce fut Meecham qui parla en premier. « Très bien. Quand partons-nous?

— Nous? Je dois y aller seul. »

Le grand chasseur dit : « Tu ne peux pas y aller tout seul, comme si l'idée elle-même était totalement absurde. Quand partons-nous? »

Pug leva les yeux sur Meecham. « Tu ne parles pas leur langue. Tu es trop grand pour être tsurani.

— Je serai ton esclave. Il y a des esclaves de Midkemia là-bas, tu l'as dit assez souvent comme ça. » Son ton était sans appel. Il regarda Katala et Kulgan et dit : « On n'aurait plus un instant de tranquillité ici si jamais il t'arrivait quelque chose. »

William s'approcha avec Gamina. « Papa, s'il te plaît, prends Meecham avec toi. S'il te plaît. »

Pug leva les bras au ciel. « Très bien. Nous trouverons une raison. »

Kulgan soupira. « Je me sens un peu mieux, ce qui est tout relatif et tu ne dois pas prendre cela pour une approbation.

— Je note ton objection.

— Maintenant que les choses sont réglées, j'aimerais moi aussi vous accompagner, proposa Dominic

— Vous vous êtes déjà proposé avant de savoir que j'allais là-bas. Je peux prendre soin d'un Midkemian, mais deux, c'est trop de soucis.

— Je peux me rendre utile. Je suis soigneur et j'ai quelques pouvoirs magiques moi aussi. Mon bras est solide et sait manier la masse. »

Pug regarda le moine de plus près. « Vous n'êtes qu'un tout petit peu plus grand que moi. Vous pourriez passer pour un Tsurani, mais il reste le problème de la langue.

— L'ordre d'Ishap connaît des moyens magiques d'apprendre les langues. Le temps que vous prépariez votre sortilège pour la Faille, je pourrai apprendre le tsurani et l'enseigner à Meecham, si la dame Katala ou le comte Kasumi acceptent de m'aider.

— Je peux, moi, je parle tsurani », proposa William.

Katala, réticente, accepta. Kasumi intervint : « Moi aussi. » Il semblait troublé.

« Entre tous, Kasumi, je me serais attendu à ce que ce soit vous qui vous proposiez pour rentrer, et vous n'avez rien dit pour l'instant, s'étonna Kulgan.

— Quand la dernière faille a été refermée, ma vie sur Kelewan s'est terminée. Je suis maintenant comte de LaMut. Mes terres dans l'empire de Tsuranuanni ne sont plus qu'un souvenir. Même s'il m'était possible de rentrer, je ne le ferais pas, car j'ai prêté serment devant le roi. Mais, ajouta-t-il à l'adresse de Pug, accepterez-vous de porter un message de ma part à mon père et à mon frère ? Ils n'ont aucun moyen de savoir que je suis encore en vie et que je fais honneur à notre nom.

— Bien entendu. C'est tout à fait normal. Katala, mon aimée, peux-tu faire deux robes de l'ordre de Hantukama ? » Elle acquiesça. Il expliqua aux autres : « C'est un ordre de missionnaires, ses membres sont souvent par monts et par vaux. Avec un tel déguisement, nous risquons moins d'attirer l'attention lors de nos pérégrinations. Meecham pourra nous servir d'esclave mendiant. »

Kulgan fronça les sourcils. « Je n'aime toujours pas cela. C'est très contrariant. »

Meecham regarda Kulgan. « Tu n'es content que quand tu es contrarié. »

Pug éclata de rire. Katala prit son mari dans ses bras et le serra contre elle. Elle aussi était contrariée.

Katala tendit la robe et dit : « Essaie. »

Pug trouva qu'elle lui allait à la perfection. Sa femme avait pris soin de choisir des tissus très semblables à ceux que l'on trouvait sur Kelewan.

Le magicien, depuis quelque temps, voyait les autres membres de la communauté tous les jours, pour déléguer la responsabilité des affaires lors de son absence – et pour le cas où il ne puisse revenir, bien que personne ne parlât de cette éventualité. Dominic avait appris le tsurani de Kasumi et de William et il avait aidé Meecham à le maîtriser. Kulgan avait étudié les ouvrages de Macros sur les failles, de manière à pouvoir seconder Pug dans sa tentative d'en créer une nouvelle.

Kulgan entra dans les appartements de Pug alors que Katala inspectait son œuvre. « Tu vas geler, là-dedans. »

Katala répliqua : « Mon monde natal est très chaud, Kulgan. On y porte des robes légères comme celle-ci.

— Les femmes aussi ? » Elle répondit que oui et il conclut : « C'est très indécent. » Il prit une chaise.

William et Gamina entrèrent en courant dans la pièce. La fillette n'était plus la même depuis que Rogen était sorti d'affaire. Elle était constamment en compagnie de William, se battant et se disputant avec lui comme une sœur. Katala l'avait gardée dans leurs appartements le temps que le vieil homme se remette, dans une chambre à côté de celle de William.

Le garçon cria : « Meecham arrive ! » et il poussa un glapissement de joie, tout en tournoyant sur lui-même. Gamina rit aussi, tout haut, en imitant la pirouette de William et Kulgan et Pug échangèrent un regard, car c'était la première fois que la fillette prononçait un son audible. Meecham entra dans la pièce et les adultes se joignirent aux rires des enfants. Les jambes et les bras poilus du grand forestier sortaient bizarrement de sa robe courte et il trébuchait à chaque pas avec ses sandales à la tsurani.

Il regarda autour de lui. « Qu'est-ce qu'il y a de si drôle ? »

Kulgan répondit : « J'ai tellement l'habitude de te voir en vêtements de chasseur que je n'arrivais pas à imaginer à quoi tu pourrais ressembler.

— Tu es juste un peu différent de ce à quoi je m'attendais. » ajouta Pug en essayant d'étouffer un rire.

Le chasseur secoua la tête, dégoûté. « Vous avez fini ? Quand est-ce qu'on part ?

— Demain matin, juste après l'aube. » Les rires se turent dans la pièce.

Ils attendaient tranquillement autour de la colline au grand arbre, sur la côte nord de l'île du port des Étoiles. La pluie avait cessé, mais un vent froid et humide soufflait, annonciateur d'une ondée prochaine. La plupart des membres de la communauté s'étaient rassemblés pour voir partir Pug, Dominic et Meecham. Katala se tenait à côté de Kulgan, les mains posées sur les épaules de William. Gamina s'agrippait fermement à la robe de Katala, visiblement nerveuse et un peu effrayée.

Pug était seul, relisant le parchemin qu'il avait écrit. Un peu plus loin, Meecham et Dominic attendaient, tremblant dans le froid glacial, et écoutaient Kasumi. Il leur parlait de la culture et de la vie tsuranis, en détail, leur disant tout ce dont il se souvenait et qui lui semblait important. Il se rappelait constamment de petits détails oubliés. Le chasseur portait le sac de voyage qu'avait préparé Pug, avec les outils que les prêtres emportaient habituellement avec eux. À l'intérieur, sous ces objets, se trouvaient aussi quelques petites choses moins courantes pour un prêtre de Kelewan, comme des armes et des pièces de métal, une véritable fortune pour des gens de là-bas.

Kulgan vint se placer à l'endroit que lui indiquait Pug, tenant un bâton taillé par un des sculpteurs du village. Il le planta solidement dans le sol, puis se saisit d'un autre qu'on lui tendait et le planta à un peu plus d'un mètre du précédent. Il recula et Pug commença à lire le parchemin à haute voix.

Entre les bâtons, un mur de lumière commença à apparaître, parcouru d'un arc-en-ciel de couleurs mouvantes. On entendit un craquement et l'air se chargea peu à peu d'une odeur semblable à la foudre, âcre et piquante.

La lumière se fit plus brillante et se mit à changer de couleur, l'arc-en-ciel bougea de plus en plus vite, finissant par se mêler complètement et devenir d'un blanc étincelant. L'intensité devint si forte qu'il devenait impossible de regarder la lumière en face. Pug poursuivait son incantation d'une voix monocorde. Puis il y eut un grand bruit d'explosion, comme si le tonnerre avait grondé entre les deux bâtons et un petit courant d'air, comme si on avait soudain aspiré de l'intérieur.

Pug baissa son parchemin et fixa ce qu'il venait de créer. Un carré scintillant de « néant » gris se dressait entre les deux bâtons. Pug fit un signe à l'adresse de Dominic et dit : « Je vais passer le premier. La Faille devrait déboucher dans une clairière derrière mon ancienne propriété, mais il se pourrait qu'elle soit apparue ailleurs. »

Si l'environnement s'avérait hostile, il devrait contourner le pilier, repasser par le même côté, pour revenir sur Midkemia tout comme s'il était passé au travers d'un cerceau. Encore fallait-il qu'il le puisse.

Il se tourna pour faire un sourire à Katala et à William. Son fils trépignait nerveusement, mais les mains rassurantes de Katala sur ses épaules l'apaisaient un peu. Elle lui fit un signe de tête, le visage impassible.

Pug passa la Faille et disparut. On entendit des gens retenir leur souffle, car rares étaient ceux qui avaient su à quoi s'attendre. Le temps passa, terriblement long, durant lequel beaucoup n'osèrent même pas respirer.

Soudain, Pug réapparut de l'autre côté de la Faille et l'on entendit un soupir dans l'assistance. Il revint vers les autres et dit : « Elle s'est ouverte exactement là où je l'espérais. Le sortilège de Macros est parfait. » Il prit les mains de Katala entre les siennes. « Elle est juste à côté du bassin, dans le jardin de méditation. »

Katala lutta contre ses larmes. C'était elle qui s'occupait des fleurs autour de ce bassin, en face duquel on avait mis un banc solitaire donnant sur les eaux calmes, à l'époque où elle était la maîtresse de ce grand domaine. Elle fit signe qu'elle avait compris et Pug la serra contre lui, puis serra William. Quand Pug s'agenouilla devant William, Gamina se jeta soudain à son cou. *Fais attention à toi.*

Il la serra aussi. « Ne t'inquiète pas, petite fille. »

Pug fit signe à Dominic et à Meecham de le suivre et il passa à travers la Faille. Ils hésitèrent un bref instant puis le suivirent dans la grisaille.

Les autres restèrent là encore de longues minutes après leur disparition et la pluie recommença à tomber. Personne ne voulait repartir. Finalement, comme la pluie commençait à se faire plus insistante, Kulgan se racla la gorge. « Que ceux qui doivent monter la garde ici restent. Quant aux autres, qu'ils reprennent le travail. » Tout le monde s'ébranla lentement, sans protester contre le ton un peu sec de Kulgan. Ils s'inquiétaient tous autant que lui.

Yagu, jardinier en chef de la propriété de Netoha, non loin de la ville de Ontoset, se retourna et trouva trois étrangers en train de remonter le chemin du jardin de méditation, en direction du bâtiment principal. Deux d'entre eux étaient des prêtres de Hantukama, le Dispensateur de Santé, malgré leur taille inhabituelle pour des prêtres. Derrière eux traînait un esclave mendiant, un de ces géants barbares, un captif de la guerre. Yagu frissonna, car cet esclave était réellement très laid, avec une affreuse cicatrice qui lui courait le long de la joue gauche. Issu d'une culture plutôt guerrière, Yagu était un homme paisible, qui préférait la compagnie de ses fleurs et de ses plantes à celle des hommes qui parlaient de combats et d'honneur. Mais il avait des obligations à remplir envers la maison de son maître et il se dirigea vers les trois étrangers.

Quand ils le virent, ils s'arrêtèrent et Yagu s'inclina le premier, car il lui fallait entamer la conversation – une courtoisie toute naturelle tant que l'on n'avait pas défini le rang de chacun. « Salutations, honorables prêtres. C'est Yagu le jardinier qui se permet d'interrompre votre voyage. »

Pug et Dominic s'inclinèrent. Meecham attendit derrière eux, ignoré de tous, comme le voulait la coutume. Pug répondit : « Salutations, Yagu. Votre présence n'interrompt nullement ces deux humbles prêtres de Hantukama. Allez-vous bien ?

— Oui, je vais bien », dit Yagu, concluant ainsi le salut rituel aux étrangers. Puis il prit un air supérieur, croisa les bras et gonfla la poitrine. « Qu'est-ce qui amène des prêtres de Hantukama dans la maison de mon maître ?

— Nous faisons route de Seran vers la cité des plaines. Nous passions par là, nous avons vu cette propriété et nous espérions pouvoir mendier un repas pour de pauvres missionnaires. Cela est-il possible ? » Pug savait que Yagu n'avait pas la prérogative d'en décider, mais il laissa le vieux jardinier faire semblant de prendre la décision.

Le jardinier se gratta la barbe un moment. « Il vous est permis de mendier, bien que je ne puisse dire si vous serez nourris ou renvoyés. Venez, je vais vous montrer la cuisine. »

Alors qu'ils s'avançaient vers la maison, Pug demanda : « Puis-je demander qui vit sur ces merveilleuses terres ? »

Visiblement fier de la grandeur de son maître, Yagu répondit : « Cette maison est celle de Netoha, que l'on surnomme "Celui qui s'élève rapidement". »

Pug fit semblant de ne pas le connaître, bien qu'il fût heureux de savoir son ancien serviteur encore en possession des terres. « Peut-être ne serait-il pas trop offensant que d'humbles prêtres présentent leurs respects à une si auguste personne. »

Yagu fronça les sourcils. Son maître était un homme très occupé, mais il prenait aussi le temps de voir les gens comme eux. Il ne serait pas content que le jardinier se soit permis de les chasser, bien qu'ils vaillent à peine plus que des mendiants, leur secte n'ayant que peu de pouvoir, contrairement aux serviteurs de Chochocan ou de Juran. « Je vais le lui demander. Il se pourrait que mon maître ait un moment à vous consacrer. Sinon, il est possible que vous puissiez obtenir un repas. »

Le jardinier les amena à une porte dont Pug savait qu'elle menait aux cuisines. Le jardinier disparut à l'intérieur, les laissant sous le soleil de plomb. La maison était étrangement composée de multiples bâtiments reliés les uns aux autres. C'était Pug qui l'avait fait construire, presque deux ans auparavant. Cela avait déclenché une petite révolution au sein de l'architecture tsurani, mais le magicien se dit qu'elle avait dû être aussitôt étouffée, au vu de la peur panique que les mésaventures politiques provoquaient chez les Tsuranis.

La porte glissa de côté et une femme apparut sur le seuil, suivie de Yagu. Pug s'inclina avant qu'elle ne puisse voir son visage. C'était Almorella, une ancienne esclave libérée par Pug, maintenant mariée à Netoha. Elle était auparavant la meilleure amie de Katala.

Yagu annonça : « Ma maîtresse accepte gracieusement de parler avec les prêtres de Hantukama. »

La tête toujours baissée, Pug demanda : « Allez-vous bien, maîtresse ? »

En entendant sa voix, Almorella s'agrippa au chambranle, le souffle coupé. Quand Pug se redressa, elle se força à reprendre son souffle et dit : « Je... vais bien. » Les yeux écarquillés, elle s'apprêtait à prononcer son nom tsurani.

Pug secoua la tête. « J'ai déjà rencontré votre honorable époux. J'espérais qu'il pourrait se libérer un moment pour discuter avec une vieille connaissance.

— Mon époux a toujours du temps pour... les vieux amis », dit-elle d'une voix presque inaudible.

Elle les pria d'entrer et referma la porte derrière eux. Yagu resta dehors un moment, étonné du comportement de sa maîtresse. Mais quand la porte coulissante se referma, il haussa les épaules et retourna à ses chères plantes. Qui saurait comprendre les riches ?

Almorella leur fit traverser la cuisine rapidement et en silence. Elle s'efforçait désespérément de garder son calme, cachant mal ses mains tremblantes lorsqu'elle croisa trois esclaves étonnés. Ils ne remarquèrent pas l'air agité de leur maîtresse, car leurs yeux étaient rivés sur Meecham, le plus grand esclave barbare qu'ils aient jamais vu, un véritable géant d'entre les géants.

En arrivant à l'ancien bureau de Pug, elle fit coulisser la porte et murmura : « Je vais chercher mon époux. »

Ils entrèrent et s'assirent, Meecham maladroitement, sur d'épais coussins posés à même le sol. Pug fit des yeux le tour de la pièce et vit que peu de choses avaient changé. Il avait l'étrange impression d'être en deux endroits à la fois, car il pouvait presque s'imaginer ouvrir la porte et trouver Katala et William dehors dans le jardin. Mais il portait la robe safran d'un prêtre de Hantukama et non la robe noire d'un Très Puissant et un terrible péril semblait prêt à fondre sur les deux mondes auxquels son destin lui semblait lié à jamais. Depuis le début de ses recherches pour revenir sur Kelewan, Pug avait senti quelque chose le tirailler au fond de lui. Il sentait que son esprit inconscient travaillait comme souvent sur un problème particulier, tandis que son attention était portée ailleurs. Quelque chose dans ce qui s'était passé sur Midkemia lui semblait vaguement familier et il savait que le temps serait bientôt venu où il comprendrait intuitivement ce que cela signifiait.

La porte coulissa et un homme entra, suivi d'Almorella. Elle referma la porte et l'homme s'inclina profondément. « Vous honorez ma maison, Très Puissant.

— Honneur à ta maison, Netoha. Vas-tu bien ?

— Je vais bien, Très Puissant. Que puis-je pour votre service ?

— Assieds-toi et parle-moi de l'empire. » Sans hésiter, Netoha s'assit. « Ichindar règne-t-il toujours sur la cité sainte ?

— La Lumière du Ciel règne toujours sur l'empire.

— Et le seigneur de guerre ?

— Almecho, celui que vous connaissiez en tant que seigneur de guerre, a agi avec honneur et il a pris sa vie après que vous l'avez déshonoré aux jeux impériaux. Son neveu, Axantucar, porte le blanc et or. Il est de la famille des Oaxatucan, qui a beaucoup gagné de la mort des autres quand... la paix fut trahie. Tous ceux qui avaient de meilleures prétentions avaient été tués et nombre de ceux qui avaient des prétentions aussi légitimes que lui au poste de seigneur de guerre ont... disparu. Le parti de la guerre contrôle toujours fermement le grand conseil. »

Pug réfléchit. Si le parti de la guerre contrôlait toujours les nations, il aurait peu de chances d'y trouver des alliés, mais le jeu du conseil devait sans doute se poursuivre. Cette lutte terrible et incessante pour le pouvoir pouvait offrir certaines opportunités d'alliances.

« Et l'Assemblée ?

— J'ai envoyé les choses que vous m'aviez demandées, Très Puissant. Les autres ont été brûlées comme vous l'aviez ordonné. J'ai juste reçu une note de remerciements du Très Puissant Hochopepa, rien de plus.

— Que dit-on au marché ?

— Cela fait bien des mois que je n'ai pas entendu mentionner votre nom. Mais juste après votre départ, on a dit que vous aviez tenté d'attirer la Lumière du Ciel dans un piège, apportant le déshonneur sur vous-même. Vous avez été déclaré hors-la-loi et rejeté par l'Assemblée, le premier à se faire dégrader du titre de robe noire. Vos paroles ne sont plus au-dessus des lois. Toute personne qui vous aide le fera au péril de sa vie, de la vie de sa famille et de son clan. »

Pug se leva. « Nous n'allons pas rester ici plus longtemps, mon vieil ami. Je ne voudrais pas risquer vos vies, ni les vies de votre clan. »

Netoha, en allant à la porte, dit : « Je vous connais mieux que personne. Vous ne feriez pas ce dont vous êtes accusé, Très Puissant.

— Non, je ne suis plus un Très Puissant, par décision de l'Assemblée.

— Alors j'honore l'homme, Milamber, dit-il en utilisant le nom tsurani de Pug. Vous nous avez donné beaucoup. Le nom de Netoha des Chichimechas est sur les rouleaux du clan Hunzan. Mes fils grandiront dans l'honneur par votre générosité.

— Fils ? »

Almorella tapota son ventre. « À la prochaine saison des semailles. Le prêtre soigneur pense que ce sont des jumeaux.

— Katala en sera deux fois plus heureuse. D'abord de savoir que sa sœur de cœur va bien et ensuite que tu vas être mère. »

Les yeux d'Almorella se mouillèrent de larmes. « Katala va bien ? Et le garçon ?

— Ma femme et mon fils vont bien et me font dire qu'ils vous aiment.

— Repartez avec nos salutations et notre affection, Milamber. J'ai prié pour qu'un jour nous puissions nous revoir.

— Nous le pourrons peut-être. Pas tout de suite, mais un jour… Netoha, le motif est-il toujours intact ?

— Il l'est, Milamber. Peu de choses ont changé. C'est toujours votre maison. »

Pug se leva et fit signe aux autres de le suivre. « Je pourrais en avoir besoin pour revenir rapidement sur mon propre monde. Si je fais sonner le gong d'arrivée par deux fois, demande à tout le monde de quitter la maison immédiatement, car il pourrait y avoir d'autres personnes derrière moi qui pourraient vous faire du mal. J'espère que ce ne sera pas le cas.

— À vos ordres, Milamber. »

Ils sortirent de la pièce et se rendirent à la salle du motif. Pug ajouta : « Dans la clairière à côté du bassin se trouve le moyen qui me permet de rentrer chez moi. J'aimerais qu'on ne le dérange pas jusqu'à ce que je le referme.

— C'est fait. Je vais donner l'ordre aux gardiens de ne laisser entrer personne dans cette clairière. »

À la porte, Almorella demanda : « Où allez-vous, Milamber ?

— Je ne vous le dirai pas, car on ne peut vous soutirer des choses que vous ne savez pas. Vous êtes déjà en danger du simple fait de m'avoir accueilli sous votre toit. Je ne veux pas aggraver les choses. »

Sans rien ajouter, il amena Dominic et Meecham à la salle de transport et referma la porte derrière eux. Pug sortit un parchemin de sa ceinture et le plaça au centre d'un grand motif de mosaïque représentant trois dauphins. Le parchemin était scellé de cire noire, et portait le grand blason des Très Puissants. « J'envoie un message à un ami. Avec ce symbole, nul autre que celui à qui il est adressé n'osera y toucher. » Il ferma les yeux un moment, puis soudain, le parchemin disparut.

Pug fit signe à Dominic et à Meecham de se mettre à côté de lui sur le motif. « Chaque Très Puissant de l'empire a un motif chez lui. Chaque motif est unique et, lorsque l'on s'en souvient parfaitement, un magicien peut se transporter dessus ou y envoyer un objet. Dans certains cas, un lieu très familier, comme la cuisine de Crydee où j'ai travaillé quand j'étais petit peut aussi servir de motif. Habituellement, on pense à faire sonner un gong pour annoncer son arrivée, mais je vais éviter cela cette fois, je pense. Venez. » Il tendit la main vers eux et les attrapa. Puis il ferma les yeux et prononça une incantation. Il y eut soudain comme un trouble et la pièce sembla changer autour d'eux.

Dominic s'exclama : « Que… ? » quand il comprit qu'ils venaient de passer dans un autre lieu. Il avait les yeux baissés sur un motif totalement différent, montrant une fleur ornementale rouge et jaune.

« L'homme qui vit ici est le frère de l'un de mes anciens professeurs, pour qui ce motif a été mis en place. Ce Très Puissant venait souvent par ici. J'espère que nous pourrons encore y trouver quelques amis. »

Pug alla à la porte et l'entrouvrit. Il regarda des deux côtés du couloir. Dominic s'avança derrière lui. « Quelle distance avons-nous parcourue ?

— Dans les mille deux cents kilomètres, ou plus.

— Impressionnant », souffla Dominic.

Pug les amena rapidement vers une autre pièce, où le soleil déclinant, à travers les fenêtres, projetait l'ombre d'un unique occupant sur la porte de papier. Sans s'annoncer, Pug la fit coulisser.

Un vieil homme se tenait devant un bureau, son corps autrefois puissant recroquevillé par l'âge. Il plissait les yeux, s'efforçant de lire un parchemin en bougeant silencieusement les lèvres. Il portait une robe bleu sombre, simple mais bien coupée. Pug reçut un choc, car il se rappelait de cet homme comme d'une tour inamovible, malgré son grand âge. L'année qui venait de passer avait dû peser bien lourdement sur ses épaules.

L'homme leva la tête et regarda les intrus. Ses yeux s'écarquillèrent. « Milamber ! »

Pug fit signe à ses compagnons d'entrer et il fit coulisser la porte derrière lui. « Honneur à votre maison, seigneur des Shinzawais. »

Kamatsu, seigneur des Shinzawais, ne se leva pas pour les accueillir. Il regarda fixement l'ancien esclave qui avait obtenu le rang de Très Puissant et dit : « Vous êtes sous le coup d'un édit vous déclarant traître et sans honneur. Vous serez mis à mort si l'on vous trouve. » Son ton était froid, son visage hostile.

Pug fut pris de cours. De tous ses alliés dans le complot destiné à mettre fin à la guerre de la Faille, Kamatsu avait été le plus sûr. Kasumi, son fils, avait porté au roi Rodric le message de paix de l'empereur.

— Vous ai-je offensé, Kamatsu ? demanda Pug.

— J'avais un fils parmi ceux que vous avez perdus lors de votre tentative de prendre par traîtrise la Lumière du Ciel.

— Votre fils est encore en vie, Kamatsu. Il honore son père et me fait lui transmettre toute son affection. » Pug tendit à Kamatsu le message de Kasumi. Le vieil homme le scruta un long moment, lisant chaque caractère avec lenteur. Quand il eut fini, des larmes roulaient sans honte le long de ses joues tannées. « Tout cela peut-il être vrai ? demanda-t-il.

— Tout est vrai. Mon roi n'a rien à voir avec la supercherie lors des négociations. Je n'y ai pas non plus participé. C'est une longue histoire, mais je dois vous parler tout d'abord de votre fils. Non seulement il est en vie, mais il fait maintenant partie des grands de notre nation. Notre roi n'a pas cherché à perpétrer de vengeance contre nos anciens ennemis. Il a offert la liberté à tous ceux qui ont accepté de le servir. Kasumi et les autres sont des hommes libres au sein de ses armées.

— Tous ? s'étonna Kamatsu incrédule.

— Quatre mille hommes de Kelewan font actuellement partie de l'armée de mon roi, en tant que soldats. Ils comptent parmi les plus loyaux de ses sujets. Ils honorent grandement leurs familles. Quand la vie du roi Lyam fut en danger, ce fut à votre fils et à ses hommes que l'on confia la tâche de garantir sa sécurité. » La fierté brilla dans les yeux de Kamatsu. « Les Tsuranis vivent dans une ville nommée LaMut et ils luttent courageusement contre les ennemis de notre nation. Votre fils a été nommé comte de cette ville, ce qui est un rang aussi élevé que seigneur d'une famille et très proche de chef de guerre d'un clan. Il a épousé Megan, la fille d'un puissant marchand de Rillanon et vous serez un jour grand-père. »

Le vieil homme sembla retrouver un peu de ses forces. « Parlez-moi de sa vie. » Pug et Kamatsu commencèrent à parler de Kasumi, de sa vie lors de l'année qui venait de s'écouler et de son anoblissement, de sa rencontre avec Megan juste avant le couronnement de Lyam, de leurs rapides fiançailles et de leur mariage. Ils parlèrent durant presque une demi-heure, oubliant un instant l'urgence de la mission de Pug.

Quand ils eurent terminé, Pug demanda : « Et Hokanu ? Kasumi a demandé des nouvelles de son frère.

— Mon cadet va bien. Il patrouille les frontières nord contre les raids thuns

— Ainsi, les Shinzawais ont su montrer leur valeur sur deux mondes, dit Pug. De toutes les familles tsuranis, seuls les Shinzawais peuvent prétendre à cela.

— C'est une étrange chose à méditer. » Kamatsu demanda d'un ton sérieux : « Qu'est-ce qui vous a poussé à revenir, Milamber ? Je suis sûr que ce n'était pas seulement pour apaiser l'âme d'un vieil homme. »

Pug présenta ses compagnons et dit : « Une puissance ténébreuse se lève contre ma nation, Kamatsu. Nous n'avons eu à affronter qu'une partie de son pouvoir et nous cherchons à comprendre quelle est sa nature.

— Qu'est-ce que cela a à voir avec votre retour ici ? Pourquoi êtes-vous revenu ?

— Dans une vision, l'un de nos devins a été confronté à cette puissance maléfique et elle lui a parlé dans l'ancien langage du temple. » Il parla de Murmandamus et de l'ombre derrière le Moredhel.

« Comment est-ce possible ?

— C'est ce qui m'a poussé à prendre le risque de revenir. J'espère trouver une réponse dans la bibliothèque de l'Assemblée. »

Kamatsu secoua la tête. « Vous risquez gros. Il y a une certaine tension au sein du grand conseil, bien au-delà du grand jeu habituel. Je crains que nous ne soyons au bord de grands changements, car le nouveau seigneur de guerre semble encore plus obsédé par le contrôle des nations que son oncle. »

Saisissant immédiatement la subtilité, Pug demanda : « Vous parleriez d'un véritable schisme entre le seigneur de guerre et l'empire ? »

Le vieil homme acquiesça en poussant un profond soupir. « Je crains une guerre civile. Si Ichindar reste aussi sûr de lui que lorsqu'il a voulu mettre fin à la guerre de la Faille, Axantucar va se faire balayer comme un fétu de paille, car la majorité des clans et des familles continuent à considérer l'empereur comme au-dessus de tous et que peu de gens font confiance à ce nouveau seigneur de guerre. Mais l'empereur a perdu la face. Le fait d'avoir forcé les cinq grandes familles à se réunir autour de la table des négociations pour finalement se faire trahir lui a fait perdre son autorité morale. Axantucar est libre d'agir sans opposition. Je pense que ce seigneur de guerre cherche à réunir les deux offices. Les dorures ne suffisent pas à son blanc. Je pense qu'il brigue l'or de la Lumière du Ciel.

« "Dans le jeu du conseil, tout est possible", cita Pug. Mais en fait, tout le monde a été dupé lors des négociations de paix. » Il parla du dernier message de Macros le Noir, rappelant à Kamatsu les anciens écrits sur les attaques de l'Ennemi contre la nation et il expliqua l'inquiétude qu'avait Macros de voir cette Faille attirer cette terrifiante puissance.

« Une telle duplicité montre que l'empereur n'a pas agi plus bêtement qu'un autre, même si cela ne pardonne pas son erreur. Mais ce récit pourrait bien lui rallier un peu de soutien au sein du grand conseil – si un soutien peut lui servir à quelque chose.

— Vous pensez que le seigneur de guerre est prêt à agir ?

— C'est imminent. Il a neutralisé l'Assemblée en demandant à ses magiciens de soumettre un débat sur son autonomie. Les Très Puissants débattent de leur propre sort. Hochopepa et mon frère Fumita n'osent pas participer au grand jeu pour l'instant. Politiquement, l'Assemblée pourrait aussi bien ne pas exister.

— Alors cherchez des alliés au sein du grand conseil. Dites-leur ceci : d'une manière ou d'une autre, nos deux mondes sont liés par une puissance ténébreuse d'origine tsurani. Elle se porte contre le royaume. Elle est au-delà de ce que l'homme peut comprendre, peut-être même assez puissante pour lutter contre les dieux eux-mêmes. Je ne puis vous dire comment je le sais, mais je suis sûr que, si le royaume tombe, Midkemia tombera. Si Midkemia tombe, Kelewan tombera sûrement après elle. »

Kamatsu, seigneur des Shinzawais, ancien chef de guerre du clan Kanazawai, sembla préoccupé. Il demanda doucement : « Est-ce vrai ? »

Pug donnait clairement l'impression d'y croire. « Il est possible que je sois capturé ou tué. Si c'est le cas, il me faut des alliés au sein du grand conseil, qui acceptent de parler pour cette cause à la Lumière du Ciel. Ce n'est pas pour ma vie que je tremble, Kamatsu, mais pour les vies de deux mondes. Si j'échoue, les Très Puissants Hochopepa ou Shimone doivent revenir sur mon monde pour expliquer tout ce qu'ils ont pu apprendre sur cette puissance des ténèbres. Acceptez-vous de m'aider ? »

Kamatsu se leva. « Bien entendu. Même si vous ne m'aviez pas apporté des nouvelles de Kasumi et même si nos doutes à votre égard s'étaient révélés justes, seul un fou refuserait d'écarter ses anciens griefs au vu d'un tel avertissement. Je vais partir immédiatement par un navire rapide et descendre vers la cité sainte. Où irez-vous ?

— Je vais aller chercher l'aide d'une autre personne. Si j'y arrive, je plaiderai devant l'Assemblée. Nul ne peut obtenir la robe noire sans avoir appris à écouter avant d'agir. Non, le véritable risque pour moi, c'est de tomber entre les mains du seigneur de guerre. Si vous n'entendez pas parler de moi d'ici trois jours, considérez que je ne suis plus. Je serai soit mort, soit captif. Il faudra alors que vous agissiez. Seul le silence aidera ce Murmandamus. Vous ne pouvez pas vous permettre d'échec en cela.

— Je n'échouerai pas, Milamber. »

Pug, qui avait porté le nom de Milamber, le plus puissant des Très Puissants de Tsuranuanni, se leva et s'inclina. « Nous devons partir. Honneur à votre maison, seigneur des Shinzawais. »

Kamatsu s'inclina plus bas que nécessaire pour quelqu'un de son rang et dit : « Honneur à votre maison, Très Puissant. »

Des vendeurs à la criée interpellaient des passants sous le soleil. La place du marché de Ontoset fourmillait d'activité. Pug et ses compagnons avaient pris place dans un espace réservé aux mendiants autorisés et aux prêtres. Trois matins durant, ils s'étaient levés de derrière le mur protecteur de la place et avaient passé la journée à prêcher tous ceux qui acceptaient de s'arrêter pour les écouter. Meecham passait dans la petite foule attroupée et tendait son bol de mendiant. Il n'y avait qu'un seul temple de Hantukama à l'est de la cité sainte de Kentosani – dans la ville de Yankora, loin de Ontoset –, ils avaient donc peu de chances d'être découverts par un autre prêtre itinérant pendant le peu de temps où ils devraient rester dans cette ville. L'ordre était très dispersé et nombre de ses serviteurs n'avaient pas vu d'autres prêtres depuis des années.

Pug termina son sermon du matin et retourna aux côtés de Dominic, qui expliquait à une mère comment s'occuper de la blessure de sa fille. Sa jambe cassée serait réparée en quelques jours. La mère ne pouvait offrir que sa gratitude, mais le sourire de Dominic montra que c'était bien suffisant. Meecham les rejoignit et montra plusieurs des petites pierres précieuses et bouts de métal qui servaient de monnaie dans l'empire. « Facile de gagner sa vie de cette manière.

— Tu les intimides », dit Pug.

Un grand bruit dans la foule leur fit tourner la tête vers une troupe de cavaliers qui passaient. Ils portaient l'armure verte d'une maison que Pug connaissait de réputation, les Hoxakas, des membres du parti de la guerre. Meecham s'étonna : « Eh bien, ils ont fini par apprendre à monter à cheval.

— Comme les Tsuranis de LaMut, répondit Pug tout bas. Il semble qu'une fois sa première peur des chevaux passée, un Tsurani en devienne fou. C'est ce qui est arrivé à Kasumi. Une fois à cheval, c'était presque impossible de le décoller de sa selle. » Les chevaux avaient visiblement fini par être acceptés au sein de l'empire et la cavalerie commençait à faire ses premières armes dans l'arsenal militaire tsurani.

Quand les chevaux furent passés, un autre bruit les fit se retourner. Devant eux se tenait un homme corpulent en robe noire, dont le crâne chauve brillait sous le soleil de midi. De tous côtés, les citoyens s'inclinaient et s'écartaient, ne voulant pas déranger l'auguste présence d'un Très Puissant de l'empire. Pug et ses compagnons s'inclinèrent.

Le magicien ordonna : « Vous trois, venez avec moi. »

Pug fit semblant de bégayer : « À vos ordres, Très Puissant. » Ils s'empressèrent de le suivre.

Le magicien en robe noire entra directement dans le bâtiment le plus proche, un établissement de maroquinier. Le magicien entra et s'adressa au propriétaire : « J'ai besoin de ce bâtiment. Vous pourrez revenir dans une heure. »

Sans hésiter, le propriétaire répondit : « À vos ordres, Très Puissant », et il donna l'ordre à ses apprentis de sortir avec lui. Une minute plus tard, le bâtiment était vide à l'exception de Pug et de ses amis.

Pug et Hochopepa s'étreignirent, puis le gros magicien dit : « Milamber, tu es fou d'être revenu. Quand j'ai reçu ton message, j'ai eu peine à y croire. Pourquoi avoir pris le risque de l'envoyer par la salle de transport et pourquoi cette rencontre en plein cœur de la ville ?

— Meecham, regarde à la fenêtre », ordonna Pug. Il se tourna vers Hochopepa. « Quelle meilleure cachette que s'exposer à la vue de tous ? Vous recevez souvent des messages par la salle de transport et qui penserait à te poser des questions sur une discussion avec un simple prêtre ? » Il se retourna. « Voici mes compagnons. » Il fit les présentations.

Hochopepa dégagea un banc et s'assit. « J'ai mille questions à te poser. Comment as-tu réussi à revenir ? Les mages qui servent le seigneur de guerre ont tenté de retrouver ton monde, car la Lumière du Ciel, que les dieux le protègent, est décidé à se venger de la trahison qu'il a essuyée lors de la conférence de paix. Et comment as-tu réussi à détruire la première Faille ? Et à survivre à l'épreuve ? » Il vit Pug sourire devant son déluge de questions et conclut : « Mais surtout, pourquoi es-tu revenu ?

— Mon monde d'origine est la proie d'une puissance ténébreuse d'origine tsurani, une créature maléfique qui fait de la magie noire. Je viens chercher des renseignements sur elle, car elle vient de Kelewan. » Hochopepa lui jeta un regard interrogateur. « Il se passe d'étranges choses sur mon monde et c'est la solution la plus évidente, Hocho. J'espère découvrir quelques indices sur la nature de cette puissance. Elle est réellement terrifiante. » Il décrivit en détail ce qui était arrivé, depuis les raisons qui avaient motivé la trahison, jusqu'aux tentatives d'assassinat sur le prince Arutha et à son interprétation de la vision de Rogen.

Hochopepa réfléchit. « C'est étrange, nous n'avons jamais entendu parler d'une telle puissance sur Kelewan – en tout cas, moi je n'en ai jamais entendu parler. L'un des avantages de notre organisation est qu'au bout de deux mille ans d'efforts et de coopération entre les robes noires, ce monde a été débarrassé de la majeure partie de ce genre de menaces. Nos légendes parlent de seigneurs démons et de rois-sorciers, d'esprits aux puissances ténébreuses et de choses maléfiques, qui ont tous fini par succomber face à la puissance combinée de l'Assemblée. »

Depuis la fenêtre, Meecham intervint : « Il semblerait que vous en ayez oublié un. »

Hochopepa sembla surpris de se faire adresser la parole par un simple homme, puis il gloussa. « C'est possible. Ou alors il se pourrait qu'il y ait une autre explication. Je ne sais pas. Mais, Pug, tu as toujours cherché à faire évoluer la société de l'empire et je ne doute pas de ce que tu viens de dire, Je serai ton agent, j'essaierai de te faire entrer dans la bibliothèque et je t'aiderai dans vos recherches. Mais il faut que tu comprennes que l'Assemblée est divisée par ses problèmes politiques internes. Qu'ils décident de te laisser en vie est rien moins que sûr. Il va me falloir rentrer et user de tous mes moyens de pression. Cela risque de prendre des jours avant que je ne puisse poser ouvertement la question.

« Mais je pense que je devrais pouvoir y arriver. Tu soulèves trop de questions pour qu'on les ignore. Je conviendrai d'une rencontre avec toi dès que possible et je reviendrai te chercher dès que j'aurai plaidé ton cas. Seul un fou refuserait d'entendre ton avertissement, même si la chose qui hante ton monde se révèle finalement ne pas être de ce monde-ci. Au pire, tu auras le droit d'utiliser la bibliothèque et de repartir. Au mieux, on te réhabilitera peut-être. Il te faudra te justifier de tes actes passés.

— Je peux le faire et je le ferai, Hocho. »

Hochopepa se leva de son banc et il se plaça devant son vieil ami. « Il se pourrait que la paix puisse encore régner entre nos nations, Milamber. Si jamais la vieille blessure pouvait guérir, nos deux mondes en profiteraient grandement. Personnellement, j'aimerais beaucoup visiter l'académie que tu as entrepris de monter et rencontrer ce devin qui prédit l'avenir et cette enfant qui parle avec son esprit.

— Il y a de nombreuses choses que j'aimerais partager avec toi, Hocho. La création de failles contrôlables n'en est qu'une infime partie. Mais nous reparlerons de tout cela plus tard. Va, maintenant. »

Pug commença à raccompagner Hochopepa à la porte, mais quelque chose dans les manières de Meecham l'arrêta. Il était trop raide et maladroit. Dominic avait suivi attentivement la conversation entre les deux magiciens et n'avait pas semblé remarquer de changement chez le chasseur. Pug regarda Meecham une seconde, puis il cria : « Un sort ! »

Pug alla à la fenêtre et toucha Meecham. Le géant était paralysé. Dans la rue, Pug vit des hommes courir vers le bâtiment. Avant que le magicien ne puisse réagir et incanter un sortilège de protection, la porte implosa dans un claquement de tonnerre, jetant tout le monde à terre et les assommant momentanément.

Étourdi, Pug tenta de se remettre debout, mais ses oreilles bourdonnaient à cause de l'explosion et il avait la vue troublée. Il se releva en titubant et quelqu'un lança un objet par la porte. C'était une sorte de boule, de la taille d'un poing. Pug tenta à nouveau d'établir un sort de protection autour de la pièce, mais la sphère émit une lumière orange aveuglante. Pug sentit ses yeux le brûler et il dut les fermer, perdant le contrôle de son incantation. Il recommença, mais l'objet produisit un gémissement suraigu, qui le priva de toute force. Il entendit quelqu'un tomber, mais n'aurait su dire si Hochopepa ou Dominic avaient tenté de se relever et avaient échoué ou si c'était Meecham qui avait basculé. Pug lutta contre les effets de la sphère, mais malgré son énorme puissance, il était trop déséquilibré et trop confus. Il tituba vers la porte, dans l'espoir de s'écarter de l'objet afin de fuir l'affaiblissement qui le gagnait pour sauver ses amis. Mais le sortilège était trop fort et trop rapide. Arrivé à la porte du magasin, il s'effondra. Il tomba à genoux, clignant des yeux pour lutter contre les images rémanentes que l'explosion et la sphère avaient marquées au fond de son œil. Il distingua des hommes qui s'approchaient en traversant la place. Ils portaient les armures de la garde d'honneur personnelle du seigneur de guerre, la garde blanche impériale. Au moment où il sombrait dans le néant, Pug vit que celui qui les menait portait une robe noire et entendit dans ses oreilles bourdonnantes la voix du magicien, qui semblait venir de très loin. « Attachez-les. »

16

Des écharpes de brume dérivaient lentement dans le canyon.

Arutha donna le signal de la halte. Jimmy regarda en contrebas, au travers des nuages. Une chute d'eau grondait non loin du sentier qui devait les mener à Moraelin. Ils s'étaient maintenant bien enfoncés dans la chaîne de montagnes qui séparait les bois des elfes des terres du Nord. Moraelin était encore plus haut dans les montagnes, un endroit stérile et caillouteux juste en dessous du col. Ils attendaient Martin, parti en reconnaissance inspecter la passe. Depuis qu'ils avaient quitté leurs guides elfes, ils s'étaient organisés comme une troupe militaire en terrain ennemi. Ils savaient que malgré le talisman d'Arutha qui les protégeait des détections magiques de Murmandamus, ce dernier attendait leur visite prochaine à Moraelin. La question n'était pas de savoir s'ils allaient rencontrer ses serviteurs, mais quand cela allait arriver.

Martin revint, faisant signe que la route était libre, puis il leva la main pour les arrêter. Il revint en courant sur leurs pas. En passant à côté de Baru et de Roald, il leur fit signe de le suivre. Ils sautèrent de selle et Laurie et Jimmy attrapèrent leurs rênes. Arutha tourna la tête, se demandant ce qu'avait vu Martin, tandis que Jimmy continuait à scruter la route devant lui.

Martin et les autres revinrent finalement, accompagnés d'une autre silhouette qui marchait d'un pas souple. Arutha se détendit en reconnaissant Galain.

Leur voyage était si oppressant qu'ils ne parlaient plus qu'à mi-voix, afin que l'écho de leurs mots ne les trahît pas. Arutha salua l'elfe. « Nous ne pensions plus vous voir.

— Le chef de guerre m'a envoyé vous prévenir à peine quelques heures après votre départ. Quand nous avons retrouvé Apalla le gwali, il a dit deux choses importantes. Tout d'abord, une bête extrêmement féroce, dont la description faite par les gwalis nous a laissés assez perplexes, habite dans la région, sur les abords du lac. Tomas vous adjure d'être prudents. Ensuite, il existe un autre moyen de rejoindre le Moraelin. Il s'est dit que la chose était assez importante pour que cela vaille la peine de m'envoyer. » Galain sourit. « De plus, je me suis dit que ça pourrait être utile de savoir si vous étiez suivis.

— Et ? »

Galain fit « oui » de la tête. « Deux éclaireurs moredhels ont coupé votre piste à moins de deux kilomètres au nord de nos bois. Ils étaient en train de suivre vos traces et l'un d'eux aurait sûrement couru donner l'alerte quand vous seriez arrivés en vue du Moraelin. J'aurais dû vous rejoindre avant, mais il fallait que je sois sûr qu'aucun de ces deux-là ne puisse s'échapper et prévenir de votre arrivée. Il n'y a plus de risque, maintenant. » Martin opina, sachant que l'elfe avait dû les tuer tous les deux par surprise, sans leur laisser une chance de se rendre compte de quoi que ce soit. « Il n'y a pas trace de qui que ce soit d'autre.

— Tu rentres, maintenant ? demanda Martin.

— Tomas m'a laissé libre de faire comme je voulais. Ça ne me servirait pas à grand-chose de revenir sur mes pas. Autant continuer avec vous. Je ne peux peut-être pas passer la Trace du Désespoir, mais jusque-là, un arc de plus pourrait s'avérer utile pour vous.

— Vous êtes le bienvenu parmi nous », dit Arutha.

Martin monta en selle et sans un mot, Galain partit en éclaireur devant le groupe, à petites foulées. Ils montèrent rapidement, glacés par le vent des chutes toutes proches, malgré la chaleur de l'été précoce. À cette altitude, la grêle tombait couramment et même la neige parfois, sauf au plus chaud de l'été, qui ne viendrait pas avant plusieurs semaines. Les nuits étaient humides, même si elles n'étaient pas aussi dures qu'ils l'avaient craint, ne voulant pas faire de feu. Les elfes leur avaient donné des rations de route, de la viande séchée et des pains durs faits de farine de noix avec des fruits secs – nourrissants mais peu réconfortants.

La piste longeait la falaise, puis émergeait dans un pré qui surplombait la vallée. Un lac aux eaux scintillantes d'argent clapotait doucement dans la lumière du soir. On entendait seulement le gazouillis des oiseaux et le bruissement du vent dans les branches. Jimmy jeta un coup d'œil autour d'eux. « Comment… comment la journée peut-elle être si douce alors que nous nous précipitons dans la gueule du loup ? »

Roald répondit : « Il faut savoir une chose quand on est un combattant : si on s'apprête à aller à la mort, inutile de se faire tremper, gelé et affamé si ce n'est pas absolument nécessaire. Profite du soleil, petit. C'est un cadeau. »

Ils firent boire les chevaux. Après ce repos tant attendu, ils reprirent leur route et trouvèrent sans problème la piste dont leur avait parlé Calin, au nord du lac, mais elle était très raide et particulièrement difficile.

À l'approche du couchant, Galain revint leur annoncer qu'il avait découvert une grotte prometteuse où ils pourraient faire un petit feu sans risque de se faire repérer. « Il y a deux coudes et l'air y remonte par des fissures qui devraient drainer la fumée. Martin, si nous partons tout de suite, nous aurons peut-être le temps de chasser du gibier sur la berge du lac.

— Ne soyez pas trop longs. Signalez votre approche avec ce croassement de corbeau que vous imitez si bien, sinon vous serez accueillis à la pointe de l'épée », conseilla Arutha.

Martin fit un signe de tête et tendit ses rênes à Jimmy. « Deux heures après la tombée de la nuit au plus tard. » Galain et lui repartirent sur la piste en direction du lac.

Roald et Baru prirent la tête de l'expédition et cinq minutes plus tard, ils trouvèrent la caverne dont leur avait parlé Galain. Elle était plate, large et vide de tout occupant. Jimmy l'explora jusqu'au fond. Elle se rétrécissait à une trentaine de mètres, aucun hôte indésirable ne pourrait venir les déranger là sauf en passant par l'entrée normale. Laurie et Baru allèrent récolter du bois et ils purent faire leur premier feu depuis des jours, petit mais plaisant. Jimmy et Arutha s'assirent avec les autres et attendirent le retour de Martin et de Galain.

L'elfe et le duc attendaient, embusqués. Ils avaient rapidement monté une cache d'apparence naturelle, en se servant de broussailles récupérées un peu partout. Ils pourraient ainsi observer les animaux qui viendraient sur les bords du lac sans être vus eux-mêmes. Ils s'étaient placés à contre-vent par rapport au lac et n'avaient pas échangé un mot en une demi-heure, lorsque le bruit de sabots sur la pierraille monta du bord de la falaise.

D'un même geste, ils encochèrent une flèche, toujours sans faire le moindre bruit. De la piste émergèrent une douzaine de cavaliers en noir qui prirent pied sur le pré. Chacun d'eux portait l'étrange heaume de dragon que Martin avait vu à Sarth et ils tournaient constamment la tête, comme s'ils recherchaient quelque chose – ou quelqu'un. Puis, derrière eux, Murad arriva, portant toujours la cicatrice supplémentaire qu'Arutha lui avait faite sur la route de Sarth.

Les Noirs Tueurs tirèrent sur leurs rênes et laissèrent leurs montures s'abreuver, sans mettre pied à terre. Murad semblait détendu, mais à l'affût. Ils attendirent là dix minutes, sans un bruit.

Quand ils eurent fini de faire boire les chevaux, ils repartirent par la route que venait de grimper la troupe d'Arutha. Quand ils furent hors de vue, Martin dit : «Ils ont dû passer entre Yabon et les monts de Pierre pour éviter vos forêts. Tathar avait raison de penser qu'ils reviendraient nous attendre à Moraelin.

— Peu de choses me dérangent dans la vie, Martin, mais ces Noirs Tueurs en font partie.

— C'est seulement maintenant que tu t'en rends compte ?

— Vous autres humains avez tendance à avoir des réactions excessives parfois. » Galain regardait la piste que venaient de prendre les cavaliers.

— Ils vont bientôt arriver au niveau d'Arutha et des autres. Si ce Murad sait suivre des traces, ils vont trouver la caverne. »

Galain se leva. «Espérons que le Hadati a pu effacer leurs pas derrière lui. Sinon, nous pourrons au moins les attaquer par-derrière. »

Martin fit un sourire lugubre. «Voilà qui va réconforter nos compagnons coincés dans la caverne. À treize contre cinq et juste un passage pour entrer ou sortir. »

Sans un mot de plus, ils passèrent leur arc en bandoulière et commencèrent à monter la piste derrière les Moredhels.

«Des cavaliers», annonça Baru. Jimmy couvrit immédiatement le feu avec la terre qu'il avait prévue en cas de besoin. Ainsi, le feu s'éteindrait rapidement et sans fumée. Puis Laurie toucha le bras de Jimmy et lui fit signe de venir avec lui au fond de la caverne pour l'aider à calmer les chevaux. Roald, Baru et Arutha s'avancèrent jusqu'à un endroit d'où ils espéraient voir dehors sans être vus.

La nuit leur sembla d'un noir d'encre après la douce lumière du feu, mais leurs yeux s'accoutumèrent rapidement et ils virent les cavaliers passer devant la caverne. Le dernier s'arrêta un moment et les autres, répondant à un ordre silencieux, firent halte. Il regarda autour de lui, comme s'il sentait quelque chose. Arutha toucha son talisman, espérant que le Moredhel était simplement prudent et qu'il ne ressentait pas sa présence.

Un nuage dévoila la petite lune, la seule dans le ciel à cette heure et un rayon éclaira l'entrée de la grotte. Baru se raidit à la vue de Murad. Enfin, l'homme des collines se trouvait directement confronté au Moredhel. Il avait déjà commencé à tirer son épée lorsque Arutha lui saisit le poignet. Le prince siffla «Pas encore!» à son oreille.

Le corps de Baru se crispa tandis qu'il luttait contre son désir de venger la mort de sa famille et d'accomplir sa quête de sang. Il brûlait d'attaquer le Moredhel sans souci pour sa propre sécurité, mais il devait penser à ses compagnons.

Roald mit la main sur le cou du Hadati et colla sa joue à la sienne, pour pouvoir lui chuchoter dans l'oreille : «Si les douze cavaliers noirs te tuent avant que tu n'atteignes Murad, c'en est perdu de l'honneur de ton village.»

L'épée de Baru rentra sans bruit dans son fourreau.

Ils regardèrent Murad qui scrutait les environs. Ses yeux tombèrent sur l'entrée de la grotte. Il la fixa et un moment, Arutha sentit les yeux du Moredhel couturé de cicatrices s'attarder sur lui. Puis ils repartirent... et disparurent.

Arutha rampa vers l'entrée et se laissa pendre au dehors, pour s'assurer que les cavaliers ne revenaient pas. Soudain, une voix s'éleva : « Je commençais à me demander si un ours ne vous avait pas éjecté de là. »

Arutha fit volte-face, le cœur battant à tout rompre, en tirant son épée et il trouva Martin et Galain debout derrière lui. Il rengaina son arme. « J'aurais pu vous tuer. »

Les autres arrivèrent et Galain dit : « Ils auraient dû venir vérifier, mais ils semblaient trop pressés d'aller quelque part. Nous ferions mieux de les suivre. Je vais les garder à vue et marquer leur route.

— Et si une autre bande de Frères des Ténèbres arrive, ils ne risquent pas de trouver vos marques ? demanda Arutha.

— Seul Martin saura les reconnaître comme telles. Les Moredhels des montagnes ne valent pas les elfes, pour la traque. » Il mit son arc en bandoulière et partit à petites foulées à la suite des cavaliers.

Alors qu'il disparaissait dans la nuit, Laurie lança : « Et si les Fères des Ténèbres sont du clan des forêts ? »

La voix de Galain répondit dans le noir : « Ça me fera presque autant d'ennuis qu'à vous. »

Quand Galain fut hors de portée d'ouïe, Martin dit : « J'espère que ce n'était qu'une plaisanterie. »

Galain revint en courant sur la piste, leur faisant signe de le retrouver vers un bosquet d'arbres à gauche de la route. Ils se précipitèrent vers les arbres et mirent pied à terre. Ils firent descendre les montures dans un fossé, après s'être profondément enfoncés sous le couvert des arbres. Galain murmura : « Une patrouille. » Lui, Martin et Arutha retournèrent vers la lisière des arbres pour voir qui passait.

Ils attendirent quelques minutes, affreusement lentes. Puis une douzaine de cavaliers apparurent sur la route de la montagne, une bande d'hommes et de Moredhels ensemble. Les Moredhels portaient des capes et venaient très clairement des forêts du Sud. Ils poursuivirent leur chemin sans s'arrêter et quand ils furent hors de vue, Martin dit : « Voilà que des renégats se joignent à la bannière de Murmandamus. » Il cracha presque en ajoutant : « C'est rare que j'aie envie de tuer quelqu'un, mais quand je vois des humains qui acceptent de servir les Moredhels pour de l'or, ça me démange. »

Alors qu'ils revenaient vers les autres, Galain dit à Arutha : « Il y a un campement sur la route à un peu plus d'un kilomètre en amont. Ils sont subtils, ce ne sera pas facile de le contourner et il nous faudra laisser les chevaux ici. C'est ça ou traverser le camp à cheval.

— À combien est le lac ? demanda le prince.

— Quelques kilomètres, à peine. Mais une fois le camp passé, nous montons au-dessus de la ligne des arbres et il n'y aura plus grand-chose pour nous cacher, sauf en contrebas dans les rochers. Ça risque d'être long et il vaudra mieux pour nous faire le chemin de nuit. Il y aura des éclaireurs et beaucoup de gardes sur la route qui mène au pont.

— Et l'autre entrée dont le gwali a parlé ?

— Si nous avons bien compris, il faut descendre dans la Trace du Désespoir et là on trouvera une grotte ou une faille qui remonte jusqu'au plateau par l'intérieur de la falaise, juste à coté du lac. »

Arutha réfléchit. « Laissons nos montures ici... »

Laurie intervint avec un faible sourire : « Autant attacher les chevaux aux arbres. Si nous mourons, nous n'aurons plus besoin d'eux. »

Roald dit : « Mon vieux capitaine avait l'habitude de tomber à bras raccourcis sur les soldats qui parlaient de la mort avant une bataille.

— Suffit ! » Arutha s'écarta d'un pas, puis il se retourna. « Cela fait des jours que je rumine tout cela dans ma tête. Je suis venu jusqu'ici et je continuerai, mais... vous pouvez partir maintenant si vous le voulez et je ne ferai aucune objection à cela. » Il regarda Laurie et Jimmy, puis Baru et Roald. Il y eut un long silence pour toute réponse.

Arutha les regarda chacun dans les yeux, puis il acquiesça sèchement. « Très bien. Attachez les chevaux et allégez vos paquetages. Nous allons marcher. »

Le Moredhel regardait la piste en contrebas, brillamment éclairée par la grande lune et la lune médiane. La petite lune quant à elle commençait tout juste à se lever. Il était perché en haut d'un piton rocheux, niché derrière un gros bloc de pierre. Il s'était placé de manière à ce que personne ne puisse le voir en remontant la piste.

Martin et Galain visèrent le dos du Moredhel tandis que Jimmy se glissait derrière les rochers. Ils allaient tenter de passer sans se faire voir, mais si jamais le Moredhel tournait la tête dans la mauvaise direction, Martin et Galain préféraient s'assurer qu'il meure avant de pouvoir parler. Jimmy était parti le premier, car on pensait qu'il avait le moins de chances de faire du bruit. Puis ce fut au tour de Baru ; l'homme des collines se coula entre les rochers avec l'aisance d'un montagnard. Laurie et Roald se déplacèrent très lentement et Martin se demanda s'il arriverait à garder sa cible dans sa ligne de mire toute la semaine, le temps qu'ils finissent de traverser. Puis enfin ce fut au tour d'Arutha. Le vent faisait assez de bruit pour masquer le faible bruit que ses bottes firent dans la rocaille quand il descendit dans une légère dépression. Il trotta pour rejoindre les autres, dès qu'il fut hors de vue de la sentinelle. Quelques secondes plus tard, Martin, puis Galain les rejoignirent et l'elfe les dépassa pour faire le point.

Baru fit signe qu'il le suivait et Arutha opina. Quelques instants plus tard, Laurie et Roald partirent. Juste avant d'y aller lui aussi, Jimmy rapprocha son visage tout près d'Arutha et de Martin et murmura : « Quand nous reviendrons, la première chose que je ferai, c'est hurler jusqu'à en tomber par terre. »

Martin le fit partir d'une tape amicale. Arutha le regarda s'éloigner et Martin articula en silence : « Moi aussi. » Puis le prince commença à descendre. Martin jeta un coup d'œil derrière lui, puis il le suivit.

Ils étaient allongés en silence dans une dépression à proximité de la route, cachés par une petite rocaille de la vue des cavaliers moredhels qui passaient. Ils restaient parfaitement immobiles, retenant leur souffle, tandis que les cavaliers déjà bien lents semblaient vouloir s'arrêter. Pendant un long et douloureux moment, Arutha et ses compagnons craignirent d'être découverts. Alors que leurs nerfs allaient lâcher, qu'ils étaient prêts à bondir, leurs muscles n'en pouvant plus de cette immobilité, les cavaliers reprirent leur patrouille. Avec un soupir de soulagement à la limite du sanglot, Arutha se glissa par-dessus la rocaille et put vérifier que la route était vide. Avec un signe de tête à l'adresse de Galain, Arutha donna l'ordre de reprendre leur périple. L'elfe partit dans le défilé et les autres se relevèrent lentement pour le suivre.

Le vent glacé de la nuit soufflait sur les montagnes. Arutha, terré avec ses compagnons dans une crevasse, s'adossa au roc, regardant dans la direction que lui montrait Martin. Galain s'accrochait à la paroi qui leur faisait face. Ils avaient décidé de grimper sur une crête à l'est de la piste. À première vue, cela semblait les écarter de leur but, mais ce détour leur permettait d'éviter les patrouilles de Moredhels toujours plus nombreuses. Ils voyaient maintenant en contrebas un large canyon, au beau milieu duquel s'élevait un large plateau. Au centre de ce plateau se trouvait un petit lac. Sur leur gauche, la piste revenait vers eux en longeant le bord du canyon, puis disparaissait un peu plus loin derrière une crête, qui se découpait nettement sur le ciel à la lumière des trois lunes.

À l'endroit où la piste se rapprochait le plus du bord du canyon, on avait érigé deux tours de pierre. Il y en avait deux autres de l'autre côté du canyon, sur le plateau. Entre ces quatre tours pendouillait un étroit pont de corde qui oscillait fortement. Au sommet de chacune d'elles, des torches brûlaient, leur flamme dansant follement dans le vent. Des mouvements sur le pont et en haut des tours leur firent comprendre que toute la zone était sous bonne garde. Arutha s'appuya contre les rochers. « Moraelin.

— Effectivement, dit Galain. Visiblement, ils craignaient que vous n'ameniez une armée avec vous.

— On y a pensé, répondit Martin

— Tu avais raison de comparer cet endroit à la route de Sarth, dit Arutha. Ici, ça aurait été presque aussi terrible. Rien que pour arriver ici, on aurait perdu un bon millier d'hommes – et encore, il n'est pas dit que nous y soyons arrivés. Et ensuite, comment passer sur le pont, en une seule file? Un vrai massacre.

— Vous arrivez à distinguer la forme noire de l'autre côté du lac?

— Une sorte de bâtiment », répondit Galain. Il semblait perplexe. « C'est rare de voir un bâtiment ici, quel qu'il soit, mais les Valherus étaient capables de n'importe quoi. C'est un lieu de puissance. Ce bâtiment doit être valheru, sans doute, mais je n'en ai jamais entendu parler auparavant.

— Où est le silverthorn ? demanda Arutha.

— La plupart des histoires disent qu'il a besoin d'eau, alors il doit être sur les rives du lac. Je ne sais rien de plus précis.

— Maintenant, la question est de savoir comment entrer là-dedans », murmura Martin.

Galain leur fit signe de s'écarter du bord de la crevasse et ils allèrent retrouver les autres. L'elfe mit un genou en terre et commença à tracer des traits dans le sol. « Nous sommes ici, le pont est là. Quelque part en bas, par là, se trouve une petite caverne ou une grande fissure, un passage assez large pour qu'un gwali puisse courir dedans, alors je pense que vous devriez pouvoir vous y glisser. Soit c'est une cheminée à l'intérieur du roc, soit c'est une série de cavernes reliées les unes aux autres. Mais Apalla a clairement dit qu'il avait passé avec son peuple un certain temps sur ce plateau. Ils n'y sont pas restés longtemps à cause de la "mauvaise chose", mais il en savait assez pour convaincre Tomas et Calin qu'il était bien venu ici.

« J'ai vu de l'autre côté du canyon que la falaise était légèrement effondrée à un endroit. Nous allons contourner le pont, et profiter de ce bâtiment noir pour nous cacher à la vue des gardes. Là, vous trouverez une sorte d'amorce de piste qui descend. Même si ça ne va pas très loin, vous pourrez toujours prendre des cordes ensuite. Je les remonterai pour les cacher après votre passage.

— Ça va être gai, pour remonter, intervint Jimmy

— Demain, au coucher du soleil, je les redescendrai et j'attendrai jusqu'à l'aube. À ce moment-là, je les remonterai. Et puis je les redescendrai la nuit suivante. Je devrais pouvoir rester caché dans la crevasse que forme la falaise effondrée. Je vais peut-être devoir me blottir dans un buisson, mais je devrais pouvoir éviter les Moredhels. » Il ne semblait qu'à moitié convaincu. « Si vous avez besoin des cordes avant, ajouta-t-il avec un sourire, criez. »

Martin regarda Arutha. « Tant qu'ils ne sauront pas que nous sommes là, nous avons une chance. Ils continuent à regarder vers le sud, en pensant que nous devons être quelque part entre Elvandar et ici. Tant que nous ne nous dévoilons pas…

— C'est le meilleur plan qu'on puisse avoir. Allons-y », dit Arutha.

Ils se frayèrent rapidement un chemin entre les rochers vers l'autre côté du canyon, car ils devaient arriver en bas avant le jour.

Jimmy s'accrochait à la falaise du plateau, caché par l'ombre du pont. Le bord du canyon était à quinze bons mètres au-dessus d'eux, mais ils pouvaient malgré tout se faire repérer. Il découvrit une faille étroite et sombre dans la falaise. Jimmy se tourna vers Laurie et chuchota : « Bien sûr, il fallait que ce soit sous le pont.

— Espérons qu'ils ne voudront pas regarder en bas. »

Ils firent passer le mot et Jimmy entra dans la fissure. Elle était très étroite sur trois mètres, puis débouchait dans une grotte. Il se tourna vers les autres et dit : « Passez-moi une torche et du silex. »

En les attrapant, il entendit un mouvement derrière lui. Il siffla un avertissement et se tourna vivement, faisant jaillir son couteau dans sa main. La faible luminosité venant du dehors le handicapait plus qu'elle ne l'arrangeait, car ses yeux se perdaient dans un noir d'encre. Jimmy ferma les paupières et se concentra sur ses autres sens. Il remonta à reculons vers la Faille, en adressant une prière silencieuse au dieu des voleurs.

Devant lui, il entendit un raclement, comme des griffes sur la pierre, ainsi qu'un souffle rauque et lent. C'est alors qu'il se souvint du gwali parler de la « mauvaise chose » qui avait mangé un membre de sa tribu.

Le bruit recommença, cette fois beaucoup plus proche et Jimmy pria pour avoir de la lumière. Il se décala un peu sur la droite en entendant Laurie l'appeler d'un ton interrogateur. Le garçon siffla : « Il y a une sorte d'animal là-dedans. »

Jimmy entendit Laurie dire quelque chose aux autres et le bruit que fit le chanteur en reculant de l'entrée de la grotte. Loin, il entendit quelqu'un, peut-être Roald, qui disait : « Voilà Martin. »

Agrippé férocement à son couteau, Jimmy se dit que pour lutter contre un animal, il aurait lui aussi envoyé Martin. Il s'attendait à voir le puissant duc de Crydee sauter à ses côtés à tout moment et se demanda ce qui lui prenait tout ce temps.

Puis il y eut un mouvement soudain vers le garçon, qui sauta instinctivement en arrière et grimpa un peu au mur. Quelque chose frappa la jambe qu'il avait laissée pendre et il entendit des mâchoires claquer. Jimmy se retourna en plein saut et, se servant de ses dons innés, se replia sur lui-même et roula sur quelque chose qui n'était pas de la pierre. Sans hésiter, Jimmy frappa et sentit la pointe de son couteau s'enfoncer dans quelque chose. Il continua à rouler sur le dos de la créature et entendit un sifflement reptilien, suivi d'un grognement résonner dans la caverne. Le garçon se contorsionna en se remettant debout et dégagea son couteau. La créature fit volte-face, très vite, presque autant que Jimmy, qui sauta à l'aveuglette pour s'écarter d'elle et qui se heurta le crâne contre un rocher bas.

Étourdi, le garçon retomba lourdement contre le mur au moment où la créature lançait un nouvel assaut, le manquant encore une fois de peu. Jimmy à moitié assommé, tendit la main gauche et se retrouva avec le bras autour du cou de la chose. Comme dans l'histoire de l'homme sur le dos du tigre, Jimmy ne pouvait plus se permettre de lâcher prise car la créature ne pouvait pas l'atteindre tant qu'il tenait bon. Jimmy s'assit, laissant la créature le tirer dans la grotte, tout en la frappant tout ce qu'il pouvait avec son couteau. Avec la faible amplitude qu'il pouvait donner à ses mouvements, ses coups étaient presque sans effet. La créature le secouait dans tous les sens, balançant Jimmy contre les murs de pierre et le raclant partout où elle allait. Jimmy sentit la panique monter en lui, car l'animal semblait devenir de plus en plus furieux et il avait l'impression de se faire lentement arracher le bras. Des larmes de terreur coulèrent sur les joues du garçon et il continua à frapper de toutes ses forces la bête. « Martin », cria-t-il d'une voix étranglée. Où était-il ? Jimmy, dans un éclair, se dit qu'il avait certainement perdu sa chance légendaire. C'était la première fois qu'il se sentait impuissant. Il ne pouvait rien faire pour se sortir de cette situation inextricable. Il sentit son estomac se soulever, son corps était tout engourdi et il avait la terrible certitude qu'il allait mourir. Ce n'était pas l'excitation du danger qu'il pouvait ressentir lors d'une poursuite sur la rue du Monte-en-l'air, mais un sommeil lent et horrible, un engourdissement qui l'envahissait et lui donnait envie de se recroqueviller sur lui-même et d'en finir.

La créature faisait des sauts de côté, écrasant Jimmy contre le mur encore et encore, puis soudain, elle ne bougea plus. Jimmy continua à frapper un moment, puis une voix dit : « Elle est morte. »

Le voleur, encore groggy, ouvrit les yeux et vit Martin penché sur lui. Baru et Roald se tenaient derrière, le mercenaire tenant une torche allumée à la main. À côté du garçon se trouvait une créature lézardesque, d'un peu plus de deux mètres de long, qui ressemblait essentiellement à un iguane avec une mâchoire de crocodile. Il avait le couteau de chasse de Martin planté dans son crâne. Martin s'agenouilla à côté de Jimmy. « Ça va ? »

Le garçon s'écarta de la chose en rampant, encore paniqué. Quand, malgré sa terreur, il finit par se rendre compte qu'il n'avait pas de blessure, le garçon secoua vigoureusement la tête. « Non, ça va. » Il essuya ses larmes et dit : « Non, par l'enfer, non. » Puis les larmes revinrent et il dit : « Malheur. J'ai cru que je… »

Arutha sortit de la Faille en dernier et comprit ce que ressentait le garçon. Il s'approcha de Jimmy, qui pleurait adossé à une paroi. Il posa doucement la main sur son bras. « C'est fini. Tu es sain et sauf. »

Jimmy, la voix à la fois furieuse et terrifiée, dit : « J'ai cru qu'elle allait me tuer. Dieux, je n'ai jamais eu aussi peur de ma vie.

— Si tu ne dois avoir peur que d'une chose, Jimmy, cette bestiole est un bon choix. Regarde-moi ces mâchoires. »

Jimmy frissonna. Arutha dit : « Nous avons tous peur, Jimmy. Tu viens juste de trouver ce qui pouvait vraiment te faire peur à toi. »

Le garçon opina. « J'espère qu'elle n'a pas de grand frère.

— Tu es blessé ? » demanda Arutha.

Jimmy vérifia rapidement. « Juste des bleus. » Il cilla. « Beaucoup de bleus. »

Baru dit : « Un serpent de roches. Belle taille. Vous avez bien fait de le tuer avec ce couteau, seigneur Martin. »

À la lumière, la créature semblait de taille respectable, mais elle était loin d'être aussi horrible que Jimmy l'avait cru dans le noir. « C'est ça, la "mauvaise chose?"

— C'est probable. Elle t'a peut-être paru terrifiante, mais imagine l'effet qu'elle doit faire sur un gwali de moins d'un mètre », dit Martin qui releva sa torche en voyant revenir Laurie et Arutha. « Bien, voyons à quoi ressemblent les lieux. »

Ils se trouvaient dans une salle étroite et haute de plafond, essentiellement en calcaire. Le sol grimpait légèrement en s'écartant de la fissure vers l'extérieur.

Jimmy, malgré son air éreinté, se mit devant, prit la torche des mains de Martin et dit : « C'est encore moi, le plus apte à grimper dans des coins où je ne suis pas le bienvenu. »

Ils traversèrent rapidement une série de grottes, chacune un peu plus large et un peu plus haute que les autres. Les grottes avaient une apparence bizarre et elles donnaient une impression étrange, inquiétante. Le plateau était assez grand pour qu'ils puissent avancer un bon moment sans avoir réellement l'impression de monter. Puis Jimmy dit : « C'est une spirale. Je jurerais qu'on est au-dessus de l'endroit où Martin a tué ce serpent de roche. »

Ils poursuivirent leur progression, puis arrivèrent à ce qui ressemblait à un cul-de-sac. Jimmy regarda un peu partout, puis il désigna le plafond. À un mètre au-dessus de leur tête se trouvait une ouverture. « Une cheminée, dit Jimmy. Il faut grimper en collant le dos contre une paroi et les pieds contre celle d'en face.

— Et si elle s'élargit ? demanda Laurie.

— Habituellement, on redescend. La vitesse, c'est au choix. Je conseille doucement. »

Martin dit : « Si les gwalis peuvent monter là-haut, nous devrions être capables de le faire aussi. »

Roald intervint : « Mande pardon, Vot' Grâce, mais vous pensez que vous pourriez vous balancer dans les arbres comme ils font, vous ? »

Ignorant l'interruption, Martin demanda : « Jimmy ?

— Oui, j'y vais en premier. Je refuse de mourir parce que l'un de vous a glissé et qu'il m'est tombé dessus. Restez à l'écart tant que je ne vous appelle pas. »

Martin aida Jimmy à atteindre la cheminée. Elle était parfaite, juste assez grande pour la grimper sans problème. Les autres, particulièrement Martin et Baru, la trouveraient un peu étroite, mais ils y arriveraient sans doute. Jimmy arriva rapidement en haut, à une dizaine de mètres au-dessus de la salle, dans une autre grotte. Sans lumière, il était bien en peine d'en déterminer la taille, mais à l'écho de son souffle, elle devait être assez grande. Il redescendit juste assez pour appeler les autres, puis fit un rétablissement pour se hisser tout entier sur le sol.

Le temps que la première tête, celle de Baru, sorte du trou, Jimmy avait allumé une torche. Ils furent tous bientôt là. La grotte était grande d'une bonne soixantaine de mètres. Le plafond était à environ sept ou huit mètres. Des stalagmites montaient du sol, rejoignant parfois des stalactites au plafond, formant des piliers de calcaire. La grotte formait une forêt de pierre. On pouvait voir au loin plusieurs autres grottes et passages.

Martin regarda autour de lui. « À ton avis, nous avons grimpé de combien de mètres ?

— Pas plus de vingt. On n'a pas encore fait la moitié du chemin.

— Par où passe-t-on ? demanda Arutha.

— Je n'en sais rien. Il va falloir tester », répondit Jimmy. Il choisit l'une des multiples sorties et reprit sa route.

Au bout de plusieurs heures de recherche, Jimmy se tourna vers Laurie et dit : « La surface. »

On fit passer le mot et Arutha se glissa derrière le chanteur pour regarder. Au-dessus de la tête du garçon, il y avait un étroit passage, à peine plus grand qu'une fissure. Arutha voyait la lumière en sortir, presque aveuglante après le faible éclairage des tunnels. Jimmy fit un signe de tête et grimpa jusqu'à finir par occulter complètement la lumière.

Quand il revint, il dit : « Ça sort dans un amas de gros rochers. On est à environ cent mètres de la façade du bâtiment noir, celle qui est tournée vers le pont. C'est un gros truc de deux étages.
— Des gardes ?
— Je n'ai rien vu. »
Arutha réfléchit, puis dit : « Nous attendrons qu'il fasse nuit. Jimmy, tu peux rester près de la surface et écouter ?
— Il y a une corniche », dit le garçon, qui remonta dans la fissure.
Arutha s'assit et les autres firent de même, attendant la tombée de la nuit.

Jimmy tendait et détendait ses muscles pour éviter les crampes. Le haut du plateau était mortellement silencieux, à l'exception d'un bruit porté de temps en temps par le vent. La plupart du temps, c'était un mot isolé ou des bruits de bottes venant du pont. Une fois, il crut entendre un son grave, bizarre, monter du bâtiment noir, mais il ne put en être sûr. Le soleil s'était couché derrière l'horizon, mais le ciel restait clair. Il devait être deux heures après dîner, mais à cette altitude, dans les montagnes, aussi près du solstice d'été et aussi loin au nord, le soleil se couchait beaucoup plus tard qu'à Krondor. Jimmy se dit qu'il avait déjà dû sauter des repas au cours de ses planques, mais cela n'empêchait pas son estomac de se rappeler à son bon souvenir.

Finalement, il commença à faire assez sombre. Jimmy en fut soulagé et visiblement, les autres partagèrent son sentiment. Quelque chose dans cet endroit leur mettait les nerfs à vif. Même Martin avait marmonné plusieurs fois quelques jurons bien sentis contre cette attente forcée. Non, les lieux avaient un côté étrange et ils en ressentaient subtilement les effets. Jimmy savait qu'il ne se sentirait pas tranquille tant qu'il ne serait pas à des kilomètres de cet endroit, comme un souvenir lointain dans sa tête.

Jimmy sortit et monta la garde, le temps que Martin arrive, suivi des autres. Ils s'étaient mis d'accord pour se séparer en trois groupes : Baru avec Laurie, Roald avec Martin et Jimmy avec le prince. Ils exploreraient la rive du lac à la recherche de la plante et, dès qu'ils l'auraient trouvée, ils reviendraient à la fissure, pour y attendre leurs compagnons.

Arutha et Jimmy devaient aller vers le gros bâtiment noir car ils avaient décidé de commencer leurs recherches juste derrière l'édifice. Il leur semblait préférable de vérifier qu'il n'y avait pas de gardes avant de commencer à explorer les abords de l'ancien édifice valheru. Ils ne pouvaient pas savoir comment les Moredhels considéraient les lieux. Ils en avaient peut-être aussi peur que les elfes et refusaient d'y entrer, le laissant vide en attendant une cérémonie, comme un sanctuaire, ou au contraire, ils s'y étaient peut-être installés en grand nombre.

Se glissant dans la nuit, Jimmy atteignit le bord du bâtiment et se colla contre le mur. Les pierres étaient étonnamment lisses. Jimmy fit courir sa main dessus et découvrit qu'elles avaient la même texture que le marbre. Arutha attendit, les armes prêtes, tandis que Jimmy contournait le bâtiment. « Personne en vue, souffla-t-il, sauf au niveau des tours du pont.

— À l'intérieur ? siffla Arutha.

— Sais pas. C'est grand, mais il n'y a qu'une porte. Tu veux voir ? » Il espérait que le prince dirait non.

« Oui. »

Jimmy longea le mur avec Arutha, tourna et arriva à la seule porte du bâtiment. Au-dessus de la porte, se trouvait une fenêtre en demi-cercle, de laquelle émanait une faible lueur. Jimmy fit signe à Arutha de lui faire la courte échelle et le jeune voleur se hissa jusqu'à la corniche au-dessus de la porte. Il l'attrapa et se hissa pour jeter un coup d'œil par la fenêtre.

Jimmy regarda. En dessous, derrière la porte, il y avait une sorte d'antichambre, au sol de pierre dallée. Plus loin, de grandes doubles portes s'ouvraient sur les ténèbres. Jimmy remarqua une chose étrange sur le mur sous la fenêtre. La pierre extérieure n'était qu'un revêtement.

Jimmy sauta au sol. « On ne voit rien par la fenêtre.

— Rien ?

— Allons explorer la rive du lac, mais gardons un œil sur le bâtiment. »

Jimmy accepta et ils se dirigèrent vers le lac. Le bâtiment commençait à lui faire une impression bizarre, mais il écarta cette idée de son esprit et se concentra sur la recherche.

Quand le ciel commença à devenir grisâtre, Jimmy prévint Arutha que l'aube n'allait pas tarder. Écœuré, le prince accompagna le jeune voleur à la Faille. Laurie et Baru étaient déjà là et Martin et Roald les rejoignirent quelques minutes plus tard. Pas la moindre trace de silverthorn pour aucun d'eux.

Arutha resta muet, se tournant lentement jusqu'à ce qu'il montre son dos aux autres. Il serra les poings, comme s'il venait de prendre un coup terrible. Tous les yeux étaient rivés sur lui alors qu'il fixait la caverne plongée dans le noir, sa silhouette esquissée, comme gravée à l'eau-forte par la faible lumière du dessus ; tous virent des larmes rouler sur ses joues. Soudain, il fit volte-face et regarda ses compagnons. Il murmura d'une voix rauque : « Il faut qu'elle soit là. » Il les regarda un par un et ils distinguèrent quelque chose dans ses yeux. Un sentiment très profond, une impression de perte absolue, une peur qu'ils partageaient tous. Ils virent sa souffrance, comme si quelque chose mourait en lui. Sans silverthorn, Anita était perdue.

Martin partageait la douleur de son frère et plus encore, car en cet instant, il revoyait son père, lors de ces moments de calme avant qu'Arutha ne soit assez vieux pour comprendre la perte qu'avait ressentie le duc Borric lors de la mort de dame Catherine. Le chasseur élevé par les elfes sentit son cœur se serrer à l'idée que son frère allait revivre ces nuits solitaires devant une cheminée, à côté d'une chaise vide, n'ayant à regarder qu'un portrait sur le manteau de la cheminée. Des trois frères, seul Martin avait senti la profonde amertume qui avait hanté leur père toute sa vie durant. Si Anita mourait, le cœur et le bonheur d'Arutha pourraient fort bien mourir avec elle. Refusant d'abandonner tout espoir, Martin murmura : « Il doit être là, ailleurs. »

— Il y a encore un endroit que nous n'avons pas exploré, ajouta Jimmy.

— À l'intérieur du bâtiment, dit Arutha.

— Alors il ne nous reste qu'une chose à faire », conclut Martin. Jimmy s'entendit dire : « L'un de nous doit entrer là-bas pour voir. » Il se haït pour avoir dit cela.

17

La cellule puait la paille humide.
Pug s'étira et découvrit qu'il avait les mains accrochées au mur par des chaînes en cuir de needra. La peau de ce bœuf tsurani, une solide créature à six pattes, pouvait être traitée pour devenir presque aussi solide que l'acier et les liens étaient fermement ancrés dans le mur. Pug avait encore mal au crâne, suite aux effets de l'étrange objet qui avait contré sa magie. Mais une autre déconvenue l'attendait. Il lutta contre sa faiblesse et regarda ses menottes. Il commença à incanter un sortilège pour changer ses chaînes en gaz insubstantiel et brusquement, une erreur se produisit. Il n'aurait pu définir cette sensation autrement que par le terme d'erreur. Son sortilège ne fonctionnait pas. Pug s'appuya contre le mur, comprenant que la cellule avait dû être protégée par un sortilège capable de neutraliser la magie. Évidemment, se dit-il : comment garder un magicien en prison, autrement ?

Pug regarda la pièce. C'était un puits, où parvenait un tout petit peu de lumière depuis une minuscule ouverture barrée, pratiquée dans le haut de la porte. Une petite créature fouillait la paille d'un air affairé près des pieds de Pug. Il lui envoya un coup de pied et elle fila. Les murs étaient humides et il se dit que lui et ses compagnons devaient se trouver sous terre. Il n'avait aucun moyen de savoir depuis combien de temps ils étaient là et n'avait aucune idée de l'endroit où on les avait emmenés : ils pouvaient se trouver n'importe où sur Kelewan.

Meecham et Dominic étaient enchaînés au mur en face de Pug et Hochopepa se trouvait quant à lui sur sa droite. Pug se dit alors que l'empire devait être au bord du gouffre pour que le seigneur de guerre prenne le risque de blesser Hochopepa. Capturer un renégat réprouvé était une chose, mais incarcérer un Très Puissant de l'empire en était une autre. De droit, un Très Puissant n'avait pas à se plier aux décisions du seigneur de guerre. À l'exception de l'empereur, seul un Très Puissant pouvait s'opposer aux décisions d'un seigneur de guerre. Kamatsu avait eu raison. Le seigneur de guerre s'apprêtait à porter un coup capital dans le jeu du conseil, car s'il se permettait d'emprisonner Hochopepa, c'était que les conséquences de cet acte ne lui faisaient pas peur.

Meecham grogna et leva lentement les yeux. « Ma tête », marmonna-t-il. Découvrant ses chaînes, il tira dessus pour voir. « Bon, dit-il en fixant Pug. Et maintenant ? »

Pug le regarda et secoua la tête. « On attend. »

L'attente dura un long moment, peut-être trois ou quatre heures. Puis quelqu'un apparut soudainement. Brusquement, la porte s'ouvrit et un magicien en robe noire entra, suivi d'un garde blanc impérial. Hochopepa cracha : « Ergoran ! Êtes-vous devenu fou ? Libérez-moi immédiatement ! »

Le magicien fit signe au soldat de libérer Pug. Il dit à Hochopepa : « Je fais cela pour l'empire. Vous avez fait alliance avec l'ennemi, gros homme. Je parlerai à l'Assemblée de votre duplicité quand nous en aurons fini avec la punition réservée à ce faux magicien. »

Pug fut rapidement sorti de la salle et le magicien nommé Ergoran dit : « Milamber, votre spectacle lors des jeux impériaux il y a un an vous aura valu un certain respect – assez pour que nous nous assurions que vous ne puissiez plus provoquer un tel chaos autour de vous. » Deux soldats posèrent de rares et coûteux bracelets de métal à ses poignets. « Les protections de cette prison empêchent tout sortilège d'y opérer. Quand vous serez à l'extérieur de la prison, ces bracelets bloqueront vos pouvoirs. » Il fit signe aux gardes d'amener Pug et l'un d'eux le poussa dans le dos.

Pug savait qu'il était inutile de discuter avec Ergoran. De tous les mages que l'on surnommait les valets du seigneur de guerre, c'était le plus fanatique. C'était l'un des rares magiciens qui pensaient que l'Assemblée devait servir de bras au grand conseil. Certains qui le connaissaient bien pensaient que le but ultime d'Ergoran était de voir l'Assemblée remplacer le grand conseil. La rumeur disait que si Almecho le Violent avait régné en apparence, Ergoran avait en fait le plus souvent dicté officieusement la politique du parti de la guerre.

Au bout d'une longue volée de marches, Pug déboucha au soleil. Après la pénombre de sa cellule, la lumière l'aveugla un moment. Ses yeux s'habituèrent rapidement, tandis qu'on le poussait à traverser la cour d'un grand bâtiment. En remontant un large escalier, Pug regarda par-dessus son épaule. Il vit la rivière Gagajin, qui coulait depuis la Grande Muraille jusqu'à la ville de Jamar. C'était la route nord-sud la plus importante pour les provinces centrales de l'empire. Pug se trouvait au sein même de la cité sainte, Kentosani, la capitale de l'empire de Tsuranuanni. Et au vu des dizaines de gardes en armure blanche, il sut qu'il devait se trouver dans le palais du seigneur de guerre.

On continua à pousser Pug le long d'un grand couloir, jusqu'à ce qu'il arrive finalement dans une salle centrale. Les murs de pierre s'arrêtaient là. On fit coulisser un solide panneau de bois et de cuir peint. Le seigneur de guerre de l'empire avait choisi d'interroger son prisonnier dans une salle de conseil personnelle.

Un autre magicien se tenait près du centre de la salle, attendant le bon plaisir d'un homme, assis, qui lisait un parchemin. Le second magicien s'appelait Elgahar, mais Pug ne le connaissait pas très bien. Il réalisa qu'il n'avait aucune aide à attendre de qui que ce soit en ces lieux, même pour Hochopepa, car Elgahar était le frère d'Ergoran. La magie était puissante dans leur famille. Elgahar avait toujours semblé suivre les avis de son frère.

L'homme d'âge moyen, assis sur une pile de coussins, portait une robe blanche ornée d'une bande d'or à l'encolure et aux manches. Se rappelant Almecho, le dernier seigneur de guerre, Pug ne pouvait imaginer de contraste plus fort. Cet homme-ci, Axantucar, était en apparence l'antithèse de son oncle. Almecho était un homme puissant, au cou de taureau, aux manières de guerrier. Cet homme-ci ressemblait plus à un savant, ou à un professeur. Son corps fin et tendu lui donnait un air ascétique. Ses traits étaient presque délicats. Il leva les yeux du parchemin qu'il était en train de lire et Pug vit alors la ressemblance qu'il y avait entre eux : on pouvait voir dans leur regard l'ivresse du pouvoir.

Le seigneur de guerre reposa lentement son parchemin. « Milamber, vous avez du courage de revenir, mais vous êtes imprudent. Vous serez exécuté, bien entendu, mais avant que nous ne vous fassions pendre, nous aimerions savoir pourquoi vous êtes revenu ?

— Sur mon monde une puissance se lève, une présence ténébreuse et maléfique qui cherche à accomplir de noirs desseins. Et ces desseins sont la destruction de ma terre natale. »

Le seigneur de guerre, visiblement intéressé, fit signe à Pug de poursuivre. Ce dernier expliqua ce qu'il savait, dans le détail et sans rien exagérer. « Par des moyens magiques, j'ai pu déterminer que cette chose venait de Kelewan. D'une manière ou d'une autre, les destins de nos deux mondes sont de nouveau liés. »

Quand il eut fini, le seigneur de guerre dit : « Intéressante histoire. » Ergoran fit un geste comme pour balayer ces absurdités, mais Elgahar semblait sincèrement troublé. Le seigneur de guerre poursuivit : « Milamber, c'est réellement dommage que nous vous ayons perdu lors de la traîtrise. Si vous étiez resté, nous aurions pu vous trouver un emploi de conteur. Une puissance des ténèbres, surgie de quelque tanière oubliée de notre empire... Quelle merveilleuse histoire ! » Son sourire disparut et il se pencha en avant, posant le coude sur son genou, en fixant Pug des yeux. « Maintenant, voici la vérité. Ce vague cauchemar dont vous parlez n'est qu'une faible tentative de me faire peur pour me faire oublier la véritable raison de votre retour ici. Le parti de la roue bleue et ses alliés sont au bord de la faillite devant le grand conseil. C'est pour cela que vous êtes revenu, parce que ceux qui vous considéraient comme un allié auparavant sont désespérés et qu'ils savent que la domination totale du parti de la guerre est maintenant un fait. Vous et le gros, vous êtes de nouveau alliés avec ceux qui ont trahi l'alliance pour la guerre lors de l'invasion de votre monde natal. Vous avez peur du nouvel ordre que nous représentons. Dans quelques jours, je vais annoncer la fin du grand conseil et vous êtes venu m'en empêcher, n'est-ce pas ? J'ignore ce que vous avez en tête, mais nous allons vous arracher la vérité. Sinon tout de suite, cela ne saurait tarder. Et vous donnerez les noms de tous ceux qui se dressent contre nous.

« Et nous aurons les moyens de revenir en force. Dès que l'empire sera en paix sous mon égide, alors nous reviendrons dans votre monde et nous terminerons au plus vite ce qui aurait dû être fait sous les ordres de mon oncle. »

Pug regarda les visages de gens présents et il comprit. Il avait rencontré Rodric, le roi fou, et lui avait parlé. Le seigneur de guerre n'était pas aussi fou que l'avait été Rodric, mais il ne faisait aucun doute qu'il n'était pas totalement sain d'esprit. Et derrière lui se tenait quelqu'un qui ne se dévoilait pas beaucoup, mais juste assez pour que Pug comprenne. Ergoran était celui qu'il fallait réellement craindre, c'était lui le véritable génie qui faisait la puissance du parti de la guerre. Ce serait lui qui régnerait sur Tsuranuanni, peut-être même ouvertement un jour.

Un messager arriva et s'inclina devant le seigneur de guerre, lui tendant un parchemin. Le seigneur de guerre le lut rapidement, puis il dit : « Je dois me rendre au conseil. Informez l'inquisiteur que j'aurai besoin de ses services à la quatrième heure de la nuit. Gardes, ramenez celui-ci en cellule. » Alors que les gardes tiraient sur les chaînes de Pug, le seigneur de guerre ajouta : « Pensez-y, Milamber. Vous pouvez mourir rapidement, mais vous pouvez aussi mourir lentement. Quoi qu'il arrive, vous mourrez. Vous avez le choix. D'une manière ou d'une autre, vous nous direz la vérité. »

Pug regarda Dominic entrer en transe. Il avait parlé à ses compagnons de la réaction du seigneur de guerre et, après avoir laissé éclater sa colère, Hochopepa était retombé dans un mutisme maussade. Comme tous ceux qui portaient la robe noire, le gros magicien trouvait parfaitement inimaginable que l'on puisse ne pas obéir au moindre de ses désirs. Cet emprisonnement était pour lui presque incompréhensible. Meecham était tout aussi taciturne qu'à son habitude et le moine avait lui aussi paru parfaitement imperturbable. Leur discussion fut donc courte et résignée.

Dominic avait commencé ses exercices peu de temps après. Pug avait trouvé cela fascinant. Le moine, assis, avait commencé à méditer et entrait maintenant dans une sorte de transe. Dans le silence, Pug réfléchit à la leçon du moine. Même dans cette cellule, visiblement sans espoir, ils ne devaient pas se laisser aller à la peur et perdre leurs moyens. Pug réfléchit au passé, à l'époque de sa jeunesse à Crydee : les vaines leçons qu'il avait reçues de Kulgan et Tully, alors qu'il cherchait à maîtriser une magie dont il avait découvert, des années plus tard, qu'elle n'était pas faite pour lui. Quelle honte, se dit-il à lui-même. Il avait pu constater en de nombreuses occasions au port des Étoiles que la magie mineure était bien plus avancée sur Midkemia que sur Kelewan. C'était très probablement dû au fait que cette magie était restée la seule sur Midkemia.

Pour se distraire, Pug tenta de refaire l'un des exercices que Kulgan lui avait appris tout jeune et qu'il n'avait jamais réussi à maîtriser. Il découvrit que la magie mineure ne semblait pas affectée par l'endroit et commença à retrouver l'étrange blocage en lui. Il en ressentit presque de l'amusement. Petit, il avait toujours eu peur de cette expérience, car elle était pour lui un signe d'échec. Maintenant, il savait que c'était simplement son esprit, lié à la haute magie, qui refusait les voies de la magie mineure. Mais les effets du contre-sort le poussèrent à attaquer le problème par un autre biais. Il ferma les yeux et retenta l'expérience qu'il avait ratée en d'innombrables occasions. Sa structure mentale se refusait à se plier aux nécessités d'une telle magie, mais alors qu'elle s'apprêtait à changer l'influx, elle lui donna l'impression de rebondir contre les protections et... Pug releva la tête, les yeux grands ouverts. Il avait presque réussi ! Durant un bref instant il avait failli comprendre. Luttant contre son excitation, il ferma les yeux, baissa la tête et se concentra. Si seulement il pouvait retrouver cet instant, cet infime moment cristallin où il avait compris... un instant qui lui avait aussitôt échappé... Dans cette cellule sordide et humide, il avait été au bord de ce qui risquait de s'avérer être l'une des découvertes majeures de la magie tsurani. Si seulement il pouvait retrouver cet instant…

Les portes de la cellule s'ouvrirent. Pug leva les yeux, tout comme Hochopepa et Meecham. Dominic resta en transe. Elgahar entra et fit signe à un garde de refermer la porte derrière lui. Pug sortit de sa méditation sur sa paillasse, se mit debout et tenta de détendre ses jambes engourdies par les pierres glacées.

« Ce que vous dites est perturbant, dit le mage en robe noire.

— C'est normal, car c'est la vérité.

— Peut-être, mais ce pourrait ne pas l'être, même si vous pensez que c'est vrai. Racontez-moi toute l'histoire. »

Pug fit signe au magicien de s'asseoir, mais celui-ci secoua la tête. Pug haussa les épaules et se rassit par terre. Il commença son histoire. Quand il en arriva au moment de la vision de Rogen, Elgahar commença visiblement à s'agiter, interrompant Pug pour lui poser de multiples questions. Pug poursuivit et, quand il eut fini, Elgahar secoua la tête. « Dites-moi, Milamber, sur votre monde natal, y a-t-il beaucoup de gens capables de comprendre les mots qu'a entendus le devin dans sa vision ?

— Non. Seuls moi et une ou deux autres personnes en auraient été capables. Les Tsuranis de LaMut auraient juste pu identifier cette langue comme l'ancienne langue religieuse.

— Tout cela me fait penser à une chose terrifiante. Il faut que je sache si cela vous a effleuré aussi.

— Quoi ? »

Elgahar se pencha tout près de Pug et lui souffla un seul mot à l'oreille. Pug devint livide et ferma les yeux. Sur Midkemia, son esprit avait déjà commencé à travailler avec les renseignements qu'il avait eus sous la main. Inconsciemment, il avait toujours su la réponse à sa question. Il poussa un long soupir et dit : « Oui. Chaque fois, j'ai refusé d'admettre cette possibilité, mais elle existe.

— De quoi parlez-vous ? » demanda Hochopepa.

Pug secoua la tête. « Non, vieil ami. Pas encore. Je veux que Elgahar réfléchisse aux implications de ses déductions sans prendre en compte mon opinion ou la tienne. Cela pourrait le faire réenvisager ses allégeances.

— Peut-être. Mais même si c'était le cas, je n'interviendrais pas nécessairement en votre faveur. »

Hochopepa explosa de rage. « Comment pouvez-vous dire une telle chose ! Quelles circonstances importent face aux crimes du seigneur de guerre ? En êtes-vous donc arrivé au point où vous laissez votre frère décider de tout pour vous ?

— Hochopepa, vous entre tous ceux qui portent la robe noire êtes bien le mieux à même de comprendre, car ce fut bien vous, avec Fumita, qui avez joué le grand jeu pendant des années avec le parti de la roue bleue. » Il se référait à la part qu'avaient prise les deux magiciens dans la tentative d'aider l'empereur à mettre fin à la guerre de la Faille. « Pour la première fois de toute l'histoire de l'empire, l'empereur est dans une position unique. Avec la trahison des pourparlers de paix, il en est arrivé à disposer du pouvoir absolu, tout en perdant la face. Il ne peut user de son influence et il n'usera plus de son autorité. Cinq chefs de guerre de clan sont morts lors de la trahison, les cinq qui avaient les meilleures chances d'obtenir le poste de seigneur de guerre. De nombreuses familles ont perdu leur siège au sein du grand conseil à cause de ces morts. Si jamais il tentait de donner un ordre à ces clans, il serait réfuté.

— Vous parlez de régicide, dit Pug.

— La chose est déjà arrivée auparavant, Milamber. Mais alors il y aurait une guerre civile, car il n'y a pas d'héritier. La Lumière du Ciel est jeune et n'a pas encore de fils. Sa descendance ne comprend pour lors que trois filles. Le seigneur de guerre ne désire que la stabilité pour l'empire, il ne veut pas renverser une dynastie vieille de plus de deux mille ans. Je n'éprouve pour ce seigneur de guerre ni amour ni haine. Mais l'empereur doit comprendre que sa position dans l'ordre des choses n'est que spirituelle et qu'il doit déléguer toute son autorité au seigneur de guerre. Alors Tsuranuanni pourra entrer dans une ère de prospérité éternelle. »

Hochopepa éclata d'un rire rauque et amer. « Que vous puissiez croire à de telles fredaines ne montre qu'une chose : c'est que le système de sélection de l'Assemblée n'est pas assez rigoureux. »

Sans relever l'insulte, Elgahar poursuivit : « Une fois que l'ordre régnera au sein de l'empire, nous pourrons lutter contre la menace que vous évoquez. Même si ce que vous dites est vrai et que mes soupçons s'avèrent fondés, il faudra des années avant que nous n'ayons à nous préoccuper de cela sur Kelewan – ce qui nous laisse bien assez de temps pour nous préparer. Vous devez vous rappeler que les mages de l'Assemblée ont atteint des sommets de puissance dont nos ancêtres n'auraient jamais rêvé. Ce qui les avait terrifiés pourrait fort bien n'être pour nous qu'une simple nuisance.

— Votre arrogance vous aveugle, Elgahar. Tous. Hocho et moi avons déjà discuté de cela. Votre soi-disant suprématie est une erreur. Vous n'avez pas surpassé la puissance de vos ancêtres : vous avez encore du chemin à faire avant de l'égaler. Dans les livres de Macros le Noir, j'ai trouvé des ouvrages qui révèlent des pouvoirs dont l'Assemblée n'a pas même rêvé en mille ans. »

Cette notion sembla intriguer quelque peu Elgahar et il resta silencieux un long moment. « Peut-être », dit-il finalement d'un ton pensif. Il se dirigea vers la porte. « Vous avez accompli quelque chose, Milamber. Vous m'avez convaincu qu'il fallait absolument vous laisser en vie plus longtemps que ne le désire le seigneur de guerre. Vous avez des renseignements que nous allons devoir vous soutirer. Quant au reste, je dois… y réfléchir.

— Oui, Elgahar, réfléchissez-y. Réfléchissez à un nom : celui que vous avez prononcé au creux de mon oreille. »

Elgahar semblait prêt à dire quelque chose, puis il se tourna vers le garde dehors et lui ordonna d'ouvrir la porte. Il sortit et Hochopepa dit : « Il est fou.

— Non. Pas fou. Il croit simplement ce que lui dit son frère. Toute personne capable de regarder Axantucar et Ergoran dans les yeux et de penser ensuite qu'ils peuvent apporter à l'empire une ère de prospérité est un imbécile, un idéaliste naïf, mais pas un fou. C'est Ergoran qui est le plus à craindre. »

Ils retombèrent dans le silence et Pug repensa sombrement à ce qu'Elgahar lui avait susurré. Les implications de tout cela étaient trop terrifiantes pour s'y attarder. Il se remit donc à réfléchir à l'étrange instant où, pour la première fois de sa vie, il avait entr'aperçu comment maîtriser la magie mineure.

Le temps passa. Pug n'aurait su le déterminer exactement, mais il devait être quatre heures après le coucher du soleil, et c'était le moment qu'avait choisi le seigneur de guerre pour l'interroger. Des gardes entrèrent, enlevèrent leurs chaînes à Meecham, Dominic et Pug. Ils laissèrent Hochopepa seul dans la cellule.

On les amena dans une pièce équipée d'instruments de torture. Le seigneur de guerre était resplendissant dans ses robes vert et or et il parlait avec le mage Ergoran. Un homme encapuchonné de rouge attendit sans un mot que les trois prisonniers soient attachés aux piliers de la pièce, placés de manière qu'ils puissent se voir mutuellement.

« Contre mon avis, Ergoran et Elgahar m'ont convaincu qu'il pourrait être utile de vous laisser en vie. Ils avaient chacun leurs raisons. Elgahar semble enclin à croire une partie de votre histoire, assez en tout cas pour penser qu'il vaut mieux pour nous en apprendre le plus possible. Ergoran et moi-même ne sommes pas si bien disposés, mais il est d'autres choses que nous désirons savoir. Nous allons donc commencer par nous assurer que vous nous dites bien la vérité. » Il fit un signe à l'inquisiteur, qui déchira la robe de Dominic, le laissant avec son seul pagne. L'inquisiteur ouvrit un pot scellé et y plongea un bâton, qu'il ressortit couvert d'une sorte de substance blanchâtre. Il en badigeonna la poitrine de Dominic et le moine se raidit. Sans métaux, les Tsuranis avaient développé des techniques de torture différentes de celles de Midkemia, mais qui s'avéraient tout aussi efficaces. La substance était un acide collant qui commençait à brûler la peau dès qu'il était appliqué. Dominic ferma les yeux et se mordit les lèvres pour ne pas crier.

— Pour des raisons d'économie, nous pensions que vous seriez plus enclin à nous dire la vérité si nous nous occupions d'abord de vos compagnons. D'après ce que nous ont dit vos anciens compatriotes, et d'après cet inexcusable éclat lors des jeux impériaux, il semble que vous soyez affligé d'une nature compatissante, Milamber. Allez-vous nous dire la vérité ?

— Tout ce que je vous ai dit est vrai, seigneur de guerre ! Torturer mes amis n'y changera rien ! »

Un cri s'éleva : « Maître ! »

Le seigneur de guerre se tourna vers son inquisiteur. « Quoi ?

— Cet homme... regardez. » Dominic avait regagné ses couleurs. Il pendouillait au pilier, le visage empreint d'une paix béate.

Ergoran se plaça devant le moine et l'examina. « Il est dans une sorte de transe ? »

Le seigneur de guerre et le magicien regardèrent Pug et Ergoran demanda : « De quelle astuce ce faux prêtre se sert-il, Milamber ?

— Ce n'est pas un prêtre de Hantukama, il est vrai, mais c'est un clerc de mon monde. Il sait mettre son esprit au repos quoi qu'il puisse arriver à son corps. »

Le seigneur de guerre fit un signe à l'inquisiteur, qui prit un couteau bien aiguisé sur la table. Il se plaça face au moine et d'un geste brusque, lui ouvrit l'épaule d'un coup sec. Dominic ne fit pas un geste, il ne tressaillit même pas. L'inquisiteur prit des tenailles et appliqua un charbon ardent sur la coupure. Le moine ne réagit toujours pas.

L'inquisiteur écarta ses tenailles et dit : « C'est inutile, maître. Son esprit est bloqué loin d'ici. Nous avons déjà eu de tels problèmes avec des prêtres. »

Pug fronça les sourcils. Bien que le temple ne fût pas entièrement apolitique, il avait tendance à être très circonspect dans ses relations avec le grand conseil. Si le seigneur de guerre avait interrogé des prêtres, cela montrait que les temples étaient en train de se mobiliser en faveur d'une alliance contre le parti de la guerre. Étant donné que Hochopepa n'était pas au courant de ces faits, cela voulait aussi dire que le seigneur de guerre agissait à couvert et qu'il avait l'initiative sur ses opposants. Bien plus que tout le reste, cela montrait à Pug combien l'empire était en danger et même combien il risquait de sombrer dans la guerre civile. L'assaut contre les partisans de l'empereur allait bientôt commencer.

« Celui-ci n'est pas prêtre », dit Ergoran en s'approchant de

Meecham. Il regarda le grand chasseur. « Ce n'est qu'un esclave, il devrait poser moins de problèmes. » Meecham lui cracha en pleine figure. Ergoran, habitué à la terreur et au respect absolu dus à un Très Puissant, prit ce crachat comme un coup de gourdin. Il vacilla de quelques pas en arrière et essuya la salive qui lui coulait sur le visage. Furieux, il dit froidement : « Esclave, tu viens de te réserver une mort longue et douloureuse. »

Ce fut la première fois que Pug vit Meecham sourire. C'était un grand sourire, presque paillard. Avec sa cicatrice à la joue, cela lui donnait un air presque démoniaque. « Ça en valait la peine, mulet sans couilles. »

Sous le coup de la colère, Meecham avait parlé dans la langue du royaume, mais le magicien comprit au ton qu'on venait de l'insulter. Il tendit le bras, se saisit de la lame acérée posée sur la table de l'inquisiteur et fit une longue entaille à la poitrine de Meecham. Le chasseur se raidit, son visage devint livide tandis que la blessure commençait à saigner. Ergoran se dressa devant lui, l'air triomphant. Le Midkemian lui cracha dessus encore une fois.

L'inquisiteur se tourna vers le seigneur de guerre. « Maître, le Très Puissant interfère dans un travail très délicat. »

Le magicien recula d'un pas, laissant tomber le couteau. Il s'essuya à nouveau le visage en retournant à côté du seigneur de guerre. La voix pleine de haine, il dit : « Prenez votre temps pour avouer, Milamber. Je veux que cette charogne souffre le plus longtemps possible. »

Pug lutta contre les propriétés inhibitrices de ses bracelets, mais sans succès. L'inquisiteur commença son travail sur Meecham, mais le chasseur, stoïque, refusa de crier. Une demi-heure durant, l'inquisiteur pratiqua son sanglant office, jusqu'à ce que Meecham émette un grognement étouffé et finisse par sombrer dans une semi-inconscience. Le seigneur de guerre demanda : « Pourquoi être revenu, Milamber ? »

Pug, qui avait ressenti les tortures de Meecham comme pour lui-même, répondit : « Je vous ai dit la vérité. » Il regarda Ergoran. « Vous savez que c'est la vérité. » Mais son plaidoyer tombait dans l'oreille d'un sourd, car le magicien, furieux, voulait seulement voir Meecham souffrir, sans se préoccuper de ce que Pug pouvait avoir à dire.

Le seigneur de guerre fit signe à l'inquisiteur de commencer à s'occuper de Pug. L'homme à la cagoule rouge déchira la robe de Pug. Il ouvrit le pot d'acide et en appliqua une petite quantité sur sa poitrine. Les années d'esclavage et de travail de force dans les marais avaient fait de Pug un homme mince et musclé et son corps se tendit dès que la douleur commença. À la première couche, il ne sentit d'abord rien, puis l'instant d'après, une brûlure affreuse lui rongea les chairs alors que le produit commençait à agir. Pug entendait presque sa chair se racornir sur ses côtes. La voix du seigneur de guerre lui parvint par-delà sa douleur. « Pourquoi êtes-vous revenu ? Qui avez-vous contacté ? »

Pug ferma les yeux pour lutter contre le feu qui consumait sa poitrine. Il chercha refuge dans les exercices apaisants que Kulgan lui avait appris alors qu'il n'était qu'un apprenti. Une autre application lui fit comme un nouveau trait de feu, cette fois sur la chair délicate à l'intérieur de sa cuisse. L'esprit de Pug se rebella et chercha refuge dans la magie. Encore et encore il lutta pour briser la barrière que lui imposaient les bracelets enchantés. Dans sa jeunesse, il n'avait pu trouver sa voie vers la magie que dans des situations de grand stress. Quand des trolls avaient menacé sa vie, il avait découvert son premier sortilège. Quand il avait lutté contre sire Roland, il l'avait frappé par magie et, quand il avait détruit les jeux impériaux, il l'avait fait grâce à un profond puits de colère et de rage. Son esprit réagissait maintenant comme un animal enragé, rebondissant sur les barreaux d'une cage magique, aveuglément, frappant sans cesse cette barrière, déterminé à se libérer ou à mourir.

On plaça des charbons ardents sur sa chair et il hurla. C'était un cri d'animal, de rage et de douleur mêlés et son esprit frappa. Ses pensées se troublèrent, comme s'il se trouvait dans un paysage fait de surfaces réfléchissantes, une pièce faite de miroirs tournoyant follement qui lui renvoyaient tous une image différente. Il vit le garçon de cuisine de Crydee le regarder, puis l'élève de Kulgan. La troisième était le jeune châtelain et la quatrième un esclave dans le camp des marais des Shinzawais. Mais dans les reflets au-delà des reflets, les miroirs dans les miroirs, il voyait toujours de nouvelles choses. Derrière le garçon de cuisine se trouvait un homme, un serviteur, mais dont l'identité ne faisait aucun doute. Pug, sans magie, sans entraînement, devenu adulte, simple serviteur du château, qui travaillait aux cuisines. Derrière l'image du jeune châtelain il vit un noble du royaume, la princesse Carline à son bras, devenue son épouse. Son esprit tourbillonnait. Il cherchait frénétiquement quelque chose. Il étudia l'image de l'élève de Kulgan. Derrière, il vit le reflet d'un homme qui pratiquait la magie mineure. Pug tournoyait dans sa tête, recherchant l'origine de ce reflet dans une image, de ce Pug devenu maître de la magie mineure. Puis il découvrit la source de cette image, un futur possible qui ne s'était jamais réalisé, un hasard du destin ayant écarté sa vie de cette voie. Mais dans les autres probabilités de sa vie, il découvrit ce qu'il cherchait. Il découvrit une échappatoire. Soudain il comprit. Une voie s'ouvrait à lui et son esprit s'engouffra dedans à toute vitesse.

Les yeux de Pug s'ouvrirent tout d'un coup et il regarda par-dessus l'épaule de l'inquisiteur en cagoule rouge. Meecham gémissait, à nouveau conscient et Dominic restait perdu dans sa transe.

Pug se servit d'un pouvoir de son esprit qui lui permettait d'oublier les blessures faites à son corps. Immédiatement, la douleur disparut. Puis il se tendit mentalement vers la silhouette en robe noire d'Ergoran. Le Très Puissant de l'empire manqua de tomber en arrière quand le regard de Pug se fixa dans ses yeux. Pour la première fois, un magicien de la haute magie usait d'un talent de magie mineure et Pug engagea contre Ergoran une lutte d'esprit à esprit.

Pug submergea le magicien de sa puissance écrasante et le sonna instantanément. La silhouette en robe noire tituba un moment, le temps que Pug prenne contrôle de son corps. En fermant ses propres yeux, Pug voyait maintenant par ceux d'Ergoran. Il ajusta ses sens, puis réussit à prendre le contrôle total du Très Puissant tsurani. La main d'Ergoran se tendit en avant et un déluge d'énergie jaillit de ses doigts, frappant l'inquisiteur par-derrière. Des lignes de force rouges et violettes parcoururent le corps de l'homme qui se tordit en hurlant de douleur. Puis l'inquisiteur se mit à danser dans la pièce comme une marionnette démente, toute agitée de spasmes et de saccades, en poussant des cris affreux.

Le seigneur de guerre resta un instant interloqué, puis il hurla : « Ergoran ! Quelle est cette folie ? » Il attrapa le mage par sa robe à l'instant où l'inquisiteur s'écrasait contre le mur à l'autre bout de la salle et s'effondrait au sol. Quand le seigneur de guerre entra en contact avec le magicien, les énergies cessèrent de crépiter autour de l'inquisiteur pour engloutir le seigneur de guerre. Axantucar se tordit en tombant à la renverse sous la violence du choc.

Le tortionnaire à capuche rouge se releva, secouant la tête pour s'éclaircir l'esprit, et s'approcha des captifs en titubant. Il attrapa un fin couteau sur la table, sentant confusément que Pug devait être à l'origine de ses maux. Il fit un pas en direction de Pug, mais Meecham empoigna ses chaînes et se hissa. D'un mouvement puissant, il tendit ses jambes en avant et les passa autour du cou de l'inquisiteur. Il les serra comme un étau avec une force terrible. L'inquisiteur tenta de se dégager, puis frappa la jambe de Meecham avec son couteau, taillant dans la chair, mais Meecham tint bon et continua à serrer. Le couteau frappa encore et encore, jusqu'à ce que les jambes de Meecham soient couvertes de son sang, mais l'inquisiteur n'arrivait pas à faire grand mal avec son petit couteau poisseux de sang. Meecham poussa juste un cri de victoire. Puis, avec un grognement, il écrasa d'une violente torsion la trachée de son adversaire. Comme l'inquisiteur s'effondrait, le chasseur sentit ses forces le quitter. Meecham se laissa retomber, seulement retenu par ses chaînes. Avec un sourire fatigué, il fit un signe de tête à Pug.

Pug dissipa son sortilège de douleur et le seigneur de guerre s'effondra aux pieds d'Ergoran. Pug commanda au magicien d'approcher. L'esprit du Très Puissant lui faisait l'effet d'une chose douce et malléable, totalement sous son contrôle et Pug sentait comment l'obliger à agir, tout en restant conscient de ce qu'il faisait lui-même.

Le magicien commença à libérer Pug de ses chaînes, alors que le seigneur de guerre commençait à se relever. Il avait une main libre. Axantucar tituba vers la porte de sortie. Pug prit une décision. S'il arrivait à se libérer de ses liens, il pourrait se débarrasser d'autant de gardes que pourrait lui envoyer le seigneur de guerre, mais il ne pouvait pas contrôler deux hommes à la fois et il ne se sentait pas capable de garder le contrôle du magicien assez longtemps pour détruire le seigneur de guerre et se libérer. Ou le pouvait-il? Pug comprit le danger. Cette nouvelle magie s'avérait délicate et son jugement commençait à lui échapper. Pourquoi laissait-il partir le seigneur de guerre? La douleur et la fatigue de la torture pesaient lourdement sur ses épaules et Pug se sentait faiblir un peu plus à chaque seconde. Le seigneur de guerre tira sur la porte en appelant à la garde et, quand elle s'ouvrit, Axantucar s'empara d'une lance. D'un coup puissant, il frappa Ergoran en plein dans le dos. Le coup fit tomber le magicien à genoux avant que Pug n'ait les deux mains libres. Pug ressentit un choc psychique terrible. Il hurla en sentant la douleur d'Ergoran et sa vie qui s'enfuyait.

Une brume passa devant ses yeux. Puis quelque chose en lui se brisa et ses pensées devinrent une mer d'éclats scintillants tandis que les miroirs de ses souvenirs éclataient : des bouts de leçons passées, des images de sa famille, des odeurs, des goûts, des sons résonnaient dans tout son être.

Des lumières dansaient dans son esprit, d'abord de petites étoiles en expansion, des reflets de nouvelles perspectives. Elles dansaient en tissant comme un motif, un cercle, un tunnel, puis une route. Il plongea dedans et découvrit un nouveau plan de conscience, avec de nouvelles voies à parcourir, de nouveaux savoirs à obtenir. La voie qui, auparavant, s'ouvrait à lui par la douleur et la terreur, elle était là, à portée de son esprit. Il disposait enfin de tous les pouvoirs dont il avait hérité.

Sa vision s'éclaircit et il vit des soldats se bousculer dans l'escalier. Pug tourna son esprit vers sa dernière menotte. Soudain, il se souvint d'une vieille leçon de Kulgan. D'une caresse de ses pensées, la menotte de cuir durci redevint souple et douce et il retira sa main.

Pug se concentra et les bracelets inhibiteurs de magie tombèrent, brisés. Il leva les yeux vers l'escalier et, pour la première fois, il comprit tout l'impact de ce qu'il voyait. Le seigneur de guerre et ses soldats avaient fui la pièce. Un combat faisait rage au-dessus. Un soldat en armure bleue du clan Kanazawai gisait mort à côté d'un garde blanc impérial. Pug libéra rapidement Meecham, l'aidant à s'allonger sur le sol. Il saignait abondamment de ses blessures à la jambe et au torse. Pug envoya à Dominic un message mental : Revenez. Les yeux de Dominic s'ouvrirent immédiatement tandis que ses menottes tombaient. Pug lui dit : « Prenez soin de Meecham. » Sans demander plus d'explication, le moine alla s'occuper du chasseur blessé.

Pug monta l'escalier quatre à quatre et courut retrouver Hochopepa, toujours prisonnier. Il entra dans la cellule et le magicien étonné demanda : « Que se passe-t-il ? J'ai entendu du bruit dehors. »

Pug se pencha par-dessus l'autre mage et assouplit à l'extrême le cuir de ses menottes. « Je l'ignore. Des alliés, je crois. Je pense que le parti de la roue bleue est en train de tenter de nous libérer. » Il dégagea de ses faibles liens les mains de Hochopepa.

Le magicien se releva, les jambes très faibles. « Alors allons les aider nous aussi », dit-il d'un air résolu. Puis il regarda ses liens et ses mains libres. « Milamber, comment as-tu fait ça ? »

Passant la porte, Pug répondit : « Je l'ignore, Hocho. Il faudra en discuter. »

Pug monta les marches en courant, vers l'étage du dessus. Dans la galerie centrale du palais du seigneur de guerre, des hommes combattaient partout. Des hommes en armures de diverses couleurs luttaient contre des gardes blancs impériaux du seigneur de guerre. Fouillant des yeux le combat sans merci, Pug vit Axantucar se frayer un chemin à côté de deux soldats en plein duel. Deux gardes blancs couvraient sa retraite. Pug ferma les yeux et tendit son esprit. Ses yeux s'ouvrirent et il vit la main d'énergie invisible qu'il venait de créer et qu'il ressentait comme sienne. Il attrapa le seigneur de guerre par le cou, comme un chaton. Il le souleva dans les airs et le ramena vers lui. Le seigneur de guerre battait des pieds dans le vide, luttant contre son emprise. Les soldats cessèrent de se battre en voyant le seigneur de guerre suspendu en l'air. Axantucar, guerrier suprême de l'empire, couina de terreur sous la poigne de la force invisible qui lui serrait le col.

Pug l'amena vers lui et Hocho. Certains des gardes blancs retrouvèrent leurs esprits et se dirent que le magicien renégat devait être responsable de la mésaventure de leur maître. Plusieurs d'entre eux abandonnèrent le combat contre les soldats en armures colorées et accoururent pour porter secours au seigneur de guerre.

C'est alors qu'une voix clama : « Ichindar ! Quatre-vingt-onze fois empereur ! »

Instantanément, tous les soldats présents, sans exception, s'aplatirent au sol, pressant leur front contre les dalles. Les officiers restèrent debout, la tête inclinée. Seuls Hochopepa et Pug regardèrent le cortège des chefs de guerre entrer dans la pièce, tous en armures des clans du parti de la roue bleue. Devant, portant une armure que l'on n'avait pas vue depuis des années, s'avançait Kamatsu, à nouveau pour un temps chef de guerre du clan Kanazawai. Ichindar, autorité suprême de l'empire, entra dans le hall, resplendissant dans son armure de cérémonie. Il s'approcha de Pug, qui maintenait toujours le seigneur de guerre dans les airs. Finalement, l'empereur dit : « Très Puissant, vous semblez provoquer des troubles où que vous passiez. » Il leva les yeux sur le seigneur de guerre. « Si vous le descendiez, nous pourrions découvrir le fin mot de ce gâchis. »

Pug lâcha le seigneur de guerre, qui heurta le sol lourdement.

« Quelle histoire stupéfiante, Milamber », dit Ichindar à Pug. Il était assis sur les coussins qu'occupait auparavant le seigneur de guerre, sirotant une tasse de son chocha personnel. « Dire que je vous crois et que tout est pardonné me simplifierait les choses, mais le déshonneur dans lequel m'ont plongé ceux que vous appelez les elfes et les nains est une chose qui ne peut être oubliée. » Autour de lui se tenaient les chefs de guerre des clans de la roue bleue, ainsi que le magicien Elgahar.

Hochopepa prit la parole. « Si la Lumière du Ciel m'autorise à parler ? Souvenez-vous qu'ils ne furent que des outils, des pions, si vous préférez, dans un jeu de Shuh. Le fait que ce Macros ait tenté d'empêcher l'Ennemi de venir est un tout autre problème. Le fait qu'il soit responsable de la trahison vous défait de l'obligation de vous venger de quiconque hormis de ce Macros. Et comme il est présumé mort, la question prête à controverse.

— Hochopepa, votre langue est aussi fourchue que celle d'un relli », dit l'empereur en référence à cette sorte de serpent tsurani connue pour sa souplesse de mouvement. « Je ne punirais personne sans avoir de bonnes raisons pour cela, mais j'hésite à me montrer aussi conciliant que la dernière fois envers le royaume.

— Majesté, ce ne serait pas très sage en ce moment, quoi qu'il arrive », dit Pug. L'intérêt d'Ichindar sembla brusquement éveillé et Pug poursuivit. « J'espère bien qu'un jour nos deux nations pourront se retrouver en amies, mais pour l'instant il est des affaires plus pressantes qui exigent notre attention. À court terme, mieux vaut faire comme si les deux mondes ne s'étaient pas de nouveau liés. »

L'empereur se releva sur son séant. « D'après le peu que j'ai compris de ces affaires, je crois que vous avez raison. Il va nous falloir résoudre des questions plus importantes. Je vais devoir prendre rapidement une décision qui pourrait bien changer à jamais le cours de l'histoire tsurani. » Il retomba dans le silence. Un long moment, il réfléchit. Puis il dit : « Quand Kamatsu et les autres sont venus me voir pour me parler de votre retour et de vos soupçons à propos d'une créature terrifiante qui serait venue de Tsurani sur votre monde, j'aurais voulu pouvoir l'ignorer. Je n'avais que faire des problèmes des gens de votre monde. La possibilité d'envahir à nouveau vos terres ne m'intéressait nullement. J'étais inquiet de reprendre une part active dans la vie tsurani, car j'avais perdu beaucoup de crédibilité devant le grand conseil après l'attaque sur votre monde. » Il sembla perdu un moment dans ses pensées. « Je n'ai pu le voir très longtemps avant la bataille, mais votre monde m'a paru bien beau. » Il soupira, ses yeux verts se fixant sur Pug. « Milamber. Si Elgahar n'était pas venu au palais confirmer ce que vos alliés du parti de la roue bleue étaient venus me dire, vous seriez probablement mort et je vous aurais suivi peu de temps après. Axantucar serait en pleine guerre civile. Il n'a obtenu le blanc et or que parce que la haine était dans tous les cœurs après la trahison. Vous m'avez évité la mort, sinon une catastrophe bien pire encore pour l'empire. Je pense que cela mérite une certaine considération, bien que, comme vous le savez, les troubles dans l'empire ne font que commencer.

— L'empire m'a assez formé pour comprendre que le jeu du conseil va devenir encore plus cruel. »

Ichindar regarda par la fenêtre, où le corps d'Axantucar se balançait dans le vent. « Il va falloir que je consulte les historiens, mais je crois bien que ce seigneur de guerre est le premier à se faire pendre par un empereur. » La pendaison était la honte suprême pour un guerrier. « Mais comme je ne doute pas qu'il avait réservé pour moi le même type de fin, je ne pense pas qu'il y ait de rébellion, en tout cas pas cette semaine. »

Les chefs de guerre du grand conseil qui se trouvaient là s'entre-regardèrent. Finalement, Kamatsu prit la parole. « Lumière du Ciel, si vous le permettez ? Le parti de la guerre se retire en désordre. La trahison du seigneur de guerre leur a fait perdre toute base de négociation au sein du grand conseil. Au moment même où nous parlons, le parti de la guerre n'est plus et ses clans et ses familles se retrouveront pour discuter quels partis ils rejoindront afin de récupérer un minimum d'influence. Pour l'instant, ce sont les modérés qui dirigent. »

L'empereur secoua la tête et d'une voix étonnamment forte, il dit : « Non, honorable seigneur, vous êtes dans l'erreur. En Tsuranuanni, c'est moi qui dirige. » Il se leva, observant les seigneurs assemblés autour de lui. « Tant que ces affaires dont nous a prévenu Milamber ne seront pas résolues et tant que l'empire ne sera pas réellement hors de danger ou tant que l'on n'aura pas prouvé que cette menace n'avait aucun fondement, le grand conseil est suspendu. Il n'y aura pas de nouveau seigneur de guerre tant que je n'en aurai pas demandé l'élection au sein du conseil. Jusqu'à ce que j'en décide autrement, je suis la loi.

— Majesté, l'Assemblée ? demanda Hochopepa.

— Comme auparavant, mais prenez garde, Très Puissant, faites attention à vos frères. Si jamais une autre robe noire est impliquée dans un complot contre ma maison, le statut de Très Puissant au-dessus des lois ne sera plus. Même si je devais lancer toutes les armées de l'empire contre votre puissance magique, même si l'empire devait être ruiné, je ne permettrais plus que l'on défie de nouveau la suprématie de l'empereur. Est-ce bien compris ?

— Ce sera fait, Votre Majesté impériale. La renonciation d'Elgahar et les actes de son frère et du seigneur de guerre vont donner de quoi réfléchir aux autres membres de l'Assemblée. Je présenterai ce cas devant nos membres.

— Très Puissant, je ne puis obliger l'Assemblée à vous réintégrer dans ses rangs et je ne suis pas non plus tout à fait tranquille de vous savoir de nouveau parmi nous. Mais tant que ces affaires ne seront pas résolues, vous serez libre d'aller et venir comme vous le désirerez. Quand vous repartirez pour votre monde natal, informez-nous de vos découvertes. Nous serons prêts à vous aider quelque peu pour éviter la destruction de votre monde, si nous le pouvons. Maintenant, dit-il en se levant et en se dirigeant vers la porte, il faut que je rentre à mon palais. J'ai un empire à reconstruire. »

Pug regarda les autres sortir. Kamatsu vint se placer à côté de lui et dit : « Très Puissant, il semblerait que pour l'instant, les choses se finissent bien.

— Pour l'instant, vieil ami. Aidez de votre mieux la Lumière du Ciel car sa vie pourrait être singulièrement écourtée quand les décrets de cette nuit seront rendus publics demain. »

Le seigneur des Shinzawais s'inclina. « À vos ordres, Très Puissant. »

Pug se tourna vers Hochopepa. « Allons chercher Dominic et Meecham là où ils se reposent puis partons pour l'Assemblée, Hocho. Nous avons du travail.

— Un petit moment, j'ai une question à poser à Elgahar. » Le gros magicien fit face à l'ancien fidèle du seigneur de guerre. « Pourquoi ce revirement soudain ? J'avais toujours cru que vous n'étiez que l'instrument de votre frère. »

Le magicien répondit : « La menace qui s'attaquait au monde de Milamber et contre laquelle il nous prévenait m'a donné à réfléchir. J'ai passé un certain temps à réfléchir aux différentes possibilités et quand j'ai proposé à Milamber la réponse qui me semblait évidente, il a abondé dans mon sens. Face à cela, tout le reste n'a aucune importance. »

Hochopepa se tourna de nouveau vers Pug. « Je ne comprends pas. De quoi parle-t-il ? »

Pug titubait de fatigue et d'autre chose, d'une terreur profonde qui commençait à resurgir en lui. « J'hésite même à en parler. » Il regarda les gens qui se trouvaient autour de lui. « Elgahar en est venu lui-même à la conclusion que je soupçonnais, mais que j'avais peur de m'avouer. »

Il resta silencieux un moment et tout le monde dans la pièce sembla retenir son souffle. Puis il dit : « L'Ennemi est de retour. »

Pug repoussa le gros livre à couverture de cuir devant lui et dit : « Encore une impasse. » Il se passa une main sur le visage et ferma ses yeux fatigués. Il avait eu tant de choses à faire et l'impression constante que le temps lui échappait. Il avait gardé pour lui la découverte de ses pouvoirs en magie mineure. C'était une facette de lui-même qu'il n'avait jamais soupçonnée jusque-là et il désirait pouvoir explorer cette révélation en privé.

Hochopepa et Elgahar levèrent les yeux de leur lecture. Elgahar avait travaillé aussi dur que les autres, montrant combien il voulait s'amender. « Ces chroniques sont dans un état déplorable, Milamber », dit-il.

Pug opina. « Il y a deux ans, j'avais dit à Hocho que l'Assemblée était devenue trop laxiste, dans son arrogance. Cette confusion n'en est qu'un exemple parmi d'autres. » Pug rajusta sa robe noire. Quand on avait fait connaître les raisons de son retour, sur une motion de ses vieux amis, secondée par Elgahar, il avait été réhabilité sans hésitation. De tous les membres présents, seuls quelques-uns s'abstinrent et aucun ne vota contre. Tous étaient passés par la tour de l'Épreuve et avaient pu voir la rage et la puissance de l'Ennemi.

Shimone, l'un des plus vieux amis de Pug dans l'Assemblée, qui était aussi son ancien instructeur, entra accompagné de Dominic. Depuis sa confrontation avec l'inquisiteur du seigneur de guerre la nuit précédente, le prêtre avait fait preuve d'une capacité de récupération remarquable. Il avait usé de ses pouvoirs de soin sur Meecham et sur Pug, mais quelque chose l'empêchait de les utiliser sur lui-même. Toutefois, il avait pu aussi enseigner aux mages de l'Assemblée une concoction d'herbes qui évitait à ses coupures et à ses brûlures de s'infecter.

« Milamber, votre prêtre fait merveille. Il dispose de moyens fabuleux pour répertorier nos œuvres. »

Dominic dit : « Je n'ai fait que vous enseigner ce que nous avons appris à Sarth. Une grande confusion règne ici, mais ce n'est pas aussi terrible qu'on peut le penser au premier abord. »

Hochopepa s'étira. « Ce qui m'inquiète en fait, c'est qu'il y ait si peu de choses ici que nous ne connaissions déjà. C'est comme si la vision que nous avons tous eue sur la tour était le premier souvenir que nous ayons de l'Ennemi et que personne n'en ait jamais enregistré d'autre.

— C'est peut-être vrai, intervint Pug. Souviens-toi que la plupart des véritables grands magiciens ont péri sur le pont d'or, ne laissant derrière eux que des apprentis et des adeptes de la magie mineure. Il est possible que des années se soient écoulées avant que l'on ne commence à tenir des chroniques. »

Meecham entra, les bras chargés d'une énorme pile d'antiques volumes soigneusement reliés de cuir. Pug désigna le sol à côté de lui et Meecham les y déposa. Pug s'attaqua à la pile et tendit un livre à chacun. Elgahar ouvrit son volume avec précaution, faisant craquer la couverture. « Par tous les dieux de Tsuranuanni, ces livres sont si vieux.

— Ce sont parmi les plus anciens de l'Assemblée, précisa Dominic. Il nous aura fallu à Meecham et à moi plus d'une heure rien que pour savoir où ils étaient et une de plus pour les sortir de leur poussière.

— C'est presque un autre dialecte, tellement c'est vieux, dit Shimone. Il y a des usages de verbes et des inflexions dont je n'avais même jamais entendu parler.

— Milamber, écoute ça, s'exclama Hocho : "Et quand le pont disparut, Avari insistait encore pour que l'on tînt conseil."

— Le pont d'or ? » demanda Elgahar.

Pug et les autres s'arrêtèrent dans leur tâche et écoutèrent Hochopepa poursuivre sa lecture. « "Des Alstwanabis, il n'en restait que treize, parmi lesquels Avari, Marlee, Caron"… – la liste continue… – "et bien peu avaient l'esprit tranquille, mais Marlee usa de ses mots de pouvoir et apaisa leurs peurs. Nous sommes sur ce monde que Chakakan a fait pour nous" – ce pourrait être une ancienne forme de Chochocan ? – "et nous nous perpétuerons. Les veilleurs disent que nous sommes à l'abri de la Ténèbre." La Ténèbre ? Ce serait cela ? »

Pug relut le passage. « C'est le même nom que Rogan a employé après sa vision. Ça va trop loin pour une simple coïncidence. La voilà, notre preuve : l'Ennemi est impliqué d'une manière ou d'une autre dans les attentats contre le prince Arutha.

— Il y a un autre élément important, là, dit Dominic.

— Oui, acquiesça Elgahar. Qui sont "les veilleurs" ? »

Pug repoussa le livre, la journée pesant lourdement sur ses yeux fatigués. De ceux qui avaient fait des recherches toute la journée avec lui, seul Dominic était encore là. Le moine d'Ishap semblait totalement immunisé contre la fatigue.

Pug ferma les yeux, juste pour les reposer un petit peu. Son esprit était agité de multiples préoccupations et il avait dû laisser de nombreux problèmes de côté. Maintenant, des images filaient devant ses yeux, mais aucune ne semblait vouloir se fixer.

Pug tomba rapidement endormi et rêva.

Il se trouvait de nouveau sur les toits de l'Assemblée. Il portait le gris des apprentis et Shimone lui montrait les marches de la tour. Il savait qu'il devait monter, pour lutter à nouveau contre la tempête, passer de nouveau le test qui devait lui accorder finalement le rang de Très Puissant.

Il monta et grimpa dans son rêve, découvrant à chaque pas de nouveaux horizons, une série d'images qui se succédaient à toute vitesse. Un gros oiseau creva la surface de l'eau pour pêcher un poisson, ses ailes écarlates contrastant fortement avec le bleu du ciel et de l'eau. Puis d'autres images lui parvinrent, des jungles chaudes où travaillaient les esclaves, les Thuns qui couraient sur la toundra au nord, une jeune épouse séduisant un garde de la maison de son mari, un marchand d'épices au marché. Puis sa vision alla vers le nord et il vit…

Des champs de glace, terriblement froids, balayés par un vent coupant comme un rasoir. Il sentait là l'amertume des âges lointains. D'une tour de neige et de glace émergèrent des silhouettes emmitouflées contre le vent. Anthropomorphes, ils marchaient d'un pas souple, inhumain. Ces êtres vieux et sages connaissaient des choses que les hommes ignoraient et ils cherchaient un signe dans le ciel. Ils levèrent les yeux et veillèrent longtemps. Ils veillent. Les veilleurs.

Pug se leva, les yeux ouverts. « Qu'y a-t-il, Pug ? demanda Dominic.

— Allez chercher les autres, dit-il. Je sais. »

Pug se tenait face aux autres, sa robe noire flottant dans le vent du matin. « Tu refuses que quiconque vienne avec toi ? insista Hochopepa.

— Non, Hocho. Tu m'aideras plus en ramenant Dominic et Meecham sur mes terres de manière à ce qu'ils puissent rentrer sur Midkemia. J'ai transmis tout ce que j'avais appris ici à Kulgan et aux autres et j'ai laissé des messages pour tous ceux qui avaient besoin de connaître ce que nous avons découvert. Il se peut que ce ne soit qu'une chimère, ces veilleurs dans le nord sont peut-être introuvables. Tu m'aideras mieux en ramenant mes amis. »

Elgahar s'avança. « Si vous m'y autorisez, j'aimerais accompagner vos amis dans votre monde.

— Pourquoi ? demanda Pug.

— L'Assemblée n'a que faire d'un homme impliqué dans les affaires du seigneur de guerre et, étant donné ce que vous avez dit, il y a à votre académie des Très Puissants qui ont besoin d'un enseignement. Considérez cela comme un geste d'apaisement. Je resterai là-bas, au moins pour un petit moment et je pourvoirai à l'éducation des apprentis. »

Pug réfléchit. « Très bien. Kulgan vous expliquera ce qu'il faut faire. Souvenez-vous bien que le rang de Très Puissant ne signifie rien sur Midkemia. Vous ne serez qu'un membre au sein d'une communauté. Cela risque d'être difficile.

— J'essaierai, dit Elgahar.

— C'est une idée excellente, dit Hochopepa. Longtemps, je me suis demandé comment était cette terre barbare d'où tu venais et je crois qu'une petite séparation d'avec mon épouse me ferait le plus grand bien. Je vais y aller, moi aussi.

— Hocho, dit Pug en riant, l'académie est sur une terre peu hospitalière, il n'y a rien là-bas du confort auquel tu es habitué. »

Il s'avança. « Ne t'inquiète pas. Milamber, tu auras besoin d'alliés sur ton monde. Si mon ton est léger, n'oublie pas que tes amis auront bientôt besoin d'aide. L'Ennemi est au-delà de tout ce que nous connaissons. C'est maintenant que nous allons commencer le combat. Quand à l'inconfort, je me débrouillerai.

— De plus, ajouta Pug, tu te pourlèches à l'idée de la bibliothèque de Macros depuis que je t'en ai parlé. »

Meecham secoua la tête. « Lui et Kulgan. Deux ours et un pot de miel.

— Qu'est-ce que c'est, un ours ?

— Tu le sauras bientôt, mon vieil ami. » Pug serra Hocho et Shimone dans ses bras donna une poignée de main à Meecham et à Dominic et s'inclina devant les autres membres de l'Assemblée. « Suivez les instructions permettant d'activer la Faille telles que je les ai écrites. Et prenez bien soin de la refermer dès que vous serez passés : L'Ennemi recherche peut-être encore une faille pour entrer dans nos mondes.

« Je vais sur les terres des Shinzawais, le motif de transport le plus au nord. De là, je prendrai un cheval et je traverserai la toundra des Thuns. Si les veilleurs existent encore, je les trouverai et je reviendrai sur Midkemia avec les renseignements qu'ils auront pu me donner sur l'Ennemi. Alors, nous nous retrouverons. Jusque-là, mes amis, prenez soin de vous. »

Pug incanta son sortilège et disparut dans un scintillement.

Les autres restèrent là un moment. Finalement, Hochopepa dit : « Venez, nous devons nous préparer. » Il regarda Dominic, Meecham et Elgahar. « Venez, mes amis. »

18

Jimmy s'éveilla en sursaut.

Quelqu'un venait de passer au-dessus d'eux. Jimmy avait dormi toute la journée avec les autres, attendant la tombée de la nuit pour aller fouiller le bâtiment noir. Il avait pris position tout près de la surface.

Il frissonna. Toute la journée, ses rêves avaient été hantés d'images troublantes – pas de véritables cauchemars, non, plutôt des rêves agités de désirs étranges et de souvenirs indéfinissables. Il avait presque l'impression d'avoir hérité des rêves d'un autre, un être inhumain. Son esprit était troublé par des souvenirs obsédants de rage et de haine. Il se sentit sale en se réveillant.

Écartant ce sentiment étrange et fugitif, il regarda vers le bas. Les autres somnolaient, à l'exception de Baru, qui semblait méditer. En tout cas, ce dernier était assis, les bras et les jambes croisées devant lui, le souffle régulier.

Jimmy remonta prudemment, jusqu'à ce qu'il se retrouve juste en dessous de la surface. Il entendit deux voix à quelque distance de là. «…. Quelque part par ici.

— S'il a été assez stupide pour entrer, alors c'est sa faute, dit une autre voix à l'accent étrange.» Un Frère des Ténèbres, se dit Jimmy.

«Eh bien, je ne vais pas aller le chercher là-bas – il a été assez prévenu de se tenir à l'écart, dit une seconde voix, humaine celle-ci.

— Reitz a dit qu'il fallait retrouver Jaccon et tu sais ce qu'il pense des déserteurs. Si nous ne trouvons pas Jaccon, il va probablement nous couper les oreilles en pointe juste pour rire, se plaignit le premier homme.

— Reitz n'est rien, fit la voix du Moredhel. Murad a ordonné que personne n'entre dans le bâtiment noir. Risqueriez-vous de déclencher sa colère et de vous retrouver face à ses Noirs Tueurs ?

— Non, dit la première voix d'homme, mais vous feriez bien de trouver quelque chose à dire à Reitz. Je viens… »

Les voix s'éloignèrent. Jimmy attendit jusqu'à ce qu'il n'entende plus rien, puis il risqua un rapide coup d'œil. Deux humains et un Moredhel se dirigeaient vers le pont, l'un des humains en faisant de grands gestes. Ils firent halte à un bout du pont, désignant le bâtiment en expliquant quelque chose. Ils parlaient à Murad. À l'autre extrémité du pont, Jimmy voyait une compagnie entière de cavaliers qui attendaient que les quatre autres traversent.

Jimmy redescendit et réveilla Arutha. « Nous avons de la compagnie là-haut », murmura le garçon. En baissant la voix pour que Baru n'entende pas, il dit : « Et notre vieil ami avec sa cicatrice est là-bas avec eux.

— Quand est-ce que la nuit va tomber ?

— Dans moins d'une heure, mais il en faudra peut-être deux avant qu'il ne fasse complètement noir. »

Arutha acquiesça et se prépara à une longue attente. Jimmy se laissa tomber sur le sol de la caverne et fouina dans ses affaires pour trouver un peu de viande séchée. Son estomac venait de lui rappeler qu'il n'avait pas mangé de la journée et il se disait que tant qu'à mourir cette nuit, il valait mieux que ce soit avec le ventre plein.

Le temps passa lentement et Jimmy remarqua que la tension qui régnait parmi les membres de la troupe d'Arutha ne pouvait être seulement due à leur situation, mais qu'autre chose semblait les affecter tous. Martin et Laurie, maussades, étaient tous les deux tombés dans un profond mutisme alors qu'Arutha était si replié sur lui-même qu'il avait l'air plongé dans un état catatonique. Baru articulait des cantiques en silence et Roald était assis face à un mur, fixant une image invisible. Jimmy écarta de son esprit ses rêves lointains de gens étranges, vêtus d'habits étranges occupés à des travaux étranges et se força à se réveiller. « Hé, dit-il juste assez fort pour sortir tout le monde de sa torpeur et les faire se tourner vers lui. Vous avez tous l'air... perdus. »

Les yeux de Martin semblèrent se fixer sur lui. « Je... je repensais à père. »

Arutha dit doucement : « C'est cet endroit. J'avais presque... perdu espoir, j'étais prêt à abandonner.

— J'étais à nouveau à la passe de Carve, mais les armées de Hautetour n'arrivaient pas à temps, ajouta Roald.

— Je chantais... mon chant de mort », dit Baru.

Laurie vint se mettre à côté de Jimmy. « C'est cet endroit. Je pensais que Carline avait trouvé quelqu'un d'autre pendant que je n'étais plus là. » Il regarda Jimmy « Et toi ? »

Jimmy haussa les épaules. « Ça m'a fait des choses bizarres, moi aussi, mais c'est peut-être l'âge, ou autre chose. J'ai juste pensé à des gens avec des vêtements bizarres. Je ne sais pas. Ça m'a comme rendu furieux.

— Les elfes ont dit que les Moredhels venaient ici pour faire des rêves de puissance, dit Martin.

— Hé bien, tout ce que je sais, c'est que vous ressemblez à des morts vivants. » Il se dirigea vers la Faille. « Il fait noir. Je vais aller jeter un coup d'œil pour voir s'il n'y a personne. Après, je pourrai y aller.

— Nous pourrions peut-être le faire à deux, proposa Arutha.

— Non, répondit le jeune voleur. Je ne voudrais pas vous manquer de respect, mais si je dois risquer ma vie à faire un travail dans lequel c'est moi l'expert, vous devez me laisser faire. Vous avez besoin que quelqu'un aille se faufiler dans cet endroit et je ne veux pas de poids mort.

— C'est trop dangereux, insista Arutha.

— Je ne le nie pas, répliqua Jimmy. Je vous garantis que cet antre de seigneur dragon va me donner du fil à retordre, alors si vous avez le moindre sens commun, laissez-moi y aller seul. Sinon, vous serez mort avant que je puisse vous dire : "Ne marchez pas là, Altesse" et tout ce que nous aurons fait depuis le début aura été inutile. On aurait pu tout simplement laisser les Faucons de la Nuit vous assassiner et j'aurais pu passer ces derniers mois au chaud à Krondor.

— Il a raison, dit Martin.

— Je n'aime pas cela, mais tu as raison », céda Arutha. Comme le garçon se retournait pour partir, il ajouta : « Je t'ai déjà dit que tu me rappelais parfois ce pirate d'Amos Trask ? »

Dans le noir, ils sentirent le garçon sourire.

Jimmy rampa hors de la Faille et regarda autour de lui. Comme il ne voyait personne, il courut rapidement vers le bâtiment. Il se colla au mur et le suivit, jusqu'à ce qu'il se retrouve de nouveau devant la porte. Il resta là un moment sans faire de bruit, réfléchissant à la meilleure approche possible. Il regarda de nouveau la porte, puis grimpa rapidement au mur, prenant appui sur les moulures du chambranle. Il inspecta de nouveau l'antichambre à travers la fenêtre. Les doubles portes s'ouvraient sur un néant de ténèbres. La pièce était vide. Jimmy regarda vers le haut et vit un plafond nu. Qu'est-ce qui était tapi à l'intérieur, attendant de le tuer ? Il savait que cette pièce était piégée, aussi sûrement qu'il savait que les chiens avaient des puces. Et s'il voyait juste, de quel genre de piège s'agissait-il et comment faire pour l'éviter ? De nouveau, Jimmy ressentit cette entêtante sensation de quelque chose ne tournant pas rond dans cet endroit.

Il se laissa retomber au sol et inspira profondément. Il tendit la main et souleva le loquet de la porte. Une poussée et il bondit en avant sur la gauche pour que la porte, dont les gonds étaient à droite, puissent le protéger un instant de ce qu'il y avait derrière. Rien ne se passa.

Jimmy jeta prudemment un coup d'œil à l'intérieur, laissant ses sens à l'affût de tout détail incongru, de toute faille dans l'architecture des lieux, de n'importe quel indice pouvant indiquer un piège. Il n'en trouva pas. Jimmy s'appuya contre la porte. Et si le piège était magique ? Il était sans défense contre des enchantements destinés à tuer des humains, des non-Moredhels, des gens vêtus de vert, ou n'importe quoi d'autre. Jimmy colla sa main contre la porte, prêt à la refermer au plus vite. Rien ne se passa.

Il s'assit. Puis il s'allongea. Vu du sol, tout changeait et il espérait bien détecter quelque chose. En se relevant, un petit détail lui sauta aux yeux. Le sol était fait de dalles de marbre de taille et de texture toutes similaires, très légèrement espacées. Il mit le pied sur la dalle devant la porte et appuya lentement dessus, puis de tout son poids, pour vérifier si elle ne bougeait pas. Rien.

Jimmy rentra et se dirigea vers les portes en face. Il inspecta chaque dalle avant de marcher dessus et finit par se dire qu'aucune d'elles n'était piégée. Il inspecta les murs et le plafond, vérifiant chaque élément de la pièce susceptible de lui fournir un indice. Rien. Jimmy ne pouvait se départir de ce vieux tiraillement familier, qui lui susurrait que quelque chose n'allait pas.

Avec un soupir, il fit face aux portes ouvertes sur le cœur du bâtiment et entra.

Jimmy avait déjà vu pas mal de personnages désagréables dans sa vie et ce Jaccon correspondait parfaitement au genre. Le garçon se coucha et fit rouler le cadavre. Au moment où le poids du mort appuya sur le pas de porte, il y eut un petit claquement et quelque chose siffla au-dessus de sa tête. Jimmy examina Jaccon et trouva une petite aiguille plantée dans sa poitrine, près du cou. Jimmy n'y toucha pas, c'était inutile : il savait qu'elle devait contenir un poison à action rapide. Il fouilla l'homme et découvrit un autre objet digne d'intérêt : une dague superbement gravée, avec un pommeau incrusté de joyaux. Jimmy la lui retira et la passa dans sa tunique.

Il se releva sur ses talons. Il avait longé un grand couloir vide, sans porte, qui descendait jusque dans le sous-sol du bâtiment. Il devait se trouver à moins de cent mètres des cavernes où l'attendaient Arutha et les autres. Il était tombé sur le cadavre au niveau de l'unique porte du couloir. La dalle de pierre juste derrière la porte était restée légèrement enfoncée.

Il se leva et passa la porte, de biais par rapport à la pierre devant la porte. Le piège était si évident qu'il aurait fallu être aveugle pour ne pas le voir. Mais cet imbécile, avide de s'emparer d'un trésor légendaire, s'était précipité dedans. Et il en avait payé le prix.

Jimmy se sentait mal à l'aise. Ce piège était justement trop évident. C'était comme si l'on voulait flatter sa confiance pour y avoir échappé. Il secoua la tête. Il avait peut-être eu une légère tendance à l'imprudence, mais c'était fini. Il redevenait maintenant un parfait professionnel, un voleur qui savait que le moindre faux pas pouvait lui être fatal.

Jimmy aurait apprécié avoir plus de lumière que celle de la seule torche qu'il avait emportée avec lui. Il inspecta le sol sous Jaccon et ne vit pas d'autre dalle déplacée. Il passa la main le long du chambranle et ne sentit ni fil ni déclencheur. Enjambant le seuil pour éviter les pierres du pas de porte, Jimmy laissa le corps derrière lui et continua à s'enfoncer vers le cœur du bâtiment.

C'était une pièce circulaire. En son centre se dressait un fin piédestal sur lequel trônait une sphère de cristal, illuminée par une source de lumière invisible venant du plafond. Dans la sphère, se trouvait une branche couverte d'épines argentées portant des feuilles vert argent et des baies rouges. Jimmy s'avança prudemment. Il regarda tout autour de lui, sans s'occuper du piédestal, et explora chaque pouce de la pièce sans entrer dans la zone de lumière autour de la sphère. Il ne trouva rien qui ressemblât à un système déclencheur. Mais l'impression de décalage qui ne l'avait pas quitté depuis le début de son périple était ici plus forte que jamais. Depuis qu'il avait découvert Jaccon, il avait évité trois autres pièges, qu'un voleur compétent n'aurait eu aucun mal à découvrir. Et voilà qu'ici, à l'endroit où il s'attendait à ce qu'il y ait le dernier piège, il n'en trouvait pas.

Jimmy s'assit par terre et commença à réfléchir.

* * *

Arutha et les autres, alertés, tirèrent leurs armes. Jimmy revint en rampant par la Faille et se laissa tomber sur le sol de la caverne avec un bruit étouffé. « Qu'est-ce que tu as trouvé ? demanda Arutha.

— C'est très grand. Il y a beaucoup de pièces vides, toutes faites de manière à ce que l'on ne puisse que passer de salle en salle vers le centre du bâtiment. Il n'y a rien d'autre là-bas qu'une sorte de petite chapelle, au centre. Il y a bien quelques pièges, mais qu'on peut éviter assez facilement.

« Mais tout est trop décentré. Il y a quelque chose qui ne va pas. Ce bâtiment est un faux.

— Quoi ? s'exclama Arutha.

— Imaginez que vous vouliez vous attraper et que vous vous disiez que vous êtes très intelligent. Vous ne croyez pas que vous mettriez un dernier petit piège au cas où tous les merveilleux types que vous avez engagés pour vous attraper se révèlent un peu lents d'esprit ?

— Tu penses que le bâtiment tout entier est un piège ? demanda Martin.

— Parfaitement, un gros piège subtil et élaboré. Écoutez, supposez que vous ayez ce lac mystique et que toute votre tribu y vienne pour faire de la magie ou pour obtenir des pouvoirs des morts, ou n'importe quoi de ce que font les Frères des Ténèbres ici. Vous voulez rajouter ce dernier piège, alors vous essayez de penser comme un humain. Peut-être que les seigneurs dragons ne construisent pas, mais les humains oui, alors vous construisez ce bâtiment, ce gros bâtiment avec rien dedans. Et puis vous y mettez une pousse de silverthorn quelque part dedans, dans une chapelle par exemple et vous faites croire qu'il y a un piège. Quelqu'un trouve les petits bonbons que vous avez semés sur le chemin, les évite en se disant qu'il est vraiment très très brillant, se balade, trouve le silverthorn, le prend et...

— Et le piège se déclenche, dit Laurie, visiblement admiratif face à la logique du jeune homme.

— Et le piège se déclenche, acquiesça Jimmy. J'ignore comment ils ont fait, mais je parierais que le dernier piège est plus ou moins magique. Les autres étaient trop faciles à trouver et puis, brusquement, il n'y a plus rien à la fin. Je parie que quand on touche le silverthorn, il y a une douzaine de portes qui se ferment pour bloquer le couloir de sortie, qu'une centaine de ces guerriers morts sortent des murs, ou alors que le bâtiment vous tombe dessus tout simplement.

— Je ne suis pas convaincu, dit Arutha.

— Écoutez, il y a un tas de bandits avides là-bas. La plupart d'entre eux ne sont pas très subtils, sinon ce ne seraient pas des hors-la-loi vivant dans les montagnes. Ce seraient d'honnêtes voleurs de ville. Donc non seulement ils sont stupides, mais en plus ils sont cupides. Alors ils viennent par ici contre un peu d'or pour capturer le prince et on leur dit : « N'allez pas dans le bâtiment ». Maintenant, chacun de ces brillants petits gars pense que les Moredhels lui mentent parce qu'il sait que tout le monde est aussi stupide et cupide que lui. L'un de ces gars va voir là-bas et il prend un dard dans la gorge en récompense de ses efforts.

« Après avoir trouvé la sphère sur le piédestal, j'ai rebroussé chemin et j'ai commencé à regarder le bâtiment plus sérieusement. Il est de construction récente, moredhel. Il doit être aussi vieux que moi au pire. C'est essentiellement une baraque en bois, avec un plaquage de pierre. J'ai déjà vu des vieux bâtiments. Celui-là n'en est pas un. J'ignore comment ils l'ont fait. Peut-être par magie, ou ils ont utilisé plein d'esclaves, mais il n'a pas plus de quelques mois.

— Mais Galain disait que les Valherus avaient habité ici, dit Arutha.

— Je crois qu'il a raison, mais Jimmy doit avoir raison lui aussi. Tu te souviens de ce que tu m'as dit à propos de Tomas quand Dolgan l'a sorti du hall souterrain valheru, juste avant la guerre ? » Arutha acquiesça. « Cet endroit y ressemble beaucoup.

— Allumez une torche », dit Arutha. Roald obtempéra et ils s'écartèrent de la Faille.

« Quelqu'un a remarqué que pour une caverne, le sol avait l'air assez plat ? demanda Laurie.

— Et les murs sont sacrément réguliers », ajouta Roald.

Baru regarda autour d'eux. « On était si pressés qu'on n'a jamais vraiment examiné cet endroit de près. Cette grotte n'est pas naturelle. Le gamin a raison. Ce bâtiment est un piège.

— Ce complexe de cavernes a eu plus de deux mille ans pour s'user. Vu la fissure là-haut, il doit y avoir de la pluie tous les hivers et des infiltrations qui viennent du lac. Les gravures sur les murs sont usées pour la plupart. » Il passa la main sur ce qui leur avait semblé en passant être des volutes de pierre. « Mais pas toutes. » Il montra des images, partiellement effacées par l'érosion.

« Et nous avons d'anciens rêves d'impuissance, dit Baru.

— Nous n'avons pas encore exploré certains tunnels. Allons voir », proposa Jimmy.

Arutha regarda ses compagnons. « Très bien. Jimmy, tu prendras la tête. Retournons à cette caverne de laquelle partaient tous les tunnels et puis nous en choisirons un qui nous semble correspondre et nous verrons bien où il nous mènera. »

* * *

Dans le troisième tunnel, ils découvrirent l'escalier qui descendait vers les profondeurs. En le suivant, ils débouchèrent dans un grand couloir, couvert de sédiments qui attestaient de son ancienneté. Baru le contempla longuement. « Personne n'a mis les pieds dans ce couloir depuis des années. »

Frappant le sol de sa botte, Martin dit : « Il aura fallu du temps pour qu'une telle couche se forme. »

Jimmy les guida sous de gigantesques arches voûtées auxquelles pendaient des torchères couvertes de poussière et rouillées depuis des temps immémoriaux. Tout au bout du couloir, ils découvrirent une salle. Roald inspecta les gonds de fer géants, qui n'étaient plus maintenant que de grotesques morceaux de rouille tout tordus, à peine reconnaissables, mais qui avaient dû retenir auparavant des portes massives. « Quelle que soit la chose qui a voulu sortir par cette porte, elle ne semblait pas vraiment d'accord pour attendre. »

Jimmy passa l'entrée et s'arrêta. « Regardez ça. »

Ils se trouvaient devant ce qui ressemblait à un grand hall, où l'on distinguait encore les vestiges infimes d'une grandeur passée. Des tapisseries, qui n'étaient plus maintenant que des lambeaux de torchons décolorés, pendaient tristement le long des murs. Leurs torches projetaient sur les parois des ombres fuyantes, donnant l'impression que d'anciens souvenirs s'éveillaient après des siècles de sommeil. Des piles d'objets innombrables, indéfinissables, jonchaient le sol. Des bouts de bois, un morceau de fer tout tordu, une rognure d'or, tout cela esquissait une idée de ce qu'avaient dû être ces lieux, sans rien révéler de ses secrets perdus. Le seul objet intact de la pièce était un trône de pierre sur une estrade placée à mi-chemin contre le mur droit. Martin s'en approcha et caressa les pierres vieilles de plusieurs siècles. « Il y a longtemps, un Valheru s'asseyait ici. C'était son trône de pouvoir. » Comme s'ils se rappelaient d'un rêve, tous visitèrent le hall avec l'impression étrange d'avoir déjà connu cet endroit. Malgré les millénaires, on ressentait encore comme une faible présence la puissance du seigneur dragon. On ne pouvait s'y tromper : ils avaient découvert le cœur de l'héritage d'une ancienne race. C'était la source des rêves des Moredhels, l'un des rares lieux qui donnait son pouvoir à la Voie des Ténèbres.

« Il ne reste pas grand-chose, dit Roald. Qui a bien pu faire ça ? Des pillards ? La Confrérie des Ténèbres ? »

Martin regarda autour de lui, comme si les siècles lui parlaient à travers la poussière des murs. « Je ne pense pas. Vu ce que je sais des légendes anciennes, ceci doit dater des guerres du chaos. » Il parlait d'un temps où le monde avait été détruit. « Ils combattaient à dos de dragon. Ils ont défié les dieux, c'est ce que les légendes disent d'eux. Rares sont ceux qui ont assisté à ce combat et y ont survécu. Nous ne connaîtrons probablement jamais la vérité. »

Jimmy fouillait la salle, retournant des piles de détritus ici et là. Finalement, il se retourna et déclara : « Rien ne pousse, ici.

— Alors où est le silverthorn ? demanda amèrement Arutha. Nous avons regardé partout. »

Tout le monde resta muet une longue minute. Finalement, Jimmy dit : « Pas partout. Nous avons regardé autour du lac et… – il montra la salle de la main – sous le lac. Mais nous n'avons pas regardé dans le lac.

— Dans le lac ? s'étonna Martin.

— Calin et Galain ont dit qu'il poussait très près du bord de l'eau. Est-ce que quelqu'un a pensé à demander aux elfes s'il y avait eu beaucoup de pluies cette année ? » demanda Jimmy.

Les yeux de Martin s'arrondirent. « Le niveau de l'eau a monté !

— Quelqu'un veut prendre un bain ? » Jimmy sourit.

Jimmy retira son pied. « C'est froid », murmura-t-il.

Martin se tourna vers Baru. « Gamin des rues. Il est à plus de deux mille mètres d'altitude dans la montagne et il s'étonne que le lac soit froid. »

Martin entra dans l'eau, lentement, pour ne pas faire de bruit, suivi de Baru. Jimmy inspira un grand coup et partit à leur suite, cillant à chaque pas en sentant l'eau monter un peu plus haut. Une fois, le fond descendit brusquement et il se retrouva englouti jusqu'à la taille. Il ouvrit la bouche comme pour émettre un cri de douleur silencieux. Sur la rive, Laurie avait mal pour eux. Arutha et Roald surveillaient le pont, en cas d'alerte. Ils étaient accroupis tous les trois en haut de la pente qui descendait doucement vers l'eau. La nuit était calme et la plupart des Moredhels et des renégats humains dormaient de l'autre côté du pont. Ils avaient décidé d'attendre juste avant l'aube pour commencer leurs recherches. Les gardes humains seraient probablement à moitié endormis et même des Moredhels avaient des chances de penser que rien ne pouvait arriver juste avant le lever du soleil.

Il y eut de légers clapotis, suivis d'une inspiration au moment où Jimmy plongea pour la première fois la tête dans l'eau et en ressortit. Il avala une grande goulée d'air et replongea. Comme les autres, il travaillait à l'aveuglette, au toucher. Soudain, il sentit une brûlure à la main en se piquant sur une pointe coincée entre les rochers couverts de mousse. Il ressortit en poussant un petit cri étouffé, mais rien n'indiqua sur le pont qu'on l'avait entendu. Il replongea et effleura les rochers glissants. Il retrouva la plante épineuse en se piquant de nouveau, mais cette fois il ne sursauta pas. Il se piqua encore deux fois en s'agrippant à la plante et en la tirant, mais elle céda d'un coup. Brisant la surface, il murmura : « J'ai quelque chose. »

Avec un grand sourire, il brandit une plante qui luisait sous la petite lune d'une lumière blanche. Elle ressemblait à une rose aux épines d'argent, couverte de baies rouges. Jimmy la fit tourner d'un air appréciateur. Avec un petit « Ah » de triomphe, il ajouta : « Je l'ai. »

Martin et Baru s'approchèrent en brassant l'eau et inspectèrent la plante. « Ça suffira ? demanda le Hadati.

— Les elfes ne nous ont rien dit, répondit Arutha. Prenez-en plus si vous le pouvez, mais nous n'attendrons que quelques minutes de plus, maintenant. » Tout excité, il entoura la plante dans un tissu et la mit dans son sac.

Dix minutes plus tard, ils avaient trouvé trois autres pousses. Arutha était convaincu que cela devait suffire et il fit signe de rentrer à la caverne. Jimmy, Martin et Baru, gelés, dégoulinants, filèrent dans la crevasse, couverts par les autres.

Dans la caverne, Arutha avait l'air d'un autre homme en regardant la plante à la faible lueur du brandon que Roald levait au-dessus de sa tête. Jimmy ne pouvait s'empêcher de claquer des dents en souriant à Martin. Arutha n'arrivait pas à détacher ses yeux de la plante. Il s'étonnait des étranges sensations qui parcouraient son corps alors que son regard glissait le long des branches aux épines d'argent, avec leurs baies écarlates et leurs feuilles émeraude. Car par-delà ces branches, en un lieu que lui seul pouvait voir, il savait qu'il pourrait à nouveau entendre un rire doux, sentir une main légère caresser son visage et que l'incarnation de toutes les joies qu'il avait connues pourrait à nouveau être à lui.

Jimmy regarda Laurie. « Que je sois pendu si je n'ai pas cru qu'on y arriverait. »

Le ménestrel lui jeta sa tunique. « Maintenant, il ne nous reste plus qu'à rentrer. »

La tête d'Arutha se redressa. « Habillez-vous, vite. Nous partons immédiatement. »

Au moment où Arutha passa le rebord du canyon, Galain dit : « J'allais retirer les cordes. Vous avez eu de la chance, prince Arutha.

— Je pensais qu'il valait mieux partir d'ici dès que possible, plutôt que d'attendre un jour de plus.

— Je ne le nie pas, acquiesça l'elfe. La nuit dernière, il y a eu une dispute entre le chef des renégats et les chefs moredhels. Je n'ai pas pu m'approcher assez pour entendre ce qui se disait, mais comme les Frères des Ténèbres et les humains ne s'entendent pas très bien, je pense qu'ils ne vont pas tarder à renier leur petit arrangement. Murad pourrait décider alors de ne plus attendre et recommencer ses recherches.

— Dans ce cas, il vaut mieux partir le plus loin possible d'ici avant que le jour se lève. »

Une aube incertaine se levait sur les montagnes, teintant doucement le ciel d'une lumière grise. La chance les favorisait un peu, car de ce côté-ci des montagnes, ils pourraient se cacher dans l'ombre un peu plus longtemps que s'ils s'étaient trouvés face au soleil levant. Cela ne les aiderait pas beaucoup, mais tout avantage était bon à prendre.

Martin, Baru et Roald eurent tôt fait de monter à la corde. Laurie eut un peu plus de mal, n'étant pas très doué pour l'escalade, chose qu'il avait oublié de préciser aux autres. Ses compagnons le pressèrent du geste et il arriva finalement en haut.

Jimmy monta à toute vitesse. Le matin commençait à s'éclaircir et le garçon craignait de se faire voir en train de grimper la falaise si jamais quelqu'un sur le pont se retournait. Dans sa hâte, il prit trop de risques et sa botte dérapa sur une corniche. Il s'agrippa à la corde, tomba sur un bon mètre et grogna en s'écrasant contre la falaise. Il sentit une violente douleur exploser dans sa poitrine et se mordit les lèvres pour ne pas crier. Reprenant son souffle sans faire de bruit, il tourna le dos à la falaise. D'un mouvement brusque, il se passa la corde autour du bras gauche et s'y accrocha fermement. Il fouilla précipitamment dans sa tunique et chercha le couteau qu'il avait chipé au cadavre. Quand il s'était habillé, il l'avait rapidement replacé dans sa tunique, au lieu de le glisser dans son sac comme il l'aurait dû. Maintenant, il avait au moins cinq centimètres d'acier plantés dans le côté. Gardant soigneusement le contrôle de sa voix, il murmura : « Tirez-moi. »

Jimmy faillit lâcher la corde quand il sentit une vague de douleur le submerger à la première secousse qui le tirait vers le haut. Il glissa et grinça des dents. Puis il se retrouva en haut de la falaise.

« Qu'est-ce qui s'est passé ? demanda le prince.
— Je n'ai pas fait attention, répondit le garçon. Soulevez ma tunique. »

Laurie obtempéra et jura. Martin fit un signe de tête au garçon, qui le lui rendit. Puis il tira le couteau et Jimmy manqua de s'évanouir. Martin découpa un morceau de sa cape et banda la plaie. Il fit signe à Laurie et Roald, qui donnèrent chacun une épaule au garçon pour s'écarter du canyon. En filant dans le jour naissant, Laurie dit : « Tu ne pouvais pas faire les choses simplement, hein ? »

Ils avaient réussi à éviter de se faire voir, en portant Jimmy toute la matinée. Les Moredhels ignoraient encore que leur sanctuaire du Moraelin avait été violé et ils regardaient toujours vers l'extérieur, attendant l'arrivée de gens qui maintenant cherchaient en fait à s'échapper.

Pour l'instant, la troupe regardait fixement une sentinelle moredhel. C'était la sentinelle perchée sur la corniche qui leur avait donné tant de mal trois jours auparavant et sous laquelle ils devaient repasser. Il était presque midi. La troupe s'était glissée dans une dépression, tout juste hors de vue. Martin fit signe à Galain, pour demander à l'elfe s'il voulait passer en premier ou en second. L'elfe sortit, laissant Martin le suivre. Tout était calme aujourd'hui, et il n'y aurait pas cette fois-ci de brise pour couvrir le bruit de leurs pas. Il fallut dès lors que l'elfe et Martin usent de toute leur discrétion pour avancer d'une dizaine de mètres sans alerter la sentinelle.

Martin encocha une flèche et visa par-dessus l'épaule de Galain, qui tira son couteau de chasse et se hissa à côté du Moredhel. Galain lui donna une petite tape sur l'épaule. L'elfe noir fit volte-face à ce contact inattendu et Galain fit glisser son couteau sur sa gorge. Le Moredhel se renversa en arrière et la flèche de Martin le toucha en pleine poitrine. Galain l'attrapa par les genoux et le remit en position assise. Il plia la flèche de Martin, préférant la casser plutôt qu'en retirer le fer. Il avait suffi de quelques instants pour éliminer le Moredhel, mais il semblait toujours être à son poste.

Martin et Galain redescendirent pour prévenir les autres. « On va le découvrir dans quelques heures. Ils vont peut-être croire que nous sommes entrés et ils nous chercheront d'abord près du lac, mais après, ils vont commencer à descendre. Maintenant, nous devons fuir. Nous sommes à deux jours des frontières de nos forêts, si nous ne traînons pas. Venez. »

Ils descendirent la piste, Jimmy grimaçant à chaque pas de Laurie qui le soutenait. « Si les chevaux sont encore là, marmonna Roald.

— S'ils n'y sont pas, dit faiblement Jimmy, au moins nous n'aurons qu'à descendre. »

Ils ne s'arrêtèrent que pour laisser aux chevaux le minimum de repos dont ils avaient besoin pour tenir le rythme de la course. Les bêtes ne leur serviraient probablement plus à rien après un tel effort, mais ils n'avaient pas le choix. Arutha ne laisserait rien ni personne l'empêcher de rentrer maintenant qu'il avait de quoi soigner Anita. Jusque-là, il avait failli se laisser aller au désespoir, mais maintenant une flamme brûlait en lui que rien ne pourrait éteindre. Ils chevauchèrent toute la nuit.

Les cavaliers épuisés menaient leurs montures écumantes et essoufflées sur la piste boisée. Ils étaient maintenant sous un épais couvert de feuillages, toujours dans les contreforts des montagnes, mais proches des frontières de la forêt des elfes. Jimmy épuisé avait perdu beaucoup de sang. Il n'était plus qu'à demi-conscient, très affaibli par la douleur. Sa blessure s'était rouverte pendant la nuit et il n'avait rien pu faire d'autre que se tenir les côtes. Puis les yeux du garçon roulèrent dans leurs orbites et il s'effondra face contre terre.

Quand il reprit conscience, il se leva sur son séant, soutenu par Laurie et Baru, tandis que Martin et Roald le bandaient de frais avec des morceaux de tissu arrachés à la cape de Martin. « Il faudra que ça tienne jusqu'à ce qu'on arrive à Elvandar, dit le duc.

— Si elle se rouvre, dit Arutha, préviens-nous. Galain, chevauchez à côté de lui et ne le laissez pas tomber. »

Ils remontèrent en selle et reprirent leur chevauchée cauchemardesque.

Peu de temps avant le coucher du soleil, le deuxième jour, le premier cheval faiblit. Martin mit rapidement pied à terre et dit : « Je vais courir un moment. »

Le duc courut sur presque cinq kilomètres. Les chevaux avaient beau être fatigués et plus lents qu'à leur habitude, l'exploit restait impressionnant. Baru prit le relais un moment, puis ce fut au tour de Galain, mais tout le monde était à bout de forces. Les chevaux en étaient réduits au petit galop et au trot. Puis ils finirent par marcher au pas.

Ils avancèrent en silence dans la nuit, comptant simplement chaque mètre qui passait, chaque minute qui les rapprochait de leur salut, sachant que, quelque part derrière eux, le capitaine moredhel muet et ses Noirs Tueurs les poursuivaient. Au petit matin, ils croisèrent une piste et Martin dit : « Là, ils vont devoir diviser leurs forces. Ils ne pourront pas savoir si nous avons ou non bifurqué vers l'est en direction des monts de Pierre.

— Tout le monde met pied à terre », ordonna Arutha.

Ils obtempérèrent et le prince expliqua : « Martin, mène les chevaux en direction des monts de Pierre quelque temps et puis libère-les. Nous, nous allons continuer à pied. »

Martin fit ce qu'on lui demandait et Baru effaça les traces de ceux qui partaient à pied. Martin les rattrapa une heure plus tard. En les rejoignant par une piste transversale, il leur dit : « J'ai cru entendre quelque chose derrière moi. Je n'en suis pas sûr. Le vent est en train de se lever et le bruit était très faible.

— Nous continuons vers Elvandar, mais restez sur vos gardes et essayez de trouver une position facile à défendre », dit Arutha. Il partit en trottinant sur ses jambes flageolantes et les autres le suivirent, Jimmy en partie soutenu par Martin.

Une heure durant, ils coururent en trébuchant le long de la route, jusqu'à ce qu'ils entendent finalement des bruits de poursuite entre les arbres. La peur leur donna un regain d'énergie. Arutha montra une éminence rocheuse en demi-cercle, qui formait une barricade naturelle presque idéale. « Les renforts sont encore loin ? » demanda-t-il à Galain.

L'elfe regarda les bois dans la lumière du jour naissant et dit : « Nous sommes près de la frontière de nos bois. Mon peuple doit être à une heure ou deux d'ici. »

Arutha tendit rapidement le paquet contenant le silverthorn à l'elfe et lui dit : « Prenez Jimmy. Nous allons les retenir le temps que vous reveniez. » Ils savaient tous qu'il lui donnait le paquet au cas où l'elfe ne puisse revenir à temps. Au moins, Anita serait sauve.

Jimmy s'assit sur les rochers. « Ne soyez pas ridicules. Il mettrait deux fois plus de temps avec moi. Je peux encore me battre, bien mieux que je ne peux courir. » Il rampa par-dessus le renfort de pierre et tira son couteau.

Arutha regarda le garçon : épuisé, sa blessure rouverte et sanguinolente, au bord de l'évanouissement à cause de la fatigue et de la perte de sang, il souriait encore en brandissant son couteau. Arutha lui fit un signe de tête décidé et l'elfe s'en alla. Ils passèrent rapidement derrière les rochers, tirèrent leurs armes et attendirent.

Ils restèrent de longues minutes blottis derrière les rochers, sachant qu'à chaque instant qui passait, leurs chances augmentaient d'obtenir du renfort. À chaque souffle, ils sentaient presque se jouer leur survie et leur destruction à la fois. La chance, presque plus que tout le reste, allait maintenant décider de leur survie. Si Calin et ses guerriers attendaient juste à la lisière de la forêt et que Galain les trouvait rapidement, ils avaient encore un espoir. Si tel n'était pas le cas, c'en serait fini d'eux. Ils entendaient le grondement des sabots monter lentement. Le temps s'allongeait démesurément, ils risquaient à chaque instant d'être découverts et l'angoisse de l'attente les envahissait peu à peu. Puis, presque avec soulagement, ils entendirent un cri et les Moredhels furent sur eux.

Martin se leva, l'arc tiré, sa cible choisie. Le premier Moredhel à les avoir vus fut projeté hors de sa selle par l'impact de la flèche qui le frappa en pleine poitrine. Arutha et les autres s'apprêtèrent au combat. Une douzaine de Moredhels se dispersèrent, surpris par le tir. Avant qu'ils ne puissent réagir, Martin en avait abattu un autre. Trois d'entre eux s'enfuirent, mais les autres chargèrent.

L'éminence s'élevait bien au-dessus d'eux et comme elle s'évasait, les Moredhels ne pouvaient les submerger sous le nombre. Ils fondirent sur eux au galop, faisant tonner sourdement les sabots de leur monture sur le sol encore humide. Ils s'étaient couchés sur les encolures de leurs bêtes, mais

Martin en toucha quand même deux autres avant qu'ils n'atteignent leur bastion de pierre. Puis les Moredhels furent là. Baru sauta sur les rochers, faisant tournoyer son épée si vite qu'on en distinguait à peine la lame. Un Moredhel tomba, le bras sectionné.

Arutha courut et sauta du haut des rochers, emportant avec lui un Frère des Ténèbres en le faisant tomber de selle. Le Moredhel mourut au fil de son couteau. Arutha fit volte-face, tirant sa rapière en voyant un autre cavalier le charger. Le prince attendit le dernier moment pour sauter de côté et porter un coup qui fit voler le cavalier hors de selle. Un rapide coup d'estoc et le Moredhel mourut.

Roald en tira un par terre et ils roulèrent tous les deux derrière les rochers. Jimmy attendit qu'ils arrivent à son niveau, et dès qu'il trouva une ouverture, un autre Frère des Ténèbres mourut, sous le couteau du garçon.

Les deux restants virent Laurie et Martin prêts à les recevoir et ils préférèrent faire retraite. Les flèches de Martin sifflèrent leur mort à tous deux dans la lumière de l'aube. Dès qu'ils furent tombés, Martin sauta de derrière les rochers. Il pilla rapidement les cadavres et revint avec un arc court et deux carquois. « Je n'ai presque plus de flèches, dit-il en montrant son propre carquois presque vide. Elles ne sont pas très grandes, mais je peux toujours utiliser l'arc court. »

Arutha jeta un coup d'œil autour d'eux. « D'autres ne vont pas tarder.

— On file? demanda Jimmy.

— Non, ça ne nous ferait pas gagner beaucoup de temps et nous risquerions de ne pas trouver de position aussi facile à défendre. Attendons. »

Les minutes s'égrenèrent interminablement, tous attendaient, les yeux fixés sur la piste où ils s'attendaient à voir arriver les Moredhels. Laurie murmura : « Cours, Galain, cours. »

Pendant ce qui leur parut une éternité, les bois restèrent silencieux. Puis il y eut un nuage de poussière, des bruits de sabots sur le sol, des cavaliers.

Le géant muet, Murad, chevauchait en première ligne, avec une douzaine de Noirs Tueurs derrière lui. D'autres Moredhels et des renégats humains les suivaient. Murad tira sur ses rênes et fit signe aux autres de s'arrêter.

Jimmy grogna : « Ils sont au moins une centaine.

— Pas une centaine, trente au plus, dit Roald.

— C'est bien assez », répliqua Laurie.

Arutha regarda par-dessus les rochers. « Nous devrions pouvoir tenir quelques minutes. » Ils savaient tous que c'était sans espoir.

Baru se leva. Et avant que quiconque ne puisse l'en empêcher, il commença à hurler quelque chose au Moredhel dans une langue que ni Jimmy, ni le prince ni Martin ne connaissaient. Laurie et Roald secouèrent la tête.

Arutha s'apprêtait à attraper le Hadati, mais Laurie dit : « Non. Il défie Murad en combat singulier. C'est une affaire d'honneur.

— Il va accepter ? »

Roald haussa les épaules. « Ces gens sont bizarres. J'ai déjà combattu des Frères des Ténèbres. Certains d'entre eux ne sont que des renégats sans foi ni loi. Mais pour la plupart, ils sont pétris d'honneur, pris au piège de leurs propres coutumes. Tout dépend d'où ils viennent. Si c'est une bande de brigands du nord de Yabon, ils attaqueront simplement. Mais si Murad commande à une bande de Frères des Ténèbres de la forêt, ils n'apprécieront pas que leur chef refuse un pareil défi. S'il essaie de leur prouver qu'il est soutenu par une puissance des ténèbres, il ne pourra pas refuser et compter sur leur loyauté après un tel manquement. Mais essentiellement, tout dépend de ce que Murad pense des affaires d'honneur.

— Quel que soit le résultat final, Baru les a plongés dans une sacrée confusion », fit remarquer Martin.

Arutha vit que les Moredhels attendaient, tandis que Murad regardait Baru d'un air impassible. Murad fit un signe de main vers Baru et les autres devant lui. Un Moredhel en cape noire s'avança, tourna son cheval face à Murad et lui posa une question d'un air grave.

Le muet refit son signe et le Moredhel qui lui faisait face montra l'autre côté, derrière Murad. Les cavaliers moredhels, à l'exception de ceux en armure noire, firent reculer leurs montures de quelques mètres. L'un des humains s'avança et tourna son cheval face à Murad. Il cria quelque chose au chef moredhel et plusieurs autres humains crièrent aussi.

« Martin, demanda Arutha. Tu comprends ce qu'ils disent ?
— Non, mais ce n'est pas très flatteur, en tout cas. »

Soudain, Murad tira son épée et frappa l'humain qui venait de l'insulter. Un autre humain cria quelque chose et sembla prêt à s'avancer, mais deux Moredhels l'interceptèrent. Le visage sombre, le premier brigand écarta son cheval et rejoignit les autres humains.

Murad fit de nouveau un signe vers la troupe d'Arutha et chargea.

Baru sauta des rochers et courut un peu en avant pour prendre position. Il attendit, l'épée ramenée en arrière, prête à s'abattre. Au moment où le cheval allait le piétiner, Baru frappa en tournoyant sur lui-même, tout en s'écartant de la course du cheval, qui hennit de douleur et trébucha.

L'animal blessé tomba. Murad, roula et se releva, l'épée toujours en main. Vif comme l'éclair, il se retourna à temps pour parer l'attaque de Baru. Les deux combattants se heurtèrent de plein fouet, faisant sonner l'acier.

Arutha regarda autour d'eux. Les Noirs Tueurs attendaient calmement, pour combien de temps Arutha n'aurait su le dire. Murad étant en train de régler une affaire d'honneur, ils devaient sans doute attendre l'issue du combat. Le prince pria pour qu'il en soit ainsi.

Tous les yeux étaient fixés sur le duel. Martin dit : « Ne baissez pas votre garde. Dès que ce sera terminé, quel que soit le gagnant, ils vont nous attaquer.
— Au moins, ça me laisse le temps de reprendre mon souffle », dit Jimmy.

Arutha scruta la forêt. Une vingtaine de nouveaux Moredhels arrivaient. Baru leur faisait juste gagner un peu de temps.

Murad frappait et encaissait en retour. Au bout de quelques minutes, les deux combattants ne furent plus que deux amas de plaies sanglantes, démonstrations vivantes de la puissance mortelle des deux guerriers. Attaque et parade, estoc et riposte, taille et esquive, le combat se poursuivait. Le Hadati était de même taille que le Moredhel, mais l'elfe noir était plus large. D'une série de coups hauts placés, donnés du plat de l'épée, Murad commença à faire reculer Baru.

Martin prépara son arc. « Baru fatigue. Ce sera bientôt fini. »

Mais comme un danseur qui calque ses pas sur la musique, Baru fit tomber Murad dans le piège de la régularité. L'épée tombait et se relevait, tombait et se relevait et Baru cessa de reculer et avança d'un pas de côté. D'un grand coup de taille en arc de cercle, il toucha de plein fouet Murad au niveau des côtes. La plaie, profonde, se mit à saigner abondamment.

« Sacrée surprise, dit Martin calmement.

— Un beau mouvement », répondit Roald d'un air professionnel

Mais Murad ne se laissa pas abattre par ce coup étonnant. Il tournoya sur place et attrapa le bras d'arme du Hadati. Murad était déséquilibré, mais il attira Baru à terre avec lui. Ils s'empoignèrent et roulèrent au bas de la colline, vers les rochers où se tenait Arutha. Leurs armes glissèrent de leurs doigts poisseux de sang et les deux combattants commencèrent à se frapper à coups de poing.

Ils se relevèrent, mais Murad avait passé les bras autour de la taille de Baru. Soulevant le Hadati en l'air, le Moredhel coinça ses mains dans le creux du dos de Baru et serra, tentant de lui briser la colonne vertébrale. Baru renversa la tête en arrière et hurla de douleur. Puis il frappa de toutes ses forces un double coup, simultanément sur les deux oreilles du Moredhel, lui faisant éclater les tympans.

Murad poussa un gargouillis de douleur et lâcha Baru. La créature se couvrit les oreilles de ses mains, aveuglée un moment par la douleur. Baru fit un pas en arrière et frappa le Moredhel en plein visage, d'un monumental coup de poing qui réduisit le nez de Murad en purée, lui brisa plusieurs dents et lui fendit la lèvre.

Baru le frappa encore et encore au visage, lui renvoyant la tête en arrière. Le Hadati semblait sur le point de tuer le Moredhel à mains nues, mais Murad lui attrapa le poignet et le tira à nouveau par terre. Ils roulèrent encore une fois sur le sol.

Murad se retrouva au-dessus de Baru. Ils avaient tous les deux les mains serrées autour de la gorge de l'autre. En grognant sous la douleur et l'effort, ils commencèrent à s'étrangler mutuellement.

Jimmy tendit la main vers le bas et prit la dague du Moredhel mort à ses pieds, pour disposer d'un deuxième couteau. Martin disait : « Bientôt, bientôt. »

Murad appuyait de tout son poids, le visage tout aussi écarlate que Baru. Aucun des deux n'arrivait plus à respirer et ce n'était qu'une question de qui succomberait le premier. Baru devait porter tout le poids du Moredhel qui était assis sur lui, mais Murad avait une profonde blessure au côté qui saignait abondamment, l'affaiblissant un peu plus à chaque seconde.

Puis, avec un grognement et un soupir, Murad tomba en avant sur Baru. Le silence s'appesantit sur les bois pendant un long moment avant que Murad ne bouge. Il roula de côté, dégageant Baru. Le Hadati se releva lentement. Prenant un couteau dans la propre ceinture du Moredhel, il trancha consciencieusement la gorge de Murad. Accroupi, Baru inspira profondément. Puis, avec un mépris délibéré pour les risques qu'il courait, il plongea son couteau dans la poitrine de Murad.

« Qu'est-ce qu'il fait ? demanda Roald.

— Souvenez-vous de ce que Tathar a dit à propos des Noirs Tueurs, répondit Martin. Il arrache le cœur de Murad de sa poitrine, au cas où celui-ci tente de se relever encore. »

D'autres Moredhels et des renégats avaient rejoint ceux qui assistaient au combat et maintenant plus de cinquante cavaliers regardaient le Hadati découper le chef moredhel. Le Hadati creusa dans la poitrine, puis plongea la main jusqu'au poignet dans la blessure et arracha d'un seul coup le cœur de Murad. Il brandit sa main en l'air afin que tous, humains comme Moredhels, voient que le cœur de Murad ne battait plus. Puis il le jeta par terre et se releva en titubant.

D'un pas trébuchant, il commença à courir vers les rochers qui se trouvaient à moins de dix mètres de lui. Un cavalier moredhel s'élança pour le frapper et Jimmy lança sa dague. La pointe se ficha dans l'œil de la créature, qui poussa un hurlement et tomba de selle. Mais un autre fonça sur Baru et le frappa. L'épée le toucha au flanc et le Hadati tomba en avant.

« Maudit ! cria Jimmy, les larmes aux yeux. Il avait gagné. Vous auriez pu le laisser revenir ! » Il lança son propre couteau, mais l'autre cavalier l'esquiva. Le Moredhel qui avait frappé Baru se raidit et tournoya sur lui même, laissant voir à Arutha et à ses compagnons une flèche plantée dans son dos. Un autre Moredhel cria quelque chose en baissant son arc. Un troisième Moredhel et l'un des humains poussèrent un cri de rage.

« Qu'est-ce que ça veut dire ?

— Celui qui a tué Baru est un renégat : il n'a pas d'honneur, répondit Roald. Le type là-bas à cheval semblait avoir la même opinion que Jimmy. Le Hadati avait gagné, il aurait dû avoir le droit de retourner mourir aux côtés de ses compagnons. Maintenant, celui qui l'a tué, un autre renégat, et les brigands humains sont en train de se disputer. Ça nous fait gagner un peu de temps et ça pourrait même en pousser certains à partir, maintenant que leur grand chef est mort. »

C'est alors que les Noirs Tueurs chargèrent.

Martin recula et commença à tirer. L'archer décochait à une vitesse phénoménale et trois cavaliers se retrouvèrent projetés hors de leur selle avant même d'atteindre les rochers.

Le combat commença dans un fracas d'acier. Roald sauta sur le rocher, comme l'avait fait Baru et son épée frappait elle aussi tout ce qui passait à sa portée. Les Moredhels ne pouvaient pas s'approcher assez près pour le toucher car leurs épées étaient trop courtes, tandis que sa grande épée semait la mort dans les rangs autour de lui.

Arutha para un coup destiné à Laurie, puis, accroupi, il porta un coup de bas en haut à un cavalier. Roald sauta et en jeta un hors de selle, l'assommant du pommeau de son épée. Sept Moredhels moururent avant que les autres ne se retirent.

« Ils n'ont pas tous chargé », dit Arutha.

Les autres constatèrent que certains des Moredhels étaient restés en retrait et que d'autres discutaient encore, avec deux renégats humains. Quelques-uns des Noirs Tueurs étaient encore en selle et préparaient une nouvelle charge sans se préoccuper de ces discussions.

Jimmy, en chipant une autre dague à un Moredhel gisant juste au bord des rochers, remarqua soudain quelque chose. Il tira Martin par la manche. « Tu vois ce type qui a une sale gueule, un plastron d'armure rouge et plein d'anneaux d'or ? »

Martin vit quelqu'un qui correspondait à cette description à la tête des cavaliers humains. « Oui.

— Tu peux le tuer, d'ici ?

— Pas facile. Pourquoi ?

— Parce que, aussi sûr qu'il y a des elfes dans les bois, ce type c'est Reitz. C'est le capitaine de cette bande de hors-la-loi. Tu l'abats et les autres vont probablement filer sans demander leur reste, ou en tout cas, ils ne feront rien tant qu'ils n'auront pas élu de nouveau capitaine. »

Martin se releva, visa posément et décocha. La flèche fila entre les troncs des arbres et s'enfonça droit dans la gorge du cavalier. La tête de l'homme fut rejetée violemment en arrière et il fit un bond par-dessus sa selle.

« Impressionnant, dit Jimmy.

— Il fallait que j'évite la cuirasse, expliqua Martin.

— Pas très sportif, de tirer quelqu'un sans prévenir, dit Laurie sans ciller.

— Tu peux leur présenter mes excuses, répliqua Martin. J'oubliais que vous autres chanteurs faisiez agir vos héros autrement, dans les sagas.

— Si c'est nous les héros, dit Jimmy, les méchants devraient filer maintenant. »

Comme Jimmy l'avait prédit, les renégats humains commencèrent à discuter à voix basse. D'un coup, ils s'enfuirent. Un Moredhel les apostropha rageusement, puis il fit signe de lancer une nouvelle attaque contre la troupe du prince. Un autre Moredhel cracha par terre aux pieds du premier et fit volter son cheval, faisant signe à quelques-uns de ses compagnons de s'en aller avec lui. Une vingtaine environ partirent à la suite des humains.

Arutha compta : « Il y en a moins de vingt, maintenant. Sans compter les Noirs Tueurs. »

Les cavaliers descendirent de selle, y compris ceux qui n'étaient pas partis lors de la première attaque. Ils avaient compris qu'ils ne pouvaient pas approcher des rochers à cheval. Ils coururent vers eux, se servant du couvert des arbres et se dispersant pour encercler la position.

« C'est ce qu'ils auraient dû faire dès le début, dit Roald.

— Ils sont un peu lents, mais pas complètement stupides », commenta Laurie.

Jimmy serra sa dague en voyant les Frères des Ténèbres charger. « J'aurais préféré qu'ils soient complètement stupides. »

Les Moredhels arrivèrent en une seule vague et, soudain, le combat s'engagea de tous côtés. Jimmy sauta pour esquiver une épée qui s'écrasa sur la pierre à côté de lui. Il frappa vers le haut et toucha le Moredhel au ventre.

Roald et Laurie se battaient dos à dos, entourés de Frères des Ténèbres de toutes parts. Martin tira jusqu'à ce qu'il n'ait plus de flèches, puis attrapa l'arc et le carquois du Moredhel. Une douzaine de Frères des Ténèbres tombèrent sous son feu nourri et mortellement précis avant qu'il ne soit obligé de lâcher son arc et de tirer son épée.

Arutha se battait comme un dément, sa rapière traçant de toutes parts des plaies sanglantes. Nul Moredhel ne pouvait s'approcher de lui sans se faire blesser. Mais le prince savait que ses compagnons et lui finiraient par faiblir. Les défenseurs allaient se fatiguer, leurs gestes allaient se faire plus lents et ils mourraient.

Arutha sentait la force quitter son bras et la mort approcher. Il n'y avait plus grand espoir. Plus de vingt Moredhels les encerclaient et ils étaient tout juste cinq.

Martin hachait tout ce qui passait à sa portée à grands coups d'épée. Roald et Laurie frappaient et paraient, ne cédant à chaque fois que quelques centimètres, mais ils se faisaient lentement repousser par les attaquants.

Un Moredhel sauta par-dessus le talus de pierre et fit volte-face devant Jimmy. Ce dernier agit sans hésiter, à peine ralenti par sa blessure. Il frappa le Moredhel à la main, lui faisant lâcher son épée. Le Frère des Ténèbres tira son couteau de sa ceinture au moment où Jimmy lui portait un nouveau coup. Mais le Moredhel fit un bond en arrière, esquivant l'attaque. Puis il se jeta sur Jimmy. Le garçon frappa le vide, perdit l'équilibre et lâcha son couteau. Le Moredhel se précipita sur lui. Une lame de couteau plongea vers le visage du garçon, qui s'écarta juste à temps et la lame frappa la pierre. Jimmy attrapa le poignet de la créature, pour retenir le couteau. La pointe s'approchait de son visage. Le garçon, affaibli, n'arrivait plus à lutter contre la force du Moredhel.

Soudain, la tête du Moredhel se renversa en arrière et Jimmy vit un couteau passer sur la gorge de l'elfe noir et y laisser un sillon sanglant. La main qui tenait le Moredhel par les cheveux le tira en arrière, puis elle se tendit vers Jimmy.

Galain était penché sur le garçon et l'aida à se remettre debout. Sonné, Jimmy regarda autour de lui. Des cors de chasse résonnaient dans toute la forêt et une pluie de flèches tombait de partout. Les Moredhels battaient en retraite devant les elfes.

Martin et Arutha lâchèrent leurs armes et s'effondrèrent, épuisés. Roald et Laurie s'assirent sur place. Calin courut dans leur direction, donnant à ses guerriers elfes l'ordre de poursuivre leurs ennemis.

Arutha leva les yeux, des larmes de soulagement roulant sans retenue sur ses joues. D'une voix rauque, il demanda : « C'est fini ?

— Oui, Arutha. Pour le moment. Ils vont revenir, mais d'ici là, nous serons en sûreté à l'intérieur de nos frontières. À moins qu'ils ne préparent une invasion, les Moredhels ne passeront pas. Notre magie est encore trop forte, là-bas. »

Un elfe, penché sur le corps de Baru, s'écria : « Calin ! Celui-ci vit encore ! »

Martin s'appuya le dos au rocher, reprenant son souffle. « Ce Hadati a la peau dure. »

Arutha écarta la main de Galain en se relevant, les genoux en coton. « C'est loin ?

— Moins de deux kilomètres. Nous avons juste à traverser un petit cours d'eau avant de retrouver nos forêts. »

Lentement, les survivants de l'attaque sentirent leur désespoir s'envoler. Ils savaient que maintenant ils avaient toutes les chances de s'en sortir. Avec les elfes pour les escorter, les Moredhels auraient peu de chances de rassembler de quoi les submerger, même s'ils lançaient une nouvelle attaque. Et avec la mort de Murad, il était probable qu'ils aient perdu leur tête pensante. Au vu du comportement d'un bon nombre de Frères des Ténèbres, il était clair que Murad avait eu beaucoup d'importance pour eux. Sa mort allait probablement mettre un frein aux plans de Murmandamus.

Jimmy serra ses bras autour de son corps, s'étonnant du froid qu'il ressentait. Il avait l'impression de se retrouver dans la caverne de Moraelin. Il sentait à nouveau cet étrange décalage de temps et se souvint d'où il avait déjà ressenti un tel frisson – par deux fois, dans le palais et dans la cave de la maison des Saules. Il sentit ses cheveux se dresser sur sa tête et sut avec une terrible certitude que la magie se manifestait. Il bondit sur le rocher et regarda autour de lui dans la clairière. Il tendit le doigt en criant : « Partons ! Tout de suite ! Regardez ! »

Le corps d'un Noir Tueur commençait à bouger.

« Il faut leur arracher le cœur ! cria Martin.

— Trop tard, lança Laurie. Ils sont en armure, nous aurions dû le faire tout de suite. »

Une douzaine de Noirs Tueurs se relevaient lentement et se tournaient vers la troupe d'Arutha, les armes à la main. À pas hésitants, ils commencèrent à avancer vers le prince. Calin lança des ordres et des elfes attrapèrent les hommes épuisés et blessés. Deux d'entre eux s'occupèrent de Baru et commencèrent à fuir.

Les morts vivants les suivirent, de plus en plus rapides. Les archers elfes coururent, s'arrêtant de temps en temps pour tirer, mais sans effet. Les flèches qui frappèrent les Moredhels morts auraient dû les abattre. Quelques-uns tombèrent au sol, mais même ceux-ci se relevèrent.

Jimmy regarda par-dessus son épaule et d'une certaine manière, il trouva plus terrifiant encore de voir ces créatures courir en pleine lumière dans ces bois féeriques que dans le palais et les égouts de Krondor. Leurs mouvements étaient étonnamment fluides et ils les poursuivaient sans relâche, les armes prêtes.

Les elfes qui portaient les humains blessés et fatigués poursuivirent leur course et Calin donna l'ordre aux autres de ralentir les Moredhels. Les guerriers elfes tirèrent leurs épées et attaquèrent les morts vivants. À chaque fois, ils engageaient le combat, paraient quelques coups et battaient en retraite. L'arrière-garde ralentissait les Noirs Tueurs, mais elle était incapable de les arrêter.

Les elfes s'organisèrent. Ils se retournaient, combattaient, reculaient un peu, combattaient encore, puis s'enfuyaient. Mais, incapables de blesser réellement leurs adversaires, ils ne pouvaient que les retarder et non éliminer la menace qu'ils représentaient. Essoufflés, fatigués, les elfes tentaient en vain d'endiguer un flot inextinguible. Quelques minutes plus tard, les humains furent traînés dans une petite rivière.

« Nous sommes dans nos forêts. Maintenant, nous allons nous battre », dit Calin.

Les elfes tirèrent l'épée et attendirent. Arutha, Martin, Laurie et Roald se saisirent de leurs armes. Le premier Moredhel entra dans l'eau, l'épée en main et s'avança. Il atteignit la rive au moment où un elfe s'apprêtait à le frapper, mais à l'instant où le Moredhel plaça le pied sur le sol, il sembla sentir quelque chose derrière les elfes. L'elfe le frappa, sans effet, mais le Noir Tueur vacilla en arrière et leva les mains comme pour se protéger.

Soudain, un cavalier traversa les rangs des défenseurs, une silhouette resplendissante de blanc et d'or, qui montait à cru un palefroi elfique de couleur blanche, un des légendaires chevaux mystiques d'Elvandar. Tomas fondit sur le Moredhel. La monture elfique se cabra, Tomas sauta à terre et dans un éclair d'or, il abattit son épée sur le Noir Tueur, le coupant presque en deux.

Comme une flamme furieuse, Tomas fila le long de la berge, abattant tous les Noirs Tueurs qui posaient le pied de son côté de la rivière. Malgré leur magie, les morts vivants étaient impuissants face à la puissance de son bras et de ses pouvoirs de Valheru. Il déviait souplement leurs coups, avant de répliquer à une vitesse terrifiante. Son épée d'or frappait, brisant les armures noires comme de simples coquilles de vieux cuir. Mais aucun des morts vivants ne chercha à fuir. Tous continuèrent à avancer et tous furent détruits, un par un. Des gens qui avaient accompagné Arutha, seul Martin avait déjà vu Tomas se battre et même lui ne l'avait jamais vu ainsi. L'affaire fut vite terminée et il ne resta bientôt plus que Tomas sur la berge. Puis on entendit d'autres sabots. Arutha regarda par-dessus son épaule et vit d'autres chevaux elfiques approcher, montés par Tathar et les autres tisseurs de sorts.

« Salutations, prince de Krondor », dit Tathar.

Arutha leva les yeux et lui adressa un sourire fatigué. « Merci à vous. »

Tomas rengaina son épée et dit : « Je ne pouvais pas me permettre d'y aller avec vous, mais dès que ces créatures se sont permis de franchir les frontières de notre forêt, j'ai pu agir. Ma tâche est de préserver Elvandar. Quiconque ose l'envahir sera traité ainsi. » Il se tourna vers Calin : « Il faut faire un bûcher funéraire. Ces démons des ténèbres ne doivent jamais se relever. » Puis il s'adressa aux autres : « Quand ce sera terminé, nous rentrerons à Elvandar. »

Jimmy s'assit sur l'herbe de la berge, le corps trop douloureux et trop épuisé pour faire un pas de plus. Quelques instants plus tard, il s'endormit.

Il y eut festin le lendemain soir. La reine Aglaranna et le prince Tomas invitèrent Arutha et ses compagnons. Galain s'approcha de Martin et d'Arutha et leur dit : « Baru vivra. Notre soigneur dit que c'est l'humain le plus robuste qu'il ait jamais vu.

— Il lui faudra combien de temps pour se remettre? demanda Arutha.

— Longtemps, répondit Galain. Vous allez devoir nous le laisser. En fait, il aurait dû mourir une heure avant notre arrivée ici. Il a perdu beaucoup de sang et il a reçu de graves blessures. Murad lui a pratiquement brisé le dos et la gorge.

— Mais à part ça, il sera comme neuf, dit Roald de l'autre côté de la table.

— Quand je rentrerai voir Carline, je lui promettrai de ne plus jamais la quitter », dit Laurie.

Jimmy vint s'asseoir à côté du prince. « Vous avez l'air bien pensif pour quelqu'un qui a réussi l'impossible. Je croyais que vous seriez content. »

Arutha risqua un sourire. « Je ne le serai pas tant qu'Anita ne sera pas guérie.

— Quand rentrons-nous?

— Nous partons pour Crydee demain matin. Les elfes nous escorteront jusque-là. Puis nous prendrons un navire pour Krondor. Nous devrions être rentrés pour le festival de Banapis. Si Murmandamus ne peut me trouver par magie, un navire devrait être assez sûr. À moins que tu ne préfères rentrer à cheval comme nous sommes venus ?

— Pas trop, non. Il se pourrait qu'il y ait encore quelques Noirs Tueurs dans les parages. Je préfère me noyer plutôt que de recommencer une course-poursuite avec eux, en fait.

— Ça me fera du bien de revoir Crydee, dit Martin. Je vais avoir beaucoup à faire là-bas, pour remettre de l'ordre dans ma maison. Le vieux Samuel doit être complètement perdu avec tout le duché à gérer. Enfin, je suis sûr que le baron Bellamy a su s'occuper de tout cela à la perfection pendant mon absence. Mais je vais avoir pas mal de choses à faire avant de partir.

— Où cela ? demanda Arutha.

— Mais, pour Krondor, bien entendu », dit Martin d'un ton innocent. Mais son regard était fixé vers le nord et il répondit sans un mot à ce que pensait son frère. Là-haut, Murmandamus attendait de livrer une autre bataille. Ils n'avaient pas gagné la guerre, juste une escarmouche. Avec la mort de Murad, les forces des ténèbres avaient perdu un capitaine, elles avaient été repoussées, avaient dû se retirer en désordre, mais elles n'avaient pas été vaincues et elles reviendraient, sinon demain, en tout cas un autre jour.

« Jimmy, tu as fait preuve d'astuce et de bravoure, bien au-delà de ce que l'on pourrait exiger d'un écuyer. Quelle récompense te siérait ? »

En attaquant à belles dents une côte d'élan, le garçon répondit : « Vous avez toujours besoin d'un duc de Krondor, je crois ? »

19

Les cavaliers tirèrent sur leurs rênes.

Ils levèrent les yeux sur les sommets des montagnes qui marquaient les frontières de leurs terres, les pics escarpés de la grande muraille. Cela faisait deux semaines que les douze cavaliers s'enfonçaient dans les montagnes, au-delà même des limites habituelles des patrouilles tsuranis, au-dessus de la limite des arbres. Pour l'heure, ils traversaient lentement une passe qu'ils avaient mis des jours à trouver. Ils recherchaient quelque chose que nul Tsurani n'avait jamais recherché depuis des millénaires, un passage à travers la grande muraille, vers la toundra du Nord.

Il faisait froid, dans ces montagnes. C'était une expérience totalement nouvelle pour la plupart de ces cavaliers, à l'exception de ceux qui avaient servi sur Midkemia lors de la guerre de la Faille. Pour les cadets de la garde personnelle des Shinzawais, ce froid était étrange, presque effrayant. Mais ils ne montraient aucun signe de leur inconfort, sinon parfois en serrant inconsciemment leur cape autour de leurs épaules tout en regardant l'étrange blancheur qui couronnait les pics, à des centaines de mètres au-dessus de leur tête. Ils étaient tsuranis.

Pug, toujours vêtu de sa robe de Très Puissant, se retourna vers son compagnon. «Un peu plus loin, je crois, Hokanu.»

Le jeune officier opina et fit signe à sa patrouille d'avancer. Cela faisait des semaines que le fils cadet du seigneur des Shinzawais menait cette troupe d'escorte au-delà des limites nord des frontières de l'empire. Les guerriers, triés sur le volet, avaient suivi la rivière Gagajin jusqu'à sa source la plus haute, un lac sans nom dans les montagnes. Ils avaient emprunté les pistes que suivaient les patrouilles de l'empire de Tsuranuanni et se trouvaient maintenant sur les terres apparemment désolées, sauvages et rocailleuses des nomades thuns. Même avec un Très Puissant pour les protéger, Hokanu se sentait vulnérable. Si jamais en sortant des montagnes ils trouvaient une tribu thun en migration dans les parages, il y aurait une douzaine de jeunes guerriers – ou même plus – sur leurs flancs, qui ne chercheraient qu'une excuse pour s'emparer d'une tête de Tsurani en trophée.

Ils contournèrent un monticule et une étroite échancrure dans les montagnes leur permit d'apercevoir pour la première fois les vastes toundras. Ils distinguaient vaguement au loin une longue barrière blanche, assez basse sur l'horizon. « Qu'est-ce que c'est que ça ? » demanda Pug.

Hokanu haussa les épaules, un masque impassible sur le visage, comme tous les Tsuranis. « Je l'ignore, Très Puissant. Je pense que ce doit être une autre chaîne de montagnes de l'autre côté de la toundra. Ou alors, c'est peut-être cette chose que vous avez décrite, ce mur de glace.

— Un glacier.

— Peu importe. C'est au nord, là où vous aviez dit que se trouvaient peut-être les veilleurs », répondit Hokanu.

Pug tourna les yeux vers les dix cavaliers silencieux. Puis il demanda : « C'est loin ? »

Hokanu rit. « Trop loin pour nos réserves. Nous ne pourrons pas tenir un mois sans mourir de faim. Il faudra chasser.

— Je doute qu'il y ait beaucoup de gibier dans le coin.

— Plus qu'on ne le croit au premier abord, Très Puissant. Les Thuns tentent de retrouver leurs terres du Sud chaque hiver. Ce sont des terres que nous tenons depuis plus de mille ans, mais l'hiver ils arrivent tout de même à survivre ici. Ceux d'entre nous qui ont passé l'hiver sur votre monde savent comment trouver de quoi vivre sur une terre couverte par les neiges. Il doit y avoir des créatures semblables à vos lapins et à vos daims que nous trouverons quand nous serons redescendus sous la limite des arbres. Nous devrions pouvoir survivre. »

Pug pesa ses choix. Il réfléchit un moment en silence, puis dit : « Je ne pense pas, Hokanu. Vous avez peut-être raison, mais si ce que j'espère trouver n'est qu'une légende, nous serons peut-être venus pour rien. Je peux rentrer sur les terres de votre père par magie et emporter quelques personnes avec moi, trois ou quatre au mieux, mais le reste? Non, je pense qu'il est temps que nous nous séparions.»

Hokanu ouvrit la bouche pour protester, car son père lui avait donné l'ordre de protéger Pug, mais Pug portait la robe noire. «À vos ordres, Très Puissant.» Il fit signe à ses hommes: «Passez la moitié de vos provisions.» Il se retourna vers Pug. «Vous aurez de quoi tenir encore quelques jours si vous vous rationnez, Très Puissant.» Quand on eut rassemblé la nourriture dans deux grands sacs de voyage et qu'on les eut attachés à la selle de Pug, Hokanu fit signe à ses hommes d'attendre.

Le magicien et l'officier avancèrent un petit peu et le fils des Shinzawais dit: «Très Puissant, j'ai réfléchi à votre avertissement ainsi qu'à votre quête.» Il semblait avoir du mal à dire exactement ce qu'il avait sur le cœur. «Vous avez changé beaucoup de choses dans notre famille, pas toujours en bien, mais tout comme mon père, je vous ai toujours considéré comme un homme d'honneur, sans malice. Si vous croyez que cet Ennemi légendaire dont vous avez parlé est bien le responsable des troubles qui secouent votre monde et si vous pensez qu'il va bientôt trouver votre monde et le nôtre, je dois le croire aussi. J'admets que j'ai peur, Très Puissant. J'ai honte.»

Pug secoua la tête. «Il n'y a pas à avoir honte, Hokanu. L'Ennemi est au-delà de toute compréhension. Je sais que vous pensez que ce n'est qu'une légende, un conte pour enfants, une histoire que vos précepteurs vous ont racontée avant de vous expliquer l'histoire de l'empire. Même moi, qui l'ai vu dans une vision mystique, même moi je ne comprends pas tout à fait, sinon que je le considère comme la plus grande menace qui puisse menacer nos deux mondes. Non, Hokanu, il n'y a aucune honte. Je crains sa venue. Je crains son pouvoir et sa folie, car c'est une chose furieuse, qui hait sans raison. Je doute de la santé mentale de quiconque ne la craindrait pas.»

Hokanu baissa la tête pour montrer qu'il avait compris, puis il regarda le magicien dans les yeux. «Milamber... Pug, merci d'avoir apaisé l'esprit de mon père.» Il parlait du message que Pug avait apporté de la part de Kasumi. «Puissent les dieux de nos deux mondes veiller sur vous, Très Puissant.»

Il inclina la tête en signe de respect puis, en silence, fit faire demi-tour à sa monture.

Peu de temps après, Pug se retrouva tout seul en haut de cette passe que nul Tsurani n'avait franchie depuis des siècles. Sous lui s'étendaient les forêts de la face nord de la grande muraille et au-delà, les terres des Thuns. Et au-delà de la toundra? Un rêve, une légende, peut-être. Des créatures étranges qu'il avait vues un instant dans une vision que chaque magicien devait subir au moment du dernier test pour devenir robe noire. Ces créatures que l'on ne connaissait que sous le nom de Veilleurs. Pug espérait qu'elles aient quelque connaissance de l'Ennemi, un savoir qui pourrait s'avérer précieux pour la bataille à venir. Car Pug, sur sa monture fatiguée, perdu dans les cols venteux des plus hautes montagnes du plus grand continent de Kelewan, était maintenant certain qu'un grand combat venait de commencer, un combat qui pourrait s'achever par la destruction de deux mondes.

Il pressa son cheval et l'animal commença à descendre, vers la toundra, vers l'inconnu.

Pug tira sur ses rênes. Depuis qu'il avait quitté la patrouille de Hokanu, il n'avait rien vu dans les collines en descendant vers la toundra. Cela faisait maintenant une journée qu'il avait quitté les contreforts et une bande de Thuns galopait vers lui. Les créatures, semblables à des centaures, hurlaient des chants de guerre en filant vers lui, leurs sabots puissants frappant la toundra dans un fracas de tonnerre. Mais contrairement aux centaures des légendes, la partie supérieure de cette créature ressemblait à une sorte de lézard qui aurait développé une forme humanoïde au-dessus d'un torse de cheval lourd ou de mule. Comme toutes les autres formes de vie de Kelewan, ils étaient hexapodes et, comme chez l'autre race native douée d'une certaine intelligence, les choja insectoïdes, les membres supérieurs étaient devenus des bras. Contrairement aux humains, ils avaient six doigts.

Pug attendit tranquillement que les Thuns arrivent presque à sa hauteur, puis il érigea une barrière magique sur laquelle il les regarda s'écraser. Les Thuns étaient tous de grands guerriers mâles, et Pug aurait été incapable de déterminer à quoi pouvaient bien ressembler les femelles de leur race. Mais ces créatures, malgré toute leur étrangeté, réagirent comme Pug aurait pu l'attendre de jeunes guerriers humains dans les mêmes circonstances, troublés et furieux. Plusieurs d'entre eux frappèrent la barrière, sans effet, tandis que les autres reculaient légèrement pour observer. Alors, Pug retira la cape que le seigneur Shinzawais lui avait donnée pour le voyage. Au travers du voile de la barrière magique, l'un des jeunes Thuns aperçut sa robe noire et il cria quelque chose à l'adresse de ses compagnons. Ils firent volte-face et s'enfuirent.

Trois jours durant, ils le suivirent à distance respectueuse. Certains s'enfuirent et pendant un temps, ceux qui étaient restés furent rejoints par d'autres Thuns. Ces allées et venues se poursuivirent sans relâche. Chaque nuit, Pug érigeait un cercle de protection autour de lui et de sa monture et, quand il se réveillait le lendemain, les Thuns étaient toujours là à l'espionner. Au quatrième jour, les Thuns finirent par tenter de prendre contact pacifiquement.

Un Thun s'avança seul vers lui, les mains maladroitement placées au-dessus de la tête en signe de pourparlers, paumes jointes, à la manière tsurani. Pug constata en le regardant s'approcher qu'ils avaient envoyé un ancien.

« Honneur à votre tribu », dit Pug en espérant que la créature parlait tsurani.

Il eut pour réponse un ricanement presque humain. « Une première c'est, le noir. Jamais homme honoré moi. » Il parlait avec un fort accent, mais il était compréhensible et ses étranges traits sauriens étaient étonnamment expressifs. Le Thun n'avait pas d'arme, mais de vieilles blessures montraient qu'il avait été un puissant guerrier auparavant. À présent, l'âge lui avait pris beaucoup de sa vigueur.

Pug exprima ses soupçons. « Vous venez en sacrifice ?

— Ma vie est à vous. Appelez votre feu du ciel, si cela est votre vœu. Mais pas, je crois, votre vœu. » Le même ricanement. « Les noirs les Thuns ont déjà affronté. Et pourquoi vous prendre un près de l'âge du départ, quand le feu peut prendre une bande entière ? Non, vous galopez pour raisons à vous, non ? Troubler ceux qui partent bientôt affronter les chasseurs des glaces, les meutes tueuses, cela n'est pas votre raison. » Pug regarda le Thun. Il en était presque arrivé au moment où il serait trop vieux pour soutenir le rythme de la bande nomade et la tribu l'abandonnerait aux prédateurs de la toundra.

« Votre âge vous a appris la sagesse. Je n'ai rien contre les Thuns. Je désire juste aller au nord.

— Thun, mot tsurani. Nous sommes Lasura, le peuple. Les noirs, j'ai vu. Vous dangereux. Un combat, presque la victoire, puis les noirs et leur feu du ciel. Tsurani combattent bravement alors tête tsurani grand trophée, mais les noirs? Laisser Lasura en paix, pas votre histoire. Pourquoi chercher à traverser nos terres?

— Il y a un grand danger, venu d'âges très anciens. C'est un danger pour tous ceux qui habitent sur Kelewan, pour les Thuns comme pour les Tsuranis. Je crois que là-bas, il y a des gens qui savent peut-être comment lutter contre ce danger, ceux qui vivent loin dans les glaces. » Il montra le nord.

Le vieux guerrier se cabra, comme un cheval surpris et la monture de Pug fit un écart. « Alors, noir fou, va au nord. La mort est là-bas. Trouve ce que tu dois trouver. Ceux dans les glaces accueillent personne et les Lasuras luttent pas contre les fous. Celui qui blesse un fou est blessé par les dieux. Touché par les dieux, vous êtes. » Il s'enfuit.

Pug ressentit à la fois du soulagement et de la peur. Que les Thuns connaissent « ceux qui vivent dans les glaces » montrait qu'il y avait une chance pour que les Veilleurs ne soient ni une fiction ni des vestiges du passé balayés par le temps. Mais l'avertissement du Thun l'inquiétait pour sa mission. Qu'est-ce qui l'attendait loin dans les glaces du nord?

Pug repartit et la bande de Thuns disparut à l'horizon. Les vents soulevaient des éclats de glace et il serra sa cape autour de ses épaules. Jamais il ne s'était senti aussi seul.

Les semaines passèrent et le cheval mourut. Ce n'était pas la première fois que Pug subsistait sur de la viande de cheval. Il usait de sa magie pour se déplacer sur de courtes distances, mais pour l'essentiel, il marchait. Le manque de repères temporels le dérangeait plus que toute autre chose. Il ne sentait plus l'imminence de l'attaque de l'Ennemi. Il n'avait aucune idée de combien de temps il Lui faudrait pour prendre réellement pied sur Midkemia. Des années, peut-être. Il se doutait que l'Ennemi ne pouvait avoir la puissance de l'époque du pont d'or, sinon il aurait balayé Midkemia sans que quiconque puisse lui résister.

Pug poursuivit sa route monotone et ennuyeuse vers le nord. Il marchait jusqu'au sommet d'une petite éminence et il fixait les yeux sur un point au loin. En se concentrant, il pouvait se transporter là-bas, mais c'était fatigant et assez dangereux. La fatigue émoussait ses facultés et toute erreur dans le sortilège qu'il employait pour rassembler l'énergie dont il avait besoin pour se transporter pouvait le blesser, ou même le tuer. Alors il marchait de nouveau, jusqu'à ce qu'il se sente assez bien et qu'il trouve un endroit propice pour relancer son sortilège.

Puis un jour, il vit une chose étrange au loin. Une bizarre irrégularité du terrain qui semblait s'élever au-dessus de la falaise de glace. Elle était encore difficile à distinguer, trop lointaine pour être réellement visible. Il s'assit. Il connaissait un sortilège pour voir au loin, dont les pratiquants de la magie mineure se servaient parfois. Il s'en souvenait comme s'il venait tout juste de le lire. C'était une capacité que son esprit avait développée avec les tortures que lui avait fait subir le seigneur de guerre et avec l'étrange sortilège qu'on lui avait opposé pour l'empêcher d'utiliser sa magie. Mais le stress, la peur de la mort qui lui avait permis de se servir de la magie mineure lui manquait et il ne sut faire fonctionner ce sortilège. Il soupira, se leva et reprit sa route vers le nord.

Cela faisait trois jours qu'il voyait s'élever de plus en plus haut sur l'horizon la tour de glace, au-dessus d'un grand glacier. Il monta sur une éminence et estima la distance qui l'en séparait. Il était dangereux de se transporter sans avoir un point de repère connu, un motif sur lequel focaliser son esprit, à moins de pouvoir voir sa destination. Il choisit une petite corniche de pierre devant ce qui ressemblait à une entrée et incanta.

Il se retrouva devant ce qui ressemblait clairement à une porte dans une tour de glace, façonnée par des pouvoirs occultes. À la porte, apparut une silhouette revêtue de robes flottantes. De haute taille, elle se déplaçait en silence et avec grâce, mais sa capuche dissimulait complètement ses traits.

Pug attendit sans rien dire. Les Thuns éprouvaient visiblement une peur terrible vis-à-vis de ces créatures et, bien que Pug ne craignît pas grand-chose pour sa vie, une erreur pouvait lui coûter la seule aide à laquelle il se raccrochait pour lutter contre l'Ennemi. Mais il restait prêt à se défendre en cas de besoin.

Le vent faisait tourbillonner les flocons de neige autour d'eux. La silhouette fit signe à Pug de la suivre et retourna vers la porte. Le magicien hésita un moment, puis la suivit à l'intérieur de la tour.

Il y trouva un escalier taillé à même les murs. La tour elle-même semblait faite de glace, mais pourtant il n'y faisait pas froid. En fait, l'intérieur de la tour semblait presque chaud après le vent mordant de la toundra. L'escalier montait vers le sommet de la tour et s'enfonçait vers le bas dans la glace. La silhouette était en train de descendre les marches. Lorsque Pug entra, elle avait déjà presque disparu. Il la suivit. Ils descendirent encore et encore, jusqu'à une profondeur qui lui sembla presque incroyable, comme s'ils devaient atteindre un lieu très loin en dessous du glacier. Quand ils firent halte, Pug était sûr de se trouver à des centaines de mètres sous la surface.

En bas des marches, ils atteignirent une grande porte, toujours faite de cette glace tiède qui composait les murs. La silhouette passa la porte et Pug la suivit. Arrivé de l'autre côté, il s'arrêta, sans comprendre.

Sous le gigantesque édifice de glace, dans les terres arctiques glacées de Kelewan, se trouvait une forêt. De plus, cette forêt ne ressemblait en rien à celles de Kelewan et le cœur de Pug bondit dans sa poitrine quand il reconnut de grands chênes, des ormes, des frênes et des pins. Il y avait de la terre sous ses bottes et non de la glace et les branches formaient des tonnelles de verdure qui diffusaient partout une douce lumière verte. Le guide de Pug lui désigna un chemin et repartit. Ils s'enfoncèrent dans la forêt et finirent par atteindre une grande clairière. Pug n'avait jamais rien vu de tel auparavant, mais il savait qu'il devait exister un autre endroit, très très lointain, qui ressemblait beaucoup à celui-là. Au centre de la clairière, se dressaient de gigantesques arbres couverts d'énormes plateformes, qui se rejoignaient les unes les autres par des passerelles posées à même les branches. Les feuilles d'argent, de blanc, d'or et de vert semblaient luire d'elles-mêmes.

Le guide de Pug leva les mains vers sa capuche et la retira lentement. Pug, émerveillé, les yeux ronds, regardait une créature que tout homme élevé sur Midkemia ne pouvait manquer de reconnaître. Pug restait l'expression même de l'incrédulité. L'étonnement le laissait presque sans voix. Devant lui se tenait un vieil elfe, qui avec un léger sourire, dit : « Bienvenue à Elvardein, Milamber de l'Assemblée. Ou préférez-vous Pug de Crydee ? Nous vous attendions.

— Je préfère Pug », souffla-t-il. Il parvint à peine à retrouver ses esprits, tant il était sous le choc de découvrir la seconde race la plus ancienne de Midkemia dans cette incroyable forêt, au plus profond des glaces d'une planète étrangère. « Quel est cet endroit ? Qui êtes-vous et comment saviez-vous que j'allais venir ?

— Nous savons beaucoup de choses, fils de Crydee. Vous êtes ici parce qu'il est temps pour vous d'affronter la plus terrible des terreurs, celle que vous nommez l'Ennemi. Vous êtes ici pour apprendre. Nous sommes ici pour enseigner.

— Qui êtes-vous ? »

L'elfe fit signe à Pug d'aller vers une gigantesque plateforme. « Vous avez beaucoup à apprendre. Il vous faudra rester un an avec nous et quand vous partirez, vous aurez découvert des pouvoirs et des savoirs que vous n'avez fait qu'effleurer pour l'instant. Sans cet enseignement, vous ne pourrez survivre à la bataille à venir. Grâce à lui, vous pourrez peut-être sauver deux mondes. » L'elfe baissa la tête en s'avançant aux côtés de Pug. « Notre race a disparu depuis longtemps de Midkemia. Nous sommes les plus anciens de ce monde, les serviteurs des Valherus, ces êtres que les hommes nomment les seigneurs dragons. Il y a longtemps, nous sommes venus sur ce monde et pour certaines raisons que vous apprendrez, nous avons choisi d'habiter ici. Nous attendons le retour de ce qui vous a amené à nous. Nous nous préparons contre le jour qui verra le retour de l'Ennemi. Nous sommes les Eldars. »

Abasourdi, Pug bouillonnait de questions. Il entra en silence dans la cité jumelle d'Elvandar, la cité sous les glaces que les Eldars avaient appelé Elvardein.

Arutha traversait le couloir à grands pas. Lyam marchait à ses côtés. Derrière eux, couraient Volney, le père Nathan et le père Tully. Fannon, Gardan et Kasumi, Jimmy et Martin, Roald et Dominic, Laurie et Carline suivaient tous derrière eux. Le prince portait encore les vêtements de voyage sales et rapiécés qu'il avait eus sur le bateau de Crydee. Leur voyage avait été, fort heureusement, rapide et sans incidents.

Deux gardes veillaient toujours à l'extérieur de la pièce que Pug avait ensorcelée. Arutha leur fit signe d'ouvrir la porte. Quand ce fut fait, il leur fit signe de s'écarter et du pommeau de son épée, il brisa le sceau comme le lui avait expliqué Pug.

Le prince et les deux prêtres se précipitèrent alors au chevet de la princesse. Lyam et Volney retinrent les autres dehors. Nathan ouvrit la petite fiole qui contenait le remède qu'avaient fait les tisseurs de sort elfes. Comme on le lui avait indiqué, il en fit tomber une goutte sur les lèvres d'Anita. Un moment, rien ne se passa, puis les lèvres de la princesse tremblèrent. Sa bouche esquissa un mouvement et elle lécha la goutte. Tully et Arutha la relevèrent tandis que Nathan levait la fiole aux lèvres de la jeune femme et y versait l'intégralité du liquide. Elle but tout.

Sous leurs yeux, les joues d'Anita retrouvèrent leurs couleurs. Tandis qu'Arutha s'agenouillait à ses côtés, ses yeux papillonnèrent et s'ouvrirent. Elle tourna légèrement la tête et dit : « Arutha », dans un souffle presque inaudible. La main d'Anita se posa doucement sur la joue d'Arutha, caressant les larmes qui roulaient sur ses joues sans retenue. Il lui prit la main et l'embrassa.

Lyam et les autres entrèrent alors dans la pièce. Le père Nathan se releva et Tully aboya : « Pas plus d'une minute ! Elle doit se reposer. »

Lyam éclata d'un rire franc et joyeux. « Écoutez-le. Tully, je suis le roi.

— Ils peuvent vous couronner empereur de Kesh, roi de Queg et grand maître des Frères du bouclier de Dala, je n'en ai cure. Pour moi, vous serez toujours l'un des pires cancres que j'aie eus comme élèves. Vous pouvez rester un moment, mais après, vous partirez. » Il se détourna, mais comme les autres, il avait les joues humides.

La princesse Anita regarda autour d'elle tout le monde qui souriait et elle demanda : « Qu'est-ce qui s'est passé ? » Elle s'assit sur son séant et cilla. « Oh, ça fait mal. » Elle sourit, embarrassée. « Arutha, que s'est-il passé ? Je me souviens juste de m'être tournée vers toi au mariage...

— Plus tard, repose-toi, je reviendrai te voir bientôt. »

Elle sourit et porta la main à sa bouche pour couvrir un bâillement. « Excusez-moi. Je suis fatiguée. » Elle se blottit dans son lit et s'endormit très vite.

Tully commença à les repousser sans ménagements hors de la chambre. Dehors, Lyam dit : « Père, il faudra combien de temps avant que l'on puisse finalement faire ce mariage ?

— Quelques jours, répondit Tully. La puissance de cette mixture est tout à fait phénoménale.

— Deux mariages, dit Carline.

— Je pensais attendre notre retour à Rillanon, dit Lyam.

— Pas même en rêve, répliqua Carline. Je ne prendrai aucun risque.

— Très bien, Votre Grâce, dit le roi à Laurie. Je vois que les choses ont déjà été décidées.

— Votre Grâce ? » dit Laurie.

Lyam éclata de rire et fit un signe désinvolte de la main en s'éloignant. « Bien entendu, elle ne vous a rien dit ? Je ne vais pas laisser ma sœur épouser un manant. Je vous nomme duc de Salador. »

Laurie avait l'air visiblement ébranlé. « Viens, mon amour, dit Carline en lui prenant la main. Tu y survivras. »

Arutha et Martin se mirent à rire et le duc ajouta : « Tu as remarqué comme on bradait les titres, depuis quelque temps ? »

Le prince se tourna vers Roald. « Vous êtes venu avec nous contre promesse de paiement, mais ma gratitude va au-delà de l'or. Vous allez bénéficier d'un petit plus. Volney, cet homme doit recevoir un sac de cent souverains d'or, le prix dont nous étions convenus. Vous lui donnerez aussi dix fois cette somme, pour le petit plus. Et encore mille de plus pour remerciements. »

Roald sourit. « Votre Altesse est généreuse.

— Et vous êtes le bienvenu ici tant que vous le voudrez. Vous pourriez peut-être même apprécier l'idée d'entrer dans ma garde. Je vais bientôt avoir besoin d'un capitaine. »

Roald salua. « Merci, Votre Altesse, mais non. Cela fait quelque temps déjà que je pense que je devrais m'installer, particulièrement après cette dernière mission, mais je n'ai pas l'ambition de m'engager.

— Alors vous pouvez rester avec nous autant de temps que vous le désirerez. Je dirai au grand chambellan de vous faire préparer une suite. »

Avec un sourire, Roald répondit : « Merci, Altesse.

— Cette remarque au sujet d'un nouveau capitaine voudrait-elle dire que je suis enfin déchargé de ces obligations et que je peux rentrer à Crydee avec Sa Grâce ? » demanda Gardan.

Arutha secoua la tête. « Désolé, Gardan. Le sergent Valdis va devenir capitaine de ma garde, mais vous êtes encore loin de pouvoir vous retirer. D'après les rapports de Pug que vous m'avez fait parvenir du port des Étoiles, je vais avoir besoin de vous ici. Lyam s'apprête à vous nommer maréchal de Krondor. »

Kasumi tapa dans le dos de Gardan. « Félicitations, maréchal.

— Mais... »

Jimmy se racla la gorge. Arutha se tourna vers lui. « Oui, écuyer ?

— Eh bien, je me disais...

— Vous aviez quelque chose à me demander ? »

Jimmy regarda Arutha et Martin. « Hé bien, je me disais que tant que vous en étiez aux récompenses...

— Ah, oui, bien sûr. » Arutha se retourna, avisa l'un des écuyers et lança : « Locklear ! »

Le jeune écuyer arriva en courant et s'inclina devant son prince. « Altesse ?

— Escortez sire Jimmy chez maître deLacy et informez le maître de cérémonie que Jimmy est nommé grand écuyer. »

Le garçon sourit en repartant avec Locklear. Il s'apprêta à dire quelque chose, mais il se ravisa et suivit l'autre écuyer.

Martin posa la main sur l'épaule d'Arutha. « Garde un œil sur ce petit. Il a vraiment l'intention de devenir un jour duc de Crydee.

— Je mettrais ma main au feu qu'il en serait capable. »

ÉPILOGUE

Le Moredhel enrageait sans mot dire.

Il ne montrait rien de sa fureur aux trois chefs qui se tenaient devant lui. C'étaient les chefs des confédérations les plus importantes des basses terres. En les voyant approcher, avant même qu'ils ne parlent, il savait déjà ce qu'ils allaient dire. Il écouta patiemment, la lumière d'un grand feu devant son trône jetant des reflets dansants sur sa poitrine, donnant à la marque de dragon qu'il arborait l'illusion du mouvement.

« Maître, dit le chef au centre. Mes guerriers deviennent nerveux. Ils s'impatientent et se plaignent. Quand envahirons-nous les terres du Sud ? »

Le Pantathian siffla, mais le Moredhel le fit taire d'un geste. Murmandamus s'adossa de nouveau à son trône et réfléchit sombrement à ce revers. Son meilleur général était mort, irrécupérable malgré tous les pouvoirs dont il disposait. Les clans du Nord exigeaient de l'action mais les clans des montagnes partaient avec le jour, abattus par la mort de Murad. Ceux qui étaient venus des forêts du Sud murmuraient des plans pour rentrer par les petites passes vers les terres des hommes et des nains, vers leurs terres natales aux pieds des collines du Vercors et dans les bois des hautes terres des Tours Grises. Seuls les clans des collines et les Noirs Tueurs tenaient bon et ils représentaient une armée bien trop petite, malgré leur férocité. Non, il avait perdu la première bataille. Les chefs étaient venus lui demander une promesse, un signe ou une prophétie, pour rassurer leur alliance réticente, avant que les vieilles querelles ne resurgissent. Murmandamus savait qu'il ne pourrait retenir les armées ici que quelques semaines tout au plus sans les envoyer en campagne. Si loin au Nord, la saison chaude ne durait que deux mois très courts avant l'automne. Puis l'hiver du Nord s'abattrait sur eux, très rude. S'il n'y avait pas de guerre, avec ses butins et ses pillages, les guerriers devraient bientôt rentrer chez eux. Finalement, Murmandamus parla.

« Ô mes enfants, les augures ne sont pas encore accomplis. » Il leva le doigt vers le ciel, montrant les étoiles qui scintillaient faiblement, éclipsées par la lumière des feux de camp, et poursuivit : « La Croix de Feu n'annonce que le commencement. Mais le temps n'est pas encore arrivé. Cathos dit que la quatrième pierre de sang n'est pas encore alignée comme il faut. L'étoile du bas sera à la bonne position au solstice d'été, l'année prochaine. Nous ne pouvons pas presser les étoiles. » En lui-même, il enrageait contre Murad qui avait échoué dans sa mission capitale. « Nous avons accordé notre confiance à un homme qui a agi trop vite, qui n'était peut-être pas si sûr qu'il aurait dû. » Les chefs échangèrent des regards. Tous les chefs savaient que Murad était au-dessus de tout reproche quand il s'agissait d'éradiquer ces ignobles humains. Comme s'il avait lu dans leurs esprits, Murmandamus ajouta : « Malgré toute sa puissance, Murad a sous-estimé le seigneur de l'Ouest. C'est pour cela qu'il faut craindre les humains, c'est pour cela qu'il faut détruire celui-là. Avec sa mort, la route du sud s'ouvrira devant nous, car alors nous détruirons tout ce qui s'opposera à nous. »

Il se leva et ajouta : « Mais le temps n'est pas encore venu. Nous devons attendre. Renvoyez vos guerriers. Laissez-les se préparer pour l'hiver. Mais transmettez ce message : que toutes les tribus et que tous les clans se rassemblent ici l'été prochain, que les confédérations s'avancent avec le soleil quand il viendra de nouveau réchauffer le Sud. Car avant le prochain solstice d'été, le seigneur de l'Ouest mourra. » Sa voix se fit plus forte. « Les pouvoirs de nos aïeux nous ont éprouvés et nous n'avons pas été à la hauteur. Nous avons été jugés coupables de faiblesse. Nous ne devons plus jamais échouer ainsi. » Il se frappa le creux de la main et hurla : « D'ici un an nous annoncerons à tous la destruction du seigneur de l'Ouest. Alors nous attaquerons. Et nous ne marcherons pas seuls. Nous appellerons nos serviteurs, les gobelins, les trolls des montagnes et les géants des collines. Ils viendront tous pour nous servir. Nous marcherons sur les terres des hommes et nous brûlerons leurs villes. J'érigerai mon trône sur une montagne faite de leurs cadavres. Alors, Ô mes enfants, nous ferons couler le sang. »

Murmandamus donna aux chefs la permission de se retirer. La campagne de cette année touchait à sa fin. Il fit signe à ses gardes en passant à côté de la forme recroquevillée du prêtre-serpent. En silence, il repensait à la mort de Murad et aux pertes que cette mort lui coûtait. La Croix de Feu aurait la même apparence pour un tout petit peu plus d'un an, son mensonge sur l'alignement tiendrait donc. Mais le temps jouait maintenant contre lui. Cet hiver, on allait se préparer et se souvenir. Non, cette défaite lui coûterait cher lors des longues nuits glacées de la saison froide. Mais ces mêmes nuits, il trouverait un nouveau plan pour abattre le seigneur de l'Ouest, celui qui devait être le fléau des ténèbres. Et avec sa mort, l'assaut contre les nations des hommes pourrait commencer et les massacres ne cesseraient que lorsque tous ramperaient aux pieds des Moredhels comme il se devait. Et les Moredhels ne serviraient qu'un maître, Murmandamus. Il se tourna face à ses plus loyaux serviteurs. À la lumière vacillante des torches, la folie dansait au fond de ses yeux. Sa voix retentit, seul son dans les anciennes salles, un murmure rauque qui écorchait les oreilles. « Combien d'esclaves humains nos hommes ont-ils capturé pour tirer nos engins de siège ? »

L'un des capitaines répondit : « Plusieurs centaines, maître.
— Tuez-les tous. Maintenant. »

Le capitaine courut donner des ordres et Murmandamus sentit sa rage s'apaiser. La mort des prisonniers compenserait l'échec de Murad. D'un ton presque sifflant, Murmandamus dit : « Nous nous sommes trompés, Ô mes enfants. Trop tôt nous nous sommes rassemblés pour reprendre ce qui doit être notre héritage. Dans un an, quand les neiges auront fondu sur les sommets, nous nous rassemblerons encore et alors tous ceux qui s'opposeront à nous connaîtront la terreur. » Il fit les cent pas dans la salle, comme l'incarnation même de la puissance, un imperceptible halo de brillance luisant autour de lui. Son magnétisme était presque palpable. Il resta un moment silencieux, puis se tourna vers le Pantathian. « Nous partons. Prépare le portail. »

Le serpent acquiesça et les Noirs Tueurs prirent position le long du mur. Quand ils se furent tous placés chacun dans une niche, un mur d'énergie verte les entoura. Ils se raidirent tous, comme des statues, attendant l'appel qui les réveillerait l'été suivant.

Le Pantathian acheva une longue incantation et un écran de lumière argentée apparut dans les airs. Sans un mot, Murmandamus et le Pantathian passèrent le portail, quittant Sar-Sargoth pour rejoindre un autre lieu qu'il était seul à connaître avec Cathos. Le portail disparut.

Le silence régna dans la salle. Puis, à l'extérieur, les hurlements des prisonniers massacrés commencèrent à s'élever dans la nuit.

6150

Composition Chesteroc International Graphics
Achevé d'imprimer en France (La Flèche)
par Brodard et Taupin le 13 février 2004 - 22585
Dépôt légal février 2004. ISBN 2-290-31742-X
1ᵉʳ dépôt légal dans la collection : février 2002

Éditions J'ai lu
84, rue de Grenelle, 75007 Paris
Diffusion France et étranger : Flammarion